Timothy Zahn

STAR WARS™

THRAWN
VERRAT

Deutsch von Andreas Kasprzak

AF640864

blanvalet

Die amerikanische Originalausgabe erschien 2018
unter dem Titel »Star Wars™: Thrawn – Treason«
bei Del Rey, an imprint of Random House,
a division of Penguin Random House LLC, New York.

Der Verlag behält sich die Verwertung der urheberrechtlich
geschützten Inhalte dieses Werkes für Zwecke des Text- und
Data-Minings nach § 44 b UrhG ausdrücklich vor.
Jegliche unbefugte Nutzung ist hiermit ausgeschlossen.

MIX
Papier | Fördert
gute Waldnutzung
FSC® C014496

Penguin Random House Verlagsgruppe FSC® N001967

7. Auflage
Copyright der Originalausgabe
Copyright © 2019 by Lucasfilm Ltd. & ® or ™ where indicated.
All rights reserved.
Copyright der deutschsprachigen Ausgabe © 2020 by Blanvalet
in der Penguin Random House Verlagsgruppe GmbH,
Neumarkter Str. 28, 81673 München
produktsicherheit@penguinrandomhouse.de
(Vorstehende Angaben sind zugleich
Pflichtinformationen nach GPSR)

Redaktion: Rainer Michael Rahn
Umschlaggestaltung: Isabelle Hirtz, Inkcraft, nach einer Originalvorlage
© & TM 2019 LUCASFILM LTD
Umschlagillustration: Two Dots
Umschlagdesign: Scott Biel
Copyright © 2019 by Lucasfilm Ltd. & ™
HK · Herstellung: sam
Satz: GGP Media GmbH, Pößneck
Druck und Bindung: GGP Media GmbH, Pößneck
Printed in Germany
ISBN 978-3-7341-6224-4

www.blanvalet.de

Für alle, die je das Richtige taten
und den Preis dafür bezahlen mussten.

Es war einmal vor langer Zeit
in einer weit, weit entfernten Galaxis …

PROLOG

Der imperiale Sternzerstörer trieb gemächlich über dem grün-blauen Planeten dahin, und dort, wo die ferne Sonne Schatten auf seine Hülle warf, spiegelte sich ein schwacher Hauch dieser Farben wider. Das Schlachtschiff erreichte gerade den Endpunkt seines Patrouillenfluges, und da es nichts Verdächtiges in der Umgebung entdeckt hatte, wandte es sich dem tiefen Raum zu. Weiter seinem gemächlichen Kurs folgend, erreichte es schließlich den Rand des Gravitationsfeldes um den Planeten, und einen Moment später sprang es in einem blitzenden Lichterwirbel in den Hyperraum.

Admiral Ar'alani verzog das Gesicht. Sie saß in ihrem Kommandosessel auf der Brücke des Kriegsschiffes *Steadfast* der Chiss-Verteidigungsflotte, eingehüllt in tiefe Dunkelheit, die nur von den Sternen draußen und einer Handvoll aktiver Anzeigen aufgehellt wurde. Der Störenfried, der die *Steadfast* durch sein zufälliges Auftauchen zum Herunterfahren sämtlicher Systeme gezwungen hatte, war fort. Jetzt lautete die Frage, ob ihre Beute diese Zeit hatte nutzen können, um genug Abstand zwischen sie zu bringen und zu entkommen. »Subkommandant Tanik?«, fragte sie leise.

»Einen Moment, Admiral«, antwortete Tanik ebenso leise. Es gab keinen Grund, mit gesenkter Stimme zu sprechen – ihre Beute konnte sie wohl kaum über tausend Kilometer Vakuum hinweg hören –, aber Ar'alani war schon vor Langem aufgefallen, dass der Dunkelmodus einen dämpfenden Effekt auf die Mannschaft eines Schiffes hatte. »Ich suche entlang des letzten bekannten Vektors.«

»Vorausgesetzt, sie haben nicht die Gelegenheit genutzt, um ihren Vektor zu ändern«, grollte Seniorkapitän Khresh von seiner Position neben Ar'alanis Sessel. »Imperiale Narren. Einen schlechteren Zeitpunkt hätten sie sich nicht aussuchen können, um hier …«

»Geduld, Seniorkapitän«, tadelte Ar'alani ihn, den Blick auf das Sternenfeld gerichtet, das die Aussichtsfenster der Brücke umgab. Die unerwartete und unbewusste Störung durch den Sternzerstörer frustrierte sie ebenso wie Khresh, aber das war kein Grund, Würde und Selbstbeherrschung zu vergessen.

Erst recht nicht, wenn Tanik in Hörweite saß, dachte sie, während sie sich erneut der Sensorstation zuwandte.

Und tatsächlich hatte der Sensoroffizier ein schmales Lächeln auf den Lippen, während er versuchte, das Ziel der *Steadfast* wiederzufinden. Zweifelsohne würde die Geschichte von Khreshs kleinem Kontrollverlust – so milde er auch gewesen sein mochte – schon bald ihren Weg in die oberen Ränge der Aszendenz finden und das Feuer zwischen ihren beiden Familien nähren.

Leider bemerkte Khresh Taniks Lächeln ebenfalls. »Finden Sie etwas amüsant, Subkommandant?«, fragte er.

»Nein, Seniorkapitän«, versicherte Tanik ihm ruhig.

»Haben Sie das Ziel gefunden? Falls nicht, schlage ich vor,

Sie stellen Ihre Belustigung hinten an und konzentrieren sich auf Ihre Arbeit.«

»Jawohl, Sir.« Tanik richtete sich in seinem Sessel auf. »Oh, einen Moment«, sagte er, und sein Gesicht hellte sich sichtbar auf. »Korrektur, Admiral. Ich habe sie.«

»Auf den Schirm«, befahl Ar'alani.

»Da!« Khresh deutete auf die Triebwerksemissionen, die auf dem Taktikschirm durch einen glühenden Kreis dargestellt wurden. »Sieht aus, als hätten sie ihren ursprünglichen Kurs beibehalten.«

»Ihre Zuversicht grenzt an Arroganz«, nickte Ar'alani. Das Ziel hatte natürlich sein Tarnfeld aktiviert, als der Sternzerstörer in das System gesprungen war, um sich vor dem potenziellen Feind zu verbergen. Aber anstatt auch die Triebwerke herunterzufahren und sich tot zu stellen, wie die *Steadfast* es getan hatte, war das andere Schiff weiter seinem Kurs gefolgt. Sie mussten ziemlich zuversichtlich gewesen sein, dass die Imperialen ihre Emissionen nicht entdecken würden.

Aber ihr Plan war nicht aufgegangen.

»Sieht aus, als würden sie Sprungvorbereitungen treffen«, sagte Khresh. »... und weg sind sie.«

»Dunkelmodus aufheben«, rief Ar'alani. »Haben wir ihren Vektor?«

»Ja, Admiral«, bestätigte Tanik, während die Brücke und die *Steadfast* ringsum wieder zu summendem, blinkendem Leben erwachte. »Ich übermittle die Daten an die Navigationsstation.«

Ar'alani wandte sich dem jungen Mädchen zu, das stumm auf dem Sessel des Navigators saß. »Wann immer Sie so weit sind, Navigatorin Mi'yaric.«

»Jawohl, Admiral.« Die Navigatorin straffte die Schultern,

als sie nach den Kontrollen griff, dann senkte sie den Kopf und verharrte eine Sekunde in dieser Haltung, ehe sie geräuschvoll den Atem entweichen ließ.

Einen Moment später war die *Steadfast* im Hyperraum.

»Hoffen wir, dass sie alle so inkompetent sind wie dieser eine Sternzerstörer«, murmelte Khresh neben Ar'alani.

»Wohl kaum«, erwiderte sie, wobei sie versuchte, nicht über ihre eigenen Fehler nachzudenken. Ein feindliches Schiff zu verfolgen, um sein Ziel und seine Mission in Erfahrung zu bringen, war eine Sache. Ihm über territoriale Grenzen ins Herz eines fremden Gebiets zu folgen – das war etwas vollkommen anderes. »Informieren Sie alle rangoberen Offiziere, dass ich sie in zehn Minuten im Konferenzraum erwarte. Wir müssen die gegenwärtige Lage besprechen.«

»Jawohl, Admiral«, sagte Khresh. »Und ...?« Er ließ die Frage in der Luft hängen.

Natürlich wusste Ar'alani genau, was er meinte. Das Problem war, dass einige Offiziere und Mannschaftsmitglieder den Neuankömmling – den Fremdweltler – noch immer nicht akzeptierten. In einer Krisensituation oder einer politisch aufgeheizten Lage konnte ein Mangel an Vertrauen zu Zögern führen. Und Zögern hatte nicht selten fatale Folgen.

Doch dessen ungeachtet brauchte sie seine Sichtweise und seine Analyse der Situation; er war mit Abstand die wertvollste Ressource, die die *Steadfast* im Augenblick hatte.

»Ja«, wies sie Khresh an. »Geben Sie ihm Bescheid. Lieutenant Eli'van'to soll sich ebenfalls zu uns gesellen.«

1

Die Kommunikation von und zu einem Sternzerstörer wie dem ISZ *Chimaera* war multidirektional, vielschichtig und mit unterschiedlichen Sicherheitsfreigaben versehen. Jede Nachricht hatte einen speziellen Nummerncode, der die Dringlichkeitsstufe anzeigte, und diese Codes definierten, wie und von wem die Übertragungen bearbeitet wurden.

Commodore Karyn Faro kannte sämtliche Codes. Und in dem Teil ihres Geistes, der sich auch nach Jahren imperialer militärischer Regeln einen Teil ihrer Jugendlichkeit bewahrt hatte, hatte sie allen Codes eine Farbe zugeordnet.

Signale von nahen Schiffen oder Statusberichte von Basen in mittlerer Distanz und Routineangelegenheiten, um die sich rangniedere Offiziere kümmern konnten, waren grün oder blau. Der kleine Prozentsatz der wichtigeren Befehle und Meldungen von Coruscant – dieser Tage im bürokratischen Apparat besser bekannt als das Imperiale Zentrum – stellten sich ihr in Tönen von Gelb und Orange dar. Die wurden von den erfahreneren Offizieren der *Chimaera* in Augenschein genommen. Dann gab es noch die Handvoll streng geheimer Nachrichten, die von den Admiralen des Oberkommandos stammten. Um die kümmerte Faro sich persönlich, und sie fielen auf dem Farbspektrum in den Bereich Dunkelrot und Lila.

Die wenigen – sehr, sehr seltenen – Übertragungen, die von außerhalb der offiziellen Befehlskette stammten und direkt an Großadmiral Thrawn weitergeleitet wurden, waren tiefschwarz.

Und sie hatten nie etwas Gutes zu bedeuten.

»Ihr TIE-Defender-Programm ist in Gefahr«, sagte Großmoff Tarkin.

Faro stand am Eingang zu Thrawns Büro, und das Bild über dem Holoprojektor war von ihr abgewandt, sie konnte Tarkins Miene also nicht sehen. Aber sie konnte Thrawn sehen, und ihr entging nicht, wie sich seine Gesichtsmuskeln unmerklich verhärteten. Ein Schauder rann über ihren Rücken.

»Orson Krennic hat sehr überzeugende Argumente vorgelegt«, fuhr Tarkin fort, »warum die Mittel besser zur Umsetzung seines eigenen Projekts Stardust geeignet wären.«

»Der Imperator hat mir versichert, dass er mein Projekt unterstützt«, erwiderte Thrawn. Seine Gesichtszüge waren wieder unter Kontrolle, wie Faro bemerkte, und seine Stimme war so gefasst wie immer.

Aber da war ein Unterton, den Faro nie zuvor gehört hatte. Der Imperator und Thrawn hatten eine spezielle Beziehung, die bis zu Thrawns ursprünglicher Ankunft auf Coruscant zurückreichte. Gerüchten zufolge hatten die beiden Männer während jener frühen Jahre oft stundenlang im strategischen Planungszentrum des Palasts gebrütet, und nur ein paar hochrangige Admirale und Moffs hatten Zugang zu ihren Sitzungen erhalten. Worum es dabei gegangen war, blieb bis heute ein Geheimnis. Falls Krennic glaubte, er könnte einen der liebsten Zöglinge des Imperators ausbooten, bewegte er sich auf dünnem Eis.

Und abgesehen davon, dass es ein lächerliches, politisches Manöver war, gefährdete Krennics Vorschlag das Überleben des Imperiums. Die TIE-Defender-Fertigungsanlage, die Thrawn auf dem Planeten Lothal am Äußeren Rand ins Leben gerufen hatte, würde die besten Sternjäger hervorbringen, die die Galaxis je gesehen hatte: schnell, wendig, manövrierfähig, schwer bewaffnet und zudem mit Schilden und Hyperantrieben ausgestattet – eine radikale Abkehr von allen anderen TIE-Baureihen. Sie wären allem gewachsen, was Piratenbanden oder unkooperative Sternsysteme ihnen entgegensetzen könnten, und sie würden die langsam wachsende Rebellenbewegung zu Staub zermalmen.

Ohne die TIE-Defender stand Coruscant an allen drei Fronten ein langer Kampf bevor. Mit den neuen Sternjägern wäre das Imperium unbesiegbar.

»Meiner eigenen Ansicht nach besteht Direktor Krennics Projekt bislang nur aus exzessiven Ausgaben und Ausflüchten«, sagte Tarkin. »Falls die Produktion Ihrer Defender weiter voranschreiten soll, müssen Sie den Imperator persönlich überzeugen. Ich habe bereits eine Audienz arrangiert.«

»Ich werde sofort aufbrechen, Gouverneur Tarkin«, erwiderte Thrawn.

Der Holoprojektor erlosch, und Thrawn drückte den Kommknopf. »Commander, informieren Sie Gouverneurin Pryce, dass ich unverzüglich nach Coruscant aufbreche«, befahl er. »Sobald Sie Ihren neuen Kurs haben, springen Sie in den Hyperraum.«

Nachdem die Brücke bestätigt hatte, blickte Thrawn kurz auf seinen Schreibtisch hinab, als würde er seine Optionen abwägen. Anschließend wandte er sich Faro zu. »Commodore«, sagte er ernst. »Ist das der Kommunikationsbericht, den ich angefordert habe?«

»Ja, Sir.« Sie trat vor und hielt ihm ihr Notepad hin. »Ich fürchte, wir konnten kein Muster entdecken.«

Thrawn nahm das Notepad und studierte die Zahlen einen Moment lang schweigend. Faro beobachtete ihn. Ob er wohl auch vermutete, dass Commander Eli Vanto dieser scheinbar willkürlichen Ansammlung von Zeiten, Daten und Kommfrequenzen einen Sinn hätte geben können? Sie war jedenfalls davon überzeugt; Vanto hatte ein Talent für solche Dinge.

Aber Vanto war nicht mehr hier. Er war eines Tages ohne jede Spur von der *Chimaera* verschwunden. Es gab wilde Gerüchte, wonach er sich im Wilden Raum herumtrieb; oder als Teil einer geheimen Planungsgruppe des Imperators im Palast auf Coruscant arbeitete; oder tot im All umhertrieb. Letztlich wusste aber niemand, was wirklich mit ihm geschehen war.

Einmal hatte Faro Thrawn danach gefragt. Die Antwort des Großadmirals war höflich gewesen, hatte aber auch unmissverständlich klargemacht, dass sie nie wieder solche Fragen stellen sollte.

Insgeheim war Faro ziemlich sicher, dass Vanto tot war. In ihren Augen gab es keinen logischen Grund, warum er die *Chimaera* verlassen haben sollte. Thrawn hatte ihn stets gemocht, und die beiden hatten eine ganz besondere Lehrer-Schüler-Beziehung geteilt, ganz zu schweigen davon, dass Thrawn Vantos Karriere vorangetrieben hatte.

»Vielleicht sind die Rebellen ungewöhnlich vorsichtig«, sagte Thrawn, als er ihr das Notepad zurückgab. »Vielleicht ist die Gruppe, die Hera Syndullas Rettung plant, aber auch so klein, dass keine offene Kommunikation nötig ist.«

Faro merkte, wie ihre Lippe zuckte. Ja, es war eine kleine Gruppe, die Syndulla aus Gouverneurin Pryce' Gefängnisblock befreien wollte. Aber das hieß nicht, dass man sie einfach so ignorieren durfte; immerhin gehörten ihr der ehemalige Jedi Kanan Jarrus und der junge Möchtegern-Jedi Ezra Bridger an.

In gewisser Weise wäre es Faro lieber gewesen, Syndulla wäre mit dem Rest ihres X-Flügler-Geschwaders gestorben. Ihr Versuch, die *Chimaera* und den Rest von Thrawns Truppen von Lothal zu vertreiben, war grandios gescheitert. Sicher, Gefangene konnten auf mehrerlei Weise von Nutzen sein, aber sie waren auch ein Quell von Kopfschmerzen, und sie gaben dem Feind Anlass, neue Angriffe zu planen.

Solange Thrawn das Kommando hatte, war Faro überzeugt, dass der Nutzen die Risiken wert sein würde. Aber die Gefangene befand sich in Pryce' Obhut, und der Gouverneurin mangelte es an Thrawns Intelligenz, Subtilität und strategischem Geschick.

Schlimmer noch: Pryce war emotional in die Situation involviert. Sie nahm den Rebellenangriff auf ihren Planeten persönlich, und sie traf Entscheidungen emotional, nicht rational. Falls Lothal ohne Thrawns Einfluss und Rat auskommen musste, und sei es nur für ein paar Tage, dann könnte das katastrophale Folgen haben.

Selbst im besten Fall würde Pryce Syndulla töten, bevor sie dem Imperium nützliche Informationen preisgeben konnte. Das wäre eine schreckliche Verschwendung, aber die Gouverneurin schien sich nicht um solche Dinge zu kümmern.

»Ich nehme an, Sie sind dagegen, dass die *Chimaera* nach Coruscant fliegt.«

»Ja, Sir, das bin ich«, nickte Faro. Thrawn hatte schon vor

Langem gelernt, ihre Mimik und Körpersprache zu deuten, und sie hatte sich inzwischen so weit daran gewöhnt, dass es sie nicht mehr erschreckte. »Ich glaube, Gouverneurin Pryce hat keine Ahnung, was für eine wichtige Gefangene sie da hat. Falls Jarrus und seine Leute versuchen, Syndulla zu befreien, wird Pryce sie nicht aufhalten können.«

»Das sehe ich genauso«, erwiderte Thrawn. »Aber Syndulla wäre ein vergleichsweise kleiner Verlust. Aber das TIE-Defender-Programm zu verlieren ... das wäre fatal. Falls Direktor Krennics Projekt das ist, was ich vermute, dann basiert es auf einer strategisch kurzsichtigen Anschauung moderner Kriegsführung, sowohl offensiv als auch defensiv. Sollte er den Imperator tatsächlich davon überzeugt haben, die Finanzierung des Defender-Programms zu streichen, dann würde das weitreichende Konsequenzen für die Zukunft des Imperiums haben.«

»Ja, Sir.« Faro wusste, dass auch Lord Vader Interesse an den TIE-Defendern geäußert hatte, insbesondere nachdem er im Kampf gegen die Grysk-Truppen in den Unbekannten Regionen selbst einen geflogen hatte. Seine Unterstützung sollte normalerweise ein großer Vorteil für Thrawn sein.

Aber Vader sprach für den Imperator. Und falls der Imperator sich von dem neuen TIE-Bautyp abwandte, dann würde Vader es ebenfalls tun.

Das Komm summte. »Admiral, Brücke hier«, drang Commander Hammerlys Stimme aus dem Lautsprecher. »Wir haben gerade neue Zielkoordinaten von Gouverneur Tarkin erhalten. Demnach sollen wir uns an Bord der *Firedrake* mit ihm treffen. Das Schiff ist gegenwärtig im Sev-Tok-System.«

Der Schatten eines Stirnrunzelns huschte über Thrawns

Gesicht. »Interessant. Hat er erwähnt, ob der Imperator ebenfalls zugegen sein wird?«

»Nein, Sir, das nicht«, antwortete Hammerly. »Aber er hat darauf hingewiesen, dass Direktor Krennic und einige andere zugegen sein würden. Ich habe die Übertragung überprüft, und die Nachricht und die Koordinaten stammen definitiv von Tarkin.«

»Sehr gut, Commander«, sagte Thrawn. »Passen Sie den Kurs an und springen Sie in den Hyperraum, sobald wir bereit sind.«

»Jawohl, Sir.«

Thrawn deaktivierte das Komm. »Was denken Sie, Commodore?«

»Ziemlich viel Geheimniskrämerei«, murmelte Faro, während sie auf ihrem Notepad Informationen über die *Firedrake* aufrief. Ein Imperialer Sternzerstörer, das Flaggschiff von Großadmiral Balanhai Savit und der Dritten Flotte. »Falls Tarkin will, dass wir uns auf einem Sternzerstörer treffen, warum dann nicht einfach hier, an Bord der *Chimaera*?«

»Ich bin sicher, Tarkin hat seine Gründe«, entgegnete Thrawn. »Die hat er meistens.«

Ein Warnsignal erklang von den Bildschirmen auf dem Schreibtisch; die *Chimaera* hatte sich in Bewegung gesetzt. »Ja, Sir«, sagte Faro. »Mit Ihrer Erlaubnis würde ich gerne auf die Brücke zurückkehren und noch mal alles überprüfen.«

»Aber natürlich, Commodore. Sie sind sicher erleichtert, dass nun zumindest eines Ihrer Bedenken weggefallen ist.«

Faro runzelte die Stirn. »Sir?«

Thrawns Augen wurden hart. »Wir fliegen nicht nach Coruscant.«

»Admiral?«, rief Captain Boulag vom Kommandosteg des Sternzerstörers *Firedrake*. »Direktor Krennics Shuttle ist soeben im Hangar gelandet.«

»Verstanden«, rief Großadmiral Savit vom hinteren Teil der Brücke zurück. Er zog die Brauen zusammen. Terminänderungen in letzter Minute, hochrangige Persönlichkeiten, die sein Schiff in Beschlag nahmen, politische Manöver über politische Manöver ... Es war, als wäre die Republik innerhalb des Imperiums wiedergeboren, und Savits alte Kopfschmerzen und Frustration hatte dies ebenfalls wieder zum Leben erweckt.

»Sie wirken unzufrieden, Admiral«, bemerkte der dünne, grauhaarige Mann, der an der Kommstation stand.

Savit wandte sich zu ihm herum. Von all den politischen Strippenziehern des Imperiums war Großmoff Tarkin einer der schlimmsten, zu diesem Entschluss war Savit schon vor langer Zeit gelangt. »Ich bezweifle, dass mein Gemütszustand große Priorität für den Imperator hatte, als er dieses Treffen von Coruscant auf die *Firedrake* verlegen ließ«, brummte er.

Tarkin zog unmerklich eine Braue hoch. »*Hätte* es denn eine Priorität für ihn sein sollen?«

Savits Oberlippe zuckte. Er hasste politische Manöver, aber immerhin hatte Tarkin einen Sinn für Humor. »Natürlich nicht«, winkte er ab. »Die *Firedrake* und ich sind nur hier, um dem Imperator und seinem Imperium zu dienen.«

»So wie wir alle«, erwiderte Tarkin. »Wären alle Teilnehmer dieses Treffens nach Coruscant geflogen, hätte das unverhältnismäßig viel Zeit gekostet. Ich bin sicher, Sie verstehen, dass der Imperator das nicht wollte. Die gegenwärtige Position der *Firedrake* war einer der Hauptgründe, warum seine Wahl auf dieses Schiff fiel.«

Savit stellte die Ohren auf. *Einer* der Hauptgründe? »Gewiss«, sagte er. »Und die anderen Gründe?«

Tarkin bedachte ihn mit einem schmalen Lächeln, dann schweifte sein Blick an Savit vorbei über die Hauptbrücke. »Sagen Sie, Admiral, was ist Ihre Meinung zu Projekt Stardust?«

»Eine interessante Frage.« Savits Gehirn wechselte instinktiv in den Kampfmodus. Das Lieblingsprojekt des Imperators, an dem auch Tarkin ein stilles Interesse hatte ... »Es ist ein gewagter, einzigartiger Ansatz, um die Frage der imperialen Sicherheit zu beantworten«, erklärte er, jedes Wort vorsichtig gewählt. »Ich freue mich schon, das Endresultat zu sehen.«

»Da sind Sie nicht allein«, sagte Tarkin. »Aber es gibt ... Probleme. Vor allem mit Hinblick auf die Ressourcenverteilung. Sind Sie mit Großadmiral Thrawns TIE-Defender-Programm vertraut?«

»Ein wenig«, gestand Savit. »Ich habe mir die Baupläne angesehen, aber ich konnte die Sternjäger noch nicht in Aktion erleben.«

»Thrawn ist überzeugt davon, dass die Flotte seine Defender braucht«, informierte Tarkin ihn. »Und es ist kein Geheimnis, dass der Imperator große Stücke auf ihn hält. Nur hält er auch große Stücke auf sein Projekt Stardust.«

»Aha«, machte Savit. »Wir sind beide viel beschäftigte Männer, Gouverneur. Worauf genau wollen Sie hinaus?«

Tarkins Stirn furchte sich kurz, während er Savits Gesicht musterte. »Können Sie ein Geheimnis für sich behalten, Admiral?«

Das ließ Savit lächeln. »Natürlich.«

»Ich glaube, das Treffen, das in Kürze auf Ihrem Schiff stattfinden wird, soll diese Frage klären«, sagte Tarkin. »Direktor

Krennic wird auf der einen Seite sitzen, Admiral Thrawn auf der anderen.«

»Klingt nach einem interessanten Duell«, kommentierte Savit. »Und welchen von beiden wollen Sie als Sieger sehen?«

»Thrawn ist ein stolzer Offizier«, erwiderte Tarkin, und seine Stimme nahm einen nachdenklichen Klang an. »Effizient, fähig – aber definitiv stolz.« Ein weiteres schmales Lächeln. »Genauso wie Sie, Admiral. Er würde nie um Hilfe bitten, noch würde er wissentlich welche annehmen.«

»Aber falls ich einen Weg fände, ihm zu helfen, ohne dass er es herausfindet ...?«, begann Savit.

»Ich finde, eine solche Unterstützung wäre dem Imperium von großem Nutzen«, erklärte Tarkin ernst.

Oder zumindest, überlegte Savit, wäre es *Tarkin* von großem Nutzen.

Aber so wurde dieses Spiel nun mal gespielt, und ganz nebenbei: Solange dieser Rückschlag für Stardust Krennic ein wenig Demut lehrte, sollte es Savit nur recht sein. »Ich verstehe«, sagte er. »Falls Sie mich jetzt entschuldigen würden. Direktor Krennic wartet bereits darauf, dass ich ihn auf dem Hangardeck persönlich in Empfang nehme. Haben Sie Thrawn schon über die Planänderung informiert?«

»Ja, und die *Chimaera* hat den Erhalt meiner Nachricht bestätigt«, erwiderte Thrawn. »Bitte, richten Sie Direktor Krennic meine Grüße aus. Wir sehen uns dann in ein paar Stunden.«

»Natürlich, Gouverneur.« Savit lächelte. »Ich freue mich schon auf diese Besprechung.«

Drei Männer sitzen im großen Konferenzraum des Sternzerstörers Firedrake *um den Tisch. Der Raum selbst ist ein exaktes*

Ebenbild des Konferenzraums an Bord der Chimaera. *Der einzige Unterschied: Der Tisch und die Stühle sind neuer und etwas kunstvoller.*

»Ah, Großadmiral Thrawn«, grüßte Tarkin ihn. *Seine Miene wirkt erwartungsvoll, vielleicht auch ein wenig berechnend. Seine Stimme ist ruhig – vielleicht die mentale Vorbereitung auf eine bevorstehende Konfrontation.* »Darf ich Ihnen Großadmiral Savit vorstellen, den Kommandanten der *Firedrake* und der Dritten Flotte. Ich glaube, Sie sind einander noch nicht begegnet.«

»Nein, Gouverneur, sind wir nicht«, sagte Savit. *Seine Stimme birgt unterschwelliges Wohlwollen. Auf seinem Gesicht liegt ein vorsichtiger, abschätzender Ausdruck. Seine Körperhaltung strahlt eine Mischung aus Zuversicht und Stolz aus.* »Willkommen an Bord, Admiral.«

»Sie kennen Admiral Savit vielleicht durch das Musikprogramm seiner Familie«, ergriff Tarkin wieder das Wort. *Der berechnende Klang in seiner Stimme wird deutlicher. Sein Tonfall verrät Vorsicht. Vielleicht eine übervorsichtige politische Einschätzung der kulturellen Position von Savits Familie.*

»Davon habe ich gehört, und ich würde mich freuen, eines Tages eine Ihrer Aufführungen zu sehen.«

»Sie wären jedenfalls willkommen«, erwiderte Savit. *In seiner Stimme vermengen sich Stolz und Selbstzufriedenheit; eine Reflexion des Bildes, das er selbst von seiner Familie hat.*

»Und das ...« *Tarkins Stimme wird steifer, als würde die erwartete Konfrontation näher rücken. Seine Miene wirkt reserviert, möglicherweise ablehnend.* »... ist Direktor Orson Krennic.«

»Admiral.« *Krennics Tonfall könnte abwartend sein, seine Miene unfreundlich. Seine Körperhaltung lässt entweder auf*

Wut oder auf Trotz schließen. »Ich hörte, Sie wollen Ressourcen von meinem Projekt abziehen?«

»Mitnichten. Ich möchte nur die Mittel behalten, die mir bereits zugesichert wurden.«

»Vom Imperator höchstselbst, falls ich das hinzufügen darf«, warf Tarkin ein. *Er blickt Krennic eine halbe Sekunde an, ohne zu blinzeln, dann berührt er eine Taste an der Konsole vor ihm. Die Bewegung ist steif, als würde er sich bereithalten, einen Angriff abzuwehren.* »Jetzt, wo wir alle hier sind, sollte ich ihn informieren, dass wir beginnen können.«

Es folgt eine Pause von elf Sekunden. Niemand spricht. Tarkins Augen bleiben auf Krennic gerichtet. Krennic seinerseits blickt von Thrawn zu Tarkin und wieder zurück. Savit ist auf das Holofeld des Tisches konzentriert, einen Ausdruck wachsamer Ruhe auf seinem Gesicht.

Das Holofeld leuchtet auf, und das Abbild des Imperators erscheint darüber. »Guten Tag, Gouverneur Tarkin«, sagte er. *Seine Stimme klingt erwartungsvoll und interessiert. Das flackernde Bild, das ihn gegenwärtig im Profil zeigt, macht es unmöglich, seinen Gesichtsausdruck zu erkennen.* »Direktor Krennic. Großadmiral Savit. Großadmiral Thrawn.«

»Guten Tag, Euer Majestät«, erwiderte Tarkin. *Er neigt den Kopf zum Gruß und vermutlich auch aus Respekt. Die anderen tun es ihm nach. Krennic hat ein schmales Lächeln aufgesetzt, das womöglich Zuversicht anzeigt.* »Wir Ihr wisst, gibt es ein kleines Problem beim Projekt Stardust, und ich dachte, wir sollten es klären.«

»So, so.« *Das Gesicht des Imperators wendet sich Krennic zu. Seine Mundwinkel wandern nach oben.* »Ich hatte den Eindruck, Stardust würde in zufriedenstellendem Tempo voranschreiten.«

»Das Projekt an sich schon, Euer Majestät«, erklärte Krennic. *Seine Stimme strahlt weiter Zuversicht aus.* »Das Problem betrifft lediglich die Versorgungskette, und ich versichere Euch, alles ist unter Kontrolle.«

»Wirklich?«, entgegnete der Imperator. »Gouverneur Tarkin scheint das anders zu sehen.«

»So ist es, Euer Majestät«, nickte Tarkin. *Seine Miene ist unverändert, aber seine Gesichtsmuskeln entspannen sich, als würde er am liebsten lächeln.* »Und da Direktor Krennic nicht willens oder nicht in der Lage ist, sich diesem Problem zu stellen, habe ich Großadmiral Thrawn hierher eingeladen, damit er seine Meinung beisteuern kann.«

»Ich verstehe«, sagte der Imperator. *Das Hologramm dreht den Kopf, und ein schmales Lächeln huscht über seine Lippen.* »Und was genau hält Großadmiral Mitth'raw'nuruodo von der Situation?«

»Um die Wahrheit zu sagen, Euer Majestät, hatte ich noch nicht Gelegenheit, den Admiral in die Details einzuweihen«, erklärte Tarkin. »Aufgrund der extremen Sicherheitsmaßnahmen, die für Stardust gelten, wollte ich keine Informationen über das HoloNetz weitergeben.«

»Überaus weise, Gouverneur Tarkin«, lobte der Imperator. »Direktor Krennic, falls Sie so nett wären, die Situation aus Ihrer Sicht zu schildern.« *Seine Mundwinkel sinken wieder nach unten.* »Um Admiral Thrawns und meinetwillen.«

Die Muskeln in Krennics Hals spannen sich kurz. »Wie ich bereits erwähnte, Euer Majestät, die Lage ist unter Kontrolle. Wir haben lediglich ein paar Probleme mit Mynocks am Transferpunkt für die Ausrüstungslieferungen.«

»Grallocs«, murmelte Tarkin.

»Grallocs sind eine eng mit Mynocks verwandte Spezies«,

entgegnete Krennic. *Seine Miene verhärtet sich, seine Haut rötet sich leicht – möglicherweise vor Verärgerung, vielleicht vor Zorn, unter Umständen auch vor Scham.* »Sie leben im Vakuum und heften sich an Stromleitungen und -kupplungen …«

»Sie sind aber beträchtlich größer und zäher als normale Mynocks«, warf Savit ein. *Seine Miene lässt auf heimliche Belustigung schließen.* »Gouverneurin Haveland und ihre Leute haben im Esaga-Sektor beträchtliche Schwierigkeiten mit diesen Biestern.«

»Der Punkt ist, sie sind ein kleines Ärgernis, nichts weiter«, beharrte Krennic. *Die Röte seiner Haut ist gewichen, und seine Stimme klingt wieder beherrscht. Die Augen hat er fest auf Tarkin gerichtet. Vielleicht eine Herausforderung.*

»Ein *Ärgernis*?«, echote Tarkin. *Seine Miene wirkt triumphierend.* »Ihre eigenen Berichte zeigen, dass die letzten Lieferungen von Ausrüstung und Kurzstrecken-Turbolasern bereits drei Wochen im Verzug sind. Ich weiß nicht, ob man so etwas noch ein *Ärgernis* nennen kann?«

»Soll das heißen, Ihr Projekt wird nicht mit Weltraumungeziefer fertig?« *Die Stimme des Imperators spiegelt beherrschten Zorn wider. Seine Augen sind auf Krennic fixiert.*

»Euer Majestät, Ich versichere Euch, dass wir das Problem unter Kontrolle haben.« *Der Tonfall des Direktors klingt nun vorsichtiger, aber seine Zuversicht ist nach wie vor intakt.*

»Admiral Mitth'raw'nuruodo?«, richtete sich der Imperator an ihn. »Teilen Sie Direktor Krennics Einschätzung?«

»Eine Verzögerung von drei Wochen ist mehr als ein Ärgernis. Aber meine eigenen Pflichten verlangen, dass ich schnellstmöglich nach Lothal zurückkehre.«

»Wir alle haben Pflichten«, konterte Tarkin. »Und Gouverneurin Pryce hat den Großteil Ihrer Flotte, um für Ordnung zu sorgen. Sicherlich können Sie ein wenig Zeit erübrigen, um unser Problem zu besprechen.«

»Es scheint mir, dass Admiral Savit mehr Informationen und mehr Erfahrung mit diesen Kreaturen hat als ich. Er wäre sicher besser geeignet, eine Lösung zu finden.«

»Admiral Savit hat ebenfalls seine Pflichten«, erwiderte Tarkin. »Und ihm fehlen Ihre taktischen Fähigkeiten und Ihre einzigartigen Ansätze zur Lösung solcher Probleme.«

»Genug von diesem Gezänk«, sagte der Imperator. »Gouverneur, Sie waren derjenige, der dieses Treffen einberufen hat. Was genau war Ihre Absicht?«

Tarkins Augen sind ruhig, und er hat einmal mehr einen siegessicheren Ausdruck auf den Zügen. »Direktor Krennic hat Eurer Majestät vorgeschlagen, fremde Ressourcen für Stardust zu nutzen – Ressourcen, die eigentlich für das TIE-Defender-Programm bestimmt waren. Meiner Meinung nach stellen die Verzögerungen bei seinem Projekt nicht nur eine Gefährdung unseres Zeitplans dar, sondern auch eine Verschwendung von Mitteln, die andernorts verwendet werden könnten und sollten.«

»Sie schlagen also einen Handel vor?«, fragte der Imperator. *Sein Ton ist erwartungsvoll.*

»In der Tat, Euer Majestät«, antwortete Tarkin. »Ich schlage vor, dass die betreffenden Mittel wieder Admiral Thrawns Defender-Programm zugeführt werden, falls er dieses Problem lösen und die Grallocs vernichten kann.«

»Direktor?«, forderte der Imperator Krennic auf.

Krennic schweigt eine volle Sekunde. »Ich wäre damit einverstanden«, erwiderte er schließlich. *Seine Miene ist beherrscht. Aber seine Augen sind misstrauisch, als würde er ein umherpir-*

schendes Raubtier beobachten. »Sofern Admiral Thrawn sie innerhalb einer Woche ausschalten kann.«

»Das ist wohl kaum gerecht«, protestierte Savit. *Sein Gesichtsausdruck und sein Tonfall bringen Empörung zum Ausdruck.* »Ich sagte doch, dass Gouverneurin Haveland sich seit Jahren mit diesen Biestern herumschlägt.«

»Falls Admiral Thrawn das Problem nicht innerhalb dieser Zeit beheben kann, welchen Nutzen hat er dann für uns?«, hielt Krennic dagegen. »Ich finde, ein Versagen würde seine hochgelobten Lösungsansätze mehr als infrage stellen.«

»Admiral Mitth'raw'nuruodo?«, fragte der Imperator. »Die Entscheidung liegt bei Ihnen?«

»Ich nehme Gouverneur Tarkins Angebot an. Und ich akzeptiere Direktor Krennics Bedingungen.«

»Sehr gut«, nickte der Imperator. *Seine Mundwinkel verziehen sich zu einem zufriedenen Lächeln.* »Eine Woche. Direktor Krennic, Sie werden die nötigen Koordinaten übermitteln. Admiral Savit, Sie stellen ihm sämtliche Informationen zur Verfügung, die Gouverneurin Haveland über diese Kreaturen gesammelt hat. Admiral Mitth'raw'nuruodo, Sie haben eine Woche.« Das Bild löste sich auf, und das Holofeld wurde dunkel.

»Eines noch«, sagte Krennic. *Seine Augen richten sich auf Thrawn. Seine Züge geben Anspannung preis, vielleicht auch Misstrauen oder simple Feindseligkeit.* »Ich werde einen Beobachter schicken, der Ihre Methoden und Ihren Fortschritt überwachen wird.«

»Das wird wohl kaum nötig sein«, warf Tarkin ein. »Admiral Thrawns Erfolgsbilanz spricht für sich selbst.«

»In seiner Akte gibt es aber auch genug Beispiele für hochgradig irreguläres Vorgehen«, beharrte Krennic. *Seine Stimme ist harsch, nun, da er nicht länger den Schein der Höflichkeit wahren muss.* »Ich weiß, was Sie vorhaben, Tarkin. Falls ich auf irgendwelche Mittel verzichten soll, dann werde ich wenigstens sicherstellen, dass die imperialen Vorschriften eingehalten werden. Und zwar bis ins kleinste Detail.«

»Das werden sie. Übermitteln Sie die Koordinaten bitte innerhalb der nächsten fünfzehn Minuten an die *Chimaera.* Ihr Beobachter sollte binnen desselben Zeitraums an Bord kommen, falls er uns begleiten will.«

»Kein Problem, Admiral Thrawn«, erwiderte Krennic. *Sein Gesichtsausdruck verwandelt sich in ein Lächeln, das entweder spöttisch oder triumphierend wirken soll.* »Beides wird gleichzeitig eintreffen; ich werde Vizedirektor Ronan die Daten persönlich mitgeben.« *Sein Lächeln verblasst, als er Tarkin anblickt. Seine Züge verhärten sich, aber sie drücken nun wieder vorgetäuschte Höflichkeit aus.* »Wie Gouverneur Tarkin schon sagte, diese Daten sind zu sensibel, um sie per Komm zu übertragen.«

Savit erhebt sich von seinem Stuhl. Sein Gesicht wirkt zu gleichen Teilen amüsiert und abfällig. »Kommen Sie, Admiral. Ich bringe Sie zurück zu Ihrem Shuttle.« *Er schmunzelt, wobei die Belustigung nachlässt und die Geringschätzung zunimmt.* »Unterwegs kann ich noch ein wenig über die Grallocs erzählen. Und über andere Raubtiere.«

Die Tür der Kabine öffnete sich, und als Brierly Ronan aufblickte, sah er Direktor Krennic eintreten. Sein langer weißer Umhang bauschte sich hinter ihm. »Direktor«, grüßte Ronan ihn, während er hastig von seinem Sessel aufstand. »Ich nehme an, die Besprechung verlief positiv?«

»Nein.« Krennic spuckte das Wort förmlich aus. »Was wissen Sie über Großadmiral Thrawn?«

»Nun ... Ich kenne seinen Namen, Sir«, antwortete Ronan zögerlich. »Das ist alles.«

»Dann sollten Sie sich schleunigst kundig machen«, grollte der Direktor. »Das Terminal da drüben – laden Sie alles runter, was Sie in den Datenbanken der *Firedrake* über ihn finden können.«

»Ja, Sir«, presste Ronan hervor, als er zu dem Terminal hinübereilte. »Darf ich fragen, worum es hier geht?«

»Thrawn ist die neueste Waffe, die Tarkin gegen mich einsetzen will«, erklärte Krennic säuerlich.

»*Waffe*, Sir?«

»Waffe.« Der Direktor ließ sich auf einen Stuhl fallen, wobei er seinen Umhang mit den Händen nach hinten wirbelte, damit er über die Rückenlehne fiel. »Unser lieber Großmoff versucht noch immer, mir das Projekt Stardust wegzunehmen.« Er schnaubte. »Und der Imperator saß einfach nur da und lächelte. Er *lächelte*.« Ronan spürte eine Woge der Verachtung in sich hochsteigen, während er auf das Computerterminal eintippte. Typisch. Anstatt sich wie ein wahrer Anführer zu verhalten – wie Krennic sich jeden Tag gegenüber seinem Stab und seinen Mitarbeitern verhielt –, machte sich Imperator Palpatine einen Spaß daraus, Rivalitäten unter seinen Untergebenen zu nähren und zu beobachten, wie sie einander an die Kehle gingen. »Was soll ich tun, Sir?«

Direktor Krennic atmete tief ein, um sich zu beruhigen. »Tarkin hat eine Wette aus der ganzen Sache gemacht. Thrawn bekommt seine Mittel für das TIE-Defender-Programm zurück, falls er das Galloc-Problem auf unserer Route durch den Kurost-Sektor löst. Er hat eine Woche, um uns die Gallocs vom Leib zu schaffen. Falls er scheitert, bekommt Stardust die Ressourcen.«

»Und Thrawn ist darauf *eingegangen*?«

»Ja«, antwortete der Direktor grimmig. »Was uns in eine interessante Lage bringt. Ich will, dass Thrawn uns von dieser Plage befreit – aber erst, *nachdem* diese Woche vorbei ist.«

Ronan dachte darüber nach. »Das wäre sicherlich die beste Lösung«, murmelte er. »Aber würde er nicht einfach aufhören, wenn ihm die Zeit ausgeht?«

»Theoretisch, ja«, gestand Krennic. »Aber er scheint mir von der sturen Sorte zu sein. Falls er dem Ziel nahe ist, wird er auch weitermachen.« Er deutete auf Ronan. »Und genau da kommen Sie ins Spiel. Ich habe arrangiert, dass Thrawn Sie als Beobachter an Bord der *Chimaera* mitnimmt. Sie werden die Operation überwachen und mir Bericht erstatten. Ich will über alles informiert werden, was auch nur nach einem Fortschritt aussieht, und zwar in allen Details.«

»Ja, Sir.« Ronan warf einen Blick auf das Display. Ah, da war es ja: Thrawns Flottenprofil. Es gab inoffizielle Akten, angelegt von hochrangigen Mitgliedern der imperialen Hierarchie, welche vermutlich tiefere Einblicke zuließen, aber diese Akten waren natürlich verschlüsselt, und Ronan konnte nicht einfach Savits private Daten hacken. »Falls er also nach dieser Woche beschließt aufzugeben …?«, fragte er, nachdem er eine Datenkarte in den Schlitz geschoben hatte.

»Dann ist es Ihre Aufgabe, das zu verhindern«, sagte der Direktor. »Und falls er sich nicht überzeugen lässt, werden Sie mir zumindest alle seine Theorien und Ergebnisse bringen, damit wir daraus eine eigene Lösung basteln können. Noch Fragen?«

»Nein, Sir.«

»Dann können Sie jetzt gehen«, brummte Krennic. »Thrawn erwartet Sie bereits im Hangar.« Er zog eine Datenkarte hervor und reichte sie ihm. »Das sind die Koordinaten des Transferpunktes. Thrawn wird schon wissen, wie sie zu entschlüsseln sind.«

»Ich verstehe, Sir.« Ronan steckte die Karte ein, nickte ein letztes Mal und wandte sich dann zur Tür.

»Ach, und Ronan?«

Er drehte sich wieder um. »Ja?«

»Behalten Sie ihn genau im Auge«, sagte der Direktor leise. »Er hätte es nicht zum Großadmiral geschafft, wenn er nicht schlau wäre. Und vielleicht steckt mehr hinter Tarkins Manöver, als im Moment offensichtlich ist.«

»Natürlich, Sir«, versprach Ronan. »Was immer Tarkin plant, ich werde darauf vorbereitet sein.«

Savit war Thrawn noch nie zuvor begegnet. Aber natürlich hatte er Geschichten über den Mann gehört, genauso wie über Krennic.

Nun, da er ihm von Angesicht zu Angesicht gegenüberstand, musste er zugeben, dass er ein wenig enttäuscht war.

Rein optisch bot Thrawn einen beeindruckenden Anblick. Die blaue Haut und die rot glühenden Augen boten einen netten Kontrast zur weißen Uniform und den goldenen Schulterstücken des Großadmirals. Eine Aura der Autorität umgab ihn, eine Ruhe und Aufmerksamkeit, die ihn von so vielen anderen Offizieren – selbst Admiralen – abhob, mit denen Savit im Lauf seiner langen Karriere Kontakt gehabt oder zusammengearbeitet hatte.

Hinzu kam die Tatsache, dass seine Haut und seine Augen ihn für jeden sichtbar als Nichtmenschen brandmarkten. Für so jemanden war es ungleich schwerer, in der imperialen Hierarchie aufzusteigen oder auch nur in die Flotte aufgenommen zu werden. Die Tatsache, dass er es bis an die Spitze geschafft hatte, war ein Beweis für seine strategischen und taktischen Fähigkeiten.

Aber Thrawn hatte einen eklatanten, fatalen Makel: Er besaß keinerlei politische Kompetenz.

Seine Reaktion auf Krennics und Tarkins Worte bewies das über jeden Zweifel hinaus. Brillanter Taktiker hin oder her, Liebling des Imperators oder nicht – er hatte ausgesehen wie eine Womp-Ratte im Scheinwerferlicht eines heranrasenden Gleiters.

Tatsächlich hätte Savit eine große Summe Geld darauf gewettet, dass Thrawn selbst jetzt noch keine Ahnung hatte, worum es bei diesem Gespräch eigentlich gegangen war.

Aber das sollte sich ja leicht herausfinden lassen. »Interessant, nicht wahr?«, fragte er beifällig, während sie durch den Korridor zum Hangar der *Firedrake* schritten. »Dieses kleine Tänzchen.«

»Verzeihung?«

Innerlich schüttelte Savit den Kopf. Damit war seine Vermutung bestätigt. »Das Tänzchen zwischen Krennic und Tarkin«, erklärte er. »Krennic leitet Stardust. Tarkin will ihm das Projekt wegnehmen. Darum hat er Sie ins Spiel gebracht.«

Thrawn schien ein paar Schritte zu brauchen, um das zu verarbeiten. »Glaubt er, dass ich ihm bei diesem Konflikt helfen werde?«

»Vielleicht«, erwiderte Savit. »Aber in erster Linie geht es ihm wohl darum zu zeigen, dass er ein besserer Administrator ist. Er hat einen Experten hinzugezogen, um das Problem zu lösen – Krennic nicht. Das lässt ihn schlecht aussehen.«

Zwei weitere Schritte herrschte Stille. »Sie sagen also,

meine Aufgabe hier ist nicht die eines Problemlösers, sondern lediglich die einer Waffe?«

»Exakt«, bestätigte Savit. Er korrigierte seine Einschätzung des Chiss ein wenig nach oben.

Aber nur ein klein wenig. Schließlich hatte er Thrawn erst alles buchstabieren müssen. Und selbst dann hatte der Admiral die Sache noch in militärische Begriffe umwandeln müssen, ehe er das zugrundeliegende Konzept erkannte.

»Und machen Sie sich keine Illusionen«, fuhr er fort. »Jetzt, wo Tarkin Sie auf sein kleines Schlachtfeld geführt hat, werden beide Seiten versuchen, Sie zu benutzen. Für Tarkin sind Sie der Knüppel, den er Krennic zwischen die Beine werfen kann. Und Krennic wird natürlich auf Tarkins Verbindung zu Ihnen pochen, um dessen Ansehen beim Imperator zu schmälern.«

»Aber nur, falls ich scheitere.«

»Vertrauen Sie mir«, sagte Savit mit einem schnaubenden Lachen. »Wenn Gouverneurin Haveland diesen verfluchten Dingern selbst nach drei Jahren nicht Herr werden konnte, dann werden Sie es nicht in einer Woche schaffen.«

»Wir werden sehen«, entgegnete Thrawn. »Haben Sie die Informationen über die Grallocs, die Sie mir geben sollten?«

Der Mann hatte Selbstvertrauen, das musste Savit ihm lassen. »Ja, hier.« Er zog eine Datenkarte aus seiner Tasche und reichte sie dem Chiss. »Wie genau wollen Sie denn ...?«

»Admiral?«, ertönte da eine Stimme hinter ihnen.

Savit drehte sich um und sah einen Mann mittleren Alters auf sich zukommen, gekleidet in eine weiße Uniformjacke mit den Rangabzeichen eines Colonels.

Und hinter der Uniformjacke bauschte sich ein schenkellanger weißer Umhang.

Einmal mehr schüttelte Savit innerlich den Kopf. Er wusste, dass Krennics Umhang ein Ausdruck seiner selbstverliebten Allüren war. Doch er hatte nicht damit gerechnet, dass diese Allüren auch auf seine Mitarbeiter abgefärbt hatten.

»Ich hatte gehofft, Sie noch zu sprechen, bevor Sie auf die *Chimaera* zurückkehren«, sagte der Fremde. Trotz seines drängenden Tonfalls schien er es nicht wirklich eilig zu haben. Vermutlich rief sein Umhang bei anderen normalerweise so viel Respekt hervor, dass sie ihre Zeit opferten, um ihm Zeit zu sparen.

Falls die Dinge bei Projekt Stardust so liefen, fein. Aber das war das Flaggschiff eines Großadmirals. »Dann beeilen Sie sich mal besser«, grollte Savit. Anschließend wandte er sich ab und ging weiter.

Erst nach drei Schritten bemerkte er, dass Thrawn ihm nicht folgte.

Also blieb er stehen und drehte sich erneut um. Thrawn stand noch immer drei Schritte hinter ihm und wartete geduldig darauf, dass der Kerl mit dem Umhang zu ihm aufschloss.

Diesmal schüttelte Savit wirklich den Kopf, ohne seine Verärgerung zu verbergen. Hatte er Thrawn nicht gerade erklärt, dass er Tarkins Waffe war? Und jetzt konnte der Admiral nicht mal einem von Krennics Lakaien die Stirn bieten?

Ein hoffnungsloser Fall. Für Savit blieb nur noch eine Frage: Welcher von beiden, Krennic oder Tarkin, würde Thrawn besser manipulieren, bevor sie ihn wegwarfen?

Der Fremde kam gemächlichen Schrittes näher. Er war noch nicht ganz mittleren Alters, wie Savit jetzt erkannte – zumindest nicht seinem Äußeren nach.

Aber das betraf nur seine Haut und seine Haltung. Seine Augen waren die eines ungleich älteren Mannes.

»Ich bin Vizedirektor Brierly Ronan«, stellte er sich vor, als hätten die beiden Admirale sich das nicht schon längst gedacht. »Direktor Krennic hat mich angewiesen, Sie als Beobachter bei Ihrer Operation zu begleiten, Admiral Thrawn.«

»Sie sind an Bord der *Chimaera* willkommen«, erwiderte Thrawn, dann wandte er sich Savit zu. »Was wollten Sie gerade sagen, Admiral?«

Savit brauchte mehrere Sekunden, um sich daran zu erinnern, was Thrawn meinte. »Ich wollte Sie fragen, wie genau Sie gegen die Grallocs vorzugehen gedenken.«

»Schritt für Schritt natürlich«, sagte Thrawn, den Kopf auf die Seite gelegt. »Danke für Ihre Zeit und Ihren Rat, Admiral. Ich glaube, Vizedirektor Ronan und ich finden den Weg zum Hangar von hier aus alleine.«

»Sicher«, erwiderte Savit. »Viel Glück, Admiral.«

»Danke.« Thrawn drehte sich wieder zu Ronan herum und nickte ihm zu. »Falls Sie mir folgen würden, Vizedirektor. Wir haben keine Zeit zu verlieren.«

»Ich hoffe, das ist zufriedenstellend«, sagte Commodore Faro, als sie die Tür zu Ronans neuem Quartier öffnete und ihn hineinwinkte.

Ronan trat an ihr vorbei und blickte sich um. Als einer von Direktor Krennics ranghöchsten Mitarbeitern hatte er schon viele Sternzerstörer von innen gesehen. Die Suite, die man ihm zugewiesen hatte, war sicher keine Zumutung für jemandem in seiner Position, aber es war auch bei Weitem nicht die luxuriöseste Unterkunft, die die *Chimaera* zu bieten hatte. Sie kam auf jeden Fall nicht an die Quartiere heran, die Savit für

Krennic und seine Leute bereitgestellt hatte. Vermutlich wollten Faro und ihr Vorgesetzter auf Nummer sicher gehen; sie gaben Ronan etwas, was ihn befriedigen sollte, behielten aber bessere Suiten für jemand von höherem Rang in der Hinterhand – man konnte schließlich nie wissen, wer an Bord kam. Vielleicht würde Tarkin sie besuchen. Oder gar Direktor Krennic höchstselbst.

Das war genau die Art politischer Winkelzüge, die er erwartet hatte. Man wollte sich schließlich möglichst viele Optionen freihalten. Alle sollten zufrieden sein, während man selbst nach einem Vorteil für sich suchte. Jeder spielte dieses Spiel, vom Imperator bis hinab zum unbedeutendsten Bürokraten.

Ronan war nur froh, dass er sich nicht mit diesem Unsinn herumärgern musste. Direktor Krennics schiere Brillanz und Können befreiten ihn von der Pflicht, an diesen törichten Spielchen teilzunehmen.

»Überaus zufriedenstellend«, wandte er sich an Faro. Er hätte anmerken können, dass es auf der *Chimaera* bessere Unterkünfte gab, aber er widerstand dem Drang. Warum sich zu diesen politischen Spielchen herablassen, wenn es nicht sein musste? »Ich hoffe doch, er wird die Datenkarte schnellstmöglich decodieren, damit wir anfangen können.«

»Natürlich«, versicherte Faro ihm. »Obwohl ich gestehen muss, dass ich nicht ganz verstehe, warum eine Datenkarte verschlüsselt werden muss, wenn sie dann doch persönlich übergeben wird.«

»Direktor Krennics Anweisung«, erwiderte Ronan. »Auch an Bord eines imperialen Schiffes kann es Spione geben. Und auch ein vertrauenswürdiger Kurier kann überrumpelt oder bestohlen werden. Auf diese Weise würde selbst der dreisteste Dieb mit leeren Händen dastehen.«

»Ich verstehe«, sagte Faro. Ihr Ton war höflich, aber Ronan konnte heraushören, dass sie ihn für paranoid hielt.

Nicht dass ihre Meinung ihn interessierte. Vorkehrungen wie diese waren logisch und notwendig. Andernfalls wäre das Projekt Stardust nie so lange vor neugierigen Augen und gierigen Fingern verborgen geblieben.

»Zum Glück wird die Decodierung unsere Reise nicht allzu lange hinauszögern«, fuhr Faro fort. »Admiral Thrawn wusste bereits, dass das Ziel nicht weiter als drei Stunden entfernt sein kann, vermutlich sogar weniger als zwei.«

Ronans Augen wurden schmal. Ein Sternzerstörer konnte die Position des Transferpunktes in der Tat in nur anderthalb Stunden erreichen. Aber diese Information sollte eigentlich ein gut behütetes Geheimnis sein. »Darf ich fragen, woher er das weiß?«, erkundigte er sich, einen herrischen Ton in der Stimme.

»Der Admiral ging davon aus, dass Direktor Krennic einen letzten Versuch unternehmen würde, das Problem zu lösen, bevor er Gouverneur Tarkin gegenübertritt«, erklärte Faro. Sie hatte den Hauch eines amüsierten Funkelns in den Augen, was Ronan ganz und gar nicht gefiel. »Admiral Savits Kommandobereich umfasst außerdem ein klar umrissenes Gebiet innerhalb dieser Region, und da Gouverneur Tarkin erst gestern an einem Handelsgipfel auf Charra teilgenommen hat, war sein Reisevektor ebenfalls berechenbar. Der Rest war für Admiral Thrawn nur eine simple Rechenaufgabe.«

»Aha«, machte Ronan, wobei er Faros Gesicht studierte. Er war davon ausgegangen, dass Thrawn seinen Rang durch politische Einflussnahme erlangt hätte, wie die meisten der elf Großadmirale – auch wenn in seinem Fall der Imperator persönlich die Strippen gezogen hatte und nicht eine der imperialen Dynastien. Aber offensichtlich besaß der Mann ein gewisses Maß an eigener Intelligenz.

Was nicht unbedingt etwas Gutes war. Um sicherzustellen, dass Stardust keine Ressourcen an das kurzsichtige TIE-Defender-Programm verlor, durfte Thrawn das Gralloc-Problem nicht vor Ende seiner Frist lösen. Ein halber Sieg wäre in diesem Fall eine völlige Niederlage.

Andererseits waren Gouverneurin Haveland und Großadmiral Savit selbst nach mehreren Jahren nicht in der Lage gewesen, den Grallocs den Garaus zu machen. Dass jemand, der keinerlei Erfahrung mit der Problematik hatte, diese Aufgabe innerhalb einer Woche erledigen könnte, war völlig ausgeschlossen, da konnte er noch so clever sein. Ronan musste nur sicherstellen, dass Thrawn scheiterte und genügend Ansätze und Theorien hinterließ, damit Direktor Krennic daraus selbst eine Lösung basteln könnte.

»Dann werden wir ja bald sehen, ob der Großadmiral richtig geschlussfolgert hat«, sagte Ronan. Er hatte nicht vor, Faro mehr Informationen – oder persönliche Belustigung – zuzugestehen, als unbedingt nötig war. »Geben Sie mir Bescheid, wenn wir ankommen.«

2

Das Transfersystem war ein atemberaubender Bienenstock voller Aktivität. Hunderte von Schiffen verschiedener Größen flogen in Gruppen und Reihen umher oder sprangen in den Randbereichen in oder aus dem Hyperraum. Die Brennpunkte all dieser Aktivität waren ein Dutzend großer Frachter, die über das Areal verteilt waren, jeder mit einem unscheinbaren, zivilen Transpondercode. Die kleineren Schiffe drängten sich um die Frachter zusammen und warteten, bis sie an der Reihe waren, ihre Fracht zu entladen. Eine Handvoll mittelgroßer Kriegsschiffe patrouillierte derweil rings um den Bereich, und TIE-Jäger brausten dazwischen hin und her.

Faro hatte schon mal eine ähnliche Szene gesehen, als ein neu gebauter Sternzerstörer gerade mit seiner Ausrüstung und Mannschaft bestückt worden war. Aber nicht mal da war das Treiben so komplex gewesen wie hier.

Mit einem Anflug hämischer Freude stellte sie fest, dass das System genau eine Stunde und zweiunddreißig Minuten von ihrem Treffpunkt mit der *Firedrake* entfernt lag. Thrawns Annahme, dass die Flugzeit unter zwei Stunden liegen würde, war goldrichtig gewesen. Sie hoffte, dass die Treffsicherheit des Großadmirals Ronan in gebührendem Maße beeindrucken würde.

Seine versteinerte Miene ließ aber anderes vermuten, als er auf der Brücke der *Chimaera* auftauchte.

»Vizedirektor Ronan«, grüßte Thrawn ihn, als der Mann auf den Kommandosteg zuschritt. »Oder bevorzugen Sie den Titel *Colonel*?«

»Beides ist akzeptabel«, sagte Ronan.

»Aber was *bevorzugen* Sie?«, fragte Thrawn erneut. »Ich nehme an, der militärische Rang ist größtenteils dekorativer Natur.«

Ein Muskel in Ronans Wange zuckte. »Es ist vielleicht nur ein Ehrentitel, aber er ist überaus wichtig für meine Arbeit. Sie würden sich wundern, wie viele Mitglieder des imperialen Militärs sich weigern, Zivilisten und deren Befehle ernst zu nehmen.«

»Ich verstehe, was Sie meinen«, erwiderte Thrawn, dann deutete er nach vorne, in Richtung der Aussichtsfenster. »Bitte, erklären Sie mir das hier.«

Ronans Lippe zuckte abschätzig. »Es ist nicht wirklich kompliziert«, begann er, und eine Spur Herablassung mischte sich in seine Arroganz. »Lieferungen aus den umliegenden Sektoren treffen hier ein und werden auf die größeren Frachter verladen, die sie dann zum Standort von Stardust transportieren. Auf diese Weise kennt nur eine Handvoll handverlesener und genauestens überwachter Piloten die Zielkoordinaten.«

»Der Teil ist offensichtlich«, erwiderte Thrawn nachsichtig. »Ich hoffte eigentlich auf genauere Details.«

»Was für Details?«

»Mich interessiert, welche Schiffe aus welchen Systemen in welchen Sektoren stammen«, erklärte Thrawn. »Ich möchte die Namen der Kommandanten und Mannschaften, die einzelnen Ladungsverzeichnisse und eine Liste der Unternehmen, die diese Fracht bereitstellen.«

»Warum wollen Sie das wissen?«, fragte Ronan mit gefurchter Stirn. »Sie sind hier, um uns die Grallocs vom Hals zu schaffen.«

»Wir sind hier, um ein Problem zu lösen«, korrigierte Thrawn. »Und um das zu tun, muss ich alles wissen, was relevant sein könnte.«

»Das sind sensible Informationen«, erklärte Ronan. »Falls es mit Ihrer Aufgabe zu tun hätte – vielleicht. Aber das hat es nicht.«

»Das sehe ich anders«, beharrte Thrawn. »Sollen wir Direktor Krennic um seine Meinung bitten? Oder, besser noch, den Imperator?«

Ronan presste die Lippen zusammen und wandte den Kopf ab, um aus dem Fenster zu starren. Einen Moment lang verharrte er in dieser Haltung, dann nickte er steif. »Auf einem dieser Schiffe ist ein Hafenmeister. Ich werde ihm sagen, dass er Ihnen die Listen senden soll.«

»Lieutenant Lomar ist unser Hauptkommunikationsoffizier.« Thrawn deutete auf die Kommstation in der Mannschaftsgrube. »Er wird Ihnen helfen, die Nachricht zu senden.« Anschließend wanderte sein ausgestreckter Finger weiter zu den Aussichtsfenstern. »Aber fürs Erste würde mich interessieren: Ist das da ein Gralloc?«

Ronan schnaubte leise. »Ja.«

Faro beugte sich ein wenig vor. Im Licht der umherschwirrenden Schiffe war es kaum zu erkennen; ein dunkler Umriss, der an einem der näher gelegenen Transporter vorbeitrieb. Oder vorbeiflatterte. Oder vorbeischlingerte. Es hatte fledermausartige Flügel, einen schlanken Körper und ein gewaltiges, mit Tentakeln besetztes Saugnapfmaul, welches das Wesen sofort als Verwandten der Mynocks kennzeichnete.

Und was für ein Verwandter! Während Mynocks nur selten größer als zwei Meter wurden, war diese Kreatur mindestens fünf Meter lang, mit einer ebenso gewaltigen Flügelspanne. Das allein war vermutlich schon genug, um die Grallocs von einem Ärgernis zu einem echten Sicherheitsrisiko hochzustufen. »Ziemlich schnell«, kommentierte Faro. »Und ich glaube auch nicht, dass Mynocks so wendig sind.«

»Direktor Krennic sagte doch, dass sie ein ernstes Problem darstellen«, brummte Ronan. »Wo ist es hin? Ich kann es nicht mehr sehen.«

»Ich glaube, es hat sich an diesem VCX-2000-Frachter festgesaugt.« Thrawn deutete auf das Schiff, auf das das Gralloc zugeflogen war. »Lieutenant Pyrondi?«

»Sir?«, rief die Waffenoffizierin.

»Ihre Einschätzung, Lieutenant«, forderte Thrawn. »Falls wir eine solche Kreatur ausschalten wollten, welche Methode sollten wir wählen?«

»Turbolaser wären am schnellsten«, antwortete Pyrondi. »Aber bei so vielen Schiffen könnte jeder Schuss, der danebengeht, schwere Kollateralschäden anrichten.«

»Und ein direkter Treffer würde nichts übrig lassen, was wir untersuchen könnten«, fügte Thrawn an.

»Ja, Sir, das wäre das andere Problem«, nickte Pyrondi. »Falls wir stattdessen eine unserer Laserkanonen benutzen …«

»Weshalb wollen Sie sie untersuchen?«, unterbrach Ronan

die Unterhaltung. »Ich dachte, Savit hätte Ihnen Gouverneurin Havelands gesammelte Informationen gegeben.«

»Das hat er«, bestätigte Thrawn. »Ich finde es aber nützlich, meine eigenen Daten zu sammeln.«

Ronan setzte zu einer Entgegnung an, überlegte es sich dann aber wohl besser, denn er hob entschuldigend die Hand. »Gewiss. Verzeihen Sie bitte.«

»Danke. Was wollten Sie gerade sagen, Lieutenant?«

»Laserkanonen wären sicherer für die anderen Schiffe«, erklärte Pyrondi. »Aber wir müssten näher ran, um sie einzusetzen. Traktorstrahlen wären ebenfalls eine Option. Sie haben eine größere Reichweite als die Laserkanonen, nur bin ich nicht sicher, ob wir sie weit genug fokussieren können, um etwas so Kleines damit zu erfassen. Vor allem, wenn es sich so schnell bewegt wie diese Dinger.«

»Was ist mit den Ionenkanonen?«, fragte Faro.

»Ich bezweifle, dass sie effektiv wären, Commodore«, erwiderte Pyrondi. »Wenn man sich den Lebensraum der Grallocs so ansieht, haben sie vermutlich eine angeborene Resistenz gegen Ionenstöße jeglicher Art.«

»Sonnenwinde scheinen Ihnen jedenfalls nichts auszumachen«, sagte Thrawn. »Ihre Einschätzung klingt logisch, Lieutenant. Aber um eine Theorie zu prüfen, muss man sie mit der Realität abgleichen. Wir fangen mit den Ionenkanonen an und sehen, was passiert.«

Was passierte war … nichts.

Die *Chimaera* in Position zu bringen, damit sie überhaupt auf einen der Grallocs feuern konnte, war die erste Herausforderung. Als sie näher heranflogen, stellte Faro fest, dass sie aus einer Vielzahl von Zielen wählen konnten: Hunderte der dunkelgrauen Kreaturen huschten auf der Suche nach Stromleitungen oder schlecht abgeschirmten Sensoranlagen hin und her, sofern sie sich nichts bereits an verwundbaren Stellen festgesaugt hatten. Aber wie Pyrondi befürchtet hatte, bewegten die Grallocs sich so schnell und unberechenbar, dass es unmöglich war, sie anzuvisieren. Nachdem sie fast eine Stunde versucht hatten, bis auf Feuerreichweite an die Geschöpfe heranzukommen, befahl Thrawn Pyrondi schließlich, einen Gralloc zu finden, der bereits an einem Frachter hing, und den abzuschießen.

Auch dieser Versuch erwies sich als fruchtlos. Das Tier flatterte aus dem Ionenstrahl heraus, ohne sichtlichen Schaden zu nehmen. Der Frachter selbst kam nicht so glimpflich davon, und nachdem der Captain das Kommsystem wieder zum Laufen gebracht hatte, drohte er damit, Krennic oder Tarkin oder gleich den Imperator persönlich zu informieren, damit sie diesen einfältigen Sternzerstörer-Kommandanten für seinen Leichtsinn bestraften.

Thrawn konnten die Drohungen nicht beeindrucken, Ronan hingegen schon. Fasziniert beobachtete Faro das Wechselspiel der Emotionen, die über sein Gesicht huschten. Kurz glaubte sie, dass er zur Kommstation hinübermarschieren und Krennic selbst kontaktieren würde.

Zum Glück hielt er sich zurück.

Aber vermutlich bereute er diese Entscheidung, als Thrawn Befehl gab, drei weitere Grallocs anzugreifen, die sich an drei weiteren Frachtern festgesaugt hatten.

»Interessant«, befand Thrawn mit ruhiger Stimme, nachdem der letzte verbale Feuersturm aus dem Komm verstummt war. »Commodore, ist Ihnen aufgefallen, in welchem Vektor die Grallocs vor unseren Ionenstrahlen davongeflogen sind?«

Faro runzelte die Stirn und durchforstete ihr Gedächtnis. Soweit sie es hatte erkennen können, waren die Grallocs einfach von den Schiffshüllen fortgeglitten und in Sicherheit geflogen. Aber Thrawn hatte offensichtlich mehr gesehen. »Nein, Sir, nicht wirklich«, räumte sie ein. »Ich war auch mit der Abschätzung möglicher Schäden an den Schiffen beschäftigt, nachdem unsere Angriffe fehlschlugen.«

»Commander Hammerly, holen Sie die Sensordaten auf den Hauptschirm«, befahl Thrawn. »Sehen wir uns das noch mal genauer an.«

Faro sah sich die Aufzeichnungen genau an. Als sie beim dritten Angriff angelangten, glaubte sie, ein Muster zu erkennen.

Beim vierten Angriff war sie überzeugt.

»Die Grallocs folgen bei ihrer Flucht dem Zerstreuungsmuster der Ionenstrahlen«, sagte sie.

»Sehr gut«, lobte Thrawn. »Commander, noch einmal, bitte. Commodore, Ihre Theorie?«

Faro blickte mit gefurchter Stirn zum Schirm hoch, während Hammerly die Aufzeichnung ein weiteres Mal ablaufen ließ. »Ich bin mir nicht sicher, Sir«, gestand sie. »Vielleicht verwirren die Strahlen sie. So wie Insekten, die einem Leuchtstab folgen, weil sie sein Licht mit dem eines planetaren Mondes verwechseln. Oder die Grallocs nähren sich von den Ionen.«

»Vizedirektor?« Thrawn wandte sich auffordernd zu Ronan um. »Fällt Ihnen vielleicht etwas dazu ein?«

»Nur, dass das Ihr Problem ist und nicht meines«, entgegnete Ronan schroff. »Und, dass Sie Ihre Zeit vergeuden.« Als er innehielt, hatte Faro einmal mehr den Eindruck, dass er sich zwang, seine Gedanken neu zu ordnen. »Aber es ist Ihre

Mission und Ihre Zeit«, fuhr er schließlich mit ruhigerer Stimme fort. »Falls Sie lieber Informationen für die imperialen Datenbanken sammeln wollen, anstatt diese Dinger zu töten, dann ist das Ihre Sache.«

»Ich weiß Ihre Nachsicht zu schätzen«, sagte Thrawn. »Lieutenant Pyrondi, bereiten Sie einen Test mit den Laserkanonen vor. Vizedirektor Ronan möchte wissen, wie man diese Kreaturen tötet.«

Wenn ein Frachter von einer Salve aus einer Ionenkanone getroffen wurde, dann setzte ihn das für ein paar Minuten oder auch ein paar Stunden außer Gefecht, aber es blieben nur selten echte Schäden zurück. Bei einer Salve aus einer Laserkanone verhielt sich das anders. Folglich gab Thrawn den Kanonieren der *Chimaera* genaue Anweisungen, wie schnell, mit welchen Energieeinstellungen und auf welche Schiffsteile sie schießen durften.

Das Resultat war noch weniger hilfreich als die Ionentests. In einem Zeitraum von zwei Stunden fand die *Chimaera* gerade mal drei Grallocs, die sich in einer günstigen Position befanden, und das unberechenbare Flugmuster der Kreaturen sorgte dafür, dass alle drei Salven danebengingen.

»Sollen wir es jetzt mit den Turbolasern versuchen?«, fragte Ronan im Tonfall mühsam unterdrückter Ungeduld, nachdem der letzte der Grallocs hinter einem YT-2400-Frachter außer Sicht und außer Reichweite entschwunden war. »Mit einem weiter gefächerten Feuerfeld könnten wir ihnen zumindest die Flügelspitzen verbrennen.«

»Admiral!«, rief Hammerly drängend. »Der Allanar-N3-Frachter, Peilung zwei-siebenundvierzig zu dreiunddreißig, scheint die Kontrolle verloren zu haben. Sein Hyperantrieb fährt hoch. Ich zähle vier bis sechs Grallocs an seiner Hülle.«

»Sie müssen die Energieversorgung kurzgeschlossen haben«, stieß Ronan hervor. »Falls er jetzt in den Hyperraum springt …«

»Ionenkanonen«, schnappte Thrawn. »Den Allanar N3 anvisieren und feuern.«

Doch es war zu spät. Noch während die *Chimaera* dem Schiff eine Salve aus Ionenimpulsen entgegenspie, gab es ein Flackern von Pseudobewegung, und der Frachter verschwand in den Hyperraum.

Ronan stieß einen leisen Fluch aus. »Der nächste Verlust. Vermutlich war er noch nicht mal entladen.«

Faros Augen wurden zu Schlitzen. »Ist das alles, was Sie interessiert?«, fragte sie. »Die *Fracht*?«

»Und natürlich auch seine Mannschaft«, entgegnete er steif, wobei er ihren stechenden Blick ebenso stechend erwiderte. »Ich bin kein Monster.«

»Nein, natürlich nicht«, sagte Faro. Ihr Tonfall war nur eine Winzigkeit von offener Insubordination entfernt.

»Wie viele Schiffe haben Sie schon auf diese Weise verloren?«, wollte Thrawn wissen.

»Keine Ahnung.« Ronans wütender Blick richtete sich auf den Admiral. »Zu viele. Was macht das für einen Unterschied?«

»Und sie verschwinden immer?«

»Was ist das für eine Frage?«, blaffte Ronan. »Natürlich verschwinden sie. Diese verfluchten Grallocs fressen sich weiter durch die Strom- und Kontrollleitungen, bis der Hyperantrieb ausfällt, und dann treiben die Schiffe für alle Ewigkeit irgendwo im interstellaren Raum.«

»Das scheint mir kontraproduktiv für die Grallocs«, kommentierte Thrawn. »Ausgerechnet den Teil eines Schiffes anzugreifen, der sie selbst und ihre Nahrungsquelle irgendwo im All stranden lässt.«

»Falls es Ihnen noch nicht aufgefallen ist, Grallocs sind nicht gerade eine intelligente Spezies.«

»Mag sein«, erwiderte Thrawn. »Ich glaube, Sie hatten den Wechsel zu Turbolaserfeuer vorgeschlagen?«

»Ich habe was …?« Ronans Nase zuckte, und Faro sah den Schatten boshaften Amüsements über sein Gesicht huschen. Thrawn war besser darin, den Faden einer unterbrochenen Unterhaltung wiederaufzunehmen, als die meisten Leute erwarteten, und das sorgte nicht selten für Verwirrung. »Oh. Nein, das war sarkastisch gemeint.«

»Ah«, machte Thrawn. »Aber Sie haben recht. Es ist Zeit, eine neue Strategie auszuprobieren.« Er hob die Stimme. »Captain Dobbs? Haben Sie alles mitbeobachtet?«

»Ja, Sir«, drang die Stimme des TIE-Defender-Geschwaderkommandanten aus den Lautsprechern.

Faro runzelte die Stirn. Sie hatte völlig übersehen, dass Thrawn Dobbs auf die Brücke durchgestellt hatte.

»Ihre Einschätzung?«, forderte Thrawn.

»Das wird knifflig, Sir«, erwiderte Dobbs. »Sie sind ziemlich schnell und viel beweglicher als jeder Sternjäger. Aber ich glaube, ich kann Ihnen einen besorgen.«

»Sehr gut, Captain«, sagte der Admiral. »Starten Sie, sobald Sie bereit sind. Wir suchen dann ein Ziel für Sie.«

»Jawohl, Sir.«

»Was soll das?«, fragte Ronan. »Wer ist Captain Dobbs?«

»Captain Benj Dobbs ist der neue Kommandant meines TIE-Defender-Geschwaders«, informierte ihn Thrawn.

Faro zuckte innerlich zusammen. *Der neue.* Dobbs war der Ersatz für Captain Vult Skerris, der wegen seiner Arroganz bei einer Raumschlacht über Lothal das Leben verloren hatte.

Leider war Skerris nicht nur arrogant gewesen, sondern auch ein brillanter Kampfpilot. Weder Dobbs noch einer der anderen TIE-Piloten kam auch nur ansatzweise an sein Geschick heran.

Und das könnte ein Problem werden. Denn sobald Thrawn dieses Gralloc-Problem gelöst hätte und sie nicht länger in Tarkins und Krennics kleinen Machtkampf verwickelt wären, würde die *Chimaera* nämlich mit Sicherheit wieder Kampfeinsätze übernehmen.

Faro konnte nur hoffen, dass Dobbs und seine Piloten den kommenden Herausforderungen gewachsen waren.

Ronan hatte schon ein- oder zweimal Demonstrationen von Thrawns hochgelobten TIE-Defendern gesehen. Sie hatten ihn nicht beeindruckt.

Und sie taten es auch jetzt nicht.

Der Pilot – Dobbs – war augenscheinlich kompetent; er wirbelte und sauste durch das Meer der Frachtschiffe und erinnerte dabei selbst ein wenig an einen übergroßen Gralloc, nur dass der TIE-Defender eben seine drei unverkennbaren Flügel hatte, und nicht bloß zwei, so wie die Grallocs. Seine Konzentration und seine Entschlossenheit schienen gleichermaßen unerschütterlich, und wann immer Thrawns Sensoroffizier ihm neue Koordinaten schickte, raste er los und machte Jagd auf sein Ziel.

Leider waren Konzentration und Entschlossenheit kein Ersatz für Erfolg. Auch nach zwei Stunden war Dobbs seinem Ziel keinen Schritt näher gekommen.

Der Großadmiral schien derweil jegliches Interesse an der ganzen Sache verloren zu haben. Keine zehn Minuten, nachdem Dobbs gestartet war, war Thrawn davonstolziert, um unten in der Mannschaftsgrube mit Commodore Faro zu sprechen. Ronan war allein auf dem Kommandosteg zurückgeblieben, um die hoffnungslosen Bemühungen des TIE-Defenders zu beobachten.

Oh, wie er diese hochrangigen Flottenoffiziere hasste. Schicke Uniform und nichts dahinter, einer wie der andere.

Er atmete tief durch. Jeder Instinkt in ihm wollte gegen die unglaubliche Ineffizienz dieser Operation protestieren – von Thrawns Faszination von dem Verhalten der Grallocs über die sinn- und zwecklosen Feuerversuche mit den Ionenkanonen bis hin zu diesem jüngsten Fehlschlag mit dem TIE-Defender. Nichts davon hatte auch nur ansatzweise mit der Lösung ihres Problems zu tun. Direktor Krennic verlangte von all seinen Mitarbeitern höchste Effizienz, und Ronan hatte dieses Talent im Lauf der Jahre zur Perfektion gebracht.

Aber das war nicht seine Aufgabe hier an Bord der *Chimaera*. Ja, Thrawn sollte das Gralloc-Problem lösen ... aber nicht zu schnell oder zu effektiv. Je mehr Zeit der Großadmiral mit diesem Vorgeplänkel vergeudete, umso größer die Wahrscheinlichkeit, dass er Krennics Bedingungen nicht rechtzeitig erfüllen konnte.

Und dann würden die Mittel für das TIE-Defender-Programm wieder dem Projekt Stardust zugeführt werden, wo sie gebraucht wurden. Wo sie hingehörten.

»Was denken Sie, Vizedirektor?«

Ronan schreckte hoch. Seine Augen waren ganz auf Dobbs konzentriert gewesen, seine Gedanken auf die Inkompetenz, die Stardust von allen Seiten bedrohte, und er hatte gar nicht bemerkt, dass Thrawn wieder zu ihm getreten war. »Wie ich schon vor zwei Stunden sagte, das ist Zeitverschwendung«, antwortete er. »Nicht mal ihr schicker Sternjäger kann die Grallocs fangen.«

»Ja«, nickte Thrawn. »Aber das liegt hauptsächlich daran, dass die Grallocs ihm ausweichen wollen.«

Ronan schnaubte. »Natürlich wollen sie ihm ausweichen. Sie sehen eine Bedrohung in ihm.«

»Und genau das ist der Schlüssel«, erklärte Thrawn. »Commodore?«

»Lieutenant Fentaugh ist bereit, Admiral«, rief Faro aus der Mannschaftsgrube.

»Startfreigabe.«

Ronan runzelte die Stirn. *Startfreigabe?* Er wandte sich wieder den vorderen Aussichtsfenstern zu.

Und tatsächlich, ein paar Sekunden später löste sich ein zweiter TIE-Defender aus der Hangarbucht im Bauch der *Chimaera*. Er brauste am Bug des Sternzerstörers vorbei und hielt auf die Ansammlung von Frachtschiffen zu. »Was jetzt?«, fragte Ronan. »Wollen Sie einen der Grallocs einkreisen? Denn ich kann Ihnen jetzt schon versichern, zwei Sternjäger werden genauso wenig bewirken wie einer.«

»Ich weiß«, sagte Thrawn. »Aber Lieutenant Fentaughs Defender soll sie auch nicht jagen.«

»Was macht er dann?«

Aus dem Augenwinkel sah er, wie ein schmales Lächeln auf Thrawns Gesicht erschien. »Er spielt die Beute«, erklärte der Großadmiral. »Lieutenant Hammerly, die Sensordaten von Defender zwei.«

»Ja, Sir.« Das Sensorbild eines TIE-Defenders erschien auf dem Taktikdisplay.

Ronan beugte sich zu dem Bildschirm vor. Alles an dem Sternjäger wirkte vollkommen normal ... abgesehen von der blitzenden Hochspannungsenergie an einer seiner Flügelspitzen.

»Ich ließ die Energie, die normalerweise für Laserkanone sechs bestimmt ist, in eine externe Leitungsschlaufe umleiten«, führte Thrawn aus. »Sehen wir mal, ob das ihre Aufmerksamkeit erregt.«

Die knisternde Energieschlaufe verfehlte ihre Wirkung nicht. Fentaughs Defender hatte den nächstliegenden Frachter noch nicht mal erreicht, da lösten sich drei Grallocs vom Rumpf des größeren Schiffes und flatterten in rasantem Tempo auf den Sternjäger zu.

»Sie sind noch schneller, als ich erwartet habe«, murmelte Faro.

»In der Tat«, nickte Thrawn. »Es dürfte interessant werden herauszufinden, wie sie solche Geschwindigkeiten erreichen. Captain Dobbs, ich glaube, Ihr Ziel wartet auf Sie.«

»Schon dran, Sir«, erklärte Dobbs abgehackt. »Wollen Sie ihn tot oder lebendig?«

»Fangen wir sicherheitshalber mit tot an«, antwortete Thrawn. »Falls nötig können wir später noch einen lebendigen Gralloc fangen. Ich schlage vor, Sie nehmen das dritte Tier in der Gruppe ins Visier. Sehen Sie es?«

»Das Biest, das ein wenig hinter die anderen zurückfällt? Ja, Sir.«

»Sein mangelndes Interesse lässt darauf schließen, dass er sich erst kürzlich vollgefressen hat«, sagte Thrawn. »Sie haben Feuerfreigabe.«

»Verstanden, Sir. Fentaugh, neig deine Maschine um zwanzig Grad nach oben und behalte diesen Vektor bei.«

Ronan musste gestehen, dass es das wohl präziseste Manöver war, das er je gesehen hatte. Während Fentaughs Jäger höher stieg, setzte Dobbs sich hinter das Trio von Grallocs und rückte näher an das Tier heran, das Thrawn ausgewählt hatte. Dann blitzte kurz Laserfeuer auf, und das Flattern des Grallocs verwandelte sich in ein krampfhaftes Zucken, ehe er vollkommen erschlaffte.

Natürlich mussten sie den Kadaver jetzt noch zur *Chimaera* transportieren. Ronan erwartete, dass Thrawn einen Shuttle losschicken würde, aber Dobbs nahm sich der Sache bereits selbst an. Er flog langsam an den toten Gralloc heran und neigte sein Schiff so, dass sich der Kadaver zwischen den Spitzen der gespaltenen TIE-Flügel befand. Anschließend drehte er den Sternjäger ruckartig herum, sodass das Tier nach außen geschleudert wurde und sich zwischen den Spitzen eines Flügels verkeilte. Jetzt musste Dobbs nur noch behutsam wenden und dann, begleitet von Fentaugh, in gemächlichem Tempo zur *Chimaera* zurückfliegen.

»Ausgezeichnet«, sagte Thrawn. »Commodore, gehen Sie zur Krankenstation. Ein Untersuchungsraum und die Droiden sollen für den Kadaver vorbereitet werden.«

»Ja, Sir.« Faro kletterte die Stufen aus der Mannschaftsgrube hoch und eilte zum Turbolift im hinteren Teil der Brücke.

»Sie haben Droiden, die einen Kadaver sezieren können?«, fragte Ronan.

»In gewisser Weise«, erwiderte Thrawn. »Imperiale Kriegsschiffe haben keine ausgebildeten Exobiologen an Bord, es sei denn, sie befinden sich auf einer Mission, bei der solches Personal nötig ist. Die Archive der *Chimaera* enthalten aber ein Exobiologie-Programmierpaket. Wir werden dieses Programm in zwei unserer 2-1B-Medidroiden herunterladen. Das sollte für unsere Zwecke genügen.«

»Ich wusste gar nicht, dass die Flotte so gründlich ist.«

»Im Allgemeinen ist sie das auch nicht«, räumte Thrawn ein. »Aber ich versuche stets, auf möglichst viele Eventualitäten vorbereitet zu sein.«

Ronan nickte vor sich hin. Mit anderen Worten: Thrawn hatte eine Lücke im Informationsnetz der Flotte entdeckt und es persönlich auf sich genommen, sie zu schließen.

Einmal mehr korrigierte er seine Meinung über den Chiss nach oben.

»Kommen Sie.« Thrawn deutete zum hinteren Teil der Brücke. »Sehen wir mal, was wir über Direktor Krennics Widersacher in Erfahrung bringen können.«

3

Großadmiral Savit hatte im Lauf der Jahre die Erfahrung gemacht, dass die meisten Moffs und Gouverneure am liebsten Holoprojektoren benutzten, um mit anderen hochrangigen zivilen oder militärischen Führungspersönlichkeiten zu kommunizieren. Teilweise lag das sicher an der niedrigeren Auflösung der Holobilder, die es leichter machten, Miene und Gedanken vor Rivalen und potenziellen Gegnern zu verbergen.

Hauptsächlich – oder zumindest war das Savits Vermutung – hatte es aber damit zu tun, dass auch der Imperator meist nur Holoprojektionen benutzte, und für Moffs wie Haveland war Imitation die aufrichtigste Form der Schmeichelei.

Doch zumindest diesmal traf der erste Aspekt dieser Erfahrung nicht zu. Der Ausdruck auf dem Gesicht des flackernden Hologramms war mehr als deutlich, und er verriet mehr Wut und Frustration, als Savit je bei Haveland gesehen hatte.

»Mir wurde gerade zugetragen, dass ein *weiterer* meiner Frachter von diesen dreimal verfluchten Grallocs kurzgeschlossen und zerstört wurde!«

»Das habe ich auch gehört«, bestätigte Savit. »Die *Chimaera* meldet, dass Frachter AL6-KM44 vorzeitig in den Hyperraum gesprungen ist, nachdem die Grallocs die Energieleitungen beschädigten. Das Schiff wird als verloren gelistet. Es war ein Allanar N3, ein leichter …«

»Ich weiß, was für ein Schiff es war«, unterbrach Haveland ihn barsch. »Sagten Sie nicht, dieser blauhäutige Thrawn würde das Problem lösen?«

»*Großadmiral* Thrawn hat gerade erst mit der Arbeit begonnen«, erklärte Savit, wobei er das ganze Gewicht seines Ranges und seiner Erfahrung in diese Worte legte. Was immer er auch persönlich von Thrawn halten mochte, der Mann war ein Großadmiral, und ein Zivilist hatte Respekt vor einem Großadmiral zu haben. Dabei war es ganz egal, wie viel Macht oder Einfluss Haveland hatte. »Ich hörte aber, dass er bereits einen der Grallocs töten konnte und der Kadaver gerade untersucht wird.«

»*Einen* Gralloc? Ist das etwa sein Plan? Die Biester eins nach dem anderen erledigen?«

»Ich kenne seine Pläne nicht«, sagte Savit. »Aber ich möchte Sie daran erinnern, dass die Grallocs Ihnen jahrelang ein Dorn im Auge waren, ohne dass Sie nennenswerte Fortschritte gemacht haben. Thrawn soll ein Experte für solche Probleme sein. Ich würde also vorschlagen, dass Sie ihm eine Chance geben.«

»Nun, lassen Sie mich Ihnen etwas über Ihren großen Helden verraten«, grollte Haveland. »Nach dem, was *ich* gehört habe, verdankt er den Großteil seiner Erfolge einem einzelnen Mann, den er stets im Hintergrund gehalten hat – jemand, der nie beachtet, nie geehrt und nie befördert wurde.«

»Wirklich?«, sagte Savit. »Das haben Sie also gehört, hm?«

»Ja«, erwiderte Haveland grimmig. »Aber im Lauf der Zeit machte die Geschichte dieses geheimen Beraters im Oberkommando die Runde, und Thrawns Kartenhaus drohte in sich zusammenzustürzen. Da ist diese Person ganz mysteriöser- und praktischerweise vom Erdboden verschwunden. Bis heute weigert Thrawn sich, irgendjemandem zu sagen, was mit dem Mann passiert ist.«

»Faszinierend«, brummte Savit. »Haben Sie vielleicht auch den Namen dieses geheimnisvollen Genies?«

Ein Anflug von Verunsicherung zerrte an Havelands wütender Miene. »Es gibt mehrere Möglichkeiten. Commander Alfren Cheno, Commander Eli Vanto, Admiral Plor Wiskovis ...«

»Genau wie ich mir dachte«, seufzte Savit. »Eine Vielzahl von Namen und ein Durcheinander von Details. So etwas nennt man haltlose Gerüchte.«

»Aber oft ist ein haltloses Gerücht eine Tatsache, die nur noch nicht bestätigt werden konnte.«

»Und ebenso oft ist es eine Seifenblase, die durch die Gegend treibt, bis sie platzt«, konterte Savit. »Ich schlage vor, Sie hören weniger auf solches Geschwätz und konzentrieren sich lieber auf den Schutz Ihrer Schiffe.«

»Und *ich* schlage vor, dass Sie weniger Zeit mit Belehrungen vergeuden und endlich dieses Ungeziefer loswerden«, entgegnete Haveland.

»Das habe ich nicht in der Hand«, erklärte Savit. »Wir werden beide hoffen müssen, dass Tarkin und Krennic die richtige Entscheidung getroffen haben, als sie Thrawn herschickten. Einen schönen Tag noch, Gouverneurin.«

Haveland hätte vermutlich gerne das letzte Wort gehabt – oder auch zwanzig –, aber er deaktivierte den Holoprojektor, bevor sie auch nur den Mund öffnen konnte.

Einen langen Moment starrte er auf die Stelle, an der eben noch das Hologramm geschwebt hatte. Theoretisch könnte er immer noch zum Transferpunkt fliegen und der *Chimaera* seine Unterstützung anbieten oder zumindest überprüfen, welche Fortschritte Thrawn machte. Tarkin hatte angedeutet, dass Savit dem Chiss helfen sollte; vielleicht hatte er ja genau so etwas gemeint.

Aber diese Sache war ein politisches Schachspiel, und beide Seiten würden seinen Verlauf mit der Aufmerksamkeit hungriger Raubtiere beobachten. Savit musste den richtigen Moment wählen, bevor er etwas unternahm, und selbst dann musste er möglichst unauffällig bleiben. Er hatte nicht vor, den Zorn von Tarkins Gegnern auf sich zu ziehen. Dafür war schließlich Thrawn da.

Trotzdem ...

Savit runzelte die Stirn. Er kannte die Gerüchte, die Haveland angeführt hatte. Und im Gegensatz zu ihr hatte er sich sogar die Zeit genommen, sämtliche Namen zu überprüfen, die in den diversen Geschichten über Thrawns angeblichen Wunderhelfer auftauchten. Keine dieser Personen war verschwunden; die meisten waren sogar noch im aktiven Dienst, und der Rest hatte unter vollkommen nachvollziehbaren Umständen seinen Abschied zum Militär genommen.

Alle ... bis auf einen. Und diese eine Anomalie ließ Savits Gefahrensinn anschlagen.

Wo steckte Commander Eli Vanto?

Eigentlich hatte alles ganz gut angefangen, überlegte Lieutenant Eli Vanto, während er sich durch die nächste Datenliste voll filigraner Chiss-Schriftzeichen arbeitete. Thrawn hatte erklärt, dass die Chiss-Aszendenz dringend jemanden mit seinen Talenten und Fähigkeiten brauchte, und natürlich hatte er diese neue Mission angenommen. Der Großadmiral hatte daraufhin Elis Freistellung von seinem Dienst an Bord der *Chimaera* arrangiert, ohne irgendwelche Aufmerksamkeit zu erregen. Eli hatte den imperialen Raum verlassen und war voller Hoffnungen und Erwartungen zu dem Treffpunkt geflogen, den Thrawn ihm übermittelt hatte. Er war ganz hibbelig gewesen, aus Vorfreude auf das Unbekannte.

Ich bin Admiral Ar'alani von der Verteidigungsflotte der Chiss, hatte ihn die blauhäutige Frau auf der Brücke ihres Schiffes begrüßt. *Sind Sie der Eine*?

Ich bin der Eine, hatte Eli bestätigt, seine Stimme erfüllt von der Mischung aus Zuversicht und Respekt, die ihm während seiner Jahre in der imperialen Flotte so gute Dienste erwiesen hatte. *Ich bin Eli Vanto. Ich überbringe Ihnen Grüße von Mitth'raw'nuruodo. Er glaubt, meine Dienste könnten der Chiss-Aszendenz von Vorteil sein.*

Willkommen, Eli Vanto, hatte sie geantwortet. *Lassen Sie uns herausfinden, ob er recht hat.*

Das war vor einem Jahr gewesen. Rückblickend, so überlegte Eli ein wenig säuerlich, hätte er an Ar'alanis Worten und ihrem Tonfall erkennen sollen, dass sie alles andere als beeindruckt war.

Das Erste, was ihn an Bord der *Steadfast* erwartet hatte, war eine Degradierung vom imperialen Commander zum Lieutenant der Chiss-Verteidigungsflotte. Das war keine Überraschung gewesen; verschiedene Militärapparate hatten verschiedene Rangsysteme. Das Zweite war ein Intensivkurs in Cheunh, der Hauptsprache der Chiss. Auch damit hatte er gerechnet. Obwohl viele an Bord die Handelssprache Sy Bisti sprachen, die Eli fließend beherrschte, konnte er wohl kaum erwarten, dass sich die gesamte Mannschaft an die Bedürfnisse eines einzelnen Neuzugangs anpasste. Vor allem wenn dieser Neuzugang ein Nicht-Chiss war.

Womit Eli aber nicht gerechnet hatte, war, dass man ihn hier in die Analyseabteilung abschieben würde. Er hatte erwartet, dass man ihn auf eine Art Führungs- oder Kommandoposition vorbereiten würde; stattdessen durchkämmte er nun Daten, suchte nach Mustern und stellte Prognosen an.

Das war schon immer seine große Stärke gewesen. Selbst Thrawn, dieses taktische und strategische Genie, hatte erkannt, dass Eli ihm in diesem Bereich überlegen war, und er hatte sein Talent optimal genutzt. Rückblickend war es nicht wirklich überraschend, dass er diese Information auch an Ar'alani weitergeleitet hatte.

Es gab da nur ein kleines Problem: Soweit Eli sehen konnte, waren sämtliche Daten, die man ihm vorgesetzt hatte, wertlos.

Da waren keine Protokolle über Schifffahrtslinien, keine Frachtverzeichnisse, keine Aufzeichnungen über Schmuggler. Da waren keine Personallisten, keine Berichte über fremde Truppen oder die Operationen anderer Spezies. Da waren nicht mal interne Informationen über den Energieverbrauch der *Steadfast*, nichts, was man zumindest nutzen könnte, um Fehler in den Systemen des Schiffes aufzuspüren oder potenzielle Ausfälle vorherzusehen.

Um ehrlich zu sein, fühlte sich das Ganze an, als würde man ihn hinhalten. Und er hasste es, hingehalten zu werden.

Aber er schätzte Ar'alani als intelligente Person ein. Vielleicht war dies alles nur ein Test seiner Geduld oder seiner Bereitschaft, selbst die unsinnigsten Befehle mit Feuereifer auszuführen. Thrawn hatte ihn jedenfalls mehr als einmal auf die Probe gestellt.

Davon abgesehen war ja nicht seine *ganze* Zeit hier Routine gewesen. Es hatte zum Beispiel ein verbissenes Gefecht mit den Grysk und einigen ihrer Verbündeter gegeben, dicht am imperialen Rand der Unbekannten Regionen. Das waren definitiv ein paar aufregende Tage gewesen. Als sich die Anspannung schließlich gelegt hatte, hatte Eli gehofft, dass man nun wichtigere Aufgaben für ihn haben würde.

Leider war dem nicht so gewesen. Auf gewisse Weise war seine Arbeit sogar noch monotoner geworden.

Was aber nicht heißen sollte, dass die *Steadfast* nicht auf riskanter Mission unterwegs war. Im Gegenteil, sie schwebten die ganze Zeit schon in Gefahr, und jetzt war die Gefahr größer denn je.

Das Interkomm an seiner Station gab ein Drei-Ton-Trillern von sich. »Lieutenant Ivant, melden Sie sich umgehend auf der Brücke«, befahl die Stimme des Ersten Offiziers Khresh.

»Verstanden«, rief Eli zurück, aber innerlich verdrehte er die Augen. Die meisten Chiss-Namen bestanden aus mehreren Silben in drei klar unterteilten Gruppen; der erste Teil benannte die Familie der Person, der zweite Teil war der Vorname der Person und der dritte Teil spiegelte einen sozialen Status wider, den Eli noch immer nicht ganz verstand. Nun war es nicht gerade hilfreich, ständig diese mehrsilbigen Titel aufsagen zu müssen, vor allem, wenn man schnell zum Punkt kommen wollte. Darum war es üblich, bei Gesprächen abseits von formellen Anlässen nur den Kernnamen zu benutzen.

Aber es gab ein paar Ausnahmen von dieser Regel. Admiral Ar'alani selbst hatte offenbar nur einen zweiteiligen Namen; bei ihr fehlte der Mittelblock, der »Vorname«. Genauso verhielt es sich bei den Navigatorinnen des Schiffes, jungen Chiss-Mädchen, die eine Gabe besaßen, welche als das Dritte Auge bezeichnet wurde – eine Fähigkeit, die es ihnen erlaubte, die *Steadfast* mühelos durch den Hyperraum zu lotsen. Eli hatte noch nicht enträtselt, warum für sie dieselben Namenskonventionen galten wie für ranghohe Flottenoffiziere.

Nach seiner Ankunft hatte Ar'alani ihrer Mannschaft erklärt, dass Eli ebenfalls eine solche Ausnahme darstellte und dass sie ihn als *Lieutenant Vanto* oder *Lieutenant Eli'van'to* ansprechen sollten. Leider hatte das nicht wirklich funktioniert. Stattdessen hatte jemand Ar'alanis Umwandlung von *Eli Vanto* wie einen standardmäßigen, dreiteiligen Chiss-Namen behandelt und daraus einen Kernnamen abgeleitet. Das war der Name, der hängen geblieben war.

Zunächst war Eli nicht sicher gewesen, ob es vielleicht eine subtile Beleidigung war, entweder ihm oder dem Admiral gegenüber, weil sie dieses Fremdwesen in ihre Mitte gebracht hatte. Doch Ar'alani hatte sich nicht daran gestört, dass ihr Befehl ignoriert wurde, zumindest nicht offiziell, und irgendwann hatte Eli entschieden, dass es wohl einfach ihre Art war, ihn als Teil der Mannschaft zu akzeptieren.

Und es hätte schlimmer kommen können. Wäre er leichtsinnig genug gewesen, ihnen die Initiale N seines mittleren Namens zu nennen ... Dann würden sie ihn jetzt vermutlich *Envant* nennen, was sich viel zu sehr nach *Einwand* anhörte.

Er war auf halbem Weg zur Brücke und ging gerade an den standardmäßig grün und blau umrahmten Türen der verschiedenen Abteile vorbei, als plötzlich eine doppelt rot umrandete Tür ein Dutzend Meter vor ihm aufglitt. Eine der Navigatorinnen trat auf den Korridor heraus und wandte sich in Richtung Brücke.

Normalerweise konnte Eli die Kinder nicht auseinanderhalten. Sie waren alle weiblich, und fast alle zwischen sieben und vierzehn Jahre alt, weil das Dritte Auge während dieses Zeitraums am stärksten war. Obendrein blieben sie meist unter sich; tatsächlich hatte er während seiner Zeit an Bord nur drei der fünf Mädchen gesehen.

Vah'nya stellte die Ausnahme von all diesen Regeln dar. Sie war zweiundzwanzig Jahre alt, und im Gegensatz zu den Kindern, mit denen sie ihre Aufgabe teilte, hatte sie keinerlei Probleme damit, sich unter den Rest der erwachsenen Mannschaft zu mischen. Eli hatte sich schon mehrmals mit ihr unterhalten und in ihr eine sympathische Gesprächspartnerin gefunden.

»Navigatorin Vah'nya«, rief er.

Sie drehte sich herum, und ein schmales Lächeln berührte ihre Lippen, als sie ihn erkannte. »Hallo, Lieutenant Eli«, sagte sie. »Was führt Sie in diesen Teil des Schiffes?«

»Ich wurde zur Brücke gerufen«, erklärte er, wobei er sie interessiert musterte. Vah'nya war nicht nur eine angenehme Gesprächspartnerin, sondern auch eine überaus faszinierende Person. Obwohl ihr Drittes Auge langsam verblasste, wie es früher oder später bei allen Navigatorinnen geschah, war ihre Gabe selbst mit zweiundzwanzig noch stärker als bei einigen der jüngeren Mädchen.

Eli hatte sich ein wenig mit dem Thema beschäftigt, und soweit er sagen konnte, wusste niemand, warum sie sich ihre Fähigkeiten so lange erhalten hatte. Natürlich gab es nur wenige Informationen zu dem Thema; das gesamte Chiss-Navigationssystem war und blieb ein großes, dunkles Mysterium.

Neben all ihren anderen faszinierenden Qualitäten war Vah'nya außerdem die einzige Person an Bord, die bereit war, ihn mit seinem eigentlichen Namen anzusprechen. Das allein hätte schon gereicht, um sie ihm sympathisch zu machen.

»Ah«, sagte sie. »Sie sind also nicht nur meinetwegen hier?«

»Nein, natürlich nicht.« Eli spürte, wie ihm die Hitze ins Gesicht stieg. Er war nicht ganz sicher, was das Protokoll über Fraternisierung zwischen Offizieren und Mannschaftsmitgliedern sagte, und er hatte nicht vor, es auf die harte Tour herauszufinden.

»Schade«, erwiderte Vah'nya in einem Tonfall, der entweder leicht sarkastisch oder vollkommen aufrichtig war. »Hat Subkommandant Velbb gesagt, worum es geht?«, hakte sie nach, als sie gemeinsam weitergingen.

»Oh, es war nicht Kommandant Velbb«, antwortete Eli. »Der Befehl kam von Seniorkapitän Khresh.«

»Wirklich?« Sie runzelte die Stirn. »Das ist ungewöhnlich.«

»Ich weiß.« Eli deutete auf sie. »Und was ist mit Ihnen? Gehen Sie auch zur Brücke?«

»Ja. Obwohl ich nicht glaube, dass man mich wirklich brauchen wird.«

Eli zog die Nase kraus. Damit hatte sie vermutlich recht. Keine drei Stunden, nachdem die *Steadfast* dieses System erreicht hatte, hatte Ar'alani befohlen, alle Systeme des Schiffs herunterzufahren – das ging noch einen Schritt weiter als der Dunkelmodus, weil nicht nur alle unnötigen Energieströme und Emissionen abgeschaltet wurden, sondern auch die aktiven Sensoren. Sie hatten davor nur einmal kurz die Triebwerke gezündet, und seitdem trieben sie dunkel und still durch den losen Asteroidengürtel, der sich hier, dreihundert Millionen Kilometer von der Sonne des Systems entfernt, durch das System zog.

So ging es nun schon eine Woche. Eli überprüfte regelmäßig die Position des Schiffes und die Daten der passiven Sensoren, aber er hatte keine Ahnung, was sie hier taten. Falls er raten müsste, würde er sagen, dass sie vermutlich immer noch dem Schiff folgten, dem sie seit den Unbekannten Regionen hierher gefolgt waren, und dass Ar'alani so vorsichtig war, weil sie ihre Beute nicht verscheuchen wollte.

Nicht dass es nicht auch andere Gründe gab, vorsichtig zu sein. Immerhin waren sie hier weit vom Territorium der Chiss entfernt, in einem System tief innerhalb des Galaktischen Imperiums. Jeder Kontakt konnte hier gefährlich sein.

Nein, jeder Kontakt hier *würde* gefährlich sein.

»Aber falls etwas Ungewöhnliches geschehen ist, hat man mich vielleicht aus demselben Grund gerufen«, fuhr Vah'nya fort. »Übrigens, ich hörte, dass Seniorkommandant Cinsar enttäuscht von Ihnen ist.«

»Wieso das?«, fragte Eli, auf das Schlimmste gefasst. Cinsar hatte die Aufgabe, den menschlichen Neuankömmling in das Prozedere an Bord der *Steadfast* einzuführen und ihn in die Mannschaft einzugliedern. Von Beginn an war offensichtlich gewesen, dass er sich nicht gerade um diese Aufgabe riss, aber er hatte Eli stets mit einem gewissen distanzierten Respekt behandelt.

»Es heißt, er kann sich nicht mehr mit seinen Freunden über Ihre Cheunh-Grammatik und Ihre Aussprache lustig machen«, erklärte Vah'nya, wobei sie mit absolut emotionsloser Miene den Korridor hinabblickte. »Und Ihre Verständnis der bordinternen Abläufe ist auch keine Quelle für Belustigung mehr.«

»Das tut mir schrecklich leid für ihn«, sagte Eli. Er musterte sie neugierig. »Und woher weiß eine einfache Navigatorin, was in den Offizierskreisen vor sich geht?«

»Oh, bitte«, protestierte sie, und endlich durchbrach ein schelmisches Grinsen die sorgsam kontrollierte Mimik ihres Gesichts. »Ich bin vielleicht nur eine Navigatorin, aber ich weiß, was auf meinem Schiff vor sich geht. Immerhin bin ich schon eine ganze Weile an Bord. Ich sollte wohl hinzufügen, dass Kommandant Cinsar Ihre schnellen Fortschritte einzig und allein auf seine kompetente Unterstützung zurückführt.«

»Und ich würde ihm nicht widersprechen«, erklärte Eli. »Er war ein ausgezeichneter und sehr geduldiger Lehrer. Ich habe ihm viel zu verdanken.« Er schürzte die Lippen. »Ich habe Ihnen allen viel zu verdanken.«

»Ich bin sicher, Sie werden der Aszendenz Ihre Dankbarkeit noch beweisen können«, erwiderte Vah'nya. »Jetzt möchte ich aber erst einmal wissen, wieso man Sie gerufen hat.«

»Ja.« Eli blickte auf die Tür mit dem einfachen roten Rand, der sie sich näherten. »Ich auch.«

Die Brücke der *Steadfast* war kleiner als die der *Chimaera*; es gab nur ein Deck anstatt der Kommandosteg-Mannschaftsgruben-Anordnung, die so typisch für imperiale Schlachtschiffe war. Admiral Ar'alanis Kommandosessel befand sich in der Mitte eines doppelten Rings aus Konsolen, aber im Moment stand sie auf der anderen Seite des Raums neben der Sensorstation, wo ihre weiße Uniform sie deutlich von der schwarzen Kleidung der anderen Offiziere und Mannschaftsmitglieder abhob. Als die Tür aufglitt, blickte sie kurz über die Schulter und winkte Eli zu sich herüber.

»Viel Glück«, flüsterte Vah'nya, und kurz strichen ihre Fingerspitzen über seine Schulter, bevor sie in Richtung Navigationsstation davonging.

Eli bahnte sich einen Weg zwischen den eng nebeneinander angeordneten Konsolen hindurch und trat zu Ar'alani.

»Lieutenant Eli'van'to«, begrüßte sie ihn, dann deutete sie auf den Sessel, den Sensoroffizier Tanik gerade für ihn freigemacht hatte. »Setzten Sie sich und sagen Sie mir, was Sie sehen.«

»Natürlich, Admiral.« Eli nahm Platz, und Tanik berührte einen Schalter, woraufhin der Monitor aufleuchtete und eine Ansammlung von Asteroiden zeigte, ein paar Grad steuerbord vom Bug der *Steadfast*.

Kurz blieb die Szene unbewegt, und nur der fortlaufende Zähler der Zeitanzeige verriet, dass es sich nicht um ein Standbild handelte. Eli beugte sich erwartungsvoll vor ...

Ein flackernder Punkt kam in Sicht, dann blitzte zweimal gedämpftes Licht auf, und der Punkt schien sich um die eigene Achse zu drehen. Danach folgte ein weiterer Doppelblitz, und als er verblasste, war der Punkt plötzlich dunkler. Anschließend begann die Aufzeichnung von Neuem.

»Das haben wir vor ungefähr einer halben Stunde entdeckt«, informierte ihn Ar'alani, während sich die Bilder wiederholten. »Es gab keine weitere Aktivität.«

Eli nickte. Keine weitere Aktivität, die sie hatten *sehen* können. Solange die aktiven Sensoren heruntergefahren waren, flog die *Steadfast* halb blind. »Das näher kommende Objekt war ein Schiff«, sagte er. »Zivilen Ursprungs, möglicherweise eine Yacht, aber wahrscheinlich eher ein Frachter.«

»Wie kommen Sie zu diesem Schluss?«, wollte Ar'alani wissen.

»Ich konnte keine Deflektorschilde erkennen«, antwortete Eli. »Der erste Schuss muss sie überrascht haben, aber zwischen der ersten und der zweiten Salve hätten sie genug Zeit gehabt, um Schilde hochzufahren – falls sie welche hätten. Das waren doch Schüsse, oder?«

»Kommandant Tanik?«, sagte Ar'alani auffordernd.

»Das ist unsere vorübergehende Analyse.« Tanik berührte eine weitere Taste, und eine Datenliste füllte den zweiten Bildschirm. »Das Energieprofil entspricht definitiv dem einer Partikelwaffe.«

Ar'alani blickte ihn an. »Meine Frage an *Sie*, Lieutenant, ist, ob es eine imperiale Energiewaffe war.«

Eli betrachtete den Schirm, ging in Gedanken die Daten durch und fügte sie zu bekannten Mustern zusammen. Er wusste, dass Ar'alani mehr Wert auf Sorgfalt legte als auf Schnelligkeit, darum nahm er sich Zeit und wartete, bis er ganz sicher war, ehe er den Kopf schüttelte. »Ich glaube nicht, dass das eine imperiale Waffe war«, erklärte er. »Aber bestimmte Charakteristiken ähneln den Waffen der Grysk.«

Aus den Augenwinkeln sah er, wie Ar'alani und Tanik einen Blick wechselten. Offenbar hatten sie bereits dasselbe vermutet. »*War* es eine Grysk-Waffe?«, hakte Ar'alani nach.

»Ich glaube nicht«, erwiderte Eli. »Zumindest keine, die sie bereits gegen uns eingesetzt haben. Aber ich könnte mir vorstellen, dass es ein Vorgängermodell ist, ein oder zwei Generationen vor den heutigen Versionen. Die Durchschlagskraft ist jedenfalls nicht so fokussiert, was diese Waffe weniger effektiv macht.«

»Sie meinten, das Ziel war ein ziviles Schiff oder ein Frachter«, sagte Ar'alani. »Wäre es nicht wahrscheinlicher, dass es sich um ein Asteroiden-Abbauschiff handelt?«

Eli runzelte die Stirn. Jetzt, wo sie es erwähnte ... Er konzentrierte sich wieder auf den Monitor und beobachtete, wie das Schiff auftauchte und angegriffen wurde.

»Nein, kein Förderschiff«, entschied er. »Zunächst mal hat es versucht zu fliehen. Ein Förderschiff hätte seine Triebwerke und Manövriersysteme vermutlich schon durch den ersten Schuss verloren.«

»Es sei denn, der Angreifer war inkompetent«, entgegnete Tanik.

»War er aber nicht«, konterte Eli. »Die Geschwindigkeit des Angriffs zeigt, dass sie auf dieses Schiff gewartet haben und feuerbereit waren. Und da ist noch etwas. Ein Förderschiff wäre nicht mitten in einem Asteroidenfeld aus dem Hyperraum gekommen. Das Risiko, irgendetwas zu rammen, wäre viel zu hoch. Das normale Prozedere sieht vor, oberhalb oder unter dem Feld in den Normalraum zu springen.«

»Aber dieses Schiff landete mitten im Asteroidenfeld«, brummte Ar'alani. »*Und* mitten im Schussfeld der Angreifer.«

Eli nickte. »Das alles deutet darauf hin, dass das Schiff ungewollt an diesem Punkt aus dem Hyperraum zurückfiel. Oder zumindest nicht auf Befehl des Captains.«

»Ein Masseschatten«, murmelte Tanik.

»Ja«, nickte Eli, und ein Schauder rann über seinen Rücken. Das Imperium verfügte über solche Technologie; gewaltige Projektoren, auf titanischen Abfangkreuzern installiert, mit denen man feindlichen Schiffen den Fluchtweg abschneiden oder vorüberfliegende Schiffe aus dem Hyperraum zerren konnte.

Aber es gab nichts von der Größe eines Abfangkreuzers in der Nähe. So ein Schiff hätte die *Steadfast* selbst aus dieser Entfernung mühelos erfassen können. Falls der Angreifer also tatsächlich eine Masseschatten-Falle benutzt hatte, dann musste sie deutlich kompakter sein als die Technologie des Imperiums.

Entweder das, oder sie war nur auf einen winzig kleinen

Wirkbereich ausgelegt. Aber in dem Fall hätten die Angreifer den präzisen Anflugvektor ihrer Beute kennen müssen.

Irgendetwas Seltsames ging da draußen vor sich … und die *Steadfast* war zu weit entfernt, um einzugreifen.

Natürlich könnte Ar'alani Befehl geben, aus der Deckung zu kommen und aktiv zu werden. Aber dafür wäre mehr nötig als ein angeschlagener Frachter.

»Danke, Lieutenant Eli'van'to«, sagte der Admiral. Ihre Stimme klang leise und nachdenklich. »Sie können jetzt zu Ihrer Station zurückkehren. Subkommandant Tanik wird Ihnen alles schicken, was wir über diesen Zwischenfall haben, sowohl die Aufzeichnung als auch die vorläufige Analyse unserer Taktikabteilung. Ich bin sicher, Ihnen werden Dinge auffallen, die uns entgangen sind …«

Eli spürte ein kurzes Aufflackern von Stolz. Vielleicht war er Ar'alani und den Chiss doch nützlicher, als er gedacht hatte.

»… schließlich besitzen Sie eine größere Vertrautheit mit dem Imperium und seiner Technologie«, beendete Ar'alani den Satz.

Der Stolz löste sich in Nichts auf. »Ja, Admiral.«

Als Eli die Brücke verließ, hoffte er, dass Vah'nya in seine Richtung blicken würde – sie war zu weit entfernt, als dass er sich von ihr verabschieden konnte, aber vielleicht könnten sie ja zumindest ein Nicken austauschen. Leider stand sie gerade mit dem Rücken zu ihm und unterhielt sich mit dem Steuermann und der Navigatorin, deren Schicht gerade zu Ende ging.

Eli musterte die drei: ein ausgewachsener Chiss, ein Chiss-Mädchen, das ihm vielleicht bis zum Ellbogen reichte, und daneben Vah'nya. Einmal mehr konnte er nur den Kopf darüber schütteln, wie seltsam das hier doch alles war.

Aber für solche Gedanken war jetzt keine Zeit. Ar'alani hatte recht. Etwas ging hier vor sich, und der Knoten in seinem Magen verriet Eli, dass es nichts Gutes sein konnte.

Ar'alani legte mehr Wert auf Sorgfalt als auf Schnelligkeit, wie er wusste. Aber in diesem Fall war er besser gründlich *und* schnell.

4

Das letzte Mal, als Faro einer Obduktion beigewohnt hatte, war das im ersten Semester an der Akademie gewesen, und man hatte ihnen beigebracht, anhand physiologischer Merkmale die Schwächen nicht menschlicher Feinde zu erkennen. Damals hatte sie die Prozedur ziemlich abstoßend gefunden, wenngleich die taktische Komponente natürlich faszinierend gewesen war.

Jetzt stand sie mit Thrawn und Ronan hinter der Sicherheitsscheibe und beobachtete, wie zwei Medidroiden den Gralloc auseinanderschnitten, und sie fand das Ganze noch immer genauso abstoßend. Aber gleichzeitig war es auch viel interessanter, als sie erwartet hatte.

Die erste Überraschung war die Quelle der Geschwindigkeit und Wendigkeit, die der Gralloc an den Tag gelegt hatte. Faro hatte angenommen, dass es mit den Sonnenwinden zu tun hatte; dass das Wesen sich nur richtig neigen und das selektiv magnetische Gewebe in seinem Körper richtig ausrichten musste, wie es bei seinen kleineren Cousins, den Mynocks, der Fall war.

Doch die Grallocs waren ungleich komplexer. Sie besaßen

eine Ansammlung winzig kleiner, elektrisch aufgeladener Körperöffnungen, durch welche sie das interplanetare Medium einsaugten. Anschließend jagten sie es durch supraleitende Kanäle im Innern ihrer Leiber und stießen es durch andere Öffnungen wieder aus, mit solcher Geschwindigkeit, dass die Wirkung einem kleinen, aber äußerst effizienten Düsenstrahl gleichkam. Da die Ansaug- und Ausstoßlöcher über den gesamten Körper der Grallocs verteilt waren, einschließlich ihrer Flügel, waren sie nicht auf eine Triebwerksrichtung festgelegt. Sie konnten blitzschnell wenden, ausweichen oder sogar eine Kehrtwende hinlegen.

Und die zweite Überraschung ...

»Ihnen ist hoffentlich klar, dass das eine Verschwendung unserer Zeit ist«, murmelte Ronan, der auf der anderen Seite neben Thrawn stand. »Gouverneurin Haveland hat Dutzende dieser Biester sezieren lassen. Alles, was Sie wissen müssen, ist auf der Datenkarte, die ich Ihnen gegeben habe.«

»Wirklich alles?«, fragte Thrawn.

Faro lächelte in sich hinein. Ihr war bereits aufgefallen, dass Havelands Daten und ihre eigenen Obduktionsergebnisse nicht übereinstimmten. Thrawn hatte es natürlich ebenfalls erkannt. Ronan hingegen? Wohl eher nicht.

»Natürlich«, sagte der Vizedirektor. »Ich kann verstehen, dass Sie das organische Triebwerkssystem interessiert, aber hier gibt es nichts Neues zu entdecken. Die ionisierten Sonnenwinde werden eingesaugt ...«

»Gemeinsam mit dem Clouzon-36.«

»... und dann ...« Ronan unterbrach sich. »Dem *was*?«

»Dem Clouzon-36«, wiederholte Thrawn, wobei er Ronan sein Notepad hinhielt. »Hier, sowohl in den Ansaug- als auch in den Ausstoßöffnungen.«

Ronan nahm das Pad und starrte ein paar Sekunden schweigend auf den Bildschirm, dann gab er ihn mit einem Schulterzucken zurück. »Das Biest muss wohl eine Gasleitung angenagt haben, als es sich an den Stromkabeln satt fraß. Das hat nichts zu bedeuten.«

»Im Gegenteil«, sagte Thrawn. »Erinnern Sie sich noch, als ich glaubte, die Trägheit der Kreatur hätte damit zu tun, dass sie sich vollgefressen hat? Clouzon-36-Leitungen sind generell gut geschützt, um Lecks zu verhindern. Haben Sie die Schiffsdaten und das Ladungsverzeichnis, um die ich gebeten hatte?«

Eine halbe Sekunde herrschte Stille, als Ronan im Kopf einen Schalter umlegte. »Ja, die Aufzeichnungen kamen vor ungefähr einer halben Stunde an«, erwiderte er. Kurz sah es aus, also wollte er noch mehr sagen – vermutlich, wie viel Mühe es ihn gekostet hatte, diese Liste zu besorgen, wie Faro vermutete –, aber dann schien er sich eines Besseren zu besinnen. »Ich habe sie in einer persönlichen Datei abgespeichert.«

»Sehr gut«, nickte Thrawn. »Geben Sie Commodore Faro bitte Zugriff darauf. Commodore, Sie und das taktische Analyseteam werden die Bewegungen des Grallocs rekonstruieren und ermitteln, an welchem Schiff er sich festgesaugt hatte, bevor er sich der Verfolgung von Lieutenant Fentaughs Defender anschloss.«

»Eine Minute«, platzte Ronan dazwischen. »Diese Informationen sind streng vertraulich, Admiral. Ich kann und werde sie nicht einfach irgendjemandem geben.«

»Das Analyseteam der *Chimaera* ist vollkommen vertrauenswürdig.«

»Das ist mir egal«, beharrte Ronan. »*Sie* können die Daten haben.« Sein Blick wanderte weiter zu Faro, und seine Lippe zuckte. »*Sie* kann die Daten haben«, fügte er widerwillig an. »Aber sonst niemand.«

Thrawn dachte darüber nach, dann neigte er den Kopf. »Nun gut. Commodore, gehen Sie mit dem Vizedirektor in Ihr Büro, damit er Ihnen die Daten überspielen kann, und beginnen Sie mit der Analyse.«

Faro musste an sich halten, um keine Grimasse zu schneiden. Sie, ganz allein? Großartig! »Jawohl, Sir«, sagte sie. »Vizedirektor?«

Eine Minute später schritten Sie und Ronan durch den Korridor vor der Brücke. »Ihnen gefallen meine Sicherheitsvorkehrungen wohl nicht«, kommentierte er.

»Nein, tun sie nicht«, erwiderte Faro, als sie in die Turbolift-Kabine stiegen. »Wie ich das sehe, ist das große Geheimnis von Projekt Stardust, wohin die Schiffe von hier aus fliegen, nicht woher sie kommen oder was sie geladen haben. Ich wüsste nicht, wie das Hinzuziehen einer Gruppe imperialer Offiziere die Sicherheit des Projekts gefährden könnte.«

»Natürlich nicht«, brummte Ronan. »Sie betrachten alles, was Großadmiral Thrawn sagt, als wäre es in Stein gemeißelt, nicht wahr?«

»Wohl kaum. Ich habe seiner Meinung mehr als einmal widersprochen.«

»Trotzdem haben Sie sich ihm immer gebeugt, oder etwa nicht?«

»Er ist mein Vorgesetzter«, entgegnete Faro steif. »Es ist nicht, als gäbe es *seinen* Weg und *meinen* Weg. Er gibt die Befehle, ich befolge sie.«

»Und hat er immer recht?«

»Nein, natürlich nicht«, sagte sie. »*Niemand* hat immer recht. Aber wenn er sich irrt, dann meistens nur, weil er zu wenige oder unzutreffende Informationen hatte, und es dauert nie lange, bis er diese Fehler korrigiert.«

»So, so«, erwiderte Ronan. »Was, falls ich Ihnen beweisen könnte, dass Thrawn Ihrer Karriere im Weg steht? Würden Sie ihn dann immer noch in Schutz nehmen?«

Faro runzelte die Stirn. »Was meinen Sie?«

»Ich meine, dass Sie eigentlich das Kommando über Einsatzverband 231 übernehmen sollten«, erklärte Ronan, und ein Unterton boshafter Belustigung schlich sich in seine Stimme. »So war es doch, oder? Laut Standardprotokoll hätte man sie von der *Chimaera* abziehen sollen. Oder ist Ihnen dieses kleine Detail etwa entfallen?«

Faro zwang sich, eine neutrale Miene beizubehalten. Nein, dieses kleine Detail war ihr natürlich *nicht* entfallen. Eigentlich hätte sie nach dem Ende der Grysk-Mission und der Rückkehr von Batuu ihre neuen Befehle erhalten sollen: den Befehl, nach Coruscant zu fliegen, und den Befehl, sich auf ihr neues Kommando vorzubereiten. Aber noch war nichts dergleichen geschehen.

Einerseits hatte sich der Versetzungsbefehl bislang nur um ein paar Wochen verspätet. Dafür konnte es alle möglichen Gründe geben.

Andererseits hielt sich das Oberkommando normalerweise an einen ziemlich strikten Zeitplan. Und falls es zu einer Verzögerung kam, dann wurde man zumindest über die Umstände informiert.

Faro hingegen war nicht informiert worden. Sie hatte sogar die Initiative ergriffen und vor einer Woche eine Anfrage gestellt, doch bislang hatte sie nicht mal darauf eine Antwort bekommen. »Admiral Thrawn hat mir versichert, dass er meine Versetzung unterstützt«, erklärte sie.

»Er ist also nicht nur unfehlbar, er lügt auch nie?«, entgegnete Ronan. »Nichts für ungut, Commodore, aber Sie sind zu alt, um so naiv zu sein. Wie der Zufall will, habe ich ein paar eigene Nachforschungen angestellt. Die Details sind unklar, aber es besteht kein Zweifel daran, dass Thrawn ihre Versetzung blockiert.«

»*Nichts für ungut*, Vizedirektor, aber entweder irren Sie sich oder Sie lügen«, konterte Faro. »Der Admiral greift nicht zu solchen Mitteln.«

»Glauben Sie, was Sie wollen.« Ronan zog in einer viel zu gleichgültigen Geste die Schultern hoch. »Denken Sie nur daran, dass ich keinen Grund habe, Sie anzulügen. Ich wollte nur, dass Sie wissen, wo Sie stehen. Wo Sie *wirklich* stehen.«

Zehn Minuten später, als Ronan endlich eine Kopie seiner Schiffsverzeichnisse an Faros persönlichen Computer geschickt hatte, machte sie sich an die Analyse.

Aber es fiel ihr schwer, sich zu konzentrieren.

Thrawn würde sie nicht anlügen. Nicht sie, die Kommandantin seines Flaggschiffs. Und nicht, ohne einen triftigen Grund dafür zu haben.

Aber was, falls es einen Grund *gab*?

Nein! Thrawn hatte sich ganz der Aufgabe verschrieben, die imperiale Flotte stärker und besser zu machen. Als Faro von ihrer Beförderung und ihrer Versetzung erfahren hatte, hatte er ihre Aufregung geteilt – zumindest soweit er zu solchen Emotionen in der Lage war. Er hatte erklärt, dass sie eine hervorragende Verbandskommandantin abgeben würde, und er hatte ihr zu ihrem Erfolg gratuliert.

Aber das war damals gewesen. Jetzt war jetzt. Und falls Ronan die Wahrheit sagte, dann hatte Thrawn offensichtlich seine Meinung geändert.

Nur wieso? Hatte ihr Handeln bei Batuu oder Mokivj seine Meinung über sie getrübt? Oder hatte sie vielleicht Lord Vader gegen sich aufgebracht, oder jemand anderen, der Verbindungen zu den höchsten Sphären der imperialen Macht hatte und den nötigen Druck ausüben konnte, um ihre Karriere zu sabotieren?

Oder ... wollte Thrawn sie nur einfach nicht als Kommandantin der *Chimaera* verlieren?

Das konnte nicht sein. Thrawn fesselte seine Offiziere nicht an sich. Und ihm fehlte die nötige politische Finesse, um subtile Beeinflussung auch nur zu erkennen. Ganz zu schweigen davon, dass er solchem Druck nie nachgeben würde.

Und noch etwas: Ronan mochte das Gegenteil behaupten, aber tatsächlich hatte er mehr als genug Gründe, sie anzulügen. Er hielt offensichtlich nicht allzu viel von Thrawn – das hieß, er schien von überhaupt *niemandem* allzu viel zu halten –, und wer sich durch die Ränge zu Krennics Vizedirektor hochgearbeitet hatte, der musste ein Meister politischer Spielchen sein. Thrawn hatte nur eine Woche, das Gralloc-Problem zu lösen und die Finanzierung seines TIE-Defender-Programmes zu sichern, und Ronan würde alles tun, um ihm seine Aufgabe zu erschweren. Dazu gehörte auch, einen Keil zwischen den Admiral und seine Offiziere zu treiben.

Also würde Faro bis auf Weiteres davon ausgehen, dass Ronan gelogen hatte und es eine vollkommen rationale Erklärung für die Verzögerung bei ihrer Versetzung gab. Sie hatte eine Aufgabe zu erledigen, und bei den Sonnen, sie würde sie erledigen.

Und falls sie *doch* einen Fehler gemacht hatte, würde man ihr sicher eher vergeben, wenn sie die gewünschten Daten schnellstmöglich ausgrub.

Sie brütete seit einer Stunde über den Ladungsverzeichnissen, als ihr Komm piepste. »Haben Sie schon Fortschritte bei Ihrer Analyse gemacht, Commodore?«, fragte Thrawn.

»Ich kratze gerade erst an der Oberfläche, Sir«, antwortete Faro. »Da ist schrecklich viel Material.«

»Ich verstehe. Speichern Sie Ihre Arbeit ab und melden Sie sich auf der Brücke.«

»Ja, Sir«, bestätigte Faro. »Soll ich meine vorläufigen Ergebnisse mitbringen?«

»Das kann warten«, erwiderte Thrawn. »Wir werden zunächst einen kleinen Ausflug unternehmen.«

Thrawn und Ronan warteten auf dem Kommandosteg, als Faro die Brücke betrat. »Commodore«, grüßte Thrawn sie.

»Admiral«, sagte sie, gefolgt von einem kurzen Blick zu Ronan hinüber. Der Vizedirektor wirkte sogar noch ungehaltener als üblich. »Darf ich fragen, wohin wir gehen?«

»Auf Geisterjagd«, brummte Ronan.

»Wir haben den Vektor rekonstruiert, auf dem der Allanar N3 in den Hyperraum gesprungen ist«, erklärte Thrawn, ohne auf den Kommentar einzugehen. »Es gibt zwei Sternsysteme entlang dieses Vektors. Ich möchte herausfinden, ob der Frachter in einem davon gestrandet ist.«

»Ich verstehe.« Faro blickte auf das Nav-Display. Die beiden Systeme, die Thrawn angesprochen hatte, waren acht und achtundzwanzig Lichtjahre entfernt. Falls der Frachter nicht dort in den Normalraum zurückgefallen war, dann gab es jede Menge leeren Raum davor, dazwischen und dahinter, wo er gestrandet sein könnte.

»Ich weiß, meine Vermutung ist vielleicht weit hergeholt«, räumte Thrawn ein, als er wie so oft ihre Gedanken und Zweifel erkannte. »Aber irgendwo müssen wir anfangen.«

»Was wir tun *müssen*, ist, uns hier um die Ungezieferplage zu kümmern«, grollte Ronan.

»Das werden wir auch«, versicherte Thrawn ihm. »Aber die Obduktion und Analyse des Gralloc-Kadavers ist noch nicht abgeschlossen. Im Moment können wir nur auf die endgültigen Ergebnisse warten, aus denen sich dann hoffentlich eine effektive Strategie ableiten lässt. Ich finde, dass wir diese Zeit ebenso gut der Suche nach dem Allanar und seiner Mannschaft widmen können.« Er hob die Stimme. »Lieutenant Hammerly? Hat Ihre Gruppe schon irgendwelche Fortschritte zu vermelden?«

»Ja, Sir, ein paar«, antwortete Hammerly. »Ich fürchte, unsere Sensoren können ein Clouzon-36-Leck nicht erfassen, jedenfalls nicht auf diese Entfernung.«

Faro spürte, wie ihre Augenbrauen zuckten. Dann war diese Clouzon-36-Sache für Thrawn also nicht nur eine kleine Gedankenspielerei gewesen. Offenbar glaubte er, dass sie genauere Nachforschungen rechtfertigte.

»Und der Verdeckungsfaktor?«, fragte der Admiral.

»Daran arbeiten wir noch, Sir«, sagte Hammerly. »Aber es gibt da definitiv ein paar Möglichkeiten. Wir sind gerade bei den physikalischen Tests.«

»Ausgezeichnet«, nickte Thrawn. »Halten Sie mich auf dem Laufenden.«

Er wandte sich wieder den Aussichtsfenstern zu, die Hände hinter dem Rücken verschränkt, eine Haltung, die Faro inzwischen als nachdenkliche Meditation identifizieren konnte. Sie sah ein weiteres Mal zu dem finster dreinblickenden Ronan hinüber, dann trat sie auf Höhe der Sensorstation an den Rand des Kommandostegs und ging in die Hocke. »Was ist das für ein Verdeckungsfaktor?«, fragte sie leise.

»Eine Idee des Admirals«, antwortete Hammerly, ebenfalls mit gedämpfter Stimme. »Falls sich das Gas aus dem Leck zwischen uns und der Sonne des Systems befindet, dann sollte sich anhand der Lichtbrechung und -streuung feststellen lassen, ob es Clouzon-36 ist. Auf diese Weise könnten wir das Zeug aus viel größerer Entfernung aufspüren als mit einem normalen Sensorsuchlauf.«

»Nicht schlecht«, murmelte Faro. Und diese Methode wäre nicht nur bei der Suche nach einem leckgeschlagenen Frachter von Nutzen; Förderschiffe könnten so viel leichter Clouzon-Asteroiden und andere Quellen des Gases aufspüren.

»Allerdings«, stimmte Hammerly zu.

Faro spürte einen Luftzug, und als sie sich umdrehte, sah sie, dass Thrawn hinter sie getreten war. »Eine Frage, Commodore«, sagte er leise. »Haben Sie sich schon das Frachtverzeichnis des Allanar N3 angesehen?«

»Ja, Sir, gleich als Erstes«, antwortete sie.

»War etwas Aufschlussreiches dabei?«

»Nun ... nicht auf den ersten Blick«, begann sie. »Die Ladung besteht größtenteils aus Ersatzteilen und ein paar Paletten Versorgungsgütern. Nichts, was mir ins Auge gestochen wäre.«

»Was ist mit diesen Versorgungsgütern? Irgendwelche Besonderheiten?«

»Da waren mehrere Kisten Blosphi-Extrakt«, antwortete Faro. Genau *darauf* hatte sie hinausgewollt. Wie machte Thrawn das nur immer? »Es wird hauptsächlich als billige Nahrung für Wookiee-Arbeiter verwendet.«

»Und bei ein paar anderen Spezies gilt es als Delikatesse«, fügte der Admiral an. »Nun zu den Ersatzteilen. Haben Sie überprüft, für welche Arten von Ausrüstung sie in der Regel benutzt werden?«

»Dazu hatte ich noch keine Gelegenheit, Sir«, sagte Faro zerknirscht. Manchmal konnte sie genau abschätzen, welche Details Thrawn interessieren würden. Diesmal hatte sie sich offenbar geirrt. »Ich wollte erst die gesamte Fracht des Allanar durchgehen.«

»Natürlich«, nickte er. »Können Sie mir eine Kopie des Frachtverzeichnisses schicken?«

»Ja, Sir.« Faro zückte ihr Notepad, klickte die Datei an und übermittelte sie an Thrawn.

»Danke.« Mit einem letzten Nicken schritt der Admiral über den Kommandosteg davon.

»Was sollte *das* denn?«, fragte Hammerly.

»Keine Ahnung«, gestand Faro. »Vielleicht stochert er nur ein wenig herum. Oder vielleicht hat er auch einen konkreten Verdacht.«

Hammerly stieß ein leises Murren aus. »So oder so, ich wette, diese Sache wird noch unangenehm.«

Faro nickte. Sie musste an die Abmachung zwischen Krennic und Tarkin denken, von der Thrawn ihr erzählt hatte. Die Zukunft eines überlebensnotwendigen Sternjägerprogramms an etwas zu binden, was im Grunde eine Wette war ... Das war absolut irrsinnig. »Hoffen wir, dass Thrawn am Ende nicht den Kürzeren zieht.«

»Oder wir«, schob Hammerly nach.

Faro schluckte. Den Kürzeren ziehen ... zum Beispiel, indem man das bereits zugesicherte Kommando über einen Einsatzverband verlor. »Oder wir«, wiederholte sie.

»Commodore?«

Faro drehte sich um. Thrawn stand nun wieder neben Ronan und blickte sie erwartungsvoll an. »Ist mein Schiff bereit?«

Sie ließ die Augen über die Statusanzeigen schweifen, und ihre grüblerischen Gedanken wurden von einem kalten Schauder hinfortgefegt, der über ihren Rücken kroch. Offiziell war es nur eine standardmäßige Frage, die ein Kommandant seiner Brückenmannschaft vor dem Sprung in den Hyperraum stellte.

Aber Thrawn benutzte diese Worte eigentlich nur, wenn die *Chimaera* in die Schlacht flog.

Was genau glaubte er, dort draußen zu finden?

»Ja, Sir«, meldete sie nach einem letzten Blick zur taktischen Station. Thrawn hatte das Schiff in vorläufige Alarmbereitschaft versetzt; eine Stufe höher, und sie hätten die Gefechtsstationen besetzt. »Soll ich volle Kampfbereitschaft anordnen?«

»*Kampfbereitschaft*?«, schnappte Ronan. Seine Stimme pendelte irgendwo zwischen verblüfft und verärgert. »Thrawn …«

»*Admiral* Thrawn«, schnitt Faro ihm das Wort ab.

Das brachte ihr einen hasserfüllten Blick des Vizedirektors ein, aber sie hielt ihm stand und vergalt ihn mit ihrem eigenen, wütenden Funkeln. »*Admiral* Thrawn«, korrigierte Ronan sich, wobei er ihr demonstrativ den Rücken zuwandte. »Ihr Schiff in Kampfbereitschaft zu versetzen ist völlige Zeitverschwendung.«

»Wohl kaum, Vizedirektor«, erwiderte Thrawn ruhig. »Zusätzliche Bereitschaftsübungen sind nie Zeitverschwendung. Und was die TIE-Piloten angeht, die – wie Ihnen zweifelsohne aufgefallen ist – bereits in ihren Jägern warten: Es besteht die Möglichkeit, dass wir schnellstmöglich eine Rettungsmission starten müssen, falls wir den Frachter finden. Aber vorläufige Bereitschaft sollte fürs Erste genügen,

Commodore. Leiten Sie den Sprung ein, sobald wir bereit sind.«

»Ja, Sir. Steuermann: Hyperantrieb aktivieren.«

Die Sterne vor den Aussichtsfenstern zogen sich in die Länge und verschmolzen zum fleckigen Tunnel des Hyperraums. »Erwartete Ankunftszeit: drei Komma sieben Minuten, Admiral«, verkündete Faro.

»Danke, Commodore.«

Die Sekunden zogen sich dahin. Faro studierte abwechselnd die Statusanzeigen und Thrawns Gesicht. Ronan hingegen ignorierte sie vollkommen.

Der Hyperraumwirbel zerplatzte zu Sternlinien, dann wurden daraus wieder kleine Stecknadelköpfe. Sie hatten ihr Ziel erreicht. »Führen Sie einen vollständigen Scan durch«, befahl Faro. »Energiekonzentrationen, Sensoremissionen, Hitzesignaturen.«

»Schon dabei«, bestätigte Hammerly.

Weitere Minuten vergingen, und Faro stellte fest, dass Ronan immer unruhiger wurde, auch wenn er versuchte, es sich nicht anmerken zu lassen. Thrawn hingegen stand so still und reglos wie eine Eisstatue.

»Kontakt«, rief Hammerly plötzlich. »Sechshunderttausend Kilometer entfernt, am äußeren Rand der Sensorreichweite. Kein natürliches Objekt. Bearbeitetes Metall. Keine Energie- oder Sensoremissionen. Zu weit entfernt, um nach Lebensformen zu scannen. Kurs drei-fünf-drei zu zweizwei.«

»Können wir einen Mikrosprung machen?«, fragte Thrawn.

»Ja, Sir«, meldete Lieutenant Agral von der Navigationsstation. »Die Entfernung ist für einen Sprung ziemlich gering, aber es ist machbar.«

»Wie nah können Sie uns heranbringen?«

»So nahe, wie Sie möchten, Sir.«

»Ausgezeichnet«, sagte Thrawn. »Dann zwei Kilometer von dem Objekt entfernt.«

»Zwei Kilometer, verstanden, Sir«, bestätigte Agral. »Beginne mit den Berechnungen.«

»Unglaublich«, brummte Ronan, und seine übliche Feindseligkeit wurde kurz von einem Tonfall der Verwunderung überdeckt. »Woher wussten Sie es? Es gab kein Muster bei den Vektoren der verlorenen Schiffe. Direktor Krennic hat das persönlich überprüft.«

»Das ist korrekt«, erwiderte Thrawn. »Die vorigen Analysen haben aber nicht beachtet, dass die Vektoren bei mehr als zwei Dritteln der verschwunden Schiffe – genau genommen bei achtundzwanzig von einundvierzig Zwischenfällen – auf nahe gelegene Sternsysteme ausgerichtet waren.«

»Dann sind sie also in Richtung von Sternsystemen verschwunden, na und?«, entgegnete Ronan, aber er klang verwirrt. »In jeder Richtung stößt man früher oder später auf Sternsysteme.«

»Sie verstehen nicht«, sagte Thrawn. »Es sind nicht irgendwelche Sternsysteme, sondern solche in unmittelbarer Nähe. Die Wahrscheinlichkeit, dass das bei so vielen willkürlichen Sprüngen geschieht, ist verschwindend gering. Woraus sich folgern lässt, dass diese Vektoren nicht wirklich willkürlich sind.«

Faro spürte, wie ihr der Atem stockte. »Die Schiffe gingen nicht verloren«, murmelte sie. »Sie wurden gestohlen.«

Ronan warf ihr einen verdutzten Blick zu. »*Was*? Nein ... das ist unmöglich. Die Mannschaften dieser Frachter ...«

»Die Mannschaften, die vom Transferpunkt aus weiterfliegen, wurden sorgfältig ausgewählt«, beendete Thrawn seinen Gedanken. »Die Mannschaften, die *zum* Transferpunkt fliegen, aber nicht.«

»Wer?«, schnappte Ronan, seine Stimme war plötzlich hart wie Stahl. »Wer steckt dahinter?«

»Das wissen wir noch nicht.« Thrawn nickte in Richtung Aussichtsfenster. »Aber ich bin sicher, wir werden hier ein paar Hinweise finden.«

»Bereit für den Mikrosprung, Admiral«, verkündete Agral.

Thrawn nickte. »Dann los.«

Die Sternlinien flackerten, aber diesmal hatte das All keine Gelegenheit, sich weiter zu verzerren, bevor die Linien wieder zu Punkten zusammenschrumpften.

Und da war es. Nicht der Allanar, wie Faro vermutet hatte, sondern eine mobile Verladestation, kompakt, mit Steuerdüsen und Hyperantrieb. Zwei Andockmannschetten ragten links und rechts daraus hervor, damit Fracht schnell und unkompliziert von einem Schiff auf ein anderes verladen werden konnte. Sortier- und Verpackungsanlagen befanden sich im Innern des Gebildes selbst. Faro hatte solche Stationen schon gesehen, und stets waren es Schmuggler, Piraten, Rebellen oder Schwarzmarkthändler gewesen, die sie benutzten.

Aber diese Station würde nie wieder zum Einsatz kommen. Die Lasereinschläge und die Krater von Torpedos in der demolierten Hülle ließen keinen Zweifel daran.

Faro war die Erste, die aussprach, was alle dachten: »Die Station wurde angegriffen.«

»Lassen Sie die TIEs starten«, befahl Thrawn ruhig. »Sie sollen die Peripherie sichern und Suchflüge bis auf eine Distanz von zweitausend Kilometern durchführen. Und versetzen Sie Sensormannschaften und Nahbereichsverteidigung in höchste Alarmbereitschaft. Major Carvia soll eine Raumtruppler-Patrouille entsenden, um die Hülle auf Fallen und andere Gefahrenquellen zu überprüfen. Sobald sie fertig sind, soll ein Beobachtungsteam an Bord gehen.«

»Verstanden«, bestätigte Faro, während sie bereits ihr Kommlink zückte und sich zum Sturmtruppenkommandanten der *Chimaera* durchstellen ließ.

»Und lassen Sie das Schiff nach Backbord wenden«, fügte Thrawn an. »Ich möchte mir diese Andockmanschetten genauer ansehen.«

Es gab keine Fallen, weder an noch in der zerstörten Station. Alles, was sie im Innern fanden, war noch mehr Verwüstung.

Und Leichen. Jede Menge Leichen. Insgesamt achtzehn, ebenso übel zugerichtet wie die Station selbst.

»Projektilwaffen«, murmelte Faro, als das Erkundungsteam seine Kameras auf die Toten richtete.

Ronan nickte schweigend; er saß an seinem Platz am langen Tisch des Konferenzraums und versuchte, nicht zu würgen. Natürlich hatte er schon zuvor Leichen gesehen – Projekt Stardust war so groß, dass es zwangsläufig entsprechend eine große Anzahl von Unfällen gab. Dann waren da noch mindestens drei zivile oder Piratenschiffe gewesen, die sich zur falschen Zeit an den falschen Ort verirrt hatten und zerstört worden waren.

Aber dies waren nicht die Opfer eines Kranunfalls oder eines geplatzten Tanks, und sie waren auch nicht durch präzises, sauberes Sturmtruppenfeuer gestorben. Ihre Körper sahen aus, als hätte man sie durch einen riesigen Fleischwolf gedreht. Alles war voller Blut und zerfetztem Gewebe und zerrissenen Muskeln.

Er versuchte, sich darauf zu konzentrieren, dass diese Männer das Projekt Stardust und das Imperium beraubt hatten und dass sie eine Strafe verdient hatten. Leider machte das den Anblick nicht wirklich erträglicher.

»Sind Sie sicher, dass das alle Leichen sind?«, fragte Thrawn.

»Ganz sicher, Admiral«, bestätigte der Leiter des Beobachtungsteams. »Wir haben alle Abteile und Winkel durchsucht, die groß genug sind, um eine Leiche hineinzuzwängen. Es gibt nur diese achtzehn.«

»Interessant«, murmelte Thrawn nachdenklich. »Zu einem früheren Zeitpunkt müssen sich aber mehr Personen an Bord befunden haben.«

»Wie kommen Sie darauf?«, fragte Ronan.

»Die Nahrungsvorräte und der Sauerstoffverbrauch«, antwortete der Admiral, wobei er einen Befehl auf seiner Konsole eingab. In der Ecke des Bildschirms, auf dem sie die Übertragung beobachteten, tauchten mehrere Zahlengruppen auf. »Ich schätze, dass es zwölf weitere Wesen waren.«

»Die Mannschaft des Frachters vielleicht?«, überlegte Faro.

»Unwahrscheinlich«, winkte Thrawn ab. »Das geringe Ausmaß der Kampfschäden an den Andockmanschetten deutet darauf hin, dass zum Zeitpunkt des Angriffs keine Schiffe daran festgemacht waren. Außerdem ist die Mannschaft eines Allanar N3 normalerweise zwischen vier und sieben Personen groß. Es würde zahlenmäßig keinen Sinn ergeben, selbst falls alle bis auf einen an Bord der Station geblieben wären, während das verbleibende Crewmitglied mit dem Schiff davonfliegt.«

»Wo sind sie dann?«, fragte Ronan.

»Die zwölf?« Thrawn musterte ihn mit diesen unheimlichen, rot glühenden Augen. »Die wahrscheinlichste Erklärung ist, dass die Angreifer sie mitgenommen haben. Vielleicht tot, vielleicht auch lebendig.«

»Wo ist denn da die Logik?«, protestierte Ronan. »Piraten, die andere Piraten bestehlen, machen keine Gefangenen. Das Letzte, was die wollen, sind noch mehr Mäuler, die sie stopfen müssen.«

»Sie setzen voraus, dass die Angreifer Piraten waren«, erwiderte Thrawn. »Aber bedenken Sie den zeitlichen Ablauf.«

Er berührte die Kontrollen, und eine Liste erschien auf dem Bildschirm. »Achtundzwanzig Schiffe sind wegen der vermeintlichen Schäden durch die Grallocs verschwunden. Und alle verschwanden sie auf unterschiedlichen Vektoren. Aber …«

Erneut gab er einen Befehl auf der Konsole ein, woraufhin die Liste durch eine Schemadarstellung ersetzt wurde, durchzogen von mehreren Vektoren, die alle von der Mitte des Diagramms ausgingen. »Sehen Sie sich dieses Muster an«, fuhr Thrawn fort, als drei der Linien aufleuchteten. »Frachter eins, zwei und drei flogen auf diesen Vektoren davon, mehr oder weniger im Abstand von vierzehn Stunden zueinander. Beachten Sie, dass die Vektoren nicht nur im selben Oktanten angeordnet sind; die Systeme, die die wahrscheinlichsten Zielorte darstellen, liegen ebenfalls relativ nah beisammen.«

»Nicht übel«, murmelte Faro mit einem Nicken. »Der erste Frachter kommt an, die Fracht wird auf die Station und von dort auf ein anderes Schiff transferiert, und der Frachter wird weiter in die Tiefen des Raums geschickt.«

»Und die Mannschaften sind noch an Bord?«, brummte Ronan.

»Vielleicht«, sagte Thrawn. »Das kommt darauf an, wie ernst den Dieben die Geheimhaltung ihres Plans ist. Aber Sie waren noch nicht fertig, Commodore.«

»Sobald der erste Frachter fort ist, fliegt die Station das zweite System an und wartet dort, bis der nächste Frachter einen Gralloc-Unfall vortäuscht und den Transferpunkt verlässt«, fuhr Faro fort. »Dasselbe Spielchen wiederholt sie dann immer und immer wieder, und alle glauben, dass es nur willkürliche Unfälle sind.«

»An denen die Grallocs Schuld haben«, nickte Thrawn. »Was sagen Sie, Vizedirektor?«

Ronan starrte die Darstellung auf dem Schirm an. Was sollte er sagen? Die Station, die Vektoren, die Abstände zwischen den Unfällen ... das konnte nicht nur Zufall sein.

Aber falls es kein Zufall war, wieso waren diese Dinge dann noch niemand anderem aufgefallen?

Weil die einzige Person, die klug genug dafür wäre – Direktor Krennic, natürlich –, zu sehr mit dem großen Ganzen des Projekts beschäftigt war, um sich um solche Details zu kümmern.

Thrawn war ebenfalls klug. Aber nicht klug genug, denn ein entscheidendes Teil dieses Puzzles hatte er vollkommen übersehen.

»Das ist eine interessante Theorie, Admiral«, sagte Ronan. »Aber wenn der Allanar nicht hier ist, wo ist er dann?«

»Eine gute Frage«, nickte Thrawn. »Commodore, Sie haben uns auf demselben Vektor hergebracht, auf dem der Allanar verschwunden ist, nicht wahr?«

Faro setzte zu einer Antwort an, aber dann unterbrach sie sich. Ronan sah eine steile Falte auf ihrer Stirn, und ihre Haltung wurde ein wenig steifer.

Innerlich schüttelte er den Kopf. Er hatte nie viel für Vorgesetzte übriggehabt, die ihren Untergebenen Fangfragen stellten, um deren Fehler ans Licht zu bringen und sie vor versammelter Mannschaft zu demütigen.

Es war wirklich traurig, aber dieser Tage schienen mehr und mehr Personen solche Spielchen zu spielen; vom Imperator mit seiner sadistischen Manipulation über Tarkin mit seiner kultivierten Hinterhältigkeit bis hin zu einfachen Schiffskapitänen, die es nie weit bringen würden und das auch wussten. Selbst Lord Vader ließ sich hin und wieder zu solchem Verhalten hinreißen, vor allem bei Personen wie Direktor Krennic, die es durch ihr Können und harte Arbeit zu Macht, Einfluss und einer hohen Position gebracht hatten.

Dem Ausdruck auf Faros Gesicht nach zu urteilen, war sie diese Art Demütigung von Thrawn gewöhnt. Er war klug, sicher, aber da lauerte eine verborgene, hässliche Bosheit unter seiner blauhäutigen Fassade.

Thrawn, Tarkin, Vader, der Imperator – sie hatten einander verdient. Zum Glück für das Imperium gab es noch eine Handvoll Männer wie Krennic, die den Mut hatten, ihnen die Stirn zu bieten.

Dann veränderte sich Faros Miene plötzlich. »Nein, Sir, habe ich nicht«, erklärte sie mit leiser Zuversicht in der Stimme. »Wir haben den Transferpunkt auf diesem Vektor verlassen, aber wir waren weiter außen am Rand als der Allanar. Wir sind zwar im selben System angekommen, aber wir haben nicht exakt denselben Raum durchflogen.«

Thrawn neigte den Kopf. »Sehr gut, Commodore«, lobte er. Und er lächelte dabei.

Ronan runzelte die Stirn. Er *lächelte*? Aber das gehörte nicht zu diesem Spiel. Es ging darum, jemanden zu erniedrigen, und Faro war ihm von der Schippe gesprungen. Thrawn sollte jetzt verärgert sein oder zumindest versuchen, seine Enttäuschung hinter einer emotionslosen Miene zu verbergen.

Aber stattdessen *lächelte* er.

»Dann lassen Sie uns entlang des Vektors zurückfliegen – *exakt* entlang des Vektors diesmal. Mal sehen, ob wir fündig werden.«

»Jawohl, Sir.« Faro senkte den Blick zu ihrer Konsole.

Dann ruckte ihr Kopf zu Ronans Überraschung sofort wieder hoch. »Admiral?«, fragte sie in erzwungen neutralem Ton. »Glauben Sie, dass …?«

»Es ist möglich«, sagte der Admiral nur. Seine Stimme klang einen Hauch grimmiger als zuvor. »Geben Sie den Vektor ein.«

»Jawohl, Sir.« Mit diesen Worten widmete Faro sich erneut ihrer Konsole.

»Und *jetzt*, Commodore«, fügte Thrawn leise hinzu, »dürfen Sie die *Chimaera* auch in volle Gefechtsbereitschaft versetzen.«

5

Admiral Ar'alani mochte es nicht, wenn Leute auf ihrem Kriegsschiff herumrannten, es sei denn, sie hatten einen triftigen Grund dafür.

Und Eli war ziemlich sicher, dass die Nachricht, die er gerade erhalten hatte, einen triftigen Grund darstellte.

Er war leicht außer Atem, als er die Brücke erreichte. »Admiral«, rief er, noch bevor er sie an der Kommkonsole entdeckte.

»Hierher, Lieutenant«, erwiderte sie streng. *»Sofort.«*

»Jawohl, Admiral.« Eli eilte zwischen den Konsolen hindurch. Jede von ihnen war besetzt, wie ihm auffiel, obwohl die meisten der Monitore nach wie vor dunkel blieben. »Sind Sie sicher, dass er es ist?«

»Ziemlich sicher«, erwiderte Ar'alani. Sie bedeutete dem Offizier neben ihr, die Kommstation freizumachen. »Und falls wir uns nicht beeilen, wird er alles ruinieren. Sie müssen ihn wegschicken.«

»Jawohl.« Eli setzte sich an die Konsole. Ein konzentrierter Kommlaser war bereits auf die mobile Verladestation am Rand ihrer passiven optischen Sensoren ausgerichtet.

Und direkt daneben hing, leicht zu erkennen an seiner charakteristischen Keilform, ein imperialer Sternzerstörer.

Falls das wirklich die *Chimaera* war …

Eli gab den imperialen Kryptocode ein, den er den Kommsystemen der *Steadfast* persönlich hinzugefügt hatte – ein Code, den Thrawn sofort erkennen und mühelos entziffern könnte. Anschließend begann er, eine kurze Nachricht einzutippen, angefangen mit seinem Namen, gefolgt von einer Warnung, dass der Sternzerstörer sich zurückziehen sollte.

Doch dann war es plötzlich zu spät. Die Entfernung und zeitliche Verzögerung ließen es aussehen, als wäre die *Chimaera* noch immer an ihrer vorigen Position, aber gleichzeitig blitzte viel näher helles Licht auf, und dann ploppte der Sternzerstörer genau an der Stelle aus dem Hyperraum, wo ein paar Stunden zuvor auch der Allanar-N3-Frachter aufgetaucht war. »Admiral …«

»Ich sehe es, Lieutenant«, presste Ar'alani zwischen zusammengebissenen Zähnen hervor. »Natürlich musste er hier hereinplatzen.«

»Was sollen wir tun?«, fragte Eli.

»Wir halten uns zurück und sehen, was passiert«, erwiderte der Admiral. »Mit ein wenig Glück ist unsere Mission noch zu retten.«

»Und falls er angegriffen wird.«

»Dann schweben Ihre einstigen Kameraden in ernster Gefahr«, erklärte Ar'alani. »Und Mitth'raw'nuruodo ebenfalls.«

Der Transferpunkt war acht Lichtjahre entfernt, insofern hätte der nächste Flug der *Chimaera* eigentlich kein Mikrosprung sein sollen. Aber genau das wurde er, wie Faro erkannte, als die Sternlinien nur kurz aufflammten, um dann wieder in sich zusammenzubrechen.

Und als sie wieder zu Sternen wurden, überkam sie ein schreckliches Gefühl von Déjà-vu.

Es waren die Grysk. Anders konnte es gar nicht sein. Dies war dieselbe kompakte, verborgene Abfangtechnologie, welche die *Chimaera* schon beim Planeten Batuu genarrt hatte. Damals war es ein Experiment der Möchtegern-Invasoren gewesen, um herauszufinden, wie sie imperiale Welten isolieren und den Zugang zu den Unbekannten Regionen blockieren konnten.

Nur hatten sie dieses Experiment weit draußen, an der Grenze von Wildem Raum und Unbekannten Regionen durchgeführt. Was trieben sie *hier*, mitten im imperialen Territorium?

»Kontakt!«, rief Hammerly mit angespannter Stimme. »Schiffstrümmer auf null-eins-acht zu eins-zwei; Entfernung zwei Kilometer. Material und Form decken sich mit dem Aufbau eines leichten Allanar-N3-Frachters.«

»Lieutenant Pyrondi: Ionenkanonen«, befahl Thrawn. Seine Stimme war noch immer ruhig, aber Faro konnte einen angespannten Unterton heraushören. Ihm musste ebenfalls bewusst sein, dass es nichts Gutes bedeuten konnte, wenn sie so tief im Imperium auf die Abfangzylinder der Grysk stolperten. »Flächendeckender Beschuss auf den Bereich in mittlerer Entfernung zwischen uns und den Trümmern.«

»Was soll das?«, schnappte Ronan, ein leichtes Zittern in der Stimme, als die Ionenkanonen der *Chimaera* zu grollendem Leben erwachten. »Was ist hier los?«

»Commodore?«, sagte Thrawn nur.

»Wir haben es mit einer Technologie zu tun, die wir bereits

im Wilden Raum gesehen haben«, erklärte Faro. »Das Gerät erzeugt ein Gravitationsfeld, ähnlich einem Abfang-Sternzerstörer, nur kleiner und mit stark begrenzter Reichweite.«

»Ich verstehe«, nickte Ronan. Er blickte aus dem Aussichtsfenster, während die *Chimaera* ihren Beschuss fortsetzte. »Das heißt, nein, eigentlich verstehe ich gar nichts. Wo ist dieses *Gerät*?«

»Irgendwo zwischen uns und den Überresten des Frachters«, antwortete Faro. »Es verfügt über ein Tarnfeld, das immer aktiv ist, es sei denn, der Gravitationsgenerator wird gerade eingesetzt.«

»Ein Tarnfeld? Wie groß ist dieses Ding bitte?«

»Nicht sehr groß«, sagte sie. »Aber wir sollten es finden können. Der Allanar ist in den Wirkbereich des Feldes geraten, als er vom Transferpunkt hierherkam. Wir sind aus der anderen Richtung hineingeflogen. Wir wissen also, wie groß das Feld ist, und daraus lässt sich ableiten, wo sein Ursprung liegen muss.«

»Es sei denn, die Trümmer haben sich bewegt, seitdem der Allanar angegriffen wurde – oder das Gravitationsfeld ist stark asymmetrisch«, warf Thrawn ein. »Aber wir sollten bald Gewissheit haben. Lieutenant, Feuerbereich ausdehnen. Commander Hammerly, achten Sie auf Abpralleffekte.«

Als sie das letzte Mal versucht hatten, einen dieser Generatoren zu finden, hatte es sie große Mühe und sehr viel Zeit gekostet. Diesmal kannten sie die ungefähre Größe des Feldes, und sie konnten sein Zentrum abschätzen, was die Sache deutlich beschleunigte. Nach ein paar Minuten meldete Pyrondi, dass sie einen Abpralleffekt registriert hatte, und nach dem Lichtblitz eines weiteren Schusses wurde der Abfangzylinder schließlich sichtbar.

Er hatte genau die Größe und genau die Form, die Faro bei Batuu gesehen hatte.

Die Grysk waren hier.

Ronan stieß einen verblüfften Fluch aus. »Was bei allen …?«

»Feuer einstellen«, wies Thrawn an. »Volle Energie auf Sensoren und Waffen. Irgendwo in der Nähe muss sich ein verborgenes Schiff oder ein Beobachtungsposten befinden.«

»Das kann nicht sein«, murmelte Ronan, aber die Worte kamen wie mechanisch über seine Lippen. Er starrte noch immer den Zylinder an. »Man kann nicht gleichzeitig ein Gravitations- und ein Tarnfeld erzeugen.«

»Wie gesagt, das Tarnfeld ist nicht aktiv, wenn das Gravitationsfeld aktiv ist«, erinnerte Faro ihn. Ihr Blick huschte zwischen dem Aussichtsfenster und dem Sensorschirm hin und her. Bei all den Felsen und Trümmern, die da draußen herumtrieben, würde es nicht leicht sein, ein verborgenes Schiff zu entdecken. »Jetzt seien Sie leise – wir müssen uns konzentrieren.«

»Mal sehen«, sagte Thrawn ruhig. »Das Trümmerfeld wird die Sensoren natürlich behindern. Aber es könnte uns auch …«

Natürlich! Vielleicht hatten die Grysk sich diesmal selbst überrumpelt. »Die Asteroiden reagieren auf den subtilen Gravitationseffekt nahe gelegener Körper, ob sie nun sichtbar sind oder nicht«, lächelte Faro. »Hammerly?«

»Schon dabei«, antwortete die Offizierin. »Analyse des Asteroidenfeldes läuft … Admiral! Hinter uns!«

Faro drehte sich zum hinteren Display herum. Es sah aus, als wäre einer der größeren Asteroiden explodiert, und eine Wolke aus Felsstücken wirbelte in alle Richtungen davon.

Nur war es kein Asteroid, und die Trümmer waren nichts weiter als Überreste einer Tarnhülle.

Als sie weiter auseinandertrieben, erschien in ihrer Mitte eine duale Schiffshülle mit dem unverkennbaren Wellenmuster eines Grysk-Schlachtschiffes.

»Admiral, wir werden angegriffen!«, keuchte Ronan, den Finger auf das näher kommende Schiff gerichtet.

»Noch nicht«, erwiderte Thrawn mit gleichmäßiger Stimme. »Uns bleiben ein paar Sekunden, bis sie in Reichweite sind. Commander Hammerly, fahren Sie mit dem Sensorsuchlauf fort.«

»Den Suchlauf *fortsetzen*?«, schnappte Ronan. »Was reden Sie da, Thrawn? Das Schiff ist genau *da*!«

»Beruhigen Sie sich, Vizedirektor«, sagte Thrawn. »Das ist ein Schlachtschiff. Wir suchen nach einem Beobachtungs- oder Forschungsposten. Dort werden wir unsere Antworten finden.«

»Sie meinen, sofern wir dann nicht schon in tausend Stücke gesprengt wurden?«, blaffte Ronan. »Sie lassen das Schiff ja nicht mal zum Feind hin wenden!«

»Dafür ist noch Zeit«, versicherte der Admiral ihm. »Commander?«

»Einen Moment, Sir.« Hammerly starrte angestrengt auf ihre Schirme. »Ich glaube, wir ... ja, da ist es, Sir. Koordinaten ...«

»Ich sehe es«, sagte Thrawn. »Lieutenant Pyrondi, auf mein Kommando feuern Sie eine konzentrierte Ionensalve auf den von Commander Hammerlys Koordinaten markierten Bereich. Schwenken Sie die *Chimaera* danach sofort herum, Richtung fremdes Schiff, und senken Sie den Bug. Wir wollen ihnen unsere Oberseite zeigen.«

Faro lächelte. Sie wusste, was er vorhatte.

»Und Sie, Commodore«, fuhr Thrawn fort, »lassen im selben Moment die Defender und zwei weitere TIE-Staffeln in einem Marg-Sabl-Manöver starten. Sobald sie in Hufeisenform ausgefächert sind und sich um den Feind zusammenziehen, sind Sie wieder dran, Lieutenant Pyrondi. Drei volle Turbolasersalven auf das feindliche Schiff.«

Ein schmales Lächeln lag auf seinen Lippen, als er sich Ronan zuwandte. »Finden wir heraus, ob sie einem imperialen Sternzerstörer die Stirn bieten können.«

Eli waren nur drei der acht bis zehn Worte bekannt, die Admiral Ar'alani hervorstieß.

Aber er war ziemlich sicher, dass er den Sinn trotzdem verstand.

Zwei Wochen Arbeit und eine zehntausend Lichtjahre umspannende Jagd waren innerhalb weniger Sekunden zunichtegemacht worden.

Ihre Augen glühten feurig, als sie sich zu Eli umwandte, und er wappnete sich für eine direkte Salve. Aber sie starrte ihn nur einen Moment lang an, bevor sie sich wieder über die Kommandokonsole beugte. »Alle Systeme hochfahren«, befahl sie. »Ich will Waffenbereitschaft in fünfzehn Sekunden.«

Elis Augen weiteten sich. Fünfzehn *Sekunden*? Er war schon auf imperialen Schlachtschiffen gewesen, die von völliger Inaktivität zu Kampfbereitschaft gewechselt hatten, und dieser Prozess hatte nie weniger als neun oder zehn Minuten gedauert.

Aber zu seiner Verblüffung wurde Ar'alanis Befehl umgesetzt. Statusdisplays, auf denen zuvor vielleicht zwei oder drei grüne Lichter in einem Meer von Standby-Anzeigen geschimmert hatten, leuchteten auf, als hätte man einen Schwarm Glühwürmchen aufgeschreckt. Dunkle Schirme erwachten zum Leben, Datenfenster und Grafiken zeigten den Status von Waffensystemen und taktische Daten. Offiziere und Mannschaftsmitglieder, die bis eben noch still und reglos an ihren Stationen gesessen hatten, begannen Befehle in Kopfhörer zu murmeln und Ziele in ihre Computer einzugeben.

Zwei von Ar'alanis fünfzehn Sekunden waren noch übrig, als die *Steadfast* volle Kampfbereitschaft erreicht hatte.

»Plasmasphären, volle Breitseite«, befahl der Admiral. »Feuer!«

Eli konnte das ferne Brummen der Backbordkompensatoren auf der Brücke halb hören, halb fühlen, dann zuckten auch schon blendend grelle Lichtkugeln von den Kanonen der *Steadfast* ins All.

Das Grysk-Schlachtschiff reagierte sofort, und seine Nahverteidigungsgeschütze entfesselten eine Kanonade von Laserblitzen.

Aber Plasmasphären waren keine soliden Objekte, die man einfach so zerstören konnte. Die Laserstrahlen zuckten wirkungslos durch ihre Oberfläche und verzerrten sie kurzzeitig, bevor die selbstfokussierenden elektromagnetischen Felder wieder zu ihrer ursprünglichen Form zurückkehrten. Einen Augenblick später tanzten Lichter über das Grysk-Schiff, und ein dunstiges weißes Glühen hüllte seinen Rumpf ein …

»Eine elektrostatische Barriere«, rief jemand alarmiert.

Eli schnitt eine Grimasse. Diese Barrieren *konnten* Plasmasphären aufhalten.

Als die Geschosse das schimmernde Energiefeld erreichten, zerplatzten sie wie Seifenblasen, und ihre Energie und Ionisierungswellen zerstreuten sich dicht über der Hülle des

Schlachtschiffs. Die Grysk-Laser feuerten erneut, aber diesmal zielten sie direkt auf die *Steadfast.* Das Summen der Deflektoren verwandelte sich in ein hohes Kreischen.

»Schiff auf die andere Seite rollen«, befahl Ar'alani. Falls sie Angst hatte, dass die Deflektoren sich überladen könnten, war es ihr zumindest nicht am Tonfall anzumerken. »Steuerbordwärtige Spektrallaser, volle Salve auf die elektrostatischen Generatoren. Die Sensoren werden Ihnen die Position verraten. Legen Sie danach sofort mit einer zweiten Plasmasphären-Salve von der Steuerbordseite nach. Machen Sie die Brecherraketen bereit, für den Fall, dass wir ein Loch in das Feld brechen.«

Die *Steadfast* war gerade mitten in ihrer Rolle, und die Laser der Grysk versuchten weiter, sich durch ihre Deflektoren zu brennen, als die *Chimaera* in die Schlacht eingriff.

Der erste Angriff bestand aus einer Turbolasersalve; ein Gewitter aus grünen Lichtstrahlen, die auf die Hülle des Grysk-Schiffes hinabbrandeten. »Schäden?«, rief Ar'alani.

»Die Instrumente zeigen nichts an«, meldete Tanik von der Sensorstation, und Eli konnte einen Hauch von Verachtung in seiner Stimme hören. »Sie haben zu früh gefeuert. Auf diese Entfernung zerstreut die Barriere die Schüsse so stark, dass sie wirkungslos werden.«

»Ein seltsamer Fehler«, murmelte Ar'alani, gerade laut genug, dass Eli es hören konnte. »Vielleicht hat Thrawn nicht mehr das Kommando.«

»Oh, er hat das Kommando, das versichere ich Ihnen, Admiral«, sagte er. »Und das war kein Fehler. Diese Salve sollte den Feind nicht beschädigen. Er wollte ihre Aufmerksamkeit nur für ein paar Sekunden auf die *Chimaera* lenken.«

»Um von uns abzulenken?«

»Nein.« Eli deutete auf das taktische Display und die kaum sichtbaren Lichtpunkte, die sich auf die Grysk zubewegten. »Von den TIE-Jägern.«

Ar'alani stieß zischend den Atem zwischen den Zähnen hervor. »Steuerbordkanonen, nicht feuern«, rief sie dann. »Lieutenant Vanto, sind die Sensoren der *Chimaera* gut genug, um das elektrostatische Schutzfeld zu erfassen?«

»Ja, Admiral«, versicherte er ihr. »Und ich bin sicher, dass Großadmiral Thrawn die Wirkungslosigkeit unserer Angriffe nicht entgangen ist.«

»Das werden wir ja sehen«, erwiderte Ar'alani. »Brecherraketen vorbereiten.«

Eine Sekunde später schienen die Grysk die näher kommenden Sternjäger plötzlich zu bemerken. Ein Dutzend weiterer Laserkanonen blitzte auf, und ihre Strahlen peitschten den Kampfmaschinen entgegen.

Aber es war bereits zu spät. Zwei der Laserstrahlen fanden ihr Ziel, doch Thrawns TIE-Defender führten den Angriff an, und ihre Schilde waren mehr als ausreichend, um den Treffern standzuhalten. Bevor die Kanoniere der Grysk ihre Zielvektoren korrigieren konnten, waren die TIEs auch schon heran. Sie ließen einen Regen aus Partikelstrahlen auf die Generatorknoten und die Nahverteidigungslaser hinabregnen, und nachdem sie ihren Überflug beendet hatten, stoben sie auseinander. Im selben Moment begann das dunstige weiße Glühen zu flackern und sich aufzulösen ...

»Jetzt sind wir am Zug«, sagte Ar'alani tonlos. »Raketengeschütze, auf die Laserbänke feuern.«

Die *Steadfast* erbebte, als sechs Raketen aus ihren Röhren zischten. Eli hielt den Atem an, während er auf dem taktischen Display den Kurs der Brecherraketen verfolgte. Von der anderen Seite des Schlachtfeldes schob sich die *Chimaera* näher auf ihren gemeinsamen Feind zu und beharkte seine Hülle einmal mehr mit Laserstrahlen.

Jetzt, als sie näher heran waren und die Grysk ihre elektrostatische Barriere eingebüßt hatten, richtete die Salve echten Schaden an. Der Feind erwiderte das Feuer, doch der kombinierte Angriff von Chiss und Imperialen hatte die Zahl seiner verfügbaren Waffensysteme deutlich eingeschränkt. Die TIEs hatten indessen den äußersten Punkt ihres Flugmusters erreicht, und sie wendeten in sicherer Entfernung, um auf eine weitere Gelegenheit zum Angriff zu warten.

Zwei der Raketen vergingen im Abwehrfeuer der Grysk, aber die anderen vier erreichten ihr Ziel. Sie bohrten sich in die Hülle des Schlachtschiffs und detonierten in klebrigen, ätzenden Säureblasen, welche sich durch Metall und Keramik fraßen und geschwärzte Krater hinterließen. Nun würden die Chiss-Kanoniere ihre Spektrallaser auf diese Schwachpunkte konzentrieren, um den größtmöglichen Schaden anzurichten.

»Der Feind fährt seinen Hyperantrieb hoch«, rief jemand. »Es sieht aus, als hätten sie noch genug Energie.«

»Zu schade«, murmelte Ar'alani. »Falls wir wenden ... Können wir die schweren Kanonen schnell genug ausrichten, um sie aufzuhalten?«

Eli deutete auf das Display. »Ich glaube, die TIEs kümmern sich schon darum.«

»Ah, ich verstehe«, sagte Ar'alani. »Jegliches Feuer einstellen. Geben wir den Imperialen freies Schussfeld.«

Die TIEs brauchten nur einen Versuch. Einmal mehr von den schildgeschützten Defendern angeführt, rasten sie dicht an der Hülle des Schlachtschiffes entlang, und ihre Kanonen feuerten auf seinen Hyperantrieb und seine Düsen. Dann rasten sie um die Hülle des Feindes herum und verschwanden aus dem Blickfeld der *Steadfast*.

»Sie haben den Hyperantrieb lahmgelegt«, bestätigte ein Offizier. »Schubleistung der Düsen ist um siebenundachtzig Prozent gesunken.«

»Sehr gut«, nickte Ar'alani. »Wir gehen näher heran. Setzen Sie die verbliebenen Waffensysteme des Feindes mit Plasmasphären außer Gefecht. Lieutenant Vanto, kontaktieren Sie die *Chimaera* und sagen Sie Admiral Thrawn, er soll auf Ionenkanonen wechseln. Je geringer die Schäden an dem Schiff sind, desto mehr wird es uns über unseren Feind verraten.«

Das schien der Kommandant der Grysk ebenfalls erkannt zu haben. Denn keine zwei Sekunden später, noch bevor die letzte Salve Plasmasphären ihr Ziel erreicht hatte, explodierte das feindliche Schlachtschiff.

Schweigen senkte sich über die Brücke. Einen Moment lang schien nicht mal Ar'alani zu wissen, was sie sagen sollte.

Ein Summen von der Kommstation vor Eli riss ihn aus seiner Starre. Er überflog die Nachricht ... »Admiral?«, begann er zögerlich. »Admiral Thrawn würde sich geehrt fühlen, falls wir an Bord der *Chimaera* kämen, um die Situation zu besprechen.«

»Wäre er das?« Ar'alanis glühende Augen brannten sich in seinen Schädel. »Danken Sie ihm für seine Einladung, Lieutenant, und informieren Sie ihn, dass ich sie bei Gelegenheit annehmen werde.«

»Jawohl, Admiral«, sagte Eli. Offenbar war sie noch immer wütend, weil Thrawn in ihre Chiss-Mission hineingeplatzt war, und ihre Reaktion bestand darin, ihn warten zu lassen.

Beim Imperium würde es außer dem Imperator niemand

wagen, so zu tun, als wäre seine Zeit zu wertvoll, um sie an einen Großadmiral zu verschwenden. Aber Ar'alani war nicht beim Imperium. Sie war eine Chiss, und sie war wütend.

Kurz wünschte Eli, er könnte bei dem Treffen der beiden Admirale dabei sein, aber dann schaltete sich sein Selbsterhaltungstrieb ein. Die Konfrontation zwischen den beiden würde ein denkwürdiger Anlass werden – aber nicht einer der angenehmen Art. Da war es besser, außerhalb des Sprengradius zu bleiben.

»Lassen Sie die Shuttles starten«, fuhr Ar'alani fort. »Ich will schnellstmöglich ein Erkundungsteam da draußen haben. Jedes Teil soll eingesammelt, nummeriert und analysiert werden.«

Ihr ausgestreckter Finger richtete sich auf Eli. »Und Sie, Lieutenant Vanto, lassen meinen persönlichen Shuttle startklar machen. Wir beide werden uns nämlich mit Ihrem ehemaligen Kommandanten unterhalten.«

»Ja, Admiral«, sagte Eli, wobei er ein Seufzen unterdrücken musste. *Sei vorsichtig, was du dir wünschst,* hallte das alte Sprichwort durch seinen Hinterkopf. *Es könnte in Erfüllung gehen.*

Trotz Ar'alanis angedeuteter Drohung, Thrawn warten zu lassen, verließ sie die *Steadfast* schon wenige Minuten später. Kaum hatte Eli die Bestätigung erhalten, dass der Shuttle startklar war, gab sie den Brückenoffizieren ihre letzten Befehle und bedeutete Eli dann, mit ihr zum Hangar zu kommen.

Seine Gefühle waren mehr als gespalten, als er den Umriss der *Chimaera* vor den Cockpitfenstern des Shuttles anwachsen sah. Als Kadett hatte man ihn gegen seinen Willen zu

Thrawns Dolmetscher gemacht, und eine ganze Weile hatte er den Chiss dafür gehasst, dass er in seine eigentlichen Karrierepläne geplatzt war. Doch langsam, Stück für Stück, hatte sich seine Einstellung geändert, und Thrawn war von einem Ärgernis zu einer interessanten Anomalie und schließlich zu einem absoluten Glücksfall für Elis Laufbahn geworden. Bevor Thrawn ihm das Angebot gemacht hatte, sich den Chiss anzuschließen, hatte er seinen Kommandanten sogar beinahe als einen Freund angesehen.

Was er aber nicht wusste – und nie gewusst hatte: wie Thrawn über *ihn* dachte.

Betrachtete er überhaupt *irgendjemanden* als Freund, sei es nun Eli oder jemand anderes? Hatte er zumindest während seiner Jugend in der Chiss-Aszendenz Freunde gehabt, oder hatte seine eigentümliche Denkweise ihn in Kindestagen für alle Gleichaltrigen zu einem Quell von Verwirrung und Verärgerung gemacht?

Eli hatte nämlich längst gelernt, dass Thrawn alles andere als ein typischer Chiss war. Admiral Ar'alani war eine ausgezeichnete Kommandantin mit messerscharfem Intellekt, ja, aber ihr – und jedem anderen, den Eli an Bord der *Steadfast* kennengelernt hatte – fehlte Thrawns Gabe, die kleinsten Details im Universum zu erkennen und zu interpretieren.

Wie einzigartig war Thrawn?

Es war nicht, als müsste Eli es unbedingt wissen. Oder als hätte er ein Anrecht darauf, es zu wissen. Aber er *wollte* es wissen.

Nur leider würde er es vermutlich nie erfahren.

Thrawn nahm sie im Hangar der *Chimaera* in Empfang, einen Helm unter den Arm geklemmt, seine weiße Uniform teils von einer gepanzerten Brustplatte verborgen. Vier Todestruppler standen wachsam links und rechts neben ihm, und im gedämpften Licht des Hangars wirkte ihre schwarze Rüstung irgendwie noch bedrohlicher als sonst. »Admiral Ar'alani«, begrüßte er sie in kratzigem Cheunh, als sie und Eli aus dem Shuttle stiegen. »Es freut mich, Sie wiederzusehen.«

»Gleichfalls, Admiral Mitth'raw'nuruodo«, erwiderte Ar'alani mit einem knappen Nicken. Ihre Stimme hielt sie bewusst neutral. »Ich nehme an, Sie haben das Gefecht unbeschadet überstanden?«

»Gewiss«, versicherte Thrawn ihr. »Das Imperium dankt Ihnen für Ihre Unterstützung gegen das Grysk-Schlachtschiff.«

»Es freut die Aszendenz, dass sie helfen konnte. Gab es Opfer unter Ihrer Mannschaft?«

»Nein«, antwortete Thrawn. »Bei Ihnen?«

»Auch nicht«, sagte Ar'alani.

Thrawn nickte. Und dann drehte er sich endlich zu Eli herum.

Aus einem Reflex heraus nahm Eli Habachtstellung an. Mehr als ein Jahr war vergangen, seit er das Imperium verlassen hatte. Mehr als ein Jahr, seit er mit seinem einstigen Kommandanten und Mentor gesprochen hatte. All diese Zeit hatte er sich gefühlt, als würde er nicht wirklich dazugehören, als würde sein Leben keinem wirklichen Sinn dienen. Ein paar aufmunternde Worte von Thrawn waren genau das, was er jetzt brauchte ...

»Guten Tag, Lieutenant Vanto«, sagte Thrawn mit einem knappen Nicken, bevor er sich wieder Ar'alani zuwandte. »Wir müssen zum Beobachtungsposten der Grysk«, erklärte er mit einer auffordernden Bewegung in Richtung seines eigenen, wartenden Shuttles. »Unser Enterkommando hat die Station bereits gesichert. Wir sollten keine weitere Zeit verlieren.«

Eli erstarrte, und die Begrüßung, die er sich zurechtgelegt hatte, blockierte seine Kehle. *Guten Tag, Lieutenant Vanto?* So viele Monate waren seit ihrer letzten Unterhaltung vergangen, und das war alles, was Thrawn für ihn übrig hatte?

»Natürlich«, sagte Ar'alani. »Kommen Sie, Lieutenant.«

»Ja, Admiral«, bestätigte Eli. Das Ganze fühlte sich noch immer völlig surreal an. *Guten Tag, Lieutenant Vanto ...*

Er zuckte unwillkürlich zusammen, als die Todestruppler neben ihnen in Schritt fielen, und das wachsende Gefühl von Verwirrung und Verärgerung wich plötzlicher Erkenntnis. Natürlich! Thrawn war nur so förmlich, weil sie sich in einer Situation befanden, in der sie keine Zeit verlieren durften und obendrein von Fremden umgeben waren. Sobald sie sich unter vier Augen unterhalten könnten, würde er seine steife Fassade sicherlich ablegen.

Thrawn hatte erwähnt, dass sie zu einem Beobachtungsposten fliegen würden, und Eli hatte sich automatisch eine Anlage vorgestellt, die sich in einem festen Orbit befand und sich nur im Rahmen der Gravitationskraft des Systems bewegen konnte. Doch als sie sich ihrem Ziel näherten, stellte er fest, dass die Station mehr Ähnlichkeit mit den mobilen Forschungslaboren hatte, welche die alte Republik auf dem Höhepunkt ihrer Expansionsphase eingesetzt hatte. Er konnte Antennen und Sensorgruppierungen erkennen, außerdem Triebwerksdüsen und die charakteristischen Schlitzöffnungen und Energieleitungen eines Hyperantriebs. Der Großteil der Station lag im Dunkeln – die *Chimaera* hatte sie sicherlich mit einer massierten Ionensalve außer Gefecht gesetzt –, aber als sie näher kamen, erwachte ein Teil der Außenbeleuchtung wieder zum Leben. Hinter dem Beobachtungsposten konnte Eli den Bug eines schwer beschädigten Allanar-N3-Frachters ausmachen; vermutlich war das das Schiff, das aus dem Hyperraum gezogen worden war.

»Interessanter Aufbau«, kommentierte Ar'alani. »Ich habe noch nie etwas Vergleichbares gesehen.«

»Ich auch nicht«, erwiderte Thrawn. »Ich glaube, diese Station wurde von einer der Spezies entworfen, die die Grysk unterworfen haben.«

»Vielleicht kann uns die Besatzung ja mehr über unseren Feind verraten.«

Thrawn schüttelte den Kopf. »Bedauerlicherweise nicht.«

»Sind Sie sicher?«

»Ja.« Thrawns Tonfall verdunkelte sich. »Sie sind alle tot. Ermordet.«

Major Carvia und vier seiner Sturmtruppler warten in der Kommandozentrale. Neben ihnen knien zwei Grysk, an Hand- und Fußgelenken gefesselt. »Chiss«, stieß der linke der beiden hervor. *Seine Nasenschlitze zucken, die Falten um seine Augen vertiefen sich, und die Muskeln um seinen Mund spannen sich an. Vielleicht ein Ausdruck von Wut oder von Häme.* »Wir hätten wohl mit euch rechnen sollen.« *Er spricht fließend Meese Caulf, aber er hat einen Akzent; einige Worte sind falsch betont.*

»Das hättet ihr wohl«, sagte Ar'alani. *Ihre Stimme und Körperhaltung verraten Interesse und kontrollierten Zorn. Ihr Meese Caulf ist deutlich sauberer.* »Haben Sie es Ihnen schon gesagt, Mitth'raw'nuruodo?«

»Noch nicht. Ich wollte Ihnen dieses Vergnügen überlassen.«

Ar'alani neigt den Kopf. Ihr Gesichtsausdruck spiegelt leichte Überraschung und Dankbarkeit für seine Geste wider. »Ich glaube, es wird euch interessieren, dass euer Schiff zerstört ist«, sagte sie.

Die Mienen der Grysk verändern sich. Ihre Oberkörper straffen sich und richten sich kurz auf, bevor sie wieder auf die Knie zurücksinken. »Ich weiß nicht, was du meinst!«, sagte der Linke.

»Das Schlachtschiff, das sich hinter einem Felshaufen versteckt hatte«, antwortete Ar'alani. »Das euch den Rücken freihalten sollte, falls es Ärger gibt. Der Kommandant war zu selbstsicher, und er hat den Preis dafür gezahlt.«

Der rechte Grysk will den Kopf zu seinem Kameraden herumdrehen, bricht die Bewegung dann aber ab. Er ist überrascht oder ungläubig. »Das ist kein besonders guter Bluff«, brummte der linke Grysk. *Sein Tonfall ist jetzt tiefer, und er spricht die Worte wohlüberlegt. Vielleicht Vorsicht, vielleicht Skepsis.*

»Kein Bluff«, entgegnete Ar'alani. »Vielleicht sollten wir ihnen ein Bild von den Trümmern zeigen.«

Die Miene des rechten Grysk bleibt unverändert, aber der andere Gefangene dreht den Kopf weg. Vielleicht hat er nun akzeptiert, dass das Schiff zerstört wurde.

Ar'alani bemerkt die Veränderung in seiner Körperhaltung ebenfalls. Ihr Gesicht spiegelt plötzliche Erkenntnis wider. »Oder wusstet ihr gar nicht, dass noch jemand hier draußen ist?«, fragte sie.

Erneut geraten die Gesichtsmuskeln des linken Grysk in Bewegung. Sie bringen nun Zorn oder Verachtung zum Ausdruck. »Ein Aufpasser würde nicht wirklich Sinn machen, wenn wir nicht wissen, dass er überhaupt da ist, oder?«, fragte er.

»Was ist hier passiert?«

Der linke Grysk gibt einen Laut von sich, der wie ein feuchtes Pfeifen klingt. »Findet es doch selbst heraus.«

»Ich habe nicht mit dir gesprochen, sondern mit meinem Truppenkommandanten.«

Der Grysk verzieht das Gesicht. Diesmal ist es definitiv ein Zeichen von Zorn und Verachtung. »Du fragst einen Untergebenen nach seiner Meinung?«

»Ein menschlicher Untergebener verdient mehr Respekt als ein Grysk-Sklave.«

Der Zorn wächst. »Du wagst es, mich einen Sklaven zu nennen? Ich bin Lebenshüter und Todesbringer. Ich bin Sucher und Eroberer.«

»Commander?«

»Es sieht aus, als wären sie durch die Station marschiert und hätten alle umgebracht, Sir.« *Major Carvias Stimme bringt Empörung und Abscheu zum Ausdruck.* »Fünf Menschen und achtzehn Wesen einer Spezies, die wir noch nicht identifizieren konnten. Alle weisen mehrere Stichwunden auf. Die Menschen befanden sich in einer Art Untersuchungs- oder Beobachtungsraum, die anderen waren über den Rest der Station verstreut.« *Er zögert. Seine Körperhaltung lässt auf Widerwillen schließen.* »Und ich fürchte, wir haben auch eine Chiss gefunden. Ein junges Mädchen. Sie wurde nicht auf dieselbe Weise abgeschlachtet wie die anderen.« *Er spricht schneller, als hätte er es eilig, die Information loszuwerden. Seine Stimme verrät Bedauern, und vermutlich sollen die Worte tröstlich sein.* »Ich glaube, sie starb schon vor dem Angriff.«

Ar'alanis Schultern straffen sich. Eine neue Hoffnung tritt in ihre schmalen Augen. »Wo ist sie?«

»Nein.«

Ar'alani dreht sich herum. Ihre Miene zeigt Ungläubigkeit an und wachsenden Zorn. »Was haben Sie gesagt?« *Eine Drohung liegt in ihrer Stimme.*

»Sie wollen Rache, das kann ich verstehen. Aber dies sind *meine* Gefangenen, und ich kann Ihnen nicht erlauben, Ihre Wut an ihnen auszulassen. Jedenfalls noch nicht.«

Ar'alani steht reglos da. Ihre Körperhaltung zeigt Verwirrung und Zorn an, aber sie protestiert nicht. Dann mischt sich ein verstehender Ausdruck in ihre Miene. »Wir werden das später besprechen, Mitth'raw'nuruodo«, sagte sie. *Ihre Stimme ist erfüllt von erzwungener Neutralität.* »Falls ich mir jetzt die Toten ansehen dürfte?«

»Natürlich. Major Carvia.«

»Ja, Sir.« *Der Major weiß, dass gerade etwas passiert ist, das ist seiner Stimme anzuhören, aber er kann nicht genau einschätzen, was.* »Hier entlang, Admiral.« *Er führt sie auf den Korridor hinaus. Ar'alani schreitet neben Thrawn her, Lieutenant Vanto hält sich dicht hinter ihnen. Zwei der Todestruppler folgen der Gruppe.*

»Danke«, sagte Ar'alani auf Cheunh. *Ihre Stimme ist leise, erfüllt von Verständnis und Respekt; ein wenig Zorn ist jedoch immer noch da.* »Aber sprechen Sie vor meinen Offizieren nie wieder auf diese Weise mit mir.«

»Ich hielt es für notwendig. Lieutenant Vanto, waren meine Worte Ihrem Admiral gegenüber respektlos?«

»Oberflächlich konnten sie vielleicht diesen Eindruck erwecken, Admiral«, erwiderte Vanto. *Seine Stimme klingt zögerlich, aber er versteht. Sein Cheunh ist mehr als passabel, wenn auch noch nicht perfekt.* »Ich bin sicher, dass die Grysk es auch so gesehen haben.«

»Dann betrachten Sie meine Worte also als Versuch, einen

imaginären Keil zwischen Admiral Ar'alani und mich zu treiben, den die Grysk auszunutzen versuchen könnten?«

»Ja, Sir«, nickte Vanto.

»Sehr scharfsichtig, Lieutenant«, sagte Ar'alani. »Aber ein wichtiges Detail haben Sie übersehen. Ich habe mir meine Hoffnung anmerken lassen, und Admiral Mitth'raw'nuruodo wollte nicht, dass die Gefangenen das erkennen. Also tat er, als wäre ich wütend, um die Grysk zu verwirren.« *Sie deutet auf das Kommlink an Vantos Gürtel.* »Rufen Sie die *Steadfast.* Navigatorin Vah'nya soll hierherkommen.«

»Besitzt Navigatorin Vah'nya das Vierte Auge?«

»Ja.« *Ar'alanis Ton ist ernst. Ihre Körperhaltung zeigt an, dass sie weiß, was ihnen bevorsteht, aber da ist auch Sorge, dass ihre Hoffnung unbegründet sein könnte.*

»Jawohl, Admiral.« *Vantos Stimme klingt verwirrt. Er weiß sicherlich, was das Dritte Auge ist, aber er hat zweifelsohne noch nie vom Vierten Auge gehört. Dennoch zückt er mit schnellen, sicheren Bewegungen sein Kommlink, um den Befehl auszuführen. Er zögert nicht, und er stellt keine Fragen. Bis:* »Sie sprachen von ... Hoffnung?«

»Hoffnung, Lieutenant«, bestätigte Ar'alani. *Jetzt macht sich grimmige Belustigung auf ihrem Gesicht breit.* »Ich glaube nämlich, dass die tote Navigatorin, die Major Carvia gefunden hat, überhaupt nicht tot ist.«

6

Großadmiral Savit las gerade die Berichte über den jüngsten Schlag der Dritten Flotte gegen die galaktische Piraterie, als er einen Kommruf von Direktor Krennic erhielt.

»Admiral Savit«, sagte Krennic angespannt. Trotz der limitierten Wiedergabequalität des flackernden Holobildes konnte Savit die Unzufriedenheit des Mannes erkennen. »Sie müssen herausfinden, was Thrawn im Schilde führt.«

Savit zog die Augenbrauen um eine Winzigkeit nach oben. »Verzeihung, Direktor?«

»Ich habe gerade erfahren, dass Thrawn irgendwo in der Nähe meines Transferpunktes ein fremdes Schiff angegriffen hat«, erklärte Krennic. »Ich muss herausfinden, was da vor sich geht und wer involviert ist – und dann muss ich der Sache einen Riegel vorschieben.«

»Einen Moment.« Savit richtete sich ein wenig gerader in seinem Sessel auf. »Es gab einen Kampf? Wo? Gegen wen?«

»Haben Sie nicht zugehört?«, presste der Direktor hervor. »Ich kenne die Details nicht. Vizedirektor Ronan hat mir eine kurze Zusammenfassung der Ereignisse geschickt – einen ausführlicheren Bericht ist er mir bislang schuldig geblieben.

Darum brauche ich Sie vor Ort. Falls Thrawn da draußen Jagd auf Piraten macht und ich deswegen schon wieder meinen Transferpunkt verlegen muss, dann wird das zu ernsthaften Verzögerungen beim Projekt Stardust führen.«

»Ich hörte, dass es ohnehin schon Verzögerungen gibt.«

»Sie wissen, was ich meine.«

»Nein, das weiß ich nicht, wenn ich ganz ehrlich sein soll«, erwiderte Savit. »Sie haben mir keine echten Informationen gegeben. Sagen Sie Ronan, er soll mir genauere Informationen schicken.«

»Ich habe bereits versucht, ihn zu kontaktieren«, erklärte Krennic. »Wie gesagt, er antwortet nicht.«

»Dann kann das Problem doch gar nicht *so* ernst sein, oder?«

»Oder jemand verhindert, dass er mir antwortet«, schnappte Krennic zurück. »Es ist nicht, als könnte er an Bord tun, was er will. Die *Chimaera* ist voll von Leuten, die Thrawn in fanatischer Treue folgen.«

»Das sollte Ihnen etwas sagen«, brummte Savit. »Wenn ein Schiff seinem Kommandanten gegenüber so loyal ist, dann liegt es in der Regel daran, dass er sich Vertrauen und Respekt verdient hat. Ich schlage vor, Sie hören auf, sich Sorgen wegen Thrawn zu machen, und konzentrieren sich lieber darauf, Stardust wieder auf Kurs zu bringen.«

Krennics Augen wurden hart. »Ein interessanter Vorschlag, Admiral. Ich soll also nicht weiter darüber nachdenken, dass Thrawn die Umgebung meines Transferpunkts in ein Schlachtfeld verwandelt, und mich um meine eigenen Angelegenheiten kümmern? Ist es das, was Sie sagen?«

»Was erwarten Sie denn von mir, Direktor?«, fragte Savit, wobei er seine eigene Stimme und Miene völlig ruhig hielt.

Aus Erfahrung wusste er, dass sich eine wütende Person am schnellsten zu Fehlern verführen ließ, wenn man ihre Wut einfach von sich abprallen ließ. »Ich habe hier meine eigenen Pflichten. Ich kann nicht einfach losfliegen und mich um ein Problem kümmern, das vielleicht gar nicht existiert. Es ist schließlich nicht, als hätten Sie Beweise.«

Einen langen Moment starrte Krennic ihn einfach nur an. »Sie mögen Thrawn, nicht wahr, Admiral?«, fragte er schließlich.

»Thrawn ist ein Großadmiral, genau wie ich«, erwiderte Savit, während er das Gesicht des Direktors genau im Auge behielt. Was für eine seltsame Frage, besonders für jemanden wie Krennic. Worauf wollte er hinaus? »Persönliche Sympathien haben nichts mit meiner Antwort zu tun.«

»Nein, aber Sie *mögen* ihn«, wiederholte Krennic. »Sie sind beide kultiviert – Sie mit Ihrer Musik, er mit seiner Kunst. Habe ich Ihnen je erzählt, dass ich vor einigen Jahren eine Kulturgala Ihrer Mutter besucht habe? Damals war Ihr *Zu den Sternen* noch ein Solo-Stück.«

»Das haben Sie nie erwähnt«, sagte Savit. »Und ich weiß ehrlich gesagt auch nicht, was das mit …«

»Es ist schon eine seltene Kombination, wissen Sie? Ein begabter Komponist *und* ein begabter Musiker«, fuhr Krennic fort. »Und dass Sie dieses Stück zu einer vollwertigen Oper ausgebaut haben? Absolut genial. Wussten Sie damals schon, wie sehr Kanzler Palpatine und Gouverneur Grazlos Opern lieben?« Er hob die Hand. »Ist nicht wichtig. Es zählt nur, dass Sie die richtigen Leute auf sich aufmerksam gemacht und ein Kommando bekommen haben.« Er lächelte höflich. »Ganz ehrlich, ich glaube, man kann behaupten, dass Sie jetzt kein Großadmiral wären, hätte es diese Oper nicht gegeben. Und jedes darauffolgende Stück, natürlich – und all die Gefallen und all das Wohlwollen, die Ihnen Ihre Arbeit bei der unersättlichen Elite von Coruscant eingebracht hat.«

Savit lächelte zurück. Das war also Krennics Schlachtplan. Dieser Narr. »Vielleicht haben Sie recht«, erwiderte er. »Aber heißt es nicht, das kulturelle Leben von Coruscant ist ein Samthandschuh, unter dem sich die stählerne Faust der wahren imperialen Macht verbirgt? Verraten Sie mir, Direktor, wollen Sie mir drohen, oder drohen Sie meiner Familie?«

Krennic zog die Augenbrauen hoch. »Ich?«, fragte er unschuldig. »Ich mache keine Drohungen, Admiral. Ich wollte nur erwähnen, wie wankelmütig die Elite ist. Was sie heute noch liebt, hat sie morgen vielleicht schon in die Gosse geworfen.«

»Dann verstehen Sie diese Elite offenbar nicht«, sagte Savit. »Einen Moment bitte, Direktor. Ich bekomme gerade eine wichtige Übertragung herein.«

»Admiral ...«

Krennics Stimme brach ab, und sein Hologramm erstarrte mitten im empörten Protest. Savit wechselte zu seinem persönlichen Kommsystem und gab Großmoff Tarkins privaten Kommcode ein. »Hier ist Großadmiral Savit«, erklärte er dem Droidendiener, der auf dem Schirm erschien. »Ich muss wissen, ob Gouverneur Tarkin irgendwelche Neuigkeiten von seinem Informanten an Bord der *Chimaera* hat. Angeblich gab es einen Kampf in der Nähe des Transferpunktes für das Projekt Stardust.«

Anschließend unterbrach er diese Verbindung und schaltete wieder zu Krennic zurück. »... wagen, mich einfach so zu ...«, grollte der Direktor gerade.

»Verzeihung, Direktor«, sagte Savit. »Ich glaube, wir sprachen gerade über die Elite und schlecht verhüllte Drohungen.«

»Wir sprachen über Thrawn und darüber, wie sein Handeln Stardust gefährdet«, stieß Krennic hervor.

»Ah«, machte Savit. »Entschuldigen Sie bitte, Direktor, aber ich glaube, Sie haben ein wichtiges Detail übersehen. Falls Thrawn sich durch andere Angelegenheiten ablenken lässt und Ihre Frist nicht einhalten kann, verliert er die Mittel für sein Defender-Programm. Ich dachte, genau das wäre Ihr Wunsch.«

»Nun, *Sie*, Admiral, scheinen zu übersehen, dass die Grallocs weiter meine Schiffe und meinen Zeitplan behindern werden, falls er vollkommen scheitert«, entgegnete Krennic. Seine Stimme war wieder ruhig, seine Miene gefasst. »Oder vielleicht wäre Ihnen das sogar ganz recht. Ich hörte, Sie sind ein weiterer Unterstützer des Defender-Programms.«

»Das ist wohl kaum ein Geheimnis«, erklärte Savit. »Aber ja, ich finde, ein paar Millionen moderner Sternjäger würden dem Imperium mehr bringen als Ihr heiß geliebter Todesstern.« Er machte eine kurze Pause, um sich an Krennics erschrockenem Gesichtsausdruck zu ergötzen. Der wahre Name des Endprodukts von Projekt Stardust war ein großes, dunkles Geheimnis, und Savit sollte eigentlich nicht zu der Handvoll Personen gehören, die davon wusste. »Verzeihung – war das etwa geheim?«, fragte er heiter.

»Ich glaube, Sie kennen die Antwort darauf«, sagte Krennic. Seine Stimme war noch immer ruhig, aber sein Tonfall war mehrere Nuancen düsterer geworden. »Was Thrawns Frist angeht, würde ich mir keine Sorgen machen. Ronan ist bei ihm, und er wird dafür sorgen, dass Thrawn sein Ziel nicht rechtzeitig erreicht. Dann werde ich seine Lösungsansätze übernehmen und mir die Grallocs selbst vom Hals schaffen. Und die Ressourcen für das Defender-Programm bleiben auch bei mir.«

Das Komm piepste: Tarkin, und genau im richtigen Moment. »Nun, falls das so ist, Direktor Krennic, dann muss ich meine bisherige Entscheidung vielleicht noch einmal überdenken«, sagte er, während er Tarkin zum Audiokanal des Hologesprächs hinzuschaltete; der Großmoff konnte jetzt alles mithören, blieb für Krennic jedoch unsichtbar. »Falls ich nun aber Thrawn helfe, sein Ziel zu erreichen, dann kann er sein Defender-Projekt fortsetzen. Und wäre das nicht die bessere Alternative?« Er aktivierte Tarkins Hologramm. »Wie sehen Sie das, Gouverneur Tarkin?«

»Ich hätte es nicht besser ausdrücken können«, sagte Tarkin ruhig. »Guten Tag, Direktor Krennic.«

Savit hielt den Atem an, und sein Blick huschte von einem Hologramm zum anderen. Dies war der entscheidende Moment. Er hatte Tarkin und Krennic beide ohne ihr Mitwissen oder ihr Einverständnis in diese Konfrontation gezwungen, und falls sein riskantes Manöver nach hinten losging ... falls einer von ihnen es zum Anlass nahm, eine lebenslange Fehde zu schmieden, dann könnte das Savits Leben deutlich schwerer machen.

Doch falls einer der beiden solche Gedanken hegte, war es im Moment noch Zukunftsmusik. Tarkins Miene war von bösartiger Ruhe gezeichnet; offenbar hatte er in Sekundenschnelle erkannt, was vor sich ging – und hoffentlich auch, welche Rolle Savit dabei spielte. Auch Krennics Gesicht gab nur einen kurzen Moment Überraschung und Zorn preis, dann setzte er eine kämpferische Miene auf und konzentrierte sich auf seinen unmittelbaren Rivalen.

»Guten Tag, Gouverneur«, sagte er, wobei er Tarkins Ton imitierte. »Ich wusste nicht, dass Sie auch Teil dieser Unterhaltung sind.«

»Admiral Savit fragte, ob ich irgendwelche Informationen über Großadmiral Thrawns Kampfeinsatz vor einer Stunde hätte«, erklärte der Gouverneur. »Meine Quellen meinen, dass seine TIE-Defender-Staffel entscheidend zum Sieg des Imperiums beigetragen hat.«

»Ich verstehe.« Neue Emotionen drohten, Krennics Fassade zu durchbrechen. »Mir war nicht bewusst, dass es sich um ein so großes Gefecht handelte. Können Sie mir vielleicht verraten, wo genau die Kampfhandlungen stattfanden?«

Savit beugte sich näher zu den Hologrammen vor. Das war in der Tat die entscheidende Frage.

Doch zumindest fürs Erste würde sie unbeantwortet bleiben. »Meine Quelle konnte mir diese Informationen leider nicht liefern«, sagte Tarkin. »Ich weiß nur, dass zwei andere, nicht-imperiale Schiffe involviert waren. Womöglich waren sie bereits in einen privaten Disput verstrickt.«

»Rivalisierende Piraten?«, hakte Krennic nach. »Piraten und Rebellen?«

»Wie gesagt, das weiß ich nicht.« Als er die Nervosität des Direktors sah, stahl sich ein Hauch von Amüsement in Tarkins Augen. »Aber ich habe meine Quelle um weitere Informationen gebeten. Sobald ich mehr weiß, werde ich Sie natürlich auf den neuesten Stand bringen.«

»Natürlich«, brummte Krennic, dann richtete er seinen Blick auf Savit. »Gouverneur, finden Sie angesichts der gegebenen Umstände nicht auch, dass Admiral Savit weitere Nachforschungen anstellen sollte?«

»Ich bin sicher, Großadmiral Thrawn hat die Situation unter Kontrolle«, winkte Tarkin ab. »Aber sollte er Hilfe erbitten, wäre Savit natürlich meine erste Wahl.«

Damit war die Sache entschieden. Krennic saß in der Klemme. Einerseits brauchte er Thrawn, um der Gralloc-Plage am Transferpunkt Herr zu werden, andererseits durfte der Chiss dabei aber nicht zu effizient sein. Tarkin hingegen konnte nur gewinnen, wenn er Thrawn ungestört weiterarbeiten ließ, nach seinen eigenen Methoden und nach seinem eigenen Zeitplan. Die Tatsache, dass er Krennic dadurch schlaflose Nächte bereitete, war für ihn nur ein zusätzlicher Bonus.

Und dank ihrer geheimen Abmachung, dass Savit Thrawn falls nötig unter die Arme greifen würde, hielt Tarkin außerdem noch einen weiteren Trumpf in der Hand.

Was Savit selbst anging: Das Beste, was er im Moment tun konnte, war, sich völlig aus dieser Sache herauszuhalten, bis Tarkin entschied, die besagte Trumpfkarte auszuspielen. Je länger er sich im Hintergrund halten konnte, desto besser.

»Dann ist mein Part hier wohl erledigt«, erklärte er. »Gouverneur Tarkin, ich bin ebenfalls neugierig, was diese Situation angeht. Falls Sie also weitere Informationen erhalten …«

Tarkin neigte den Kopf. »Dann werde ich die natürlich auch an Sie weiterleiten«, versprach er.

»Danke«, sagte Savit. »Und danke auch Ihnen für Ihr Interesse, Direktor Krennic. Vielleicht sehen wir uns ja eines Tages bei einer Kulturgala meiner Mutter.«

Krennic reagierte mit einem freudlosen Lächeln. Er hatte die Botschaft verstanden: Drohungen gegen Savits Familie, und seien sie noch so vage oder indirekt, waren absolut inakzeptabel. »Einen schönen Tag noch«, verabschiedete sich Savit, dann unterbrach er die Verbindung.

Und als die beiden Holos verschwanden, gönnte er sich selbst ein kleines Schmunzeln.

»Und *so*«, murmelte er, ans Universum im Allgemeinen gerichtet, »spielt ein Großadmiral dieses Spielchen.«

Anschließend ließ er sich zur Brücke durchstellen. »Schicken Sie der *Misthunter* eine Nachricht«, befahl er dem Kommoffizier. »Captain Rasdel sprach von einem Kontakt, den er in Gouverneur Tarkins Büro hat. Sagen Sie ihm, er soll diese Kontaktperson aktivieren. Ich möchte alles über das Projekt Stardust wissen, was unseren Patrouillenbereich angeht.«

Erneut musste er lächeln. Tarkins Versprechen, dass er ihn auf dem Laufenden halten würde, war schön und gut. Aber Savit ging lieber auf Nummer sicher.

Und jetzt, wo das geklärt war, konnte er diese lächerliche politische Rivalität endlich hinter sich lassen und sich wieder auf seine eigentliche Arbeit konzentrieren. »Kontaktieren Sie außerdem die *Harbinger*«, fuhr er fort. »Sagen Sie Captain Pellaeon, ich erwarte ihn und seinen ersten Offizier hier, um unser weiteres Vorgehen gegen die Piraten zu besprechen.«

Major Carvia widerstrebte es sichtlich, dass er Thrawn und die anderen nicht zur Medistation des Beobachtungspostens begleiten sollte. Thrawns Todestruppler waren sogar noch widerwilliger, und es bedurfte eines direkten Befehls, ehe die drei Soldaten vor dem Eingang zurückblieben.

Teilweise hatte es mit Ar'alani zu tun, da war Eli sicher. Ein Admiral einer fremden, nicht menschlichen Flotte, deren Motive und Methoden unbekannt waren – so jemand könnte eine Gefahr für den Kommandanten der Sturmtruppen darstellen. Aber teilweise lag es vermutlich auch an Eli selbst: ein Mann, der einst die Uniform der imperialen Flotte getragen hatte und nun im Schwarz der Verteidigungsflotte der Chiss steckte.

Er wusste nicht, wie Thrawn den Sturmtruppen oder Commodore Faro oder sonst irgendjemandem seine Gegenwart erklären würde. Vielleicht würde er auch gar nichts sagen. Vielleicht würde er Eli einfach zur Aszendenz zurückschicken, ohne die Vermutungen und Verdächtigungen seiner einstigen Kameraden zurechtzurücken.

Die Vorstellung gefiel Eli nicht. Er machte sich dabei weniger Sorgen um seinen eigenen Ruf; Thrawn hatte gesagt, dass er den Chiss von größerem Nutzen sein könnte, und Ar'alani schien zufrieden mit seiner Arbeit. Das war alles, was für ihn zählte. Aber falls sein Name in Verruf geriet, würden seine Eltern darunter leiden, ebenso wie seine alten Freunde in der Flotte.

Genau darum verwirrte ihn Thrawns Distanziertheit auch so. Begriff er nicht, was Eli geopfert hatte? Was er für seinen Admiral aufgegeben hatte?

Hoffentlich bekam er noch Gelegenheit, sich allein mit Thrawn zu unterhalten, und sei es nur eine Minute. Dann würde er schon herausfinden, was sein ehemaliger Kommandant dachte.

Und falls nicht ... Nun, dann konnte er nur hoffen, dass sein Dienst bei den Chiss all das wirklich wert war.

Carvia hatte den Raum als die Medistation des Beobachtungspostens identifiziert, aber als Eli eintrat, fühlte er sich mehr an eine verstörende Mischung aus Behandlungszimmer, Folterkammer und Obduktionsraum erinnert. Eine menschliche Leiche war auf einer Art Untersuchungsstuhl zusammengesunken, an Armen und Beinen festgeschnallt und erstochen, während er so dagesessen hatte. Drei weitere

Leichen – von einer Spezies, die Eli nicht kannte – lagen auf dem Boden, zwei nahe der zentralen Konsole, die dritte neben dem toten Menschen, und alle waren sie von Lachen hellen rosafarbenen Blutes umgeben.

Das Chiss-Mädchen schien hingegen vollkommen unberührt. Sie lag auf einem Behandlungstisch im hinteren Teil der Medistation, die Arme an ihren Seiten, die Hände unter ihre Beine geschoben. Ein Stofftuch war über ihrem Gesicht und ihrem Oberkörper ausgebreitet. Blut war nirgends zu sehen, aber Eli war trotzdem ziemlich sicher, dass sie tot war.

Ar'alani schien das anders zu sehen. Noch bevor die Tür sich hinter ihnen geschlossen hatte, eilte sie durch den Raum auf die Liege zu. »Somnia?«, fragte Thrawn, während er ihr mit Eli folgte.

»Eine Variante dieser Technik, aber ja«, sagte Ar'alani über die Schulter. »Sie hatten die Aszendenz bereits verlassen, als wir sie entwickelten. Dämpfen Sie die Lichter.«

»Sicher.« Thrawn blickte sich um, dann trat er vor die Kontrollkonsole in der Mitte des Raumes. »Lieutenant Vanto, nehmen Sie ein Handtuch und tränken Sie es mit heißem Wasser.«

»Ja, Sir«, bestätigte Eli. Er ging auf die andere Seite des Raums, wo ein großes Doppelwaschbecken in die Wand eingelassen war. »Darf ich fragen …?«

»Manche Navigatorinnen, vor allem die jüngeren, erleiden hin und wieder eine sensorische Überlastung«, erklärte Ar'alani. »Begleitet wird dieses Phänomen von Symptomen wie Kopfschmerzen, Gliederschmerzen, eingeschränkter Sicht und Schwindelanfällen.«

»Die empfohlene Behandlungsweise ist sensorischer Entzug und eine mentale Kur, die Somnia genannt wird«, fügte Thrawn an. Er ließ den Blick über die Konsole schweifen, dann berührte er eine der Kontrollen, und die Beleuchtung der Medistation verblasste zu einem schwachen Glühen. »Das Ziel ist es, den Stoffwechsel so sehr zu verlangsamen, dass die körperlichen Symptome abklingen, während der sensorische Entzug die geistige Heilung beschleunigt.«

Eli nickte. Er betrachtete das Mädchen mit neuen Augen, als Ar'alani das Tuch von ihrem Oberkörper wegzog. Dann waren die Hände des Kindes also unter ihre Beine geschoben, um Berührungsstimuli an den Fingern zu vermeiden, und das Stofftuch sollte ihr Sehvermögen und ihren Geruchs- sowie Gehörsinn dämpfen.

An Bord eines Chiss-Schiffes gab es sicherlich spezielle Einrichtungen für diesen Prozess – verborgen in den Sektionen, zu denen der Rest der Mannschaft keinen Zutritt hatte –, aber hier hatte das Mädchen improvisieren müssen. »Wie konnten die Grysk übersehen, dass sie noch lebt?«

»Eine interessante Frage«, sagte Thrawn. »Die Antwort darauf dürfte äußerst erhellend sein. Aber dazu kommen wir noch. Admiral Ar'alani?«

»Sie lebt«, nickte Ar'alani, und die Erleichterung in ihrer Stimme war nicht zu überhören. »Lieutenant Vanto?«

Er eilte hinüber und reichte ihr das nasse Handtuch. »Was soll ich tun?«

»Machen Sie Platz«, sagte Ar'alani, während sie das Handtuch faltete und es auf die Stirn des Mädchens legte. »Ihres soll nicht das erste Gesicht sein, das sie sieht.«

Eli schnitt eine Grimasse. Aber der Admiral hatte recht. Nach allem, was das Mädchen zweifelsohne durchgemacht hatte, sollte sie beim Aufwachen von unverkennbar freundlichen Gesichtern umgeben sein. »Wie lange wird es dauern?«, fragte er, während er sich in eine Ecke zurückzog.

Ohne Vorwarnung begann der Körper des Mädchens heftig zu zucken. Kurz krümmte sich ihr Rücken, dann sank sie wieder auf dem Tisch zusammen, ein wortloses Heulen auf den Lippen, halb Schrei, halb Wimmern ...

»Komm zurück!«, rief Ar'alani. »Navigatorin der Chiss-Aszendenz, komm zurück!«

Die Augen des Kindes klappten auf. Einen Moment starrte sie die Frau über ihr an, dann sprang sie ruckartig von der Behandlungsliege und schlang die Arme um ihren Hals. Sie klammerte sich an Ar'alani, als wäre der Admiral ein Rettungsring – das Einzige, was sie davor bewahren konnte, wieder in ihren todähnlichen Schlaf zurückzusinken.

Und dann brach das Mädchen in Tränen aus.

Eli kannte Ar'alani nur als harte, kalte und steife Offizierin, und es war befremdlich zu sehen, wie sie sich nun zu dem Mädchen vorbeugte und ihm beruhigend zuflüsterte. Aus den Augenwinkeln sah er, dass Thrawn ihm bedeutete, zur Tür zu gehen, und er zog sich schweigend zurück.

Der Großadmiral wartete bereits, als er die Tür erreichte. »Ihre Einschätzung, Lieutenant?«, fragte er mit gedämpfter Stimme.

»Ich glaube, die toten Nichtmenschen leiteten die Operation hier«, antwortete Eli. »Sie scheinen den Menschen verhört zu haben, als er getötet wurde. Ich nehme an, er und die anderen Menschen gehörten zur Mannschaft des Allanar-N3-Frachters, der vor ein paar Stunden angegriffen wurde.«

»Vermutlich«, nickte Thrawn. »Eine genauere Analyse sollte uns Klarheit verschaffen. Fahren Sie fort.«

»Die Nichtmenschen leiteten zwar diese Operation, aber sie hatten zwei Grysk-Aufpasser«, sagte Eli. Das Mädchen schien sich inzwischen ein wenig beruhigt zu haben, auch wenn sie sich noch immer an Ar'alani klammerte. »Die Aufpasser waren aber nicht in die täglichen Aufgaben an Bord der Station eingebunden.«

»Was führt Sie zu dieser Annahme?«

»Sie wussten nicht, dass das Mädchen noch lebt«, erwiderte Eli. »Ich nehme an, dass sie schon vor ein paar Tagen in diesen Zustand verfallen war und dass die Nichtmenschen davon wussten. Die Tatsache, dass das Mädchen hier ist und nicht in ihrer Unterkunft, zeigt, dass sie sie im Auge behalten wollten.«

»Sehr gut«, lobte Thrawn. »Was passierte dann?«

Eli schürzte die Lippen und genoss Thrawns Kompliment wie einen guten Wein. »Es muss eine Art Konfrontation gegeben haben«, sagte er. »Vielleicht als sie den Beobachtungsposten lahmlegten. Die Nichtmenschen rebellierten, und die Grysk töteten sie.«

»Nein.« Thrawn schüttelte den Kopf.

Der süße Geschmack löste sich auf. »Es gab keinen Aufstand?«

»Sehen Sie sich die Position der Leichen an«, forderte Thrawn ihn auf. »Und sehen Sie sich den Instrumentenschrank neben den Behandlungstischen an.«

»Ja?« Das Schränkchen besaß durchsichtige Türen, hinter denen eine Vielzahl medizinischer Werkzeuge aufgereiht lag.

»Beachten Sie die großen Skalpelle und anderen Schnittwerkzeuge«, sagte Thrawn. »Keines davon fehlt. Hätten die Nichtmenschen rebelliert, hätten diese drei sich doch sicher mit allem bewaffnet, was in Reichweite war.«

»Ja, ich verstehe.« Eli schnitt eine Grimasse; das hätte er sehen müssen.

»Außerdem wurde keine ihrer Leichen in oder nahe der Kommandozentrale gefunden«, führte Thrawn aus. »Und es gibt auch keine Spuren, die darauf hindeuten, dass Tote von dort fortgeschafft wurden. Das einzige Blut stammte von den Grysk, die dorthin zurückkehrten, während sie auf unsere Ankunft warteten.«

»Ich verstehe«, nickte Eli. Das hatte er völlig übersehen. *Hör auf, dich betreten zu fühlen; lern daraus und mach weiter.* »Wir hatten die Elektronik lahmgelegt, und sie wussten, dass wir den Posten einnehmen würden. Sie wollten verhindern, dass es Zeugen gibt, die wir befragen können, und weil sie den Selbstzerstörungsmechanismus nicht mehr benutzen konnten, sind sie durch die Station marschiert und haben persönlich alle abgeschlachtet.«

»Was bringt Sie darauf, dass es einen Selbstzerstörungsmechanismus gibt?«

»Nun, das Schlachtschiff hatte auch einen.«

»Ausgezeichnet«, nickte Thrawn. »Bei einer geheimen Operation wie dieser ist der Tod einer Gefangennahme vorzuziehen.«

»Und doch sind diese beiden Grysk noch am Leben«, bemerkte Eli. »Haben die Sturmtruppen sie überwältigt, bevor sie Selbstmord begehen konnten?«

»Ich werde Major Carvia fragen, aber ich bezweifle es«, erwiderte Thrawn. »Vermutlich haben sie damit gewartet, weil sie herausfinden wollen, was wir über sie und ihre Mission wissen. Ist Ihnen sonst noch etwas an ihnen aufgefallen?«

Eli durchforstete sein Gedächtnis. »Da *war* etwas Seltsames. Als Sie über ihr Verstärkungsschiff sprachen. Ich glaube, es überraschte sie, dass es zerstört wurde.«

»Das ist nicht ganz korrekt«, sagte Thrawn. »Ich denke, Sie wussten überhaupt nicht, dass das Schiff hier war.« Er legte den Kopf schräg. »Was uns zu Ihnen, Ar'alani und der *Steadfast* bringt. Was genau hat Sie in dieses System geführt?«

Eli blickte zu den beiden Chiss hinüber. Das Mädchen hatte inzwischen aufgehört zu schluchzen, aber sie hielt Ar'alani noch immer umschlungen. Die ältere Frau hielt sie mit einer Hand und strich ihr mit der anderen sanft über das Haar. »Ich glaube, das sollten Sie besser den Admiral fragen«, murmelte er.

»Der Admiral ist gerade anderweitig beschäftigt, und jede Sekunde zählt«, entgegnete Thrawn ernst. »Darum frage ich Sie.«

»Ja, Sir.« Er war ein Deserteur, ein Verräter am Imperium … und dennoch war er im Begriff, seinem ehemaligen Kommandanten die Geheimnisse der Chiss zu verraten. Würde ihn das von einem Teil seiner Schuldgefühle befreien? Oder würde er sich nur noch schuldiger fühlen? »Wir erhielten Berichte, dass Grysk oder Kollaborateure der Grysk in diesem Teil des Imperiums tätig sind. Die *Steadfast* wurde entsandt, um Nachforschungen anzustellen. Wir konnten ein Schiff bis zu diesem System verfolgen, aber dann verschwand es irgendwo in diesem Asteroidenhaufen.«

»Es hat sich getarnt«, murmelte Thrawn.

»Richtig«, bestätigte Eli. »Aber die Tarnsysteme der Grysk schränken Ihre eigenen Systeme stark ein, und Ar'alani war überzeugt, dass wir uns an sie heranschleichen könnten. Also gaben wir kurz Schub auf die Triebwerksdüsen und wechselten dann in den Dunkelmodus, um durch das Asteroidenfeld zu treiben. Wir waren beinahe in Reichweite, als der Frachter auftauchte.«

»Ja«, sagte Thrawn nachdenklich. »Und dann traf die *Chimaera* ein und durchkreuzte Ar'alanis Plan.«

Eli zögerte, aber an der Tatsache ließ sich nicht rütteln. »Ich glaube, das ist ihre Sicht der Dinge, ja.«

»Dieses Schiff, das Sie verfolgten«, hakte Thrawn nach, »was konnten Sie darüber in Erfahrung bringen?«

»Nicht viel«, räumte Eli ein. »Die Emissionen entsprachen eindeutig einem Bautyp der Grysk, aber viele ihrer verbündeten Spezies benutzen dieselben Triebwerkssysteme. Wir konnten also nicht wirklich sicher sein, wen wir jagen.«

»Mich interessiert mehr die Größe des Schiffes«, erwiderte Thrawn. »War es so groß wie dieser Beobachtungsposten, ähnelte es dem Schlachtschiff, oder war es etwas völlig anderes?«

Eli sog den Atem ein, als er endlich begriff. »Sie meinen, das Schiff, das wir verfolgt haben, ist weder dieses hier noch das andere, das wir zerstört haben? Es ist noch immer getarnt da draußen.«

»Das ist meine Schlussfolgerung«, antwortete Thrawn. »Ich glaube, es war ein Versorgungsschiff, das die Vorräte dieses Beobachtungspostens aufstocken sollte.«

»Aber es traf vor über einem Tag im System ein«, entgegnete Eli. »Würde es wirklich so lange dauern, Vorräte zu entladen?«

»Vielleicht«, sagte Thrawn. »Seine fortwährende Präsenz in diesem Asteroidenfeld könnte aber auch darauf hindeuten, dass es die Gefangenen des Allanar N3 zu einem anderen Grysk-Schiff oder einer Basis transportieren sollte.«

»Wir müssen die *Steadfast* warnen.« Eli zog sein Kommlink hervor. »Und die *Chimaera* …«

»Nein.« Thrawn legte die Hand auf seinen Arm. »Denken Sie nach. Das verborgene Schiff könnte unsere Kommunikation abhören. Es darf nicht erfahren, dass wir von seiner Gegenwart wissen.«

»Aber wir haben erstklassige Verschlüsselungssysteme!«

»Gehen Sie nie davon aus, dass eine Nachricht sicher ist«, beharrte Thrawn. »Ich habe den Verdacht, dass unsere Kommunikationssysteme bereits kompromittiert sind. Und wer kann sagen, ob es bei der *Steadfast* nicht ebenso ist?«

»Aber …«

»Machen Sie sich keine Sorgen«, unterbrach der Großadmiral ihn. »Admiral Ar'alani hat vermutlich ebenfalls erkannt, dass es ein drittes Schiff im System geben könnte. Sicher hat Sie die *Steadfast* in Alarmbereitschaft versetzt, bevor sie von Bord gegangen ist.«

Auf der anderen Seite der Medistation hatte Ar'alani sich aus der Umklammerung des Mädchens befreit, wenngleich ihr Arm weiterhin schützend auf der Schulter des Kindes ruhte. Das Mädchen selbst blinzelte durch das Halbdunkel und den Vorhang ihrer Tränen zu Thrawn und Eli herüber. »Kommen Sie«, rief Ar'alani. »Sie hat sich beruhigt.«

Die beiden Männer kehrten zu der Behandlungsliege zurück, wobei Thrawn kurz an der Kontrollkonsole innehielt, um die Beleuchtung wieder aufzudrehen. »Guten Tag, Navigatorin der Chiss«, sagte er ernst, als er vor dem Kind stand. »Ich bin Großadmiral Mitth'raw'nuruodo, gegenwärtig im Dienst des Galaktischen Imperiums, und das ist Lieutenant Eli Vanto, vormals Offizier des Imperiums, jetzt im Dienste der Chiss-Aszendenz. Wie heißt du?«

»Ich bin Un'hee«, antwortete sie mit leiser Stimme. »Ich wurde …« Sie schluckte. »Ich wurde vor zwei Jahren von Grysk aus meiner Heimat entführt. Seitdem habe ich ihnen gedient.«

»Sie war fünf, als man sie verschleppt hat«, warf Ar'alani ein. »Und vielleicht kann sie uns einen entscheidenden Vorteil gegenüber den Grysk verschaffen.«

»Wie das?«, wollte Thrawn wissen.

»Sie hat Grysk-Schiffe durch einen großen Teil ihrer Hegemonie gesteuert«, erklärte sie. »Falls sie die Routen rekonstruieren kann, würde das den Schleier der Geheimhaltung lüften, den die Grysk so sorgsam aufgebaut haben.«

»Interessant«, murmelte Thrawn. »Damit wird alles klar.«

»Was war denn unklar?«, fragte Ar'alani.

»Der Grund, warum die Nichtmenschen den Grysk verschwiegen haben, dass Un'hee noch lebt«, antwortete der Großadmiral. »Ich glaube, sie waren Zwangsdiener der Grysk – vermutlich ebenso wie der Großteil ihrer Spezies –, und Un'hees Leben zu schützen war für sie ein Akt der Rebellion gegen ihre Herren.«

»Ich dachte, die Grysk unterjochen ihre Dienerspezies vollständig«, sagte Eli.

»Das ist ihre bevorzugte Methode«, bestätigte Ar'alani. »Aber manchmal ist es einfacher und schneller, nur die Regierung ihrem Willen zu unterwerfen.«

»Vor allem bei Kulturen, in denen das Volk ihren Anführern blind folgt«, fügte Thrawn an. »In unserem Fall scheint diese spezielle Gruppe aber nicht so folgsam gewesen zu sein, wie die Grysk glaubten.«

»Oder aber ihre Zeit unter den Grysk hat ihnen die Augen geöffnet«, gab Ar'alani zu bedenken. »Und das haben Sie alles aus der Ferne geschlussfolgert?«

»Wohl kaum«, sagte Thrawn. »Ich habe lediglich das Verschwinden imperialer Versorgungsschiffe untersucht. Ich hatte keine Ahnung, dass die Grysk mit diesen Zwischenfällen zu tun hatten, bis wir angegriffen wurden.« Er neigte den Kopf. »Verzeihen Sie, falls wir Ihre Operation gestört haben.«

»Ich nehme Ihre Entschuldigung an, aber sie ist unnötig«, erwiderte Ar'alani. »Wir wissen jetzt also, warum Un'hee noch am Leben ist. Daraus ergibt sich auch ein möglicher Grund, wieso die beiden Grysk auf uns warteten, anstatt Selbstmord zu begehen.«

»Sie wollten sichergehen, dass Un'hee wirklich tot ist, bevor sie sterben«, nickte Thrawn. »Vielleicht erkannten sie, dass sie sich besser selbst davon hätten vergewissern sollen, anstatt dem Wort ihrer Sklaven zu vertrauen.«

»Aber diese Erkenntnis kam zu spät«, führte Ar'alani den Gedanken fort. »Es war weise von Ihnen, meine Hoffnung vor ihnen zu verbergen.« Sie schlang ihren Arm ein wenig fester um Un'hees Schultern. »Und diese Hoffnung hängt noch immer an einem seidenen Faden.«

»Das getarnte Versorgungsschiff«, erwiderte Thrawn mit einem Nicken. »Unsere beiden Grysk-Gefangenen müssen irgendwie mit ihm in Verbindung stehen. Falls sie Verdacht schöpfen, dass Un'hee noch lebt, werden sie sicher das Signal für einen Angriff auf den Beobachtungsposten geben.«

»Nach Ihrem Ionenangriff ist die Station vollkommen schutzlos«, schob Ar'alani nach. »Sämtliche Verteidigungssysteme sind lahmgelegt.«

»Außerdem ist Vah'nya auf dem Weg hierher«, gab Eli zu bedenken. »Falls die Grysk beschließen, den Posten zu zerstören, bekommen Sie zwei Navigatorinnen zum Preis von einer.«

»Und eine von ihnen hat das Vierte Auge«, murmelte Ar'alani grimmig, während sie ihr eigenes Kommlink zückte.

»Nein«, sagte Thrawn. »Falls Sie den Shuttle zurückrufen, werden die Grysk ganz sicher Verdacht schöpfen.«

»Sie werden nicht angreifen«, entgegnete Ar'alani. »Sobald sie das Feuer eröffnen, würden sie ihre Position preisgeben. Sie hätten nur einen Schuss, bevor die *Steadfast* sie vernichtet. Was heißt, sie könnten auf den Beobachtungsposten *oder* auf Vah'nya feuern, und sie wissen nicht, welches von beidem das lohnendere Ziel ist.«

»Richtig«, räumte Thrawn ein. »Aber sie *wissen*, dass Un'hee hier ist, ob nun tot oder lebendig, und sie wissen *nicht*, ob das näher kommende Schiff irgendeinen Wert hat. Falls ein plötzlicher Kurswechsel des Shuttles ihr Misstrauen erregt, würden sie versuchen, die potenziell größere Gefahrenquelle auszuschalten.«

Eli sah auf sein Chrono. »Außerdem: Falls der Shuttle planmäßig gestartet ist, dürfte er jetzt so nahe sein, dass er ebenfalls zerstört wird, falls die Grysk die Station in die Luft jagen.«

Ar'alani warf ihm einen finsteren Blick zu. Elis Körper verspannte sich, aber dann wurde ihre Miene weicher. »Das kann sein«, räumte sie ein. »Aber zumindest gibt es noch eine Chance. Sobald Vah'nya an Bord ist, werden die Grysk auf jeden Fall zwei Navigatorinnen zum Preis von einer bekommen.«

»Oder sogar noch mehr«, warf Thrawn ein. »Un'hee, gibt es noch andere Chiss an Bord dieser Grysk-Station hier?«

»Nein«, antwortete das Mädchen. »Sie benutzen andere Wesen als Navigatoren. Viele von ihnen wurden von den Wärtern ausgebildet. Ich war die einzige Chiss. Ich ...« Eine Woge von Schmerz und Furcht huschte über ihr Gesicht. »Ich war ein Geschenk.«

»Ich verstehe«, murmelte Thrawn mit grimmiger Stimme. »Das bedeutet, wir können auf die Grysk feuern, ohne uns Sorgen machen zu müssen, dass Chiss an Bord sind.«

»Un'hee und Vah'nya wären trotzdem in Gefahr«, entgegnete Ar'alani. »Bevor wir irgendetwas unternehmen, müssen wir sie in Sicherheit bringen.«

»Das werden wir auch«, versicherte Thrawn ihr. »Wir müssen unseren beiden Grysk-Gefangenen nur die richtige Geschichte erzählen. Alles, war wir brauchen …« Er brach ab, als ein leises Summen ertönte, und holte sein Kommlink hervor. »Ja?«

Eli konnte die Antwort nicht hören, aber Thrawns Miene verfinsterte sich. »Ich verstehe«, sagte er. »In Ordnung. Lassen Sie ihn rein.«

»Wen?«, fragte Ar'alani misstrauisch.

»Eine äußerst unangenehme Person«, erwiderte Thrawn. »Sie bereiten sich besser vor, Lieutenant Vanto. Das dürfte unangenehm für Sie werden.«

7

Ronan hatte den Großadmiral gebeten, ihn zu dem fremden Beobachtungsposten begleiten zu dürfen, aber Thrawn hatte abgelehnt. Anschließend hatte Ronan von Commodore Faro verlangt, einen zweiten Shuttle nehmen und der Gruppe folgen zu dürfen. Faro hatte ebenfalls abgelehnt, und zwar mit einer kaum verhüllten Genugtuung, die fast schon an Insubordination grenzte.

Aber falls Direktor Krennics Karriere ihn etwas gelehrt hatte, dann, dass man nie aufgeben durfte. Also hatte er sich an der Befehlskette entlang nach unten gearbeitet, bis er eine Schwachstelle in Thrawns verschworenem Offizierskorps gefunden hatte: die Hangarmeisterin, einen Lieutenant namens Xoxtin, die nur wenig für Thrawn oder Faro übrig hatte, dafür aber einen angemessenen Respekt vor der imperialen Elite an den Tag legte.

Es gab drei Andockstationen an der Außenseite des Beobachtungspostens. Eine wurde von Thrawns Shuttle blockiert, die zweite wurde gerade von einem fremden Schiff angeflogen – ein Shuttle von vage reptilienartiger Form, mit einem aus mehreren Kreisen bestehenden Wappen auf dem Rumpf;

dasselbe Wappen prangte auch auf dem immer noch unidentifizierten Schiff, das auf der Steuerbordseite der *Chimaera* hing.

Thrawn hatte offenbar kein Problem damit, eine Gruppe fremder Wesen an Bord zu lassen, aber einer hochrangigen imperialen Persönlichkeit wie Ronan wollte er den Zugang zu der Beobachtungsstation und ihrer Technologie verbieten. Wütend machte er an der dritten Andockstelle fest und bahnte sich mit herrischen Worten einen Weg durch die Sturmtruppler, die ihn aufhalten wollten. Einer von ihnen wies ihm kleinlaut den Weg, und Ronan marschierte entschlossen durch die stillen Korridore los.

Nach all dem Theater, dachte er, war dieser Ausflug besser die Mühe wert.

Er sollte nicht enttäuscht werden.

Der Sturmtruppenkommandant und die beiden Todestruppler verrieten ihm, in welchem Raum Thrawn und seine Begleiter sich verkrochen hatten. Im Gegensatz zu den Sturmtrupplern an der Luftschleuse ließen diese drei sich aber nicht von Ronans Namen und Rang beeindrucken. Einer von ihnen kontaktierte Thrawn, und während der Großadmiral seine Entscheidung traf, konnte Ronan nur finster vor sich hinstarren. Schließlich traten die drei Wachen beiseite – überaus widerwillig, wie Ronan fand –, und er konnte endlich eintreten.

Die Soldaten hatten es eine Medistation genannt, aber ihm erschien es weniger wie ein Behandlungsraum und mehr wie ein Verhörbereich. Aber das nahm er nur peripher wahr. Seine eigentliche Aufmerksamkeit galt den vier Personen, die auf der anderen Seite des Raumes um eine gepolsterte Untersuchungsliege herumstanden.

Großadmiral Thrawn.

Eine Frau mit der gleichen blauen Haut und den gleichen rot glühenden Augen wie Thrawn, gekleidet in eine weiße Uniform von fremdartigem Schnitt.

Ein Mädchen, vielleicht sechs oder sieben Jahre alt, ebenfalls mit blauer Haut und roten Augen, die einen schlichten Overall trug und auf dem Tisch saß.

Die Tatsache, dass Thrawns Spezies offenbar an der kurzen Schlacht vorhin beteiligt gewesen war, rief mehrere gewichtige Fragen auf, und Ronan war fest entschlossen, diese Fragen zu gegebener Zeit anzusprechen. Aber im Augenblick verblasste das alles, fortgewischt vom Anblick der vierten Person auf der Medistation.

Commander Eli Vanto. Deserteur der imperialen Flotte und, wie es aussah, Kollaborateur einer fremden Regierung.

Ein Verräter.

»Ich hatte Sie doch gebeten, an Bord der *Chimaera* zu bleiben«, sagte Thrawn. Seine Stimme war ruhig, aber Ronan konnte einen harten Unterton heraushören.

»Sie hätten wissen sollen, dass dieser Befehl mich nicht aufhalten kann«, konterte Ronan, seine Augen weiter auf Vanto gerichtet. »Direktor Krennic und Gouverneur Tarkin haben deutlich klargestellt, wo die Grenzen Ihrer Autorität über mich liegen.«

»An Bord eines Kriegsschiffes hat der Kommandant die ultimative Autorität«, erklärte Thrawn.

»Ich verstehe aber, warum Sie mich von hier fernhalten wollten«, fuhr Ronan fort, als hätte er nichts gehört. »Guten Tag, Commander Vanto. Oder haben Sie nach Ihrer Desertation einen neuen Rang? Ewas, was besser zu Ihren neuen Freunden passt?«

»Er ist jetzt Lieutenant Vanto, Vizedirektor«, sagte Thrawn.

»Und er ist kein Deserteur. Im Gegenteil, der Imperator persönlich hat seinen Austritt aus dem Imperium autorisiert.«

»So, so«, schnaubte Ronan zynisch. Das schien Thrawns Standardverteidigung zu sein. Hier draußen, weit vom Imperialen Zentrum entfernt, mochte er eine Weile damit durchkommen. Aber früher oder später würde er seine Worte belegen müssen, und dann würde er über seine eigenen Lügen stolpern.

Wer weiß, vielleicht würde diese Anmaßung ihn sogar seine Karriere kosten, sofern der Imperator sich lange genug aus seiner greisen Umnebelung reißen konnte, um der Sache Aufmerksamkeit zu schenken. »Ich nehme an, Sie haben Dokumente, die das beweisen?«, fragte er, ohne seinen Zynismus zu verbergen.

»Es gibt keine Dokumente«, antwortete Thrawn. »Aber darüber können wir uns später noch unterhalten. Im Augenblick haben wir nicht viel Zeit, und wir müssen sie effektiv nutzen.«

Hinter Ronan öffnete sich die Tür, und er machte einen Schritt zur Seite, sicher, es wären die Todestruppler, die einen verspäteten Versuch unternahmen, ihn aus der Medistation zu zerren.

Doch stattdessen sah er sich einem weiteren blauhäutigen Gesicht gegenüber. Dieses gehörte einer jungen Frau in schwarzer Uniform. »Und wer sind Sie?«, blaffte er.

Der Blick der Frau wanderte an Ronan vorbei zu der Gruppe am Behandlungstisch. »Das ist Vah'nya«, stellte Thrawn die Frau vor. »Sie spricht kein Basic.«

»Natürlich nicht.« Ronan starrte Vah'nya finster an, als sie einen Bogen um ihn machte und zu den anderen ging. »So ist das also, ja? Sie ziehen Ihre eigenen Leute hinzu, um Stardust zu sabotieren?« Er kniff die Augen zusammen. »Oder wollen

Sie das Projekt vielleicht für sich haben? Denn ich warne Sie, falls Sie das auch nur versuchen …«

»Beruhigen Sie sich, Vizedirektor«, schnitt Thrawn ihm das Wort ab. »Niemand hier bedroht Ihr Projekt. Aber wir sind in großer Gefahr, und falls wir diese Station heil verlassen wollen, müssen wir schnell handeln.«

Ronans Lippe zuckte. Mehr Ausflüchte.

Aber als er vom Großadmiral zu den anderen Gestalten blickte, überkam ihn das unheimliche Gefühl, dass Thrawn zumindest in diesem Fall die Wahrheit sagen könnte. »Ich höre?«, sagte er.

»Es gibt noch ein weiteres Schiff«, erklärte Thrawn. »Es ist getarnt, und es wartet irgendwo in der Nähe.«

»*Worauf* wartet es?«

»Auf eine Bestätigung, ob sie noch lebt oder tot ist.« Der Großadmiral deutete auf das Mädchen, das hinter ihm auf der Liege saß. »Wir müssen davon ausgehen, dass die beiden Grysk, die wir gefangen genommen haben, mit dem Schiff in Verbindung stehen. Wir müssen ihre Kommunikationsmittel finden und deaktivieren oder eine Möglichkeit finden, um Ihren Verdacht zu zerstreuen.«

»Und falls nicht?«, fragte Ronan.

»Dann werden Sie diesen Beobachtungsposten zerstören«, erklärte Thrawn. »Und alle, die sich an Bord befinden.«

Ronan richtete seinen Blick auf das Mädchen. Ihr Gesicht war tränenüberströmt, gezeichnet von Furcht und Erschöpfung. Sie sah nicht aus, als hätte sie irgendwelche nützlichen Talente oder Fähigkeiten. Dafür war sie viel zu jung.

Wieso sollte jemand ihretwegen diese Station in die Luft jagen?

»Was gedenken Sie zu tun?«, wollte er wissen.

»Wie gesagt, wir müssen Ihren Verdacht zerstreuen.«

»Oder«, meldete sich Vanto zu Wort, »wir geben ihnen, was sie wollen.«

»Was meinen Sie?«, fragte Thrawn.

»Wir haben jetzt zwei angedockte imperiale Shuttles«, erwiderte Vanto. »Wir könnten einen von ihnen leer zurückschicken und dafür sorgen, dass die Grysk darauf schießen.«

»Lächerlich«, schnaubte Ronan. »Unser Feind ist sicher in der Lage herauszufinden, ob sich Lebensformen an Bord befinden oder nicht.«

»Dann machen wir Ihnen die Sache eben auf andere Weise schmackhafter«, sagte Vanto. »Wir bringen die beiden Grysk an Bord und schicken der *Chimaera* eine Nachricht, dass zwei wertvolle Gefangene unterwegs sind. Natürlich lassen wir sie nicht fliegen«, fügte er hastig an. »Wir schnallen sie gefesselt im Passagierabteil fest.«

»Und wer fliegt *dann*?«, fragte Ronan. »Sie etwa?«

»Niemand«, erwiderte Vanto. »Die *Chimaera* zieht den Shuttle mit dem Traktorstrahl zu sich heran.«

Ronan schnaubte. Diesen Idioten an Thrawns Leute zu verlieren war vielleicht doch kein so großer Verlust für das Imperium gewesen. »Und dann lassen wir den Feind einfach unsere Gefangenen in die Luft sprengen – obwohl sie unsere beste Chance sind, mehr über die Vorgänge hier herauszufinden?«

»Die Gefangenen sind wohl kaum unsere beste Chance«, wiegelte Thrawn ab. »Ich bin sicher, sie würden eher sterben, als sich verhören zu lassen.« Er lächelte schmal. »Aber letztlich liegt die Entscheidung ohnehin nicht bei uns.«

»Sondern bei dem anderen Schiff?« Ronan schüttelte den Kopf. »Lächerlich. Um diese Wesen zu ködern, müssten Sie eine Nachricht schicken, die sie ganz sicher empfangen und verstehen, und sie sind sicher nicht dumm genug, um auf etwas so Offensichtliches hereinzufallen.«

»Ich sagte nie, dass die Nachricht für jeden verständlich wäre«, entgegnete Thrawn leise. »Im Gegenteil, ich habe einen Code, von dem ich sicher bin, dass die Grysk ihn dechiffrieren können.«

Ronan runzelte die Stirn. Da war etwas seltsam Unheilvolles an dieser Bemerkung. »Einen *imperialen* Code?«

»So ist es«, bestätigte der Großadmiral. »Ja, Lieutenant Vantos Plan sollte funktionieren.« Er schürzte ein wenig die Lippen. »Nach ein paar kleinen Änderungen.«

Er drehte sich zu der weiß gekleideten Frau um und begann, in einer fremdartigen Sprache mit ihr zu sprechen. Diese blickte daraufhin das Mädchen an und sagte erst etwas zu ihr, dann zu der anderen Frau – Vah'nya –, welche im Anschluss selbst ein paar Worte mit dem Mädchen wechselte und der weiß gekleideten Frau zunickte.

Vanto blickte kurz zwischen Ronan und der Gruppe vor sich hin plappernder Blauhäute hin und her, dann kam er zu dem Vizedirektor herüber. »Sie entwickeln gerade einen Schlachtplan«, erklärte er leise. »Im Grunde geht es darum, den Feind ...«

»Reden Sie mit *mir*, Verräter?«, fuhr Ronan ihm ins Wort.

Vantos Augenbrauen zuckten. »Das war offenbar ein Fehler«, sagte er. »Verzeihen Sie bitte.« Mit gebeugtem Kopf zog er sich zurück.

Ronan ballte die Hand zur Faust. Er musste wohl oder übel in den sauren Apfel beißen »Warten Sie«, befahl er. »Es ... tut mir leid.« Die Worte kamen nur widerwillig über seine Lippen. »Was sagen sie?«

Vanto musterte ihn eine Sekunde lang, dann neigte er erneut den Kopf. »Wie gesagt, es ist ein Schlachtplan«, erklärte er. »Sie wollen das getarnte Schiff aus seinem Versteck locken und es dann zu seiner Basis verfolgen.«

»Wie kommen sie darauf, dass es eine Basis gibt?«

»Die Grysk sind hier weit von ihrem eigenen Territorium entfernt«, antwortete Vanto. »Sie können das HoloNetz nicht für Langstreckenübertragungen nutzen – das Imperium könnte solche Botschaften abfangen –, also brauchen sie eine Kommunikationszentrale in dieser Region. Vermutlich benutzen sie ein System, das man eine Triade nennt. Und falls wir diese Triade finden und die dazugehörige Basis ...«

Die weiß uniformierte Frau sagte etwas in scharfem Tonfall, und Vanto drehte sich zu ihr herum. Nachdem sie ein paar weitere Sekunden auf ihn eingeplappert hatte, antwortete er mit einer Handvoll Worte in derselben Sprache und beugte den Kopf.

Nun sagte Thrawn etwas, und die Frau wandte sich ihm zu. Ronan hatte das Gefühl, dass sich das Gespräch von einer Diskussion zu einem Streit entwickelte. »Was ist jetzt los?«, fragte er.

»Admiral Ar'alani sagte, diese Operation geht Sie nichts an«, erklärte Vanto.

Ronan streckte die Brust vor. »Oh, sagt sie das, hm?«

»Admiral Thrawn widerspricht ihr«, fuhr Vanto fort. »In seinen Augen bedeutet die Gegenwart der Grysk hier, dass sie bereit sind, gegen das Imperium loszuschlagen.«

Ein Schauder rann über Ronans Rücken. Es war schlimm genug, dass Thrawns eigene Spezies hier war. Aber der Gedanke, eine unbekannte Macht wollte das Imperium angreifen? Das war noch viel unheilvoller.

Vor allem, wenn sie Stardust als Ziel ausgespäht hatten.

»Admiral Thrawn erklärt ihr gerade, dass Sie einer der leitenden Offiziere an einem Projekt namens Stardust sind«, übersetzte Vanto. »Und, dass Stardust für die imperiale Verteidigung von großer Bedeutung sein könnte, falls die Grysk eine Offensive vorbereiten.«

Ronans Augen wurden zu Schlitzen. Falls Thrawn glaubte, sich das Projekt unter diesem Vorwand unter den Nagel reißen zu können ...

Die Frau – Ar'alani – schnappte etwas in Vantos Richtung. Der Lieutenant antwortete ihr kleinlaut, und Ar'alani sagte etwas Leises, Schneidendes. Diesmal ging Thrawn nicht dazwischen.

Als Vanto sich wieder zu Ronan herumdrehte, hatte er eine sorgsam neutrale Maske aufgesetzt. »Admiral Thrawn und Admiral Ar'alani schlagen vor, dass ich bis auf Weiteres als Ihr Übersetzer fungiere«, sagte er.

Ronans Haut prickelte. Er sollte diesen Verräter in seiner Nähe tolerieren? Ihm zuhören und mit ihm reden?

Und, schlimmer noch, sich auf ihn *verlassen*?

Nein. Das ging eindeutig zu weit. »Sagen Sie Ihrem Admiral, dass sie das vergessen kann«, erklärte er fest. »Ihre bloße Gegenwart ist ein Affront gegen alles, woran ich glaube.«

»In dem Fall werden Sie zur *Chimaera* zurückkehren«, sagte Thrawn, »und in Ihrer Kabine bleiben, bis diese Operation abgeschlossen ist.«

»Dafür haben Sie nicht die nötige Autorität«, schnappte Ronan.

»Im Gegenteil«, konterte Thrawn kühl. »Wie ich schon sagte, ein Kommandant ist an Bord seines Schiffes die oberste Autorität. Außerdem könnte der *Chimaera* ein Kampfeinsatz bevorstehen, und das Standardprotokoll sieht vor, dass hochrangige Passagiere in solchen Situationen auf jede Weise geschützt werden müssen, die der Kommandant für angemessen hält.«

Ronans Augenlid zuckte. Damit würde er Thrawn nicht durchkommen lassen. Nein, er würde Direktor Krennic eine Nachricht schicken und ihn über alles informieren, was hier geschah – einschließlich Thrawns Zusammenarbeit mit einer fremden Macht, die womöglich Invasionsgelüste hegte, und mit dem Verräter Eli Vanto. Und wenn Krennic diese Informationen erst weiterleitete, dann würde Thrawn sich gewiss schon bald auf einem Gefangenentransporter in Richtung Imperiales Zentrum wiederfinden.

Es sei denn natürlich, dass der Großadmiral ihm den Zugriff auf das Kommsystem der *Chimaera* verweigerte. Falls er Ronan in seiner Kabine einsperren konnte, dann konnte er vermutlich auch das tun.

Und Ronan würde auf keinen Fall danebensitzen und Däumchen drehen, während der Chiss ein imperiales Schlachtschiff in Gefahr brachte. Auch wenn er vermutlich nicht mehr sein konnte als die Stimme der Vernunft, es war seine Pflicht, bei Thrawns Überlegungen und Aktionen die Interessen des Imperiums zu vertreten.

»Na schön«, grollte er. »Vanto kann meinen Dolmetscher spielen. Wie geht es jetzt weiter?«

»Wir legen den Köder aus«, antwortete Thrawn. »Und warten ab, ob der Feind anbeißt.«

»Wir schicken Vizedirektor Ronans Shuttle zur *Chimaera* zurück, Commodore«, drang Thrawns Stimme aus dem Lautsprecher. »Zwei Grysk-Gefangene werden an Bord sein. Sie sind ebenso wertvoll wie gefährlich, also behandeln Sie sie entsprechend.«

»Verstanden, Admiral«, sagte Faro, während sie stirnrunzelnd die Kommstation anblickte. Thrawn benutzte eine G77-Chiffrierung – einen Code, der sich zwar in den Archiven des Schiffes befand, den sie aber noch nie benutzt hatten.

Aber sie hatte schon vor langer Zeit gelernt, dass Thrawn für alles, was er tat, seine Gründe hatte, und in der Regel waren es sehr *gute* Gründe.

»Aus Sicherheitsgründen wird der Shuttle keine Kommandomannschaft an Bord haben«, fuhr der Großadmiral fort. »Ziehen Sie es also mit dem Traktorstrahl in den Hangar. Captain Dobbs soll das Manöver mit einer Eskorte überwachen.«

Faro lächelte, als sich der Schleier der Verwirrung zu lichten begann. Captain Dobbs und seine Defender-Staffel … eine Einheit, mit deren Fähigkeiten die Grysk nicht sonderlich gut vertraut sein sollten.

Es klang ganz, als wollte der Admiral der *Chimaera* dem Feind eine Falle stellen.

»Jawohl, Sir«, bestätigte sie. »Ich werde Captain Dobbs sofort von seinem Patrouillenflug zurückrufen.«

»Danke, Commodore«, sagte Thrawn. »Melden Sie sich, wenn alles bereit ist. Ich bin sicher, sobald sich die Gefangenen an Bord befinden, ist es nur noch eine Frage der Zeit, bis sich uns die verschleierten Pläne des Feindes offenbaren.«

Faros Mundwinkel zuckten. *Die verschleierten Pläne?* Das bestätigte endgültig, was sie bereits vermutet hatte.

Irgendwo dort draußen lauerte ein weiteres, getarntes Grysk-Schiff.

»Und wir werden Licht in diese Sache bringen?«, fragte sie.

»Nicht gleich«, erwiderte Thrawn. »Aber mit etwas Beharrlichkeit wird sich das Bild schon bald klären.«

»Verstanden«, erwiderte Faro. »Wir sind bereit, wenn Sie uns brauchen.«

»Danke, Commodore. Thrawn, Ende.«

Kaum dass die Verbindung beendet war, ging sie zur Waffenkonsole hinüber. »Haben Sie alles gehört?«

»Ja, Commodore«, nickte Pyrondi grimmig. »Wir haben also einen weiteren Kandidaten in Lauerstellung. Wundervoll.«

»Könnte schlimmer sein«, relativierte Faro. »Immerhin haben sie nicht eingegriffen, als ihre Freunde ums Überleben kämpften.«

»Weil sie chancenlos waren.«

»Das denke ich auch«, nickte Faro. »Vermutlich haben sie nicht viel Feuerkraft. Ich tippe auf ein Späh- oder Versorgungsschiff, das einfach nur zur falschen Zeit am falschen Ort war.«

»Wir werden sehen«, brummte Pyrondi, während sie nachdenklich mit dem Finger gegen ihre Lippe tippte. »Es sei denn, sie beschließen, die Beine in die Hand zu nehmen. Abgesehen davon, dass sie halb blind fliegen müssten, kann sie nichts daran hindern zu fliehen.«

»Aber dann können wir die Triebwerksemissionen aufspüren«, erinnerte Faro sie. »Ich glaube, genau das ist der Plan des Admirals: Wir sollen ihnen folgen.«

»Aber was, falls sie in den Hyperraum springen?«

»Guter Punkt.« Faro nickte in Richtung Chiss-Kreuzer, der ein paar Kilometer entfernt vor dem Bug der *Chimaera* hing. »Vielleicht können die Chiss Schiffe ja auch durch den Hyperraum verfolgen.«

»Wir werden sehen«, wiederholte Pyrondi, dann fügte sie an: »Übrigens, mir gefiel Ihr Vorschlag, Licht in die Sache zu bringen. Nichts sorgt für mehr Helligkeit als eine konzentrierte Turbolasersalve. Schade, dass Thrawn Nein gesagt hat.«

»Es war nicht wirklich ein *Nein*«, entgegnete Faro. »Sondern ein *Noch nicht.* Also hören Sie auf zu schmollen, Lieutenant, und rufen Sie die Waffenmannschaften auf ihre Posten.«

Sie blickte aus dem Aussichtsfenster. »Diese Ecke des Universums dürfte bald sehr viel interessanter werden.«

Die Pläne waren geschmiedet, die relevanten Informationen an die *Chimaera* und die *Steadfast* weitergeleitet.

Jetzt blieb ihnen nur noch zu warten. Für Eli war das der härteste Teil.

Und die Tatsache, dass Vizedirektor Ronan finster neben ihm brütete, machte die Sache nicht gerade einfacher. Sie standen ein paar Schritte hinter Thrawn und seinen Todestrupplern – es erfüllte Eli mit stiller Belustigung, dass die Soldaten ein Rechteck um den Großadmiral bildeten und Ronan sich deshalb nicht zu ihm vordrängen konnte – und blickten aus dem Hauptfenster des Grysk-Beobachtungspostens. Der Shuttle war von ihrer Position aus noch nicht zu sehen, dafür aber die *Chimaera*, die ein paar Kilometer entfernt ihre Position beibehielt. Und dahinter, halb von dem Sternzerstörer blockiert, lag die *Steadfast.* Beide Schiffe waren inzwischen sicher schon in voller Kampfbereitschaft.

Eli hoffte nur, dass sie keine Überraschung erwartete. Das Problem mit den Grysk war, dass sie oft von Mitgliedern ihrer Dienerspezies verstärkt wurden, und jede dieser Spezies verfügte über ihre eigene Palette an Technik und Waffensystemen. Folglich ließ sich nie mit Gewissheit sagen, was einen erwartete.

»Das ist verrückt«, grummelte Ronan. »Thrawn wird uns alle umbringen.«

»Ich glaube, sein Plan zielt darauf ab, *niemanden* umzubringen«, erwiderte Eli. »Aber falls Sie einen besseren Vorschlag haben, wird er Ihnen sicher Gehör schenken.«

Ronan schnaubte. »Dieser Ar'alani würde er vielleicht zuhören, aber mir nicht. Wo stecken sie überhaupt?«

»Wer?«

»Sie wissen, wer«, stieß der Vizedirektor hervor. »Ar'alani, Vah'nya und das kleine Mädchen. Sie können weiter so tun, als wäre ich dumm, wenn Sie wollen, aber ich habe *Augen.*«

»Entschuldigung.« Eli versuchte, möglichst aufrichtig zu klingen. Er hatte gehofft, dass Ronan die Abwesenheit der drei Chiss nicht auffallen würde, oder zumindest noch nicht. »Ich glaube, Admiral Ar'alani bespricht sich gerade mit ihren Leuten.«

»Was besprechen sie?«

»Das weiß ich nicht«, antwortete Eli, und ausnahmsweise entsprach das sogar der Wahrheit. Er wusste *wirklich* nicht, was die drei vorhatten. Es musste mit dem Vierten Auge zu tun haben, von dem Thrawn und Ar'alani gesprochen hatten, aber davon abgesehen tappte er ebenso im Dunkeln wie Ronan.

»Es hat mit dem Mädchen zu tun, oder?«, fragte der Vizedirektor. »Ist sie im Besitz irgendwelcher Informationen, die die Grysk wollen? Besondere Fähigkeiten oder Talente kann sie schließlich nicht haben. Nicht bei ihrem Alter.«

»Ich weiß nicht, was sie tun«, beharrte Eli, wobei er versuchte, nicht das Gesicht zu verziehen. Ronan war der Wahrheit beunruhigend nahegekommen. »Ich bin sicher, wenn sie bereit sind, werden sie uns das Notwendige wissen lassen.«

»Das *Notwendige* ist leider immer eine Frage der Interpretation«, brummte Ronan. »Aber keine Sorge, falls Sie wollen, dass ich mich bei Direktor Krennic für Sie einsetze, werden Sie noch lernen, mir alles zu sagen, was ich wissen will.«

»Der Imperator könnte etwas dagegen haben.«

Ronan schnaubte. »Der Imperator«, sagte er abfällig. »Sie und Thrawn benutzen seinen Namen, als wäre er ein Zauberspruch, den sie gegen mich einsetzen können. Aber vertrauen Sie mir, der Imperator steht zu hundert Prozent hinter Direktor Krennic und infolgedessen auch hinter mir. Und noch etwas: Sobald Stardust einsatzfähig ist, wird der Rest der politischen Strukturen im Imperialen Zentrum völlig irrelevant werden. Direktor Krennic und der Imperator werden die einzigen Personen sein, deren Meinung noch von Bedeutung ist.«

Eli dachte an seine einzige Begegnung mit dem Imperator zurück, als man Thrawn in seinem Exil nahe den Unbekannten Regionen gefunden und nach Coruscant gebracht hatte. Die Stimme des Imperators ... seine Präsenz ... seine Augen ...

Ganz besonders seine Augen. »Oder *nur* der Imperator«, murmelte er.

»Glauben Sie mir, der Direktor wird an der Seite des Imperators stehen«, erklärte Ronan. »Im Moment würde ich mir an Ihrer Stelle aber eher Gedanken über meine eigene Zukunft machen. Ich hätte nicht übel Lust, Sie gleich jetzt zurück an Bord der *Chimaera* schleifen zu lassen, damit das ISB Sie wegen Fahnenflucht einsperren kann.«

»Ich glaube, Admiral Thrawn hätte da auch noch ein Wörtchen mitzureden«, entgegnete Eli. Er widerstand dem Drang hinzuzufügen, dass Desertion in den Verantwortungsbereich der Flotte und nicht des Imperialen Sicherheitsbüros fiel.

»Sie kapieren wirklich nicht, wer ich bin, oder?«, knurrte Ronan. »Thrawn ist genauso begriffsstutzig. Aber Sie werden sich beide noch wundern.«

Eli richtete seine Aufmerksamkeit auf Thrawn, als dieser sein Kommlink hervorholte. Es folgte eine kurze, für ihn unverständliche Unterhaltung, dann drehte der Großadmiral sich halb herum. »Vizedirektor, Lieutenant Vanto.« Er winkte ihnen zu. »Die Operation beginnt. Bitte, treten Sie näher.«

Die Todestruppler ließen sie widerwillig vorbei, und Eli spürte, wie sein Herz schneller schlug.

Jetzt würde sich zeigen, ob ihr Feind den Köder geschluckt hatte.

»Los.« Admiral Thrawns Stimme hallte aus den Brückenlautsprechern.

Faro straffte die Schultern. »Defender, in Formation. Traktorstrahlkontrolle, Shuttle anvisieren und heranziehen.«

Ein paar Bestätigungsmeldungen ertönten, dann neigte sich der Kommandosteg beinahe unmerklich unter ihren Füßen, als die *Chimaera* den Traktorstrahl aktivierte und ihr Ziel erfasste. Auf dem taktischen Display begaben sich die sechs TIE-Defender von Captain Dobbs' Staffel rings um den größeren Shuttle in Position.

Und andernorts an Bord des Sternzerstörers – und vermutlich auch an Bord der *Steadfast* – suchten die Sensoroffiziere in dem Asteroidenhaufen nach Spuren ihres getarnten Feindes.

Faro rieb mit den Fingerspitzen über die Naht an der Außenseite ihrer Uniformhose. Ihr war schmerzhaft bewusst, dass Thrawns Plan auf ein Dutzend unterschiedlicher Arten scheitern konnte. Er hatte vermutlich recht, dass die verborgenen Grysk nur einen Schuss hatten – und dass sie das auch wussten. Aber es ließ sich nicht wirklich vorhersagen, auf welches Ziel sie feuern würden. Falls sie überzeugt waren, dass ihre Kameraden an Bord des Shuttles lieber sterben als reden würden, dann könnten sie womöglich doch den Beobachtungsposten ins Visier nehmen. Und falls die *Chimaera* in diesem Fall nicht schnell genug reagierte, dann würden das imperiale und auch das Chiss-Schlachtschiff auf einen Schlag ihre Kommandanten verlieren.

Faro hatte keine Ahnung, was die Anführer der Chiss in so einem Fall tun oder sagen würden. Aber sie wusste genau, was das imperiale Oberkommando mit *ihr* anstellen würde.

Der Shuttle wurde schneller, als der Traktorstrahl das Trägheitsmoment des kleinen Transporters aufhob, und die Distanz zwischen den beiden Schiffen schrumpfte. Faro beobachtete gebannt den Ablauf auf dem Schirm. Sie wusste, dass sie genau im richtigen Moment handeln musste – zu früh, und die Grysk würden erkennen, dass man ihnen eine Falle stellte; zu langsam, und sie könnten größere Zerstörung anrichten. Der Shuttle hatte jetzt ein Drittel der Strecke zurückgelegt …

Da gleißte in der Leere neben einem Asteroiden plötzlich ein Gewitter aus Laserfeuer auf. Die Salve zuckte über den Beobachtungsposten hinweg und direkt in die Mitte der TIE-Defender-Formation hinein …

Nur um sich wie eine Welle an einer Klippe zu brechen, sodass ihre Energie sich harmlos im Vakuum des Alls zerstreute.

Genau wie Thrawn vermutet – und Faro gehofft – hatte, waren ihre Feinde sich nicht bewusst gewesen, dass das Imperium jetzt auch TIE-Jäger mit Schilden besaß.

»Turbolaser, Ziel anvisieren«, rief sie, während sie mental die Finger kreuzte. Diesen Teil seines Plans hatte Thrawn nur sehr vage übermitteln können, um bei den lauschenden Grysk kein Misstrauen zu erregen. Jetzt kam es ganz darauf an, ob Faro seine Instruktionen richtig interpretiert hatte. »Mit geringer Energieleistung auf die Mitte des Bereichs feuern, mit hoher Energieleistung auf die Randzone.«

»Feuermuster bestätigt«, sagte Pyrondi. »Turbolaser feuern ... kein Treffer. Ich wiederhole, kein Treffer.«

Faro stieß einen gedämpften Fluch aus. Noch immer unter dem Schutz ihres Tarnfeldes, hatten die Grysk gedankenschnell reagiert und sich zurückgezogen. »Hammerly, finden Sie ihre Triebwerksemissionen. TIE-Patrouille, mit Höchstgeschwindigkeit den Zielbereich anfliegen. *Findet* sie.«

»Triebwerksemissionen entdeckt«, meldete Hammerly, und eine helle Linie erschien auf dem taktischen Display. »Nur ein kurzer Schub – vielleicht haben Sie die Manövrierdüsen benutzt, um von ihrem Vektor abzuweichen.«

»Und jetzt lassen sie sich wieder treiben?«

»Ja, Commodore. Keine weiteren Emissionen.«

Faro beäugte den Schirm. Die Manövrierdüsen der meisten Schiffe wurden mittels verdichteter Gase betrieben, damit man sie auch in der Nähe von Andockstationen oder anderen Schiffen gefahrlos einsetzen konnte. Folglich waren die Emissionen deutlich kälter, und auf diese Entfernung konnten Hammerlys Sensoren sie nicht erfassen.

Etwas Positives gab es aber: Manövrierdüsen waren nicht sonderlich leistungsstark. Falls das getarnte Schiff auf Hammerlys Vektor gestartet und dann davon abgewichen war, dann konnte es sich zumindest kein zweites Mal unbemerkt anschleichen, um den Shuttle erneut anzugreifen. »Dobbs, feuern Sie ebenfalls«, befahl Faro. »Breit gefächerte Salven mit geringer Energieleistung. Fürs Erste wollen wir sie nur finden.«

»Verstanden«, sagte Dobbs forsch, und ein kurzer Blick in Richtung Shuttle zeigte Faro, wie die TIE-Defender ihre Begleitformation aufgaben und sich der Suche nach dem Feind anschlossen.

»Traktorstrahlkontrolle, volle Energie«, rief Faro. Jetzt, wo sie den unsichtbaren Feind aufgeschreckt hatten, gab es keinen Grund mehr, die Ankunft des Shuttles hinauszuzögern. Falls Thrawns Theorie richtig war, dann hatten die beiden Wachen bereits Gift genommen, und sie würden nicht mehr lange genug leben, um irgendetwas preiszugeben. Das hieß aber nicht, dass Faros Mediteam nicht zumindest versuchen konnte, sie zu retten.

»Da!«, schnappte Agral.

»Ich sehe sie«, nickte Faro. Das feindliche Schiff war am äußeren Rand des Asteroidenfeldes sichtbar geworden. »Steuermann ...«

Mit dem Flackern von Pseudobewegung sprangen die Grysk in den Hyperraum.

»Das Chiss-Schiff beschleunigt«, warnte Hammerly.

»Steuermann, zur Seite ausweichen«, wies Faro Agral an. »Geben wir ihnen genug Raum.« Falls die Chiss die Grysk durch den Hyperraum verfolgen konnten, dann war noch nicht alles verloren. Das All schien sich um die *Steadfast* zusammenzuziehen ...

Dann brach sie ihren Sprung unvermittelt ab. »Was ist passiert?«, fragte jemand.

Faro stieß einen gezischten Fluch aus. »Die Grysk haben uns ein Abschiedsgeschenk hinterlassen«, stöhnte sie. »Admiral Thrawn?«

»Hier, Commodore«, meldete sich die Stimme des Großadmirals. »Gute Arbeit.«

Faro blinzelte. *Gute Arbeit?* »Sir, das Grysk-Schiff ist entkommen«, sagte sie vorsichtig. Hatte er es vielleicht nicht mitbekommen?

»Das hatte ich bereits erwartet«, versicherte Thrawn ihr. »Die erste Phase der Schlacht ist vorbei. Jetzt beginnt die nächste Phase. Captain Dobbs?«

»Ja, Sir«, erklang Dobbs' Stimme.

»Würden Sie bitte den Gravitationsfeldgenerator für uns aufspüren?«

»Natürlich, Sir.«

Auf dem Schirm löste sich Dobbs' Defender vom Rest der Sternjäger. Kurz flackerte die Maschine, als sie in den Hyperraum sprang, und Faro begann, im Stillen mitzuzählen. Fünf Sekunden, um die nötige Entfernung zu erreichen, drei weitere, um in einem engen Kreis zu wenden, dann noch mal vier oder fünf, um zum Asteroidenfeld zurückzukehren ...

Abrupt flackerte ein kleiner Zylinder in der Ferne auf, nur ein paar Kilometer von dem Chiss-Schiff entfernt. Noch während Dobbs' Schiff aus dem Hyperraum zurückfiel, schalteten sich die Gravitationsfeldgeneratoren ab, und das Objekt verschwand wieder hinter seinem Tarnfeld.

»Haben Sie es erfasst?«, fragte Thrawn.

»Ja, Sir«, bestätigte Faro. »Sieht aus, als hätten sie das System so optimiert, dass der Generator getarnt bleibt, bis er eine näher kommende Masse im Hyperraum entdeckt. Das macht es deutlich schwerer, ihn zu lokalisieren.«

»Das lässt darauf schließen, dass die Grysk inzwischen über ein fortschrittlicheres Hyperraum-Sensorsystem verfügen«, sagte er.

»Sie – oder eine ihrer Dienerspezies«, nickte Faro. »Sollen wir die Sonde an Bord holen?«

»Ich glaube, Admiral Ar'alanis Leute haben das bereits vor«, erwiderte Thrawn. »Uns soll die Sonde von dem Beobachtungsposten genügen, die wir vorhin unschädlich gemacht haben.«

»Ja, Sir.« Faro verzog das Gesicht. Es würde Coruscant ganz sicher nicht gefallen, dass Thrawn einfach so einer fremden Flotte Grysk-Technologie überließ. Aber sie hatte nicht vor, mit ihm darüber zu diskutieren.

Vor allem nicht, solange ein Chiss-Schlachtschiff neben der *Chimaera* schwebte.

»Machen Sie die *Chimaera* sprungbereit, Commodore«, wies der Großadmiral sie an. »Sobald ich wieder an Bord bin, werden wir zur Kommunikationsbasis der Grysk fliegen.«

Faros Augen weiteten sich. Das Schiff, das sie zu dieser Basis hätte führen können, war doch entkommen. Oder etwa nicht? »Wissen wir, wo sich der Stützpunkt befindet, Sir?«

»Noch nicht, aber bald«, antwortete Thrawn. »Bereiten Sie mein Schiff vor, Commodore. Für einen Sprung und für einen Kampf.«

8

»Sie haben es entkommen lassen«, grollte Ronan. »Sie haben es *entkommen* lassen.«

Eine kleine Stimme in seinem Hinterkopf warnte ihn, so mit einem Großadmiral zu sprechen.

Aber das interessierte ihn jetzt nicht. Das fremde Schiff hatte sich gezeigt und auf die Gefangenen geschossen – ein Angriff, der nur durch schieres Glück gescheitert war, weil Thrawns TIE-Defender ihre Schilde aktiviert hatten –, und dann war es direkt vor den Augen der *Chimaera* geflohen.

Thrawn tat, als wäre das alles Teil seines Plans gewesen, aber Ronan hatte schon viele Wesen gesehen, die vor Direktor Krennic bei dieser Ausrede Zuflucht nahmen. Tatsache war, dass er freies Schussfeld auf einen fliehenden Feind gehabt und ihn nicht aufgehalten hatte.

Oder vielleicht lag der Fehler gar nicht bei der Mannschaft der *Chimaera*. Vielleicht war sie von dem Chiss-Schiff behindert worden. Vom Beobachtungsposten aus war es nicht genau zu erkennen gewesen, aber es hatte zumindest so ausgesehen, als hätte Ar'alanis Kreuzer sich in Bewegung gesetzt, unmittelbar bevor die Grysk in den Hyperraum sprangen.

Und falls das stimmte, dann war das Eis, auf dem Thrawn stand, noch ein paar Zentimeter dünner geworden. Denn dann versuchte er nicht nur, seine Kommandomannschaft zu schützen, sondern deckte auch eine Spezies, die nicht mal Teil des Imperiums war. Eine Spezies, die sich möglicherweise als zukünftiger Feind entpuppen könnte.

Wie viel wusste der Imperator wirklich über Thrawn und die Chiss? Und – ganz unabhängig davon, wie viel er wusste –, nahm er diese Bedrohung ernst genug?

»Beruhigen Sie sich, Vizedirektor«, sagte Thrawn gelassen. »Haben Sie meine Unterhaltung mit Commodore Faro gerade eben nicht gehört? Dies ist lediglich die erste Phase der Schlacht. Die zweite Phase wird in Kürze beginnen.«

»Wirklich?«, entgegnete Ronan. »Das Schiff ist entkommen. Was haben Sie vor? Wollen Sie alte Jedi-Magie benutzen, um es wieder hierher zu zerren? Oder erwarten Sie, dass es aus eigenen Stücken zurückkehrt?«

»Dieses Schiff?« Thrawn schüttelte den Kopf. »Nein. Aber andere? Vielleicht. Wir werden sehen. Fürs Erste ist Ihr Part bei alldem aber vorbei. Major Carvia und seine Sturmtruppler werden Sie zurück zur *Chimaera* eskortieren.«

»Auf keinen Fall«, erklärte Ronan entschlossen. »Ar'alani ist hier, und ich habe das Gefühl, dass Sie beide und Vanto noch nicht fertig sind. Ich werde so lange bleiben, wie Sie bleiben.«

Carvia machte einen Schritt auf ihn zu. »Der Admiral hat Ihnen einen Befehl gegeben«, sagte er.

»Ja, ich hab's gehört.« Ronan starrte ihn finster an. »Und wir haben das alles schon besprochen. Ich bin im Auftrag von Direktor Krennic und Gouverneur Tarkin hier. Admiral Thrawn kann mich nicht einfach gegen meinen Willen wegschicken.«

Carvia machte einen weiteren Schritt nach vorne, aber Thrawn hob die Hand. »Schon gut, Major. Vizedirektor Ronan kann gerne bleiben, falls er das möchte. Sie und Ihre Sturmtruppler können stattdessen Lieutenant Vanto zum Shuttle begleiten.«

»Moment mal«, rief Ronan aus, wobei er zu Vanto hinüberblickte. Der Deserteur stand schweigend ein paar Schritte entfernt. »Er hat sich der Fahnenflucht schuldig gemacht, und Sie wollen ihn auf ein imperiales Schiff zurückschicken?«

»Betrachten Sie ihn als eine Leihgabe von Admiral Ar'alani«, sagte Thrawn. »Ich brauche seine Erfahrung in der Datenanalyse.«

»Was für Daten?«

»Die Daten, die Sie mir gegeben haben«, antwortete der Großadmiral. »Er wird sich die Fracht- und Personalinformationen der verschwundenen Schiffe ansehen.«

»Auf keinen Fall.« Eine Woge aus Zorn und Empörung kochte in Ronan hoch. »Ich verbiete Ihnen, ihm Zugang zu diesen Daten zu geben, hören Sie?«

»Ich muss ein Zeitlimit einhalten ...«, begann Thrawn.

»Das ist mir egal.«

»... ebenso wie Sie und Direktor Krennic«, fuhr er fort, als hätte Ronan überhaupt nichts gesagt. »Die Geduld des Imperators ist nicht grenzenlos, und Stardust hinkt in gefährlichem Maße hinter dem Terminplan her.«

»Das interessiert mich nicht«, beharrte Ronan. »Sie werden vertrauliche imperiale Daten nicht in die Hände eines« – erneut sah er Vanto an, der sich alle Mühe gab, unauffällig und unschuldig zu wirken – »eines Verräters geben!«

»Dann sind Sie ein Narr«, sagte Thrawn.

Ronans Augen quollen aus den Höhlen. »Wie haben Sie mich gerade genannt?«

»Einen Narren«, wiederholte der Großadmiral. Zum ersten Mal war ein Anflug echten Zorns in seiner Stimme zu hören. »Ein gestohlenes Schiff, das angeblich Opfer eines Triebwerksfehlers wurde, hat seine Fracht zu einer verborgenen Verladestation transportiert. Ein *gestohlenes* Schiff – nicht ein verloren gegangenes, wie Direktor Krennic glaubt. Dann hat eine feindliche Macht diese Verladestation angegriffen und zerstört und das gestohlene Schiff samt seiner Fracht abgefangen. Ein Teil der menschlichen Besatzung der Station ist verschwunden, die Mannschaft des Schiffes wurde ermordet.«

»Diebe und Piraten«, grollte Ronan verächtlich.

Aber selbst in seinen eigenen Ohren klangen die Worte zögerlich. Thrawn hatte recht. Jemand hatte eine Methode entwickelt, um Vorräte und Material für Stardust zu stehlen, und die Grysk hatten ihre eigene Methode entwickelt, von diesen Diebstählen zu profitieren.

Und falls sie von dieser Versorgungroute wussten und von dem Transferpunkt ... Was wussten sie dann noch – die Diebe *und* die Grysk? War ihnen vielleicht bekannt, dass es weitere Transferpunkte gab, wo noch wichtigere Ausrüstung verladen wurde?

Planten sie womöglich sogar einen Angriff auf den Todesstern selbst?

Das war eine wahrhaft erschreckende Möglichkeit. Bis die Kampfstation volle Einsatzbereitschaft erreichte, blieb sie für Angriffe von außen verwundbar.

Natürlich wäre keine Piratenbande groß genug, so einen Überfall durchzuführen. Sie hätten weder die Zeit noch die

Ressourcen, um so eine Operation zu planen, nicht, wo Großadmiral Savit systematisch Jagd auf alle kriminellen Gruppen in dieser Region machte. Aber die Grysk? Nach allem, was Ronan gesehen hatte, wären sie durchaus in der Lage, einen groß angelegten Angriff zu organisieren.

Und das Gleiche galt für Admiral Ar'alani und ihre Chiss.

Ronan traute Thrawn nicht. Dass plötzlich ein Schiff seiner Artgenossen aufgetaucht war, konnte kein Zufall sein.

Der Imperator hatte ihn zum Großadmiral gemacht. Mehr noch, er vertraute ihm sogar. Aber Ronan war nicht naiv genug, den Imperator für unfehlbar zu halten. Schließlich hatte er Tarkin auch zum Großmoff gemacht, und dieser aalglatte Manipulator war so durchtrieben wie ein Gewürzschmuggler.

Nein, Ronan traute Thrawn nicht über den Weg. Aber solange er hier allein auf einem fremden Beobachtungsposten festsaß, war es vermutlich seine beste Option, so zu tun, als ob.

»An diesem Argument lässt sich leider nicht rütteln«, sagte er. »Also gut. Vanto kann sich die Daten ansehen. Aber ich will, dass Commodore Faro ihn dabei persönlich überwacht.«

»Danke«, erwiderte Thrawn. Als hätte er Ronan irgendeine Wahl gelassen. »Lieutenant Vanto, Sie werden unverzüglich mit Major Carvia zur *Chimaera* fliegen. Vizedirektor Ronan und ich kommen in Kürze nach.«

»Ich denke, ich werde auch gleich zurückfliegen«, sagte Ronan, als er Thrawns Trick durchschaute. Sobald Vanto nicht mehr hier war, gäbe es niemanden mehr, der die Unterhaltungen der Chiss für ihn übersetzen würde. Folglich wäre es sinnlos für ihn zu bleiben.

»Wie Sie wünschen«, nickte der Großadmiral. »Commodore Faro wird Sie im Hangar in Empfang nehmen und Lieutenant Vanto zu einer Arbeitsstation begleiten.«

»Wieso lassen wir ihn nicht einfach vom Büro des Commodore aus arbeiten?«, schlug Ronan vor.

Das schien Thrawn tatsächlich zu überraschen; ein seltener Anblick. »Der Commodore könnte etwas dagegen haben.«

»Pech für sie«, tat Ronan den Einwand ab. »Sie haben mir bereits zugestimmt, dass die Daten geheim gehalten werden müssen. Die beste Methode, diese Geheimhaltung zu wahren, ist, nur direkt von Faros Computer darauf zuzugreifen.«

»Da haben Sie wohl recht«, stimmte Thrawn zu. Er hatte sich schnell wieder gefasst. »Ich werde dem Commodore die entsprechenden Anweisungen übermitteln.«

»Gut. Ich nehme an, Sie werden uns bald folgen?«

»Gewiss«, versprach Thrawn.

Nein, dachte Ronan, als er Vanto und den Sturmtrupplern zur Luftschleuse folgte, es gab nichts, was er hier noch tun konnte. Aber es gab umso mehr, was er an Bord der *Chimaera* tun konnte.

Zum Beispiel, Direktor Krennic eine Nachricht zukommen zu lassen, in der er ihn über die Vorgänge hier draußen aufklärte.

Und danach würde er Faros Büro aufsuchen und dem Verräter auf die Finger schauen, während er die Daten vom Transferpunkt analysierte. Ronan war sicher, dass er Vanto auf die Schliche kommen würde, sollte der Kerl seine eigenen Pläne hinsichtlich dieser Informationen haben – oder sollte Thrawn ihm diesbezüglich geheime Anweisungen gegeben haben.

Und falls sie wirklich ihre eigenen Motive verfolgten, dann konnten sie so oft den Namen des Imperators anführen, wie sie wollten. Dann würde ihnen nichts mehr helfen. *Keinem* von ihnen.

Un'hee sitzt nach wie vor auf der Behandlungsliege, Vah'nya neben ihr. Beide haben die Schultern nach vorne gebeugt, als würden sie ein schweres Gewicht tragen. Ihre Hände sind ineinander verschlungen, und sie drücken beide so fest zu, dass ihre Knöchel weiß hervortreten. Die Gesichtstemperatur ist bei beiden erhöht, und sie haben die Augen geschlossen. Vah'nyas Gesichtsmuskeln sind angespannt, die Muskeln in ihrem Hals mahlen. Miene und Körpersprache lassen auf enorme Konzentration schließen, vielleicht auch auf Furcht oder Widerwillen.

Un'hees Gesicht wirkt abwesend, als stünde sie kurz davor einzuschlafen. Echos von Angst und Verzweiflung spiegeln sich darauf wider.

»Sie sind bald fertig«, erklärte Ar'alani.

Sie steht neben der Tür, eine Hand auf ihrer verborgenen Pistole. Ihre Haltung verrät Wachsamkeit, ihre Miene Besorgnis. »Zweifeln Sie daran, dass Vah'nya die nötigen Informationen ans Licht bringen kann?«

Ar'alanis Gesichtsausdruck wandelt sich, nimmt einen verärgerten Zug an. »Ich finde diese Versuche, meine Gedanken zu lesen, äußerst befremdlich, Mitth'raw'nuruodo«, sagte sie. *Ihr Ton bringt auch Verärgerung zum Ausdruck, aber in geringerem Maß.* »Selbst wenn sie nicht funktionierten – ich habe *keine* Zweifel an Vah'nya.«

»Ich kann keine Gedanken lesen. Ich lese nur in Gesichtern. Wenn es keine Zweifel sind, was ist es dann?«

Ar'alani schweigt zweieinhalb Sekunden. »Was wissen Sie über das Vierte Auge?« *Sie spricht nun leiser. Die Verärgerung ist gewichen, aber ihr Tonfall bleibt angespannt.*

»Nur sehr wenig. Die größten Geheimnisse der Aszendenz sind mir vorenthalten geblieben.«

»Zu Recht.« *Ein verächtlicher Ton tritt in ihre Stimme.* »Sie wurden zum Imperium geschickt, um es zu studieren, nicht, um sich ihm anzuschließen.«

»Ich habe das Beste aus der Lage gemacht, die sich mir darbot. Was beunruhigt Sie an der gegenwärtigen Situation?«

»Das kann ich Ihnen nicht sagen.«

»Dann schmälern Sie unsere Chancen auf einen Sieg. Vage Andeutungen sind für mich nutzlos.«

Ar'alani zögert weitere zwei Sekunden. »Sie sollten diese Dinge nicht wissen«, murmelte sie. *Resignation spiegelt sich in ihrer Stimme wider, aber da ist auch Trotz.* »Falls das, was ich Ihnen jetzt sage, diesen Raum verlässt, wird die Aszendenz außer sich sein vor Wut.«

»Ich werde Ihr Geheimnis bewahren.«

»Selbst dem Imperator gegenüber?«

»Meine Loyalität ihm gegenüber ist auf mein Handeln beschränkt, nicht auf meine Gedanken und Gefühle. Die Geheimnisse der Chiss sind bei mir sicher.«

»Ich hoffe, das stimmt.« *Erneut schleicht sich Sorge in ihre Worte.* »Es gibt Geschichten über seine Macht. Angeblich kann er Gedanken lesen. *Wirklich* Gedanken lesen, nicht so wie Sie.«

»Er wird nicht davon erfahren. Wovor haben Sie Angst?«

»Das Dritte Auge beschreibt die Sicht auf das Äußere«, begann Ar'alani. *Ihre Stimme wird noch leiser, ihr Ton verrät die wiedererstarkte Erkenntnis, dass ihre Worte sie in Schwierigkeiten bringen können.* »Das Vierte Auge beschreibt die Sicht aus dem Innern.«

»Welches Innere?«

»*Wessen* Inneres wäre die passendere Frage«, korrigierte Ar'alani. »Während wir hier sprechen, ist Vah'nya tief in Un'hees Geist eingetaucht und sucht nach Informationen darüber, wie die Grysk ihr Drittes Auge benutzt haben.«

»Ist diese Gedankenverschmelzung gefährlich für Un'hee?«

»Unter normalen Umständen nicht«, antwortete Ar'alani. »Vah'nya wird die Informationen finden und die Routen nachvollziehen können, die uns zum Stützpunkt der Grysk führen.«

»Was, falls die Umstände nicht normal sind?«

»Gefährlich wird es nur, falls Un'hee ebenfalls das Vierte Auge besitzt.« *Ar'alanis Gesicht wird heißer, ihre Kiefermuskeln verkrampfen. Gleichzeitig schließt sie die Finger um ihre Waffe, als würde sie sich darauf vorbereiten, einen Angriff abzuwehren.* »In so einer Situation könnten sie und Vah'nya sich im Geist der jeweils anderen verlieren.«

»Gibt es keine Aufzeichnungen über Un'hees genaue Fähigkeiten?«

»Das Vierte Auge manifestiert sich normalerweise erst ab einem Alter von zehn oder elf Jahren«, antwortete Ar'alani. »Un'hee ist gerade sieben.«

»Aber der Effekt könnte trotzdem eintreten?«

»Vielleicht. Vielleicht auch nicht. Ich habe noch nie von einer Gedankenverschmelzung zwischen zwei so ungewöhnlichen Navigatorinnen gehört.« *Sie deutet auf die beiden Mädchen, die dicht nebeneinander auf der Liege sitzen. Die Handbewegung ist steif, lässt auf Verunsicherung und Sorge schließen.* »Un'hee sollte zu jung sein, um zu wissen, ob sie das Vierte Auge hat. Und Vah'nya sollte eigentlich zu alt sein, um auch nur das Dritte Auge zu nutzen. Falls eine von ihnen eine Ausnahme von der Regel ist, ist die andere es vielleicht auch.«

»Ihre Sorge gilt hauptsächlich Vah'nya, nicht wahr?«

»Meine Sorge gilt beiden«, entgegnete Ar'alani. »Aber ja, Vah'nya trägt die Hoffnungen der gesamten Aszendenz in sich. Falls wir durch sie lernen können, wie man das Dritte

Auge über das normale Alter hinweg bewahrt, dann könnte das der Schlüssel zu einer stärkeren, besseren Verteidigungsflotte sein.«

»Es tut mir leid, das zu hören.«

Ar'alani dreht den Kopf, plötzliches Misstrauen auf ihren Zügen. »Wieso?«

»Falls Vah'nya den Kurs zur Basis der Grysk in Erfahrung bringt, dann muss sie die *Chimaera* dorthinführen.«

»Auf keinen Fall.« *Ihre Stimme ist entschlossen, ihre Körperhaltung trotzig und bestimmt von aufkeimender Wut. Ihre Hand schließt sich fester um die Waffe.* »Sie bleibt auf der *Steadfast.*«

»Ich brauche sie, um unsere Feinde aufzuspüren.«

»Sie haben Ihre eigenen Navigationssysteme.«

»Ein Navcomputer kann Un'hees Erinnerungen nicht in Zahlen umrechnen.«

»Sie werden sie nicht in Gefahr bringen. Die *Steadfast* wird Sie begleiten.«

»Das geht nicht. Die Grysk-Basis könnte sich in Reichweite imperialer Schiffe oder Welten befinden. Außerdem hat der Feind vielleicht immer noch Gefangene, die gerettet werden können. Sie und die *Steadfast* dürfen dort also nicht gesehen werden.«

»Ich habe weder vor den Grysk Angst noch vor Ihrem Imperium.« *Ar'alanis Miene ist herausfordernd und abschätzig.*

»Dann bedenken Sie meine Situation. Vizedirektor Ronan ist sicher schon dabei, einen Bericht an Direktor Krennic zu verfassen, und der wird ihn gewiss an den Imperator weiterleiten. Ein Chiss-Kampfeinsatz vor den Augen imperialer Truppen könnte meine Karriere beenden. Vielleicht sogar mein Leben.«

Diesmal schweigt Ar'alani sieben Sekunden. Ihre Miene verändert sich, zeigt nun Frustration und Resignation. Ein letztes Mal schließt sie die Finger um ihre Waffe, dann lässt sie sie los. »Beide Resultate würden die Aszendenz um ein nützliches Werkzeug bringen«, murmelte sie. *Bei diesen Worten schleicht sich eine Spur dunklen Humors in ihre Stimme.* »Also schön. Sobald die Gedankenverschmelzung beendet ist, werde ich Vah'nya über ihre neuen Befehle informieren. Aber ich warne Sie: Sie wird vermutlich nur widerwillig und mit großer Furcht an Bord Ihres Schiffes kommen.«

»Vanto wird da sein, um ihr den Übergang zu erleichtern. Leider kann er nicht lange bei ihr bleiben.«

»Wegen Ronan?«

»Unter anderem. Der Vizedirektor und sein Verhalten bleiben höchst unberechenbar.«

»Er ist eine Gefahr.« *Ar'alanis Miene und Ton zeigen grimmige Entschlossenheit an.* »Wie gesagt, Ihr Nutzen für die Aszendenz ist direkt an Ihren Platz im Imperium gebunden. Falls Sie Ronan nicht ausschalten, werde ich es tun.«

Ein unterdrücktes Keuchen erklingt, dann zucken Vah'nya und Un'hee aus ihrer vorgebeugten Haltung hoch, und ihre Oberkörper nehmen wieder vertikale Position an. Die beiden Navigatorinnen bewegen sich dabei in nahezu völligem Einklang. Erst klappen Vah'nyas Lider auf, dann, einen Sekundenbruchteil später, öffnet Un'hee die Augen. Erst als Vah'nya den Kopf dreht, um sich umzublicken, und Un'hee den Kopf weiter gesenkt hält, endet die Illusion von Synchronität.

»Sie haben die Verbindung getrennt«, sagte Ar'alani. *Ihre Stimme verrät Erleichterung, und sie macht einen Schritt nach vorne.* »Navigatorin Vah'nya, geht es Ihnen gut?«

Auf Vah'nyas Gesicht spiegeln sich Erschöpfung und langsam abklingende Furcht. »Alles in Ordnung. Aber es war … schwierig.«

»Da bin ich mir sicher«, nickte Ar'alani. »Haben Sie den Kurs?«

»Ja.« *Vah'nyas Stimme verrät ebenfalls Müdigkeit, aber da ist auch ein entschlossener Unterton.* »Ich kann Sie zum Außenposten der Grysk führen.«

»Ausgezeichnet.« *Ar'alanis Ton gibt ihren Widerwillen preis. Ihre Miene bleibt konzentriert.* »Sie werden aber nicht sofort auf die *Steadfast* zurückkehren. Admiral Mitth'raw'nuruodo hat Ihre Unterstützung erbeten, um unseren gemeinsamen Feind zu bekämpfen, und ich habe dieser Bitte stattgegeben.«

Vah'nyas Gesichtsmuskulatur spannt sich an. Ihre Augen huschen hin und her, ehe sie sich wieder auf Ar'alani fokussieren. »Wird mich jemand von der *Steadfast* begleiten?«, fragte sie. *Nervosität und Furcht schwingen in ihrer Stimme mit.* »Vielleicht Lieutenant Eli? Wird zumindest er da sein?«

»Ja, wenn Sie an Bord kommen. Danach habe ich leider eine andere Mission für ihn.«

»Eine Mission, die wichtiger ist als der Schutz von Navigatorin Vah'nya?«, fragte Ar'alani. *Ihr Ton ist herausfordernd.*

»Ja.«

»Nein, ich kann nicht allein gehen.« *Die Verzweiflung in Vah'nyas Stimme wächst.* »Bitte, schicken Sie mich nicht allein zu diesen Fremden.«

»Es gibt niemand anderen«, erklärte Ar'alani.

»Was ist mit Ihnen?«

Ar'alanis Augen weiten sich vor Überraschung. »Ich? Unmöglich. Ich bin die Kommandantin der *Steadfast*. Ich muss auf meinem Schiff bleiben.«

»Ihr Schiff und Ihre Mannschaft sollten hier sicher sein, und unsere Mission wird nicht allzu lange dauern.«

»Die Grysk könnten zurückkommen.«

»Irgendwann? Vielleicht. Aber dafür ist es noch zu früh. Außerdem war die Aufgabe Ihrer Mannschaft, diesen Beobachtungsposten zu finden und seine Geheimnisse zu entschlüsseln. Der schwierige Teil ist bereits erledigt, und für den Rest wird Ihre Anwesenheit nicht unbedingt benötigt.«

»Ich bin die Kommandantin«, wiederholte Ar'alani. *Ihre Stimme klingt entschlossen.*

»Vah'nya braucht Sie im Moment dringender als die *Steadfast.* Sie ist von größter Bedeutung für die Chiss-Aszendenz. Und es sind nur ein paar Stunden.«

»Es wäre mir wirklich lieber, Sie würden mich begleiten«, sagte Vah'nya. *Ihr Ton klingt unsicher, ängstlich, aber auch drängend.* »Bitte, Admiral.«

»Nach den Kommandovorschriften wäre es nicht verboten.«

»Ich weiß selbst, was die Kommandovorschriften erlauben und was nicht, vielen Dank.« *Ar'alanis Stimme lässt Verärgerung erkennen, aber die Unentschlossenheit und die Zögerlichkeit sind verschwunden.* »Na schön, ich werde Sie begleiten. Um Navigatorin Vah'nyas willen und zum Schutz der Zukunft der Aszendenz.« *Kurz huscht Zorn über ihre Züge.* »Aber ganz sicher nicht Ihretwegen.«

»Mehr kann ich nicht erwarten. Lassen Sie uns zur *Chimaera* fliegen und alles vorbereiten. Je früher dieser Teil der Schlacht vorbei ist, desto eher kann die dritte und letzte Phase beginnen.«

9

»Da.« Vanto deutete auf zwei Zeilen, die er auf dem Computerschirm in Faros Büro hervorgehoben hatte. »Diese beiden. Sehen Sie die?«

»Natürlich sehe ich sie«, grollte Ronan. Nicht dass die Daten ihm irgendetwas sagten.

Oder irgendetwas anderes, was Vanto ihm während der knapp zwei Stunden gezeigt hatte, die er nun schon hier saß und die Daten durchging, mal von vorne nach hinten, dann von hinten nach vorne, dann von links nach rechts und auf jede erdenkliche andere Weise. Während der ganzen Zeit hatte Vanto kaum mit ihm gesprochen; größtenteils beschränkte er sich auf leise Brummlaute und melodieloses Pfeifen.

Faro hatte zweimal vorbeigeschaut, angeblich um Vantos Fortschritte zu überprüfen, aber alles, was sie tat, war, dem Deserteur über die Schulter zu blicken, Ronan zuzunicken und dann wieder zu verschwinden.

Vielleicht war sie einfach an Vantos Arbeitsweise gewöhnt; immerhin hatte sie mit ihm gedient, damals, als er noch ein Offizier der *Chimaera* gewesen war. Sicher kannte sie seine Eigenheiten.

Oder vielleicht versuchten sie auch, weiter Spielchen mit dem Beobachter von Direktor Krennic zu spielen, den keiner von ihnen an Bord ihres Schiffes haben wollte.

So oder so, Ronan hatte die Nase voll von dieser Zeitverschwendung. Selbst falls diese Daten irgendwelche geheimen Hinweise enthielten – was Ronan nach wie vor bezweifelte –, war offensichtlich, dass Vanto sie nicht finden würde. Wären seine analytischen Fähigkeiten wirklich so gut, wie alle glaubten, dann hätte er das Imperium wohl kaum verlassen, um zu Thrawns Spezies überzulaufen.

Links von ihm öffnete sich die Tür des Büros. Er hob den Kopf in der Erwartung, dass Faro ihre Nase hereinstrecken würde …

»Irgendwelche Fortschritte, Lieutenant?«, fragte Thrawn, nachdem er eingetreten war.

»Ja, Sir«, antwortete Vanto. »Ich wollte es gerade dem Vizedirektor zeigen.« Seine Finger tanzten über die Tasten.

Die Zahlen und Zeilen ordneten sich zu vier farblich markierten Gruppen in den Ecken des Bildschirms an. »Hier haben wir die Schlüsselelemente«, erklärte Vanto. »Zunächst die achtundzwanzig der einundvierzig vermissten Schiffe, die auf verdächtigen Vektoren vom Transferpunkt verschwanden. Wie Sie bereits vermuteten, wurden diese achtundzwanzig Frachter höchstwahrscheinlich gestohlen. Zweitens: Die Fracht der gestohlenen Schiffe war recht unterschiedlich, aber es gab einige interessante Verbindungen. Drei von ihnen hatten Nahrung an Bord – teils für Menschen, aber auch große Mengen an Blosphi-Extrakt.«

»Wookiee-Nahrung, richtig?«, fragte Ronan mit gerunzelter Stirn. Während der frühen Tage von Stardust waren etliche dieser pelzigen Wesen zur Arbeit an dem Projekt gezwungen worden, aber diese Phase war längst abgeschlossen.

»Unter anderem«, nickte Vanto. »Wookiees mögen es nicht sonderlich, aber es ist eine billige Alternative zu ihrer üblichen Diät und enthält genug Nährstoffe, um sie bei Kräften zu halten. Ich vermute aber, dass es für jemand anderen bestimmt war – unter einigen Spezies gilt Blosphi als Delikatesse. Die zweite, noch interessantere Verbindung hat mit den Maschinenteilen zu tun, die an Bord der Schiffe waren. Jeder der Frachter transportierte ganz spezielle Elemente, die aber nie mehr als sieben Prozent ihrer Gesamtfracht ausmachten.«

»Sie gingen also zwischen den anderen, häufiger vertretenen Baumaterialien unter«, sagte Thrawn.

»Genau, Sir«, nickte Vanto. »Vermutlich ging es wirklich darum, keine Aufmerksamkeit auf sie zu lenken. Und hier ist der interessante Teil: Zu diesen Maschinenteilen gehörten TRL-44-Zylinder, Klymtra-Strahlenfeldgeneratoren, boorische Synchronisationsgitter, Thorillid-Stoßdämpfer ...«

»Einen Moment mal«, fuhr Ronan dazwischen. Ein eisiges Gefühl breitete sich in seiner Magengrube aus. »Thorillid-Stoßdämpfer? Nein, Sie müssen sich irren.«

»Sagen Ihnen diese Elemente etwas?«, fragte Thrawn ruhig.

Ronan starrte ihn finster an. *Natürlich* sagten sie ihm etwas. Und er war sicher, dass sie Thrawn auch etwas sagten. »Das sind Komponenten für Nahverteidigungslaser«, grollte er. »Aber das ist unmöglich. Turbolaserkomponenten werden von speziellen Frachtern transportiert, unter strengsten Sicherheitsvorkehrungen.« Er deutete auf den Bildschirm. »Und ganz besonders solche Laser. Das ist ein brandneuer Waffentyp, der bis vor zwei Monaten noch in der Testphase war.«

»Lieutenant Vanto?«, sagte Thrawn.

Als Ronan den Kopf drehte, sah er Vantos Unterlippe zucken. »Zusammengenommen hatten die Frachter genug Teile für acht vollständige Turbolaserbatterien an Bord«, erklärte er. »Ohne die gepanzerte Außenverkleidung natürlich. Und das nötige Tibanna-Gas, um sie zu befeuern. Aber die internen Elemente sind alle vorhanden.«

Ronan sah wieder zu Thrawn hinüber. Der Großadmiral erwiderte seinen Blick mit nervenzehrender Gelassenheit. »Also schön«, stieß Ronan hervor. »Gehen wir mal davon aus, dass Sie recht haben. Sagen wir, dass Sie keinen Fehler gemacht haben.«

»Sie können sich gerne selbst von der Richtigkeit der Daten überzeugen.«

»Sagen wir, dass Sie recht haben«, wiederholte Ronan. Er spuckte die Worte aus wie faulige Früchte. »Wie konnte es dazu kommen? Diese Frachtverzeichnisse werden sorgsam verfasst und kontrolliert. Es ist nicht, als könnte eine Piratenbande sie einfach fälschen, um diese Teile an Bord zu bekommen.«

»Ich weiß«, nickte Thrawn. »Die einzige logische Schlussfolgerung ist, dass die Änderungen direkt an der Quelle vorgenommen wurden.«

»Von jemandem beim Projekt Stardust?« Ronan schüttelte den Kopf. »Unmöglich.«

»Dann vielleicht von jemandem weiter unten in der Versorgungskette«, warf Vanto ein. »Jemand im Esaga-Sektor.«

»Der Esaga-Sektor?«

»Dort stammen die gestohlenen Schiffe her«, führte Vanto aus. »Die Ausrüstung stammt größtenteils von anderen Systemen, aber auf die gestohlenen Frachter umgeladen wurden sie auf drei Planeten im Esaga-Sektor.«

Ronan starrte den Bildschirm an. Seine Magengrube wurde noch ein wenig frostiger. Esaga ... Das war Gouverneurin Havelands Sektor.

Gouverneurin Haveland, die lange darum geworben hatte, dass ihr Territorium zu einem Knotenpunkt für Direktor Krennics Versorgungslinien wurde.

Ronan war nicht an dieser Entscheidung oder den vorangegangenen Besprechungen beteiligt gewesen, aber er erinnerte sich noch: Der Direktor hatte sich über den Enthusiasmus der Gouverneurin gefreut und sich gewünscht, die anderen Moffs und Gouverneure würden Stardust ebenso ernst nehmen wie Haveland.

Ronan selbst war stets davon ausgegangen, dass Haveland die Umschlagpunkte in ihrem Territorium haben wollte, weil sie so bessere Chancen hätte, die nötigen Ressourcen zu bekommen, um gegen die Grallocs vorzugehen, welche so viele ihrer Systeme heimsuchten. Tatsächlich hatten die Transportplaner wegen der gefräßigen Biester mehrmals neue Transferpunkte in der Region einrichten müssen, aber da die meisten Schiffe ihr Ziel ohne Zwischenfälle erreichten und der Rest von Projekt Stardust mehr oder weniger nach Plan verlief, hatte man diesen kleinen Ärgernissen keine weitere Beachtung geschenkt.

»Ein faszinierender Plan«, befand Thrawn. »Erst sorgt man dafür, dass ein paar Frachter durch das Treiben der Grallocs verloren gehen. So gewöhnt sich das Aufsichtspersonal an derartige Zwischenfälle. Und nachdem das Muster etabliert ist, kann man besondere Schiffe mit besonderer Fracht unter vermeintlich identischen Umständen verschwinden lassen, ohne Verdacht zu erregen oder genauere Nachforschungen zu provozieren.«

Ronan schnitt eine Grimasse. Thrawn war in der Tat der Einzige, der die List durchschaut hatte. Sogar Direktor Krennic war überzeugt gewesen, dass sich das Problem auf die Grallocs beschränkte.

»Wir haben nicht viel Zeit«, fuhr Thrawn fort. »Um der Wahrheit auf den Grund zu gehen, ist schnelles Handeln erforderlich. Lieutenant, Sie sagten, Sie hätten die relevanten Systeme identifiziert?«

»Ja, Sir«, bestätigte Vanto. »Ich weiß nur noch nicht, von welchem Raumhafen die Schiffe gestartet sind. Die Verbindungen scheinen extra so angelegt, dass sie schwer zu durchschauen sind.«

»Daran zweifle ich nicht. Können Sie es herausfinden?«

»Ja, Sir«, wiederholte Vanto. »Aber es wird mindestens zwei weitere Stunden dauern.«

»Sie können während des Fluges arbeiten.« Thrawn wandte sich Ronan zu. »Der Shuttle startet in dreißig Minuten, Vizedirektor. Ich bin sicher, Sie sind bis dahin aufbruchsbereit.«

»Aufbruchsbereit?«, echote Ronan. »Wohin fliegen wir denn?«

»Ins Aloxor-System«, antwortete der Großadmiral. »Dort befindet sich die nächstgelegene der drei Welten, die Lieutenant Vanto ermittelt hat. Wir müssen Beweise finden, ehe die Verschwörer merken, dass ihr Komplott entdeckt wurde.«

»Rufen Sie das ISB und überlassen Sie denen die Sache«, entgegnete Ronan. »Ich weiß, Colonel Wulff Yularen ist ein persönlicher Freund von Ihnen. Sicher wird er ein paar Agenten auftreiben, die an unserer Stelle Nachforschungen anstellen können.«

»Tatsächlich habe ich bereits Kontakt zu Colonel Yularen aufgenommen«, informierte Thrawn ihn. »Aber falls jemand in Gouverneurin Havelands Stab involviert ist, hat diese Person sicherlich Kontakte innerhalb des ISB. Sollten wir unseren Verdacht durch offizielle Kanäle weiterleiten, werden die Verschwörer davon erfahren und alle Spuren ihrer Aktivitäten verwischen, bevor wir sie enttarnen können.«

Ronan funkelte ihn an. Aber er hatte recht. Das Netzwerk stiller Kontakte innerhalb der imperialen Elite verbreitete Informationen beinahe ebenso schnell und ebenso weit wie das HoloNetz. »Fein«, brummte er. »Dann schicken Sie Vanto allein. Es gibt keinen Grund, warum ich an der Suche beteiligt sein sollte.«

»Im Gegenteil«, erwiderte Thrawn. »Sie sind der Einzige, dem Direktor Krennic zuhören würde. Sie müssen ein direkter Zeuge des Komplotts sein.«

Ronan linste zu Vanto hinüber. Der Verräter hörte offensichtlich auch zum ersten Mal von diesem Plan, und er wirkte ebenso unglücklich darüber wie Ronan selbst.

»Der Shuttle wird gerade startklar gemacht, und ich habe zwei meiner Männer als Ihre Eskorte abgestellt«, fuhr der Großadmiral fort, wobei er Ronan von Kopf bis Fuß musterte. »Ich nehme an, Sie haben Zivilkleidung dabei, die Sie benutzen können?«

»Ich trage diese Uniform mit Stolz, Admiral«, erklärte Ronan steif. »Ich habe seit Jahren nichts anderes mehr in der Öffentlichkeit getragen.«

»Das heißt dann wohl *Nein*«, kommentierte Thrawn. »Ich werde den Quartiermeister anweisen, Kleidung nach dem Stil des Sternsystems anzufertigen.« Sein Blick wanderte weiter zu Vanto. »In *zwei* Größen«, fügte er an. »Sie wird im Hangar für Sie bereitliegen. Lieutenant Vanto, ich brauche Sie noch kurz auf der Brücke, bevor Sie aufbrechen. Und Ihnen wünsche ich viel Erfolg.« Mit einem Nicken an Ronans Adresse wandte der Großadmiral sich um und marschierte aus dem Büro.

Ronan wandte sich Vanto zu, der seinen Blick ein wenig ratlos erwiderte. »Sie sind ein Deserteur und ein Überläufer«, sagte Ronan rundheraus. »Und ich hasse beides.«

»Ich weiß«, erwiderte Vanto mit ebenmäßiger Stimme.

»Aber was ich noch mehr hasse, sind Verräter und Diebe«, fuhr Ronan fort. »Bis diese Sache geklärt ist, arbeiten wir zusammen. Was danach passiert ... wird sich noch zeigen.«

»Ich verstehe.« Ein Lächeln zupfte an Vantos Mundwinkeln. »Ich sollte Sie aber darauf hinweisen, dass vage Drohungen nicht gerade der beste Weg sind, um eine gefährliche Mission zu beginnen.«

»Was wollen Sie damit sagen?«, schnaubte Ronan. »Dass Sie mir in den Rücken schießen, wenn ich nicht den Mund halte? Dass ich nicht lache! Ich bin ein hochrangiger imperialer Würdenträger. Sollte mir irgendetwas zustoßen, sind Sie ein toter Mann. Davon abgesehen hängt Thrawns heiß geliebtes Defender-Projekt allein von mir und meiner Unterstützung ab.«

»Ich wollte Ihnen nicht drohen«, erklärte Vanto ruhig. »Ich wollte Sie nur auf die Fakten aufmerksam machen.« Er stand auf. »Und falls Sie mich jetzt bitte entschuldigen würden. Der Admiral erwartet mich auf der Brücke.«

»Eine Frage noch«, sagte Ronan, gerade als Vanto die Tür erreicht hatte. »Warum hat Thrawn überhaupt Schnittmuster für Zivilkleidung an Bord?«

»Weil es manchmal leichter ist, Informationen zu sammeln, wenn die Leute nicht wissen, wer man wirklich ist.«

»Ich bin ein imperialer Offizier«, entgegnete Ronan. »Das

sollte ausreichen, um uns die gewünschten Informationen zu verschaffen.«

»Das bezweifle ich nicht«, murmelte Vanto. »Nur, wie gesagt, so ist es manchmal einfacher. Wir sehen uns in dreißig Minuten.«

Ronan wartete, bis die Tür sich geschlossen hatte, dann stieß er eine geflüsterte Verwünschung aus, kehrte zum Schreibtisch zurück und setzte sich.

Natürlich hatte er diese Daten schon zuvor gesehen. Tatsächlich hatte er sie mehr als eine Stunde angestarrt, bevor er sie an Thrawn weitergeleitet hatte. Und ihm war nichts von Interesse darin aufgefallen.

Vanto hingegen hatte binnen zweier Stunden ein weitreichendes Komplott aufgedeckt.

Es war alles da, für jeden sichtbar, und jetzt, wo Ronan wusste, worauf er achten musste, wirkte es so naheliegend. Aber um es zu enthüllen, hatte es erst jemanden mit Vantos Fähigkeit bedurft, und jemanden mit Thrawns Überzeugung.

Ronan verzog das Gesicht. Er war stets überzeugt gewesen, dass die meisten Machtpositionen von faulen oder inkompetenten Personen besetzt waren, und dass Direktor Krennic eine der wenigen Ausnahmen von dieser Regel war. Dank Gouverneurin Haveland würde er von nun an *kriminell* mit auf die Liste setzen.

Er freute sich schon darauf zuzusehen, wie Haveland vom ISB abgeführt wurde. Das würde sogar noch befriedigender sein als der Moment, wenn man Vanto Handschellen anlegte.

Ronan legte die Daten in Faros gesichertem Ordner ab und schaltete den Bildschirm aus. Jetzt musste er sich erst mal um etwas anderes kümmern. Er stand auf und verließ das Büro, um zur Brücke zu gehen.

Doch als er die Kommandozentrale betrat, erstarrte er abrupt, und der Atem blieb ihm in der Kehle stecken. Der Raum war von hektischer Aktivität erfüllt; die *Chimaera* bereitete sich wohl auf ihre nächsten Schritte vor. Auf dem Kommandosteg – eine Insel der Ruhe in diesem Meer der Geschäftigkeit – entdeckte er Thrawn und Vanto.

Und neben ihnen standen Ar'alani und das Chiss-Mädchen, Vah'nya.

Der angehaltene Atem entwich mit einem Zischen zwischen Ronans zusammengepressten Zähnen. Dies war ein *Sternzerstörer*, das ultimative Symbol imperialer Stärke und Entschlossenheit. Was bildete Thrawn sich ein, Fremde hierher ins Herz dieser Macht zu bringen?

Zur Hölle mit Vantos Verrat. Zur Hölle mit Haveland. Innerhalb eines einzigen Augenblicks hatte Thrawn ihrer beider Taten in den Schatten gestellt. Ronan machte einen Schritt nach vorne und blickte sich nach einem Sturmtruppler um, dem er befehlen könnte, den Großadmiral wegen Insubordination unter Arrest zu stellen …

Da zuckte Vah'nya unvermittelt zusammen.

Es war keine heftige oder unwillkürliche Bewegung wie bei einem Krampfanfall; vielmehr sah es aus, als hätte sie etwas erschreckt. Ronan zog die Brauen zusammen …

Dann stieg ein Offizier hinter der kleinen Gruppe aus der backbordseitigen Mannschaftsgrube hoch. Er stolperte auf der obersten Stufe, fiel nach vorne und fing seinen Sturz mit ausgestreckten Armen ab. Seine Hände klatschten laut auf das Metalldeck.

Der Knall ließ jeden in Hörweite zusammenzucken, einschließlich Ar'alani und Vanto. Aber nicht Vah'nya. Sie hatte schon zuvor reagiert. Bevor es überhaupt passiert war.

Ronans kochendes Blut verwandelte sich in Eiswasser. Dieses Mädchen war nicht nur eine Fremdweltlerin, nicht nur eine Außenseiterin. Sie war machtempfänglich.

Eine Jedi.

Er starrte sie an, und sein halb ausformulierter Plan, Thrawn zur Rede zu stellen, löste sich in einer Wolke der Verunsicherung auf. Plötzlich schien gar nichts mehr gewiss.

Sie war eine Jedi.

Was hatte Thrawn vor?

Sofern er überhaupt etwas vorhatte ... Ronan schluckte. Wusste der Großadmiral vielleicht gar nicht, wer das Mädchen war? Hielt Ar'alani ihn zum Narren?

Nein, das war verrückt. Der Imperator hatte den Jedi-Orden ausgelöscht und jede Rückkehr zu dieser uralten Religion unter Strafe gestellt. Jemand von Thrawns Intellekt würde sich nicht derart hinters Licht führen lassen. Folglich musste er ein Teil dieses Affronts sein. Wie konnte er den Willen des Imperators nur auf solch unentschuldbare Weise missachten?

Das war Hochverrat. Oder ...

Ronan beobachtete die vier, beobachtete, wie Thrawns Lippen sich bewegten, während er den anderen unhörbare Anweisungen gab. Handelte es sich bei dieser Sache vielleicht um einen sorgsam entwickelten Plan Thrawns und des Imperators – zweifelsohne mit Direktor Krennics Unterstützung –, um die Jedi in Thrawns Spezies ausfindig zu machen und zu zerstören?

Ja. Das musste es sein. Es würde sogar erklären, warum der Direktor ihn hergeschickt hatte. Thrawn wusste, was hier vor sich ging, und er spielte Ar'alani etwas vor, um diese neue Bedrohung für das Imperium zu finden, zu bekämpfen und zu zerstören.

Insofern war Ronans beste Option, so zu tun, als hätte er gar nichts bemerkt, und abzuwarten, wie Thrawns Plan sich entfaltete.

Natürlich war es möglich, dass er sich irrte. Vielleicht steckte der Großadmiral doch bis zum Hals in einer Verschwörung. Vielleicht war er ein Feind des Imperiums. Vielleicht. Aber Gouverneurin Haveland war *definitiv* eine Feindin des Imperiums, und Ronan entschied, sich auf sie zu konzentrieren, bis er mehr Gewissheit hatte. Alles, was ihnen fehlte, war ein Beweis für Havelands Verbrechen, und mit etwas Glück sollten er und Vanto einen finden können. Ronan drehte sich um und ging zum Turbolift zurück, um das Nötigste für die Reise zu packen.

Und um dem Schiffsmeister am Transferpunkt eine Nachricht zu schicken. Sämtliche Ankünfte und Abflüge würden bis auf Weiteres gestrichen werden. Gouverneurin Haveland sollte kein weiteres Schiff in ihre Finger bekommen.

Und falls Thrawn doch ein Verräter war?

Auch kein Problem. Dann konnte Ronan ihn noch immer bei Direktor Krennic melden, wenn sie aus dem Aloxor-System zurückkehrten.

Eli atmete langsam ein. »Todestruppen?«, wiederholte er, nur um sicherzugehen, dass er richtig gehört hatte.

»Gibt es ein Problem?«, fragte Thrawn.

Eli blickte sich auf der Brücke um, wo gerade fieberhaft Vorbereitungen getroffen wurden. Was sollte er sagen? Dass Todestruppen die Elite der Elite darstellten, nicht nur in Sachen Kompetenz, sondern auch in Bezug auf ihren Fanatismus? Dass sie Verräter und Abtrünnige sogar noch mehr hassten als Ronan?

Dass er selbst genau die Art Person war, die Todestruppen normalerweise ohne jedes Zögern niederschossen?

»Vielleicht sollten Sie andere Truppen wählen«, sagte Ar'alani in das unbehagliche Schweigen hinein, ihre Augen auf Eli gerichtet. »Lieutenant Eli'van'to scheint nicht glücklich über seine Eskorte.«

»Dann sollte er sich besser damit arrangieren.« Thrawns Ton wurde ein wenig härter. »Der Raumhafen, den er und Vizedirektor Ronan besuchen werden, ist voller Gefahren, und damit meine ich nicht nur kriminelle Elemente, sondern auch loyale Imperiale, die seine Nachforschungen behindern könnten. Allein Todestruppen verfügen über die Autorität, sich gegen Befragungen zu verwahren. Das könnte entscheidend für den Erfolg dieser Mission sein.«

»Ronan ist ein hochrangiger Offizier«, warf Eli ein. »Er besitzt weitreichende Autorität.«

»Er bekleidet einen Rang, dem die Beamten an einem kleinen Raumhafen vermutlich noch nie begegnet sind. Er würde sie eher neugierig machen als abschrecken«, entgegnete Thrawn.

»Da wir gerade von den Gefahren der Mission sprechen«, erwiderte Ar'alani. »Ich hoffe doch, diese Todestruppler sind auch ohne ihre Rüstungen und schweren Waffen fähige Kämpfer.«

»Das sind sie«, versicherte Thrawn ihr. »Ihnen wird außerdem sicher schon aufgefallen sein, dass gut ausgebildete Soldaten oft von einer Aura verborgener Bedrohlichkeit umgeben sind; das sollte helfen, Kriminelle auf Distanz zu halten. Ich bin zuversichtlich, dass die Gegenwart der Todestruppen die Wahrscheinlichkeit von Kampfhandlungen minimieren wird.«

»Ich verstehe«, sagte Eli mit einem Seufzen. Aus dem Augenwinkel sah er, wie Vah'nya plötzlich zusammenzuckte. Das Mädchen hatte kein Wort gesagt, seit sie die Brücke betreten hatten, und Eli wunderte sich, warum sie überhaupt hier war. Vermutlich weil Thrawn Ar'alani in ihre Unterhaltung einbinden wollte und Vah'nya ihrer Kommandantin nicht mehr von der Seite wich. »Ich nehme an, Sie ...«

Er zuckte zusammen, als ein gedämpftes Klatschen über die Brücke hallte. Sein Blick huschte zu dem Fähnrich, der sich auf der anderen Seite der Mannschaftsgrube sichtlich verlegen vom Deck aufrichtete. »Ich nehme an«, setzte Eli noch einmal an, »Sie haben den Todestruppen auch erklärt, dass es kontraproduktiv für die Mission wäre, mich den Behörden zu übergeben?«

Der Schatten eines Lächelns huschte über Thrawns Lippen. »In diesem Punkt habe ich mich sehr deutlich ausgedrückt«, antwortete er.

»Und Sie sind sicher, dass sie sich daran halten?«, fragte Ar'alani.

»Das bin ich«, bestätigte Thrawn. »Ihre Loyalität mir gegenüber garantiert den Schutz meiner Untergebenen.« Er hob einen Finger. »Aber ich möchte, dass sie ihre wahre Identität vor Vizedirektor Ronan geheim halten. Sollte er beschließen, zu einem späteren Zeitpunkt Anklage gegen mich zu erheben, möchte ich, dass diese Soldaten durch Anonymität geschützt sind.«

Eli verzog das Gesicht. Zusammenarbeit mit potenziellen Feinden des Imperiums; nicht genehmigte und nicht gemeldete Militäraktionen; das Versäumnis, über den Kontakt mit unbekannten und nicht identifizierten Fraktionen Bericht zu erstatten ... Ihm fiel spontan ein Dutzend Anklagepunkte ein, die Ronan Thrawn zur Last legen könnte. Und es waren allesamt schwere Vorwürfe, jeder ernst genug, um eine Karriere zu beenden, oder Schlimmeres.

Und trotz alledem war Thrawn mehr damit beschäftigt, wie er seine Untergebenen vor den möglichen Konsequenzen seiner Entscheidungen abschirmen könnte.

Dieses Maß an Umsicht linderte das flaue Gefühl in Elis Magengrube. Thrawn hatte sich sicherlich auch Gedanken über ihn gemacht. Oder?

Aber diese Gedanken brachten ihn nicht weiter. Er hatte eine Aufgabe zu erledigen. »Verstanden, Sir«, erklärte er entschlossen. »Wir werden Sie nicht enttäuschen.«

»Ich weiß«, erwiderte Thrawn. »Jetzt gehen Sie und finden Sie die Beweise, die wir brauchen, Lieutenant. Möge das Glück des Kriegers mit Ihnen sein.«

Einmal mehr wurde Großadmiral Savit mit Forderungen bombardiert.

Diesmal stammten sie zwar nicht von Gouverneurin Haveland, sondern von Direktor Krennic, aber das änderte nichts an der Tatsache, dass Savit dieser Bitten allmählich überdrüssig wurde.

Zumal sie nicht nur töricht waren, sondern regelrecht kontraproduktiv.

»Sie verstehen nicht, Admiral«, erklärte Krennic, und seine Augen bohrten sich in Savits Gesicht. Immerhin hatte der Direktor sich diesmal für eine normale Videoübertragung entschieden, anstatt wie Haveland auf einem wichtigtuerischen Hologramm zu bestehen. »Vizedirektor Ronan hat sich sehr deutlich ausgedrückt: Der Transferpunkt Kurost schwebt in unmittelbarer Gefahr. Gouverneurin Haveland hat die imperialen Truppen vor Ort zu einem Dutzend Missionen beordert, um Aufständische in ihrem Sektor zu bekämpfen, und selbst falls sie sie alle sofort zurückruft, könnte es zu lange dauern. Ihre Flotte ist der einzige größere Truppenverband in Reichweite.«

»Ich glaube, *Sie* verstehen nicht, Direktor«, entgegnete Savit, wobei er sich um einen ruhigen Tonfall bemühte. »Wir befinden uns gerade in einem fortwährenden Kampf gegen eine überaus gefährliche Piratengruppe. Vermutlich unterhält sie sogar Verbindungen zu den Rebellen, die die Stabilität des Imperiums gefährden. Unsere Offensive abzubrechen könnte desaströse Folgen haben.«

»Den Transferpunkt schutzlos zu lassen, ebenfalls«, konterte Krennic.

»Die Piraten kämpfen ums nackte Überleben«, sagte Savit. »Ich denke, sie haben Wichtigeres zu tun, als auf ihre Küchengeräte und Freizeitliegen zu schielen. Sehen Sie mich nicht so an – ich weiß, welche Fracht bei Kurost verladen wird. Und ich weiß auch, dass die wirklich wichtigen Elemente durch andere Kanäle transportiert werden.«

»Es sind nicht die Piraten, die Ronan Sorge machen«, presste Krennic hervor. »Er meinte, es gibt mindestens zwei fremde Fraktionen, die Interesse an dem Transferpunkt zeigen.«

»Wirklich?« Savit musterte Krennic durchdringend. »Und hat Vizedirektor Ronan auch gesagt, was Großadmiral Thrawn deswegen unternimmt?«

Zum ersten Mal während ihrer Unterhaltung schien Krennic zu zögern. »Was das angeht, war er recht vage«, räumte der Direktor ein. »Aber ich habe den Eindruck, dass Thrawn Unterstützung gebrauchen könnte.«

»So, so«, erwiderte Savit, wobei er sich ein schmales Lächeln gestattete. Falls Krennic nur wüsste, dass er und Tarkin endlich mal in einem Punkt derselben Meinung waren. »*Meine* Quelle sagt, dass Thrawn die Lage unter Kontrolle hat.« Natürlich war es nicht wirklich seine Quelle; *Tarkin* hatte eine Kontaktperson auf der *Chimaera*. Savit hatte lediglich Captain Rasdels Mann im Büro des Gouverneurs, der ihn über alles auf dem Laufenden hielt, was dieser Kontakt übermittelte. Aber das musste Krennic ja nicht wissen. »Ich habe den Verdacht, dass Vizedirektor Ronan voreilige Schlüsse zieht.«

Krennics Gesicht verdunkelte sich, aber Savit konnte sehen, dass er einen Nerv getroffen hatte. »Ronan zieht keine voreiligen Schlüsse, Admiral«, sagte der Direktor steif. »Im Gegensatz zu anderen Personen hat er stets die Interessen des Imperiums im Sinn.«

»Was immer Sie sagen«, winkte Savit ab. »Aber unsere Schiffe an den Transferpunkt zu verlegen würde keinen großen Unterschied machen. Ihr eigener imperialer Verband ist groß genug, um die Frachter gegen einen direkten Angriff zu schützen. Davon abgesehen: Falls ihr Transferpunkt wirklich von Piraten heimgesucht wird, dann werden sie sich jetzt, wo Sie in Alarmbereitschaft sind, vermutlich entlang der Versorgungslinie zurückziehen. Das wahrscheinlichere Ziel ist somit der Esaga-Sektor, wo die Schiffe ihre Verladepunkte verlassen. Dort hat es in letzter Zeit einen Anstieg an Piraten- und Schmuggleraktivität gegeben.«

»Na schön, sagen wir, es ist so. Was werden Sie deswegen unternehmen?«

»Falls es Sie glücklich macht«, seufzte Savit, ohne seinen Sarkasmus zu verbergen, »werde ich ein Schiff zu jedem ihrer

Verladepunkte im Esaga-Sektor schicken, um nach Piraten Ausschau zu halten. Ich hoffe, das ist zufriedenstellend für Sie.«

»Das ist es.« Krennics Ton und Mimik machten klar, dass er Savits Häme bemerkt hatte, aber so tun wollte, als wäre es unter seiner Würde, darauf einzugehen. »Ich nehme an, Sie werden mich über alle Entwicklungen auf dem Laufenden halten?«

»Gewiss doch«, versprach Savit. »Und Sie informieren mich weiter über Vizedirektor Ronans Berichte von der *Chimaera.*«

»Natürlich«, sagte Krennic.

»Ausgezeichnet. Auf Wiedersehen, Direktor.«

Krennic neigte den Kopf, und der Bildschirm wurde dunkel.

Savits Oberlippe zuckte. Als hätte auch nur einer von ihnen die Absicht, wirklich zu tun, was sie einander gerade versprochen hatten!

Jemand hatte ihm einmal gesagt, politisches Taktieren würde noch zum Tod des Imperiums führen. Rivalitäten und Intrigen zwischen Leuten wie Krennic und Tarkin. Das Gerangel um Positionen, immer hinter einem höflichen Lächeln verborgen, während die *echten* Gefahren ignoriert wurden – die von außen ebenso wie die aus dem Innern.

Aber Savit würde da nicht mitmachen.

Er war beinahe froh, dass es Piraten und andere wichtige Angelegenheiten gab, mit denen er sich von diesem Ränkespiel ablenken konnte. Seufzend rief er eine Liste der Dritten Flotte auf und begann mit der Suche nach Schiffen, die er zu Krennics Verladewelten schicken könnte.

10

Thrawn schickte die gesamte Mannschaft von der Brücke. Denselben Befehl hatte er vor ein paar Wochen schon einmal gegeben, um sich Lord Vaders Wunsch nach Privatsphäre zu beugen – und aufgrund der Tatsache, dass Vader jeden an Bord der *Chimaera* umbringen könnte, ohne unter seiner seelenlosen Maske auch nur mit der Wimper zu zucken.

Schon damals hatte die Sache Faro missfallen; nicht etwa weil sie unbedingt sehen wollte, wie Vader den mysteriösen Navigationstrick durchführte, den Thrawn entwickelt hatte, sondern vielmehr, weil eine unterbesetzte Brücke ein sicheres Rezept für Probleme war.

Diesmal gab es aber einen wichtigen Unterschied; Thrawn fügte sich ihren Bedenken und lud sie ein zu bleiben.

Sehr zum Missfallen von Admiral Ar'alani.

Eine lange Minute diskutierte sie mit Thrawn in der Chiss-Sprache, ihre Stimme wütend und steif, während Thrawns Ton ruhig, aber nicht weniger entschlossen war.

Faro stand wortlos daneben und wagte kaum zu atmen, um bloß keine unerwünschte Aufmerksamkeit auf sich zu lenken. Sie wünschte, sie könnte verstehen, was die beiden sagten, und hin und wieder linste sie seitwärts zu dem Mädchen hinüber – Vah'nya –, das ebenfalls schweigend und reglos dastand.

Einmal erwiderte Vah'nya ihren Blick, und Faro sah eine Spur von Sorge und Anspannung in ihrem Gesicht. Sie waren im Begriff, sich in eine überaus riskante Situation zu stürzen, deren Ausgang weder Faro noch Vah'nya voraussagen konnte – eine Situation, die die *Chimaera* an die Grenzen ihrer Belastbarkeit führen mochte. Dieser Sprung ins Unbekannte war auch ohne die Spannungen zwischen Thrawn und Ar'alani schon nervenzehrend genug.

Nach einem letzten Wortwechsel wandte Ar'alani sich schließlich ab, ihre Augen schmal, ihre Miene sichtlich unzufrieden. Thrawn sah sie noch einen Moment an, dann drehte er sich zu Faro herum. »Admiral Ar'alani ist damit einverstanden, dass Sie bleiben«, sagte er, weiterhin mit ruhiger Stimme. »Ihre einzige Bedingung ist, dass Sie die Waffenstation übernehmen, damit wir sofort kampfbereit sind, sollte unsere Ankunft weniger unauffällig sein, als wir beabsichtigen.«

»Verstanden, Sir«, nickte Faro mit einem weiteren Seitenblick zu Vah'nya. Im Gegensatz zu Ar'alani schien das Mädchen keine Probleme mit ihrer Anwesenheit zu haben; sie zeigte überhaupt keine Reaktion, weder positiv noch negativ. »Das wollte ich selbst schon vorschlagen. Soll ich jetzt die Brücke räumen lassen?«

Der Hauch eines Lächelns berührte Thrawns Lippen. Vielleicht stumme Anerkennung, weil sie seinen nächsten Befehl vorausgeahnt hatte? »Ja«, nickte er.

Faro atmete tief ein. »Alle Mann, Brücke räumen!«, rief sie. »Sämtliche Konsolen außer der Waffenstation werden in den

Bereitschaftsmodus versetzt. Wir wollen keine Aufmerksamkeit erregen, wenn wir unser Ziel erreichen. Die Kontrollen auf die sekundäre Kommandokonsole umleiten. Waffenoffizier, machen Sie alle Waffen einsatzbereit, bevor Sie gehen. Ich wiederhole, sämtliche Konsolen in den Bereitschaftsmodus, dann Brücke räumen.«

Die Mannschaft bestätigte ihre Befehle und ging daran, sie auszuführen. Faro ließ den Blick über die Brücke schweifen und versuchte, die Stimmung unter den Offizieren abzuschätzen. Würden sie zögern oder Widerwillen zeigen, weil sie von der Brücke beordert wurden, während ihre Chiss-Besucher bleiben durften?

Wie nicht anders zu erwarten, fing sie ein generelles Gefühl der Verwirrung auf, als die Männer und Frauen zum Turbolift hinübergingen, aber da war kein echtes Misstrauen und auch kein offener Widerstand gegen den Befehl. Die meisten von ihnen dienten schon lange genug unter Thrawn, um ihm zu vertrauen.

Faro war sicher, dass sie ihr ebenfalls vertrauten; vielleicht nicht im selben Maß wie dem Großadmiral, aber doch genug, um ihre Befehle voller Zuversicht auszuführen.

Warum also wollte Thrawn ihr nicht das Kommando über Einsatzverband 231 geben?

»Laut Ihrer Dienstakte beherrschen Sie Sy Bisti«, sagte der Großadmiral.

Faro riss sich von der nagenden Frage los. Dies war nicht der richtige Moment für Zweifel. »Ja, Sir, ein wenig«, antwortete sie, wobei sie sich wieder zu ihm herumdrehte. Thrawns Brauen bewegten sich eine Winzigkeit nach oben. »Aber ich kann es besser verstehen als sprechen«, fügte sie rasch hinzu.

»Sehr gut«, erwiderte er. »Von nun an werden Sie diese Sprache benutzen, wenn Sie mit Admiral Ar'alani oder Navigatorin Vah'nya sprechen.«

»Ja, Sir.« Der letzte der Offiziere war inzwischen im Turbolift verschwunden, und Faro war allein mit den drei Chiss.

»Commodore, bitte begleiten Sie Navigatorin Vah'nya zur Station des Steuermanns und zeigen Sie ihr, wie man die Systeme bedient«, befahl Thrawn, wobei er zur Sy-Bisti-Handelssprache wechselte.

Faros erster Impuls war es, Thrawn daran zu erinnern, dass er die Muttersprache des Mädchens beherrschte und somit viel besser geeignet wäre, um ihr das nötige Wissen zu vermitteln. Aber dann fiel ihr Blick auf Ar'alani, die steif neben dem Großadmiral stand, und ihr wurde klar, worum es hier wirklich ging.

Vertrauen.

Ar'alani traute Faro nicht. Weder was die streng geheime Chiss-Navigationstechnik anging noch was Vah'nya betraf. Indem Thrawn sie und die Navigatorin zusammenarbeiten ließ, demonstrierte er der Chiss, dass *er* der Kommandantin seines Flaggschiffs voll und ganz vertraute.

Zumindest traute er ihr zu, die Sache über die Bühne zu bringen.

Leider schien Ar'alani diese subtile Botschaft nicht verstanden zu haben. Faro konnte den Blick des Chiss-Admirals deutlich auf sich spüren, während sie in die Mannschaftsgrube hinabstieg.

Zuerst war sie nicht sicher, ob ihre marginalen Sy-Bisti-Kenntnisse ausreichen würden, um Vah'nya die nötigen Instruktionen zu vermitteln. Aber die Kontrollen waren intuitiv aufgebaut, und die junge Frau erwies sich als überaus intelligent. Bereits nach ein paar Minuten zeigte sie, dass sie bereit war.

Während dieser Minuten hatte sich Ar'alani zu ihnen gesellt, und sie stand so dicht genug hinter Faro, dass diese den Atem der Chiss auf ihrem Nacken spüren konnte. Das machte die Sache für sie nicht gerade leichter.

Thrawn wartete an der steuerbordseitigen Waffenstation, als Faro schließlich wieder aus der Mannschaftsgrube nach oben stieg. »Ist sie bereit?«, fragte der Großadmiral.

»Das sagt sie jedenfalls«, antwortete Faro.

»Haben Sie etwa Zweifel?«

Sie zögerte. »Das Mädchen ... Vah'nya. Sie scheint nervös zu sein, Sir. Nein, das ist das falsche Wort. Es ist, als ... als hätte sie einen inneren Konflikt.«

»Das ist korrekt«, erwiderte Thrawn. »Aber sie ringt nicht mit sich selbst, sondern mit Erinnerungen an den Ort, den wir anfliegen. Es sind nicht ihre eigenen Erinnerungen, sondern Eindrücke, die vom Geist und den Emotionen eines siebenjährigen Mädchens stammen.«

»Ich verstehe«, sagte Faro, und sie wünschte, es wäre wahr. Das war das erste Mal, dass irgendjemand ein siebenjähriges Kind erwähnt hatte. War es vielleicht an Bord des Beobachtungspostens gewesen und dann zu dem Chiss-Schiff zurückgeschickt worden? Und über geteilte Erinnerungen hatte bislang auch noch niemand ein Wort verloren. Waren die Chiss in der Lage, Gedanken von einem Wesen zum anderen zu übertragen? Oder meinte Thrawn nur, dass das Mädchen einen überaus detaillierten Bericht abgegeben hatte?

»Ich gehe an die Verteidigungsstation«, erklärte der Großadmiral. »Wir wollen unseren Feind überraschen, also greifen Sie nicht an, bis ich den Befehl dazu gebe.«

»Auch wenn wir zuerst angegriffen werden?«

»Auch dann«, bestätigte Thrawn. »Wir müssen erst eine Reihe von Zielen erreichen, ehe wir unseren Feind zerstören können.«

Nach diesen Worten wandte er sich um und ging zur Verteidigungskonsole auf der Backbordseite der Brücke. Als er an der Mannschaftsgrube vorbeikam, blickte er zu Ar'alani hinab und nickte. »Sie kann anfangen«, sagte er.

Ar'alani neigte bestätigend den Kopf und legte Vah'nya die Hand auf die Schulter. Einen Moment später dehnten sich die Sterne vor den Aussichtsfenstern zu Linien, und die *Chimaera* tauchte einmal mehr in den Hyperraum ein.

Das letzte Mal, als Vader am Steuer gewesen war, war der Sprung ein wenig ruckhaft gewesen; und auch jetzt, unter Vah'nyas Kontrolle, spürte Faro ein Ruckeln und Beben. Sie war vor langer Zeit einmal auf einem See in einem Boot gefahren, und die Bewegungen der *Chimaera* erinnerten sie daran, wie jede kleine Welle, die gegen den Bug geklatscht war, ein Auf und Ab ausgelöst hatte. Diese Form der Navigation war weit entfernt von den präzisen, mathematischen Sprüngen, welche die Navcomputer berechneten; sie fühlte sich organischer, aber auch beunruhigend instabil an.

Doch Thrawn wirkte völlig ruhig, während er an der Verteidigungskonsole stand. Faro konnte nur einen Teil von Ar'alanis Kopf sehen, und nichts deutete darauf hin, dass *sie* beunruhigt wäre. Vielleicht flogen die Chiss immer so durch den Hyperraum. Oder vielleicht lag es daran, dass das Mädchen so jung war. Oder vielleicht waren die Informationen des Kindes nicht eindeutig genug gewesen ...

Apropos Informationen.

Faro blickte unauffällig zu Thrawn hinüber und studierte

sein Profil. Die Regeln der Flotte waren eindeutig: Jeglicher Kontakt mit einem Feind musste sofort dem Oberkommando gemeldet werden. Das galt insbesondere für unbekannte Feinde, und umso mehr, wenn es zu Kampfhandlungen kam.

Doch soweit Faro wusste, hatte Thrawn keinen Bericht abgeschickt, weder nach Coruscant noch sonst irgendwohin.

Und das könnte noch zu einem ernsten Problem werden. Vor allem, da Ronan Direktor Krennic mit seinen eigenen, zweifelsohne negativ gefärbten Nachrichten versorgte.

Vermutlich hätte Faro Ronans Zugang zum HoloNetz gleich nach ihrer ersten Begegnung mit den Grysk blockieren sollen. Aber jetzt, wo Ronan und Eli zu ihrer eigenen Mission aufgebrochen waren, war es zu spät dafür.

»TIE-Staffeln zwei und drei, bemannen Sie Ihre Jäger«, ordnete Thrawn über Interkomm an. »TIE-Defender, ich erwarte Einsatzbereitschaft in fünfzehn Minuten.«

Faro runzelte die Stirn. Das war nicht die übliche Strategie des Großadmirals. Normalerweise schickte er zuerst seine Defender aus.

Aus den Augenwinkeln sah sie, dass er zu ihr herüberkam, also ließ sie rasch den Blick über die Instrumente und Anzeigen schweifen. Sobald er an ihre Seite trat, meldete sie: »Waffensysteme hochgefahren, Admiral. Lieutenant Pyrondi meldet, dass sich die Mannschaft in Bereitschaft hält.«

»Sehr gut.« Thrawn machte eine Pause. »Sie wirken angespannt, Commodore.«

»Sir?«, fragte sie, ein Stöhnen unterdrückend. Sie hätte es wissen sollen: Er hatte bemerkt, dass sie ihn vorhin von der Seite beobachtet hatte, und ebenso hatte er die Nervosität in ihrer Körperhaltung und ihrem Gesicht bemerkt.

Hoffentlich führte er diese Anspannung nur darauf zurück, dass ihnen ein Gefecht bevorstehen mochte.

»Machen wir eine kleine Übung, Commodore«, sagte er. »Ich werde Ihnen die Hintergründe unserer Operation nennen, die Ihnen bislang größtenteils verborgen blieben. Anschließend werden Sie mir Ihre Einschätzung der aktuellen Situation geben.« Er lächelte schmal. »Und dann werden wir gemeinsam versuchen, die Zukunft vorherzusagen.«

Eine weitere von Thrawns berühmten Denksportaufgaben. Wundervoll. »In Ordnung, Sir.«

Er zögerte einen Moment, als würde er seine Gedanken sammeln oder neu ordnen. »Direktor Krennic hat ein Arrangement mit Gouverneurin Haveland, weswegen ein Großteil seiner Materiallieferungen der Prioritätsstufe fünf durch den Esaga-Sektor transportiert wird«, begann er. »Zwischenzeitlich hat aber jemand beschlossen, einen Teil dieser Lieferungen zu stehlen.«

Nein, das hatte Faro in der Tat noch nicht gewusst. »Ich verstehe. Aber ich hätte nicht gedacht, dass Lieferungen der Prioritätsstufe fünf diese Mühe überhaupt wert sind.«

»Normalerweise hätten Sie recht mit Ihrer Einschätzung«, nickte Thrawn. »Aber unsere Diebe sind etwas ehrgeiziger. Sie haben einen Weg gefunden, einen Teil der Fracht bei einer der Verladestationen neu zu verteilen, sodass weniger wertvolle Komponenten durch wertvolleres Material ausgetauscht wird. Um genauer zu sein, sie haben auf diese Weise alle nötigen Komponenten zum Bau von Nahverteidigungslasern an sich gebracht.«

Faro spürte, wie sich ihre Augen weiteten. »Wie viele?«

»Wir gehen von acht vollständigen Komponentensätzen aus. Aber falls die Diebe sich auch bei anderen Versorgungslinien bedienen, könnten es deutlich mehr sein.«

Faro legte den Kopf schräg. Nahbereichs-Turbolaser mochten nicht so durchschlagskräftig sein wie die Hauptwaffensysteme der *Chimaera*, aber sie waren die Hauptverteidigung moderner Schlachtschiffe gegen Raketen, feindliche Sternjäger und verirrte Meteore.

Jetzt wurde Faro auch klar, warum sie vorhin diesen imperialen Code benutzt hatten, um ihre Falle zu stellen – und warum die Grysk darauf hereingefallen waren. Offenbar hatten die Diebe Kontakte in den höchsten Rängen des Imperiums, und die Grysk hatten ihnen diese Codes abgenommen.

»Natürlich mussten die Diebe einen Vorwand dafür finden, dass die Schiffe verschwinden«, fuhr Thrawn fort. »Sie lockten Grallocs zum Transferpunkt und den Schiffen, die dort zusammenkommen. Sobald die Aufseher akzeptiert hatten, dass die Kreaturen Triebwerksfehler verursachen, konnten die Mannschaften der ausgewählten Frachter so tun, als wäre ihr Hyperantrieb beschädigt, um dann zu einem anderen Punkt zu springen, wo sie die Ladung auf die Schiffe der Diebe umladen.«

»Die mobile Verladestation.«

»Korrekt«, erwiderte Thrawn. »Doch dann störte eine unerwartete Komplikation die Pläne unserer Diebe. Die Grysk und eine ihrer Dienerspezies drangen in die Region vor und entdeckten ihre Machenschaften.«

»Das ist der Teil, der mir Kopfzerbrechen bereitet«, sagte Faro. »Das letzte Mal stießen wir in den Unbekannten Regionen auf die Grysk, jenseits von Mokivj und Batuu. Was bei den Sonnen treiben sie so tief im imperialen Territorium?«

»Was das angeht, kann auch ich nur spekulieren«, gestand Thrawn. »Aber die übliche Strategie der Grysk scheint zu sein, dass sie zunächst in Erfahrung bringen, was für eine Spezies von besonderem Wert ist. Dann nutzen sie diese Schwäche aus, um die Anführer oder die gesamte Bevölkerung ihrem Willen und ihren Zielen zu unterwerfen. Ich vermute, dass sie das Gleiche auf Batuu getan haben, dann aber herausfinden mussten, dass die Menschen auf dieser Welt deutlich anspruchsloser sind als der imperiale Durchschnitt. Und aus welchem Grund auch immer haben sie nun diese Region ausgewählt, um den nächsten Schritt ihrer Invasion in Angriff zu nehmen.«

Ein Schauder rann über Faros Rücken. *Ihre Invasion.* Bislang war noch kein einziger Schuss abgegeben worden – außer von Thrawn und der *Chimaera* –, und kein einziger Moff oder Gouverneur ahnte auch nur, dass das Imperium angegriffen wurde.

Und dennoch hatte die Invasion der Grysk bereits begonnen.

Oder vielleicht war sie auch schon viel weiter fortgeschritten, als Thrawn ahnte. Es gab wachsende Unruhen in den Randgebieten des Imperiums; immer mehr Systeme und Spezies lehnten sich gegen die imperiale Herrschaft auf. Wie viele dieser Systeme oder Spezies waren unwissentlich Verbündete der Grysk?

Und hatte dieser unsichtbare Feind vielleicht auch bei der wachsenden Rebellenbewegung seine Finger im Spiel?

»Die Diebe hatten ein spezielles System: Die gestohlenen Schiffe traten auf unterschiedlichen Vektoren in den Hyperraum ein, und die mobile Verladestation flog von einem Treffpunkt zum nächsten, um ihre Fracht an Bord zu nehmen. Aber es gelang den Grysk, ihre Instruktionen und Codes zu entziffern und die Station anzugreifen, wobei sie die Mannschaft an Bord töteten oder gefangen nahmen.«

»Und weil sie wussten, dass der nächste Frachter bereits unterwegs ist«, sponn Faro den Faden weiter, »haben sie einen Beobachtungsposten und einen ihrer Gravitationsfeldgeneratoren zum Anflugvektor verlegt. Und weil sie nicht gestört werden wollten, positionierten sie sich in einem Asteroidenhaufen. Dann tauchte der Allanar N3 auf, den wir verfolgten, die Grysk fingen ihn ab und ermordeten die Mannschaft.«

»Sehr gut«, lobte Thrawn. »Genau das ist passiert.«

»Und dann sind wir in die Feier hineingeplatzt«, murmelte Faro. Sie blickte zu Ar'alani hinüber. »Ich nehme an, die Chiss waren bereits hinter den Grysk her und hatten sie aus der anderen Richtung bis zu dem Asteroidenfeld verfolgt.«

»Tatsächlich verfolgten sie das Versorgungsschiff.«

»Das Versorgungsschiff, das wir bei dem Beobachtungsposten entkommen ließen?«

»Ebendieses«, bestätigte Thrawn. »Ich bezweifle, dass Admiral Ar'alani das gesamte Ausmaß der Grysk-Aktivität zu jenem Zeitpunkt bereits abschätzen konnte.« Er zog eine Augenbraue hoch. »Womit wir in der Gegenwart angelangt wären. Jetzt sind Sie dran. Ihre Analyse der Situation?«

Faro schürzte die Lippen. Thrawn lieferte einem bei diesen mentalen Herausforderungen immer die nötigen Hinweise; die Herausforderung bestand darin, die richtigen Schlüsse zu ziehen und sie konsequent bis zum Ende zu verfolgen. »Es waren lediglich zwei Grysk an Bord des Beobachtungspostens gewesen, aber mehrere Mitglieder ihrer Dienerspezies«, sagte sie gedehnt. »Das deutet darauf hin, dass diese Wesen die nötige Expertise für diese Aufgabe besitzen und die Grysk nur da waren, um sie falls nötig anzutreiben. Sie erwähnten außerdem, dass ursprünglich mehr Leute auf der Verladestation waren, als wir dort entdeckten. Das könnte bedeuten, dass die Grysk sie mitgenommen haben, um sie zu verhören oder Tests an ihnen durchzuführen.«

»Und wer würde diese Tests durchführen?«

»Die Dienerspezies«, antwortete sie. »Also ... Sie ließen das Versorgungsschiff entkommen ...«

»Ein Versorgungsschiff, bemannt von wem?«

»Ebenfalls von der Dienerspezies. Ich vermute, die Grysk wollen so weit wie möglich im Hintergrund bleiben – um sich gegen Eventualitäten wie diese hier zu schützen.«

»Das ist auch meine Annahme«, erklärte Thrawn. »Und vergessen Sie nicht, die zwei Grysk auf dem Beobachtungsposten hatten Anweisung, eher zu sterben, als sich gefangen nehmen zu lassen.«

Faro schnitt eine Grimasse. Die beiden Gefangenen waren gestorben, unmittelbar nachdem ihr Shuttle die *Chimaera* erreicht hatte. Die Medidroiden versuchten noch immer herauszufinden, welches Gift sie genommen hatten, aber inzwischen war das nur noch eine akademische Frage.

Trotzdem ...

»Sie starben erst, nachdem das Versorgungsschiff in den Hyperraum gesprungen war«, sagte sie. »Das bedeutet ...«

»Ja?«, fragte Thrawn, einen auffordernden Ton in seiner Stimme.

»Das Kind.« Endlich begannen die Teile des Puzzles, sich zusammenzufügen. »Diese Siebenjährige. Ich nehme an, sie war eine entführte Navigatorin, genauso wie Vah'nya?«

»Ja.«

»Die Zielkoordinaten stammen von ihr?«

»Richtig.«

»Wussten die Grysk, dass sie am Leben ist?«

Ein weiteres Lächeln, etwas breiter diesmal. »Nein.«

»Wir fliegen also zu einem Grysk-Außenposten, der höchstwahrscheinlich aus einem oder mehreren Schiffen besteht. Wenn wir dort auftauchen, werden sie zwangsläufig davon ausgehen, dass wir die Koordinaten von den beiden Kerlen aus dem Beobachtungsposten haben.« Sie zog die Brauen hoch. »Und wenn sie lange genug überlebt haben, um uns den Standort ihrer Basis zu verraten, dann könnten sie auch jetzt noch am Leben sein.«

»Exakt«, nickte Thrawn. »*Das* ist ihre größte Furcht, denke ich. Die Grysk, die diese Operation leiten, sind nicht einfach nur Soldaten, die Befehle befolgen. Das sind hochrangige Offiziere mit wichtigen Informationen über ihre Invasionspläne. Die Grysk können es sich nicht leisten, dass derartige Informationen in die Hände des Imperiums fallen.«

»Sie haben das Versorgungsschiff also entkommen lassen, damit es die anderen warnen kann«, murmelte Faro. »Eine Warnung, die vage genug ist, dass sie nicht gleich die Beine in die Hand nehmen.«

»Egal ob vage oder nicht, die Grysk würden es nicht wagen zu fliehen«, erwiderte Thrawn. »Die Region voller Ungewissheit zu verlassen wäre für sie das schlimmste Resultat überhaupt. Nein, sie werden warten, in der Hoffnung, dass wir nicht auftauchen, und in der Sorge, dass wir es doch tun. Fahren Sie fort.«

Faro blickte erneut zu Ar'alani hinüber. »Wir lassen sie eine letzte Nachricht absetzen, bevor wir sie zerstören«, antwortete sie. »Eine Nachricht, die den Rest der Grysk-Streitkräfte in dieser Region herbeirufen wird, um alle Spuren ihrer Präsenz auszulöschen.« Sie sah zu Thrawn hoch. »Einschließlich der einzigen Zeugen … und das wären wir.«

»Sehr gut, Commodore«, sagte der Großadmiral, wobei er den Kopf zur Seite neigte. »Sehr gut. Aber blicken Sie nicht so besorgt drein. Die Grysk werden alles aufbieten, was sie können, aber ihre Truppenstärke in diesem Gebiet dürfte äußerst klein sein. Wie Sie selbst sagten, sie wollen möglichst wenig Aufmerksamkeit auf sich ziehen.«

»Ich verstehe«, erwiderte Faro. Das klang alles ganz einfach.

Aber es würde nicht einfach werden.

Weil Thrawn das Oberkommando nicht über ihre Begegnungen mit den Grysk informiert hatte, hatte er die *Chimaera* praktisch von jeglicher imperialen Unterstützung abgeschnitten. Die einzige Hilfe, die sie bekommen würden, stammte von der *Steadfast.*

Unglücklicherweise hatte das Grysk-Versorgungsschiff die Chiss gesehen, bevor es in den Hyperraum gesprungen war. Wenn Thrawn das Überraschungsmoment auf seiner Seite hatte, verstand er es meisterhaft, mit den Erwartungen des Gegners zu spielen und sogar eine große Übermacht in die Knie zu zwingen. Doch diesmal würde ihnen dieser Trumpf verwehrt bleiben.

Oder hatte Thrawn schon neue Pläne geschmiedet? War Ar'alani vielleicht deshalb hier?

»Wir werden unser Ziel bald erreichen«, drang seine Stimme in ihre Gedanken. »Denken Sie darüber nach, was uns erwarten könnte und welche Optionen uns im Kampf gegen diesen Feind zur Verfügung stehen.«

»Das werde ich, Sir«, versicherte Faro ihm.

Sie blickte dem Großadmiral grimmig nach, als er zur Verteidigungskonsole zurückging. Hoffentlich würde auch er darüber nachdenken.

Wirklich *gründlich* darüber nachdenken.

11

Die Sternlinien zogen sich zusammen, und vor dem Cockpitfenster des Shuttles erschien ein Planet, auf dessen Oberfläche sich grüne und blaue Wirbel mit weiten Flächen dunklen Brauns vermischten.

Viele Wüsten, dachte Eli. Das war nie gut.

»Wir sind da«, verkündete Pik mit schneidiger Stimme vom Pilotensessel. »Ich brauche eine Stadt oder einen Raumhafen.«

»Richtig«, sagte Eli. Er verspürte den reflexartigen Drang, ein *Sir* anzuhängen, aber er unterdrückte ihn. Pik und Waffle mochten in selbstsicherem, autoritärem Tonfall sprechen, aber die einzigen Personen, denen sie als Todestruppler Befehle geben konnten, waren andere Sturmtruppler.

Er schnitt eine Grimasse. *Pik* und *Waffle*. Die Namen hätten bei jedem Erwachsenen lächerlich geklungen, und umso mehr bei zwei Männern, die speziell ausgebildet waren, um Tod und Zerstörung zu verbreiten und nichts als verbrannte Erde zurückzulassen. Er vermutete, dass es Spitznamen waren, ähnlich denen, die TIE-Piloten einander bisweilen gaben.

Obwohl sie im Fall der Todestruppen vermutlich eher dazu

dienten, ihre wahren Namen geheim zu halten. So oder so steckte hinter diesen Spitznamen sicherlich eine hochinteressante Geschichte.

Aber Eli hatte nicht vor, danach zu fragen.

»Wir müssen zu einem Ort namens Tiquwe«, sagte er. »In der südlichen Hemisphäre, ungefähr auf halber Strecke zwischen …«

»Verstanden«, unterbrach ihn Waffle, den Blick auf den Navschirm gerichtet. »Beginne mit Anflug.«

»Danke«, murmelte Eli.

Natürlich konnten sie ihn nicht leiden. Es gab nur einen Grund, warum sie seinen Anweisungen überhaupt gehorchten und ihn mit einem Mindestmaß an Höflichkeit behandelten: weil Thrawn es ihnen befohlen hatte. Wenn er sagte, dass sie Eli auf dieser Mission beschützen sollten, dann taten sie es eben.

Dass sie anstatt ihrer unverkennbaren schwarzen Rüstungen Zivilkleidung tragen mussten, trug vermutlich ebenfalls zu ihrer grimmigen Laune bei. Egal, ob es nun Prestigedenken oder das praktische Element der Ausrüstung selbst war, Eli hatte schon vor Langem erkannt, dass Sturmtruppler ihre Gesichter nur ungern in der Öffentlichkeit zeigten.

Vor allem bei Gesichtern wie diesen.

Es war nicht, als wären Pik und Waffle hässlich oder entstellt. Im Gegenteil. Ihre Züge waren wie gemeißelt, so symmetrisch und markant, wie Eli es nur selten bei menschlichen Wesen gesehen hatte. Wenn man dann noch ihre überdurchschnittliche Größe, ihre athletische, perfekt definierte Muskulatur und ihr perfekt geschorenes Haar in Betracht zog, wären die beiden perfekte Kandidaten für ein imperiales Rekrutierungsposter gewesen.

Aber nur solange man auf diesen Postern nicht ihre Augen sehen konnte.

Als er das erste Mal in diese Augen geblickt hatte, war es ihm kalt den Rücken runtergelaufen. Sie wirkten eisig und stechend, diese Augen, als würden sie alles sehen, alles abschätzen – und alles verachten. Ein Schimmer von Leidenschaft lag in ihnen, ein Schimmer von Stolz und definitiv mehr als nur ein Schimmer unterdrückter Wildheit.

Früher, während seiner Zeit auf der *Chimaera*, hatte er Gerüchte gehört, wonach die Todestruppen während ihrer Ausbildung medizinisch und chirurgisch verändert wurden, was sie gleichzeitig mehr und weniger menschlich machte als normale Sturmtruppen.

Jetzt, wo er diese beiden gesehen hatte, hatte Eli zumindest an dem *Weniger*-Teil keine Zweifel mehr.

»Ich hoffe, dieses Wrack wird in der Stadt nicht weiter auffallen«, brummte Ronan vom zweiten Passagiersitz.

»Wird es nicht«, versicherte Eli ihm. Er hatte das Gefühl, als würde die Kabine um ihn herum schrumpfen. Während er und Thrawn sich durch die Ränge der imperialen Flotte hochgearbeitet hatten, war ihnen aus allen Richtungen nur Misstrauen, Feindseligkeit oder gleich offene Abscheu entgegengeschlagen. Aber das war nichts verglichen damit, mit diesen drei Personen in diesem Shuttle eingesperrt zu sein. »Großadmiral Thrawn hat es von einem Schmuggler übernommen, der keine Verwendung mehr dafür hatte. Seitdem benutzt er es, wenn er irgendwohin reisen muss, wo imperiale Offiziere nicht sonderlich willkommen sind.«

»Ich bin sicher, es gibt *viele* Orte, wo er nicht willkommen ist«, grollte Ronan. »Aber zumindest das Innere hätte er doch auf Vordermann bringen können.«

»Das wäre kontraproduktiv«, sagte Pik über seine Schulter. »Würde das Innere nicht zum Äußeren passen, wäre die Illusion zerstört.«

»Dann lässt man eben niemanden an Bord«, beharrte Ronan. »Ganz einfach. Also, was hat es mit diesem Ort auf sich, an dem wir nicht weiter auffallen?«

»Ein Pfuhl von Verkommenheit und Abschaum«, erwiderte Waffle tonlos. »Zum Teil ein annehmbarer Raumhafen, zu einem kleineren Teil ein imperialer Raumhafen und größtenteils ein Versteck für Schmuggler und Piraten. Die Einwohner helfen den Kriminellen oder dulden sie zumindest. Das Gleiche gilt für die imperialen Beamten und Truppen, die man hierher strafversetzt hat. Wir werden in Tiquwe keine Unterstützung haben, zumindest keine, auf die wir uns verlassen können.«

»Aber wir werden keine Unterstützung brauchen«, schob Pik nach. »Wir suchen ein Schiff, das zum Transferpunkt fliegt, beweisen, dass es sabotiert wurde, und verschwinden wieder.«

»Bei Ihnen klingt das so einfach«, kommentierte Ronan. »Ich hoffe, wir werden zumindest nicht im Schmuggler- und Piratenteil der Stadt landen.«

»Das macht keinen Unterschied«, konterte Pik. »Wir dürfen niemandem unsere wahre Identität verraten. Orte wie diese leben von Bestechung und Erpressung. Wenn man sich an einen Beamten wendet, ist man besser vollkommen sicher, dass er nicht korrupt ist, andernfalls endet man höchstwahrscheinlich mit durchschnittener Kehle in einer Gosse.«

»Anders ausgedrückt: Ihre Uniform bleibt an Bord, und starren Sie keine Fremden an«, fügte Waffle an.

»Ich habe meine Uniform überhaupt nicht dabei …«, begann Ronan.

»Lügen Sie nicht«, unterbrach Pik ihn in strengem Tonfall. »Ich kenne Beamte wie Sie. Sie wollen immer bereit sein, ihre weiße Jacke anzulegen und auf ihren Rang zu pochen, wenn sie nicht gleich bekommen, was Sie wollen.«

»Falls Sie Beamte wie mich kennen, dann sollten Sie auch wissen, dass Sie mich mit Respekt zu behandeln haben«, schnappte der Vizedirektor.

»Unser Respekt gebürt unseren Vorgesetzten und Personen, die ihn sich verdient haben«, stellte Pik klar. »Wir haben eine Mission, und wir werden sie erfüllen. Mehr sollten Sie nicht von uns erwarten.«

»Aber auch nicht weniger«, ergänzte Waffle. »Vanto, ich hoffe, *Sie* haben kein Problem damit, im schlechten Teil der Stadt zu landen, sollte die Raumkontrolle uns dorthin schicken?«

»Natürlich nicht«, murmelte Eli. *Unser Respekt gebürt Personen, die ihn sich verdient haben.* Das entsprach nicht der normalen imperialen Hierarchie, und er war nicht sicher, ob er die Einstellung der Todestruppler – und ihr Verhalten Ronan gegenüber – erfrischend oder beängstigend finden sollte. »Ich nehme an, Sie haben Waffen dabei, die an einem solchen Ort keine Aufmerksamkeit erregen?«

»Ja«, antwortete Pik. »Denken Sie daran: Falls es zu einem Kampf kommt, übernehmen *wir* das. Sie ziehen einfach den Kopf ein.«

»Verstanden«, sagte Eli. *Beängstigend*, entschied er. *Eindeutig beängstigend.* »Das werde ich.«

Als sie Anweisung erhielten, in der Schmugglersektion des Raumhafens zu landen, fragte Eli sich, ob es wohl Probleme geben würde. Er machte sich keine Sorgen wegen ihrer Codes und Freigaben, aber die Einheimischen könnten ihre eigenen Passwörter oder Kenncodes haben.

Wie sich herausstellte, gab es keine derartigen Anforderungen und folglich auch keine Komplikationen. Vielleicht änderten sich die Passwörter hier so oft, dass niemand sich darum scherte, solange die Besucher nur Geld hatten.

Nachdem Pik das Schiff verriegelt hatte, tauchten sie ein in das Labyrinth der Straßen, in denen sich Händler mit Bauchläden, kleine Verkaufsstände und verblasste Geschäftsfassaden aneinanderreihten und ein steter Strom zwielichtig aussehender Passanten über das Kopfsteinpflaster schlurfte, nur ab und an unterbrochen von einem Gleiter oder anderen Fahrzeug. »Hätten wir auf einer Andockbucht näher am Hauptgebäude des Hafens bestanden, müssten wir uns nicht jedes Mal einen Weg durch diese stinkende Menge bahnen«, beschwerte sich Ronan.

»An einem Ort wie diesem stellt man keine Forderungen«, erwiderte Pik. »Man geht dorthin, wo man hingeschickt wird, andernfalls erregt man Aufmerksamkeit.«

»Und Aufmerksamkeit bedeutet Ärger«, nickte Waffle. »Falls wir mit irgendjemandem reden müssen, überlassen Sie uns das.«

»Es sei denn, es sind Beamte des Raumhafens«, sagte Ronan. »In dem Fall …«

»Überlassen Sie uns das«, wiederholte Pik. »Sie wissen nicht, wie man mit solchen Leuten reden muss.«

»Hören Sie mal …«, setzte der Vizedirektor an.

»Nein, *Sie* hören jetzt zu«, schnitt Eli ihm das Wort ab. Er wurde die Arroganz dieses Mannes allmählich leid. Ronan erinnerte ihn an viele der Offiziere, denen er in der imperialen Flotte begegnet war. »Das ist *deren* Spezialgebiet. Nicht Ihres, nicht meins – ihres. Sie sind nur als Beobachter hier, also lassen Sie diese beiden ihren Job machen.«

Ronan legte sich vermutlich schon eine ätzende Entgegnung zurecht, da sprang Pik plötzlich zur Seite. Eli zuckte zusammen, und als er herumwirbelte, sah er gerade noch, wie der Todestruppler einem jungen Mann einen Credit-Stab aus der Hand riss und den Kerl dann grob in die Menge zurückschubste.

»Taschendiebe«, brummte er, wobei er den Stab kurz hochhob, ehe er ihn in seiner Tasche verschwinden ließ.

Die Hand steckte noch immer in seiner Tasche, als zwei weitere Männer vorsprangen, Piks Arme packten und versuchten, ihn zu Boden zu ringen.

Der militärische Teil von Elis Gehirn musste die Ablenkungs- und Angriffsstrategie der Diebe bewundern. Aber als potenzielles Opfer fühlte er sich auch hilflos, ganz ohne Waffe oder eine Uniform, die die Kriminellen hätte abschrecken können, und er wich hastig von dem Handgemenge zurück.

Ein unbeteiligter Schaulustiger, das war die Rolle, die er in dieser Situation spielen wollte.

Anstatt sich gegen seine Angreifer zu wehren, ließ Pik sich von ihnen nach unten drücken. Die beiden Männer hatten augenscheinlich mit Gegenwehr gerechnet, und jetzt waren sie es, die um ihr Gleichgewicht ringen mussten. Pik nutzte diesen Augenblick der Verwirrung, als seine Abwärtsbewegung den größten Schwung erreichte, und stieß sich wieder nach oben, um den beiden die Schultern in den Bauch zu rammen.

Der Griff seiner Widersacher um seine Arme war bereits geschwächt, und jetzt ließen sie ganz von ihm ab. Einer der Diebe schaffte es, seine Balance wiederzufinden, aber da beförderten ihn zwei schnelle Faustschläge in den Staub. Der andere Kerl klappte zusammen, ohne dass weitere Hiebe nötig waren. Trotzdem half Pik mit einem täuschend sanft aussehenden Tritt nach, und nun lagen beide Diebe flach auf dem Boden.

Jemand in der Nähe fluchte, und plötzlich richtete sich ein Blaster auf Piks Gesicht. »Keine Bewegung, du Sohn einer …«

Der Rest der Drohung verwandelte sich in ein Kreischen, als Piks Hand vorschnellte, dem Mann den Blaster aus der Hand riss und ihm dann den Griff über den Schädel zog, sodass der Dieb sich zu seinen Freunden auf dem Boden gesellte.

»Er hat gesagt, keine Bewegung, du Gossenhund.«

Eli drehte den Kopf. Eine Frau mit schmutzigem Gesicht war hinter ihn getreten, außerhalb von Piks Reichweite, und zielte mit einem Blaster auf seinen Kopf. »Ihr alle, in diese Gasse da …«

Weiter kam sie nicht. Aus Waffles Richtung wirbelte ein Objekt durch Elis Blickfeld; es traf die Waffenhand der Frau und lenkte sie ab. Noch während sie versuchte, den Blaster wieder herumzureißen, traf sie ein zweites Objekt, dieses aus Piks Richtung, gegen die Stirn, und sie taumelte mehrere Schritte nach hinten. Einen Herzschlag später war Pik bei ihr, riss ihr die Pistole aus den Fingern und fegte ihr mit einem Tritt die Beine unter dem Körper weg. So gesellte sie sich zu der schnell größer werdenden Gruppe stöhnender Leiber auf dem Boden.

»Interessant«, sagte Ronan an Elis Seite. »Ich habe noch nie gesehen, dass Komms *so* eingesetzt werden.«

»Der Hersteller hatte diese Verwendung vermutlich auch nicht im Sinn«, erwiderte Eli, während Pik sich einen der erbeuteten Blaster unter die Achsel klemmte und in die Hocke ging, um die beiden Wurfgeschosse aufzuheben.

»Verstärkte Verschalung«, erklärte Waffle, als Pik ihm sein Komm reichte.

»Sie hätten wohl nicht einer nach dem anderen angreifen sollen«, ertönte eine neue Stimme hinter Eli. »Falls ihr euch jetzt bitte umdrehen würdet. Langsam, versteht sich.«

Eli achtete darauf, dass seine Hände gut sichtbar waren, und kam der Aufforderung nach.

Die Menge, die bis vor ein paar Sekunden noch hinter ihm dahingeschlurft war und höchstens den Kopf gedrehte hatte, um den Kampf zu beobachten, hatte sich wie von Zauberhand geteilt, und in der neu geformten Lücke standen in einer Reihe vier brutal aussehende Männer und eine nicht minder brutal wirkende Frau, alle mit den Händen auf ihren Blasterhalftern.

»Wir werden auch mit fünf fertig, falls ihr es drauf anlegen wollt«, sagte Pik.

»Ganz ruhig, Fremder«, warnte der Mann in der Mitte der Gruppe. »Noch so eine Demonstration, und ihr hättet endgültig bewiesen, dass ihr genau die Art Gäste seid, die wir hier nicht wollen.«

»Und war für eine Art wäre das?«

»Die Art, die schlecht fürs Geschäft ist«, antwortete der Kerl.

»Ihr meint, Imperiale?«, fragte Ronan.

»*Imperiale*?« Der Mann spuckte das Wort förmlich aus. »Imperiale sind kein Problem, guter Mann. Imperiale nehmen ihr Geld und verschwinden wieder, um es irgendwo auszugeben. Nein, nein, es ist Großadmiral Schleimgesicht Savit. *Der* ist das Problem.«

»Ihr glaubt wirklich, ein Großadmiral würde sich um diesen Staubball kümmern?«, schnaubte Waffle.

»Sehen wir aus, als würden wir Witze machen?«, entgegnete die Frau.

»Was macht Großadmiral Savit denn zu einem Problem?«, wollte Ronan wissen.

»Wie gesagt, er ist schlecht fürs Geschäft«, antwortete die Frau. »Er schickt Agenten, damit sie hier herumspionieren. Er lässt unsere Geschäfte platzen.« Ihre Stimme nahm einen unheilvollen Klang an. »Er lässt unsere Leute umbringen.«

»Und wir möchten diesen Gefallen natürlich erwidern«, schob der Mann nach. »Was uns wieder zu euch bringt. Die Kleidung und das Schiff sind zwar ganz überzeugend, aber eure Gesichter verraten euch.«

»Und eure Arroganz«, fügte die Frau an. »Normale Leute schauen zu Boden und versuchen, allem Ärger aus dem Weg zu gehen.«

»Ihr seid zu selbstsicher«, schloss der Mann.

»Versucht, eure Blaster zu ziehen, und ihr werdet feststellen, warum wir so selbstsicher sind«, knurrte Waffle.

»Ah, *das* ist die richtige Einstellung«, grinste der Kerl. »Wenn man einen Imperialen mit einem Blaster in der Hand sieht, dann wartet er normalerweise nicht; er schießt sofort alles nieder, was ihm im Weg steht.«

»Das spricht für euch«, nickte die Frau. »Genau genommen ist es der einzige Grund, warum ihr überhaupt noch lebt.«

»Also gut, die Sache wird jetzt folgendermaßen ablaufen«, erklärte der Mann. »Sisay und ich werden euch nach drinnen bringen, und dann werden wir uns ein wenig unterhalten. Sie ist wirklich gut darin, Leuten auf den Zahn zu fühlen.«

»Wir haben nur ein paar Fragen«, ergänzte die Frau – Sisay. »Zum Beispiel darüber, was ihr so treibt, welche Leute ihr kennt, was euch nach Aloxor geführt hat, warum ihr hier in Tiquwe seid … ihr versteht schon.«

»Und falls uns nicht gefällt, was wir hören – falls wir den Eindruck gewinnen, dass ihr keine netten Leute seid … Nun, den Teil könnt ihr euch sicher auch denken«, sagte der Mann. »Und natürlich müssen wir auch eure Sachen, euer Schiff und euer Gepäck überprüfen.«

Eli hatte das Gefühl, als würde sich eine Faust um sein Herz schließen. Trotz Piks Warnung hatte Ronan stur darauf bestanden, seine Uniform mitzubringen; sie war ordentlich in der Tasche über seiner Schulter zusammengefaltet.

»Ihr wärt überrascht, wie viele ISB-Agenten dumm genug sind, ihre imperialen Waffen bei sich zu tragen«, sagte Sisay.

»Wie wäre es, wenn wir uns einfach darauf einigen, dass es euch nichts angeht, was wir hier tun, und ihr uns gehen lässt«, schlug Waffle vor. »Das wäre einfacher, außerdem liegen hier schon genug Leute auf dem Boden herum.«

»Vielleicht hat Skulk sich nicht deutlich genug ausgedrückt.« Sisay zog ihren Blaster. »Ihr habt es hier nicht nur mit uns fünf zu tun.«

Eli linste zu der Menge hinüber, die sich um sie herum versammelt hatte. Die meisten von ihnen starrten die Neuankömmlinge nur an, aber ein paar hatten ebenfalls die Hände auf ihre Waffen gelegt. Zu viele, als dass selbst zwei Todestruppler mit ihnen fertigwerden könnten.

Falls Eli nicht schnell etwas einfiel, würden sie alle sterben.

Er hob die Hand, wie um einen stummen Befehl zu geben, dann brummte er: »Also schön.« Seine Stimme klang widerwillig, als würde er nur gezwungenermaßen das Wort ergreifen. »Lasst uns reden, bevor ihr etwas tut, was ihr noch bereuen könntet. Aber nicht hier, mitten auf der Straße. Wir vier, ihr fünf, niemand sonst.«

Skulk und Sisay wechselten einen Blick. Waffle starrte zu Vanto herüber, halb wütend, halb fragend, aber Eli wagte es nicht, die Augen von den Einheimischen abzuwenden. Er konzentrierte sich ganz darauf, ebenso emotionslos zu wirken wie die beiden Todestruppler neben ihm.

»In Ordnung«, sagte Sisay schließlich. »Ihr habt hoffentlich nichts dagegen, wenn wir euch fesseln.«

»Um ehrlich zu sein, haben wir eine ganze Menge dagegen«, erwiderte Eli. »Und wir werden uns auch nicht durch die halbe Stadt führen lassen.« Er deutete zu dem Laden auf der anderen Straßenseite hinüber. »Das sieht doch nach einem netten Ort aus, und ihr scheint hier in der Gegend gut vernetzt zu sein. Also, warum bittet ihr nicht einfach den Besitzer, einen kurzen Spaziergang zu machen?«

Erneut blickten die Frau und der Mann einander an. »Fein, wie ihr wollt«, erklärte Sisay schließlich. »Skulk, du hast ihn gehört. Sag Jeffrie, er soll sich die Beine vertreten.«

Nach einem letzten Blick in Elis Richtung bahnte Skulk sich einen Weg durch die Menge und verschwand in dem Laden.

Ronan schob sich ein Stück näher an Eli heran. »Was *tun* Sie da?«, flüsterte er.

»Uns allen den Hals retten, hoffe ich«, wisperte Eli zurück. »Und falls nicht das, dann verbessere ich zumindest unsere Chancen.«

Skulk tauchte wieder in dem Hauseingang auf. »Kommt«, rief er.

»Nach euch«, fügte Sisay hinzu.

Eli nickte und ging mit gespielter Gelassenheit los. Als er

die Tür erreichte, zückte Skulk seinen Blaster, erst dann trat er beiseite und ließ die Neuankömmlinge vorbei.

Sisay steckte ihre Waffe derweil ins Halfter zurück und streckte erwartungsvoll die Hände aus. Mit einem finsteren Blick und sichtlichem Widerwillen reichte Pik ihr die beiden Pistolen, die er erbeutet hatte.

Eine Minute später waren sie alle im Verkaufsraum versammelt. Es handelte sich um einen Süßigkeitenladen, wie Eli am Rande feststellte. Unter normalen Umständen hätte er den schweren Geruch von Schokolade in der Luft angenehm gefunden – aber dies waren keine normalen Umstände. »Also, reden wir«, sagte Sisay.

»Gerne.« Eli blickte sich um, als wollte er sichergehen, dass niemand sie belauschte. »Habt ihr schon mal von jemandem namens *Nightswan* gehört?«

Sisays Miene veränderte sich unmerklich. »Ich hörte, dass er nicht mehr im Geschäft ist«, sagte Skulk.

»Es stimmt, er ist tot«, nickte Eli. »Und ich bin sein Ersatzmann.«

»Beschreib ihn«, verlangte Sisay, ihre Stimme steif und misstrauisch. »In allen Details.«

»Er hat dunkles Haar«, begann Eli. »Dunkle Augen. Die grobe Haut eines Mannes, der viel Zeit in der Sonne verbracht hat. Die Hände eines Bergarbeiters, vernarbt und schwielig. Er hat nie jemanden umgebracht, wenn es nicht absolut sein musste.«

Er fuhr mit der Beschreibung fort, zählte alles auf, woran er sich noch erinnerte: wie der Mann ausgesehen hatte, wie seine Stimme geklungen hatte, wie er Geschäfte gemacht hatte. Er streute sogar ein paar Details über die Operationen ein, die Thrawn im Lauf der Jahre vereitelt hatte. Die anderen lauschten ihm schweigend, und ihre Miene verriet keinerlei Regung.

Als ihm schließlich das Material ausging, fragte er: »Reicht das?«

»Du bist ihm begegnet, daran gibt es keinen Zweifel«, sagte Sisay. Ihre Lippe zuckte. »Vermutlich hast du auch ein paarmal mit ihm zusammengearbeitet«, fügte sie hinzu. »Also, erzähl mir mehr.«

»Ich habe es selbst erst vor Kurzem erfahren«, seufzte Eli, »aber Nigthswan hat ein Geschäft mit den Hutten gemacht.«

Diesmal war die Reaktion auf seine Worte nicht zu übersehen. »Was für ein Geschäft?«, wollte Skulk wissen.

»Die Art Geschäft, die man nicht freiwillig macht.« Eli legte einen verbitterten Unterton in seine Stimme. »Um mich kurz zu fassen, er hatte Schulden, die er nicht mehr abbezahlen konnte. Und als sein früherer Partner habe ich diese Schulden nun geerbt. Jetzt muss ich für die Hutten arbeiten. Genau genommen soll ich in ihrem Auftrag euren Freund Savit aus dem Weg räumen.«

»Wirklich?« Sisay hatte ein zynisches Lächeln auf den Lippen. »Die Hutten sind ganz schön ehrgeizig, das muss ich ihnen lassen. Und wie genau wollt ihr euer Ziel erreichen?«

»Durch ihn.« Eli nickte in Ronans Richtung. »Es gibt da einen Vizedirektor bei einem der großen Projekte des Imperators – einen Kerl namens Ronan. Er hat ziemlich viel Einfluss, und wenn so jemand Savit um eine Audienz bittet, würde der Gouverneur ihn sicherlich empfangen.«

»Und *er* soll euren Direktor Ronan spielen?«, fragte Skulk. Er musterte Ronan skeptisch.

»Er ist nicht perfekt«, räumte Eli ein. »Aber er hat genug Ähnlichkeit, um als Ronan durchzugehen. Ein Bioscan würde die Charade natürlich sofort auffliegen lassen, aber ... he, die Alternative bestünde darin, uns bei lebendigem Leib von den Hutten die Haut abziehen zu lassen.«

Sisay schnaubte geräuschvoll. »Schwer zu glauben, dass Nigthswan sich in so eine Sache hineinziehen lässt.«

»Zuerst wollte ich es auch nicht glauben«, seufzte Eli, wobei er die beiden verstohlen musterte. Bislang schienen sie ihm seine Geschichte abzukaufen. »Ich bin sicher, es gibt jede Menge faszinierender Details, aber Nigthswan ist tot, die Hutten haben mich nicht eingeweiht, und ich bin nicht dumm genug, Fragen zu stellen.«

»Wie genau sieht euer Plan aus?«, fragte Skulk, den Blick noch immer auf Ronan gerichtet.

»Die Schiffe, die das Projekt dieses Ronan versorgen, werden hier in Tiquwe beladen«, erklärte Eli. »Wir finden eines davon, schaffen Snick an Bord und ...«

»*Ronan*«, unterbrach Ronan ihn mit sonorer, tadelnder Stimme. »Ich bin Vizedirektor Ronan.« Er straffte die Schultern. »Es gibt hier niemanden namens *Snick*.«

»Ich bitte vielmals um Entschuldigung, Vizedirektor.« Eli beugte den Kopf und zollte Ronan im Stillen Respekt. Seine größte Sorge – abgesehen davon, dass Sisay seine Lüge durchschauen würde – war, dass jemand aus seiner eigenen Gruppe die Geschichte sabotieren würde. Doch Ronan hatte gut aufgepasst und war genau im richtigen Moment in seine Rolle geschlüpft.

»Schon besser.« Der Vizedirektor atmete tief ein, dann sackten seine Züge und sein Körper ein wenig in sich zusammen, als würde alles Aufgeblasene und Arrogante – alles *Imperiale* – aus ihm weichen. Als würde er sich in eine völlig andere Person verwandeln.

Eine beeindruckende Darbietung. Als Eli wieder zu Sisay und Skulk hinüberblickte, waren die letzten Zweifel von ihren Gesichtern verschwunden.

»Nicht schlecht«, lobte Skulk. »Er kann definitiv reden wie ein Imperialer. Wo ist dieses Schiff, und wie wollt ihr an Bord gelangen?«

»Der erste Schritt ist, in den schicken Teil des Raumhafens zu gelangen, vorzugsweise, ohne Messer oder Blaster zu benutzen«, antwortete Eli. »Falls ihr uns dabei helfen könntet, wäre das großartig – solange ihr keine Aufmerksamkeit erregt, versteht sich. Falls ihr die Sache lieber aussitzen wollt, ist das auch in Ordnung. Steht uns nur nicht im Weg herum.«

»Ich glaube, wir schließen uns euch fürs Erste an«, grinste Sisay. »Das hier ist ein gefährliches Pflaster, und es gibt ein paar Imperiale da draußen, die sich noch von niemandem haben kaufen lassen.«

»Vielleicht finden wir ja ein Schnäppchen«, erwiderte Eli. »Wir sollten uns aber beeilen. Ich möchte keine unnötige Aufmerksamkeit erregen.«

»Sicher«, nickte Sisay. »Wir können sofort loslegen ... nachdem ihr uns eure Taschen gegeben habt.«

Eli zögerte, aber er sah keine andere Möglichkeit. Also nahm er seine Tasche von der Schulter und reichte sie einem der Männer. Ronan folgte seinem Beispiel.

»Großartig.« Sisays Tonfall war beinahe fröhlich. »Und jetzt folgt mir.«

12

Wenn man auf traditionelle Weise durch den Hyperraum flog, nach Koordinaten, die ein normaler Navcomputer ermittelt hatte, dann wusste ein Captain stets, wann und wo sein Schiff in den Normalraum zurückkehren würde.

Wenn eine Chiss-Navigatorin das Schiff steuerte, gab es keine derartige Gewissheit. Faro hatte keine Ahnung, welchen Kurs sie nahmen, wo ihr Ziel lag oder wann sie dort eintreffen würden.

Aber sie war schon immer sehr anpassungsfähig gewesen, und während ihrer Zeit an Bord der *Chimaera* hatte sie gelernt, diese Fähigkeit zu einer regelrechten Kunst zu entwickeln.

Darum war sie auch bereit, als die Sternlinien sich nach ungefähr einer Stunde plötzlich wieder zu Stecknadelköpfen zusammenzogen und Ar'alani eine kurze Warnung rief.

»Brückenmannschaft, umgehend auf Stationen zurückkehren«, befahl sie über Komm, während ihr Blick über die Statusanzeigen und taktischen Displays huschte. Aus den Augenwinkeln nahm sie eine Bewegung wahr, und als sie den Kopf drehte, sah sie, wie Ar'alani einer taumelnden Vah'nya aus der

Mannschaftsgrube half und sie zu Thrawns Büro neben der Brücke führte – der Großadmiral hatte dort eine behelfsmäßige Unterkunft für sie einrichten lassen. Kurz überlegte Faro, ob sie den Chiss ihre Hilfe anbieten sollte, aber dann entschied sie sich dagegen; Ar'alani würde vermutlich ohnehin ablehnen. Also widmete sie sich wieder ihren Instrumenten.

Die ersten Daten kamen gerade herein, und sie nahm sich einen Moment, um einen groben Eindruck von ihrer Umgebung zu gewinnen: eine Sonne, acht unbewohnte Planeten und jede Menge trostloser Monde, keine Treibstoffdepots oder Orbitalstationen weit und breit. Was andere Schiffe anging …

Faros Lippen pressten sich zu einer schmalen Linie zusammen. Da war es, zweihundert Kilometer voraus, dunkel und still, sichtbar allein, weil es das Licht der fernen Sonne als rotes Schimmern reflektierte: das Grysk-Schiff, das Thrawn hatte verfolgen wollen.

Vah'nya hatte sie ans Ziel geführt.

Faro spürte einen Lufthauch, als der Großadmiral an ihre Seite trat. »Bericht, Commodore?«

»Wir haben es, Sir«, meldete Faro, wobei sie auf das taktische Display tippte. Ihr Blick blieb an den Daten hängen, die daneben über den Sensorschirm scrollten. »Oder genauer, wir haben *sie*. Sieht aus, als wären es zwei Schiffe, verbunden durch kurze Pylonen oder Andockschläuche.«

»Ihre Einschätzung dieser Konfiguration?«

Faro ging auf maximale Vergrößerung. Wenn sie doch nur die aktiven Sensoren benutzen könnte. Aber Thrawn hatte befohlen, dass die *Chimaera* im Tarnmodus bleiben sollte, also blieben ihr nur die passiven Systeme. »Sie scheinen nebeneinander zu liegen, aber Bug zu Heck.«

»Das ist auch meine Interpretation«, nickte Thrawn. »Eine höchst verwundbare Position, nicht wahr?«

»Ja, Sir.« Wenn zwei Schiffe parallel zueinander lagen, also Bug zu Bug, dann deuteten ihre Düsen in dieselbe Richtung; in einem Notfall konnten sie sofort losfliegen und erst während der Flucht die Andockschläuche lösen. Wenn sie hingegen Bug zu Heck angeordnet waren, würden sie sich nur hilflos im Kreis drehen, wenn sie die Triebwerke zündeten, zumindest bis die Andockschläuche rissen.

»Schlussfolgerung?«

Faro lächelte grimmig. »Es ist ein Köder«, sagte sie. »Die Grysk wollen uns glauben machen, dass sie hilflos sind, und uns so näher heranlocken.«

»Und wer ist an Bord?«

Faros erster Impuls war, die offensichtliche Antwort zu geben: die Grysk und ihre Dienerspezies, der die *Chimaera* schon bei dem Beobachtungsposten begegnet war. Aber noch während sie den Mund öffnete, erkannte sie, dass es nicht so einfach sein konnte. »Nur die Dienerspezies«, murmelte sie. »Die Grysk hatten Zeit, sich zurückzuziehen, also haben sie das vermutlich auch getan.«

»Wohin haben sie sich zurückgezogen?«

»Zu ihrer Basis, nehme ich an ... nein«, unterbrach Faro sich. Einmal mehr dachte sie zu simpel. »Sie sind noch hier.« Sie betrachtete das taktische Display mit ganz neuen Augen. Es zeigte noch immer nur die beiden verbundenen Schiffe, aber ... »Sie sagten, Ungewissheit wäre die größte Sorge der Grysk. Falls hier etwas passiert, wollen sie es sehen. Aber gleichzeitig wollen sie nicht in Reichweite unserer Zielcomputer sein.«

Ergo: ein getarntes Schiff.

»Sie beobachten alles von einem getarnten Schiff aus«, bestätigte Thrawn ihre unausgesprochene Schlussfolgerung. »Und wie würden Sie die Position dieses Schiffes ermitteln?«

Die ersten Mitglieder der Brückenmannschaft strömten aus dem Turbolift und eilten zu ihren Stationen. Ar'alani und Vah'nya waren bereits in Thrawns Büro verschwunden, wie Faro feststellte. »Sofern diese Schiffe der Köder sind, gibt es sicher auch eine Falle«, erwiderte sie. »Es könnte sein, dass sie ein Großkampfschiff hergerufen haben, aber ich bezweifle es. Sie hatten nicht genug Zeit, und wie Sie selbst sagten, sie wollen uns möglichst wenig über ihre eigene Stärke verraten.«

»Wenn es also kein Schlachtschiff ist ...«

»Eine Sprengfalle.« Faro zog die Nase kraus. »Vielleicht sind sogar die beiden Schiffe mit Sprengstoff präpariert, und sie warten nur darauf, dass wir nahe genug heranfliegen, um alles in die Luft zu jagen.«

»Das wäre zweifelsohne ein befriedigender Anblick«, kommentierte Thrawn trocken. »Vorausgesetzt natürlich, sie können es sehen.«

Faro runzelte die Stirn. Warum sollten sie es nicht sehen könnten? Es war nicht, als würden hier irgendwelche Trümmer die Sicht versperren, wie zuvor in dem Asteroidenhaufen.

Das Einzige, was ihre Sicht behindern könnte, wäre ... ihr eigenes Tarnfeld.

»Sie befinden sich innerhalb eines Kreises um die verbundenen Schiffe«, sagte sie. »Der Mindestabstand wird durch den Sprengradius ihrer Falle bestimmt, der Maximalabstand durch ihre Sensorreichweite, und die ist wegen des Tarnfelds eingeschränkt.«

»Ausgezeichnet«, lobte Thrawn. Er hob sein Notepad und

drückte eine Taste. »Hier ist meine Einschätzung. Der innere Rand beruht auf der normalen Sprengladung, die ein Schiff dieser Größe an Bord hat, der äußere Rand beruht auf Admiral Ar'alanis Wissen über die Grysk-Tarnfelder.«

Zwei Kreise erschienen auf Faros taktischem Display, ein größerer und ein kleinerer, beide mit den verbundenen Grysk-Schiffen als Mittelpunkt. Der Bereich zwischen ihnen war rot schattiert. Das hieß, nicht ganz. Faro studierte das Diagramm, und ihr fiel auf, dass zwei Bereiche schwarz geblieben waren: der direkt vor der *Chimaera* und der auf der gegenüberliegenden Seite der Zone. »Darf ich fragen, warum diese beiden Abschnitte geschwärzt sind?«, fragte sie.

»Sie wissen, dass wir höchstwahrscheinlich aus dieser Richtung ankommen – *falls* wir überhaupt kommen«, erklärte Thrawn. »Und sie wollen wohl kaum in unserem Schussfeld sein, sollten wir uns entscheiden, die beiden Schiffe einfach aus der Ferne zu zerstören, ohne genauere Nachforschungen anzustellen.«

»Und auf der anderen Seite könnten sie von Fehlschüssen getroffen werden«, murmelte Faro mit einem Nicken. »Damit bleiben also diese beiden Flächen. Das ist längst nicht so viel Raum, wie ich befürchtet hatte.«

»Nicht wahr?«, stimmte Thrawn zu. »Aber vielleicht können wir den Zielbereich noch etwas weiter eingrenzen, ehe wir anfangen, Ionensalven abzufeuern.«

Faro überflog die Statusanzeigen. »Die TIE-Staffeln zwei und drei melden Startbereitschaft.«

»Hervorragend.« Thrawn warf einen Blick über seine Schulter, als die nächste Gruppe von Offizieren den Turbolift verließ. »Ich glaube, Lieutenant Pyrondi ist gerade eingetroffen.«

Einen Moment später trat die andere Frau zu ihnen. »Lieutenant Pyrondi meldet sich zum Dienst, Commodore«, sagte sie förmlich, dann nahm sie Habachtstellung an und fügte steif hinzu: »Admiral.«

»Lieutenant, wie viele der diensthabenden Traktorstrahl-Techniker haben die Leistungseinstufung A?«, erkundigte sich Thrawn.

Pyrondi konsultierte ihr Notepad. »Drei von fünf, Sir.«

»Exzellent. Schalten Sie diese drei und zwei weitere Techniker Ihrer Wahl zu unserer Besprechung hinzu. Ich möchte ihre Meinung zu einem neuen Manöver hören, das ich mir überlegt habe.«

Als die Traktorstrahl-Techniker bereit waren, hatte Ar'alani sich wieder zu Thrawn und Faro auf die Brücke gesellt. Die Chiss begann, etwas zu sagen ... »Bitte auf Sy Bisti, Admiral«, forderte Thrawn sie in der Handelssprache auf.

Ar'alani warf Faro einen verärgerten Blick zu. »Wir haben sie also gefunden?«

»Wir sind dabei«, erwiderte Thrawn, anschließend wechselte er zu Basic. »Lieutenant Pyrondi?«

»Bereit, Admiral.«

»Lassen Sie Staffel zwei starten und aktivieren Sie die Traktorstrahlen.«

»Verstanden. Staffel zwei, Startfreigabe.«

Faro blickte gebannt auf den Bildschirm. Soweit sie wusste, hatte niemand zuvor je ein solches Manöver versucht.

Fairerweise musste aber erwähnt werden, dass dieses Manöver nur durch eine ganz spezielle Kombination von Umständen möglich wurde.

Die TIE-Jäger erschienen als zwölf Lichtpunkte auf dem

taktischen Display. Im Gegensatz zu den üblichen Startmustern rasten sie aber nicht mit vollem Schub los, dem Feind entgegen; stattdessen trieben sie gemächlich in Sicht, ihre Triebwerke heruntergefahren, ihre Sensoren und Zielcomputer bei minimaler Leistung. Alles, was sie antrieb, war der Schwung der Startkatapulte, mit denen sie aus den Hangars befördert worden waren.

Pyrondi starrte auf ihren eigenen Bildschirm, während die Jäger davontrieben. Faro blickte von ihr zu Thrawn, wohl wissend, dass der Großadmiral nicht eingreifen würde. Er hatte Pyrondi sämtliche Nuancen seines Manövers erklärt und ihr dann die Kontrolle über die Operation anvertraut. Jetzt beobachtete er schweigend, wie seine Waffenoffizierin ihre Aufgabe umsetzte. Faro zählte die Sekunden. Als sie bei fünf angelangte …

»Vordere Traktorstrahlen, *jetzt*«, befahl Pyrondi.

Sechs der TIE-Jäger erzitterten, als sie von den bauchwärtigen Traktorstrahlen erfasst wurden. Auf dem taktischen Display waren die Strahlen als milchig-weiße Kegel zu sehen, die sich zwischen der Nase der *Chimaera* und den Sternjägern erstreckten. Nun wurden die TIEs auf den Bug des Sternzerstörers zugezogen und nahmen dabei rasch Geschwindigkeit auf …

»Traktorstrahlen lösen«, rief Pyrondi. »Steuermann, fünf Grad nach steuerbord neigen.«

Die weißen Kegel lösten sich auf, aber die TIEs flogen mit gleichbleibender Geschwindigkeit auf demselben Vektor weiter. Sie wären direkt in den Bug der *Chimaera* hineingerast, hätte sich das Schlachtschiff nicht um fünf Grad auf die Seite gelegt und ihnen den Weg freigemacht.

Faro hob den Kopf, als die dunklen Sternjäger an den vorderen Aussichtsfenstern vorbeihuschten und dann in Richtung verbundene Grysk-Schiffe verschwanden.

Thrawn blieb weiter stumm, während Pyrondi den Prozess mit den restlichen TIEs wiederholte. Erst als die Jäger mit der Sternenlandschaft verschmolzen waren, sagte er: »Ausgezeichnete Arbeit, Lieutenant. Darf ich fragen, wer die Traktorstrahlen drei und fünf bedient hat?«

Pyrondi zog ihr Notepad zurate. »Matavuli bei drei, Nasmyth bei fünf.«

»Machen Sie einen Vermerk in ihren Akten, Commodore«, wies Thrawn Faro an. »Matavuli ist zu zögerlich und zu unsicher. Er braucht mehr Übung.«

»Jawohl, Sir.« Faro machte sich eine Notiz auf ihrem Notepad. »Und Nasmyth?«

»Er sollte auf Leistungskategorie A hochgestuft werden. Tragen Sie ihn bei nächstbester Gelegenheit für einen Test ein.«

Anschließend wandte Thrawn sich Ar'alani zu und sagte auf Sy Bisti: »Die Jäger sind unterwegs, um die beiden verbundenen Schiffe genauer in Augenschein zu nehmen. Solange sie ihre Triebwerke nicht hochfahren und keine aktiven Scanner benutzen, dürften sie für das getarnte Grysk-Schiff unsichtbar bleiben.«

»Ich bezweifle, dass die verbundenen Schiffe eine Untersuchung wert sind«, erwiderte Ar'alani abwertend. »Die Grysk werden alle nützlichen Hinweise an Bord längst zerstört haben.«

»Oder sie haben es zumindest versucht«, sagte Thrawn. »Aber es sind noch immer Mitglieder der Dienerspezies an Bord, die sich vielleicht dazu bewegen lassen, ihre Geheimnisse zu verraten.«

»Was macht Sie so sicher, dass sie noch an Bord sind?«

Thrawn winkte Faro zu. »Commodore?«

»Unsere Infrarotanalyse zeigt, dass sich zehn bis zwanzig Lebensformen auf den Schiffen befinden«, kämpfte Faro sich durch die fremdartigen Sy-Bisti-Worte. Wenigstens war die Grammatik der Handelssprache verhältnismäßig einfach.

»Mitglieder der Grysk-Dienerspezies?«, fragte Ar'alani.

»Und möglicherweise auch einige oder alle der zwölf vermissten Piraten von der mobilen Verladestation«, erklärte Faro.

»Die wir, falls möglich, retten wollen«, fügte Thrawn hinzu.

Einen Moment lang blickte Ar'alani aus den vorderen Aussichtsfenstern. »Diese beiden verbundenen Schiffe sind Teil einer Falle«, sagte sie dann. »Das getarnte Schiff ist der wahre Feind und somit unser Hauptziel.«

»*Eines* unserer Hauptziele«, korrigierte der Großadmiral. »Es gibt noch ein zweites Ziel, das ebenso wichtig oder vielleicht sogar noch wertvoller ist als das Schiff selbst.«

»Sie meinen die Triade?«, brummte Ar'alani.

»Ja.«

Faro nickte unmerklich. Die Grysk mussten irgendwie mit ihrer Hauptbasis Kontakt halten, und es war offensichtlich, dass sie dafür nicht das HoloNetz benutzten; das Imperium überwachte routinemäßig sämtliche Übertragungen in diesem Netzwerk, und es hätte die ungewöhnlichen Sendungsmuster sofort entdeckt. Die logische Alternative bestand also in einer Kommunikationstriade, einer Technik, die vor allem in den Unbekannten Regionen, im Wilden Raum und an den Rändern des Imperiums verbreitet war.

Aber man brauchte Platz – viel Platz –, um die drei Antennen des Senders zu platzieren.

Faro rief eine geografische Karte des Systems auf. Es gab acht Planeten: Fünf davon waren Gasriesen, die anderen drei lagen mindestens acht Lichtminuten entfernt. Erstere hatten keine feste Oberfläche, auf denen man eine Antenne aufstellen konnte, und Letztere lagen zu weit auseinander; man hätte Kommunikationslaser benötigt, um ein Signal über solche Distanzen zu senden, und selbst dann bestand das Risiko gefährlicher Verzögerungen. Also weiter. Vier von den Monden der Gasriesen befanden sich weniger als eine Lichtminute von den verbundenen Schiffen entfernt, aber um Nachrichten auszutauschen, wäre trotzdem ein Laser nötig, oder ein genau eingestellter Maser-Transmitter an beiden Enden der Verbindung. Sofern die Triade nicht deaktiviert war, wären derartig starke Energieemissionen selbst mit den passiven Sensoren der *Chimaera* mühelos aufzuspüren.

Und die Grysk, die sich da draußen hinter ihrer Tarnung versteckten, würden sicher nicht mehrere Minuten warten, um die Triade wieder hochzufahren. Nein, sie waren ganz sicher in fortwährendem Kontakt mit ihrer Hauptbasis. »Admiral, wie groß müssten diese Triaden-Antennen sein?«, fragte Faro.

»Nicht übermäßig groß«, antwortete Thrawn. »Eine würde vermutlich auf die Brücke der *Chimaera* passen.«

»Oder auf eines der beiden verbundenen Schiffe?«

»Gewiss«, nickte er. »Der entscheidende Faktor ist der Abstand zwischen den Antennen. Admiral?«

»Der Abstand kann variieren«, sagte Ar'alani. »Normalerweise sind es« ... sie hielt inne, und Faro hatte den Eindruck, als würde sie im Kopf Längeneinheiten umrechnen ... »fünf bis zehn Kilometer.«

»Bei der Triade auf Batuu waren es sechs Kilometer«, fügte

Thrawn an. »Wichtig ist aber, dass der Abstand zwischen allen drei Antennen exakt gleich sein muss. Folglich können sie nicht einfach im Orbit treiben, da die kleinsten Störungen ihre Position zueinander verändern und die Triade nutzlos machen würde.«

»Es gibt keine Asteroiden oder Meteore in der Nähe, die eine ausreichende Größe haben«, sagte Ar'alani. »Die Antennen müssen also auf einem der planetaren Monde aufgestellt sein.«

Faro betrachtete das Display. Wie sie bereits angesprochen hatte, war selbst der nächstgelegene Mond eine Lichtminute entfernt. Würden die Grysk sich wirklich so weit von ihrer Triade entfernen?

Vor allem wenn es keinen Grund dafür gab. Sie hätten die verbundenen Schiffe an jedem beliebigen Punkt innerhalb des Systems platzieren können. Also, falls sich ihre Triade auf einem Mond befand, warum legten sie ihren Köder dann nicht einfach im Orbit um diesen Mond aus, oder zumindest im Orbit um den dazugehörigen Planeten?

»Was haben Sie mit Ihren Jagdmaschinen vor?«, wollte Ar'alani wissen.

»Sie haben drei Aufgaben«, antwortete Thrawn. »Erstens, Informationen zu sammeln, die die *Chimaera* ohne aktive Sensoren nicht erfassen kann. Zweitens, eine Reaktion von dem getarnten Schiff zu provozieren, um uns seine Position zu verraten.«

Faros Magen zog sich zusammen. Mit anderen Worten: Thrawn hatte seinen eigenen Köder ausgelegt.

Ihr war natürlich bewusst, dass solche Maßnahmen mitunter notwendig waren. Aber Piloten bewusst in Gefahr zu bringen war nie eine einfache Entscheidung.

»Und drittens«, schloss Thrawn, »sich für einen Angriff auf

die beiden verbundenen Schiffe in Position zu bringen, sofern ich das für nötig halten sollte.«

»Sie sagten doch, Sie wollen Gefangene machen und die Opfer der Grysk befreien«, erinnerte Ar'alani ihn.

»Falls möglich«, erwiderte der Großadmiral. »Aber die Sicherheit der *Chimaera* sowie die Ziele und das Wohl des Imperiums haben natürlich Vorrang.«

Ar'alani warf Faro einen scharfen Blick zu. »Entschuldigen Sie uns bitte einen Moment, Commodore.«

»Natürlich, Admiral«, nickte Faro.

Sie hatte erwartet, dass Ar'alani Thrawn in eine stille Ecke führen würde, aber das war gar nicht nötig. Sie wechselte einfach zur Chiss-Sprache und redete ruhig und bewusst emotionslos auf Thrawn ein.

Faro wandte sich von den beiden ab. Nicht dass es unter den Umständen wirklich nötig gewesen wäre, aber es schien die höflichste Reaktion. Außerdem hatte sie sich einiges von Thrawn abgeschaut, was die Interpretation von Mimik, Tonfall und Körpersprache anging; die beiden während ihrer Unterhaltung zu beobachten wäre fast so, als würde sie sie belauschen. Da überprüfte sie lieber den Status der *Chimaera* und gönnte Ar'alani ihren Moment der Privatsphäre.

Sie ging zur Waffenstation hinüber und studierte über Pyrondis Schulter hinweg die Bildschirme. Die erste Welle der TIEs näherte sich allmählich den verbundenen Schiffen, und die zweite Gruppe folgte ihnen in einem Abstand von ungefähr einer halben Minute. Dabei schickten die Sternjäger die Daten ihrer Zielsensoren per Kurzwellen-Signal an die *Chimaera* zurück, aber noch waren sie zu weit von ihrem Ziel entfernt, um etwas zu erfassen, was nicht bereits durch die passiven Sensoren des Sternzerstörers entdeckt worden war.

»Ich bekomme gerade die Ergebnisse von Lomars letztem Kommsuchlauf herein«, meldete Pyrondi, wobei sie kurz über Faros Schulter zu der Chiss-Unterhaltung hinter ihnen blickte. »Er erfasst keinerlei Übertragungen in der Region.«

»Benutzen sie vielleicht Kommlaser?«, überlegte Faro.

»Möglich. Die Konzentration von Weltraumstaub ist ziemlich niedrig. Entsprechend klein ist das Risiko, dass ein Partikel in den Laserstrahl treibt und das Signal stark genug reflektiert, um uns darauf aufmerksam zu machen.«

»Ich hoffe, Hammerly hält trotzdem die Augen nach so einem Echo offen?«

»Natürlich, Commodore.«

»Was, falls der Laser ein Signal zu einem der näher gelegenen Monde sendet?«, fragte Faro. »Vergessen wir mal den Weltraumstaub. Wäre so ein Strahl stark genug, um einzelne Partikel der Sonnenwinde zu ionisieren?«

»Schwer zu sagen«, murmelte Pyrondi nachdenklich. »Hammerly oder Lomar könnten diese Frage vermutlich besser beantworten.«

»Dann werde ich sie mal fragen.« Faro warf einen letzten, grimmigen Blick auf die Monitore, dann wandte sie sich ab.

Moment mal …

Sie drehte sich wieder herum, und ihre Augen wanderten von einem Bildschirm zum nächsten. Irgendetwas war anders!

Aber was? Alles sah noch genauso aus wie zuvor. Die TIEs näherten sich lautlos den verbundenen Schiffen; die Schiffe selbst verharrten reg- und leblos in der Schwärze des Alls, und das Licht der fernen Sonne schimmerte auf ihre Hüllen. Und nirgends innerhalb ihrer Sensorreichweite gab es Anzeichen für die Energieemissionen von Komms, Triebwerken oder Waffensystemen.

Faro runzelte die Stirn. *Das Sonnenlicht, das auf den Hüllen der Schiffe schimmerte.*

Sie wirbelte herum. »Admiral Thrawn!«

Er unterbrach die Unterhaltung mit Ar'alani und kam herüber. Seine Schritte waren nicht übermäßig hastig, aber seine Haltung verriet Neugier. »Ja, Commodore?«

»Die verbundenen Schiffe, Sir«, sagte Faro, wobei sie auf den Bildschirm deutete und mental die Finger kreuzte. Ar'alani, die Thrawn folgte, hatte die Art Miene aufgesetzt, die Faro verriet, dass sie besser einen verdammt guten Grund hatte, ihr Gespräch zu stören. »Ich sah die Lichtreflexion auf ihren Hüllen, und da fiel mir auf …«

»Dass sie sich bewegt haben«, murmelte Thrawn.

»Ja, Sir.« Eine Woge der Erleichterung durchströmte Faro. Dann war es also nicht nur ihre Einbildung. Er sah es auch. »Wir werden genauere Daten haben, wenn die TIEs näher heran sind, aber ich tippe auf eine langsame Rotation um ihr gemeinsames Gravitationszentrum.«

Thrawn drehte sich in Richtung der Mannschaftsgrube. »Commander Hammerly? Irgendwelche Anzeichen, dass das Ziel Schub- oder Manövrierdüsen benutzt?«

»Nein, Sir«, hallte Hammerlys Antwort herüber.

»Haben Sie den Verdeckungsfaktor überprüft?«

»Ja, Sir, zumindest teilweise«, bestätigte Hammerly. »Bislang konnten wir aber keine Spuren von Kaltgasemissionen entdecken.«

»Danke.« Thrawn wandte sich wieder dem Bildschirm zu. »Falls die Rotation nicht gerade eben eingesetzt hat, muss sie begonnen haben, bevor wir das System erreichten.«

»Vielleicht eine Technik, um nach uns zu suchen«, mutmaßte Ar'alani auf Sy Bisti. Die Verärgerung, die Faro noch ein paar Sekunden zuvor auf ihrem Gesicht gesehen hatte, war verschwunden, ersetzt durch wachsendes Interesse. »Falls sie über gebündelte, schildfokussierte Sensoren verfügen, erlaubt ihnen diese langsame Rotation, einen größeren Bereich zu erfassen, ohne dass sie ihre aktiven Sensoren benutzen müssen.«

Thrawn schüttelte den Kopf. »Die Rotation ist *zu* langsam. Ich schätze, die Schiffe brauchen eine Stunde oder mehr für eine volle Umdrehung.«

»Was sie in einer aktiven Situation nutzlos machen würde«, räumte Ar'alani ein. »Also gut, was hat es dann zu bedeuten?«

»Vielleicht gibt es keinen tiefer gehenden Grund«, sagte Thrawn. »Es könnte einfach nur das Bewegungsmoment nach dem letzten Shuttlestart sein.«

»Ich wäge lieber erst alle Möglichkeiten ab, ehe ich diese Sache als unbedeutend abtue«, entgegnete Ar'alani.

»Ich auch«, nickte der Großadmiral. »Aber ich möchte keine komplexen Theorien aufstellen, solange ich nicht genügend Informationen besitze. Noch eine halbe Stunde, und die erste Gruppe TIEs wird nahe genug heran sein, um weitere Daten zu sammeln.«

Er blickte Faro an und neigte in wortloser Würdigung ihrer Entdeckung den Kopf. »Ich werde mich bis dahin zurückziehen. Falls Sie mich brauchen, Commodore, finden Sie mich in meinem Büro.«

»Ja, Sir.«

»Admiral«, sagte er nun, wobei er Ar'alani zunickte. Anschließend drehte er sich um und ging in den hinteren Teil der Brücke.

»Seine Kunstsammlung?«, fragte Ar'alani leise.

»Vermutlich«, antwortete Faro. »Ich glaube nicht, dass etwas darunter ist, was von den Grysk selbst stammt, aber er hat Holokopien von den Kunstwerken ihrer Opfer.«

Die Chiss gab ein brummendes Geräusch von sich.

»Ihnen gefallen seine Methoden nicht?«, fragte Faro.

»Das ist bedeutungslos«, erklärte Ar'alani in abschätzigem Ton. »Meine Meinung, egal ob positiv oder negativ, hat keinerlei Einfluss auf die Realität der Situation.«

»Wo liegt dann das Problem?«

Ar'alani starrte sie schneidend an. Faro zwang sich, ihrem Blick standzuhalten und nicht die Augen niederzuschlagen. Die Chiss mochte ein Admiral sein und somit rangtechnisch über ihr stehen, aber Faro war ein Commodore. Ganz zu schweigen davon, dass sie das Schiff kommandierte, auf dem sie sich gerade befanden.

Zu ihrer Überraschung wurde Ar'alanis Gesicht nach einem Moment weicher, und etwas, was womöglich ein Lächeln sein mochte, huschte über ihre Lippen. »Sehr gut, Commodore«, lobte sie. »Sie sind stark und selbstbewusst. Mitth'raw'nuruodo hat weise gewählt.«

»Danke«, sagte Faro, ein wenig verwirrt. »Obwohl ich genau genommen vom Oberkommando der imperialen Flotte auf die *Chimaera* versetzt wurde, nicht von Admiral Thrawn persönlich.«

»Ich meinte nicht Ihre Position«, entgegnete Ar'alani, »sondern die Wahl seines Protegés. Ich habe größten Respekt vor Mitth'raw'nuruodo und seinen Fähigkeiten. Was mir nicht gefällt, ist die Position, für die er sich entschieden hat.« Ein weiteres Halblächeln. »Denn im Gegensatz zu Ihnen hatte *er* eine Wahl.«

»Sie meinen, dass er dem Imperium dient?«

»Ja.« Ar'alani drehte sich halb um und blickte aus dem Aussichtsfenster. »Die Aszendenz sieht sich vielen Gefahren gegenüber. Die Grysk und ihre Diener sind dabei die größte, aber bei Weitem nicht die einzige. Er sollte seinen Namen und seine Geschichte in den Dienst unserer Sache stellen. Aber bislang weigert er sich.« Sie sah wieder Faro an. »Ist sein Leben hier wirklich so viel besser?«

Faro dachte an Batonn; an die Mission, auf die der Imperator Thrawn gemeinsam mit Lord Vader geschickt hatte; an seine Position in dem gegenwärtigen Mächteringen zwischen Großmoff Tarkin und Direktor Krennic. »Sein Leben hier ist gefährlich«, erklärte sie Ar'alani. »Aber er scheint zu glauben, dass er hier das meiste bewirken kann. Für uns alle – einschließlich der Aszendenz.«

Die Chiss ließ wieder dieses brummende Geräusch vernehmen. »Das ist Unsinn.«

»Wirklich?«, entgegnete Faro. »Überlegen Sie mal: Die Grysk haben es offensichtlich auf das Imperium abgesehen. Ihre Gegenwart hier beweist das. Was, falls es ihnen gelänge, das Imperium zu stürzen oder ihm auch nur einen Großteil seines Territoriums und seiner Ressourcen abzunehmen? Dann würde sich die Aszendenz einem ungleich stärkeren Feind gegenübersehen.«

Einen Moment lang schwieg Ar'alani, dann wandte sie sich wieder den Fenstern zu. »Es gibt andere Wege«, murmelte sie.

»Vielleicht«, räumte Faro ein. »Und falls Ihnen einer einfällt, bin ich sicher, dass der Admiral darüber nachdenken würde.« Sie deutete auf die Aussichtsfenster. »Aber für den Moment ist *das hier* die Schlacht, die Admiral Thrawn gewählt hat.

Und ich für meinen Teil möchte ihm helfen, sie zu gewinnen.«

13

Die Gruppe machte sich gerade bereit, Jeffries Laden zu verlassen, als Eli bei einem Blick durch das Fenster auffiel, dass noch immer zahlreiche Schaulustige vor dem Gebäude standen; offenbar wollten sie sehen, wie viele der Personen, die den Laden betreten hatten, ihn auch wieder aus eigener Kraft verlassen würden. Und falls alle unversehrt auf die Straße zurückkehrten, würde das vermutlich mehr Neugier erregen, als wenn man sie in Leichensäcken nach draußen schleifen würden.

Zum Glück schien Sisay denselben Gedanken gehabt zu haben, denn sie führte Eli und die anderen zum Hinterausgang des Ladens. Dahinter lag eine schmale Gasse, bevölkert von verlottert aussehenden Gestalten, die mehrere Mülltonnen durchwühlten. Ein Paar Schleppdroiden stand daneben und wartete geduldig darauf, die Tonnen abtransportieren zu können. Durch eine weitere Hintertür ging es in ein Café, und nachdem sie es durch den Haupteingang verlassen hatten, konnten sie sich endlich auf den Weg zu ihrem eigentlichen Ziel machen.

Eli hatte mit einem kurzen Marsch gerechnet; er war sicher

gewesen, dass Sisays Gruppe ihre Basis irgendwo in der Nähe haben musste. Doch schnell wurde offensichtlich, dass dem nicht so war. Offensichtlich hatten sich Sisay und Co. außerhalb ihres Territoriums aufgehalten und waren nur durch Zufall über die Neuankömmlinge gestolpert.

Oder vielleicht, überlegte Eli, übte Admiral Savit so großen Druck auf die einheimischen Piratenbanden aus, dass sie *alle* am Raumhafen patrouillierten, um nach Agenten des Großadmirals Ausschau zu halten.

Eine oberflächliche Analyse der Gestalten, an denen sie unterwegs vorbeikamen, stützte diese Theorie. Eli war schon früher in Siedlungen wie dieser gewesen – früher, in den Systemen des Wilden Raums, wo seine Familie ihr Frachtunternehmen unterhalten hatte –, und er wusste, welche ungeschriebenen Gesetze an solchen Orten herrschten. Zu Beginn ihres Marsches schienen nur ungefähr zehn Prozent der Passanten Sisay oder Skulk zu erkennen, und die subtilen Reaktionen dieser zehn Prozent waren zu gleichen Teil positiv wie negativ.

Doch dann wuchs der Erkennungsfaktor beständig, und eine halbe Stunde nachdem sie den Süßigkeitenladen verlassen hatten, schien jeder, an dem sie vorbeikamen, die Bande zu kennen.

Was die Reaktion der Passanten anging, lag das Verhältnis von freundlichen zu feindseligen Blicken leider weiterhin bei fünfzig Prozent. Und da sich ein so ambivalenter Status in der Regel auf alle Mitglieder einer Gruppe ausdehnte, waren Eli, Ronan und die Todestruppler in einer ebenso ungewissen Situation wie die Piraten.

Thrawn hatte gehofft, die bedrohliche Aura der Todestruppler würde sie vor unerwünschten Schwierigkeiten bewahren. Wegen Savits rigorosen Vorgehens in dieser Gegend war dieser Plan leider nach hinten losgegangen.

Als in der Ferne schließlich der kommerzielle Teil des Raumhafens in Sicht kam, betraten sie ein heruntergekommenes Gebäude in einer Seitenstraße. Sisay führte sie durch die schmutzige Eingangshalle – offenbar war dies früher mal ein Hotel gewesen – und eine breite Treppe hoch in den ersten Stock, wo zwei Männer sich auf alten Sesseln fläzten. Ihre wachsamen, durchdringenden Augen straften ihre vorgetäuschte Lethargie Lügen, aber sie hielten die Gruppe nicht auf, und Sisay öffnete die Tür zu einer der Suiten entlang des Korridors.

»Warum genau sind wir hier?«, erkundigte sich Eli, als Sisay ihnen bedeutete, auf mehreren Stühlen Platz zu nehmen, die in einem Halbkreis vor einem zerschrammten Schreibtisch angeordnet waren.

»Schon vergessen?«, fragte Skulk. Er ging zu einem Regal hinter dem Schreibtisch, das mit mehreren Flaschen alkoholischer Getränke gefüllt war, und wählte zwei davon aus. »Wir müssen uns eure Sachen ansehen.«

»Ich dachte, das wäre nicht mehr nötig«, sagte Eli. Er zuckte zusammen, als hinter ihm eine ihrer Tragetaschen geöffnet wurde.

»Dann hast du falsch gedacht«, erwiderte Skulk. Er hielt die Flaschen hoch, sodass Eli die Etiketten sehen konnte. »Ich habe Meertrauben-Brandy und Chopkic-Wein. Wer möchte was?«

»Wir wollen nichts trinken«, brummte Waffle. »Wir wollen unsere Mission erledigen.«

»Und es wird schon spät«, fügte Eli an, und er spürte, wie sich ein dünner Schweißfilm in seinem Nacken bildete. Er war überzeugt gewesen, dass Sisay und die anderen ihm seine Geschichte über Nightswan abgekauft hätten. Aber offenbar hatten sie noch immer Zweifel.

Und nun, wo sie die Befragung in Sisays Hauptquartier verlagert hatten, standen ihre Chancen im Fall eines Kampfes schlechter denn je.

Pik und Waffle schienen das ebenfalls erkannt zu haben. Obwohl sie Gelassenheit vortäuschten, konnte Eli sehen, dass ihre Hals- und Wangenmuskeln angespannt waren.

»Bleibt ruhig«, sagte Sisay. Sie hatte sich hinter den Schreibtisch gesetzt und sah die Imperialen einen nach dem anderen an. Eli hatte den Eindruck, als würde ihr Blick ein wenig länger auf den beiden Todestrupplern verharren als auf ihm oder Ronan. »Der ideale Moment für euren Plan ist der Wachwechsel, und bis dahin sind es noch drei Stunden. Wir haben also jede Menge Zeit.«

»Die Wachen sind kein Problem«, erklärte Eli. »Wir haben die richtigen Codes und die richtigen Pässe. Unsere einzige Sorge ist, dass wir das Schiff verpassen könnten, das uns zu Savit bringt.«

»Ja, lasst uns über eure Pässe reden.« Sisay lehnte sich auf ihrem Sessel zurück. »Brackis, hast du sie schon gefunden?«

»Ja, hier«, sagte jemand hinter Eli. Einer der Männer, der mit ihnen in Jeffries Laden gewesen war, trat vor und warf die vier Datenkarten aus den Taschen auf den Schreibtisch. »Der Druck sieht ziemlich überzeugend aus.«

»Danke.« Sisay blickte Eli noch kurz an, dann richtete sie ihre Augen auf die Datenkarten. »Ja, das ist gute Arbeit. *Sehr* gute Arbeit. Würdet ihr mir verraten, wer die gefälscht hat?«

»Das weiß ich nicht«, antwortete Eli. »Die Hutten haben uns das alles gegeben.«

»Was für eine praktische Ausrede«, kommentierte Skulk, während er neben Sisays Arm ein Glas mit Brandy auf den Schreibtisch stellte. »Immer die Hutten.«

»Was soll ich sonst sagen?«, konterte Eli. »Hättet ihr je für die Hutten gearbeitet, dann wüsstet ihr, dass sie einem nur erzählen, was man unbedingt wissen muss.«

»Siehst du, genau das ist der Punkt«, erklärte Sisay, und ihre Stimme wurde plötzlich kalt wie Stahl. »Wir *haben* für die Hutten gearbeitet. Und eure Geschichte? Die ergibt einfach keinen Sinn.«

Aus dem Augenwinkel sah Eli, wie Ronan unmerklich das Gewicht verlagerte. *Reiß dich zusammen*, wollte er den älteren Mann anfahren. *Wir können noch aus dieser Nummer rauskommen. Du musst dich nur zusammenreißen*. Laut sagte er »So, so«, und versuchte, dabei möglichst gelangweilt zu klingen. »Und wovon genau sprichst du?«

»Die Hutten heuern nicht irgendwelche dahergelaufenen Nullen an, damit diese ihre Drecksarbeit für sie erledigen«, erwiderte Sisay. »Sie haben ihre eigenen Schmuggler, Piraten und Söldner.«

»Wer sagt, dass wir *Nullen* sind?«

»*Ich* sage, dass ihr Nullen seid«, erklärte sie. »Und kein Hutte würde euch schicken, wenn er einfach Einheimische anheuern könnte – wie uns.«

»Ihr kapiert es nicht«, schaltete Ronan sich in das Gespräch ein. »Sie würden euch nicht anheuern, weil sie *mich* brauchen.«

»Nur er kann nahe genug an Savit heran«, nickte Eli. »Tut mir leid, wenn euch das neidisch macht.«

»Hier geht es nicht um Neid«, schnappte Skulk. »Es geht darum, was hier los sein wird, falls ihr die Sache versaut.«

»Oder falls ihr nicht wirklich seid, wer ihr zu sein vorgebt«, schob Sisay nach, und ihre Stimme wurde noch frostiger. »Falls ihr zum Beispiel ISB-Spione wärt, die uns ausheben wollen ...«

»Was ist das denn für eine Logik?«, protestierte Eli. »*Ihr* habt *uns* aufgehalten, schon vergessen? Wir hatten nie vor, euch zu rekrutieren oder euch all eure wundervollen Geheimnisse abzuluchsen.«

»Wir sind hier, weil wir eine Mission haben«, erklärte Pik. »Danach verschwinden wir wieder.«

»Ja«, murmelte Sisay, »was das angeht ...« Sie hob einen Finger.

Und hinter Eli erklang das unverkennbare Geräusch eines Blasters, der aus dem Halfter gezogen wurde.

»Du machst einen großen Fehler«, versuchte er es ein letztes Mal. »Falls ihr unsere Mission ruiniert, wirst du es noch tief bereuen, dass die Hutten dich kennen.«

»Das werden wir ja sehen«, entgegnete Sisay ruhig. »Fangen wir mit dem einfachen Zeug an: Elektroden, Schockstäbe, Knüppel – das Zeug, das keinen echten Schaden anrichtet, oder zumindest keinen bleibenden. Bringt jeden in ein anderes Zimmer; wir wollen schließlich nicht, dass sie einander nachplappern.«

»Falls wir dieses Schiff verpassen ...«, begann Eli.

»Wird es uns noch leidtun, ja, ich weiß«, schnitt Sisay ihm das Wort ab. »Möchte jemand noch etwas sagen, bevor wir anfangen?«

Eli atmete langsam ein. Es war noch nicht vorbei, das sagte er sich immer und immer wieder. Selbst falls Sisay sie wirklich für ISB-Spione hielt, waren sie und ihre Leute sicher nicht darauf vorbereitet, dass sie es mit zwei Todestrupplern zu tun bekommen würden. Pik und Waffle würden eine Gelegenheit finden, sich zu befreien. Und danach die anderen. Und dann mit ihnen zu fliehen.

Natürlich müssten sie nicht nur einen Weg aus dieser Suite und diesem Hotel finden, sondern auch aus diesem Viertel, das von Sisays Bande dominiert wurde. Aber darüber konnte er sich noch Sorgen machen, wenn es so weit war.

»Nur, dass ihr unser aller Zeit verschwendet«, seufzte er. »Aber das ist dir offensichtlich egal.«

»Exakt«, grinste Sisay. »Gut, dann wollen wir mal sehen. Der Kerl mit der großen Klappe kommt ins erste Zimmer. Snick ... Verzeihung, *Ronan* kommt in Zimmer Nummer zwei ...«

Sie verstummte, als ein leises Klopfen ertönte. Die Tür wurde aufgeschoben, und einer der Männer aus dem Korridor streckte den Kopf herein. »Tut mir leid, Boss«, sagte er in entschuldigendem Tonfall, »aber Mole ist hier. Er will ...«

»Wer?«, unterbrach ihn Sisay.

»Mole«, wiederholte der Mann. »Parpas neuer Hacker.«

»Ich kenne ihn«, warf Skulk ein. »Parpa meint, er wäre sein Gewicht in Gold wert. Was will er denn?«

»Er kann Parpa nirgends finden, aber er muss dringend mit ihm reden. Da dachte er, du wüsstest vielleicht, wo er steckt.«

»Was glaubt der Kerl, was das hier ist, die Schmugglerauskunft?«, schnaubte Skulk. »Er soll verschwinden.«

»Nein, warte.« Sisay sah nachdenklich zu Eli herüber. »Er ist ein Hacker, sagst du?«

»Hacker, Programmierer, Repro – alles, was mit Computern und Droiden zu tun hat«, antwortete er.

»Kennt er sich auch mit Fälschungen aus?«

»Vermutlich.« Jetzt blickte auch Skulk Eli an, und ein Ausdruck plötzlicher Erkenntnis erhellte sein Gesicht. »Meinst du …?«

»Warum nicht?« Sie hob den Arm. »Schick den Kerl rein.«

Eli starrte die Pässe an, die auf dem Tisch lagen, und eine dunkle Leere breitete sich in seinem Magen aus. Ein anständiger Hacker würde diese Datenkarten für hervorragende Fälschungen halten.

Aber ein Hacker, der sein Gewicht in Gold wert war, würde sie als imperiale Originale enttarnen.

Unauffällig blickte er zu Pik hinüber. Er konnte den Todestruppler nur im Profil sehen, und nichts deutete darauf hin, dass er auch nur ahnte, in welcher Gefahr sie schwebten. Irgendwie musste Eli ihn warnen, damit er etwas unternehmen konnte.

Die Tür wurde aufgestoßen, und ein dünner, verlegen dreinblickender Mann in einem eleganten, aber abgetragenen Hemd wurde sichtbar. Mit beiden Händen hielt er ein Notepad vor seine Brust gepresst. »Ich störe Sie nur ungern, Meisterin Sisay«, begann er, seine Stimme ebenso nervös wie sein Gesichtsausdruck. Kurz huschte sein Blick zu Skulk, der hinter ihr stand, anschließend ebenso kurz zu den vier Imperialen, dann machte er einen zögerlichen Schritt nach vorne. »Ich muss mit Meister Parpa sprechen«, fuhr er haspelnd fort. »Er wollte, dass ich ein paar Schiffscodes abändere, aber bei zweien davon hat er sich nicht ganz klar ausgedrückt, und ich muss wirklich mit ihm darüber reden, aber ich kann ihn nirgends finden. Das macht er ständig. Ich hatte gehofft, Sie könnten mir vielleicht …«

»Das reicht«, schnitt Sisay ihm das Wort ab. »Erstens weiß ich nicht, wo Parpa ist.«

»Oh«, machte Mole, wobei er die Schultern noch ein Stück weiter beugte. »Ich verstehe. Verzeihen Sie bitte die …«

»Zweitens«, übertönte Sisay ihn, »habe ich selbst eine kleine Aufgabe für dich.«

»Ich …« Mole unterbrach sich und blinzelte mehrmals. »Eine Aufgabe? Aber ich … ich arbeite nicht für Sie. Und Meister Parpa hat vielleicht etwas dagegen, wenn …«

»Es dauert nur fünf Minuten«, unterbrach sie ihn ein weiteres Mal. Ihre Stimme hatte inzwischen einen ungeduldigen Tonfall angenommen. »Parpa wird nie davon erfahren, und du kannst ein paar Credits nebenbei verdienen.«

»I-ich weiß nicht.« Mole begann zu stammeln. »Parpa … Er weiß alles. Falls er dahinterkommt …« Er sah die Imperialen an, dann wieder Sisay.

Und während sein Blick von ihnen zu ihr wanderte, verharrte er kurz auf Datenkarten. »Nanu«, sagte er, den Hals ein wenig vorgereckt. »Sind das *imperiale* Identitätskarten?«

»Genau das sollst du herausfinden«, erwiderte Sisay. »Das ist die Aufgabe. Bist du vielleicht *jetzt* interessiert?«

»Oh. Nun …« Mole sah erneut die Imperialen an. Sein Blick richtete sich auf etwas hinter Eli … »He!«, rief er aus. »Ist das …? Unglaublich!«

Vanto blickte über die Schulter. Sisays Schläger hatten Ronans Uniform aus seiner Tasche hervorgezogen und sie auf einem Beistelltisch ausgebreitet.

»Ist die echt?«, fragte Mole, als Eli sich wieder herumdrehte. »Sie sieht jedenfalls echt aus. Aber sie ist nicht echt, oder?«

»Du kannst sie dir später ansehen, falls du willst.« Sisay nahm eine der Datenkarten und hielt sie in die Höhe. »Aber zuerst die hier.«

»Oh«, machte Mole. »Richtig.« Er ging zum Schreibtisch hinüber und zuckte zusammen, als er sich an Waffle vorbeischob und der Todestruppler zu ihm hochblickte. Anschließend nahm er Sisay die Karte aus der Hand und betrachtete sie.

Eli spannte die Muskeln. Falls Mole gut genug war, mussten sie jetzt handeln.

Er versuchte, durch einen Blick Piks Aufmerksamkeit zu erregen, aber der Soldat war ganz auf den Hacker konzentriert. Eli konnte also nur hoffen, dass er den Ernst der Lage erkannt hatte.

Er versuchte, gelassen zu wirken, während er sich umsah. Wenn die Todestruppler losschlugen, würde er aufspringen, herumwirbeln und seinen Stuhl nach den Kerlen werfen, die noch immer hinter ihnen standen …

Vorausgesetzt, dass er den Stuhl überhaupt werfen konnte; der machte einen ziemlich soliden Eindruck, und es war gut möglich, dass er zu schwer war, um eine effektive Waffe abzugeben. Eli rutschte ein paar Zentimeter nach hinten, bis er die Rückenlehne berührte. Ja, definitiv sehr solide. Aber das Gewicht konnte er noch immer nicht abschätzen.

Und wenn es etwas gab, was er hasste, dann war es, nicht alle nötigen Informationen zu haben. Diese Eigenheit hatte er sich zweifelsohne unter Thrawn angewöhnt. Nur konnte der Großadmiral auf sein Improvisationstalent zurückgreifen, wenn er auf eine Informationslücke stieß; Eli fehlte dieses Talent vollkommen.

Er wusste nicht, ob er den Stuhl werfen konnte. Aber da sich nichts anderes in Reichweite befand, was er als Waffe nutzen könnte, würde er es eben riskieren müssen.

Trotzdem musste er sich unwillkürlich wundern, ob

Thrawn dieselbe Schlussfolgerung gezogen hätte. Oder wäre dem Admiral ein besserer Plan eingefallen?

Seine Mundwinkel zuckten. Natürlich hätte Thrawn einen besseren Plan gehabt, und der wäre ihm eingefallen, lange bevor er in eine so prekäre Situation wie diese geraten wäre.

»Was ist denn so komisch?«, fragte Sisay.

Eli zuckte zusammen. Er hatte gar nicht gemerkt, dass sein Lächeln so deutlich sichtbar war. »Ich habe nur darüber nachgedacht, was die Hutten wohl sagen werden, wenn ihr unsere Mission ruiniert.«

»Falls ihr die Hutten überhaupt kennt«, entgegnete sie.

»Oh, er kennt die Hutten.« Mole hob den Kopf. »Oder er kennt *jemanden*, der die Hutten kennt. In jedem Fall ...« Er zog die Passkarte aus dem Notepad und drehte sie zwischen seinen Fingern. »... ist das gute Arbeit. *Richtig* gute Arbeit.«

»Es ist also eine Fälschung der Hutten?«, fragte Skulk.

Mole blinzelte. »He, woher wissen Sie das?«

»Weil du es uns gerade gesagt hast«, knurrte Sisay.

»Oh.« Der Hacker blinzelte erneut, dann sah er mit gefurchter Stirn auf die Datenkarte hinab. »Ich meine, sie *könnte* huttisch sein. Es ist nicht, als würden sie Erkennungsmerkmale auf ihren Fälschungen zurücklassen. Niemand macht so was. Das heißt, es gab da mal diesen Kerl namens Hollander. Er hatte eine ...«

»Es ist also eine Fälschung?«, brüllte Skulk.

Mole schrak zusammen. »Ja«, sagte er hastig. »Ja, und eine wirklich gute obendrein. Damit sollte man jeden Sturmtruppler täuschen können.«

»Danke«, zischte Sisay frostig. »Du kannst jetzt gehen. Brackis, bring ihn zur Tür und gib ihm hundert Credits für seine Mühe.«

»Oh«, strahlte Mole. »Ja. Danke.« Behutsam legte er die Datenkarten auf den Schreibtisch zurück. »Sie haben auch den neuen Zugangsausweis, richtig?«

»Was für einen Zugangsausweis?«

»Den neuen Zugangsausweis«, wiederholte der Hacker. Er runzelte die Stirn. »Der, den Gouverneurin Wie-hieß-sie-noch-gleich eingeführt hat.«

»Gouverneurin Haveland?«, fragte Eli.

»Ja, genau die«, nickte Mole. »Niemand darf ohne diesen Ausweis in den imperialen Teil des Raumhafens.« Er machte eine wegwerfende Handbewegung. »Aber ist ja auch egal. Wer solche Datenpässe anfertigen kann, der bekommt einen Zugangsausweis in null Komma nichts hin.«

»Nur, dass der Kerl, der die Pässe gefälscht hat, nicht hier ist«, grollte Eli. »Wann genau wurde dieser Zugangsausweis eingeführt?«

»Ich ...« Mole blickte von Eli zu Sisay zu Skulk und dann wieder zu Eli. »Ich weiß nicht. Vor ein paar Stunden. Gestern. Vorgestern. Aber wie ich sagte ... Oh, der Fälscher ist nicht hier?«

»Nein«, presste Eli hervor. Verflucht. Wie viel Pech konnten sie denn noch haben?

Oder war Haveland ihnen womöglich auf die Schliche gekommen? Hatte jemand sie gewarnt, dass Thrawn sie mit der Hand in der Stardust-Keksdose erwischt hatte?

Aber das war unmöglich. Die einzigen Personen, die davon wussten, waren auf der *Chimaera* ...

Oder in diesem Raum.

Er blickte zu Ronan hinüber ... nur um festzustellen, dass der Vizedirektor ihn seinerseits anstarrte.

»Das ist alles kein Problem«, plapperte Mole weiter vor

sich hin. »Ihr braucht einen Ausweis? Ich kann einen Ausweis für euch anfertigen.«

»Ich dachte, es sind *besondere* Ausweise«, sagte Sisay.

»Na ja, sicher«, erwiderte Mole. »Aber besonders ist nicht gleich *besonders.* Nach dem, was ich gehört habe, werden sie alle paar Tage ausgetauscht. Sie müssen also nicht perfekt sein.«

»Alle paar *Tage*?«, echote Eli. »Weißt du, wann sie das nächste Mal ausgetauscht werden?«

»Morgen, übermorgen«, antwortete Mole vage. »Ich meine, ich könnte es vermutlich herausfinden. Oder ich könnte einfach einen Ausweis anfertigen«, fügte er mit einem fragenden Blick an Sisays Adresse hinzu.

»Wie lange würde das dauern?«, wollte sie wissen.

»Für einen?« Der Hacker zog die Schultern hoch. »Ein, zwei …«

»Für vier«, korrigierte Pik.

Mole blinzelte. »Vier? Oh, *das* dauert mindestens fünf oder sechs Stunden.«

»Na schön«, brummte Sisay. »Ich wollte mich ohnehin noch ein wenig mit ihnen unterhalten. Hol alles, was du brauchst, und bring es her.«

»Moment, Moment, Moment«, protestierte Mole. »Ich kann hier nicht arbeiten. Meister Parpa hat gesagt …«

»Mir ist egal, was Meister Parpa gesagt hat«, unterbrach sie ihn. »Hol dein Zeug. Ich kläre das dann schon mit Parpa.«

Der Hacker seufzte geräuschvoll. »Na schön«, murmelte er widerwillig. »Aber ich werde eine Stunde und einen Trägerdroiden brauchen, um alles einzupacken und hierherzubringen. Es wäre leichter, wenn ich sie einfach zu Parpas Laden mitnehme und wir es dort machen.«

»Du wirst es hier tun«, erklärte Sisay in einem Tonfall, der keinen Widerspruch duldete.

Sogar Mole schien die Botschaft zu verstehen. »In Ordnung. Und wo im Raumhafen müssen sie hin? Zum Hafenmeister, zu einem Dockverwalter?«

»Ist das denn wichtig?«, fragte Skulk.

»Natürlich«, sagte Mole, als wäre es das Offensichtlichste auf der Welt. »Die Ausweise sind personalisiert. Sie müssen von der richtigen Person ausgestellt sein.«

»Wir wollen zu niemandem im Speziellen«, erklärte Eli. »Wir brauchen nur Zugang zu einem imperialen Frachtschiff, das in Kürze von dort starten wird.«

»Wirklich?« Die Miene des Hackers hellte sich auf. »Das ist alles? Großartig. In dem Fall kann ich euch einfach durch die Hintertür in die imperiale Sektion schleusen.«

»Was für eine Hintertür?«, fragte Sisay stirnrunzelnd.

»Die Hintertür«, wiederholte Mole, die Stirn ebenfalls gefurcht. »*Die* Hintertür.«

»Ja, das haben wir schon beim ersten Mal verstanden«, grollte Skulk. »Aber es gibt keine Hintertür in den imperialen Andockbereich.«

»Nun, keine *offizielle*«, korrigierte Mole. »Außerdem ist sie ... Sie wissen schon.« Er hob die Hände und hielt sie ein paar Zentimeter voneinander entfernt. »Ziemlich schmal. Personen können durch, aber keine Fracht. Und auch keine großen Droiden. Es gab da angeblich mal diesen Kerl, der versuchte, einen B2-Superkampfdroiden durchzuschmuggeln und ...«

»Wie kommt es, dass ich nie davon gehört habe?«, fuhr Sisay ihm ins Wort. Ein unheilvoller Unterton lag in ihrer Stimme.

»Das weiß ich nicht.« Mole wich noch ein Stück weiter vor ihr zurück. »Soll ich Sie hinführen? Ich kann sie Ihnen zeigen?« Er blickte sich nervös um. »Ihnen allen, falls Sie möchten.«

»Wie wäre es, wenn du es einfach nur *uns* zeigst?«, schlug Eli vor. Ein Schimmer neuer Hoffnung stieg in ihm auf. Ob Mole mit seinem geheimen Eingang nun recht hatte oder nicht, dies war vermutlich ihre beste Chance, Sisay und ihre Bande loszuwerden. »Vorausgesetzt natürlich, *du* hast kein Problem damit?«, fügte er mit einem bissigen Blick in Richtung der Bandenchefin hinzu.

»Schön, dass du fragst«, erwiderte sie. »Brackis, steck ihre Sachen zurück in die Taschen. Du, Grimkle und Porff, ihr begleitet sie zum Raumhafen.«

Eli unterdrückte einen Fluch. Die neue Hoffnung verblasste. »Danke für das Angebot, aber wir wollen keine Parade daraus machen«, sagte er.

»Es war kein *Angebot*«, klärte Sisay ihn auf. »Und weißt du was, jetzt, wo ich genauer drüber nachdenke, werden Skulk und ich wohl besser auch mitkommen. Wenn schon eine Parade, dann eine richtige.« Sie stand auf. »Beeil dich, Brackis.«

»Schon fertig«, rief der Schläger, während er die Verschlüsse der Taschen zuzog.

»Großartig.« Sisay nahm die Pässe in die eine Hand und legte die andere auf ihren Blaster. »Mole, nach dir. Brackis, du gehst hinter ihm.« Sie blickte Eli an und deutete auf die Tür. »Meine Herren?«

Eli hoffte, dass sie diesmal ähnlich lang unterwegs sein würden wie auf dem Hinweg; dann hätten sie Zeit, sich etwas zu überlegen, um Sisay und die anderen abzuhängen und einen eigenen, weniger auffälligen Weg in den imperialen Teil des Raumhafens zu finden.

Doch kaum dass sie das Gebäude verlassen hatten, ordnete Sisay die Gruppe neu, diesmal zu einer Art doppeltem Ring, mit Eli, Ronan und den beiden Todestrupplern in der Mitte, während sie und ihre Männer den äußeren Ring bildeten. Mole ging voraus, anscheinend ohne die Anspannung hinter ihm auch nur wahrzunehmen.

Trotzdem, falls der Weg lang genug war, würde die Wachsamkeit von Sisays Gruppe vielleicht nachlassen. Eli behielt ihre Schläger im Auge, ebenso die Fußgänger, Karren und Verkaufsstände, an denen sie vorbeikamen. Er wollte bereit sein, falls sich eine Gelegenheit bot.

Sie waren gerade drei Minuten unterwegs, als Sisay zu Mole aufschloss und fragte: »Wie weit noch?«

»Nicht weit«, antwortete er. »Nur ein paar Blocks.«

Elis Lippen formten einen lautlosen Fluch. Sie hatten die Mauer um den kommerziellen Teil des Raumhafens von Sisays Versteck aus gesehen, aber er war davon ausgegangen, dass sich Moles Hintertür in einem anderen Bereich befand. Offenbar führte der Weg jedoch geradewegs durch diese Sektion des Hafengeländes.

»Sehen Sie die Schutzmauer da vorne?«, fuhr Mole fort, den Arm ausgestreckt. »Die Mauer mit dem Sensordraht und den Wachdroiden …«

»Ja«, nickte Sisay. »Und wo ist diese geheime Hintertür?«

»Angeblich in einem verlassenen Gebäude neben der …«

»*Angeblich*? Soll das heißen, du hast sie noch nie gesehen?«

»Natürlich nicht.« Mole klang verwirrt. »Warum sollte ich in den Raumhafen eindringen wollen?«

»Natürlich.« Mit einem Kopfschütteln ließ Sisay sich wieder zu den anderen zurückfallen.

Doch anstatt wieder ihren Platz in dem äußeren Ring einzunehmen, scherte sie seitlich aus und verschwand in der Menge. Eli drehte ein paarmal den Kopf, aber er konnte sie nicht entdecken.

Gerade als er sich zu fragen begann, ob sie vielleicht zurückgegangen war, tauchte sie wieder auf und fiel neben Skulk in Schritt.

»Ärger?«, fragte er.

Sie schüttelte den Kopf. »Ich dachte nur, ich hätte was gesehen. Falscher Alarm.«

Skulk nickte und deutete die Straße hinab. »Mole meinte, es ist das blaue Haus da vorne.«

»In Ordnung«, sagte sie. »Du gehst mit ihm vor, ich übernehme die Nachhut. Zieh deinen Blaster erst, wenn wir drinnen sind.«

Wie nicht anders zu erwarten, erwies sich die Tür des blauen Hauses als verschlossen, aber Mole hatte ein kleines Gerät dabei, mit dem sich der Mechanismus binnen weniger Sekunden knacken ließ. »Die Tür sollte im hinteren Teil sein«, sagte er über die Schulter, während er eintrat. »Kommt schnell rein, bevor uns jemand sieht.«

»Ja, weil uns nicht schon mindestens hundert Leute gesehen haben«, brummte Sisay, während sie Eli am Arm packte und ihn grob vor sich her durch die Tür schubste.

Kurz darauf standen sie alle in einer geräumigen Eingangshalle mit hoher Decke, seine Wände waren mit verblassten, geometrischen Formen verziert. »Hier hinten«, rief Mole, wobei er einen langen Korridor hinabdeutete. »Die hintere Wand grenzt an die Mauer an, und ...«

»Nicht nötig«, sagte Sisay. Sie zog ihren Blaster und zielte auf Eli. »Wir gehen nicht weiter.«

»Ach, nein?« Mole blinzelte sie an. »Warum sind wir dann hergekommen?«

»Weil es so einfacher ist, als einen Haufen Leichen aus meinem Büro zu schleifen«, antwortete sie.

»Was soll das?«, schnappte Eli. Die anderen Piraten traten von den vier Imperialen zurück und hoben ihre Waffen. »Ich dachte, wir hätten eine Abmachung.«

»Falsch gedacht«, entgegnete Sisay. »Wo ist dein Zeichen?«

»Mein was?«

»Dein Zeichen«, wiederholte sie. »Leute, die für die Hutten arbeiten, sind gezeichnet.« Sie streckte ihre linke Hand vor und spreizte sie, damit Eli den kleinen schwarzen Fleck zwischen Mittel- und Ringfinger sehen konnte. »So wie ich. Also, wo ist deines?«

Eli presste die Zähne zusammen. Davon hatte er noch nie gehört. »Nicht alle Hutten bestehen auf einem Zeichen«, sagte er unsicher.

»Oh, doch, *ausnahmslos.*« Sisay schloss die Hand und ließ sie sinken. »Falls du kein Zeichen hast, dann arbeitest du auch nicht für die Hutten. Das bedeutet, du hast gelogen. Und wenn du über die Hutten gelogen hast, dann vermutlich auch über alles andere.« Sie hob ihren Blaster ein wenig höher. »Und ich mag keine Leute, die mich anlügen.«

»Du machst einen großen Fehler«, beharrte Eli. Seine Gedanken rasten. Sisays Leute hatten sich vor ihnen aufgereiht, weit genug entfernt, dass jeder Versuch, sie direkt anzugreifen, Selbstmord gewesen wäre. Es gab nichts in Reichweite, was sie als Wurfgeschoss benutzen könnten, nichts, was ihnen Deckung bieten könnte, und da sie mit dem Rücken zur Wand der Eingangshalle standen, konnten sie auch nirgendwohin fliehen.

»Nein, du hast einen Fehler gemacht«, erwiderte Sisay. »Weißt du, vor ein paar Minuten habe ich einen Kommruf erhalten. Wie es aussieht, ist ein imperialer Sternzerstörer aufgetaucht und direkt über unserer netten, kleinen Stadt in Position gegangen.«

Elis Mund klappte auf. Ein Sternzerstörer? *Hier?*

Seine erste Emotion war die Hoffnung, dass Thrawn im letzten Moment aufgetaucht sein könnte, um sie zu retten. Doch beinahe im selben Moment wurde ihm klar, dass das unmöglich war. Es gab Piraten und Grysk dort draußen, um die der Großadmiral sich kümmern musste, und er würde sich durch nichts von dieser Aufgabe ablenken lassen.

Aber falls es nicht Thrawn war, wer dann?

»Was hat das mit uns zu tun?«, fragte er. »Du sagtest doch, dass Savit die Piratennester ausräuchert. Vermutlich ist Tiquwe nur der nächste Hafen auf seiner Liste.«

»Oder vielleicht wurde er nervös, als deine kleine Gruppe von seinen Sensoren verschwand«, konterte Sisay. »Hmm?«

»Wir gehören nicht zu Savit«, beharrte Eli. »Oder zu irgendwelchen anderen Imperialen!«

»Sicher doch«, schnurrte Sisay. »Aber da hängt ein Sternzerstörer über unseren Köpfen, und wir müssen zurück und alle verfänglichen Daten löschen, nur für den Fall, dass plötzlich Sturmtruppler vor der Tür stehen. Wir haben also nicht mehr viel Zeit. Möchtest du mir verraten, wer ihr seid? Oder soll ich mich den Rest meines Lebens fragen, wen ich da wohl erschossen habe?«

»Moment mal«, keuchte Mole, die Hände abwehrend erhoben. »Meisterin Sisay … ich … Sie können doch nicht … Meister Parpa …«

»Entspann dich, Mole«, sagte Sisay in einem Ton erzwungener Geduld. »*Dich* bringen wir doch nicht um. Falls du zu Parpa zurückwillst, nur zu. Deine Dienste werden hier nicht länger gebraucht.«

»Oh. Gut. Danke. Äh …« Der Hacker benetzte seine Lippen. »Da wäre noch … Sie sagten etwas von hundert Credits, richtig? Ich meine, Sie sagten, falls ich die Datenkarten …«

»Jetzt hab ich aber …« Sisay presste die Zähne zusammen und schluckte den Rest des Satzes hinunter. »Brackis, gib ihm sein verfluchtes Geld. Und dann mach, dass du von hier verschwindest!«

»Sicher, sicher.« Mole eilte zu Brackis hinüber und wartete, während der Pirat mehrere Geldchips aus seiner Tasche schaufelte. Er klatschte sie dem Hacker in die Hand …

Da packte Mole seinen Unterarm, riss ihn aus dem Gleichgewicht und drehte ihm den Blaster aus der anderen Hand, alles in einer einzigen, fließenden Bewegung.

Bevor Eli irgendetwas anderes tun konnte, als ungläubig die Augen aufzureißen, donnerte der Hacker Brackis den Blaster gegen die Schläfe, dann wirbelte er auf einem Fuß herum, rammte die Spitze seines anderen Fußes in rascher Folge in Grimkles Kniekehle, Rippen und Hals. Der dritte Tritt ließ den Schläger umkippen, und noch während er fiel, sprang Mole vor, riss ihm den Blaster aus den erschlaffenden Fingern und schleuderte ihn dann mitten in Skulks Gesicht. Gleichzeitig bekam Porff einen Tritt in den Magen und einen Schlag mit dem Blaster auf die Nase. Dann ließ Mole von ihm ab und richtete seinen Blaster auf Sisay. »Fallen lassen«, befahl er.

Eine Sekunde lang glaubte Eli, dass sie gehorchen würde. Ihre Waffe war noch immer auf Vanto gerichtet, und ihr musste klar sein, dass sie ihn nicht schnell genug herumreißen könnte.

Doch Sisay schien auch klar zu sein, dass sie erledigt war. Ihre Bande lag kampfunfähig auf dem Boden. Das Spiel war zu Ende. Und manche Leute zogen es vor, einen Feind mit in den Tod zu nehmen, als sich zu ergeben. Eli sah, wie sich ihr Finger um den Abzug spannte ...

Da bohrte sich ein Blasterstrahl durch ihren Körper, und sie stieß einen schrillen Schrei aus, der in dem widerhallenden Vorraum unnatürlich laut klang.

Sisay brach auf dem Boden zusammen, und einen langen Moment war das einzige Geräusch, das Eli hörte, das Echo des Schusses in seinem Gedächtnis. »Schade«, brummte Mole, während er den Blaster sinken ließ.

Nur war es nicht Mole. Zumindest nicht der Mole, den sie in Sisays Büro kennengelernt hatten. Der nervöse, stammelnde Ton war aus seiner Stimme verschwunden, er stand aufrecht und selbstsicher, seine Schultern gerade, seine Augen kühl und ruhig und kalkulierend.

Er musterte sie einen nach dem anderen, mit kurzen, durchdringenden Blicken, dann kehrten seine Augen zu Eli zurück. »Sie müssen Vanto sein«, sagte er, den Blaster noch immer in der Hand. »Und Sie folglich Vizedirektor Ronan«, fügte er mit einem unmerklichen Nicken in Ronans Richtung an.

»Ja«, hauchte dieser. Er versuchte, gefasst zu wirken, aber es wollte ihm nicht recht gelingen. »Und wer sind Sie?«

»Nennen Sie mich Dayja«, antwortete der Mann. »Imperiales Sicherheitsbüro. Colonel Yularen hat das ISB kontaktiert und erklärt, dass Großadmiral Thrawn ein paar Leute auf dem Planeten hat, denen nichts zustoßen darf. Ich war bereits vor Ort, deswegen fiel die Aufgabe mir zu.«

»Aber Sie waren als verdeckter Ermittler hier«, sagte Ronan. »Ist das jetzt nicht alles … aufgeflogen?«

»Ja.« Dayja zuckte mit den Schultern. »Aber das ist nicht weiter schlimm. Eigentlich war meine Mission hier nur ein Gefallen für Großadmiral Savit. Er ist gerade auf einem Feldzug gegen die Piratenbanden in diesem Sektor, und das ISB sollte ihm helfen, ihre Verstecke aufzuspüren. Ach ja, weswegen wollen Sie eigentlich zu Savit?«

»Wollen wir gar nicht«, erwiderte Eli. »Wir wollen nur in den imperialen Teil des Raumhafens und einen bestimmten Frachter überprüfen.«

»Es *gibt* doch eine Hintertür, oder?«, fragte Ronan.

»Es gibt immer eine Hintertür«, versicherte Dayja ihm. »Wie heißt denn dieser Frachter?«

»Es ist die *Brylan Ross.*«

»Gut«, brummte der ISB-Agent. »Dann lassen Sie uns gehen. Ich möchte sehen, wofür ich meine Tarnung aufgegeben habe.«

»Vielleicht müssen Sie sie gar nicht aufgeben«, warf Pik ein. »Diese Kerle hier sind die Einzigen, die die Wahrheit kennen. Vier weitere Schüsse, und Sie können weiter den kriminellen Hacker spielen.«

Dayja musterte ihn nachdenklich. »Lassen Sie mich raten: Todestruppler?«

Pik legte den Kopf auf die Seite. »Nur, damit wir uns verstehen: Wir hätten diese Kerle ausgeschaltet, sobald Sie aus der Schussbahn gewesen wären.«

Ronan riss die Augen auf. »Sie sind *Todestruppler*?«

»Haben Sie ein Problem damit?«, fragte Pik, wobei er ihm einen finsteren Blick zuwarf.

»Nein, ich dachte nur ... nein.« Ronans Stimme verklang.

Pik richtete seine schwelenden Augen wieder auf Dayja. »Und Sie?«

»Kein Problem«, erwiderte der ISB-Agent ruhig. »Aber was Ihren Vorschlag angeht: Wir werden sie nicht kaltblütig erschießen. So arbeite ich nicht. Wir werden sie markieren, damit Savits Leute sie abholen können.«

»Wie Sie wollen«, brummte Pik. »Es sind Ihre Gefangene. Aber sie sind Piraten, und sie haben den Tod verdient.«

»Ich sehe es lieber von der anderen Seite: Die Verhöroffiziere des ISB haben ein wenig interessante Arbeit verdient«, entgegnete Dayja in kühlem Tonfall. »Geben Sie mir eine Minute, um sie zu markieren, dann können wir los.« Er zog mehrere Peilsender aus einer Innentasche seiner Jacke und machte sich an die Arbeit.

Eli drehte sich zu Ronan herum. »Übrigens, das war eine wirklich beeindruckende Darbietung in Sisays Büro. Wie sie sich von Vizedirektor Ronan in einen ... nun, einen Niemand verwandelt haben.«

»Danke«, sagte Ronan steif, und ein Teil seiner arroganten Fassade schien abzublättern. »Ich war nicht immer ein imperialer Bürokrat, wissen Sie? Auch wenn ich ganz sicher kein *Niemand* war.«

»Fertig«, rief Dayja, nachdem er sich wieder aufgerichtet und das Nadeletui eingesteckt hatte. Er zog eine Augenbraue hoch. »Übrigens, Vanto, die Hutten lassen ihre Agenten nicht tätowieren. Sisay hatte den Farbklecks selbst angebracht, als sie sich kurz von der Gruppe entfernt hat. Vermutlich wollte sie ein letztes Mal versuchen, Sie aus dem Konzept zu bringen. Bevor Sie nächstes Mal eine andere Identität annehmen, sollten Sie ein wenig mehr recherchieren.«

»Das werde ich«, versprach Eli mit einem reumütigen Lächeln. Vorhin hatte er sich gewundert, wie Thrawn wohl in dieser Situation abgeschnitten hätte. Jetzt wusste er es.

Der Großadmiral wäre ebenfalls in die Falle getappt. Er hätte nur dafür gesorgt, dass im Hintergrund Verstärkung wartete.

14

Es gibt keine verfügbaren Beispiele für Grysk-Kunst. Das schafft gewisse, womöglich fatale Grenzen. Vielleicht drücken Grysk ihre schöpferische Energie einfach nicht auf diese Weise aus.

Aber ihre Opfer schaffen Kunst. Das muss ausreichen.

Die Kurven und Linien zeugen von Aufgabe und Zögern. Ein Großteil der Werke spiegelt die Natur der Schöpfer wider, aber es gibt gewisse Gemeinsamkeiten, die den Einfluss der Grysk symbolisieren könnten.

Ein Geräusch ertönt aus dem Schlafzimmer der Bürosuite. Ein Schatten erscheint und richtet sich auf.

»Admiral Mitth'raw'nuruodo?«, fragte Vah'nya. *Ihre Stimme ist erfüllt von Müdigkeit und ein wenig Furcht.*

»Ja. Habe ich Sie aufgeweckt?«

»Nein.« *Sie betritt das Schlafzimmer und bleibt dann wieder stehen. Ihre Augen schweifen über die Ansammlung von Hologrammen, verharren kurz auf einem und bewegen sich dann weiter.* »Admiral Ar'alani sagte bereits, dass Sie Kunst mögen.«

»Ich studiere sie. Mögen Sie Kunst?«

»Ein wenig.« *Ihr Ton ist noch immer kraftlos, aber inzwi-*

schen schwingt Neugierde darin mit. »Musik gefällt mir besser.« *Ihr Blick kehrt zu der Skulptur zurück, auf die sie sich vor ein paar Augenblicken schon konzentriert hat.*

»Musik ist mir nur selten von Nutzen. Gefällt Ihnen diese Skulptur?«

»Nein«, antwortete Vah'nya. »Aber sie erinnert mich an etwas.«

»Etwas, was Sie gesehen haben? Oder vielleicht an etwas aus Un'hees Erinnerungen?«

Vah'nya zögert. Ihre Miene und Körperhaltung zeigen Verwirrung an, aber nur kurz. »Ja«, gestand sie. *Ihre Stimme ist erfüllt von Unbehagen.* »Un'hee hat etwas Ähnliches im Quartier ihres Kratzer-Meisters gesehen.«

»Die Dienerspezies der Grysk nennt sich Kratzer?«

»Sie weiß nicht, wie sie wirklich heißen.« *Das Unbehagen in ihrer Stimme vertieft sich zu dumpfem Grauen.* »Der Name beruht auf dem Klang ihrer Stimmen. Wie lange werde ich noch hierbleiben? Admiral Ar'alani meinte, Sie würde mich mit einem Shuttle zur *Steadfast* zurückschicken, sobald ich Ihr Schiff zu seinem Ziel gelotst habe.«

»Darüber hat sie auch mit mir schon gesprochen. Der Admiral macht sich Sorgen um Ihre Sicherheit. Möchten Sie denn zurück?«

»Nein.«

»Haben Sie keine Angst um Ihre Sicherheit?«

Vah'nya zögert. Ihr Gesichtsausdruck wirkt besorgt und verunsichert, als würde sie das Risiko abwägen, einen Offizier anzulügen. Dann weicht die Verunsicherung. »Doch, große Angst sogar.«

»Wieso wollen Sie dann bleiben?«

Ihr Gesichtsausdruck versteift sich. Die Muskeln in ihrem

Hals und ihren Schultern verraten eine Mischung aus Angst und Entschlossenheit. »Un'hee hasst und fürchtet die Kratzer und ihre Herren, die Grysk. Sie hat Albträume ihretwegen.« *Ihre Augen werden schmal, während Mitgefühl und stiller Zorn über ihre Züge huschen.* »Ich möchte bleiben, damit ich zusehen kann, wie sie untergehen.«

Ringsum erstreckt sich Kunst, voll von geheimen Hinweisen und subtilen Andeutungen. Sie bietet Rückschlüsse über die Grysk, über ihre Arroganz, ihre Selbstsicherheit, ihre Gerissenheit.

»Ich verstehe. Kommen Sie mit, Navigatorin Vah'nya. Wir werden dem Feind schon bald gegenübertreten.

Und dann werden wir ihn gemeinsam vernichten.«

Die erste Welle der TIE-Jäger war beinahe in optimaler Beobachtungsposition, als Thrawn auf die Brücke zurückkehrte. Zu Faros Überraschung folgte ihm Navigatorin Vah'nya aus dem Turbolift.

Als die beiden näher kamen, hatte Faro den Eindruck, einen neuen Elan in Thrawns Schritten zu erkennen, eine Konzentration und Entschlossenheit, die noch nicht da gewesen war, als er sich in sein Büro zurückgezogen hatte, um nachzudenken und zu meditieren.

Er hatte etwas gefunden.

Faro trat ihm am hinteren Ende des Kommandosteges gegenüber. »Admiral«, sagte sie in steifer Habachtstellung. »Ihre Befehle, Sir?«

Seine Augen huschten über die Brücke. »Bereiten Sie mein Schiff für einen Kampfeinsatz vor.«

»Ja, Sir.« Faro versuchte, ihre Überraschung zu verbergen. Der ursprüngliche Plan war gewesen, erst auf die Aufklärungsdaten der TIEs zu warten, bevor sie weitere Schritte unternahmen. »Darf ich den Admiral daran erinnern, dass wir die Schiffssysteme hochfahren müssen, um volle Kampfbereitschaft zu erreichen?«

»Ich weiß«, erwiderte Thrawn. Er blickte über ihre Schulter hinweg zu der Stelle, wo Ar'alani vor den Aussichtsfenstern stand. »Wir müssen unserem Feind einen Grund geben, seine Basis zu kontaktieren. Commander Hammerly, Status unseres Ziels?«

»Keine Veränderungen, Sir.«

»Und die Rotationsgeschwindigkeit?«

»Ebenfalls unverändert, Sir.«

»Lieutenant Agral, Sie überwachen ab jetzt die Rotation der beiden Schiffe«, rief Thrawn, während er auf seinem Notepad tippte. »Hier ist ein neuer Algorithmus für die Sensoranalyse. Setzen Sie ihn ein, um die Koordinaten zu ermitteln, die ich als Punkte eins und zwei eingetragen habe. Sobald sich die Rotation des Ziels verändert, rekalibrieren Sie den Algorithmus entsprechend.«

»Jawohl, Sir«, bestätigte Agral, sichtlich verwirrt, dass er einen Teil von Hammerlys Aufgaben übernehmen sollte, aber er machte sich sofort an die Arbeit.

»Commander Hammerly, Sie konzentrieren sich ganz auf mögliche Tarneffekte«, fuhr Thrawn fort. »Das Grysk-Schlachtschiff befindet sich irgendwo entlang einer Linie dreißig Kilometer über oder dreißig Kilometer unterhalb der beiden verbundenen Schiffe. Sobald Sie es gefunden haben, übermitteln Sie Lieutenant Pyrondi und ihren Turbolaser-Kanonieren die Daten.«

»Verstanden, Sir.«

Faro runzelte die Stirn. »Die Grysk sind *über* den verbundenen Schiffen, Sir?«

»Oder darunter«, korrigierte Thrawn. Er deutete nach vorne. »Kommen Sie.«

Faro fiel neben ihm in Schritt, als er zu Ar'alani hinüberging. Ihr fiel auf, dass Vah'nya dem Großadmiral noch immer folgte.

Ar'alani erwartete sie bereits, und ihr rot glühender Blick suchte zuerst Vah'nyas Augen, bevor sie sich Thrawn zuwandte. Ihre Miene verhärtete sich merklich. »Sie wollten uns zur *Steadfast* zurückbringen, bevor Sie mit Ihrem Angriff beginnen«, grollte sie auf Sy Bisti.

»Navigatorin Vah'nya wünscht sich eine Erinnerung an diesen Tag«, erklärte Thrawn. »Eine, die sie später mit Navigatorin Un'hee teilen kann.«

Ar'alani sah erneut Vah'nya an. Was immer sie im Gesicht des Mädchens entdeckte, es reichte, um sie das Thema wechseln zu lassen. »Haben Sie eine Strategie für den Kampf?«, wollte sie wissen.

»Ja. Sie erinnern sich sicherlich noch an das ungelöste Rätsel um die Kommunikationstriade.«

»Es ist nicht ungelöst«, entgegnete die Chiss. »Wir hatten geschlussfolgert, dass sich die Antennen auf einem der nahe gelegenen Monde befinden müssen.«

»Nein«, winkte Thrawn ab. »Wir hatten geschlussfolgert, dass die Entfernung zwischen den Antennen stabil bleiben muss und dass sie deshalb nicht einfach in einem Orbit ausgesetzt werden können.« Er zog leicht die Augenbraue hoch. »Aber falls sie sich nicht in einem normalen Orbit befänden ...?« Er machte eine erwartungsvolle Pause.

Faro zog die Brauen zusammen. Nicht in einem normalen Orbit? Rotationsalgorithmen? Der Feind lauerte direkt über oder unter den beiden verbundenen Schiffen ...?

Und dann begriff sie. »Zwei der Antennen sind drüben bei den verbundenen Schiffen«, entfuhr es ihr. »Sie sind durch lange Haltekabel mit der Hülle verbunden, eines auf jeder Seite.«

»Und weil die Schiffe langsam rotieren, ist sichergestellt, dass diese Kabel straff gespannt bleiben.« Ar'alani nickte. »So behalten sie eine gleichbleibende Distanz bei.« Sie blickte aus dem Aussichtsfenster. »Dann muss die dritte Antenne an Bord des Schlachtschiffes sein.«

»Exakt«, bestätigte Thrawn. »Die beiden anderen Antennen befinden sich in großer Entfernung von den verbundenen Schiffen, was es deutlich schwerer macht, sie zu sehen.«

»Vor allem, da sich ein normaler Feind hauptsächlich auf die Schiffe selbst konzentrieren würde«, warf Faro ein. »Man müsste schon gezielt danach suchen, um diese Antennen zu finden.«

»So, wie Lieutenant Agral es gerade tut«, nickte der Großadmiral.

»Aber das ist kein sonderlich cleveres System«, brummte Ar'alani. »Wenn das Schlachtschiff nicht hier ist, oder wenn es in irgendeiner Form seine Position verlagert, wird jegliche Langstreckenkommunikation unmöglich.«

»Sie halten es für unpraktisch, weil Sie nicht daran gewöhnt sind, mit Sklaven zu arbeiten«, erwiderte Thrawn, einen düsteren Unterton in seiner Stimme. »An einem Außenposten wie diesem sind die Grysk-Aufseher zweifelsohne stark in der Unterzahl. Um einem Aufstand vorzubeugen, muss dafür gesorgt werden, dass die Sklaven weiterhin hilflos wären, unfähig, zu fliehen oder Hilfe zu rufen.«

»Die Bug-zu-Heck-Konfiguration der beiden Schiffe würde es ihnen unmöglich machen, einfach zu verschwinden«, pflichtete Faro dem Großadmiral bei. »Der eigentliche Zweck dieser Anordnung ist natürlich, die Rotation der Antennen zu kontrollieren. Dass in einer Krisensituation niemand mit den Schiffen fliehen kann, ist nur ein zusätzlicher Bonus.«

»Wir glaubten, die Konfiguration sollte uns den Köder schmackhafter machen«, fügte Thrawn an. »Aber Krieger treffen so ausgeklügelte Vorbereitungen nur selten allein um ihrer Feinde willen. Ihre eigenen Interessen und Ziele stehen immer an erster Stelle.«

»Ich verstehe, Sir«, erklärte Faro. »Ich werde es mir merken.«

»Das sollten wir alle.« Thrawn hob die Stimme und wechselte wieder zu Basic. »Lieutenant Agral?«

»Einen Moment noch, Sir ... ja! Ich habe sie, Sir!«

»Exzellent«, lobte der Großadmiral.

Faro unterdrückte ein Lächeln. Agral war das jüngste Mitglied der ersten Brückenmannschaft, und manchmal hatte er Schwierigkeiten, seinen jugendlichen Enthusiasmus mit dem Protokoll in Einklang zu bringen.

Zum Glück für ihn hatte Thrawn nichts gegen einen gewissen Enthusiasmus bei seinen Untergebenen einzuwenden. »Auf das taktische Display«, wies Faro Agral an.

Zwei neue Signale erschienen auf dem Bildschirm: die beiden Antennen der Triade, die in perfekter Harmonie Kreise um die zwei verbundenen Schiffe beschrieben.

Faro überprüfte die Datenanzeige. Jede Antenne war fünf Kilometer von ihrem jeweiligen Schiff entfernt; das bedeutete, dass der Abstand zwischen ihnen zehn Kilometer betrug. »Commander Hammerly, Ihr Ziel befindet sich ...« Sie überschlug die Zahlen in ihrem Kopf. »... ungefähr acht

Komma sieben Kilometer über oder unter den beiden verbundenen Schiffen.«

»Verstanden.«

»Nicht so hastig, Commodore«, sagte Thrawn nachdenklich. »Bedenken Sie, es ist schwer, aber nicht unmöglich, die Antennen zu entdecken, und das wissen auch die Grysk. Würden sie das Risiko wirklich eingehen, falls die Position der dritten Antenne so einfach zu ermitteln wäre?«

Die Grysk sind keine Narren, dachte Faro. »Sie werden also nicht einfach dort warten, wo ein Feind sie erwarten würde«, murmelte sie. »Aber sie können sich auch nicht außer Kommunikationsreichweite aufhalten ... Ich tippe auf eine Distanz von circa neun Kilometern. So wären sie in Reichweite, aber gleichzeitig weit genug entfernt, um vor blindem Beschuss sicher zu sein.«

»Sehr gut«, urteilte Thrawn. »Ich glaube außerdem, dass ich eine bis dato verborgene Eigenschaft in den Kunstwerken ihrer Dienerspezies entdeckt habe. Sie sind interessierte Beobachter, die alles sehen wollen, aber ganz besonders wollen sie die Augenblicke ihres eigenen Triumphs bewundern.«

»Ich verstehe, Sir.« Jetzt ergab sein Kommentar von vorhin endlich Sinn. »Wir geben ihnen also etwas, das für sie anregend ist. Etwas, das es auch wert ist, mit ihren Vorgesetzten geteilt zu werden.«

»Korrekt«, bestätigte der Großadmiral. »Commander Hammerly, gibt es schon neue Daten von den TIE-Jägern?«

»Sie erreichen gerade passive Sensorreichweite, Sir«, verkündete Hammerly. »Soll ich sie anweisen, die aktiven Sensoren einzuschalten?«

»Noch nicht«, sagte Thrawn. »Wir benutzen unsere Sensoren. Commodore Faro, versetzen Sie die *Chimaera* in volle Kampfbereitschaft.«

»Passiven Modus aufheben«, rief Faro. »Alle Mann auf Kampfstationen.«

Ringsum erfüllte blinkendes und piepsendes Leben die Brücke, als zahlreiche Systeme aus dem Bereitschaftsmodus erwachten. »Commander Hammerly, aktive Sensoren«, befahl Thrawn.

»Sensoren in Betrieb«, kam die Bestätigung. »Wir richten jeweils drei Batterien von Energiewaffen und Torpedos auf die beiden verbundenen Schiffe aus, plus drei weitere auf die Signatur eines elektrostatischen Barrierengenerators.«

»Sir, Major Quach lässt fragen, ob seine TIEs ihre Systeme hochfahren sollen«, rief Pyrondi.

»Negativ, Lieutenant«, antwortete Thrawn. »Sie sollen fürs Erste noch unbemerkt bleiben. Lieutenant Lomar, öffnen Sie einen Kommkanal. Keine Verschlüsselung.«

»Kanal ist offen, Sir.«

»Nicht identifizierte Schiffe, hier spricht Großadmiral Thrawn vom Galaktischen Imperium. Sie sind unbefugt in imperiales Territorium eingedrungen. Ich weise Sie hiermit an, alle Waffen- und Verteidigungssysteme herunterzufahren und sich zu ergeben, damit wir eine Inspektion durchführen können.«

Als niemand antwortete, machte Thrawn eine Handbewegung, und Lomar schaltete das Komm stumm. »Erwarten Sie wirklich eine Reaktion?«, fragte Ar'alani mit einem Anflug trockenen Humors.

»Natürlich«, erwiderte der Großadmiral. »Aber nicht sofort. Falls unsere plötzliche Ankunft sie überrascht hat, wie wir es hoffen, dann werden sie noch über ihre nächsten Schritte debattieren.«

»Was, falls ihre nächsten Schritte einen Angriff auf die *Chimaera* beinhalten?«

»Unwahrscheinlich«, wehrte Thrawn ab. »Nicht auf diese Entfernung. Wir müssen ihnen schon einen größeren Anreiz bieten. Commodore, bringen Sie uns näher an die beiden verbundenen Schiffe heran.«

»Steuermann, ein Viertel Kraft voraus«, leitete Faro den Befehl weiter. »Achten Sie auf die TIEs und die beiden rotierenden Antennen.«

»Ja, Commodore«, bestätigte Agral. »Ein Viertel Kraft.«

Thrawn hob erneut die Hand, und Lomar nickte. »Kommkanal ist offen.«

»Hier spricht Großadmiral Thrawn. Falls Sie uns nicht innerhalb der nächsten dreißig Sekunden antworten, werden wir eine Entermannschaft losschicken und Ihr Schiff gewaltsam übernehmen.«

Er gab ein weiteres Zeichen: »Major Carvia, sind Ihre Sturmtruppen bereit?«

»Ja, Admiral«, drang Carvias Stimme aus den Brückenlautsprechern.

»Starten Sie den Shuttle«, befahl Thrawn.

»Shuttle ist gestartet«, bestätigte ein paar Sekunden später der Hangarmeister.

»Commander Hammerly, behalten Sie die Schirme genau im Auge«, sagte der Großadmiral. »Die Chance, eine Gruppe imperialer Sturmtruppen zu zerstören, sollte für unseren Feind unwiderstehlich sein.«

Faro starrte auf das taktische Display, wo sich der Shuttle und ein Stück dahinter auch die *Chimaera* den beiden rotierenden Schiffen näherten. Ja, die Gelegenheit auf einen so leichten Triumph sollte die Grysk aus der Deckung locken.

Trotzdem zog sich ihr bei dem Gedanken der Magen zusammen. Noch mehr lebende Köder. Und falls ihre Widersacher zuschlugen, wären sie alle verloren.

Doch die Grysk spielten nicht nach Thrawns Regeln. Hammerlys Scanner blieben leer: keine diffusen Ionenspuren, keine Tarnung durch das Kaltgas von Manövrierdüsen, keine Radar- oder Laseremissionen von Komm- und Zielsystemen.

Schliefen die Kerle etwa? Oder waren sie alle geflohen, bevor die *Chimaera* das System erreicht hatte? Waren vielleicht nur noch ihre verbundenen Schiffe und eine Gruppe von Sklaven und Gefangenen zurückgeblieben?

Der Shuttle mit den Sturmtruppen erreichte auf dem taktischen Display den inneren Kreis des Zielbereichs, den Thrawn durch den Sprengradius der verbundenen Schiffe festgelegt hatte. Konnte es sein, dass die Grysk warteten, bis der Shuttle nahe genug heran war und nichts die Sturmtruppen noch vor der Zerstörung retten konnte?

Oder war Thrawns Köder nicht saftig genug?

»Lomar, rufen Sie den Shuttle«, sagte Faro, als ihr der Code wieder einfiel, den die Grysk schon beim letzten Mal geknackt hatten: »Chiffrierung G77.« Aus den Augenwinkeln sah sie, wie Thrawn sich zu ihr herumdrehte …

»G77«, bestätigte Lomar. »Bereit.«

Sie atmete tief ein. »Shuttlekommandant, hier spricht Commodore Faro. Halten Sie Ihre Position abseits des Ziels. Ich wiederhole, halten Sie Position abseits des Ziels. Ich komme nach und werde persönlich das Kommando über die Entermannschaft übernehmen.«

»Shuttlekommandant, bestätige«, meldete sich Carvia. »Erwartete Ankunftszeit?«

»Mein Shuttle wird soeben startklar gemacht«, antwortete Faro. »Ich werde in zehn Minuten bei Ihnen sein.«

Sie gab Lomar ein Zeichen, und die Verbindung wurde unterbrochen. Auf alles gefasst wandte Faro sich nun zu Thrawn um.

Ar'alani war die Erste, die etwas sagte: »Das war Insubordination.«

»Ich weiß, und ich entschuldige mich dafür«, erwiderte Faro. »Aber es war keine Zeit, mich mit Admiral Thrawn abzusprechen. Ich musste den Shuttle aufhalten, bevor er noch tiefer in die Todeszone eindringt.«

»Erklären Sie sich«, forderte Thrawn. Seine ruhige Stimme stellte einen krassen Kontrast zu Ar'alanis feindseliger Kälte dar.

»Sie sagten, die Grysk brauchen einen guten Grund, um ihre Basis zu kontaktieren«, erinnerte sie ihn. »Und offensichtlich ist nicht mal ein Schiff voller Sturmtruppen genug, um eine Übertragung nach Hausc zu rechtfertigen.«

»Also bieten Sie ihnen einen imperialen Flaggoffizier auf dem Silbertablett?«

»Genau, Sir.«

Einen langen Moment musterte Thrawn sie, dann neigte er den Kopf. »Ihr Shuttle wird bereit sein, wenn Sie den Hangar erreichen.«

»Danke, Sir.« Faro salutierte zackig, dann drehte sie sich um und ging zum Turbolift.

Und während sie dahinschritt, fiel ihr auf, dass es auf der Brücke ungewöhnlich still geworden war.

Sie hatte erwartet, dass ein leerer Shuttle sie erwarten würde. Doch zu ihrer Überraschung saß Major Carvia bereits auf dem Pilotensitz. »Was tun Sie denn hier?«, fragte sie, als sie sich neben ihn setzte.

»Admiral Thrawn sagte, dass Sie unterwegs sind«, antwortete er, und noch ehe sie sich vollends festgeschnallt hatte, steuerte er den Shuttle bereits aus dem Hangar. »Da dachte ich mir, wenn sich schon meine Sturmtruppen und meine kommandierende Offizierin in die Gefahr stürzen, kann ich mich ihnen ebenso gut anschließen.«

»Das war nicht nötig.«

Carvia zuckte mit den Schultern. »Nichts für ungut, Commodore, aber ich bin ein besserer Pilot als Sie. Falls es brenzlig wird, kann ich Sie vielleicht aus einer Situation rausholen, aus der Sie sich selbst nicht rausboxen könnten.«

»Ich weiß Ihre Sorge zu schätzen«, erwiderte Faro, »aber das könnte auch bedeuten, dass wir beide einfach sterben.«

»Nein.« Carvia bedachte sie mit einem schmalen Grinsen. »Nicht, solange Großadmiral Thrawn auf der Brücke ist. Ihm fällt immer irgendetwas ein.« Er drückte die Sendetaste. »*Chimaera*, hier spricht Carvia, Commodore Faro ist an Bord; Shuttle ist gestartet und unterwegs. Erwartete Ankunftszeit, vier Minuten.«

»Verstanden, Shuttle«, drang Lomars Stimme aus dem Lautsprecher. »Halten uns bereit.«

Faro blickte aus dem Cockpitfenster, wo die beiden rotierenden Schiffe rasch größer wurden. Das charakteristische Wellenmuster zeichnete sie unmissverständlich als Grysk-Bautypen aus. Ein Blick auf das taktische Display verriet ihr, dass sie die zwei TIE-Gruppen – die nach wie vor mit deaktivierten Systemen dahinglitten – bereits überholt hatten. Eine Minute später passierte der Leuchtpunkt ihres Shuttles die Grenzlinie zur Todeszone. Eine weitere Minute verging, dann hatten sie zu den Sturmtruppen aufgeschlossen, und die beiden Shuttles flogen nebeneinander weiter. Die feindlichen Schiffe füllten das Cockpitfenster inzwischen vollständig aus ...

Worauf warteten die Grysk noch?

Was, falls sie überhaupt nicht warteten? Sie stellte sich den Grysk-Kommandanten vor, wie er behutsam an den Steuerkontrollen hantierte und sein Schiff mit kurzen Schüben in Position brachte, um die Triade zu aktivieren. Waren die Gasemissionen vielleicht zu diffus, als dass Hammerly sie aufspüren konnte?

Oder was, falls sie sich auf der falschen Seite befanden? Falls das feindliche Schlachtschiff nicht über, sondern unter den beiden Schiffen lauerte, wo sie es nicht sehen konnten?

»Sie beschleunigen!«, sagte Carvia plötzlich.

Faro schreckte aus ihren Gedanken hoch. »Wer?«

»Die beiden Schiffe.« Er deutete auf den Sensorschirm. »Sie rotieren schneller.«

Faro beugte sich mit zusammengezogenen Brauen über den Bildschirm. Carvia hatte recht. Die Schiffe drehten sich schneller um ihre Längsachse; zwar nur um ein paar Prozent, aber dennoch deutlich sichtbar.

Die Sensoren zeigten allerdings keinerlei Spuren aktiver Triebwerks- oder Manövrierdüsen an. Zugegeben, die Systeme des Shuttles waren nicht die leistungsstärksten, aber auf diese geringe Distanz hätten sie die Emissionen trotzdem erfassen müssen.

Und falls sie nicht ihre Düsen benutzten ...

Verdammt. »Sie ziehen die Antennenkabel ein«, keuchte sie.

»Sie ... *was*? Oh, Mist!«

Faro nickte, und ihr Magen zog sich zusammen. *Nicht die Brücke hochziehen, sondern den Wasserspiegel senken.* Die alte, scherzhafte Maxime ihrer Ingenieursklasse hallte durch ihren Hinterkopf.

Das Grysk-Schlachtschiff lauerte in der Tat auf der Linie, die Thrawn berechnet hatte … nur eben nicht in 8,7 Kilometer Entfernung über den zwei verbundenen Schiffen, wie Faro angenommen hatte. Stattdessen hing es viel näher über ihnen. Und alles, was der Kommandant tun musste, um die Triade zu aktivieren, war, die Kabel der beiden anderen Antennen einzuziehen, bis ein gleichseitiges Dreieck entstand. Sein eigenes Schiff musste sich nicht mal einen Millimeter bewegen.

Faros Hand huschte zum Sendeknopf des Komms. Sie musste Thrawn warnen, dass sein Plan nicht funktionieren würde.

Doch einen Zentimeter über dem Knopf verharrten ihre Finger. Thrawn konnte die beschleunigte Rotation der Schiffe sehen. Zweifelsohne würde er die richtige Schlussfolgerung ziehen.

Aber was, falls nicht … Aus dem Lautsprecher drang noch immer das Gemurmel der Unterhaltungen von der Brücke, und nichts deutete auf plötzliche Anspannung oder gesteigerte Aktivität an Bord der *Chimaera* hin. Könnte es sein, dass Thrawn dieses kleine Detail übersehen hatte?

Was sollte Faro tun? Was *konnte* sie tun? Falls sie Thrawn warnte, würden die Grysk erfahren, dass die Imperialen ihre Falle durchschaut hatten. Und dann wäre es durchaus möglich, dass sie sich damit begnügten, die Shuttles und die verbundenen Schiffe zu zerstören, bevor sie flohen, damit sie ihren Vorgesetzten zumindest einen kleinen Triumph melden konnten.

»Schiffsrotation stabilisiert sich«, meldete Carvia. »Sie haben ihre neue Endgeschwindigkeit erreicht.«

Faro hatte keine Wahl. Selbst falls sie dadurch einen vorzeitigen Angriff provozierte, sie musste Thrawn über die neue Situation informieren. Ihr Finger berührte die Sendetaste ...

»Die *Chimaera* legt sich auf die Seite!«, schnappte Carvia. »Sie kippt um neunzig Grad auf die Backbordseite ...«

Im selben Moment ertönte eine klare, weibliche Stimme aus dem Lautsprecher – Vah'nyas Stimme. Und sie sagte ein einzelnes, akzentbehaftetes, aber perfekt verständliches Wort auf Basic:

»Feuer!«

Ein Feuersturm aus den Turbolasern zuckte an der Cockpitscheibe des Shuttles vorbei, als die *Chimaera* eine doppelte Breitseite abfeuerte: Die Kanonen auf der Steuerbordseite feuerten auf einen Punkt sechs Kilometer über den rotierenden Grysk-Schiffen, die auf der Backbordseite waren auf einen Punkt sechs Kilometer unterhalb der Schiffe gerichtet. Die Backbordsalve zischte ungehindert in die Schwärze des interplanetaren Raums davon. Die Steuerbordsalve hingegen schien über den Grysk-Schiffen zu verschwinden.

Dann erhellten Flammen und funkensprühende Metalltrümmer den gesamten Bereich. Das getarnte Schlachtschiff wurde schlagartig sichtbar, seine Hülle geschwärzt und demoliert von der vernichtenden Kanonade der *Chimaera*.

Die Turbolaser setzten ihren Beschuss fort und hämmerten weiter auf den Feind ein, während ein Schwall statischen Kreischens aus den Lautsprechern des Shuttles dröhnte.

»Was zum ...?«, grollte Carvia.

»Schon in Ordnung«, versicherte Faro ihm. Zumindest in *diesem* Punkt war sie sich sicher. »Die *Chimaera* blockiert alle

Frequenzen und Signale, damit das Kriegsschiff die Bomben auf den beiden verbundenen Schiffen nicht fernzünden kann.«

Die Worte hatten kaum ihre Lippen verlassen, als die TIE-Jäger hinter ihnen die Triebwerke hochfuhren und lospreschten, um mit ihren Kanonen in den Sturm der Zerstörung einzustimmen, der auf das feindliche Schlachtschiff einprasselte.

Die Grysk begannen, den Beschuss zu erwidern, aber sie mussten die Energie erst von ihrem Tarnsystem in die Waffen umleiten, weswegen sie deutlich im Nachteil waren. Die *Chimaera* feuerte weiter mit allem, was sie hatte, und die TIEs schnellten immer wieder vor, um taktische Ziele an der Außenhaut des Schlachtschiffes anzugreifen. Kurz sah es aus, als würde das Grysk-Schiff auseinanderbrechen, als ein gewaltiger Metallklumpen mit hoher Geschwindigkeit davontrudelte, aber dann erkannte Faro, dass es das Versorgungsschiff war; dasselbe Schiff, das Thrawn beim Beobachtungsposten der Grysk in die Flucht geschlagen hatte.

Der Frachter schaffte es fast zehn Kilometer weit, bevor die TIEs sich an seine Fersen hefteten und ihn in tausend Stücke sprengten.

Faro deutete auf die Kontrollen des Shuttles. »Ich glaube, der Admiral hat die Schlacht unter Kontrolle. Fliegen wir los.«

»Wohin soll es denn gehen?«

»Zu unserem ursprünglichen Ziel«, antwortete Faro. »Wir sind hier, um diese Gefangenen zu retten, schon vergessen?«

15

Wir kämpfen nicht gegen Fleisch und Blut – hallte das alte Sprichwort aus den Tagen der Klonkriege durch Faros Kopf –, *sondern gegen Ideen und Furcht, gegen Hoffnungslosigkeit und Manipulation.*

Auf den beiden verbundenen Schiffen kämpften sie auch nicht gegen Fleisch und Blut. Hier hatte der Feind die Form von Sprengfallen.

Es begann schon an der Andockschleuse; sie war mit Sprengstoff versehen, bereit, jedes nicht identifizierte Schiff in die Luft zu jagen. Zum Glück hatte der Kommandant des ersten Shuttles zwei Weltraumtruppler ausgesandt, welche die Falle rechtzeitig entdeckten, bevor Faro dort eintraf. Die Kommblockade der *Chimaera* war inzwischen aufgehoben, sodass Carvia den Kommandanten der TIE-Staffel um Hilfe bitten konnte. Ein paar gut gezielte Salven später waren die Schleusen gesprengt, und die Weltraumtruppler gingen daran, einen behelfsmäßigen Verbindungstunnel zu errichten.

Die TIEs entdeckten noch zahlreiche weitere Ladungen an den Außenhüllen der Schiffe, die vermutlich aus der Ferne gezündet werden konnten. Jetzt, wo vom Schlachtschiff der Grysk nur noch Trümmer und glühendes Plasma übrig waren, stellten sie aber keine Bedrohung mehr dar.

Im Gegensatz zu den kleineren Fallen, die die Korridore und Luken an Bord säumten. Einige waren dafür gedacht, nichts ahnende Eindringlinge auszuschalten, andere sollten ganze Korridore oder Frachträume in die Luft jagen. Zum Glück hatten die Grysk nicht viel Zeit gehabt, die Ladungen zu platzieren, und die meisten von ihnen waren relativ leicht zu erkennen und zu entschärfen.

Carvia bestand darauf, dass Faro sich hinter den Sturmtrupplern des Enterkommandos hielt, während diese den Weg frei machten. Schließlich erreichten sie eine große, offen stehende Luke im Zentrum des Schiffes, und der vorderste der Soldaten hob abrupt die Hand.

»Lebensformen voraus«, murmelte Carvia. »Wir warten besser hier, Commodore.« Der Sturmtruppler an der Spitze der Gruppe drückte sich neben der Luke an die Wand und spähte auf die andere Seite ...

»Ich hab sie gefunden«, meldete er, sein E-11-Blastergewehr erhoben. Zwei Sturmtruppler schoben sich links an ihm vorbei durch die Öffnung und gingen entlang der Wand in Position. Anschließend rückten die beiden nächsten Soldaten nach, und dann die nächsten, bis der gesamte Eingangsbereich gesichert war.

»Bericht«, forderte Thrawns Stimme in Faros Headset.

»Acht Menschen und ein verletzter Dashade haben sich in einer Ecke des Raumes zusammengedrängt«, antwortete einer der Sturmtruppler. »Aber keiner von ihnen macht einen allzu guten Eindruck. Sechs Nichtmenschen, Spezies unbekannt, kauern in der Mitte des Raums. Drei von ihnen haben

Blaster, zwei von ihnen zielen auf die Gefangenen. Der Dritte … nun, er hat erst in unsere Richtung gezielt, aber jetzt hat er die Waffe gesenkt. Keine unmittelbare Bedrohung.«

Faro hörte ein Geräusch wie von Tierklauen, die über Metall schabten, erst schwach aus dem nächsten Raum, dann etwas lauter aus dem Komm. »Ich glaube, sie versuchen, mit uns zu sprechen, Sir«, meldete der Sturmtruppler.

»Vielleicht verstehen sie Sy Bisti«, schaltete sich Faro in das Gespräch ein. »Können Sie das Komm an Ihren externen Lautsprecher anschließen?«

»Ja, Commodore … In Ordnung, fertig.«

»Sprechen Sie Sy Bisti?«, rief Faro in der Handelssprache.

Weitere Kratzgeräusche. »Admiral, falls diese Wesen aus den Unbekannten Regionen stammen, beherrschen Sie vielleicht die Sprache der Chiss«, schlug Faro vor.

»Ich bezweifle es«, entgegnete Thrawn. »Aber ich kann es mit Meese Caulf versuchen.« Er sagte ein paar Worte.

Abrupt verstummte das Kratzen, und nach einem Moment der Stille meldete sich eine neue Stimme. Sie klang ebenfalls kratzig, aber sie formte deutlich als solche zu erkennende Worte.

»Einer von ihnen scheint Sie zu verstehen, Sir«, bestätigte der Sturmtruppler.

»Ja.« Thrawn sprach erneut auf Meese Caulf, und diesmal erhielt er eine deutlich längere Antwort. »Commodore, er sagt, er würde um sein Leben und die Leben seiner Begleiter fürchten«, übersetzte der Großadmiral schließlich. »Ich habe ihm mein Wort gegeben, aber er besteht auf einer Garantie von Angesicht zu Angesicht, andernfalls wird er die menschlichen Gefangenen erschießen.«

»Falls er den Grysk gedient hat, ist es kein Wunder, dass er ein wenig paranoid ist.« Faro setzte sich in Bewegung. »Ich will sehen, ob ich die Lage entschärfen kann.«

»Einen Moment noch«, hielt Thrawn sie zurück. »Ihr visueller Monitor scheint deaktiviert zu sein.«

Eine Woge der Hitze stieg in Faros Wangen, als sie zu ihrer Brustplatte hinabblickte. Sie hatte die winzige Kamera auf dem Flug in die Kampfzone abgeschaltet, weil sie Angst gehabt hatte, die Grysk könnten das Signal auffangen. Und als sie auf dem Schiff angekommen waren, hatte sie völlig vergessen, sie wieder anzuschalten. »Verzeihung, Sir«, murmelte sie zerknirscht, während sie den Schalter umlegte.

»Sie müssen sich nicht entschuldigen, Commodore. Wir empfangen Ihr Signal jetzt. Seien Sie vorsichtig. Ich werde weiter für Sie übersetzen.«

Faro nickte und trat an den kampfbereiten Sturmtrupplern vorbei in den nächsten Raum.

Es war genau, wie die Soldaten beschrieben hatten: Die Menschen und ein einsamer Dashade saßen in einer Ecke auf dem Deck, wobei Letzterer die anderen Gefangenen mit seiner reptilischen Körpermasse deutlich überragte; und die sechs fremdartigen Nichtmenschen standen zusammengedrängt in der Mitte des Raumes. Faro bedachte den Dashade mit einem neugierigen Blick – diese Spezies war auf der Liste von Wesen aufgetaucht, die eine besondere Vorliebe für Blosphi-Extrakt hatten –, dann richtete sie ihre Aufmerksamkeit auf die sechs Grysk-Diener.

Zwei der Kreaturen standen mit dem Rücken zu ihr und zielten mit Blasterpistolen auf die Gefangenen. Ein dritter hielt ebenfalls eine Waffe, deren Mündung aber auf den Boden vor ihm zeigte. Sein Gesicht über dem hohen Kragen seiner Uniform war eine Masse loser, faltiger Haut, dunkelrot mit schmutzig weißen Flecken, aus der ein lippenloser Schlitzmund hervorstach. Er musterte Faro mit schwarzen, schimmernden Augen, dann bedeutete er ihr vorzutreten. Das Wesen links von ihm begann zu sprechen …

»›Sind Sie diejenige, die unsere Sicherheit garantieren kann?‹«, übersetzte Thrawn.

»Ja«, nickte sie. »Ich bin Commodore Karyn Faro, Kommandantin des imperialen Sternzerstörers *Chimaera*. Legen Sie Ihre Waffen nieder, und ich verspreche, Ihnen wird nichts geschehen.«

Thrawn wiederholte ihre Worte auf Meese Caulf. Faros Schultern verspannten sich …

Mit einem Seufzen, bei dem sein ganzer Körper in sich zusammenzusacken schien, ließ das Wesen seinen Blaster fallen.

»Töten Sie ihn«, schnappte Thrawn.

Faro riss die Augen auf. Was zum …?

Bevor sie protestieren konnte, eröffneten die beiden vordersten Sturmtruppler das Feuer und durchlöcherten den Torso des Fremden mit Blasterstrahlen. Die Kreatur wurde von der Wucht der Schüsse nach hinten geschleudert.

Und als sie auf dem Boden landete, kullerte ein kleiner Zylinder aus ihrer schlaffen Hand, den Faro überhaupt nicht bemerkt hatte.

Die anderen Wesen stoben auseinander. Eines hechtete nach dem davonrollenden Zylinder, die anderen eröffneten das Feuer auf die Gefangenen. Sie schafften es aber nur, jeweils einen Schuss abzugeben, bevor die Sturmtruppler auch sie niedermähten. Das Wesen, das vorgesprungen war, streckte die Hand nach dem Zylinder aus …

»Töten Sie sie alle«, befahl Thrawn, seine Stimme erhoben,

damit man ihn auch über den Kampflärm hinweg verstehen konnte.

Fünf Sekunden später war alles vorbei.

Faro schluckte hart. Ihr Körper zitterte vor Adrenalin und Schrecken. Was um alles bei den Sonnen war gerade passiert?

»Major, gibt es Verletzte?«, wollte Thrawn wissen.

»Zwei der Gefangenen wurden getroffen«, antwortete Carvia, als vier Sturmtruppler zu der Ecke hinübereilten. »Wir untersuchen sie, Sir.«

»Überprüfen Sie zuerst, ob sie Sprengfallen am Körper tragen.«

»Verstanden«, bestätigte Carvia grimmig. »Unsere Leute sind alle unversehrt.«

»Und Commodore Faro?«

»Ihr ist nichts passiert, Sir.« Carvias Ton verfinsterte sich. »Ist dieser Zylinder das, wofür ich es halte?«

»Vermutlich«, sagte Thrawn. »Seien Sie vorsichtig. Die Sprengladung, die damit gezündet werden sollte, ist vermutlich in Reichweite und immer noch scharf.«

Ein Schauder rann über Faros Rücken. Im Grunde war es derselbe Trick wie mit den beiden verbundenen Schiffen gewesen. Nur hatte diesmal kein verborgenes Schlachtschiff in Kampfdistanz gelauert; diesmal war die Bedrohung ganz nahe und persönlich gewesen.

»Die Grysk müssen wirklich großen Druck auf ihre Spezies ausüben, dass diese Wesen bereit waren, sich selbst zu opfern«, spekulierte Thrawn, nun wieder völlig ruhig. »Ist alles in Ordnung, Commodore?«

»Ja, Sir«, brachte sie hervor. Sie war daran gewöhnt, gegen die Feinde des Imperiums zu kämpfen, aber für gewöhnlich gab es Schilde und Turbolaser und Offiziere und Mannschaftsmitglieder und Schiffe zwischen ihr und ihren Widersachern. In ein Feuergefecht auf engstem Raum verwickelt zu sein war eine vollkommen andere Erfahrung.

»Gut«, sagte Thrawn. »Verzeihen Sie, dass ich Sie einer gefährlichen Situation ausgesetzt habe. Aber auch wenn damit zu rechnen war, dass die Diener der Grysk einen letzten Versuch unternehmen würden, wollte ich ihnen doch eine Gelegenheit anbieten, von ihrem Pfad abzuweichen.«

»Ich verstehe, Sir«, erklärte Faro. »Es war die richtige Entscheidung.«

»Gut«, sagte Thrawn noch einmal. »Ein medizinisches Team ist unterwegs, um die Verwundeten zu behandeln. Unsere Sensoren zeigen keine weiteren Lebewesen an Bord, weder hier noch auf dem anderen Schiff. Sobald die Sturmtruppen die restlichen Fallen entschärft haben und die Überlebenden auf die *Chimaera* gebracht wurden, kann ein Analyseteam mit der Suche nach Daten beginnen, die die Grysk in ihrer Eile womöglich zu löschen vergaßen.«

»Wer immer ihre letzte Nachricht empfangen hat – er weiß nicht, ob ihr Selbstmordkommando tot ist oder sich vielleicht ergeben hat«, fügte Faro an. »Sicher haben sie Angst, dass ihre Diener uns mehr über sie erzählen könnten.«

»Eine Sorge, die ich als Waffe gegen sie einzusetzen gedenke«, erwiderte Thrawn. »Wir wissen natürlich nicht, ob die Grysk wirklich eine Nachricht abschickten, bevor ihr Schiff zerstört wurde, aber die Triade war definitiv mehrere Sekunden aktiv.«

»Mit ein wenig Glück war ihre eigene Zerstörung das letzte Bild, das sie übertragen haben.«

»Das würde definitiv eine Reaktion provozieren«, pflichtete Thrawn ihr bei. »Ich glaube, dies wird der Schauplatz unserer finalen Konfrontation mit ihnen. Major, begleiten Sie Commodore Faro zu ihrem Shuttle, damit sie auf die *Chimaera* zurückkehren kann.«

»Ja, Sir«, bestätigte Carvia.

»Und ich hoffe«, fügte Thrawn an, »dass dies eine lehrreiche Erfahrung für Sie war, Commodore.«

»Ja, Sir«, antwortete sie grimmig.

Und es stimmte.

Die *Chimaera* hatte den Grysk schon zuvor im Kampf gegenübergestanden, und auch wenn sie respektgebietende Feinde waren, schienen sie auch nicht übler als einige der anderen Fraktionen, die das Imperium bekämpft und bezwungen hatte.

Doch jetzt verstand Faro zum ersten Mal wirklich, warum Thrawn so besorgt über diese spezielle Bedrohung war. Ein Feind, der die Herzen und die Köpfe seiner Diener in Ketten legte, sodass sie bereit waren, für ihre Meister zu sterben – selbst wenn ihre Meister längst fort waren und niemals erfahren würden, ob ihre Sklaven diesen letzten Befehl ausgeführt hatten oder nicht ... Ein solcher Feind stellte eine schreckliche Bedrohung für die gesamte Galaxis dar. Bei einem solchen Feind konnte man nie wirklich sicher sein, ob ein Verbündeter wirklich noch ein Verbündeter war. Die Grysk konnten tausend Gesichter zeigen und tausend Waffen einsetzen.

Sie waren vielleicht nicht mächtig genug, das Imperium von außen zu zerstören. Aber sie waren teuflisch genug, es von innen zu zerfressen und zu vernichten.

»Gut«, sagte Thrawn. »Wir werden diese Unterhaltung fortsetzen, nachdem wir die Gefangenen untersucht haben. Vielleicht können sie uns ja nützliche Informationen geben.«

»Ich weiß nicht, was ich Ihnen noch sagen soll«, seufzte der Mann, der sich selbst Bleary nannte. Seine Stimme war müde, angespannt und nervös, wie Faro merkte. Die Stimme eines Mannes, der aus dem Regen gefischt worden war, nur um in der Traufe zu enden. Denn auch wenn er und seine Begleiter den Grysk entgangen waren, sahen sie sich nun einer Anklage wegen Piraterie und Diebstahls von imperialem Eigentum gegenüber. »Sie haben uns stundenlang verhört, uns über das Imperium befragt, gedroht, uns oder unsere Familien umzubringen oder unsere Klantotems zu zerstören ... was immer das auch bedeuten soll.«

»Haben Sie Körperscanner oder andere Messgegenstände benutzt?«, fragte Thrawn.

»Nicht dass ich wüsste«, antwortete Bleary. »Vielleicht waren Sensoren in die Stühle eingelassen, aber das glaube ich nicht. Die Kerle haben nur wenige Instrumente benutzt. Dafür hatten sie diese ... diese Monster. Sie haben sie ja gesehen. Kratzende Stimmen, lange Klauen, wilde Augen. Zwei oder drei von ihnen standen während der Verhöre hinter uns, und sie haben ihre Klauen um unsere Hälse gelegt und unsere Köpfe nach hinten gedrückt. Die anderen Kerle stellten uns Fragen, und die Kreischer standen einfach nur da. Wenn es dann vorbei war, haben sie die Köpfe zusammengesteckt und sich beraten.«

»Woher wissen Sie, dass sie über die Verhöre gesprochen haben?«, hakte Faro nach.

Bleary bedachte sie mit einem ebenso nervösen wie verächtlichen Blick. »Worüber hätten sie sonst reden sollen, das Wetter?«

»Vielleicht über die gestohlene Fracht, die sich in ihrer Verladestation befand«, warf Thrawn ein.

Bleary wand sich auf seinem Stuhl. »Ja, ich ...« Er verstummte.

»Sprechen wir doch ein wenig darüber«, schlug Thrawn vor. »Von wem hatten Sie Ihre Befehle?«

»Ich weiß nicht«, murmelte Bleary. »Maliss und Sorath – sie hatten das Kommando. Der Rest von uns wurde von ihnen angeheuert.«

»Wie?«, fragte Thrawn.

»*Wie?* Was meinen sie?«, stammelte Bleary. »Wir ... nun, wir waren nicht wirklich Piraten. Eher bezahlte Helfer. Wir hatten mit ein paar Piratenbanden gearbeitet, und ich nehme an, Sorath hat sich noch an uns erinnert. Wer weiß, vielleicht haben wir sogar mal direkt für ihn gearbeitet ... Diese Dashades sehen für mich alle gleich aus. Er heuerte uns jedenfalls an, die Station zu bemannen. Genau genommen war unsere Aufgabe, die ankommenden Transporter zu entladen, die Fracht und die Besatzung auf neue Schiffe zu karren und die imperialen Transporter auf Nimmerwiedersehen in den tiefen Raum zu schicken. Wir hatten einen genauen Zeitplan: wann wir die Station an welche Position steuern sollten und so weiter. Wir waren immer pünktlich, die Frachter waren immer da, und alle waren zufrieden.«

»Maliss und Sorath haben das alles organisiert?«

»Keine Ahnung«, sagte Bleary. »Maliss hat uns die Pläne und hin und wieder auch Planänderungen durchgegeben. Ich weiß nicht, wie viel Sorath weiß – aus dem Kerl hat man nur selten mehr als ein paar Worte herausbekommen.«

»Und dann haben die Grysk Ihre Operation gestört«, sagte Thrawn ruhig.

Bleary schnitt eine Grimasse. »Ich weiß nicht, wie sie uns gefunden haben«, erklärte er mit zittriger Stimme. »Vielleicht sind sie einem der Frachter gefolgt. Vielleicht war es auch einfach nur Zufall. Auf jeden Fall waren wir gerade dabei, Fracht von einem der imperialen Schiffe zu entladen, als sie aus dem Nichts auftauchten. Ein großes Schlachtschiff mit jeder Menge Feuerkraft.«

»Haben Sie auf die Station gefeuert?«

»Oh, ja. Nicht dass es nötig gewesen wäre. Wir wussten ja nicht mal, dass das Schiff da war, bis sie die äußeren Luken sprengten.« Bleary schauderte. »Und dann kamen *sie* an Bord.«

»Die Grysk?«, fragte Thrawn.

»Falls das ihr Name ist«, brummte der Schmuggler mit einem Achselzucken. »Es waren jedenfalls nicht die Kreischer. Nein, diese Kerle hatten das Kommando. Und die Blaster.« Er hob eine Hand. »Maliss und Sorath wollten die Station verteidigen – Sie wissen ja, wie Dashades so sind –, aber sie hatten keine Chance. Maliss wurde während des ersten Ansturms getötet. Sorath versuchte, allein weiterzumachen.«

Er schluckte hart. »Wir waren niemals Kämpfer. Keiner von uns, außer Sorath. Aber er wollte nicht aufgeben. Hat lieber zugesehen, wie sie uns abschlachteten, bis nur noch zwölf übrig waren. Erst dann kam ihm der Gedanke, dass sie vielleicht die Fracht wollen und er ein Geschäft mit ihnen machen kann.«

»Ein Irrtum«, kommentierte Faro.

Bleary schnaubte. »Sie hatten nicht das geringste Interesse an der Fracht. Ich glaube, sie haben nicht mal einen Blick drauf geworfen. Nein, sie waren nur an uns interessiert. Wer wir sind, woher wir kommen, was wir wollten, wovor wir Angst haben. Aber von den Verhören hatte ich ja bereits erzählt.«

Faro schauderte. Offenbar hatten die Grysk nach Ansatzpunkten gesucht, um eine beliebige Gruppe von Menschen auf ihre Seite zu ziehen.

»Wie viele imperiale Frachter haben die Station angeflogen?«, wollte Thrawn wissen.

Bleary blickte auf die Tischplatte hinab. »Achtzehn«, murmelte er. Dann hob er wieder den Kopf. »Aber gestohlene Ware zu verladen ist nicht dasselbe wie diese Ware zu stehlen. Richtig?«

»Das wird ein Gericht entscheiden«, erwiderte der Großadmiral. »Ich danke Ihnen. Man wird Sie jetzt in einen anderen Raum bringen, um Sie eingehender zu befragen, sowohl über Ihre Verbrechen als auch über Ihre Zeit in Gefangenschaft.« Er winkte, und die beiden Sturmtruppler neben der Tür traten vor.

»Na schön.« Bleary stand auf und hielt seine gefesselten Hände hoch. »Aber hören Sie, ich ... Bei ein paar von uns hat die Gehirnwäsche der Grysk funktioniert. Wirklich. Es war unheimlich. Vor allem Westerli und Yimmer. Sie fingen wirklich an zu glauben, dass wir für die Grysk arbeiten sollten und nicht für Sorath. Oder vielleicht hatten sie auch nur so viel Angst, dass sie sich das einredeten, ich weiß nicht. Alles, was ich sagen will: Sie sollten sie wirklich gut im Auge behalten.«

»Das werden wir«, versicherte Thrawn ihm. »Wir werden Sie alle im Auge behalten.«

Bleary schien in sich zusammenzusinken. »Ja. Ich ... Was wird nach dem Verhör mit mir passieren?«

»Das kommt darauf an, wie kooperativ Sie sind«, antwortete der Großadmiral leise. »Und davon, wie gut die Gehirnwäsche der Grysk bei Ihnen funktioniert hat.« Auf sein Nicken hin führten die Sturmtruppler den Gefangenen aus dem Konferenzraum.

»Das war's also«, sagte Faro, nachdem sich die Tür hinter ihnen geschlossen hatte. »Da ist nichts, was Gouverneurin Haveland mit den Schiffsentführungen in Verbindung bringt.«

»Das überrascht mich nicht«, erwiderte Thrawn. »Aber noch haben wir nicht mit Sorath gesprochen. Möglicherweise hat er ja Informationen, die er mit uns teilen möchte.«

»Vielleicht im Austausch für ein wenig Blosphi-Extrakt?«

»Sehr gut.« Thrawn lächelte schmal. »Ich habe mich schon gewundert, ob Sie die Verbindung herstellen würden. Ja, es ist möglich, dass diese Delikatesse speziell für ihn der gestohlenen Fracht hinzugefügt wurde. Ich bezweifle nur, dass er sich so einfach bestechen lässt. Aber Colonel Yularens Verhöroffiziere werden gewiss ihr Bestes geben.«

»Ja, Sir.« Faro musterte ihn. Die Schiffsentführungen und die Störung von Krennics Lieferkette waren der eigentliche Grund, warum die *Chimaera* hier draußen war, und dieses Komplott aufzuklären war der Schlüssel, um Thrawns TIE-Defender-Programm zu retten. Trotzdem konnte sie sehen, dass er mit seinen Gedanken woanders war. »Was werden wir wegen der Grysk unternehmen?«, fragte sie. »Sie haben ihren Beobachtungsposten zerstört und ihren vorgelagerten Sammelpunkt gesäubert. Was nun?«

»Nun müssen wir uns um ihre Kommandozentrale kümmern, die Basis, von der aus diese Operation koordiniert wurde – ebenso wie alle anderen Grysk-Operationen im imperialen Territorium«, erklärte Thrawn. Seine Augen wurden schmal. »Sie sollte sich in einem Radius von ein paar Stunden Flugzeit befinden.«

»Ich denke, unsere Botschaft war ziemlich deutlich«, sagte Faro.

»Das war sie«, bestätigte der Großadmiral. »Und jetzt, wo ihre beiden Schiffe von Fallen gesäubert sind, werde ich nachsehen, was sie an Bord zurückgelassen haben.«

»Damit wir ihnen eine noch deutlichere Botschaft senden können?«

»Nein, Commodore«, antwortete Thrawn. »Keine Botschaft. Nicht mal eine Warnung. Ich habe vor, sie ein für alle Mal zu zerstören.«

16

Als sie den Planeten angeflogen hatten, hatte Ronan nicht weiter auf den Raumhafen von Tiquwe geachtet. Doch inzwischen hatte er sich als überraschend weitläufig erwiesen, und während er sich durch Dayjas geheime Hintertür zwängte, erwartete er bereits, dass ihnen auf der anderen Seite ein weiterer langer Fußmarsch bevorstand.

Zum Glück schien Dayja sich dieses Problems ebenfalls bewusst zu sein. Als Ronan die andere Seite des Durchgangs erreichte, war der ISB-Agent bereits alleine weitergegangen, und als Vanto und die beiden Todestruppler sich hinter ihm durch die Öffnung gequetscht hatten, kehrte er gerade wieder zurück – auf dem Fahrersitz eines beschlagnahmten Lastengleiters.

Beschlagnahmt – oder gestohlen? Wie Ronan das ISB kannte, konnte es das eine wie das andere sein.

Nicht dass es ihn wirklich interessierte. Er wollte einfach nur zu dem Frachter, den Vanto identifiziert hatte, und herausfinden, ob Thrawns Theorie richtig war.

Möglichst bevor der Sternzerstörer über ihren Köpfen Sturmtruppen absetzte. Falls sie gezwungen wären, an einem

Ort wie diesem öffentlich ihre wahren Identitäten preiszugeben, wäre das eine Einladung für jeden Piraten oder Schmuggler, sie zu erschießen. Ganz zu schweigen davon, dass Sisay behauptet hatte, viele der imperialen Truppen hier stünden auf der Gehaltsliste krimineller Organisationen. Falls sie erfuhren, dass sich der Vizedirektor von Projekt Stardust in ihrer Mitte befand, könnte ihm etwas noch viel Schlimmeres bevorstehen, als von einem Piraten als Zielscheibe benutzt zu werden.

Doch als Dayja wie ein Besessener losraste und Ronan sich an einem der Haltegriffe festklammern musste, um nicht aus dem Gleiter zu fallen, wünschte er sich fast, dass irgendjemand sie aufhalten würde. Der ISB-Agent schien jedoch zu wissen, was er tat. Sein wilder Zickzackkurs führte sie durch den kommerziellen Teil des Raumhafens, ohne dass sie auf irgendwelche Inspektoren, Beamten, Wachen oder Wachdroiden stießen. Als sie den äußeren Rand der imperialen Sektion erreichten – deren Mauern und Verteidigungssysteme deutlich moderner und bedrohlicher wirkten als die des kommerziellen Bereichs –, ließ Dayja den Lastengleiter stehen und führte sie zu Fuß zu einem behelfsmäßigen Gerüst, das rings um einen verkohlten Frachter errichtet war. Man musste kein Experte sein, um zu sehen, dass das Schiff nie wieder fliegen würde, trotzdem winkte der ISB-Agent sie an Bord und in den unteren Frachtraum. Hier öffnete er eine getarnte Luke im Boden und kletterte in einen feuchten, unterirdischen Tunnel hinab, der unter einem verlassenen Rekrutierungsbüro endete. Nachdem sie dort wieder nach oben gestiegen waren, besorgte Dayja ihnen einen neuen Gleiter, und sie fuhren in ebenso wildem Zickzack weiter wie zuvor.

Und dann – ganz plötzlich und paradoxerweise viel früher, als Ronan erwartet hatte – waren sie da.

»Das ist Ihr Frachter«, sagte der Spion, wobei er auf ein leicht heruntergekommen wirkendes Schiff deutete, das auf gekrümmten Landebeinen vor ihnen stand. Der Name *Brylan Ross* war auf seine Unterseite gestanzt. »Sie haben eine halbe Stunde, bevor die Techniker und Verladearbeiter zurückkommen.«

»Bevor ... *was*?«, fragte Ronan. »Wovon reden Sie da?«

»Ich habe alle Leute abziehen lassen, die eigentlich gerade um diesen Frachter herumwuseln sollten«, erklärte Dayja mit zusammengekniffenen Augen. »Gern geschehen, übrigens. Ich schlage vor, Sie verschwenden nicht noch mehr Zeit und machen sich endlich an die Arbeit.«

Ronan warf ihm einen vernichtenden Blick zu. Unter Direktor Krennics Administration würde diese Art von Eigeninitiative nicht geduldet werden, insbesondere wenn diese kurzsichtigen Aktionen den Erfolg anderer, wichtigerer Operationen gefährdeten. Alle Arbeiter von der *Brylan Ross* fortzuschicken könnte unerwünschte Aufmerksamkeit auf den Frachter lenken, ganz zu schweigen davon, dass die digitale Spur direkt zum Projekt Stardust führen würde.

Aber Dayja hatte das nicht gewusst, und selbst falls doch, hätte es ihn vermutlich nicht interessiert. Jetzt war es ohnehin zu spät, etwas daran zu ändern. Ronan musste einfach darauf hoffen, dass die Arbeiter in diesem Raumhafen nicht von der neugierigen Sorte waren.

»Wie geht es jetzt weiter?«, fragte Dayja.

»Wir wissen, dass bei anderen Schiffen ein Teil der Fracht ausgetauscht wurde«, erklärte Vanto. »Ich schlage vor, Sie und Vizedirektor Ronan fangen mit der Fracht an. Ich werde mir derweil die Hülle ansehen; vielleicht gibt es ja irgendwelche Spuren von Manipulation.«

»Was für eine Art Manipulation?«, wollte Dayja wissen.

»Die Art, die Grallocs anlockt«, antwortete Vanto.

Der Spion blickte Ronan an. »Er macht Scherze, oder?«

»Leider nein«, brummte Ronan. »Können Sie uns an Bord bringen?«

Dayja lachte schnaubend. »Was, auf einen Schrotthaufen wie *den* da?«

»Dieses Schiff ist ein erweiterter Teil des Projekts Stardust«, sagte Ronan steif. »Seine Sicherheitssysteme sind daher …«

»Ja, ja«, unterbrach Dayja ihn, während er sich der vorderen Einstiegsluke zuwandte. »Kommen Sie einfach mit.«

Einer der Hauptgründe, warum Direktor Krennic sich bereit erklärt hatte, das Material für den Todesstern durch den Esaga-Sektor transportieren zu lassen, war, dass Gouverneurin Haveland ihm die besten Sicherheitsmaßnahmen zugesichert hatte, und das nicht nur an Verladehäfen, sondern auch hinsichtlich der Frachter selbst. Ronan hatte bereits gesehen, wie leicht sich die Sicherheitsmaßnahmen in Tiquwe umgehen ließen, und nun musste er feststellen, dass die Frachter ebenso schlecht geschützt waren. Dayja brauchte gerade mal zehn Sekunden, um das Schloss der Luke zu knacken, weitere zehn Sekunden, um das angeblich geheime, unüberbrückbare zweite Alarmsystem zu deaktivieren und dann noch einmal zehn Sekunden, um die Rampe herunterzulassen.

Direktor Krennic würde alles andere als glücklich über diese Zustände sein, das wusste Ronan. Aber bei ihrer aktuellen Aufgabe kam ihnen der Mangel an effektiven Schutzmaßnahmen gerade recht.

Vorausgesetzt natürlich, Thrawn und Vanto hatten recht, was dieses Schiff anging.

»Haben Sie ein Frachtverzeichnis, das wir zum Abgleich benutzen können?«, fragte Dayja, als er zum hinteren Frachtraum ging. »Oder muss ich erst eins aus dem Hafencomputer runterladen?«

»Mir ist egal, was sich eigentlich an Bord befinden soll«, grollte Ronan. Er ließ seine Tasche am Eingang stehen und folgte dem ISB-Agenten. »Mich interessiert nur, was wirklich in diesen Kisten ist.«

»Fein«, erwiderte Dayja. »Sagen Sie mir einfach, was ich tun soll. Bezahlt werde ich ja so oder so.«

Ronan schob sich in dem engen Korridor an dem Agenten vorbei und stampfte in den Frachtraum. Vermutlich gab es hier nichts außer Nahrung, Kleidung und Kochutensilien. Immerhin stammte die Theorie über die Turbolaserteile von Vanto, und Ronan hatte gerade erst gesehen, wie überzeugend der Deserteur lügen konnte, wenn er nur wollte.

Ehrlich gesagt würde es ihn nicht wundern, falls diese ganze Verschwörungstheorie nur ein Versuch Vantos gewesen war, sich bei seinem ehemaligen Kommandanten beliebt zu machen und Ronan und Direktor Krennic in ein schlechtes Licht zu rücken. Vermutlich hatte er nicht damit gerechnet, dass Thrawn ihn tatsächlich nach Aloxor schicken würde.

Die Kisten waren in ordentlichen Reihen entlang des Mittelganges übereinandergestapelt und mit Frachtnetzen gesichert. »Wo fangen wir an?«, fragte Dayja.

»Wo immer Sie wollen«, sagte Ronan. Die Kisten ganz oben ließen sich am leichtesten überprüfen. Er könnte einfach einen der Frachtenheber nehmen, die in der Ecke standen, zu der obersten Reihe hochfahren, dann irgendetwas benutzen, um die Kisten zu öffnen …

Das Geräusch zersplitternden Plastiks ließ ihn herumwirbeln. Vor seinen entsetzten Augen schlitzte Dayja gleichgültig die Vorderseite einer Kiste mit einem Vibromesser auf. »Was *tun* Sie denn da?«, rief er aus. »Hören Sie auf!«

»Die ganz oben wären zu offensichtlich«, erklärte Dayja, ohne in seiner Arbeit innezuhalten. »Faule Inspektoren fangen oben an und arbeiten sich dann ein paar Kisten nach unten vor, bis sie das Interesse verlieren und das Verzeichnis absegnen.«

»Sie …«, begann Ronan.

Dann verstummte er abrupt, als Dayja das Messer zurückzog und schüttelte. »Vorsicht, Splitter«, warnte er. »Clevere Inspektoren fangen manchmal unten an und arbeiten sich dann nach oben, aber es dauert so lange, die Kisten zu verschieben, dass sie meistens nur die unterste Reihe durchsuchen, bevor ihnen die Zeit davonläuft.«

Er machte einen letzten Schnitt, packte dann eine Ecke der Kiste und bog die gesamte Vorderseite nach unten. Was dahinter zum Vorschein kam, sah aus wie die Einzelteile eines Laserkochers. »Ein wirklich misstrauischer Inspektor fängt in der Mitte an, und ein gewissenhafter Inspekteur sieht sich alles an«, fuhr er fort, während er die Teile des Kochers betrachtete und sie mit der Klinge seines Messers auseinanderdrückte. »Darum fange ich in der zweiten oder dritten Reihe von unten an. Dort verstecken die klügsten Schmuggler ihre Ware.«

»Haben Sie überhaupt in Betracht gezogen«, presste Ronan zwischen zusammengebissenen Zähnen hervor, »dass wir hier vielleicht nichts finden. Und dann ist es egal, wie faul oder clever oder misstrauisch der Inspektor ist, weil er *auf jeden Fall* sehen wird, dass jemand hier war?«

»Moment mal.« Dayja griff zwischen die beiden Kocherteile und zog eine kleine Radionröhre aus dem Verpackungsmaterial. »*Sie* sind doch derjenige, der sagt, hier wäre Schmuggelware an Bord.«

»Ich habe nichts dergleichen gesagt«, protestierte Ronan. Er verzog das Gesicht, als Dayja die Röhre hinter sich auf den Boden warf. »Das waren Vanto und Thrawn.«

»Mein Fehler«, murmelte der ISB-Agent. Er aktivierte die kleine Taschenlampe am Griff des Messers und spähte tiefer in die Kiste hinein. »Dann streichen Vanto und Thrawn wohl auch all die Belobigungen ein.«

»Was?«

»Die Belobigungen«, wiederholte Dayja. Er griff in die Öffnung und förderte einen schwer wirkenden Metallzylinder zutage. »Weil sie das hier entdeckt haben. Ich weiß zwar nicht, was es ist, aber es gehört definitiv *nicht* zu einem Laserkocher.«

Ronan trat vor, und seine Frustration machte plötzlichem Grauen Platz. »Steht eine Produktnummer darauf?«, fragte er, während er sein Notepad aus der Tasche zog.

»Ja.« Dayja drehte den Gegenstand und hielt ihn ins Licht. »TRL-44. Seriennummer ...«

»Das reicht schon«, murmelte Ronan. Er starrte erst sein Notepad an, dann den Zylinder. Vanto hatte recht gehabt. Er und Thrawn. Beide.

Projekt Stardust war kompromittiert.

»Soll ich noch eine andere Kiste aufbrechen?«, bot Dayja an. Sein schnippischer Tonfall war verschwunden, sobald er Ronans Gesichtsausdruck bemerkt hatte.

»Nein.« Der Vizedirektor blickte zu den Kisten hoch, und sein Magen stülpte sich um. Wie viele von ihnen verbargen wohl noch gestohlene Turbolaser-Komponenten? »Nein, das reicht.«

»He!«, rief jemand vom Bug des Schiffes.

Ronan zuckte zusammen, entspannte sich aber wieder, als er Waffles Stimme erkannte. »Hier hinten«, rief er zurück.

»Kommen Sie«, forderte der Todestruppler. »Vanto möchte Ihnen etwas zeigen.«

Vanto und Pik warteten am Heck, neben der backbordseitigen Triebwerksdüse. Eine der äußeren Schutzplatten hatte man abgenommen, und mehrere Kabelstränge hingen daraus hervor. »Was gibt es?«, fragte Ronan, als er und Dayja die beiden erreichten.

»Sehen Sie selbst.« Vanto deutete auf die Öffnung. »Eigentlich sollte da drin ein Tank mit komprimiertem Argongas für die Manövrierdüsen sein.«

Ronan entdeckte einen langen Zylinder hinter den Kabelsträngen, grün, mit weißen Längsstreifen versehen. »Wenn Sie das sagen«, brummte er. »Ist es denn kein Argongas?«

»Sehen Sie genauer hin.« Vanto tippte mit dem Finger auf den Tank. »Diese kleinen Einkerbungen.«

»Für mich sehen die ganz normal aus.«

»Aber sie sind zu tief«, erklärte Vanto. »Ich weiß, wie solche Tanks verbaut werden müssen – meine Familie hat ein Frachtunternehmen. Und darum weiß ich auch, dass ausreichend Hitze von dieser Spule – der da drüben – diese Nähte zum Platzen bringen würde.«

»Also könnte ein wenig Argon austreten. Weiter?«

»Es ist kein Argon.« Vanto leuchtete mit einer Taschenlampe in die Öffnung, und Ronan stellte fest, dass er eine Linie in den Lack des Zylinders geritzt hatte. »Der Tank wurde neu lackiert. Sehen Sie diese Markierungen? Rot, gelb, rot, weiß, rot. Das ist Clouzon-36, nicht Argon.«

Ronan blickte Dayja an. »Er hat recht«, bestätigte der Agent. »Ich kenne diesen Farbcode – gestohlenes Clouzon-36 gehört hier zu den meistverbreiteten Schmuggelwaren.« Er strich mit dem Finger über den grünen Zylinder. »Eigentlich sollte man diese Markierungen nicht übermalen können. Normale Lacke haften nicht auf diesem Material. Interessant.«

»Dann gibt es also einen neuen Lack auf dem Markt«, sagte Pik.

»Offensichtlich«, stimmte Dayja zu. »Piraten und Schmuggler bekommen solchen Kram immer zuerst in die Hände.«

»Das ist noch nicht alles.« Vanto deutete erneut auf die Öffnung. »Hier verlaufen die Kontrollkabel und Energieleitungen für den Hyperantrieb, direkt neben dem Clouzon-36-Tank. Das war Ihre Theorie bezüglich der verschwundenen Schiffe, richtig? Dass die Grallocs sich durch die Energiekabel fressen und dabei zufällig den Hyperantrieb aktivieren?«

»Oh«, machte Dayja, während er sich weiter vorbeugte. »Die Leitungen wurden verstärkt.«

»*Extrem* verstärkt sogar«, nickte Vanto. »Wenn der Moment gekommen ist, aktiviert die Mannschaft die Heizspule, damit das Clouzon-36 aus dem Tank entweicht. Ein Gralloc riecht es, fliegt herbei und heftet sich an die Hülle, um an das Gas zu kommen. Die Mannschaft gerät in Panik, brüllt, dass ein Gralloc den Hyperantrieb kurzgeschlossen hat ...«

»Ja, ja, ich hab's begriffen«, schnappte Ronan. *In ein schwarzes Loch mit diesem Besserwisser.*

In ein schwarzes Loch mit ihnen allen! Vanto und Thrawn und Tarkin und Haveland! Stardust wurde bestohlen, die Kontrollmannschaft am Transferpunkt zum Narren gehalten, und Direktor Krennics Vermutungen über das Gralloc-Problem waren allesamt falsch. Aber das hieß noch lange nicht, dass der Deserteur es ihm unter die Nase reiben musste.

Er zwang sich, seinen reflexartigen Zorn zu unterdrücken. Das war Vanto gegenüber ungerecht. Krennic hatte Thrawn herausgefordert, eine Lösung für die Gralloc-Plage zu finden. Dass sie dabei eine kriminelle Verschwörung aufgedeckt hatten, war wohl kaum seine Schuld.

Außerdem war diese Sache noch nicht vorbei. Im Gegenteil. Ronan hatte jetzt Beweise für Subversion, Diebstahl und Verrat, und es gab Leute, die vor nichts zurückschrecken würden, um diese Beweise zu eliminieren – und die Personen, die sie gesehen hatten.

Er hob den Kopf. Der Sternzerstörer hing noch immer über der Stadt wie eine offene Drohung gegen die Schmuggler und Piraten von Tiquwe.

Oder war er gar nicht wegen Schmugglern und Piraten hier? War es vielleicht nicht mal eines von Großadmiral Savits Schiffen?

Ronan hatte jedenfalls keine Sturmtruppen entdeckt, die aus dem Raumhafen strömten, um in der Stadt aufzuräumen. Was, falls Gouverneurin Haveland den Sternzerstörer geschickt hatte, um nach Problemen bei ihren manipulierten Frachtern zu suchen?

Oder schlimmer noch, was falls Haveland und Savit zusammenarbeiteten ...

Die Lektion war offensichtlich: Ronan konnte niemandem trauen. Niemandem außer Direktor Krennic. Und erst recht keinem der Männer, die gegenwärtig um ihn herumstanden.

Doch zum Glück sollte sich dieses Problem ohne größere Schwierigkeiten lösen lassen. »In Ordnung, ich habe genug gesehen«, erklärte er. »Dayja, rufen Sie das Büro des Hafenaufsehers. Nein, warten Sie«, fügte er an, als wäre ihm der Gedanke gerade erst gekommen. »Wir hinterlassen besser keine Spuren in den Kommverzeichnissen. Gehen Sie und bringen Sie jemanden her, der etwas zu sagen hat. Aber unauffällig. Vanto, Sie und die anderen bleiben hier und bewachen das Schiff. Wir wollen schließlich nicht, dass jemand vorbeikommt und sich wundert, warum diese Schutzplatte abgenommen wurde. Oder schlimmer noch, dass jemand versucht, die Beweise zu zerstören.«

»Und Sie?«, fragte Dayja.

»Ich werde ein paar Holos von der Schmuggelware machen«, antwortete er. »Wenn die Inspektoren diese Sache ernst nehmen sollen, müssen wir ihnen Beweise vorlegen.«

»Kommen Sie da drinnen allein zurecht? Soll Pik Sie vielleicht begleiten?«, schlug Vanto vor.

»Er soll lieber hier draußen die Augen offen halten«, entgegnete Ronan. »Keine Sorge, niemand wird sich an mich heranschleichen – ich verriegle die Einstiegsluke hinter mir.« Er drehte sich zu Dayja herum. »Stehen Sie immer noch hier herum? Gehen Sie und holen Sie jemanden, bevor uns die falschen Leute entdecken!«

»In Ordnung«, sagte der ISB-Agent. »Ich bin in fünf Minuten wieder da.«

Eine Minute später war Ronan wieder an Bord und hatte die Luke hinter ihm sorgsam verriegelt. Zwei Minuten später saß er im Cockpit.

Drei Minuten später tippte er die Startsequenz in den Bordcomputer ein.

Vanto würde natürlich außer sich sein vor Wut. Ebenso wie Dayja.

Aber das interessierte Ronan nicht. Im gesamten Aloxor-System gab es niemanden, dem er vertrauen konnte. Er musste den Frachter zu Direktor Krennic nach Scarif fliegen; das war der einzige Weg, seine Entdeckung und die Beweise zu schützen.

»Wo wollen wir denn hin?«

Ronan wirbelte auf seinem Sitz herum. Dayja stand neben der Cockpittür an die Wand gelehnt, die Arme vor der Brust verschränkt. »Was tun Sie hier?«, schnappte Ronan.

»Oh, ich bitte Sie.« Dayja schüttelte tadelnd den Kopf. »Sie haben vielleicht einen Jungen und ein paar Todestruppler hinters Licht geführt, aber bei mir müssen Sie sich schon mehr Mühe geben.«

»Nur so kann ich die Beweise schützen«, verteidigte sich Ronan. Seine Gedanken rasten. Er hatte gehört, dass viele Frachterpiloten Blaster in ihren Cockpits versteckten, damit sie sich verteidigen konnten, falls ihr Schiff angegriffen oder geentert wurde. Aber wo würde man hier eine Waffe verstecken ...?

»Da gebe ich Ihnen recht.« Dayja schob sich an ihm vorbei und nahm auf dem Sessel des Kopiloten Platz. »Ich hatte an Coruscant und das Hauptquartier des ISB gedacht.«

Ronan musterte ihn verunsichert. »Ich habe bereits ein Ziel. Was ist mit Vanto?«

»Ich habe ihm erzählt, es gäbe ganz in der Nähe eine gesicherte Kommstation«, erklärte Dayja. »Er ist gerade dorthin unterwegs, um meinen Partner zu kontaktieren.«

»Sie haben einen Partner?«

Der Agent zog gleichgültig die Schultern hoch. »Schon seit ein paar Monaten nicht mehr.«

»Und die Todestruppler?«

»Einer begleitet Vanto, der andere bewacht das Schiff. Aber machen Sie sich um den keine Sorgen. Er ist unbewaffnet, und gegen eine Schiffshülle sind alle Muskeln und Nahkampftechniken der Welt wirkungslos. Ich nehme an, Sie wissen, wie man so einen Frachter fliegt?«

Ronan stieß geräuschvoll den Atem aus. »Natürlich.«

Das letzte rote Lämpchen auf der Konsole wechselte zu Grün, und er aktivierte die Repulsorlifte. Als er aus dem Fenster sah, entdeckte er Waffle, der vor dem Schiff zurückwich und ihm mit offenem Mund nachstarrte, während es in den Himmel hochstieg. Hinter ihm kamen Vanto und Pik um eine Ecke gerannt. Sie waren zu weit entfernt, als dass er ihre Gesichter hätte erkennen können, aber er vermochte sich vorzustellen, wie sie gerade dreinblickten.

Ein unerwarteter Anflug schlechten Gewissens überkam Ronan, und er wandte sich wieder der Navigationskonsole zu. Ob er nun ein Deserteur war oder nicht, Vanto auf einem fremden Raumhafen zurückzulassen war ziemlich schäbig.

Aber er konnte es nicht riskieren, ihn oder die anderen mitzunehmen. Außerdem hatten sie ja noch den Shuttle, mit dem sie nach Aloxor geflogen waren. Es war ein weiter Fußmarsch bis zu ihrer Andockbucht, aber die Piraten hatten im Moment sicher ihre eigenen Probleme, und er zweifelte nicht daran, dass die Todestruppler Vanto sicher dorthin eskortieren konnten.

Was Thrawn anging ... nun, der würde natürlich auch wütend sein. Aber wie gesagt, das interessierte ihn nicht. Sobald der Todesstern einsatzbereit war, würden sich schon wieder genug Mittel im Flottenbudget finden, damit er sein Defender-Programm fortsetzen könnte. Das hier war nur ein kurzzeitiger Rückschlag für ihn.

»Und, wohin fliegen wir nun?«, wollte Dayja wissen.

»Das kann ich Ihnen noch nicht verraten«, erklärte Ronan. Innerlich schnitt er eine Grimasse.

Soweit er wusste, hatte der ISB-Agent nicht die nötige Sicherheitsfreigabe, um von Projekt Stardust oder den Vorgängen auf Scarif zu wissen. Falls Ronan direkt dorthin flog, würde Direktor Krennic keine andere Wahl haben, als Dayja unter Arrest zu stellen, und zwar so lange, bis der Bau des Todessterns abgeschlossen war. Vielleicht sogar noch länger.

Yularen wäre vermutlich alles andere als erfreut, so lange auf einen seiner Agenten zu verzichten. Und Dayja selbst würde natürlich vor Wut schäumen.

Ronan seufzte. Wie es aussah, würde er sich heute mehr Feinde machen als während seiner gesamten bisherigen Karriere. Aber Krennic würde mit seiner Leistung zufrieden sein, und die Zustimmung des Direktors war alles, was zählte.

Es sei denn ... Vielleicht gab es eine Möglichkeit, seinen Namen von Yularens und Dayjas Feindesliste fernzuhalten. Ronan könnte auf dem Weg nach Scarif irgendwo zwischenlanden, Dayja absetzen und dann allein weiterfliegen. Natürlich müsste der Planet unter imperialer Kontrolle stehen, damit einem ISB-Agenten ohne Verbindungen dort keine Gefahr drohte, aber gleichzeitig müsste er auch unbedeutend und weit genug von Stardust entfernt sein, dass sie dort niemandem begegneten, der an dem Komplott beteiligt war. Ord Pardron, vielleicht, oder Radnor. Das wäre kein allzu großer Umweg, und ...

»Frachter *Brylan Ross,* hier spricht der imperiale Sternzerstörer *Stormbird* des ISB«, dröhnte plötzliche eine harte Stimme aus dem Cockpitlautsprecher. »Identifizieren Sie sich und Ihre Mannschaft.«

»Was wollen die denn von uns?«, murmelte Dayja. Er griff nach der Sendetaste.

Ronan schlug seine Hand beiseite. »Nein«, schnappte er.

»Wo liegt denn das Problem?«, fragte Dayja, nun mit einem misstrauischen Ton in der Stimme. »Sie haben alle nötigen Codes, oder? *Vizedirektor* Ronan?«

»Die Sache ist kompliziert«, stammelte Ronan. Visionen von Intriganten mit schattenverhüllten Gesichtern geisterten durch seinen Kopf. »Ich muss erst wissen, wer die *Stormbird* kommandiert.«

»Wieso?« Dayja zog sein Notepad hervor.

»Weil dieses Komplott bis in die höchsten Ränge reicht«, erklärte er, den Blick fest auf das Cockpitfenster gerichtet. Er konnte zahlreiche andere Schiffe sehen, die von den diversen Sektionen des Raumhafens starteten, aber nichts deutete darauf hin, dass *sie* durch Befragungen am Abflug gehindert wurden. Nein, der Sternzerstörer hatte es einzig und allein auf die *Brylan Ross* abgesehen. »Thrawn glaubt, dass Gouverneurin Haveland selbst in der Sache mit drinsteckt. Falls dieses Schiff zu Havelands Sektorverband gehört, müssen wir fliehen.«

»Na dann viel Glück«, brummte Dayja, während er auf dem Notepad tippte. »Es ist nämlich verdammt schwer, vor einem Traktorstrahl wegzurennen.«

»Captain der *Brylan Ross*, halten Sie Ihre Position und bereiten Sie sich auf eine Inspektion vor«, ertönte die Stimme aus dem Komm.

Ronan ließ die Schultern hängen. Dayja hatte recht. Einem Traktorstrahl wich man nicht so einfach aus, und ihm davonzufliegen war absolut unmöglich.

Aber vielleicht musste es gar nicht so weit kommen.

Erneut ließ er den Blick über die Umgebung schweifen. Der Raumhafen selbst war größtenteils einstöckig, aber an seinem Rand erhoben sich mehrere hohe Gebäude. Falls er sie zwischen sich und den Sternzerstörer brachte, würden die Traktorstrahltechniker ihn vielleicht lange genug aus den Augen verlieren, damit er sich zwischen den anderen startenden Schiffen verbergen und ins All entkommen könnte. Ronan schloss seine Finger fester um den Steuerbügel, gab vollen Schub auf die Triebwerke und raste dem nächstgelegenen hohen Gebäude entgegen.

»*Brylan Ross*, Sie wurden angewiesen, Ihre Position beizubehalten!«

Fast da! Ronan wappnete sich für den Ruck, der anzeigen würde, dass der Traktorstrahl sie erfasst hatte ...

Da kippte der Frachter plötzlich zur Seite weg. Ronan fluchte und riss den Steuerbügel herum, um das Schiff aufzurichten.

Das Steuer reagierte nicht. Er zog es in die andere Richtung.

Erst als er den Blick senkte, stellte er fest, dass sämtliche Anzeigen auf seiner Seite der Konsole erloschen waren.

Dayja hatte die Kontrolle übernommen.

»Was zum ...?«

»Sind Sie schon mal etwas so Großes geflogen?«, unterbrach ihn der Agent. Er zog seinen Steuerbügel nach links, und Ronan krallte die Hände in die Armlehnen. »Dachte ich's mir doch. Falls Sie lebend aus dieser Sache rauskommen wollen, halten Sie den Mund und lassen Sie mich machen.«

Eine weitere Bewegung, und Ronan wurde in die andere Richtung geschleudert. Der Frachter flog nun in einem engen Kreis um den Turm herum, den Ronan angesteuert war.

Aber anstatt sich dahinter zu verstecken und sich dann von Gebäude zu Gebäude zu den anderen Schiffen vorzuarbeiten, wie er es vorgehabt hatte, beschrieb Dayja eine 180-Grad-Drehung und brauste dann im Tiefflug über den Raumhafen zurück. »Was *tun* Sie denn da?«, rief Ronan.

»Wenn wir durch die Stadt fliegen, wird die Luftsicherung uns abschießen wie einen Grumf«, erklärte der Agent. »Es gibt drei Dinge, die Sie über Traktorstrahlen wissen sollten.«

Ein jäher Ruck ging durch das Schiff, und Ronan spürte, wie seine Innereien nach unten gedrückt wurden. Der Traktorstrahl des Sternzerstörers hatte sie erfasst. Dayja riss das Steuer herum, und der Frachter richtete sich wieder auf.

»Erstens: Über einem Raumhafen oder einem bewohnten Gebiet dürfen die Techniker nur eng fokussierte Strahlen mit minimaler Energieleistung einsetzen«, erklärte er im Plauderton. »Das macht es leichter, sich von so einem Strahl zu befreien.«

Einmal mehr wurde das Schiff nach oben gerissen, nur um durch ein blitzschnelles Gegenmanöver von Dayja wieder nach unten zu sinken. »Natürlich wird das nicht ewig so bleiben«, fuhr Dayja fort. »Erst recht nicht, wenn man ihnen das Leben schwer macht. Zweitens …«

Diesmal war der Ruck deutlich heftiger, und er presste Ronan noch tiefer in seinen Sessel. Der Frachter neigte sich nach oben.

»… Traktorstrahlen bringen ein Schiff nicht einfach so zum

Stillstand«, erklärte Dayja weiter. »Die Gesetze von Trägheit und Bewegung gelten weiterhin.«

Ronan starrte aus dem Cockpitfenster. Ja, sie flogen weiter über dem Raumhafen dahin, auch wenn sie gleichzeitig in die Höhe gezogen wurden.

Er konnte sich aber nicht vorstellen, dass ihnen das noch viel bringen würde. Selbst falls Dayja sich noch aus diesem Traktorstrahl befreien könnte, würden die anderen Techniker des Sternzerstörers bereits mit den Fingern über ihren Kontrollen warten. Sie konnten nicht entkommen.

»Und drittens: Die Techniker aktivieren den Strahl in der Regel sofort, nachdem sie Kontakt hergestellt haben«, sagte der Agent.

Sie flogen höher und höher, bewegten sich dabei aber noch immer vorwärts ...

»Falls der Strahl also unterbrochen wird ...«

Plötzlich fiel ein Schatten über das Cockpit der *Brylan Ross*. Ronan hob gerade noch rechtzeitig den Kopf, um einen großen Frachter über ihnen hinweggleiten zu sehen.

»... kann man mit ein wenig Glück noch entkommen«, beendete Dayja den Satz.

Einen Herzschlag später wurde Ronan gegen die Rückenlehne gedrückt, als Dayja vollen Schub auf die Triebwerke gab und auf eine Geschwindigkeit beschleunigte, die Ronan einem kommerziellen Frachter niemals zugetraut hätte. Sie schossen förmlich über den Raumhafen hinweg, schlängelten sich dabei zwischen ein paar startenden Transportern hindurch – eines der Schiffe gab einen nervösen Schuss ab, der glücklicherweise danebenging – und neigten sich dann nach oben, dem Himmel entgegen. Gerade als die ersten Sterne sichtbar wurden ...

… erfasste der nächste Traktorstrahl die *Brylan Ross*. Der Ruck ließ Ronans Zähne schmerzhaft zusammenklacken.

Dayja kämpfte mit dem Steuerbügel, und der Frachter bäumte sich auf wie ein an Land gezogener Fisch, aber er konnte sich nicht aus dem Griff des Traktorstrahls winden.

Dayja stieß den Atem aus. »Na ja«, murmelte er, während er die Triebwerke herunterfuhr. »Ich sagte ja, *mit ein wenig Glück.*«

Ronan ließ ebenfalls den angehaltenen Atem entweichen. »Was jetzt?«

»Holen Sie Ihre Tasche und ziehen Sie Ihre schicke Uniform an«, sagte Dayja. »Und vergessen Sie den Umhang nicht. Sie *haben* doch einen von Krennics lächerlichen Umhängen, oder?«

»Er wurde gemeinsam mit der Uniform ausgegeben«, erwiderte Ronan steif. Er war noch immer zu mitgenommen, um auf die abfälligen Kommentare eines ISB-Agenten zu reagieren.

»Gut. Autoritätspersonen lieben Umhänge. Das sollte Ihnen genug Glaubhaftigkeit verleihen, damit man sich Ihre Erklärung anhört, anstatt Sie gleich festzunehmen. Aber fassen Sie sich besser kurz.«

Ronans Augen wurden schmal. »Wieso?«

»Die *Stormbird* gehört zu Savits Dritter Flotte«, erklärte Dayja. »Aber falls sie hier ist, um die Transporter für Stardust zu überwachen, dann sicher nur, weil Haveland darum gebeten hat. Das bedeutet, dass sie die Gouverneurin benachrichtigen werden, sobald sie uns an Bord geholt haben – sofern sie es nicht schon längst getan haben.«

»Und dann wird man uns an Haveland übergeben?«

»Vielleicht nicht an sie direkt. Aber sicher an einen ihrer Offiziere, der für diese Transporte zuständig ist.«

Ronan starrte zu den schwachen Lichtpunkten der Sterne hoch. Hier war der Beweis für den Verrat, und der Vizedirektor hatte diesen Beweis gefunden … aber niemand von Rang oder Status wusste, dass Ronan hier war. Niemand außer Thrawn.

»Wir müssen direkt mit Savit sprechen«, erklärte er. »Nicht mit seinen Offizieren – mit dem Großadmiral persönlich. Wir müssen jemanden informieren, der nicht eingeschüchtert oder einfach so aus dem Weg geräumt werden kann.«

»Moment mal«, rief Dayja dazwischen. »Was heißt denn hier *wir*? Halten Sie mich gefälligst aus dieser Sache heraus. Mein Name, meine Position, mein Status – Sie erwähnen nichts davon. Ist das klar? Ich bin einfach nur der unschuldige Mole, den Sie angeheuert haben, um diesen Vogel nach Coruscant zu fliegen.«

»Wieso?«, fragte Ronan. »Sie gehören zum ISB. Sie haben den Beweis für diesen Verrat gesehen.«

»Und falls Haveland das herausfindet, werde ich viel schneller von der Bildfläche verschwinden als Sie«, entgegnete Dayja grimmig. »Das ISB ist bei der imperialen Elite nicht gerade beliebt. Sobald herauskommt, dass ich keine Chance hatte, irgendjemandem Bericht zu erstatten, bin ich ein toter Mann.«

Ronan blickte zur Kommanlage hinab, und ein Gefühl plötzlicher Hoffnung regte sich in ihm. Falls es ihnen gelang, Thrawn eine Nachricht zu schicken …

»Ich weiß, was Sie denken, aber ein Traktorfeld stört normalerweise auch die Kommunikation des Schiffes, das darin gefangen ist«, sagte Dayja. »Sie können niemanden um Hilfe rufen.«

Ronan ließ zischend den Atem entweichen. »Wir sind also auf uns allein gestellt?«

»Ja. Es sei denn, Vanto und seine Todestruppler schaffen es, Tiquwe zu verlassen und rechtzeitig zu Thrawn zurückzukehren.«

»Natürlich«, murmelte Ronan. Eli Vanto. Der Deserteur und Verräter. Der Mann, dem er ins Gesicht gesagt hatte, dass er ihn für seine Vergehen zur Rechenschaft ziehen würde ... »Ja. Ich bin sicher, wir können auf ihn zählen.«

17

Thrawn war seit fast drei Stunden an Bord der verbundenen Grysk-Schiffe, als Hammerly Faro zu ihrer Station rief.

»Ich bin nicht sicher, was das bedeutet, Commodore«, sagte die Sensoroffizierin. »Aber einer meiner Leute hat gerade einen kleinen Tarneffekt entdeckt.«

»Wie nahe?«

»Nicht sehr nahe«, versicherte Hammerly ihr. »Ungefähr zwölfhundert Kilometer entfernt.«

»Staub?«

»Es sah nicht nach Staub aus«, erwiderte die Offizierin. »Auch nicht nach Klumpen normaler Sonnenwindpartikel. Vielleicht ist es nicht wichtig, aber ich hielt es für ... ungewöhnlich genug, um Sie darüber zu informieren, auch wenn wir noch keine genaueren Daten haben.«

»Das war die richtige Entscheidung«, sagte Faro. »Wie lange wird die Analyse dauern?«

»Sie läuft bereits«, antwortete Hammerly. »Sollen wir auch den Admiral kontaktieren?«

»Noch nicht. Sie wissen, wie er ist, wenn er sich in seine Gedankenspiele vertieft. Außerdem ist die Verbindung mit dem

Grysk-Schiff nicht gerade zuverlässig. Die großen, schweren Container darüber erzeugen Kommschatten. Warten wir also, bis wir wirklich etwas Handfestes zu berichten haben, ehe wir ihn stören.«

Sie blickte zu den Aussichtsfenstern hoch. Andererseits ...

»Steuermann, haben Sie die Koordinaten von Commander Hammerlys Anomalie auf dem Schirm?«, rief sie.

»Ja, Commodore«, bestätigte Agral.

»Wenden Sie die *Chimaera*«, befahl Faro. »Positionieren Sie uns zwischen der Anomalie und den beiden Schiffen, den Bug der Anomalie zugewandt. Pyrondi, die vorderen Turbolasermannschaften sollen sich einsatzbereit machen. Hammerly, volle Leistung auf die aktiven Sensoren. Falls etwas dort draußen ist, will ich vorbereitet sein.«

»Verstanden, Commodore.«

Ein paar Minuten später hatte der Sternzerstörer seine neue Position eingenommen, und die Statusanzeigen bestätigten, dass Pyrondis Waffenmannschaften in Bereitschaft waren. Faro nahm ihren Platz auf dem Kommandosteg ein und suchte das All mit den Augen ab. Imperiale Tarntechnologie war stark limitiert, ein fähiger Sensoroffizier konnte sie auf mehrerlei Weise durchschauen. Die Grysk-Technologie hingegen war nicht so leicht zu knacken. Vielleicht würden die Flottenexperten ja endlich eine Schwachstelle entdecken, wenn sie den getarnten Gravitationsfeldgenerator auseinandernahmen, den die *Chimaera* nahe dem Beobachtungsposten erobert hatte.

Und falls Coruscant es nicht schaffte, dann vielleicht die Chiss. Hatte Thrawn Ar'alani und der *Steadfast* darum den zweiten Generator überlassen?

Oder stellte er seine eigene Spezies immer an erste Stelle, wie so viele hartnäckige Gerüchte behaupteten?

Könnte das auch der Grund sein, warum er Faros Beförderung zur Kommandantin von Einsatzverband 231 blockierte? Hatte sie unwissentlich etwas getan, was die Chiss verärgert hatte?

»Was ist los?«, fragte eine Stimme hinter ihr auf Sy Bisti.

Faro zog die Brauen zusammen. *Wenn man vom Teufel sprach …*

Sie drehte sich herum und sah Ar'alani über den Kommandosteg auf sich zukommen. Zu ihrer leisen Überraschung drückten die Miene und die Haltung des Admirals aber keine Verärgerung aus, sondern lediglich Strenge. Ihre Augen suchten ebenfalls das All vor ihnen ab. »Das weiß ich selbst nicht genau, Admiral«, antwortete Faro. »Unsere Sensoren haben eine stellare Verdunkelung entdeckt, die womöglich von einer Gasemission stammt.«

»Was für ein Gas?«

»Daran arbeiten wir noch.«

»Gibt es Objekte in der Umgebung, die für die Emission verantwortlich sein könnten?«

»Nein. Aber vielleicht ist es eine Gasblase, die lange genug zusammengehalten hat, um vor einen Stern zu treiben.«

»Nicht bei diesen Sonnenwinden«, entgegnete Ar'alani. »Haben Sie Admiral Mitth'raw'nuruodo schon in Kenntnis gesetzt?«

»Noch nicht«, gestand Faro. »Wir wollten warten, bis …«

»Informieren Sie ihn.«

Faro nickte. Ar'alanis durchdringender Blick machte ihr klar, dass sie mit Argumenten über Thrawns Konzentration und Erreichbarkeit nicht weiterkommen würde. »Lieutenant Lomar«, rief sie auf Basic. »Kontaktieren Sie den Admiral.«

Während der nächsten Minute sagte niemand ein Wort.

Faros Aufmerksamkeit wanderte zwischen den Aussichtsfenstern und der vorgebeugt über ihrer Konsole brütenden Hammerly hin und her. Sie sollte besser schnell Fortschritte bei ihrer Analyse machen, andernfalls …

»Thrawn hier«, meldete sich der Admiral über den Lautsprecher. »Was gibt es, Commodore?«

»Wir haben eine Anomalie entdeckt«, erwiderte Faro, wobei sie dem Impuls widerstand, Ar'alanis Namen ins Spiel zu bringen, nur für den Fall, dass Thrawn über die Störung verärgert war. Aber sie hatte den Befehl gegeben, und somit lag die Verantwortung auch bei ihr. »Wir haben einen Tarneffekt von einer kleinen Gaswolke oder -entladung aufgeschnappt …«

»Analyse abgeschlossen«, rief Hammerly plötzlich. »Es war Stickstoffgas.«

»Reinheitsgrad, Commander Hammerly?«

»Sehr hoch, Admiral.«

»Es war Stickstoff«, weihte Faro Ar'alani auf Sy Bisti ein.

Die Chiss zischte einen hässlich klingenden Fluch. »Grysk. Die Manövrierdüsen ihrer Schiffe verwenden Stickstoffgas. Commodore Faro, machen Sie sämtliche Waffensysteme …«

»Ruhig, Admiral«, sagte Thrawn mit ebenmäßiger Stimme. »Commodore, Entfernung?«

»Die Gasentladung war zwölfhundert Kilometer entfernt, als wir sie entdeckten, Sir«, antwortete Faro. »Aber wir wissen nicht, wie schnell sich das feindliche Schiff bewegt.«

»Dann finden wir es heraus.« Thrawn wechselte wieder zu Basic. »Auf mein Kommando feuern Sie eine volle Turbolasersalve auf den Vektor zwischen der Anomalie und den beiden verbundenen Grysk-Schiffen.«

»Verstanden, Sir«, bestätigte Faro mit einem Wink in Pyrondis Richtung. Die effektive Reichweite eines Turbolaserstrahls lag deutlich unter zwölfhundert Kilometern; gegen eine starke Panzerung wäre die Salve auf diese Entfernung also wirkungslos. »Soll ich auch TIEs auf einen Abfangkurs schicken.«

»Schicken Sie zwei Jäger los, falls Sie möchten, aber sie sollen sich von besagtem Vektor fernhalten«, ordnete Thrawn an. »Richten Sie außerdem sämtliche Sensoren und Kameras auf diese Linie – maximale Vergrößerung.«

»Ja, Sir.« Sie sah zu Hammerly hinüber. Wie immer wartete die Sensoroffizierin bereits auf ihren nächsten Befehl, und sie nickte forsch, als sie Faros Blick auffing. »Major Quach?«

»Ich habe zwei TIEs von der äußeren Patrouillenlinie abgezogen, Commodore«, ertönte Quachs Stimme, unterlegt mit dem unverkennbaren, blechernen Echo eines TIE-Pilotenhelms. Faro hatte Geschwaderkommandanten kennengelernt, die ihre Kommandozentrale nur in Ausnahmefällen verließen; Quach hingegen nutzte jede Gelegenheit, um selbst ins Cockpit zu klettern. »Wir gehen in Position, Waffen und Sensoren bereit.«

Faro nickte. »Admiral?«

»Sehr gut, Commodore. Bereithalten ... *Feuer.*«

Die Schwärze vor den Aussichtsfenstern wurde von grün schillernden Blitzen erhellt, die durch die flüchtigen Sonnenwinde schnitten. Von der Brücke aus hatte es den Anschein, als würden alle am selben Punkt in der Ferne zusammenlaufen. Dann folgte eine zweite Salve, und kurz darauf eine dritte und eine vierte.

Nichts. »Fokus ausweiten«, befahl Faro. »Decken Sie das Gebiet zwei Grad seitlich des Vektors ein.«

»Verstanden.«

Aus den Augenwinkeln blickte sie zu Ar'alani hinüber. Die Chiss stand reglos da, als wäre sie völlig immun gegen die Anspannung, die Faro die Kehle zuschnürte. Die Turbolaser brannten sich weiter durch das All …

»Treffer!«, schnappte Pyrondi. »Sieht nach einem Zylinder aus …«

Einen Sekundenbruchteil später leuchtete die gelb brodelnde Wolke eines weit entfernten Feuerballs vor der *Chimaera* auf. »*Verdammt* … Verzeihung, Commodore«, stieß Pyrondi hervor. »Es *war* ein Zylinder, und er sah nicht beschädigt aus.«

»Ein Selbstzerstörungsmodus«, sagte Thrawn ruhig. »Ausgelöst, sobald der Beschuss das Tarnfeld überlastet hat. Major Quach, konnten die TIEs irgendwelche Werte aufzeichnen?«

»Ja, Sir, eine ganze Menge sogar«, antwortete Quach mit grimmiger Befriedigung. »Wir übertragen die Daten bereits an die *Chimaera*.«

»Commander Hammerly, beginnen Sie umgehend mit einer vollständigen Analyse«, befahl der Großadmiral. »Lieutenant Agral, benutzen Sie unsere beiden Datenpunkte, um die Geschwindigkeit des Projektils zu ermitteln. Die Frage, die es zu beantworten gilt, lautet: Falls weitere Zylinder bei gleicher Geschwindigkeit aus vergleichbarer Entfernung näher kommen, wie lange wird es dann dauern, bis sie die beiden Grysk-Schiffe erreichen?«

Eisige Kälte kroch über Faros Rücken. »Soll das heißen, es gibt mehr als eines dieser Objekte, Admiral?«

»Ich nehme es an, Commodore.«

»Eine Bombe«, murmelte Ar'alani auf Sy Bisti. Sie blickte Faro an. »Die Grysk waren auf die Eventualität vorbereitet, dass jemand diesen Ort entdecken und einnehmen könnte. Und sie wollten verhindern, dass jemand ihre Schiffe untersucht oder plündert.«

»Genau so ist es, Admiral«, pflichtete Thrawn ihr in derselben Sprache bei. »Und genau deswegen glaube ich, dass noch weitere solcher Objekte unterwegs sind. Die Grysk würden sich nicht nur mit einer Waffe zufriedengeben.« Er wechselte zu Basic. »Lieutenant Agral?«

»Ungefähr vier Komma drei Stunden, Admiral«, verkündete der Offizier.

»Gut«, sagte Thrawn. »Das sollte genügend Zeit sein, um eine Verteidigung aufzubauen.«

»Vorausgesetzt, sie sollen alle gleichzeitig einschlagen, Sir«, gab Faro zu bedenken. »Einige der Bomben könnten früher hier ankommen.«

»Unwahrscheinlich«, entgegnete der Großadmiral. »Der Zweck des Angriffs ist es, die beiden verbundenen Schiffe und alles in ihrer Nähe zu zerstören. Bei einer Sequenz von Einschlägen könnte ein Feind entkommen; bei einer einzigen, gewaltigen Explosion nicht.«

Faro schüttelte den Kopf. Eine Gruppe getarnter Bomben. Vermutlich hatte das Schlachtschiff sie vor seiner Vernichtung aktiviert, und sie waren so weit entfernt gewesen, dass die *Chimaera* die Emissionen ihrer Triebwerksdüsen überhaupt nicht registriert hatte. Jetzt glitten sie beinahe unsichtbar durchs All; ein gemächlicher, aber absolut zerstörerischer Angriff. »Ich hoffe, da drüben ist wirklich etwas, das all diese Mühe wert ist.«

»Oh, ja, das ist es, Commodore«, versicherte Thrawn ihr leise. »Sie wollten alle Daten löschen, bevor sie flohen, aber eine vollständige Säuberung der Datenbanken ist selbst unter optimalen Bedingungen eine knifflige Aufgabe. Und hier waren die Bedingungen hektisch und chaotisch.«

Faro warf Ar'alani einen Blick zu. »Haben Sie einen Weg gefunden, Sie zu vernichten?«

»Geduld, Commodore«, mahnte Thrawn; das Echo eines heitereren Tonfalls blitzte durch den Ernst in seiner Stimme. »Ich habe gerade erst mit meinen Nachforschungen begonnen.«

»Ich verstehe, Sir«, sagte Faro. Aber Thrawns Nachforschungen würden ein vorzeitiges Ende finden, falls es ihnen nicht gelang, die heranfliegenden Bomben aufzuhalten.

»Ich werde in Kürze auf die *Chimaera* zurückkehren«, erklärte der Großadmiral. »Rufen Sie alle leitenden Offiziere zusammen. Wir haben vier Stunden, um dieses Problem zu lösen.«

»Verstehe ich das richtig?«, fragte Savit, wobei er zwischen den beiden flackernden Gestalten über seinem Holotisch hin und her blickte. »Sie haben einen Frachter aufgehalten, der angeblich Beweise für Sabotage und Diebstahl an Bord hat, und obendrein einen Mann, der ein leitendes Mitglied von Projekt Stardust sein will. Aber Sie können mir nicht sagen, ob auch nur eine dieser Behauptungen zutrifft?«

»Es ist … kompliziert, Sir«, sagte Captain Lochry ausweichend.

»Keineswegs«, entgegnete Gouverneurin Haveland. »Der Mann und der Frachter wurden in *meinem* Zuständigkeitsbereich abgefangen. Captain Lochrys Verwirrung ist irrelevant: *Ich* entscheide, was mit diesen Individuen geschieht.«

Savit hielt die Augen auf Lochry gerichtet. »Was meinen Sie mit, *es ist kompliziert*, Captain?«

»Vizedirektor Ronan …«

»Der *angebliche* Vizedirektor Ronan«, fuhr Haveland dazwischen.

»Ja, nennen wir ihn fürs Erste so«, stimmte Savit zu. »Ich nehme an, Sie haben bei Projekt Stardust nachgefragt?«

»Jawohl, Sir«, bestätigte Lochry. »Ich habe versucht, Direktor Krennic zu erreichen, aber laut seinem Büro befindet er sich in einer Besprechung mit dem Imperator und darf nicht gestört werden. Der ranghöchste Offizier, mit dem ich sprechen konnte, meinte, dass Vizedirektor Ronan gegenwärtig in besonderer Mission unterwegs wäre.«

Savit schürzte die Lippen. Wie viele Leute wussten wohl, dass Ronan tatsächlich aufgebrochen war, um Thrawn bei der Bekämpfung der Grallocs zu beobachten?

Vermutlich nicht viele. Und ganz sicher niemand, der an dieser Unterhaltung beteiligt war.

Wissen war Macht. Vor allem, wenn man als Einziger dieses Wissen besaß und kein anderer davon wusste. »Hat dieser Offizier vielleicht bestätigt, dass Ronan mit Großadmiral Thrawn losgeschickt wurde?«, hakte er nach.

»Niemand, mit dem ich gesprochen habe, wusste von einer solchen Mission.«

»Sind Sie vielleicht auf die Idee gekommen, mit Thrawn persönlich zu reden?«

»Natürlich, Gouverneurin«, erwiderte Lochry, und seine Züge verhärteten sich. »Die *Chimaera* ist allerdings außer Kontaktreichweite, vermutlich in einem verlassenen System, wo es nur beschränkten oder gar keinen Zugang zum HoloNetz gibt.«

»In *meinem* Sektor gibt es solche Systeme nicht«, warf Haveland ein.

»Solche Systeme gibt es in *jedem* Sektor«, schnappte Lochry. »Unbewohnte Gebiete, fernab der Hauptflugrouten, wohin sich noch nie jemand verirrt hat …«

Er brach ab, und man konnte deutlich sehen, dass er sich zusammennehmen musste. Lochry hatte im Esaga-Sektor gedient, als Havelands Vater dort noch Gouverneur gewesen war, und Savit wusste, dass die beiden Männer sich nie hatten leiden können. Offenbar projizierte er einen Teil dieser alten Feindseligkeit auch auf die neue Gouverneurin. »In jedem Fall«, setzte Lochry in neutralerem Tonfall noch einmal an, »bittet unser *angeblicher* Vizedirektor darum, direkt an *Sie* ausgeliefert zu werden, Admiral, und nicht an Gouverneurin Haveland.«

»Lächerlich«, stieß Haveland hervor. »Seit wann gestatten wir Gefangenen zu bestimmen, wie sie behandelt werden?«

»Hat er einen Grund angegeben?«, fragte Savit.

»Was das angeht, war er sehr vage«, berichtete Lochry. »Aber ich hatte den Eindruck, dass er Angst um seine Sicherheit hat.«

Savits Lippe zuckte. Seine Sicherheit – oder die Sicherheit seiner Entdeckung.

Und es war keine unbegründete Angst. Haveland hatte alle Hebel in Bewegung gesetzt, damit eine der Hauptversorgungsrouten für Stardust durch ihren Sektor verlief. Andeutungen, dass ihre Leute keine gute Arbeit leisteten, würden im Umfeld der Gouverneurin nicht gut aufgenommen werden.

Und echte Beweise für Regelverstöße würden sicher eine noch härtere Reaktion zur Folge haben.

»Glauben Sie ihm?«, fragte Savit.

Lochry zog in einem unbehaglichen Achselzucken die

Schultern hoch. »Ich weiß nicht, Admiral. Sein Pass sieht echt aus, sein Gesicht passt zu den Aufzeichnungen, und er trägt die richtige Uniform.«

»Alles Dinge, die man kaufen kann«, konterte Savit.

»Ich weiß, Sir. Aber dann ist da noch der Zwischenfall am Raumhafen. Das Talent, das beim Fluchtversuch der *Brylan Ross* an den Tag gelegt wurde, übersteigt die Fähigkeiten, die man von einem hochrangigen Bürokraten erwarten würde, um ein Vielfaches. Er wusste sogar, wie man den Schubdrossler umgehen und die gesamte Triebwerkskraft nutzen kann.«

»Sagten Sie nicht, er hätte einen Piloten gehabt?«

Lochry schnaubte. »Ja, einen Herumtreiber ohne Qualifikationen und ohne Zukunft.«

»Sie haben seine Identität überprüft?«

»Natürlich, Sir«, ereiferte sich der Captain. »Sein Name ist Mole. Er hat eine ziemlich zwielichtige Vergangenheit. Laut den Behörden in Tiquwe arbeitet er gegenwärtig als kleiner Hacker und Programmierer für eine der Piratenbanden in der Stadt. Außerdem scheint er gewürzabhängig zu sein. Es würde mich nicht wundern, falls Ronan den Kerl an Bord des Frachters *tragen* musste.«

»Dann hat er den Frachter also nicht geflogen?«

»Ich wüsste nicht, wie«, antwortete Lochry. »Er ist selbst während des Verhörs immer wieder weggedöst.«

»Das reicht«, sagte Haveland ernst. »Mir ist egal, was für Gesindel Sie da aus der Gosse gezogen haben. Mein Interesse gilt allein dem Nachahmer, und da der Esaga-Sektor meiner Kontrolle untersteht, habe ich in dieser Sache auch das letzte Wort. Falls es Captain Lochry zu viel Mühe macht, die Gefangenen auszuliefern, werde ich einfach eines meiner Schiffe hinschicken, um sie abzuholen.«

»Ich weiß Ihr Engagement zu schätzen«, erwiderte Savit. »Aber ich denke, fürs Erste lassen wir den Gefangenen in Captain Lochrys Obhut. Falls wir Direktor Krennic oder Großadmiral Thrawn erreichen, können wir diese Sache aufklären, ohne dass irgendjemand unnötige Maßnahmen ergreifen muss.«

»Der Mann ist ein Krimineller, ein Lügner und ein Saboteur«, beharrte Haveland finster. »Ich verlange, dass er mir sofort ausgeliefert wird.«

»Ihre Forderung wurde zur Kenntnis genommen«, erklärte Savit kühl. »Falls Sie sich beim Imperator beschweren wollen, steht Ihnen das zu. Aber bis dahin bleibe ich bei meiner Entscheidung.« Er streckte die Hand nach dem Kommschalter aus. »Danke, Gouverneurin Haveland. Wir sprechen uns.«

»Admiral ...«

Savit drückte den Schalter, woraufhin sich das Abbild der Gouverneurin auflöste.

»Eine reizende Person, nicht wahr?«, grollte Lochry. Jetzt, wo er seine Verachtung nicht länger verbergen musste, war sie ihm selbst in Hologrammform deutlich anzusehen.

»Sie sieht eine Bedrohung für ihr kleines Reich und versucht, es zu beschützen«, relativierte Savit. »Eigentlich nur verständlich. Was halten Sie von ihrer Behauptung, dass der Ronan-Imitator ein Saboteur ist?«

Lochry zog die Augenbrauen ein paar Millimeter nach oben. »Dann glauben Sie nicht, dass es der echte Ronan ist?«

»Ich kenne Direktor Krennic«, erwiderte Savit, wobei er einen Teil seiner eigenen Verachtung an die Oberfläche steigen ließ. »Ich glaube keine Sekunde, dass er seinen Vizedirektor auf die Jagd nach Saboteuren oder Dieben schicken würde, oder was immer der Kerl behauptet, auf Aloxor getrieben zu haben.«

»Vermutlich haben Sie recht«, sagte der Captain. »Was die Sabotage angeht ... Da bin ich mir nicht sicher, Sir. Er gibt frei zu, dass sie eine der äußeren Schutzplatten an der Triebwerksdüse abmontiert haben; angeblich wollte er aber nur beweisen, dass jemand einen zusätzlichen Clouzon-36-Tank in die Eingeweide der *Brylan Ross* geschmuggelt hat. Vielleicht ist noch mehr davon an Bord versteckt, aber falls es hier ein Verbrechen gibt, möchte ich das Schiff nicht vorschnell auf den Kopf stellen und dabei etwaige Beweise verfälschen.«

»Richtig«, nickte Savit. »Am besten belassen wir den Frachter fürs Erste genau wie er ist.«

»Ja, Sir.« Lochry erwiderte das Nicken. »Ich habe ihn in einer Ecke des Hangars abstellen lassen, bewacht von einer Einheit Sturmtruppen.«

»Gut«, lobte Savit. »Ich muss zugeben, diese Sache macht mich selbst ein wenig neugierig. Ich werde mir den Mann mal persönlich ansehen.«

»Sir?«, fragte der Captain zögerlich. »Hatten Sie nicht gesagt, dass der Gefangene fürs Erste bei mir bleiben soll?«

»Ich habe es mir anders überlegt«, erklärte Savit. »Wer immer er ist, es klingt, als hätte er Todesangst vor Haveland. Darum möchte ich ihn zunächst möglich weit aus ihrer Reichweite bringen. Treffen Sie mich im ...« Er warf einen Blick auf seine Navigationskarte. »Sagen wir, im Sev-Tok-System.«

»Ja, Sir.« Lochry klang noch immer zögerlich. »Ich werde sofort einen Kurs programmieren lassen.«

»Gut«, sagte Savit. »Ach ja, und wenn ich Ihnen den Gefangenen abnehme, dann kann ich ebenso gut auch den Frachter an Bord nehmen. So bleibt alles an einem Ort. Sorgen Sie dafür, dass alles für die Überführung bereit ist, wenn ich am Rendezvouspunkt eintreffe.«

»Natürlich, Admiral«, versicherte ihm Lochry.

»Und schauen Sie nicht so grimmig drein«, tadelte Savit sein Gegenüber mit einem Lächeln. »Wir sind nur im Aloxor-System, weil Haveland darauf bestanden hat, dass wir ihre Frachter überwachen. Wenn uns dabei ein Dieb oder Saboteur ins Netz geht, ist es doch nur gerecht, dass der Ruhm auf uns zurückfällt, nicht auf einen faulen Moff, der sich nicht um seine eigene Sicherheit kümmern kann.«

»Vermutlich haben Sie recht, Sir«, sagte Lochry. »Vor allem, wenn wir dadurch den Tod dieses Mannes verhindern können.«

»Genauso ist es, Captain. Genauso ist es.«

18

Der Marsch zurück durch den Raumhafen von Tiquwe zum Viertel der Schmuggler und Piraten war lang und ermüdend. Zum Glück waren die Schmuggler und Piraten gerade zu sehr damit beschäftigt, sich auf eine drohende imperiale Razzia vorzubereiten, weswegen sie den Fremden keine weitere Aufmerksamkeit schenkten.

Ein Glück für sie. Denn Eli war in miserabler Laune, und er hätte jeden Vorwand begrüßt, die Todestruppler auf die Einheimischen zu hetzen.

Was für ein Spiel spielte Ronan? Warum hatte er Eli und die anderen zurückgelassen? Warum war er allein davongeflogen?

Vor allem, da er vermutlich nicht mal entkommen war. Vom Boden aus war es nur schwer zu erkennen gewesen, aber es hatte zumindest so ausgehen, als hätte die *Brylan Ross* das Versteckspiel mit den Traktorstrahlen des Sternzerstörers verloren. Hatte Ronan einen Fluchtversuch unternommen, nur um kläglich zu scheitern?

Oder steckte mehr dahinter? Pik behauptete, er hätte Dayja im Cockpit gesehen, als der Frachter gestartet war. Waren all die verrückten Manöver des Schiffes vielleicht darauf zurückzuführen, dass Ronan und der ISB-Agent um die Kontrolle gekämpft hatten? Hatte einer von ihnen die *Brylan Ross* zum Sternzerstörer fliegen wollen, der andere aber nicht?

Und falls dem so war, wer hatte letztlich die Oberhand gewonnen?

Eli wusste es nicht, aber die einzige Schlussfolgerung, die Sinn ergab, war, dass einer der beiden im Geheimen mit den Dieben zusammenarbeitete.

Nur welcher? Und wieso?

Der Abflug von Aloxor war nervenzehrend. Falls Ronan derjenige war, der den Frachter an den Sternzerstörer ausgeliefert hatte, dann wussten die Imperialen inzwischen von ihrem Shuttle. Falls Haveland die Zeugen ihrer Verbrechen aus dem Weg räumen wollte, müsste sie sie also nur vom Himmel schießen.

Doch sie wurden weder beschossen noch aufgehalten. Pik fädelte sich in den Luftverkehr ein, flog direkt unter der Nase des Sternzerstörers hinweg und sprang ohne Zwischenfälle in den Hyperraum.

Woraufhin die Fragen in Elis Kopf nur noch drängender wurden.

Vermutlich hätten sie ihn auf dem langen Flug zurück zur Beobachtungsstation der Grysk in den Wahnsinn getrieben, wäre da nicht diese eine Gewissheit gewesen, an der er sich festklammerte: Thrawn würde der Sache schon auf den Grund gehen.

Doch Thrawn war nicht da. Ebenso wenig wie die *Chimaera.*

»Der Erste Offizier Khresh sagt, die *Chimaera* ist aufgebrochen, um das Grysk-Versorgungsschiff zu verfolgen, das uns entkommen ist«, berichtete Eli den Todestrupplern nach einem kurzen Informationsaustausch mit der *Steadfast.* »Das war vor mehreren Stunden. Seitdem haben sie auch nichts mehr gehört.«

»Wunderbar«, kommentierte Waffle, wobei er finster zu dem Chiss-Schiff hinüberstarrte.

»Das gefällt mir nicht«, erklärte Pik rundheraus. »Ich wette, dieser andere Admiral – Ar'alani – hat ihn auf eine sinnlose Schnitzeljagd geschickt.«

»Das bezweifle ich«, entgegnete Eli. »Laut Khresh ist Ar'alani nämlich ebenfalls mitgeflogen.«

Pik drehte sich im Sessel des Piloten zu ihm herum. »Sie hat Thrawn begleitet?«

»Das sagt jedenfalls Khresh«, nickte Eli. Und nicht nur Ar'alani – auch Vah'nya.

Das war der Teil, der ihn besonders nervös machte. Vah'nya war eine einzigartige Navigatorin, und er wusste, dass Ar'alani alles tun würde, um sie zu beschützen. Nur unter außergewöhnlichen und sehr ernsten Umständen würde sie zulassen, dass die junge Chiss die *Steadfast* verließ, geschweige denn, dass sie an Bord eines fremden Schiffes ging.

Die beiden Todestruppler flüsterten einander leise zu. »Gibt es ein Problem?«, fragte Eli.

»Wir beraten nur, was wir jetzt tun sollen«, erklärte Pik. »Ich bin dafür, dass wir nach Aloxor zurückkehren und den örtlichen Gouverneur informieren, damit er ein Schiff hinter der *Chimaera* herschickt.«

»Wir haben ein Schiff, gleich da drüben«, erinnerte Eli ihn, wobei er durch die Cockpitscheibe auf die *Steadfast* deutete.

Waffle schnaubte. »Wohl kaum.«

»Wir sind Todestruppler, Vanto«, fügte Pik an. »Wir gehen nicht an Bord nicht-imperialer Schiffe, es sei denn, unser Kommandant gibt den Befehl dazu.«

»Na schön«, seufzte Eli. »Dann könnt ihr ja weiter hier warten, nachdem ihr mich abgesetzt habt.«

»Haben Sie nicht gehört, was ich gerade über nicht-imperiale Schiffe gesagt habe?«, knurrte Pik.

»Sie müssen nicht an Bord gehen.«

»Das schließt auch nicht-imperiale Hangars ein.«

Eli starrte den Hinterkopf des Soldaten an. »Großadmiral Thrawn ist Ihr Kommandant«, erklärte er ruppig. »Er hat Sie angewiesen, mich zu beschützen. Falls Sie mich also nicht in einem Vakuumanzug in der Nähe der *Steadfast* aussetzen wollen, damit ich den Rest des Weges schwimme, werden Sie mich gefälligst in den Hangar bringen. Ob Sie danach nach Aloxor zurückfliegen oder hier auf die Rückkehr der *Chimaera* warten, ist mir ehrlich gesagt egal. Das liegt bei Ihnen.«

Die beiden Männer wechselten einen Blick. »Na schön«, brummte Pik. »Aber wir bleiben an Bord des Shuttles. Sie sind auf sich allein gestellt.«

»Das ist kein Problem«, versicherte Vanto ihm. »Ich bin sicher, den Chiss ist es so auch lieber.«

»Bestimmt. Dann kontaktieren Sie sie mal und holen Sie sich eine Landeerlaubnis.«

»Danke, dass Sie so vernünftig sind«, sagte Eli. »Und ich habe bereits eine Landeerlaubnis eingeholt.«

Der Erste Offizier Khresh wartete im Hangar, als Eli den Shuttle verließ. »Willkommen zurück, Lieutenant«, sagte er, die Worte ebenso oberflächlich wie sein Tonfall. »Es gibt eine potenzielle Krise, bei der wir Ihre Unterstützung brauchen.«

»Admiral Ar'alani?«, fragte Eli.

»Ja. Sie ist zu lange fort, und Teile der Mannschaft werden inzwischen unruhig.«

Anders ausgedrückt: Subkommandant Tanik drängte Khresh etwas zu unternehmen. Vermutlich stachelte er auch seine Familienmitglieder und Verbündeten an Bord an, um weiteren Druck auszuüben. Diese Art politischer Manipulation war an Bord eines Militärschiffes eigentlich verboten, aber wegen der anhaltenden Spannungen innerhalb der Aszendenz zeigten sich hässliche Risse in dieser Regel. »Es tut mir leid, aber ich weiß nicht, wohin sie geflogen sind«, erklärte er Khresh.

»Natürlich nicht«, sagte der Chiss ungeduldig. »Aber wir wissen, dass Ar'alani und Mitth'raw'nuruodo sich auf die Suche nach dem Außenposten der Grysk in dieser Region gemacht haben. Die einzige Person an Bord der *Steadfast*, die weiß, wo er sich befindet, ist Navigatorin Un'hee.«

»Warum fragen Sie sie dann nicht ...«

»Sie will nur mit Ihnen reden.«

Eli blinzelte. *»Was?«*

»Un'hee sagt, sie wird die *Steadfast* nur an diesen Ort bringen, wenn Sie sie darum bitten.« Die Frustration, die bislang hinter Khreshs Fassade gelauert hatte, kochte hoch. »Sie sind ...« Er murmelte etwas, was Elis Cheunh-Kenntnisse überstieg. »Sie will nur mit Ihnen reden.«

»Ich kann es versuchen«, sagte Eli. »Wo ist sie, in der Navigationssektion?«

»Im Büro des Admirals«, antwortete Khresh. »Ich dachte, diese Umgebung würde bei ihr Gedanken an Loyalität und Pflichtgefühl befeuern.«

Eli war versucht zu fragen, ob es funktioniert hatte. Aber die Antwort lautete offensichtlich Nein. »In Ordnung. Gehen wir.«

Das kleine Mädchen saß auf Ar'alanis Meditationsstuhl, den sie zur Andenkenwand des Admirals herumgedreht hatte. Sie zuckte ein wenig zusammen, als Eli und Khresh das Büro betraten, und schwenkte den Stuhl rasch wieder herum. Kurz huschte ihr Blick zwischen den beiden Männern hin und her, ehe sie sich auf Eli konzentrierte. »Sind Sie Lieutenant Vanto?«, wollte sie wissen.

»Das ist Lieutenant Eli'van'to«, erklärte Khresh mit steifer, förmlicher Stimme. »Er wird mit dir sprechen.« Nach einem letzten, undeutbaren Blick in Elis Richtung drehte er sich um und verließ das Büro.

Eli wartete, bis die Tür sich hinter ihm geschlossen hatte, dann trat er vor und setzte sein bestes Lächeln auf. »Hallo, Navigatorin Un'hee«, begann er. »Wie der Erste Offizier Khresh bereits erwähnte, bin ich Lieutenant Eli. Ich hörte, du willst mit mir sprechen.«

»Ja.« Die Stimme des Mädchen war leise und nervös. »Nennen sie dich auch Ivant?«

»Das ist mein Kernname«, bestätigte er. »Oder zumindest wäre es das, falls ich ein Chiss wäre. Was ich offensichtlich nicht bin. In meiner Kultur nennen mich meine Freunde *Eli.*«

»Eli.« Un'hee runzelte die Stirn. »Also nur der erste Teil?«

»Ja.«

»Seltsam.«

»Vieles an uns ist seltsam«, räumte Eli ein. »Natürlich erscheint die Chiss-Kultur den Menschen ebenso seltsam. Aber das ist gut. Einander verstehen zu lernen und unsere Unterschiede zu überbrücken macht uns zu besseren Wesen.«

»Vielleicht«, murmelte Un'hee, wobei sie in sich zusammenzusinken schien. »Aber Unterschiede sind nicht immer gut. Bei den Chiss gibt es zum Beispiel auch schlechte Unterschiede. Manchen Chiss kann man nicht trauen. Vah'nya hat mir das gezeigt.«

»Sie hat es dir gezeigt? Wie?«

»Durch das Vierte Auge«, erklärte Un'hee, wobei sie ihre ersten beiden Augen niederschlug. »Ihr Bewusstsein war mit meinem verschmolzen.«

»Ich verstehe.« Eli nickte, als die letzten Puzzleteile endlich an ihren Platz fielen. Vah'nya hatte Un'hees Geist mithilfe des Vierten Auges berührt, um den Stützpunkt der Grysk zu finden, und ein paar ihrer Gedanken und Erinnerungen waren dabei offensichtlich in Un'hees Bewusstsein haften geblieben. »Hat Vah'nya dir gesagt, dass du mir vertrauen kannst?«

»Sie hat gesagt, dass du kein Chiss bist«, antwortete das Mädchen. »Sie hat gesagt, dass du keine Fraktion vertrittst, sondern der Aszendenz als Ganzem dienst.«

»Das ist richtig«, sagte Eli. Er dachte an die diversen familienbedingten Spannungen an Bord der *Steadfast*. »Aber Admiral Ar'alani denkt auch nur an das Wohl der Aszendenz. Genau wie ihre Navigatorinnen.«

»Dasselbe hat Vah'nya gesagt«, murmelte Un'hee. »Aber Admiral Ar'alani ist nicht hier. Vah'nya meinte, solange sie nicht hier ist, kann ich dir vertrauen. Stimmt das?«

»Natürlich«, versicherte er dem Mädchen. »Du kannst mir genauso vertrauen, wie ich dir vertrauen kann. Admiral Ar'alani braucht vielleicht unsere Hilfe, weißt du. Sie und die Menschen auf der *Chimaera* sind losgeflogen, um die Grysk zu bekämpfen, die dich gefangen gehalten haben. Nur wissen wir nicht, welchen Kurs sie genommen haben, und einige von uns machen sich allmählich Sorgen. Du bist die Einzige, die uns dorthin bringen kann.«

»Machst *du* dir denn Sorgen um sie?«

Eli schürzte die Lippen. »Ich mache mir Sorgen, ja«, begann er. »Aber nur in dem Sinn, dass ich keine Gewissheit habe. Ohne Gewissheit bleiben einem nur Hoffnungen und Vertrauen. Und wenn die Hoffnung nicht ausreicht, fängt man eben an, sich Sorgen zu machen.«

Er deutete auf die Andenkenwand mit all den Trophäen und Erinnerungsstücken, die Ar'alani während ihrer Karriere gesammelt hatte. »Aber wenn du meinst, ob ich mir Sorgen um Admiral Ar'alani mache – nein«, fügte er an. »Ich habe sie während meiner Zeit an Bord der *Steadfast* beobachtet, und ich weiß, wie klug und fähig und einfallsreich sie ist. Außerdem hat sie eines der größten militärischen Genies der Chiss-Kultur an ihrer Seite. Ich bezweifle, dass irgendeine Macht in der Galaxis es mit den vereinten Kräften von Admiral Ar'alani und Großadmiral Mitth'raw'nuruodo aufnehmen kann.«

Er zog die Augenbrauen hoch. »Und ich würde es dir gerne beweisen. Falls du mir dabei hilfst.«

»Du willst, dass ich das Schiff dorthin bringe?«, fragte Un'hee.

»Ja. Könntest du das tun?«

Das Mädchen zögerte, und Eli sah, wie ihr Blick erneut zu der Andenkenwand huschte. »In Ordnung«, murmelte sie schließlich. »Aber nur, wenn du bei mir bleibst.«

Eli nickte. Sobald Un'hee in ihre Trance verfiel, um das Schiff zu steuern, wäre sie besonders hilflos, völlig abgeschnitten von den Geschehnissen um sie herum. Falls sie wirklich nicht wusste, wem an Bord der *Steadfast* sie trauen konnte, dann war der Druck einer solchen Situation sicherlich erheblich. »Ich bleibe bei dir und passe auf dich auf«, versprach er. »Niemand wird dir zu nahe kommen oder dich stören. Nur über meine Leiche.«

Sie blickte ihn an. Dann wieder die Andenkenwand … und als sie sich erneut herumdrehte, schimmerte eine neue Entschlossenheit in ihren Augen. »Navigatorin Vah'nya vertraut dir«, sagte sie, während sie sich an den Rand des Stuhles vorschob und auf den Boden hopste. »Genau wie Admiral Ar'alani. Also werde ich es auch versuchen.«

Khresh war erleichtert, dass Un'hee sich bereit erklärt hatte, sie zu Ar'alani und dem Versteck der Grysk zu führen.

Seine Stimmung trübte sich aber sofort wieder ein, als Eli darauf bestand, während des Fluges eine Pistole auf der Brücke zu tragen.

Für Khresh war es ein Verstoß gegen das Standardprotokoll. Für Eli war es eine nicht verhandelbare Bedingung. Un'hee würde ihre Fähigkeiten nur dann richtig einsetzen können, wenn sie sich sicher fühlte, und nur ein bewaffneter Begleiter konnte ihr dieses Gefühl der Sicherheit vermitteln.

Es schien zu funktionieren. Eli lächelte Un'hee zu, als Khresh schließlich einen Blaster auf die Brücke bringen ließ, und er konnte sehen, wie ein Teil der Anspannung aus ihrem glatten Gesicht wich. Anschließend begleitete er sie zur Navigationsstation, und er blieb neben ihr stehen, die Waffe an die Hüfte geschnallt, während sie die Hände auf die Kontrollen legte, den Kopf senkte und in ihrer Trance versank.

Einen Moment später war die *Steadfast* unterwegs.

»Hat sie gesagt, wie lange es dauern wird?«, fragte Khresh leise.

»Sie weiß es nicht genau«, erwiderte Eli, ein wenig überrascht, dass die Verärgerung des ersten Offiziers bereits wieder verraucht zu sein schien.

Andererseits hatte Khresh ja bekommen, was er gewollt

hatte: Die *Steadfast* war auf dem Weg zu ihrer Kommandantin, und Eli hatte schon vor Langem erkannt, dass die Mittel für viele Chiss längst nicht so wichtig waren wie der Zweck.

Das konnte eine bewundernswerte Eigenschaft sein. Es konnte aber auch zu einer sehr unangenehmen, gleichgültigen Grausamkeit führen.

»Das Dritte Auge scheint das Zeitgefühl zu beeinflussen«, sagte Khresh in bedauerndem Ton. »Das erschwert unsere Vorbereitungen.« Er warf Eli einen Seitenblick zu. »In gewisser Weise beneide ich Ihr Imperium um seine genau definierten Navigationsmethoden.«

»Es ist nicht länger mein Imperium«, erklärte Eli streng. Die Vorstellung, dass er noch immer ein Imperialer und kein treuer Diener der Aszendenz war, musste sofort ausgemerzt werden, ganz gleich, wann und wo er ihr begegnete. Es war die gleiche Schlacht, die auch Thrawn schlagen musste, seit er sich dem Imperium angeschlossen hatte.

Die große Frage – die Eli dem Großadmiral nie stellen würde – war, ob sie es wirklich geschafft hatten, sich ganz von ihren früheren Loyalitäten zu lösen, wie sie es beide behaupteten.

»Vermutlich wird es nicht länger als ein oder zwei Stunden dauern«, fügte er hinzu, nachdem er die Zweifel zurück in einen dunklen Teil seines Bewusstseins verbannt hatte. »Ich würde das Schiff vorsichtshalber schon in einer halben Stunde in volle Alarmbereitschaft versetzen.«

»*Danke*, Lieutenant«, erwiderte Khresh trocken. »Ich fühle mich schon viel besser, jetzt, wo ich auf Ihre Weisheit und Ihre Erfahrung bauen kann.«

Innerlich seufzte Eli. So ganz verraucht war die Verärgerung des ersten Offiziers wohl doch nicht.

»Ich würde auch vorschlagen, Ihre Aufzeichnungsgeräte vorzubereiten«, fügte er hinzu, ohne auf die sarkastische Bemerkung einzugehen. »Was immer Admiral Ar'alani und Großadmiral Mitth'raw'nuruodo vorhaben, ich bin sicher, es dürfte sehr interessant sein.«

Die vier Stunden, die Thrawn für die Planungs- und Vorbereitungsphase veranschlagt hatte, waren beinahe um. Jetzt, wo jeder seine Aufgabe kannte, blieb ihnen nur noch zu warten.

Und Faro hasste es zu warten.

»Schauen Sie nicht so finster drein, Commodore«, riet Ar'alani ihr, als sie auf dem Kommandosteg an Faro vorbeiging. Thrawn stand bereits vorne an den Aussichtsfenstern, die Hände hinter dem Rücken verschränkt. »Es ist simple Physik.«

Faro presste die Lippen zusammen. Der physische Teil ihres Plans war zwar alles andere als simpel, aber definitiv zu bewältigen.

Doch wie bei jedem Zaubertrick war der entscheidende Faktor ein anderer: das Timing.

Und als Nächstes wird Großadmiral Thrawn einen Grysk-Vorposten verschwinden lassen.

Ar'alani erreichte Thrawn und gab ihm das Notepad, das sie von Hammerly geholt hatte. Der Großadmiral warf einen Blick auf den Bildschirm, dann wechselten die beiden Chiss ein paar leise Worte.

Faro beobachtete sie und überlegte, ob sie hinübergehen und sich zu ihnen gesellen sollte. Aber Thrawn wusste, wo sie war, und falls er sie brauchte oder ihre Meinung hören wollte, würde er sie rufen. Also verlagerte sie ihren Blick zu den beiden verbundenen Grysk-Schiffen, die noch immer langsam durchs All rotierten, bereit, ihre Rolle bei diesem Zaubertrick zu erfüllen.

Ar'alani hatte vorgeschlagen, Techniker an Bord zu schicken, damit sie die Kontrollen der Schiffe übernehmen konnten. Sie berief sich dabei auf Thrawns Berechnungen, wonach die Schiffe mit einer 85-prozentigen Wahrscheinlichkeit unversehrt bleiben würden. Der Großadmiral hatte jedoch erwidert, dass immer noch ein Risiko von fünfzehn Prozent blieb und dass es sinnlos wäre, die Grysk-Schiffe *und* wertvolle Besatzungsmitglieder der *Chimaera* aufs Spiel zu setzen. Die Fernauslöser, so hatte er Ar'alani versichert, würden für ihre Zwecke mehr als ausreichend sein.

Faro hatte seiner Meinung natürlich zugestimmt, schließlich war sie auch ein Besatzungsmitglied der *Chimaera*. Aber jetzt, wo sie die beiden verbundenen Schiffe allein und verwundbar durchs All treiben sah, war sie sich plötzlich nicht mehr so sicher. Falls die Grysk ein verborgenes Störgerät an Bord hatten, das Kommsignale blockieren konnte – oder schlimmer noch, falls die getarnten Bomben selbst über solche Störgeräte verfügten –, dann könnte weder Thrawn noch Ar'alani oder sonst jemand verhindern, dass dieser mobile Vorposten zerstört wurde.

Und falls Thrawn recht hatte und diese Schiffe wirklich ihre beste Chance darstellten, die Grysk zu besiegen, dann wäre diese Gelegenheit ebenfalls vertan.

»Kontakt!«, rief Pyrondi von ihrer Waffenkonsole. »Großes Schiff, Kurs eins-drei-eins zu vier-sechs. Distanz: sechstausend Kilometer.«

Thrawn und Ar'alani wirbelten beide herum. »Identifikation«, befahl Thrawn.

»Unbekannte Konfiguration ... Halt, nein«, sagte Hammerly, dicht über ihre Bildschirme gebeugt. »Es ist die *Steadfast*, Sir.«

Ar'alani richtete sich auf – eine beeindruckende, majestätische Bewegung, wie Faro mit einem Hauch zynischen Amüsements befand; perfekt, um ihre pure, ungefilterte Erleichterung zu überspielen – und marschierte über den Kommandosteg nach hinten. An Lomars Konsole blieb sie stehen, um eine Salve von Chiss-Worten abzufeuern. Einen Moment später antwortete ihr eine Stimme in derselben Sprache.

Aus dem Augenwinkel bemerkte Faro, dass Thrawn sie zu sich winkte. Hastig schob sie sich an Ar'alani vorbei und ging zu den Aussichtsfenstern.

»Sie hat ihnen befohlen, ihre Position zu halten«, übersetzte er leise, »und ihnen versichert, dass sie sie später über alles ins Bild setzen wird. Ihr erster Offizier möchte sich der Operation anschließen, aber sie erklärt ihm gerade, dass er sich zurückhalten soll.«

»Ich verstehe, Sir.« Ein großer Teil ihrer fast vierstündigen Vorbereitungen hatte darin bestanden, den Müll der *Chimaera* über Bord zu werfen und die Container samt ihres Inhalts in winzig kleine Partikel zu zersprengen, welche sie anschließend noch verstrahlt hatten, damit sie deutlicher auf Hammerlys Sensoren zu erkennen waren. Danach hatten sie in einem Abstand von zwanzig Kilometern um die beiden Grysk-Schiffe eine schützende Hülle aus diesen Trümmerteilchen geformt. Sollte die *Steadfast* in die Nähe dieses Bereichs vorstoßen oder auch nur längsseits zur *Chimaera* gehen, würden ihre Düsen die umhertreibenden Partikel verwirbeln, und all die Arbeit wäre umsonst gewesen.

Faro spürte einen Lufthauch an ihrem Nacken, und Ar'alani

trat wieder neben Thrawn. »Der Erste Offizier Khresh ist unzufrieden mit der Situation«, erklärte sie. »Er befürchtet einen Grysk-Angriff, und er weiß, dass die *Steadfast* zu weit entfernt ist, um uns angemessen zu unterstützen.«

»Aber er wird seinem Admiral gehorchen?«

»Er ist ein Offizier der Chiss-Verteidigungsflotte«, sagte Ar'alani steif. »Natürlich wird er gehorchen.«

»Gut.« Thrawn warf einen Blick auf das Chrono. »Es ist fast so weit. Commodore?«

Faro hielt die Fernbedienung in die Höhe, die er ihr anvertraut hatte. »Ich bin bereit, Sir.«

Mit dieser Fernbedienung ging eine große Verantwortung einher, und Faro hatte erwartet, Ar'alani würde gegen Thrawns Wahl protestieren und verlangen, dass er die finale Phase der Operation selbst in die Hand nahm oder sie zumindest in ihre Hände legte, nachdem er schon ihren Vorschlag abgewiesen hatte, die Grysk-Schiffe zu bemannen.

Doch Thrawn hatte angeführt, dass Faro die Gruppe geleitet hatte, die für die Vorbereitungen hinsichtlich der beiden Schiffe verantwortlich gewesen war, und Ar'alani hatte sein Argument akzeptiert, ohne auch nur zu murren.

Andererseits war Faro während der letzten Stunden eine subtile Veränderung im Verhalten des Chiss-Admirals aufgefallen. Gemeinsam in eine Kampfsituation katapultiert worden zu sein und die Mannschaft der *Chimaera* in Aktion zu sehen hatte womöglich ihre zuvor so schlechte Meinung von den Imperialen verbessert. Oder von den Menschen im Allgemeinen.

»Kontakt!«, schnappte Hammerly. »Auf dem Schirm.«

Faro drehte den Kopf zum taktischen Display und klappte gleichzeitig die Abdeckung über den Knöpfen der Fernbedienung hoch. Dreißig Grad steuerbord von den beiden rotierenden Schiffen waren die Partikel der radioaktiven Wolke zur Seite geschoben worden, und eine schmale, aber deutlich sichtbare Lücke war entstanden. Noch während Faro hinsah, erschienen vier weitere Löcher in der Hülle, und dann noch mal zwei.

»Es sind also acht«, murmelte Thrawn. »Commander?«

»Erwarteter Einschlag in ... hundert Sekunden«, meldete Hammerly.

Der Großadmiral nickte, und Faro konnte sehen, wie er im Stillen die Sekunden herunterzählte.

»Nummer eins«, sagte er.

Faro drückte den ersten Knopf.

Die *Chimaera* war so weit entfernt, dass keiner von ihnen es direkt sehen konnte, aber das taktische Display und Faros Wissen über die Vorbereitungen erzeugten ein Bild der Ereignisse vor ihrem geistigen Auge, das ebenso klar und detailliert war wie die Hologramme in Thrawns Kunstsammlung.

Die drei Schläuche, die die rotierenden Schiffe miteinander verbanden, lösten sich in perfektem Einklang auf, ihr Mittelteil gesprengt durch einige der Ladungen, die die Grysk auf den Schiffen angebracht hatten. Durch die Aussichtsfenster konnte sie ein schwaches gelbes Flackern erkennen, das fast sofort von einer Wolke aus Trümmern verschluckt wurde, und das taktische Display bestätigte ihr, dass die Schiffe sich ruckhaft voneinander gelöst hatten.

»Nummer zwei«, sagte Thrawn.

Faro drückte den zweiten Knopf.

Jetzt explodierten die Tanks mit komprimiertem Sauerstoff und Stickstoff, die die Mannschaft der *Chimaera* an den Endstücken der Verbindungsschläuche angebracht hatte. Der plötzliche Ausstoß der Gase verwandelte die Überreste der Schläuche in die mächtigsten Manövrierdüsen der Galaxis. Und da die beiden Schiffe nicht länger in harmonischer Rotation vereint waren, begannen sie voneinander fortzutreiben.

Aber sie bewegten sich nur langsam. Zu langsam.

Faro wartete, den Finger über dem dritten Knopf. Thrawn zählte einige weitere Sekunden mit ... »Nummer drei.«

Sie drückte den Knopf, und tief im Innern der beiden voneinander losgelösten Schiffe wurden die Motoren aktiviert, die die gewaltigen Triaden-Antennen einzogen.

Das physikalische Gesetz des Drehmoments war schon bekannt gewesen, lange bevor die ersten Wesen zu den Sternen aufgebrochen waren. Faro hatte diesen Effekt etliche Male in der Praxis erlebt, und zwar nicht nur bei taktischen Manövern, sondern auch wenn Tänzer um die eigene Achse wirbelten und die Arme ausstreckten, um sich noch schneller zu drehen.

In diesem besonderen Fall ließen sich gleich zwei physikalische Effekte beobachten. Die kürzer werdenden Kabel zogen sowohl das Schiff als auch die Triade auf ihr gemeinsames Massezentrum zu, und je geringer die Entfernung zwischen Schiff und Antenne wurde, desto schneller drehten sie sich umeinander. Außerdem entfernten sich die beiden Schiffe durch diesen Anstieg der Rotationsgeschwindigkeit schneller und schneller von ihrer ursprünglichen, vereinten Position.

Wenige Sekunden später waren sie bereits außerhalb der Zone, auf die all die getarnten Bomben zurasten.

»Ich erfasse mehrere Tarneffekte!«, meldete Hammerly.

Faro lächelte angespannt. Neben ihren primitiven Sensoren verfügten die Bomben also auch über eine rudimentäre Manövrierfunktion. Ar'alani hatte das bereits erwartet. Und jetzt, wo ihre beiden Ziele von ihren vorprogrammierten Anflugvektoren fortdrifteten, stießen die Lenkdüsen der Bomben Gas aus, um ihren Kurs anzupassen.

Aber es war zu spät. Die Grysk-Schiffe waren zu weit von ihrer anfänglichen Position abgewichen, und die Entfernung und das Zeitfenster waren zu klein für eine so drastische Kursänderung. Faro hielt den Atem an …

Die Explosionen, die die Verbindungsschläuche zerfetzt und die Schiffe getrennt hatten, waren von der Brücke der *Chimaera* aus kaum zu erkennen gewesen. Die gestaffelten Explosionen der sieben Bomben hingegen breiteten sich so weit aus, dass diese kleine Enttäuschung sofort vergessen war. Es war eine Serie großer, wilder und – zumindest in Faros Vorstellung – hilflos tobender Feuerbälle.

Als ihr Glühen verblasst war, herrschte mehrere Sekunden Schweigen. Gebrochen wurde es erst, als Dobbs' Stimme aus der Kommandozentrale des TIE-Geschwaders ertönte. »Unsere Jäger sind in Sensorreichweite«, sagte er. »Sie melden … geringfügige Schäden an der Außenhülle der Grysk-Schiffe. Das ist alles. Ich wiederhole, nur geringfügige Schäden.«

Ar'alani drehte sich zu Thrawn herum und neigte den Kopf. »Ihr Plan hat funktioniert, Admiral«, lobte sie auf Sy Bisti.

»Danke, Admiral«, erwiderte er, ebenfalls mit einem Nicken, bevor er sich Faro zuwandte. »Ausgezeichnete Arbeit, Commodore. Die Sprengsätze waren optimal platziert.«

»Danke, Sir«, sagte sie. Jetzt blickte auch Ar'alani zu ihr herüber.

Und zu Faros Verblüffung lächelte die Chiss dabei sogar.

Wie man einen Grysk-Vorposten verschwinden lässt.

Und das Publikum ist begeistert.

Zumindest kannte Eli diesmal all die Worte, die Khresh sagte; er hatte sie nur noch nie in dieser Aneinanderreihung gehört. »Habe ich es Ihnen nicht gesagt?«, fragte er den ersten Offizier.

»Ja, das haben Sie, Lieutenant«, räumte Khresh ein. »Ich glaube, das Wort, das Sie benutzten, war *interessant.*«

Eli nickte. Insgeheim musste er aber zugeben, dass die Vorstellung auch seine eigenen Erwartungen deutlich übertroffen hatte. Was immer hier draußen vor sich ging, es erinnerte ihn an einige der Missionen, die er und Thrawn früher gemeinsam ausgeführt hatten.

Und um ganz ehrlich zu sein, war er ein wenig traurig, dass er das meiste davon verpasst hatte.

»Hier spricht Admiral Ar'alani«, hallte die Stimme der Chiss aus den Brückenlautsprechern. »Seniorkapitän Khresh, Sie können die *Steadfast* jetzt näher heransteuern. Und fangen Sie unterwegs bitte eines dieser beiden frei herumtreibenden Schiffe ein. Die Entscheidung, welches sie schneller erreichen können, liegt bei Ihnen.«

»Ja, Admiral«, bestätigte Khresh. »Brauchen wir nur eines?«

»Fürs Erste, ja«, antwortete Ar'alani, und ihre Stimme nahm einen grimmigen Ton an. »Das andere soll gut sichtbar weitertreiben, als Köder für unsere Besucher.«

Khresh blickte Eli an. »Sie erwarten, dass in Kürze weitere Grysk-Schiffe hier auftauchen werden?«, fragte er dann.

»Ja. Und wenn es so weit ist, werden wir sie mit Unterstützung von Großadmiral Mitth'raw'nuruodo und der *Chimaera* vernichten.«

Eli räusperte sich. »Admiral?«, sagte er. »Verzeihen Sie die Unterbrechung, aber ich muss umgehend mit Großadmiral

Thrawn sprechen. Es gibt eine kleine Komplikation bei unserem Plan.«

»Es ist die *Chimaera*, Admiral«, rief die Frau an der Kommstation. »Großadmiral Thrawn möchte mit Ihnen sprechen.«

»Danke«, sagte Savit, während er bereits über den Kommandosteg zum hinteren Teil der Brücke schritt. Endlich. Er erreichte die Kommkonsole, und einen Moment bevor er den Kanal öffnete, schloss er eine private Wette mit sich selbst ab, dass Thrawn den Bildschirm anstelle des Holos benutzen würde.

Und tatsächlich blieb der Holoprojektor dunkel, während der Monitor aufleuchtete und das Gesicht des Chiss erschien. »Guten Tag, Admiral«, begann Thrawn. »Ich wurde informiert, dass Sie vor zwei Stunden versucht haben, mich zu kontaktieren.«

»So ist es«, erwiderte Savit. Er versuchte in dem glatten, nichtmenschlichen Gesicht zu lesen. »Ich habe hier eine Person, die angibt, Vizedirektor Ronan vom Projekt Stardust zu sein. Weiterhin behauptet diese Person, dass sie von Ihnen persönlich auf eine geheime Mission nach Aloxor geschickt wurde.«

»*Geheim* ist vermutlich nicht der passende Ausdruck«, sagte Thrawn. »Aber ich *habe* ihn entsandt, um bestimmte Unregelmäßigkeiten bei den Frachttransporten für Stardust zu untersuchen.«

»Was für Unregelmäßigkeiten?«

»Den Diebstahl und die Zerstörung imperialen Eigentums«, erklärte der Chiss ohne Umschweife. »Die Manipulation offizieller Aufzeichnungen. Zusammenarbeit mit Piraten.« Er machte eine kurze Pause. »Verrat.«

»Interessant«, murmelte Savit. *Verrat.* Dieses Wort wurde heutzutage viel zu oft in den Raum geworfen. »Er selbst war recht verschlossen, was seine Mission und deren Ergebnisse angeht.«

»Ich bin sicher, das hat keine persönlichen Gründe«, beschwichtigte Thrawn ihn. »Wann können Sie ihn zurückschicken?«

»*Ich* soll ihn an *Sie* zurückschicken?« Er schüttelte den Kopf. »Tut mir leid, Thrawn, aber so funktioniert das nicht. Fall Sie ihn haben wollen, schicken Sie einen Shuttle und holen Sie ihn selbst ab.«

»Und der Frachter mit den Beweisen, die er entdeckt hat?«

Savits Augen wurden schmal. Woher wusste Thrawn von dem Frachter? Hatte Lochry sich etwa verplappert? »Ich halte es für das Beste, ihn vorerst hierzubehalten«, erklärte er. »Gouverneurin Haveland besteht darauf, dass ihr sämtliche Beweise ausgehändigt werden. *Einschließlich* Ihres Vizedirektors Ronan. Sie meint, weil die Beweise im Esaga-Sektor gefunden wurden, fällt die Sache in ihren Zuständigkeitsbereich.«

»Und Sie sehen das anders?«

»Ich warte auf eine Entscheidung von Coruscant«, antwortete Savit, wobei er ein wenig Verachtung in seiner Stimme anklingen ließ. »Angelegenheiten wie diese haben immer eine politische Dimension.« *Nicht dass Sie viel davon verstehen,* fügte er in Gedanken hinzu. »Aber wie gesagt, Sie können einen Shuttle herschicken – oder Sie warten, bis Ronan an Haveland ausgeliefert wird, und versuchen dann, ihn von *ihr* zurückzubekommen.«

»Ich denke, Direktor Krennic hat in dieser Sache auch ein Wörtchen mitzureden.«

»Ich würde nicht darauf zählen«, entgegnete Savit. »Krennic braucht die Esaga-Versorgungslinie. Es ist zu spät, um noch eine andere Route einzurichten, falls er Stardust planmäßig fertigstellen will. Das bedeutet, er braucht Haveland. Und das wiederum bedeutet, er muss sich mit ihr gut stellen. Falls einer seiner Bürokraten deswegen ein paar Monate in Havelands Anwesen unter Hausarrest steht, wird er das sicher in Kauf nehmen.«

»Das klingt nicht sehr loyal.«

»*Loyalität* ist dieser Tage ein sehr dehnbarer Begriff«, erklärte Savit. »Jedenfalls lautet die Frage nicht, was Krennic für Ronan tun wird, sondern vielmehr, was *Sie* für Ronan tun wollen. Falls Sie ihn zurückholen, können Sie ihn danach zu Stardust zurückschicken, und weder ich noch Gouverneurin Haveland können etwas dagegen unternehmen. Also ... Wie sollen wir die Sache handhaben?«

»Leider kann ich von meiner gegenwärtigen Position keinen Shuttle schicken«, erwiderte Thrawn. »Mein Schiff und all seine Ressourcen werden für eine wichtige Operation benötigt. Aber falls Sie uns entgegenkommen könnten ... Falls wir uns in dem System treffen, dessen Koordinaten ich Ihnen gerade gesendet habe, dann könnte ich lange genug einen Shuttle entbehren.«

Stirnrunzelnd rief Savit die Systemdaten auf.

Und plötzlich hatte er einen Kloß im Hals. Was zum ...? »Dieses System liegt nicht gerade auf meiner Patrouillenroute. Warum dort?«

»Ich bin sicher, Sie werden diesen Ort interessant finden«, sagte Thrawn. »Außerdem können Sie innerhalb von zwei Stunden dort sein. Mein Shuttle wird am Treffpunkt warten, um Vizedirektor Ronan an Bord zu nehmen.«

»Ich würde Ihnen ja gerne den Gefallen tun«, wehrte Savit ab. »Aber ich habe meine eigenen Pflichten.«

»Dann lassen Sie mich einen zusätzlichen Anreiz geben«, fuhr der Chiss fort. »In diesem System werden Sie Beweise für eine Bedrohung des Imperiums finden. Und jetzt gerade ist eine noch größere Bedrohung im Anmarsch – eine Bedrohung, die wir aber gemeinsam niederschlagen könnten.«

Savit schürzte die Lippen. Ein isoliertes System, so unbedeutend, dass es nicht mal einen Namen hatte, unbewohnt und vermutlich auch ohne HoloNetz-Zugang. Ein perfekter Ort für einen Hinterhalt.

»Na schön«, brummte er. »Ich werde dort sein.«

»Danke. Wie gesagt, mein Shuttle wird warten.« Thrawn griff nach einem Schalter neben dem Bildschirm, und das Bild wurde dunkel.

Einen langen Moment starrte Savit auf die Koordinaten, die der Chiss ihm geschickt hatte, dann stieß er den Atem aus und rief zur Navigationsstation hinüber: »Steuermann, setzen Sie Kurs auf das angegebene System. Captain Boulag: Machen Sie mein Schiff für einen Hyperraumsprung bereit.«

»Wir unterbrechen unsere Piratenbekämpfungsmission, Sir?«, fragte der Kommandant der *Firedrake.*

»Die Piraten werden auch später noch da sein«, versicherte Savit ihm. »Ach ja, kontaktieren Sie außerdem die *Harbinger*, die *Stormbird* und die *Misthunter* und schicken Sie ihnen unsere neuen Koordinaten.« Er bedachte Boulag mit einem schmallippigen Lächeln. »Großadmiral Thrawn behauptet, dort draußen lauert eine Gefahr. Gehen wir fürs Erste mal davon aus, dass er recht hat.«

Einen langen Moment herrschte Stille im Konferenzraum der *Chimaera*. Eli wollte nicht derjenige sein, der den Moment durch eine plötzliche Bewegung beendete, darum wandte er den Kopf ganz vorsichtig, als er zu den anderen hinüberblickte: Thrawn, Ar'alani und Faro. Die drei mächtigsten Personen, die sich gegenwärtig in diesem System aufhielten.

Die Frage war nur, warum war auch *er* hier?

»Dann sind Sie also ganz sicher?«, fragte Ar'alani.

Thrawn nickte. »Das bin ich.«

»Und Sie wollen trotzdem weitermachen wie geplant?«

»Wir müssen ihm eine Wahl lassen«, beharrte der Großadmiral. »Falls er sich überzeugen lässt, mit uns zu kämpfen, wäre der Ausgang der Schlacht bereits sicher.«

»Und falls er sich nicht überzeugen lässt?«, entgegnete Ar'alani. »Kennen Sie ihn wirklich gut genug?«

»Ich denke, schon.«

»Falls Sie sich irren, bringt uns das alle in eine äußerst prekäre Situation.«

»Ich weiß«, sagte Thrawn. »Aber auch eine solche Situation hätte Vorteile!«

Ar'alani zog die Brauen hoch. »Nämlich?«

»Ein klarer Vorteil verleitet einen Feind bisweilen zur Selbstüberschätzung.«

»Oft reicht das nicht.«

»Aber manchmal schon.«

Sie musterte ihn noch einen Moment lang, dann blickte sie Eli an. »Lieutenant? Ihre Einschätzung?«

»Ich kann das Endresultat nicht vorhersehen, Admiral«, antwortete er vorsichtig. »Aber ich halte es für einen guten Plan.«

»Und Sie glauben, die TIE-Defender werden Ihren Befehlen gehorchen?«

»Ich kenne Captain Dobbs aus der Zeit, als ich noch auf der *Chimaera* diente«, erklärte Eli. »Ich denke, er vertraut mir. Und wichtiger noch, er ist ein Offizier der imperialen Flotte, der Großadmiral Thrawn treu ergeben ist. Sobald er seine Befehle erhalten hat, werden er und seine Piloten sich daran halten.«

Ar'alanis Blick wanderte weiter zu Faro. »Und Sie, Commodore? Unterstützen Sie auch den Plan des Großadmirals?«

»Ja«, nickte Faro.

»Ganz ohne Bedenken?«

Faros Lippen verzogen sich zu einem Beinahe-Lächeln. »Bedenken gibt es immer, Admiral. Der Schlüssel ist, sich so gut vorzubereiten, wie man nur kann, und sich nicht von seinen Zweifeln aufhalten zu lassen.«

Ar'alani sah sich noch einmal am Tisch um, dann neigte sie widerwillig den Kopf. »In dem Fall werde ich den Plan auch akzeptieren«, verkündete sie.

Ihre Worte waren entschlossen, ihre Miene nicht. Eli jedenfalls konnte noch immer deutlich sehen, wie unzufrieden sie mit der Situation und mit Thrawns vorgeschlagener Lösung war. Aber immerhin war sie bereit mitzuspielen.

»Dann lassen Sie uns die nötigen Vorbereitungen treffen«, sagte der Großadmiral. »Lieutenant Vanto, falls ich Sie noch einen Moment sprechen dürfte?«

Also blieb Eli sitzen, ebenso Thrawn, der dabei weiter sein Notepad studierte. Erst nachdem Ar'alani und Faro den Konferenzraum verlassen hatten, hob er wieder den Kopf. »Admiral Ar'alani hat mir zu verstehen gegeben, dass Sie an Bord der *Steadfast* mehr Verantwortung übernehmen wollen.«

Oh, oh. Erwartete ihn jetzt etwa eine Standpauke? »Ich wusste nicht, dass es so offensichtlich ist, Sir.«

»Für den Admiral war es das«, sagte Thrawn. »Sie müssen verstehen, dass solche Dinge Zeit brauchen.«

»Natürlich, Sir.« Eli dachte an Thrawns eigenen, langwierigen Aufstieg durch die imperialen Ränge zurück. Damals war der Chiss ein Fremder unter den Menschen des Imperiums gewesen; jetzt war Eli der Fremde unter den Chiss. »Zeit und Erfahrung und Vertrauen.« Er zog die Brauen zusammen. *Vertrauen.* »Haben Sie Admiral Ar'alani darum gebeten, mir bei dieser Schlacht das Kommando über die Defender zu geben?«

»Das war ein willkommener Nebeneffekt«, erwiderte Thrawn. »Aber nein, nicht direkt. Der eigentliche Grund ist, dass Captain Dobbs Sie bereits kennt, wie Sie vorhin selbst anführten.« Er lächelte schmal. »Und er *vertraut* Ihnen.«

»Das hoffe ich«, murmelte Eli kleinlaut. Denn falls nicht ...

»Doch«, beharrte Thrawn. »Ich habe bereits mit ihm gesprochen. Er freut sich, seine Rolle in der bevorstehenden Schlacht zu spielen, und ebenso darauf, wieder mit Ihnen zu dienen.« Er machte eine Pause. »Und natürlich sind Sie auch die einzige Person an Bord der *Steadfast*, die fließend Basic beherrscht.«

»Ja, Sir«, sagte Eli. Er hätte sich denken sollen, dass es eine rein praktische Seite dieses Arguments gab.

Trotzdem ... Thrawn hätte seine Defender nicht der *Steadfast* unterstellen müssen. Tatsächlich war so etwas laut imperialem Protokoll sogar verboten.

Aber es war offensichtlich, dass er Ar'alani in der bevorstehenden Schlacht mit den Grysk die bestmögliche Unterstützung bieten wollte; die Defender würden den Feind überraschen und ihre eigenen Siegchancen verbessern. Hoffentlich jedenfalls. »Ich hoffe, ich werde mich Ihres Vertrauens als würdig erweisen.«

»Dessen bin ich mir sicher.« Thrawn legte den Kopf auf die Seite. »Das Projekt, an dem Sie für Admiral Ar'alani arbeiten ... Sie hat Ihnen nicht verraten, worum es dabei geht, oder?«

»Nein, Sir.« Eli dachte an seine Enttäuschung darüber, dass man ihn mit einer so unnützen Aufgabe abgespeist hatte – Zahlen, Organisation, Analyse.

»Fragen Sie sie nach der Schlacht«, schlug Thrawn vor. »Ich glaube, Sie wird bereit sein, Ihnen die Details zu erklären.« Er deutete auf die Tür. »Aber jetzt warten erst einmal Captain Dobbs und seine Piloten im TIE-Bereitschaftsraum auf ihre Missionsvorbesprechung.«

»Ja, Sir«, sagte Eli, dann stand er auf.

»Ich werde derweil noch einmal mit Colonel Yularen sprechen«, erklärte Thrawn. »Der entscheidende Kampf liegt vor uns, Lieutenant Vanto. Möge das Glück des Kriegers mit uns allen sein.«

19

Savit hatte erwartet, dass Thrawns Koordinaten seine vier Schiffe in den Kern des namenlosen Systems führen würden. Zu seiner Überraschung fiel die *Firedrake* aber fernab der Sonne aus dem Hyperraum zurück, dicht neben einem kleinen Asteroidenhaufen.

Und einer dunklen Raumstation unbekannter Bauart.

Savit zupfte nachdenklich an seiner Lippe, während er die Brückenschirme betrachtete. Dieser Teil der Informationen, die ihm aus Tarkins Büro zugetragen worden waren, schien also zu stimmen. »Kontaktieren Sie die *Harbinger*«, befahl er. »Captain Pellaeon soll sich der Station nähern und einen detaillierten Scan durchführen.« Da kam ihm noch ein Gedanke. »Sagen Sie ihm außerdem, er kann ein paar Untersuchungsteams an Bord schicken, falls er möchte. Ein Schiff mehr oder weniger wird hier draußen vermutlich keinen großen Unterschied machen.«

»Ja, Admiral.«

Savit wandte sich wieder dem Aussichtsfenster zu und suchte das All nach dem versprochenen Shuttle ab. Pellaeon war ein guter Offizier, aber er ließ die bedingungslose Loyalität vermissen, die Savit sich von seinen Untergebenen wünschte. Es war besser, ihn zur Station zu schicken, fernab von allem, was sich hier gleich abspielen würde.

»Ein Shuttle nähert sich, Sir. Kurs zwei-sieben-zwei zu eins-vier.«

Savit drehte den Kopf in die entsprechende Richtung. Da: ein Shuttle der Lambda-Klasse, das favorisierte Transportmittel von hochrangigen Offizieren und Politikern überall im Imperium. »Kontaktieren Sie den Shuttle, Lieutenant«, wies er den Kommoffizier an. »Sagen Sie ihnen, sie sollen in Hangar sieben andocken.«

»Ja, Sir. Äh, der Pilot möchte Sie sprechen, Admiral.«

Savit runzelte die Stirn. Ein einfacher Pilot vom unteren Ende der imperialen Befehlskette maßte sich an, persönlich mit einem Großadmiral reden zu wollen? »Sagen Sie ihm ...«

»Guten Tag, Admiral«, ertönte eine ruhige Stimme aus dem Lautsprecher. »Hier spricht Großadmiral Thrawn. Ich bin hier, um Ihren Passagier an Bord zu nehmen.«

Einen Sekundenbruchteil war Savits Zunge wie gelähmt. Er hatte erwartet, dass Thrawn einen seiner Leute schickte, nicht dass er selbst herkommen würde.

Schlagartig änderte sich der Vektor seines gesamten Plans.

»Ich hoffe, er ist aufbruchsbereit, wenn wir landen«, fuhr Thrawn fort.

Savit fand seine Stimme wieder. »Natürlich. Ich werde ihn persönlich in den Hangar bringen.«

»Vielen Dank, Admiral. Bis gleich.«

Er brauchte nur ein paar Minuten, um den Gefängnistrakt zu erreichen, wo man Ronan und seinen Piloten Mole unter Arrest gestellt hatte. Ronan war außer sich gewesen, weil man ihn in eine Zelle sperrte, während Mole die meiste Zeit über in seinen privaten Träumen geschwelgt hatte und nur kurz zu vollem Bewusstsein erwacht war.

Ronan war noch in der Zelle, als Savit dort ankam, und seine Wut und Empörung kehrten in voller Stärke zurück, als er das Gesicht des Großadmirals sah. Von Mole fehlte seltsamerweise jede Spur.

»Man hat ihn für eine weitere Befragung fortgebracht«, erklärte der Aufseher des Zellenblocks, nachdem er sein Notepad konsultiert hatte. »Der Befehl war aber nicht mit einem Namen versehen.«

Savit blickte auf den Bildschirm hinab. Wer immer den Piloten mitgenommen hatte, hatte tatsächlich vergessen, sich für den Befehl einzuloggen. Ein unverzeihliches Versäumnis, und Savit würde dafür sorgen, dass Captain Boulag den Schuldigen mit der ganzen Härte des Flottenregelbuchs bestrafte.

Aber jetzt war dafür keine Zeit. Ein Herumtreiber ohne Beziehungen oder Zukunft sollte sich außerdem leicht aus dem Weg räumen lassen. »Finden Sie ihn und schaffen Sie ihn in seine Zelle zurück«, wies er den Aufseher an. »Ich bringe den hier zum Hangardeck, damit er auf die *Chimaera* transportiert werden kann.«

Aus den Augenwinkeln sah Savit, wie neue Hoffnung Ronans Züge erhellte. Er nahm seinen sorgsam gefalteten Umhang von der harten Gefängnisliege und warf ihn sich über die Schultern. Gut – Vorfreude und Erleichterung sollten den Gefangenen friedlich stimmen.

»Ja, Sir«, bestätigte der Aufseher. »Soll ich eine Eskorte für Sie rufen?«

»Nicht nötig – mit dem werde ich schon fertig«, erwiderte Savit. »Geben Sie mir einfach einen Blaster.« Sobald er und Ronan allein in einem leeren Korridor wären, könnte niemand beweisen, dass er den Gefangenen nicht in Notwehr erschossen hatte …

Einen Moment später hatte er einen Blaster an der Seite und die linke Hand um Ronans Oberarm geschlossen, während er ihn aus der Zelle führte.

Die Route, die er gewählt hatte, führte durch einige Gänge, die eigentlich nur selten benutzt wurden. Leider hatte er die *Firedrake* vor ihrer Ankunft in volle Alarmbereitschaft versetzen müssen, weil er nicht wusste, was sie hier erwartete. Seitdem hatte Boulag die Alarmstufe in Ermangelung einer unmittelbaren Bedrohung wieder gesenkt, aber trotzdem herrschte auf den Hauptkorridoren eine ungewöhnliche Aktivität, während Offiziere und Techniker von einer Station zur nächsten eilten.

Und so kam es, dass Savit das Hangardeck erreichte, ohne auch nur ein paar Sekunden mit seinem Gefangenen allein gewesen zu sein.

Das war ein Problem. Ursprünglich hatte er vorgehabt, Ronan und Mole an Bord eines Shuttles zu packen und es dann abzuschießen, sobald es in den tiefen Raum davonflog. Anschließend hätte er behauptet, dass neue Informationen den Piloten als Mitglied des Widerstands enttarnt hätten und dass es der Plan dieses Agenten gewesen wäre, den Vizedirektor von Projekt Stardust zu entführen. Dann hätte er mit großem Bedauern erklärt, dass seine Versuche, den Shuttle aufzuhalten, stattdessen zu seiner Zerstörung geführt hätten. Die folgende Rüge des Oberkommandos hätte er reumütig hingenommen, und damit wäre die Sache abgeschlossen gewesen. Savit hätte auf die Seite geschafft, was er bereits erbeutet hatte, diese private Operation beendet und sich nach einer neuen Gelegenheit umgesehen.

Aber da hatte er noch nicht gewusst, dass Thrawn persönlich hier auftauchen würde. Niemand würde Savit glauben, dass er den einzigen Chiss in der imperialen Flotte mit jemand anderem verwechselt oder ihn für einen Betrüger gehalten hätte. Nein, er musste sich etwas anderes einfallen lassen.

Zwei Flottentruppler der *Firedrake* standen an der Einstiegsrampe Wache, als Savit und Ronan den Shuttle erreichten. Thrawn selbst war nirgends zu sehen.

Savit gestattete sich ein schmales Lächeln. Vermutlich war er an Bord und studierte seine Kunstsammlung, die ihn in den oberen Rängen der Flotte regelmäßig zur Zielscheibe für Spott und Häme machte. Thrawns Befürworter behaupteten, dass er auf diese Weise die Taktiken seiner Feinde zu verstehen lernte; aber seine Kritiker sahen nur hübsche Bilder und Statuen.

Doch so oder so, seine Sammlung war keine Entschuldigung für einen Verstoß gegen das Flottenprotokoll. Die *Firedrake* war Savits Schiff, und falls überhaupt, dann sollte Thrawn auf ihn warten, nicht umgekehrt. »Sagen Sie ihm, dass ich hier bin«, wies er einen der Soldaten an, als sie vor ihm salutierten. »Falls er nicht in zehn Sekunden rauskommt …«

»Er ist schon fort, Sir«, erklärte der Flottentruppler, bevor Savit seine Drohung beenden konnte. »Er wollte zur Brücke.«

Savit erstarrte. *Thrawn war fort?* »Warum haben Sie ihn nicht aufgehalten?«, schnappte er. »*Ich* gebe auf diesem Schiff die Befehle, nicht er!«

»Wir …« Der Truppler blickte hilflos zu seinem Kameraden hinüber. »Er stand da drüben bei der Betankungsstation. Wir dachten zuerst, er würde Witze machen.«

»Dann ist er einfach gegangen«, fügte der zweite Soldat an. »Wir ... Er wusste, dass Sie unterwegs sind. Wir nahmen an, dass er wiederkommt.«

Savits Kommlink piepste, und er riss es von seinem Gürtel. »Was?«, blaffte er.

»Sir, Brücke hier«, meldete sich Boulags Stimme. Er klang ein wenig verunsichert. »Äh ... Großadmiral Thrawn ist hier.«

Savit biss die Zähne zusammen. »Sagen Sie ihm, ich bin gleich da«, befahl er. »Und sorgen Sie dafür, dass er bleibt, wo er ist.«

Thrawn und Boulag unterhielten sich leise auf dem Kommandosteg, als Savit mit Ronan die Brücke betrat. Am vorderen Ende des Stegs standen außerdem zwei Sturmtruppler, ihre E-11-Blastergewehre vor der Brust. Savit hielt den Vizedirektor weiter am Arm fest, während er sich zwischen ihnen hindurchschob und zu den beiden Offizieren trat. »Admiral«, begrüßte er Thrawn, so höflich, wie es ihm möglich war. »Ich dachte, Sie würden im Hangar auf mich warten.«

»Ich habe es mir anders überlegt«, sagte Thrawn kühl. »Es ist besser, wir unterhalten uns hier.«

»Wir haben nichts zu besprechen«, entgegnete Savit. »Sie sind nur hier, um Ihren Gefangenen abzuholen, mehr nicht.«

»Bei allem Respekt, Admiral, ich denke wirklich, eine Unterhaltung wäre eine gute Idee«, schaltete sich Boulag ein. »Eine Mannschaft von der *Harbinger* hat die Station betreten, und Captain Pellaeon meldet ...«

»Das wäre dann alles, Captain«, schnitt Savit ihm das Wort ab. »Der Bericht über die hinteren Turbolaser sollte inzwischen fertig sein. Gehen Sie doch bitte und überprüfen Sie, ob alles in Ordnung ist.« Er ließ Ronans Arm los. »Und nehmen Sie den hier mit.«

»Ich würde es vorziehen, dass Vizedirektor Ronan bei uns bleibt«, sagte Thrawn.

»Das ist *mein* Schiff, Admiral«, presste Savit hervor.

»Dann ist es also doch der echte Ronan?«, fragte Boulag, während er den Gefangenen mit neuen Augen betrachtete. »Wir hielten Sie für einen Betrüger. Verzeihen Sie bitte, Vizedirektor.«

»Admiral Thrawns Meinung ist eine Sache, aber wir haben keine offiziellen Beweise«, beharrte Savit.

»Ich kann zahlreiche Beweise vorlegen«, erwiderte der Chiss. »Admiral?«

Savit starrte ihn an. Ob nun durch Glück oder Können, Thrawn hatte ihn ausmanövriert. Vor zehn Sekunden – bevor Thrawn Ronans Identität bestätigt hatte – hätte Boulag dem aufgeblasenen kleinen Wicht kein Wort geglaubt, ganz gleich, was er sagte. Aber jetzt? Jetzt musste der Captain das Gebrabbel des Gefangenen ernst nehmen. »Na schön«, brummte er, wobei er wieder nach Ronans Arm griff. »Er bleibt hier. Sie haben Ihre Befehle, Captain.«

»Ja, Sir.« Mit einem letzten, neugierigen Blick zu Ronan wandte Boulag sich ab. Er schlüpfte zwischen den beiden Sturmtrupplern hindurch und verschwand im Turbolift.

»Danke, Admiral«, sagte Thrawn.

»Ja, ich bin sicher, Sie sind unendlich dankbar.« Er drehte theatralisch den Kopf hin und her. »Was denn, keine Todestruppler? Ich hätte gedacht, nachdem der Imperator Ihnen welche zugestanden hat, würden Sie ohne sie nicht mehr das Schiff verlassen.«

»Manchmal bewege ich mich gern etwas freier.«

»Das ist mir aufgefallen«, brummte Savit. »Wie sind Sie unbemerkt vom Hangardeck auf die Brücke gelangt?«

»Natürlich wurde ich bemerkt«, erwiderte der Chiss. »Aber nicht jeder Offizier will sich in die Angelegenheiten eines Großadmirals einmischen.«

»Vermutlich nicht, nein.« Savits Lippe zuckte vor Verachtung. »Darüber werde ich mich später mit meiner Mannschaft unterhalten müssen. Aber jetzt verraten Sie mir erst mal, was für eine Bedrohung hier lauern soll.«

»Gleich«, sagte Thrawn. »Nachdem Sie mir erklärt haben, warum Sie die Lieferungen für das Projekt Stardust stehlen.«

Savit spürte, wie sich Ronans Armmuskeln unter seinen Fingern anspannten. »Ich habe keine Ahnung, wovon Sie da reden«, entgegnete er, um einen ruhigen Tonfall bemüht. Gleichzeitig machte er eine mentale Bestandsaufnahme der Brücke. Er, Thrawn und Ronan sollten weit genug vorne auf dem Kommandosteg stehen, sodass niemand in der Mannschaftsgrube sie hören konnte.

»Ich glaube, Sie wissen genau, wovon ich rede«, entgegnete Thrawn ungerührt. »Der erste Hinweis war, dass Sie mir unvollständige Daten über die Grallocs gegeben haben. Ich nehme an, ich sollte nicht herausfinden, dass sie eine Schwäche für Clouzon-36 haben. Schließlich war das der Köder, den Sie benutzten, um sie zu den ausgewählten Frachtern zu locken. Der zweite Hinweis war, dass die geschmuggelten Turbolaser-Elemente allesamt zu einem neuen Modell gehörten. Nur hochrangige Offiziere wissen von der Existenz dieses Modells – und von den Teilen, die dafür benötigt werden.«

»Ein Moff hätte ebenso Zugang zu diesen Informationen gehabt«, warf Ronan ein. »Gouverneurin Haveland, zum Beispiel.«

Thrawn ignorierte die Bemerkung. »Der dritte Hinweis war Ihr plötzliches Interesse an Piraten in dieser Region. In Wirklichkeit zielten Ihre Aktivitäten darauf ab, die Konkurrenz auszuschalten, damit ihre Helfer an den betroffenen Raumhäfen leichteres Spiel haben.«

»Hinweise sind keine *Be*weise«, schnaubte Savit. »Und wie Vizedirektor Ronan eben gesagt hat – das könnte alles ebenso gut auf Gouverneurin Haveland zutreffen.«

»Nein«, beharrte Thrawn. »Die Aufzeichnungen über die Bewegungen Ihrer Schiffe decken sich genau mit der Liste der Raumhäfen, von denen die entführten Schiffe gestartet sind. Und Gouverneurin Haveland hat nicht die nötige Autorität, um Ihnen Ihre Operationen so genau zu diktieren. Zusätzlich habe ich Daten darüber, welche Piratenbanden Sie ausgehoben haben, und welche nicht. Ich habe die Namen von Technikern, die an den betroffenen Raumhäfen arbeiten. Ich habe Aufzeichnungen über Zahlungen, die auf den Konten dieser Techniker eingegangen sind. All das bringt Sie mit den Schiffsentführungen in Verbindung.«

Savit stieß den Atem aus. »Zufälle und Spekulationen. Nichts davon würde vor einem Gericht anerkannt werden.«

»Vielleicht.« Thrawns Stimme wurde noch ein wenig leiser. »Aber einen letzten Hinweis habe ich noch nicht erwähnt: den Code, den Ihre Piraten benutzten, um mit Ihnen und untereinander zu kommunizieren. Der Code, den die Grysk erbeuteten, nachdem Sie ihre Verladestation überfallen hatten. Chiffrierung G77.«

Savits Finger pressten sich in Ronans Arm. Diese Narren. Sie hatten strikte Anweisung gehabt, im Falle eines Angriffs nicht nur den Code zu löschen, sondern auch alle Verweise darauf.

»Dieser Code ist allein für die zwölf Großadmirale reserviert«, führte Thrawn weiter aus. »Weder Gouverneure noch

Moffs kennen ihn. Und natürlich wird eine HoloNetz-Analyse ergeben, dass Nachrichten mit diesem Code an die gestohlenen Frachter gesendet wurden – nach deren Entführung.«

Die Miene des Chiss schien sich zu verdunkeln. »Ich nehme an, Sie suchen die Schuld für Ihre Enttarnung bei den Piraten, weil sie den Code vor ihrer Gefangennahme nicht löschten. Aber das wäre ungerecht. Die Grysk sind extrem effizient; sie haben die Station vermutlich eingenommen, bevor irgendjemand merkte, was geschah.«

»Ist das alles wahr, Admiral?«, fragte Ronan, seine Augen nun auf Savit gerichtet.

»Das ist es«, versicherte Thrawn ihm. »Die einzige offene Frage ist die nach dem Motiv. Warum haben Sie Stardust bestohlen?«

»Das ist unwichtig«, schnappte Ronan.

»Im Gegenteil, Vizedirektor«, beharrte Thrawn. »Es ist sogar überaus wichtig.«

»Für wen?«

»Für jedes Wesen in der Galaxis außer Ihnen, Ronan«, sagte Savit voller Verachtung. »Eine Frage, Thrawn: Wissen Sie, welcher Prozentsatz des Flottenbudgets in Krennics kleines Projekt fließt?«

Ein Kopfschütteln. »Nein.«

»Ich schon«, warf Ronan ein. »Und meiner Meinung nach ist es jeden Credit wert.«

»Dann sind Sie ein Narr«, grollte Savit. »Es ist eine lächerlich große Summe, ein erschreckender Prozentsatz des gesamten Budgets. Eine beispiellose Verschwendung.«

Ronans Augen wurden schmal. »Was reden Sie da?«

»Ich rede davon, dass Stardust zum Scheitern verdammt ist«, erklärte Savit. »Vielleicht hält sich die Kampfstation zwei

Jahre, oder fünf oder sogar zehn. Aber früher oder später wird jemand eine Schwachstelle finden und sie zerstören.«

»Nein«, protestierte Ronan. »Sie ist viel zu mächtig und zu gut geschützt.« Seine Miene verhärtete sich. »Oder zumindest wäre sie das gewesen, hätten Sie nicht angefangen, Lieferungen zu stehlen.«

»Soll ich jetzt lachen?«, blaffte Savit. »Ich habe Komponenten für zwanzig Turbolaser. Das ist ein halbes Prozent der fünftausend, die Sie einbauen wollen.«

Er sah Thrawn an. »Stellen Sie sich mal vor, welchen Unterschied zweiundzwanzig Turbolaser für die Verteidigung der *Firedrake* machen. Oder der *Chimaera*. Oder die neuen Sternzerstörer der *Dreadnought*-Klasse, für die Lord Vader sich einsetzt. Was könnte die Flotte nicht alles mit den Waffen und dem Material – und den Credits – anfangen, die Stardust verschlingt? Ihre TIE-Defender sind nur die Spitze des Eisbergs. Wissen Sie, wie viele andere wichtige Programme eingestellt wurden, um Krennics unstillbaren Appetit zu befriedigen?«

»Sie stehlen also von Stardust, um andere Schiffe auszurüsten?«, fragte Thrawn.

»Ich stehle von Stardust, damit nicht alles, was Krennic für seine Kampfstation anfordert, in Feuer und Rauch aufgeht«, antwortete Savit. »Zumindest ein kleiner Teil dieser Ressourcen soll der Flotte von *echtem* Nutzen sein.«

»Letztlich handeln Sie also aus Loyalität zum Imperium«, schlussfolgerte Thrawn.

»Das sehe ich aber anders«, empörte sich Ronan. »Was er getan hat, ist Verrat, ganz simpel.«

»Verrat, ja«, nickte Thrawn. »Aber simpel? Nein, ganz sicher nicht. Admiral, was würden Sie tun, falls ich Ihnen eine Chance anbiete, sich zu rehabilitieren?«

Savit musterte ihn. Es war schwer in diesem blauen Gesicht und diesen roten Augen zu lesen, aber der Chiss schien es ernst zu meinen. »Ich höre.«

»Sie haben den Beweis für feindliche Aktivität in diesem Sektor bereits gesehen.« Thrawn nickte in Richtung des fernen Beobachtungspostens. »Derselbe Feind wird demnächst in großer Zahl in einem nahe gelegenen System eintreffen. Ihre vier Sternzerstörer könnten eine prekäre Situation in einen entscheidenden Sieg verwandeln.«

»Wirklich?«, entgegnete Savit. »Nach dem, was ich gehört habe, gibt es hier bereits eine fremde Macht, und *Sie* arbeiten mit ihr zusammen. Das wird Coruscant ganz sicher nicht gefallen.«

»Ich kann und werde dem Imperator die Situation zu gegebener Zeit erklären«, erwiderte Thrawn. »Aber die Tatsache bleibt: Falls Sie uns nicht bei der Verteidigung gegen die Grysk helfen, könnte das gesamte Imperium in Gefahr geraten.«

»Und Sie wollen meine Verbrechen unter den Teppich kehren, wenn ich nach Ihrer Pfeife tanze?« Savit schüttelte den Kopf. »Manchmal überrascht Ihre kindliche Naivität sogar mich. Falls das wirklich Ihr Plan war, wissen Sie nichts über mich. Sie hätten bei Ihrer Kunst bleiben und sich aus der Politik heraushalten sollen.«

»Es gibt nichts, was ich tun kann, um Ihre Entscheidung zu ändern?«

»Betteln Sie nicht, Thrawn«, sagte Savit streng. »Das ist unter der Würde eines Großadmirals.« Er legte die Hand auf den Blaster an seiner Hüfte. »Diese Unterhaltung ist vorbei. Ich weiß nicht, was Sie sich davon versprochen haben, diese Unterhaltung auf der Brücke zu führen, anstatt im Hangar zu warten. Aber das ist auch unwichtig, weil wir jetzt nämlich genau dorthin zurückkehren werden.«

»Admiral, ein Sternzerstörer nähert sich«, rief der Kommoffizier. »Es ist die *Chimaera.*«

Savit blickte ungläubig auf den Schirm hinab. Ja, es war tatsächlich die *Chimaera*, und sie kam direkt auf die *Firedrake* zu. »Was bei den Sonnen ...«

»Admiral Savit, hier spricht Commodore Karyn Faro, kommandierender Offizier des ISZ *Chimaera*«, dröhnte eine steife, weibliche Stimme aus den Brückenlautsprechern. »Ich fordere Sie auf, sich zu ergeben und mir das Kommando über Ihren Kampfverband zu überlassen. Sie sind des Verrats angeklagt.«

»Sie wollten wissen, warum ich auf die Brücke gekommen bin, Admiral?«, fragte Thrawn gelassen.

Savit starrte ihn an. Sein blaues Gesicht war noch immer emotionslos, aber seine roten Augen schienen ein wenig heller zu glühen. »Und, wieso?«, murmelte er.

»Es ist ganz einfach«, antwortete Thrawn. »Ich wollte einen besseren Blick auf die bevorstehende Schlacht haben.«

»... des Verrats angeklagt.« Faro hob die Hand, und Lomar schaltete das Komm stumm.

Der Rest lag nicht mehr in ihrer Hand

Es schien ungewöhnlich still auf der Brücke zu werden. Jeder hier wusste, was für ein gewaltiges Risiko sie gerade eingegangen waren.

Das hieß ... War es wirklich ein Risiko?

Obwohl sie so lange unter Thrawn gedient hatte, konnte Faro diese Frage nicht beantworten. Nahm Thrawn routinemäßig große Gefahren in Kauf, wie die meisten glaubten, oder war alles, was er tat, kühl und gründlich vorausgeplant? Waren die Risiken echt oder nur eine Illusion?

Vermutlich eine Kombination von beidem, überlegte sie. Er plante voraus, soweit es ihm möglich war, und wo nicht, versuchte er zumindest, seine Chancen zu verbessern.

In diesem Fall …

Faro blickte auf ihr Notepad. Sie hatte seine Instruktionen ein Dutzend Mal gelesen, seit er mit dem Shuttle aufgebrochen war, um Savit zu stellen.

Nun war es Zeit herauszufinden, wie gut diese Instruktionen wirklich waren.

»Lieutenant Pyrondi?«, rief sie. »Für Katapultmanöver bereithalten.«

»Bereit, Commodore.«

»Jetzt.«

Angesichts der relativen Masse war es absolut ausgeschlossen, dass sich das Deck unter ihren Füßen bewegte, aber Faro bildete sich trotzdem ein zu spüren, wie der Traktorstrahl das Objekt unter ihnen erfasste und es nach oben zog. Einen Moment später hob die *Chimaera* unmerklich ihren Bug an, damit das Objekt darunter hervorgleiten und seinen Weg auf dem geplanten Vektor fortsetzen konnte.

»Lieutenant Lomar, Datenpaket übertragen«, befahl sie. »Schalten Sie mich dann sofort wieder durch.«

»Daten gesendet. Sie können Sie jetzt wieder hören.«

»Kommandanten und Offiziere der Dritten Flotte«, sagte Faro, »ich habe Ihnen gerade Beweise geschickt, die Großadmiral Savits Beteiligung an illegalen Aktivitäten belegen. Ich ersuche Sie, dieses Material in Augenschein zu nehmen. Falls Sie es für überzeugend halten, schließen Sie sich bitte der *Chimaera* in ihrer Forderung an, dass Admiral Savit sein Kommando niederlegt und sich vor einem Tribunal für seine Taten verantwortet.«

Keine Antwort. Nicht dass sie wirklich eine erwartet hatte, zumindest jetzt noch nicht. Sie ging zur Waffenstation hinüber und bedeutete Lomar im Vorbeigehen, die Verbindung zu unterbrechen. »Alles bereit, Pyrondi?«, fragte sie.

»Ja, Commodore.« Pyrondi versuchte, ihre Nervosität zu verbergen, aber sie war darin noch nicht so gut wie Faro. »Major Quach meldet, dass die TIEs bereit sind.« Mit einem Seitenblick fügte sie hinzu: »Ich hoffe, Sie wissen, dass das rein statistisch nicht funktionieren kann. Ein Sternzerstörer gegen vier – das wird ein Blutbad.«

»Das setzt voraus, dass alle vier Schiffe an der Schlacht teilnehmen«, entgegnete Faro. »Aber der Admiral hält das für unwahrscheinlich.«

»Commodore, die *Misthunter* und die *Stormbird* gehen neben der *Firedrake* in Unterstützungsposition«, rief Hammerly.

»Was sagten Sie gerade noch?«, fragte Pyrondi mit einem freudlosen Lächeln.

»Nur Mut, Pyrondi.« Faro erwiderte das Lächeln, dann hob sie die Stimme. »Was ist mit der *Harbinger*?«

»Hält noch ihre Position bei dem Beobachtungsposten.«

»Das ist der erste Riss in Savits Rüstung«, murmelte Faro. »Captain Pellaeon ist nicht blind vor Loyalität.«

»Dann müssen wir die anderen drei Schiffe also lange genug in Schach halten, bis Pellaeon die Daten überprüft hat?«

»Keine Sorge, Savit wird darauf warten, dass wir den ersten Schuss abgeben. Wir haben also ein wenig Zeit.«

Faro trat wieder auf den Kommandosteg. »Lieutenant Pyrondi, zweites Katapultmanöver vorbereiten. Major Quach, für ein Marg Sabl bereithalten.«

»Katapult bereit«, bestätigte Pyrondi.

»Bereit für Marg Sabl«, bestätigte Quach.

»Lieutenant Agral, Bug um zwanzig Grad nach unten neigen«, sagte Faro, dann beobachtete sie, wie die drei Sternzerstörer vor den Aussichtsfenstern nach oben zu gleiten schienen. Von dieser Position aus konnten sie die Hangarbucht der *Chimaera* nicht länger einsehen. »TIE-Jäger, Marg Sabl einleiten.«

Sie behielt den Blick auf die Fenster gerichtet und zählte im Stillen die Sekunden mit. Das Marg Sabl war eines von Thrawns berühmtesten Manövern: Eine Gruppe TIE-Jäger startete außer Sicht des Feindes, raste dann unter seinem Trägerschiff hervor und näherte sich dem Feind aus allen Richtungen gleichzeitig.

Aber wie gesagt, es war berühmt, und Savit würde es sicherlich erkennen. Mehr noch, da Faro schon seit Jahren unter Thrawn diente, würde er das Manöver vermutlich sogar erwarten.

Genau darauf zählte Thrawn.

»Zweites Katapultmanöver starten«, befahl Faro. Jenseits der Aussichtsfenster tauchten die Marg-Sabl-TIEs auf; sie stießen an der Backbordseite der *Chimaera* nach oben und preschten Savits Sternzerstörer entgegen. »Sobald die Sternjäger genügend Entfernung erreicht haben, richten Sie den Bug wieder auf die *Firedrake* aus.«

Beim ersten Katapultmanöver hatte Faro nicht wirklich etwas sehen können. Aber diesmal waren die vier dunklen TIE-Jäger einen Moment lang zu erkennen, als sie mit deaktivierten Systemen am Rumpf der *Chimaera* vorbeiglitten. Dann setzten sie ihren Kurs in Richtung Savits Streitmacht fort und verschmolzen mit der Schwärze des Alls. Die Marg-

Sabl-TIEs taten derweil alles, um mit ihren aggressiven Flugmanövern Savits Aufmerksamkeit auf sich zu lenken.

Faro blickte auf ihr Notepad. *Savit kann es sich nicht leisten, dass im Protokoll steht, er habe den ersten Schuss abgegeben. Folglich wird er warten, bis die* Chimaera *das Gefecht eröffnet. Leiten Sie ein Marg Sabl ein. Savit wird die Vorbereitungsmanöver erkennen und auf diese TIEs warten. Das sollte ihn von dem Katapultmanöver für die vier TIEs ablenken.*

Sie hob wieder den Kopf und blickte der Hauptgruppe der Sternjäger nach, während diese sich der *Firedrake* näherten.

Hoffentlich waren die Risiken, die Thrawns Plan barg, in diesem Fall wirklich nur eine Illusion.

20

Die *Steadfast* wartete nun schon seit einer ganzen Weile in Kampfbereitschaft – viel länger, als Eli lieb war.

Warten war ihm immer eine Qual. Aber auf einen Kampf zu warten war besonders schlimm.

Doch jetzt schienen die Dinge in Bewegung zu geraten.

»Da.« Er deutete auf das taktische Display.

»Ich sehe es«, sagte Ar'alani ruhig. »Subkommandant Tanik?«

»Ein kleines Schiff. Zu klein, um schwer bewaffnet zu sein«, meldete der Sensoroffizier. »Vermutlich ein Späher. Definitiv ein Grysk-Bautyp.«

Eli betrachtete das Schiff, während es in der Ferne an der *Steadfast* vorbeiglitt. Falls die Hauptstreitmacht der Grysk an derselben Stelle auftauchte …

Aber dafür gab es natürlich keine Garantie. Im Gegenteil, es war sogar unwahrscheinlich. Nachdem ihr Späher wieder in den Hyperraum gesprungen war und seinen Bericht übermittelt hatte, würden die anderen Schiffe vermutlich einen viel näheren Zielpunkt wählen und ihn aus einer vollkommen anderen Richtung ansteuern.

Ar'alani stand darum vor einer gefährlichen Wahl. Sollte sie hier neben dem verbliebenen Schiff des Grysk-Außenpostens warten; oder sollte sie sich zurückziehen, um nicht in einen Hinterhalt zu geraten, falls der Feind direkt über ihr auftauchte?

Der Erste Offizier Khresh trug sich offenbar mit denselben Gedanken. »Der Späher hat uns gesehen, Admiral«, sagte er. »Sollen wir unsere Position ändern?«

Ein Lichtfleck auf dem taktischen Display zeigte an, dass das Grysk-Schiff wieder im Hyperraum verschwunden war. »Das ist die Frage, Seniorkapitän Khresh«, erwiderte Ar'alani. »Wird unser Feind *erwarten*, dass wir die Position ändern?«

»Kommt darauf an, wie intelligent er ist«, erklärte Khresh. »Oder darauf, für wie intelligent er sich *hält.*«

»Und auf sein Wissen über die Chiss und die Kampfstrategien der Chiss«, fügte Ar'alani an. »Nun, wir werden es herausfinden.«

»Dann bleiben wir hier?«

»Wir bleiben hier.« Der Admiral hob die Stimme. »An alle Stationen: kampfbereit machen. Der Feind wird bald das Schlachtfeld erreichen.«

Sie blickte Eli an. »Lieutenant Vanto, sind Ihre Jäger und Traktorstrahltechniker bereit für Ihr Katapultmanöver?«

»Ja, Admiral«, bestätigte Eli. Oder zumindest waren die Techniker so bereit, wie man es eben sein konnte, wenn man ein kompliziertes Manöver zum allerersten Mal durchführte.

Aber es gab keine andere Möglichkeit; sie hatten nur diesen einen getarnten Gravitationsfeldgenerator, und hätten sie damit geübt, wären sie das Risiko eingegangen, dass er beschädigt wurde. Davon abgesehen hatten sie nicht gewusst, ob oder wann die Grysk einen Späher herschicken würden. Wäre er in ihre Übung hineingeplatzt, hätte das dem Feind zu viel über das Manöver verraten, das Eli und Ar'alani planten.

Und das wäre katastrophal gewesen. Das Überraschungsmoment war ein kritischer Bestandteil des Plans. Die Grysk durften nichts ahnen, bis es zu spät war.

»Gut«, sagte Ar'alani. »Navigatorin Vah'nya?«

»Ich bin bereit, Admiral«, erwiderte Vah'nya von der Navigationsstation. Sie zögerte. »Admiral, könnte ich mich kurz mit Lieutenant Eli'van'to unterhalten?«

Ar'alani bedachte Eli mit einem neugierigen Blick, aber dann zog sie die Schultern hoch und erteilte ihm mit einem Wink ihre Erlaubnius.

Also löste er seine Sicherheitsgurte und trat an die Navigationskonsole. Vah'nya blickte nicht zu ihm auf, starrte nur weiter auf ihren Bildschirm. »Ich bin hier, Navigatorin«, sagte Eli schließlich. »Gibt es ein Problem?«

»Ich weiß nicht«, erwiderte sie mit leiser Stimme. »Vielleicht. Glauben Sie, Großadmiral Mitth'raw'nuruodo wird seine Schlacht rechtzeitig gewinnen, um uns zu Hilfe zu kommen?«

Eli zögerte. Das roch nach einer verbalen und philosophischen Falle. Für eine stolze Spezies wie die Chiss stellte allein die Vorstellung, dass sie auf fremde Hilfe angewiesen waren, eine Beleidigung dar. »Ich weiß nicht«, begann er. »Aber wir brauchen Großadmiral Mitth'raw'nuruodo nicht. Wir haben Admiral Ar'alani und Krieger der *Steadfast* von der Verteidigungsflotte der Aszendenz. Wir werden mit allem fertig, was die Grysk uns entgegenwerfen.«

Ein Lächeln huschte über ihr Gesicht. »Sie haben das Chiss-Credo wirklich verinnerlicht, Lieutenant Eli«, sagte sie. »Aber

Sie sind noch immer ein Mensch.« Sie schluckte sichtbar. »Könnten Sie eine Navigatorin töten?«

Eli spürte, wie sein Kiefer herunterklappte. »Verzeihung?«

Vah'nya atmete tief ein und ließ die Luft dann in einem leisen Seufzen aus ihrer Lunge entweichen. »Ich habe den Geist von Un'hee berührt«, wisperte sie, so leise, dass Eli sie kaum verstehen konnte. »Ich habe gesehen, was die Grysk ihr antaten. Wie tief sie in ihren Geist und ihre Seele eindrangen. Wie sie ihre geheimsten Wünsche und Ängste ans Licht zerrten, ihre tröstlichsten Erinnerungen und ihre liebsten Hoffnungen. Ich habe gesehen, wie sie all diese Dinge verdrehten und beschmutzten und sie zu ihren eigenen Werkzeugen machten.

Ich habe gesehen, wie sie Un'hees Seele brachen.«

Sie hielt inne. Eli wollte sie trösten, aber er wusste, nichts, was er sagen könnte, würde ihr helfen. Also blieb er stumm.

»Sie sind ein grausamer Feind, Eli«, fuhr sie fort. »Ihr Imperium zwingt seinen Sklaven durch Soldaten und Waffen und Schlachtschiffe seinen Willen auf. Aber die Grysk ... Drei können eine ganze Nation kontrollieren. Hundert können eine ganze Welt beherrschen. Milliarden Wesen mit gebrochenen Herzen und gebrochenen Seelen, die bereit sind, für eine Handvoll Fremder zu kämpfen und zu sterben, ohne je aufzubegehren, ohne je zu rebellieren. Ohne je zu hoffen.«

Jetzt blickte sie ihn an, und die Intensität in ihren Augen ließ ihn ein wenig zurückzucken. »Ich will nicht, dass das mit mir passiert, Eli. Oder mit meinen vier Navigator-Schwestern. Oder dass Un'hee es noch einmal durchleiden muss.«

»Ich weiß, wie Sie sich fühlen«, sagte Eli. Er wusste jetzt, worauf sie hinauswollte, und eine Gänsehaut lief ihm über den Rücken. »Was kann ich tun?«

»Sie wissen, dass die Ermordung einer Navigatorin sofort mit dem Tod bestraft wird«, sagte Vah'nya. »So ist es schon seit den frühen Tagen der Aszendenz gewesen. Es ist so tief in unserer Gesellschaft verwurzelt, dass kein Chiss je nur auf die Idee kommen würde, so etwas zu tun.«

»Aber ich bin kein Chiss ...«

»Sie sind kein Chiss.« Sie blickte ihm direkt in die Augen. »Sollte der Moment kommen, wenn alle Hoffnung verloren ist ... wenn die *Steadfast* eine wehrlose Hülse ist und die Grysk durch die Schleusen an Bord strömen ... möchte ich, dass Sie mich und meine Schwestern töten.«

Da war sie. Die Bitte, von der er gewusst hatte, dass sie kommen würde.

Eine Bitte, auf die er keine gute Entgegnung hatte.

Doch als er Vah'nyas Blick erwiderte, wusste er, dass es nur eine Antwort geben konnte.

»Ich würde nie etwas tun, das Ihnen Schaden zufügt, Vah'nya«, erklärte er leise. »Sie sind vermutlich der einzige Freund, den ich an Bord der *Steadfast* habe, und ich würde ohne Zögern mein Leben geben, falls ich dadurch Ihres retten könnte.« Er atmete tief ein. »Aber es gibt Schlimmeres als den Tod, und ich denke, unter das Joch der Grysk gezwungen zu werden gehört dazu. Sollte die *Steadfast* wirklich untergehen, dann haben Sie mein Wort, dass Sie und Ihre Schwestern dieses Martyrium nicht durchleiden müssen.«

Vah'nya schlug die Augen nieder. »Danke. Und jetzt lassen Sie uns beide dafür sorgen, dass es nicht so weit kommt.«

»Gute Idee.« Er berührte sie aufmunternd an der Schulter, dann wollte er seine Hand zurückziehen.

Aber Vah'nya hielt sie fest und drückte sie. Einen kurzen Moment lang konnte er die Kälte ihrer Haut und die Spannung ihrer Muskeln fühlen. Anschließend neigte sie den Kopf und ließ ihn los. »Danke«, flüsterte sie noch einmal.

»Lieutenant Eli'van'to?«, rief Ar'alani, während sie von ihrem Sessel aufstand. »Kehren Sie auf Ihre Station zurück.«

»Natürlich, Admiral.« Er berührte ein letztes Mal Vah'nyas Schulter, dann eilte er über die Brücke zu seinem Platz zurück.

Ar'alani erwartete ihn bereits. »Hat sie Ihnen von ihrer Furcht und ihrer Bitte erzählt?«

Eli blickte sie überrascht an. Wie viel wusste sie wohl? Aber ihr Gesicht gab keine Emotionen preis. »Ja, das hat sie.«

»Und sind Sie bereit, diese Bitte zu erfüllen?«

Er schluckte. Ja, sie wusste es. Alles. Und falls er zugab, dass er ein kulturelles Verbrechen auch nur in Betracht zog ... Aber er wollte sie nicht anlügen. »Ja, Admiral, das bin ich.«

Ar'alani musterte ihn noch einen Moment, ehe sie sich den Anzeigen widmete. »Dann halten Sie sich bereit, Lieutenant. Und lassen Sie uns hoffen, dass Großadmiral Mitth'raw'nuruodo ebenso gut auf diese Schlacht vorbereitet ist wie wir.«

Eli nickte. »Das ist er, Admiral. Das ist er immer.«

»Gut.« Ohne ihn noch einmal anzusehen, kehrte Ar'alani zu ihrem Kommandosessel zurück.

Eli blickte ihr nach. *Vielleicht stirbt sie heute.* Der düstere Gedanke stach in sein Herz. Vielleicht würde Vah'nya sterben. Vielleicht würden sie alle sterben. Aber falls es dazu kam, würde er alles in seiner Macht tun, damit sie nicht umsonst starben.

Und damit sie möglichst viele Grysk mit ins Grab nahmen.

»Das ist Wahnsinn«, sagte Savit, sein Tonfall ebenso ratlos wie sein Gesichtsausdruck.

Seine Finger waren weiterhin in Ronans Arm gekrallt. Aber inzwischen spürte Ronan es kaum noch.

Denn das hier war *wirklich* Wahnsinn. Die *Chimaera* konnte es nicht allein mit vier Sternzerstörern aufnehmen. Das wusste er, das wusste Savit, und eigentlich sollte das auch Commodore Faro wissen.

Und dennoch kam die *Chimaera* ihnen weiter entgegen. Mehr noch, sie hatte sogar eine Staffel ihrer TIE-Jäger starten lassen.

Sollte das ein Bluff sein? Das wäre die einzig logische Erklärung.

Aber Faro war ein Commodore und Savit ein Großadmiral. Die Kluft zwischen ihren Rängen war gleichzeitig auch eine Kluft in Sachen Erfahrung, in Sachen Kompetenz. Savit würde den Bluff durchschauen, und die *Chimaera* würde mitsamt ihrer Mannschaft den Preis für Faros Torheit zahlen.

»Warum nennen Sie es Wahnsinn?«, wollte Thrawn wissen. Im Gegensatz zu Savit klang er vollkommen gelassen. »Glauben Sie nicht, dass ich Sie besiegen könnte?«

Reflexartig rumpelte ein bellendes Lachen aus Ronans Brust hoch, aber es erstarb, noch ehe es über seine Lippen kommen konnte. Savits Gesichtsausdruck hatte sich schlagartig verändert ...

»Eins gegen eins könnten Sie vielleicht gewinnen«, sagte der Großadmiral, plötzlich in misstrauischem Ton. »Aber hier steht es vier gegen eins. Und Sie sind auf meinem Schiff, nicht auf der *Chimaera*.«

»Ihre Aussage setzt drei Dinge voraus«, erwiderte der Chiss. »Erstens, dass die Kommandanten Ihrer Schiffe die Beweise für Ihre Verbrechen ignorieren werden. Zweitens ...«

»Sie haben keine *Beweise*, Thrawn«, donnerte Savit. »Nur

Hinweise und Theorien und Andeutungen. Meine Kommandanten sind schlau genug, nicht auf einen so transparenten Trick hereinzufallen.«

»Zweitens«, fuhr Thrawn fort, »setzen Sie voraus, dass ich Sie nicht kenne.«

Savit runzelte die Stirn. »Was soll das heißen?« Seine Stirn glättete sich wieder. »Oh, richtig. Ihre berühmte Den-Feind-durch-seine-Kunst-kennenlernen-Technik. Tja, Pech für Sie. Ich besitze keine Kunstwerke, und all die Stücke im Anwesen meiner Familie wurden von meinen Eltern ausgewählt. Oder glauben Sie, ich habe meine Kampftechniken vom Kunsthändler meines Vaters erlernt?«

Einmal mehr ignorierte Thrawn die Unterbrechung. »Drittens, Sie haben drei Sternzerstörer, nicht vier.«

Savit schnaubte. »Was denn, hat Ihre Spezies ein anderes Zahlensystem?«

»Es befinden sich drei Sternzerstörer in Reichweite«, erklärte Thrawn. »Die *Harbinger* und Captain Pellaeon wollten Sie ganz bewusst aus der Konfrontation heraushalten.«

Einen Moment lang schlossen sich Savits Finger fester um Ronans Arm, bevor sie sich wieder entspannten. »Pellaeon ist vollkommen loyal.«

»Dem stimme ich zu«, nickte der Chiss. »Aber seine Loyalität gilt dem Imperium, nicht Ihnen.«

Ronan sog den Atem ein. Thrawn irrte sich. Es war Zeit, diese Sache zu beenden. »Also gut, das reicht jetzt«, ergriff er das Wort. »Wir sollten uns alle ein wenig beruhigen.«

»Finden Sie denn nicht, dass Großadmiral Savits Verbrechen genauer untersucht werden sollten?«, fragte Thrawn.

»Natürlich«, sagte Ronan. »Aber sie sind es nicht wert, deswegen so viele gute Männer und Frauen zu opfern. Dann hat er eben ein paar Turbolaser gestohlen – na und? Stardust kann so geringfügige Verluste verkraften.«

»Und das Prinzip gebrochenen Vertrauens, das Prinzip des Verrats?«, beharrte Thrawn. »Ist das auch unbedeutend für Sie?«

»*Sie* wollten ihn doch gerade noch von all seinen Verbrechen freisprechen, solange er ihnen im Kampf gegen die Grysk hilft«, konterte er. »Wo liegt der Unterschied zwischen Ihrer Argumentation und meiner?«

»Ganz einfach: Ich hatte nie vor, ihn von seinen Verbrechen freizusprechen. Ich bot ihm lediglich eine Gelegenheit, Tapferkeit und Loyalität zu beweisen, damit man ihm ein gewisses Maß an Milde zugesteht, wenn sein Urteil verkündet wird.«

Ronans Lippe zuckte. Als hätte Savit sich je auf so ein Geschäft eingelassen. Der Mann hatte recht: In politischen Belangen war der Chiss *wirklich* vollkommen inkompetent.

»Aber ich weiß Ihre Sorge um die Männer und Frauen an Bord dieser Schiffe zu schätzen«, fuhr Thrawn fort. »Würden Sie sich besser fühlen, falls ich Admiral Savits Streitkräfte besiege, ohne dabei Leben zu vergeuden?« Er zog eine Augenbraue hoch. »Admiral?«

Ronan blickte seitlich zu Savit hinüber. Die Augen des Großadmirals waren schmal geworden, seine Miene wirkte wie versteinert. Und hinter dem Zorn und der Entschlossenheit in seinen Augen entdeckte Ronan eine neue Emotion: Verunsicherung.

»Vielleicht könnte *Ihnen* so ein Kunststück gelingen«, brummte er. »Aber wie gesagt, Sie sind hier, nicht auf Ihrem Schiff.«

»Wohl wahr.« Thrawn legte den Kopf schräg. »Glauben Sie, das macht einen Unterschied?«

»Einen sehr großen Unterschied sogar«, entgegnete Savit. Er bedeutete dem Kommoffizier, einen Kanal zu öffnen. »Captain Rasdel?«, rief er.

»Ja, Admiral?«, meldete sich Rasdel über die Brückenlautsprecher.

»Rücken Sie mit der *Misthunter* gegen die *Chimaera* vor«, befahl der Großadmiral. »Machen Sie die Ionenkanonen feuerbereit. Alle sechs.«

Eine unmerkliche Pause, dann: »Ja, Sir.«

Savit hörte das Zögern ebenfalls. »Hinterfragen Sie meine Anweisungen, Captain?«, blaffte er.

»Nein, Sir, natürlich nicht«, versicherte Rasdel hastig. »Es ist nur ... Würde es gut aussehen, jemanden anzugreifen, der Anschuldigungen gegen Sie erhebt?«

»Wollen Sie die *Chimaera* lieber näher herankommen lassen, bis sie ihre Turbolaser gegen uns einsetzen kann?«, entgegnete Savit. »Würde das ihr empfindliches Gewissen trösten, bevor Sie und Ihre gesamte Brückenmannschaft untergehen?«

»Nein, Sir«, antwortete Rasdel steif.

»Davon mal ganz abgesehen hat die *Chimaera* TIE-Jäger abgesetzt«, erinnerte Savit ihn. »Das stellt an sich schon einen Akt der Aggression dar.«

Ronan schürzte die Lippen. Ja, Faro hatte ein paar ihrer Jäger starten lassen. Und ja, das könnte man definitiv als Herausforderung interpretieren.

Andererseits schienen sich diese Jäger eine Menge Zeit zu nehmen, während sie auf ihren individuellen Vektoren der *Firedrake* und den anderen Sternzerstörern entgegenflogen. Es war definitiv nicht, als würden sie sich in die Schlacht stürzen.

»Verstanden, Admiral«, sagte Rasdel. »Wir bringen die *Misthunter* bis auf Kampfdistanz heran.«

»Gut. Feuern Sie, sobald Sie in Reichweite sind.«

Savit wird den Angriff nicht selbst starten. Er möchte nicht direkt involviert sein, zumindest nicht anfangs. Außerdem will er die Loyalität seiner Untergebenen auf die Probe stellen und nebenbei ihre Fertigkeiten testen, ehe er ihnen anspruchsvollere Aufgaben zuweist. In der Regel startet er Offensiven von der linken Flanke aus; der Angriff wird höchstwahrscheinlich aus dieser Richtung kommen.

Faro blickte durch die Aussichtsfenster. Die *Misthunter* hatte sich von der Backbordseite der *Firedrake* gelöst; vermutlich sollte sie an Savits statt den Kampf eröffnen.

Der erste Angriff wird aus Ionensalven bestehen. Savit beginnt gerne vorsichtig, außerdem werden viele seiner Offiziere die Chimaera *lieber kampfunfähig machen wollen, als sie zu zerstören, und er möchte diese Offiziere nicht misstrauisch machen. Verteidigen Sie sich mit Ihren eigenen Ionenkanonen.*

»Ionenkanonen: Visieren Sie die Ionenbatterien der *Misthunter* an«, rief Faro. »Sobald sie das Feuer eröffnen, schießen wir zurück.«

»Verstanden, Commodore.«

Faro schloss die Finger fester um ihr Notepad. Genau wie Thrawns Katapultmanöver beruhte auch dieser Schritt auf handfester Wissenschaft. Andererseits hatte sie noch nie von jemandem gehört, der eine Ionensalve mit einer anderen Ionensalve gekontert hatte.

In der Theorie war es natürlich so, dass die meisten Verteidiger im Chaos einer Schlacht nicht erkennen konnten, wann oder woher ein Ionenangriff abgefeuert wurde, und dass ihnen deshalb nicht genug Zeit für eine Reaktion blieb. In diesem Fall war das *Woher* aber keine Frage.

Und genau so wollte Thrawn es auch.

Was Faro zurück zu der eigentlichen Frage führte. Sie wusste, dass sich eine Handvoll hochrangiger Offiziere als Hobbykünstler versuchte, und einige weitere besaßen ausladende Kunstsammlungen. Würde Thrawn auch nur eine Stunde in ihren Ausstellungsräumen verbringen, könnte er sie danach auf jedem Schlachtfeld Stück für Stück auseinandernehmen.

Aber Savit hatte keine derartige künstlerische Ader. Faro hatte gehört, dass er Musik schrieb, aber Musik war nie Teil von Thrawns einzigartigem Talent gewesen.

Andererseits gehörte Savits Familie eine riesige Kunstsammlung. Falls es einige Werke darunter gab, die der Großadmiral besonders mochte, oder falls er ein paar davon in seinem eigenen Trakt des Familienwesens aufbewahrte – *und* falls Thrawn an eine Liste dieser Kunstwerke herangekommen war –, dann könnte das vielleicht ausreichen.

»Ionenladungen!«, rief Hammerly. »Sechs Schüsse von der *Misthunter.*«

»Gegenbeschuss eingeleitet«, schnappte Pyrondi.

Faro hielt den Atem an, während sich die beiden Salven aufeinander zubewegten. Die leuchtenden Linien kreuzten sich …

Und die Dämmfelder, welche die Strahlen bündelten, neutralisierten einander gegenseitig. Die freigesetzten Ionen explodierten daraufhin in einem spektakulären Feuerball.

Jemand in der Mannschaftsgrube stieß einen ungläubigen Laut aus. *Das kannst du laut sagen*, dachte Faro.

Falls die erste Salve fehlschlägt, werden sie einen zweiten und vermutlich auch einen dritten Versuch unternehmen. Diese

Angriffe werden vehementer ausfallen. Ihre beste Verteidigung dagegen ...

»Uns steht noch ein Angriff bevor«, rief Faro. »Und falls er durchkommt, könnte das unser aller Todesurteil sein. Also konzentriert euch, Leute.«

»Feuer!«, befahl Savit. *Seine Stimme klingt herrisch. Seine Mimik und Körperhaltung deuten Ungläubigkeit und wachsenden Zorn an. Die Finger seiner linken Hand zucken, eine steife Bewegung, hinter der sich Ungeduld verbirgt.*

Die Ionengeschosse der Chimaera *rasen der Salve von der* Misthunter *entgegen. Diesmal haben die Kanoniere sogar noch schneller reagiert, und die Explosionen ereignen sich dichter vor der* Misthunter.

»Noch mal!«, schrie Savit. *Erneut zucken die Finger seiner linken Hand, diesmal energischer. Seine Haltung kündet von neuer Entschlossenheit.*

Die Misthunter *gibt eine weitere Salve ab. Der Gegenbeschuss von der* Chimaera *zerstört alle Ionenstrahlen bis auf einen, und der geht deutlich an seinem Ziel vorbei. »Stormbird,* warum unternehmen Sie nichts? Feuer aus allen Ionenkanonen – *jetzt gleich*!«

»Ja, Sir«, bestätigte Lochry. *Sein Tonfall ist nervös. Vielleicht kann er nicht glauben, dass ihre Angriffe wirkungslos verpuffen; vielleicht macht er sich auch Sorgen um den Geisteszustand seines Admirals.*

Savits Finger deuten nach rechts, dann nach vorne. »Genug ist genug«, sagte er. *Zorn und Entschlossenheit erfüllen seine Stimme.* »Lochry, machen Sie eine TIE-Staffel startklar. Fahren Sie mit dem Ionenbeschuss fort, bis die Jäger bereit sind, und lassen Sie sie auf mein Kommando angreifen.« *Die Hand, die noch immer um den Arm von Vizedirektor Ronan liegt, bewegt sich um ein paar Grad, woraufhin der Vizedirektor schmerzerfüllt das Gesicht verzieht.* »Sehen wir doch mal, wie weit Ihr Commodore Faro gehen will.«

Der zweite oder dritte Ionenangriff wird auch Salven von dem Schiff an Savits rechter Flanke beinhalten. Er selbst wird noch nicht in den Kampf eingreifen.

»Ionensalve von der *Misthunter*«, verkündete Hammerly.

»Gegenangriff eingeleitet«, sagte Pyrondi. »Ionengeschosse ...«

»Zweite Salve von der *Stormbird*«, fuhr Hammerly dazwischen.

Die Ionenkanonen der *Chimaera* konnten nicht zwei Salven gleichzeitig abwehren, das wusste Faro, und offensichtlich wusste das auch Savit.

Zum Glück hatte Thrawn einen solchen Zug vorausgesehen. »Quach?«, rief sie.

»Schon dabei, Commodore«, antwortete der TIE-Commander abgehackt. »Linke Flanke auf Abfangvektor.«

Erneut überkam Faro dieses prickelnde Gefühl der Nervosität, während sie den Schirm betrachtete. Theoretisch sollten TIE-Jäger der Intensität von Ionenstrahlen standhalten, selbst solchen, die ganze Sektionen eines Großkampfschiffes lahmlegen konnten.

Aber in Thrawns Szenario müssten die Jagdmaschinen gleich mehrere Treffer einstecken. Falls die Ladung der nachfolgenden Salven durch die Außenhülle drang, anstatt sich im All zu zerstreuen, würde das nicht nur die Systeme der TIEs zerstören, sondern auch die Elektronik in den Vakuumanzügen der Piloten.

Faro hatte versucht, für diese Eventualität zu planen, indem sie die Maschinen mit zusätzlichen Sauerstoffflaschen ausgestattet und zudem eine Notfallversorgung installiert hatte, die direkt an den Helm angeschraubt werden konnte, ohne dass sie erst durch andere Systeme des Anzugs gemischt oder gefiltert werden musste. Aber falls die Ladung, die durch die Hülle drang, zu stark wurde und die Piloten betäubte oder lähmte, dann wären all diese Hilfsmittel umsonst.

Die TIEs auf der Backbordseite der *Chimaera* waren nun in Position und rasten direkt auf die Ionensalve von der *Stormbird* zu. Glücklicherweise hatte sich die *Stormbird* im Gegensatz zur *Misthunter* nicht vor Savits Flaggschiff gesetzt, sondern stattdessen seine Position hinter der *Firedrake* beibehalten. Das bedeutete, dass ihre Ionengeschosse länger unterwegs waren und die TIEs auf dieser Flanke genug Zeit hatten, um ihre Abfangposition einzunehmen. Faro hielt den Atem an ...

Das Timing war perfekt. Die TIEs flogen frontal in die Salve hinein und fingen fünf von sechs Geschossen ab. Die Ionenladungen brachen sich wie Wellen an ihren runden Cockpits und kantigen Flügeln und platzten in einem Lichterspektakel auseinander. Das sechste Geschoss streifte die Jäger nur, aber das Dämmfeld um die Ionen brach kurz darauf zusammen, und die Ladung löste sich ein paar Hundert Meter entfernt ebenfalls auf. Faro warf einen Blick auf die Statusanzeigen und stellte fest, dass die Systeme der sechs TIE-Jäger nach der gewaltigen, elektrischen Entladung ausgefallen waren.

Alle Systeme, einschließlich ihrer Komms und Biowerte. Bis eines oder beide Systeme wieder hochfuhren, würde niemand wissen, ob die Piloten überlebt hatten.

Doch daran ließ sich nichts ändern. Die zweite Salve, die von der *Misthunter*, war einmal mehr durch die Ionenkanonen der *Chimaera* neutralisiert worden, aber Savit würde ganz sicher nicht aufgeben.

Es wird einen letzten Ionenangriff von den beiden Schiffen geben. Nachdem die TIEs an einer Flanke lahmgelegt wurden, wird Savit versuchen, die andere Flanke auf dieselbe Weise auszuschalten.

»Steuerbord-TIEs, *los*«, befahl Faro.

»Rechte Flankenstaffel bestätigt«, meldete Quach.

Sie blickte wieder zu den Aussichtsfenstern hoch, wo die antriebslosen TIEs der *Chimaera* weiter von links nach rechts über das Schlachtfeld trieben. Die Sternjäger von der Steuerbordseite rasten an ihnen vorbei, um ihre Position einzunehmen und die Backbordseite des Sternzerstörers zu schützen.

»Kanonen und Traktorstrahlen, bereithalten«, sagte Faro. Falls Thrawn Savit richtig eingeschätzt hatte, würde der Admiral jetzt versuchen, die Jäger von Faros Marg-Sabl-Staffel zu neutralisieren.

Und tatsächlich: Noch während die Steuerbord-TIEs um die Nase der *Chimaera* herumflogen, feuerten die *Misthunter* und die *Stormbird* zwei weitere Ionensalven ab.

Er wird annehmen, dass Sie seinem nächsten Angriff mit derselben Verteidigungsstrategie begegnen. Stattdessen werden Sie aber ...

»Kanonen eröffnen Feuer«, informierte Pyrondi sie. »Traktorstrahl aktiviert.«

Vor den Aussichtsfenstern setzten die TIEs ihr Rennen auf die Backbordseite fort, den Ionenladungen entgegen, die von der *Stormbird* heranbrandeten ...

Doch da blitzten die Ionenkanonen der *Chimaera* auf, und ihre Geschosse lösten die feindliche Salve auf, lange bevor sie die TIEs erreichte.

Faro richtete den Blick auf die andere Salve, die von der *Misthunter*, die auf die Steuerbordseite der *Chimaera* abzielte. Die leblosen TIEs, die träge in diese Richtung getrieben waren, beschleunigten plötzlich, als Pyrondis Traktorstrahl sie erfasste und in einem spitzen Winkel an die *Chimaera* heranzog – direkt in den Vektor der heranrasenden Geschosse hinein ...

Die TIEs und die Ionenladungen kollidierten in einer weiteren Explosion sich zerstreuender Energie.

»Nach Steuerbord neigen!«, befahl Faro. Die hilflosen Sternjäger änderten ihre Flugrichtung, als ein zweiter Traktorstrahl sie erfasste und direkt auf die Flanke des Sternzerstörers zuzog ...

Und sie glitten unversehrt daran vorbei, als Agral die *Chimaera* auf die Seite legte und den Weg für die TIEs frei machte.

Faro presste die Lippen zusammen. Bislang hatte Thrawn jede von Savits Aktionen vorausgesehen.

Aber nun war die erste Phase der Schlacht vorbei. Savit hatte versucht, sich seinen Offizieren als vernünftig zu präsentieren, und auf tödliche Waffen verzichtet, und er war gedemütigt worden.

Im Anschluss an diese Angriffe wird er sofort seine TIE-Jäger starten lassen.

»Also gut«, murmelte Faro leise. »Dann zeig mal, was du kannst.«

21

Endlich war das Warten vorbei.

»Zwei Grysk-Schiffe sind aus dem Hyperraum aufgetaucht«, berichtete Sensoroffizier Tanik mit förmlicher Stimme.

Und es waren große Kreuzer, wie Eli mit einem Anflug von Unbehagen feststellte. Die Kriegsschiffe, die den Beobachtungsposten und die Kommunikationstriade beschützt hatten, waren ein wenig kleiner gewesen als die *Steadfast*; diese beiden hingegen waren anderthalbmal so groß wie Ar'alanis Schiff. Somit lag das Kräfteverhältnis eher bei drei zu eins als bei zwei zu eins.

Mehr noch, bei ihrer Größe könnten die Kreuzer jeweils bis zu dreißig Sternjäger an Bord zu haben. Eli kannte sich gut genug mit der militärischen Geschichte des Imperiums aus, um zu wissen, dass ein oder zwei Jägergeschwader in einer Weltraumschlacht den Unterschied zwischen Sieg oder Niederlage ausmachen konnten.

»Kurs dreißig links, zwölf hoch, Entfernung tausendsechshundert«, fuhr Tanik fort.

Also waren sie deutlich näher aufgetaucht als der Späher

von vorhin – nur knapp halb so weit von der *Steadfast* entfernt. Vermutlich war der Grysk-Kommandant davon ausgegangen, dass Ar'alani ihre Position nach vorne verlagern würde und er sie überraschen könnte.

Und wäre sie zum Rücksprungpunkt des Spähers vorgerückt, dann wäre er jetzt tatsächlich in perfekter Position, um ihre Flanke anzugreifen.

Was natürlich nicht bedeutete, dass er es nicht trotzdem versuchen würde. So weit von jedem größeren Massekörper entfernt, konnten die Grysk einfach wieder in den Hyperraum springen und versuchen, hinter dem Heck der *Steadfast* zurückzufallen.

Aber Eli hielt es für unwahrscheinlich. Mikrosprünge waren ohne Navcomputer so gut wie unmöglich; Hyperraum-Navigatoren, wie die Grysk und Chiss sie einsetzten, brauchten eine gewisse Mindestdistanz, um effektiv zu arbeiten. Außerdem hatte Eli das Gefühl, dass die Grysk ein solches Hin- und Hergehüpfe als unter ihrer Würde betrachteten.

Grysk-Kommandanten zogen es vermutlich vor, ihrem Feind von Angesicht zu Angesicht gegenüberzutreten, während sie sie in die Knie zwangen.

»Bug auf den Feind ausrichten«, befahl Ar'alani. »Plasmasphären bereitmachen. Lieutenant Eli'van'to.«

»Traktorstrahlen einsatzbereit, Admiral«, meldete er. »Warten auf Ihr Kommando.«

»Noch nicht«, sagte Ar'alani, ihre Augen schmale Schlitze, während sie die beiden näher kommenden Kreuzer beobachtete; eines der Schiffe flog voran, während das andere dahinter eine geschützte Position einnahm. »Gleich ...«

»Das Führungsschiff setzt Jäger ab«, rief Tanik. »Zwanzig Kontakte.«

Genau darauf hatte Ar'alani gewartet, wie Eli wusste. Nun, da der Großteil seiner Sternjäger gestartet war und einen Angriff vorbereitete, konnte zumindest dieser Kreuzer nicht einfach so aus dem System springen; jedenfalls nicht, ohne dabei zwei Drittel seines Jägerkontingents zu verlieren. Die *Steadfast* konnte jetzt also mit ausreichender Zuversicht ihre Geheimwaffe einsetzen.

»Lieutenant Eli'van'to, Katapultmanöver einleiten.«

»Schon dabei, Admiral«, bestätigte Eli, während er den Befehl an die Traktorstrahltechniker weitergab. Eine Sekunde später ertönte das leise Surren überstrapazierter Triebwerke, als die Traktorstrahlen nach dem getarnten Gravitationsfeldgenerator unter dem Bauch der *Steadfast* griffen und ihn auf die Reise zu den fernen Grysk-Schiffen schickten. Jetzt mussten sie nur noch leicht den Bug so anheben, wie Thrawn sie instruiert hatte, und der Generator trieb gemächlich seinem Ziel entgegen.

Eli hatte bereits geschlussfolgert, dass die Grysk keinen Mikrosprung ausführen würden. Und falls sie auf ihrem gegenwärtigen Kurs blieben, würden sie schon bald überhaupt keinen Hyperraumsprung mehr ausführen können.

Es sei denn natürlich, sie hatten Mittel und Wege, um ihre eigene Tarntechnologie zu enttarnen.

Zischend ließ er den Atem zwischen seinen Zähnen entweichen. Auf diese Möglichkeit war er bislang noch gar nicht gekommen. Falls die Grysk den Gravitationsfeldgenerator auf sich zukommen sahen, würde der gesamte Plan auseinanderfallen.

Aber dann dachte er daran, wie sehr sich die Grysk im Kampf auf ihre Dienerspezies verließen. Und da sie ihre bestgehüteten Geheimnisse sicherlich nicht mit diesen Dienern teilen wollten, würden sie sie auch nicht auf Schlachtschiffen mit gemischter Besatzung einsetzen. Ganz zu schweigen von der Möglichkeit, dass ein Feind in den Trümmern eines besiegten Grysk-Schiffes diese Technologie bergen könnte. Nein, ein solches Risiko wollten sie gewiss nicht eingehen.

Trotzdem musste er die Möglichkeit natürlich im Hinterkopf behalten.

Ein hohes Trillern zeigte an, dass Ar'alani ihr Komm auf eine offene Frequenz geschaltet hatte. »Hier spricht Admiral Ar'alani vom Schlachtschiff *Steadfast*«, intonierte sie. »Die Grysk-Hegemonie ist in das Territorium des Galaktischen Imperiums eingedrungen und hat zahlreiche Verbrechen begangen. Ich weise Sie hiermit an, dieses System und das Imperium zu verlassen und unverzüglich in Ihr eigenes Hoheitsgebiet zurückzukehren.«

Es folgte ein Moment der Stille, dann drang ein leises, rasselndes Geräusch aus den Lautsprechern.

Eli runzelte die Stirn. War das Wut? Trotz?

Hohn?

»Hat die selbstherrliche Chiss-Aszendenz sich also zum Beschützer von Palpatines Imperium aufgeschwungen?«, fragte eine kühle, trockene Stimme. »Oder herrscht inzwischen Ihr heißgeliebter Admiral Mitth'raw'nuruodo an Palpatines Stelle?«

»Palpatines Imperium wird sich noch früh genug zeigen«, versprach Ar'alani. »Ich wiederhole: Ziehen Sie sich unverzüglich in Ihr eigenes Territorium zurück, oder Sie werden vernichtet, ebenso wie alle Schiffe, die Sie zuvor in dieses Gebiet geschickt haben.«

»Sie amüsieren mich, Admiral Ar'alani«, sagte der Grysk. Die Verachtung in seiner Stimme war nicht zu überhören.

»Ein wissenschaftlicher Beobachtungsposten, eine simple Kommunikations-Relaisstation und ein schlecht bewaffneter Vorratsfrachter? Wollen Sie sich wirklich mit Siegen über so hilflose Widersacher rühmen?«

»Sie haben die beiden Kriegsschiffe vergessen«, erinnerte Ar'alani ihn.

»Mitnichten«, erwiderte der Grysk. »Um das erste zu zerstören, brauchten Sie die Hilfe eines Schiffs des Imperiums. Und das zweite wurde ohne Ihr Zutun oder auch nur Ihre Gegenwart zerstört.«

»Ohne unser *militärisches* Zutun, vielleicht«, konterte Ar'alani. »Aber Admiral Mitth'raw'nuruodo setzte Chiss-Verhörmethoden ein, um die Position der Kommunikationsbasis zu ermitteln.«

Ein weiterer Moment der Stille. Eli blickte auf das taktische Display, wo sich die zwanzig feindlichen Sternjäger langsam der *Steadfast* näherten. Die meisten Angriffe der Grysk – zumindest die, über welche es Aufzeichnungen in den Datenbanken der Chiss gab – ähnelten den Attacken eines Raubtiers: schnell, brutal und entschlossen. Die Tatsache, dass ihr Kommandant sich mit Ar'alani unterhielt, ließ darauf schließen, dass er erst noch Informationen über die jüngsten Geschehnisse sammeln wollte.

Eli konnte es ihm nicht übelnehmen. Der Frachter, der vom Beobachtungsposten geflohen war, hatte sicherlich einen Bericht gesendet, aber er hatte nicht angeben können, ob die beiden Grysk-Wachen und ihre Sklaven tot waren. Nach Ar'alanis beiläufigem Kommentar über die Chiss-Verhörmethoden musste der Kommandant sich nun wundern, wie der Feind seine Relaisstation entdeckt hatte.

Was das Gefecht mit dem zweiten Schiff anging, so waren

vor der Zerstörung der Triade vermutlich nur ein paar Sekunden übertragen worden, kurz darauf gefolgt von der Zerstörung des Kriegsschiffes. Und nun trieb eines der beiden Antennenschiffe neben der *Steadfast*, ein unwiderlegbarer Beweis dafür, dass das Selbstzerstörungssystem der Grysk versagt hatte.

Mögliche Grysk-Gefangene, die möglicherweise unter den Verhörmethoden der Chiss nachgegeben hatten, die mögliche Erbeutung von Grysk-Technologie ... Der Kommandant mochte Verachtung und Amüsement vortäuschen, aber Eli zweifelte nicht daran, dass er nervös war. Er wollte Antworten, und falls er mit den verhassten Chiss sprechen musste, um sie zu bekommen, dann würde er das eben tun.

Eli lächelte grimmig. Ar'alani hatte nicht vor, der Grysk-Hegemonie irgendwelche Antworten zu geben.

Stattdessen würde sie ihnen eine finale Botschaft schicken. Falls sie überlebten ...

»Die Jäger beschleunigen«, sagte Tanik. »Sie fächern aus, um in Zangenformation anzugreifen.«

»Parameter?«

»Zwillingslaser, vier Raketen, leichte elektrostatische Barrieren.«

Aha: ein Durchschnittsmodell aus dem Jägerarsenal der Grysk. Keine schlechte Wahl. Bei einem geheimen Vorstoß tief in fremdes Territorium wollte ein Kommandant durchschlagkräftige Jagdmaschinen einsetzen, aber nichts Hochmodernes, was dem Feind in die Hände fallen könnte.

Aber vier Raketen pro Schiff? Das bedeutete insgesamt achtzig Raketen – weit mehr, als die Verteidigungssysteme der *Steadfast* verkraften könnten, sollten sie in schneller Folge abgefeuert werden. Mit ihren Zwillingslasern konnten die Jäger ihren Angriff außerdem effektiv fortsetzen, selbst nachdem alle ihre Raketen verschossen waren. Und dank der elektrostatischen Felder konnten sie einen, vielleicht sogar zwei Treffer mit Plasmasphären einstecken, ohne ernste Schäden davonzutragen.

Trotzdem war ein Sternjäger mit einer Plasmasphäre leichter zu treffen als mit einem gebündelten Laserstrahl, was wohl auch der Grund war, warum Ar'alani mit diesem Waffensystem beginnen wollte.

»Jäger behalten Formation bei«, sagte Tanik. »Beginnen mit Angriffsanflug.«

»Sphären?«, rief der Admiral.

»Feuerbereit«, bestätigte Khresh.

»Neunzig Grad nach Backbord gieren«, befahl Ar'alani. »Ziele erfassen und volle Steuerbordsalve vorbereiten.«

Die Sterne tanzten vor den Aussichtsfenstern vorbei, als die *Steadfast* den näher kommenden Maschinen ihre rechte Flanke zudrehte. »Erste Salve, *jetzt*«, sagte Ar'alani.

»Sphären abgefeuert«, verkündete Khresh. »Drehen uns nach Steuerbord.«

Einmal mehr gerieten die Sterne in Bewegung, diesmal in die andere Richtung, als die *Steadfast* ihre Backbordkanonen auf den Feind ausrichtete.

»Sie erwidern das Feuer!«, schnappte Tanik. »Zehn Raketen von den Jägern auf der Steuerbordseite. Die Maschinen auf der Backbordseite halten sich noch zurück.«

»Spektrallaser, Raketen erfassen«, rief Ar'alani. »Feuer nach eigenem Ermessen.«

Eli hielt den Atem an, während er auf seinem Schirm die leuchtenden Linien der feindlichen Flugkörper verfolgte und die leuchtenden Linien der Spektrallaser, die ihnen entgegenrasten. Normalerweise brauchte man mehrere Schüsse, um etwas so Kleines zu treffen, und Ar'alani verschwendete keine Zeit, um notfalls noch genug Raum und Zeit für eine zweite Salve zu haben.

Das rief natürlich die Frage auf, warum die Sternjäger so früh gefeuert hatten, anstatt zu warten, bis sie näher heran waren. Der erste Hagel von Plasmasphären kreuzte den Vektor der Raketen ...

Und fünf von ihnen wichen von ihrem Kurs ab, als das Plasma sie einhüllte und ihre Elektronik verschmorte, sodass ihre Kontrolldüsen ausfielen.

Einen Augenblick später explodierten die fünf restlichen Raketen in sich überlappenden Wolken aus Staub und Trümmern.

Diese Wolken hingen noch immer dicht in der Schwärze, als auch schon die zweite Plasmasalve hineinraste. Kurz war die Form der Sphären deutlich zu erkennen, als sie sich durch die Staubpartikel brannten ... dann platzten sie auseinander und verschwanden.

Eli schnitt eine Grimasse. *Darum* hatten die Jäger so früh gefeuert. Der Grysk-Kommandant hatte bereitwillig zehn Raketen geopfert, um seine Jäger vor den ersten Plasmasalven der *Steadfast* zu schützen und sie näher herankommen zu lassen.

Und sein Plan war aufgegangen. Oder zumindest größtenteils. »Wir haben zwei der Jäger getroffen«, berichtete Tanik. »Einer hat seine Barriere verloren – keine weiteren Schäden. Bei dem zweiten ist kurzzeitig die Elektronik ausgefallen, und er trudelt aus der Formation.«

»Steuerbordkanonen sind bereit für die nächste Salve«, sagte Khresh. »Abkühlphase der Steuerbordkanonen zu fünfzig Prozent abgeschlossen.«

»Die Trümmerwolken könnten noch weitere Sphären zerstören«, warnte Operationsoffizier Velbb.

Und im Gegensatz zu Spektrallasern waren Plasmasphären keine unbegrenzt verfügbaren Ressourcen. Sie hatten nur eine begrenzte Menge des Chemikaliencocktails an Bord, mit dem die Plasmageneratoren gefüttert wurden, um die Sphären zu erzeugen. Sobald ihnen die Munition ausging, würden die schweren Kanonen schweigen.

Der Grysk-Kommandant hatte Ar'alani dazu gebracht, zwei Salven zu verschwenden. Vielleicht war das ja seine Strategie: die Waffensysteme der *Steadfast* zu erschöpfen und dann zuzuschlagen.

Und da er noch einen zweiten Kreuzer mitsamt seinen Sternjägern und Raketen in petto hatte, wäre das gar kein dummer Plan. Er konnte sich dieses Spiel von Aktion und Reaktion jedenfalls länger leisten als die Chiss – es sei denn, Thrawn wurde rechtzeitig mit Savit fertig, um der *Steadfast* zur Hilfe zu eilen.

Sein Erscheinen auf dem Schlachtfeld wäre unerwartet, dramatisch und für die Grysk absolut fatal. Aber Eli und Ar'alani wussten beide, dass sie sich nicht auf den Großadmiral verlassen durften.

»Er spielt also gerne Spiele, wie?«, sagte Ar'alani, nach wie vor mit ruhiger Stimme. »Gut. Vielleicht können wir ja die Regeln ändern. Erster Offizier Khresh, können wir den flugunfähigen Sternjäger mit dem Traktorstrahl erfassen?«

»Ich denke schon, Admiral«, antwortete Khresh, ein wenig verunsichert. »Aber seine Systeme könnten jede Sekunde wieder anspringen, einschließlich der Kontrolle über Laser und Raketen.«

»Dann beeilen wir uns besser«, erwiderte Ar'alani. »Packen

Sie diesen Jäger mit dem Traktorstrahl und ziehen Sie ihn näher heran.«

»Näher heran …?« Khresh brach ab. »Admiral, haben Sie gehört, was ich sagte? Falls seine Systeme wieder anspringen …«

»Und sobald er nahe genug heran ist, geben Sie volle Energie auf den Traktorstrahl und rammen den Jäger gegen unsere Hülle«, fuhr Ar'alani ungerührt fort. »Hart genug, um ihn außer Gefecht zu setzen.«

Eli blickte zu Khresh hinüber und sah plötzliche Erkenntnis in den Augen des ersten Offiziers. »Verstanden, Admiral«, bestätigte er, und jegliches Zögern war aus seiner Stimme verschwunden. »Traktorstrahltechniker: anvisieren und ranziehen.«

Es dauerte fast eine halbe Minute, bis der Grysk-Kommandant reagierte. Vermutlich nahm er zunächst an, dass sein Sternjäger den lähmenden Effekt der Plasmasphären abgeschüttelt hatte und den Kampf wieder aufnehmen konnte. Die anderen Maschinen ringsum setzten ihren Angriff ebenfalls fort, wobei sie in sicherer Distanz zur *Steadfast* blieben, Lasern auswichen und in Zweier- oder Dreiergruppen ihre Raketen abfeuerten, um die Plasmaressourcen der Chiss zu erschöpfen.

Ar'alani schien die Grysk fürs Erste in dem Glauben lassen zu wollen, dass sie noch immer die Regeln dieses Spiels diktierten. Sie setzte hauptsächlich Laserfeuer gegen die feindlichen Raketen ein, feuerte aber immer wieder auch Plasmasphären ab, damit der Feind sich weiter auf diesen Teil der Schlacht konzentrierte.

Erst achtundzwanzig Sekunden nachdem die *Steadfast* den Traktorstrahl aktiviert hatte, schien sich der Grysk-Kommandant der unerwarteten Bedrohung bewusst zu werden. Doch da war es schon zu spät. Der hilflose Sternjäger war bereits zu weit von seinen Kameraden entfernt, als dass sie ihn noch retten könnten, und er bewegte sich zu schnell für ihre Raketen. Alles, was ihnen blieb, war, es mit ihren Lasern zu versuchen, aber da die Traktorstrahltechniker der *Steadfast* immer wieder willkürlich die Energieleistung und den Winkel des Strahls änderten, ließ sich seine Flugbahn nicht genau genug berechnen, um ihn sicher ins Visier zu nehmen.

Das feindliche Laserfeuer nahm an Heftigkeit zu, und vier der Maschinen feuerten in einem letzten Versuch ihre Raketen ab, aber an den Plasmasphären der *Steadfast* kamen sie nicht vorbei. Der gefangene Sternjäger raste dem Chiss-Schiff entgegen ...

... und dann prallte er mit einem Donnern gegen die Hülle, das man selbst auf der Brücke noch spüren konnte.

»Holen Sie ihn an Bord – schnell«, befahl Ar'alani. »Seniorkommandant Cinsar?«

»Wir sind bereit, Admiral«, meldete sich der fünfte Offizier der *Steadfast* über die Lautsprecher. »Techniker und Ausrüstung sind in Position.«

»Gut«, sagte Ar'alani. »Nehmen Sie den Piloten gefangen, falls er noch lebt, und machen Sie sich an die Arbeit.«

Sie blickte zu Khresh hinüber. »Jede Kriegsmaschine – egal, ob Schlachtschiff, Sternjäger oder Rakete – hat zumindest einen Schwachpunkt, den man ausnutzen kann«, erklärte sie. »Finden Sie ihn.«

Eli beobachtete, wie die Grysk ihre Zermürbungsstrategie gegen die *Steadfast* fortsetzten. Ihre Jäger stießen abwechselnd vor und zogen sich dann wieder zurück, damit die Chiss

Ressourcen verschwendeten, die ihnen bitter fehlen würden, sobald die Schlachtkreuzer selbst in das Geschehen eingriffen. Ar'alani hielt ebenfalls an ihrer Strategie fest und feuerte gerade genug der unersetzbaren Plasmasphären ab, um den Feind in Schach zu halten und ihren Technikern möglichst viel Zeit zu verschaffen.

Eine Bewegung auf der anderen Seite der Brücke ließ Eli aufblicken. Vah'nya winkte ihn zu sich herüber, einen besorgten Ausdruck auf dem Gesicht.

Eli zögerte. Aber im Augenblick spielte er in dieser Schlacht keine Rolle, also schnallte er sich los und eilte zu ihrer Station hinüber.

Auf dem Weg konnte er Ar'alanis Blick auf sich spüren, ebenso wie die Blicke einiger anderer Offiziere. Er wusste nicht, was sie davon hielten, dass er mitten im Kampf seinen ihm zugewiesenen Posten verließ, aber keiner von ihnen versuchte, ihn zurückzurufen.

»Gibt es Probleme, Navigatorin Vah'nya?«, fragte er, als er sie erreicht hatte.

»Eine Frage, Lieutenant Eli«, sagte sie. »Die Grysk sind unsere Feinde, und sie scheinen entschlossen, uns zu vernichten. Trotzdem bleiben ihre Kreuzer außer Kampfreichweite, und ihre Jäger halten sich ebenfalls zurück. Was haben sie vor?«

Eli zögerte. Wie viel sollte er ihr erzählen? Im Regelwerk der Verteidigungsflotte hieß es ausdrücklich, dass Strategien, Taktiken und Kampfanalysen nicht mit Navigatorinnen geteilt werden durften. Eli war nicht sicher, welchen Zweck dieses Verbot erfüllte: Sollten die Mädchen sich keine Sorgen machen, weil Furcht ihr Drittes Auge beeinträchtigen konnte? Oder lag es daran, dass Navigatorinnen in einer Schlacht einen Preis darstellten, den Feinde in der Regel lebendig erbeuten wollten?

Aber Vah'nya war intelligent, und sie erfüllte ihre Aufgabe schon viel länger als alle anderen Navigatorinnen an Bord. Sicher hatte sie im Lauf der Jahre bereits mehr gelernt, als den Flottenmeistern der Chiss lieb sein konnte.

»Sie wollen, dass wir unsere Verteidigungsressourcen erschöpfen«, erklärte er. »Spektrallaser können wir ewig abfeuern, zumindest solange wir Energie haben, aber es gibt nur eine begrenzte Zahl von Plasmasphären und Brecherraketen an Bord. Falls wir alle Sphären an ihre Jäger verschwenden, werden wir mehr oder weniger schutzlos sein, wenn sie ihre Kreuzer ins Spiel bringen.«

»Aber wir können doch einfach in den Hyperraum fliehen, oder?«, fragte Vah'nya. »Ich kann das Schiff von hier fortbringen, wann immer Admiral Ar'alani es wünscht.«

»Ja, theoretisch wäre das der Notfallplan.« Erneut fragte Eli sich, wie viel sie wohl wusste. »Zumindest, sofern es sich nicht in der Nähe einer planetaren Masse befindet.«

»Was ja nicht der Fall ist.«

»Richtig.« Er zögerte. Aber sie hatte es verdient, die Wahrheit zu erfahren. Außerdem hatten sie beide bereits entschieden, dass sie sich nicht lebendig gefangen nehmen lassen würden. »Aber die Grysk haben eine Methode, künstliche Gravitationsfelder zu erzeugen, die dieselbe Wirkung haben wie eine planetare Masse. Das Versorgungsschiff, das wir von dem Beobachtungsposten verjagt haben, hatte zum Beispiel einen solchen Generator.«

»Ja, ich erinnere mich«, nickte Vah'nya. »Sie haben ihn abgesetzt, damit die *Steadfast* sie nicht durch den Hyperraum verfolgen kann.«

»Richtig«, sagte Eli. »Ich schätze, dass Sie bereits solche Generatoren in diesem Gebiet ausgesetzt haben. Oder dass die Kreuzer selbst solche Generatoren an Bord haben, um uns hier an der Flucht zu hindern. So oder so scheinen sie ziemlich sicher zu sein, dass wir ihnen nicht entkommen können.«

Vah'nya dachte einen Moment über seine Worte nach. »Der kleine Generator des Versorgungsschiffes«, begann sie dann. »Wir haben ihn bereits abgesetzt, oder?«

»Ja«, bestätigte Eli. Noch ein Bestandteil ihrer Strategie, von dem die Navigatorin eigentlich nichts wissen sollte. »Admiral Ar'alani meinte, falls wir schon nicht vom Schlachtfeld fliehen können, soll der Feind auch nicht dazu in der Lage sein.«

Vah'nya lächelte schwach zu ihm hoch. »Meine beiden Brüder waren genauso, wenn sie mit mir stritten«, sagte sie. »Sie wollten weder nachgeben noch eine Niederlage eingestehen.« Das Lächeln verblasste. »Sie haben sich oft gegen mich zusammengetan – bevor die Flotte mich von meiner Familie trennte und mich herbrachte, meine ich natürlich. Diese Kämpfe endeten oft mit Blut.«

»Ihrem oder dem Ihrer Brüder?«

»Manchmal beides«, antwortete sie. »Meistens nur meines.«

Eli seufzte. »Das tut mir leid.«

»Schon gut«, versicherte sie ihm. »Die Flotte ist jetzt meine Familie, und sie hat mich gut behandelt.« Vah'nya nickte in Richtung Grysk-Schiffe, die regungslos auf der anderen Seite des Schlachtfeldes warteten. »Ich fragte mich nur, ob ich nach diesem Tag noch eine Familie haben werde. Oder ein Leben.«

»Das werden Sie«, versprach Eli. »Sehen Sie die Sache so: Als Sie mit Ihren Brüdern kämpften, hatten Sie keinen Admiral Ar'alani an Ihrer Seite.«

Ein weiteres Lächeln, diesmal ein wenig breiter. »Und ich hatte auch keinen Admiral Mitth'raw'nuruodo, der mir zu Hilfe kommt.«

»Genau«, sagte Eli, während er im Geiste die Finger kreuzte. Nein, sie hatte nicht Thrawns Hilfe gehabt.

Aber es gab auch keine Garantie, dass die *Steadfast* Thrawns Hilfe bekommen würde.

»Es sieht aus, als würden sie ihre Jäger austauschen, Admiral«, rief Khresh.

Eli blickte auf das taktische Display. Drei der Grysk-Jäger waren aus ihrer Angriffsformation ausgeschert und flogen zu dem vorderen Kreuzer zurück. Als sie sich dem Hangar näherten, starteten drei andere Maschinen und rasten los, um die Lücke in der Schlachtlinie zu schließen. Diese Neuankömmlinge sammelten sich um einen vierten Jäger; es sah fast aus wie beim Gravball, wenn die Spieler sich nach der Einwechslung Anweisungen von ihrem Teamkapitän abholten. Danach fächerten sie wieder aus und nahmen die Positionen der Sternjäger ein, die das Schlachtfeld verlassen hatten.

So ging es schon seit einigen Minuten: Die *Steadfast* beschädigte einen Jäger, der Kreuzer rief ihn zurück und brachte an seiner Stelle eine neue Maschine mit einem neuen Piloten ins Spiel.

»Ihr Kommandant muss spüren, dass die finale Konfrontation näher rückt«, brummte Ar'alani. »Er setzt alles ein, was er hat.«

Eli runzelte die Stirn. Da war etwas an dieser kurzen Versammlung gewesen; etwas, was ihm von Auswechslung zu Auswechslung stärker aufgefallen war. »Subkommandant Tanik?«, fragte er. »Können Sie mir die Sensordaten dieser drei neuen Sternjäger geben – bis zurück zu dem Moment, als sie den Hangar verlassen haben?«

Tanik drehte sich halb zu Ar'alani herum. »Admiral?«

»Ja, geben Sie ihm die Daten«, nickte sie. »Legen Sie sie auf Navigatorin Vah'nyas Konsole. Haben Sie etwas entdeckt, Lieutenant?«

»Vielleicht, Admiral«, erwiderte er. Die Sensordaten füllten einen der Bildschirme, und er beugte sich über Vah'nyas Schulter, um sie zu überfliegen. »Die neuen Jäger haben sich um eines der anderen Schiffe versammelt, bevor sie ihre Positionen einnahmen.«

»Vermutlich haben sie letzte Befehle erhalten«, mutmaßte Khresh.

»Aber sie müssten nicht so nah zusammenrücken, um Befehle auszutauschen«, sagte Ar'alani nachdenklich. »Interessant. Führen Sie eine vollständige Analyse durch, Kommandant Tanik. Ich will wissen, was sie da treiben.«

»Ich habe mir überlegt, ob sie vielleicht getarnte Gravitationsfeldgeneratoren ausgetauscht haben – wie bei einem Staffelwechsel«, erklärte Eli. »Nah genug dafür waren sie jedenfalls.«

»Wieso sollten sie sich die Mühe machen?«, entgegnete Khresh. »Warum lassen die Jäger die Generatoren nicht einfach an ihrer Position, wenn sie zum Kreuzer zurückkehren? Dann könnten die neuen Maschinen sie einfach dort wieder aufnehmen.«

»Das habe ich mich auch gefragt«, erwiderte Eli. »Aber vielleicht tauschen sie noch etwas andres aus. Wir wissen, dass die Grysk eine starke Militärhierarchie haben. Vielleicht tauschen sie Waffen aus, die nur ein hochrangiger Offizier benutzen darf.«

»Einen Moment«, warf Tanik ein, eine Mischung aus Verwirrung und Aufregung auf dem Gesicht. »Die elektrostatischen Barrieren der neuen Jäger haben sich leicht verschoben, nachdem sie sich um die andere Maschine versammelt hatten.«

»Sie haben sich verschoben?«, fragte Ar'alani. »Inwiefern? Stärke? Positionierung?«

»Das kann ich nicht genau sagen«, gestand Tanik. »Aber es sieht nach einem Frequenzwechsel aus.«

»Seniorkommandant Cinsar?«, rief Ar'alani. »Haben Sie das gehört?«

»Ja, Admiral«, drang Cinsars Stimme aus den Lautsprechern. »Ich stimme Subkommandant Tanik zu. Nach dem, was wir hier unten bislang herausgefunden haben, verfügen die Barrieren definitiv über diverse Einstellungsmöglichkeiten. Ich vermute, indem sie alle Barrieren auf dieselbe Frequenz schalten, verstärkt sich das Feld, wenn die Jäger in enger Formation fliegen.«

»Falls wir also herausfinden, wie man die Frequenz umschaltet, könnten wir sie dann im Umkehrschluss schwächen?«, fragte Khresh.

»Ich denke schon, ja«, antwortete Cinsar. »Aber dafür müssten wir herausfinden, wie man die Barrieregeneratoren aus der Ferne beeinflusst.«

»Vielleicht gibt es eine andere Möglichkeit?«, sagte Ar'alani. »Haben Sie sonst noch etwas Nützliches entdeckt?«

»Wir haben etwas gefunden, aber ich weiß nicht, wie nützlich es ist«, begann der Seniorkommandant. »Es gibt mehrere flexible Siegel zwischen dem Rumpf und den Lasern und Raketenröhren an den Flügeln. Von vorne werden sie durch Klappen gegen Laserangriffe geschützt, aber das Material selbst wäre anfällig gegen die Säuremischung unserer Brecherraketen.«

»*Wie* anfällig?«, wollte Ar'alani wissen.

»Hochgradig«, verdeutlichte Cinsar. »Ein paar Tropfen würden reichen, um die Siegel und die darunterliegenden Kontrollleitungen innerhalb weniger Sekunden aufzulösen. Und natürlich umschließt die elektrostatische Barriere nur die Metallteile der Jäger; die Siegel an sich sind einem Angriff schutzlos ausgeliefert.«

»Das ist doch wundervoll, oder?«, fragte Vah'nya leise, wobei sie eine Hand auf Elis Arm legte. »Warum meinte er, es wäre vielleicht nicht nützlich?«

»Weil wir längst nicht genügend Brecherraketen haben, um all die Jäger dort draußen auszuschalten«, erklärte Eli.

»Lieutenant Eli'van'to hat recht, Navigatorin Vah'nya«, sagte Ar'alani.

Eli drehte den Kopf. Der Admiral hatte sich auf dem Kommandosessel vorgebeugt. Ihre Augen waren schmal, und sie starrte zu den beiden Grysk-Kreuzern hinüber. Zwei gegen einen, genau wie bei Vah'nyas Brüdern.

»Aber es gibt andere Mittel«, fuhr Ar'alani fort. »Steuermann, Triebwerke für vollen Schub vorbereiten.

Es ist Zeit, in die Offensive zu gehen.«

22

»*Stormbird*, lassen Sie eine Staffel TIE-Jäger starten«, befahl Savit. »Faro will Spielchen spielen? Fein. Dann soll sie sich mal gegen echte Kriegswaffen beweisen.«

Ronans Magen zog sich so weit zusammen, dass es wehtat. Bislang hatte Faro unglaubliches Glück gehabt und Savits Angriffe mithilfe der Ionenkanonen der *Chimaera* abgewehrt.

Aber mit diesem jüngsten Befehl ließ der Großadmiral seine Zurückhaltung fallen. Gegen einen derartigen Angriff konnte Faro sich nicht verteidigen, ohne die Angreifer zu zerstören.

Und sobald sie diese Linie überschritt, gab es kein Zurück mehr. Ronan blickte zu Thrawn hinüber und fragte sich, ob der Chiss wohl irgendeine Vorstellung davon hatte, in welch hoffnungslose Situation er die Kommandantin seines Flaggschiffes gebracht hatte.

Aber Thrawn zeigte keine Spur von Bedauern oder auch nur Verunsicherung. Stattdessen musterte er Savit mit durchdringendem, ebenmäßigem Blick.

In diesem Moment drehte der Chiss sich zu Ronan herum, fast als hätte er die Augen des Vizedirektors auf sich gespürt.

Seine Hände, die an den Seiten seiner Uniformjacke herabhingen, beschrieben eine unauffällige Geste.

Ronan senkte stirnrunzelnd den Blick. Wollte Thrawn ihm etwas sagen? Es sah aus, als würde er auf Savits rechte Hand deuten – die Hand, die um seinen Arm geschlossen war.

Ronan reckte den Hals. Savits Hand bewegte sich unablässig: Mal zuckte nur ein Finger, mal ruckte die ganze Hand nach oben, dann beschrieben die Fingerspitzen einen kleinen Kreis.

Waren das geheime Zeichen? Aber an wen? Ronan beugte sich noch ein wenig weiter vor.

Er hatte gehofft, dass Savit die Bewegung nicht bemerken würde. Ein Irrtum. »Wo wollen Sie denn hin?«, schnappte der Großadmiral. Er drehte den Kopf zu ihm herum und packte seinen Arm noch ein wenig fester.

»Ich hatte gehofft, dass ich Sie zur Vernunft bringen könnte«, erklärte Ronan mit schmerzverzerrtem Gesicht. Savits Griff schien ein Ventil für seine Frustration zu sein – und er hatte offensichtlich jede Menge Frustration aufgestaut. »Diese Sache wird für niemanden gut ausgehen. *Bitte*, hören Sie auf, bevor jemand stirbt.«

»Sie sagen also, ich soll den Schwanz einziehen wie ein Schwächling und mich vor einem dahergelaufenen Verräter – und einem Nichtmenschen obendrein – auf den Rücken rollen?« Er schnaubte. »Nicht zu vergessen sein Helfer, der sich für einen Vizedirektor ausgibt? Pah! Außerdem haben Sie unseren Verräter doch gehört. Er hat bereits versprochen, dass niemand zu Schaden kommen wird.«

»Die *Stormbird* hat ihre TIEs gestartet, Admiral«, verkündete Captain Boulag. »Der Staffelführer erwartet weitere Befehle.«

»Machen wir es ganz simpel«, sagte Savit. »Sie sollen die

Chimaera angreifen und kampfunfähig machen. Und alles vernichten, was sich ihnen dabei in den Weg stellt.«

Ronan presste die Zähne zusammen. »Admiral ...«

»Halten Sie den Mund, oder ich übergebe Sie an meine Sturmtruppen«, schnitt Savit ihm das Wort ab.

»Admiral, die TIEs der *Chimaera* gehen in Position, um die Sternjäger von der *Stormbird* abzufangen«, rief jemand aus der Mannschaftsgrube.

»Und so endet Faros Glückssträhne«, kommentierte Savit, wobei er sich halb herumdrehte, damit er gleichzeitig Ronan und das taktische Display im Auge behalten konnte. »Sechs einsatzfähige TIEs gegen ein Dutzend von der *Stormbird*. Eine einfache Rechnung, wenn Sie mich fragen.« Er blickte Thrawn an. »Sogar unser legendärer Großadmiral Thrawn hätte seine liebe Mühe, gegen eine solche Übermacht anzukommen.«

»Vielleicht«, sagte der Chiss. »Sie begreifen es wirklich nicht, oder?«

Savit kniff die Augen zusammen. »Was soll ich begreifen?«

»Vorhin meinten Sie, ich würde Sie nicht kennen. Das Gegenteil ist der Fall: Ich kenne Sie ganz genau. Commodore Faro setzt nicht einfach nur Ihre beträchtlichen Fähigkeiten ein, um auf Ihre Manöver zu reagieren, Großadmiral. Nein, ich habe Ihr eine Liste mit den nötigen Anweisungen hinterlassen, um Sie zu besiegen.«

Savit lachte. »Erwarten Sie ernsthaft, dass ich Ihnen das abkaufe? Ich kenne die Geschichten über Ihr magisches Talent, Ihre Feinde auszurechnen. Aber ich weiß auch, dass Sie dafür die Kunst Ihrer Gegner studieren, und ich bin kein Kunstliebhaber.«

»Oh, doch, das sind Sie«, entgegnete Thrawn. »Schließlich ist Musik auch eine Form von Kunst.«

Ronan zog die Brauen zusammen. Thrawn konnte Leute anhand von *Musik* analysieren? Warum hatte er noch nie davon gehört?

»Normalerweise ist Musik nutzlos für mich«, fuhr der Chiss fort. »Zu viel kommt auf Darbietung und Dirigat an; es gibt zu viele Interpretationsmöglichkeiten, zu viele Variablen, die Unklarheit schaffen und der Kunst ihren Fokus rauben.«

Mit einem Mal begriff Ronan. Er sog den Atem ein. »Aber Savit komponiert nicht nur Musik«, murmelte er. »Er spielt und dirigiert auch.«

»In der Tat, Vizedirektor«, nickte Thrawn. »Und das auch öffentlich, weswegen visuelle und akustische Aufzeichnungen seiner Musik existieren.«

Die Augen des Chiss nahmen einen abwesenden Ausdruck an. »Ich bin bis ganz an den Anfang zurückgegangen, Großadmiral«, sagte er leise. »Als Sie die Gäste im Anwesen Ihrer Eltern mit einfachen Klaviersonaten unterhielten. Die Kompositionen, die Sie nach Ihrem Eintritt in die Flotte verfassten, weisen dann erstmals Parts für Blasinstrumente auf. Später folgten Streichinstrumente, und schließlich widmeten Sie sich dem ganzen Orchester.«

Ronan linste zu Savit hinüber. Das Gesicht des Großadmirals wirkte wie versteinert; die Miene eines Mannes, der viel zu spät erkennt, dass er die Situation unterschätzt hat.

»Mir fiel auf, dass diese Integration neuer Instrumente mit Ihrem Aufstieg durch die Flottenränge einherging«, erklärte Thrawn weiter. »Erst kommandierten Sie einen Kreuzer, dann einen Kreuzer plus Begleitschiff, dann schließlich die gesamte Dritte Flotte. Und parallel dazu entdeckten sie unterschiedliche Instrumente für sich, oder neue Wege, sie zu kombinieren. Und je länger Sie mit denselben Musikern zusammenarbeiteten, desto komplexer wurden Ihre Kompositionen, weil Sie lernten, sich auf die Fähigkeiten der Mitspieler zu verlassen. Darüber hinaus fiel mir auf, welche Melodien sie anderen Musikern zuwiesen und welche Sie selbst spielten.«

»Sie sind verrückt«, wisperte Savit. »Sie reden absoluten Unsinn.«

»Tue ich das?«, fragte Thrawn. »Die wichtigste Erkenntnis, zu der ich gelangte, war, dass Sie immer im Mittelpunkt Ihrer Stücke standen, unabhängig von Ihrer Erfahrung oder Ihren Ambitionen. Sie dirigierten, Sie komponierten, und Sie spielten neben Ihren Mitmusikern auf der Bühne. Diese Kombination, dieses völlige Eintauchen in Ihre Kunst, das hat Sie schon immer definiert.« Er deutete auf Savits Hand. »Selbst jetzt bewegen Sie die Hände im Takt zu Ihren Befehlen, als würden Sie hier Ihr neuestes Meisterwerk dirigieren.«

»Admiral, die TIEs der *Chimaera* ziehen sich nach außen zurück«, rief jemand.

Ronan starrte das taktische Display an. Faros Sternjäger, die gerade noch Flügel an Flügel auf das Dutzend Maschinen von der *Stormbird* zugerast waren, brachen nun seitlich aus ihrer Formation aus.

Und direkt hinter ihnen, für ihre Feinde erst jetzt sichtbar …

»Protonentorpedos!«, schnappte Boulag. *»Stormbird …!«*

»TIEs – *Ausweichmanöver*!«, dröhnte die Stimme des Geschwaderkommandanten aus den Lautsprechern. »Vier Protonentorpedos kommen auf euch zu!«

Aber Ronan wusste bereits, dass es zu spät war. Die TIEs von der *Stormbird* flogen in enger Formation, und ihnen blieb nicht mehr genug Zeit, um sich zu verteilen und den Torpedos auszuweichen. Selbst falls nur einer der Flugkörper sein

Ziel traf – oder falls Faro sie fernzündete –, die zwölf Sternjäger waren verloren.

Doch während Ronan noch auf die bevorstehende Katastrophe wartete, zuckten plötzlich vier Turbolaserstrahlen vom Rumpf der *Chimaera* ins All. Sie rasten mit atemberaubender Präzision auf die Protonentorpedos zu, und dann …

Dann detonierten die Torpedos in einer Kettenreaktion aus Explosionen, und eine brodelnde Blume aus Licht, Feuer und Metall erblühte in der Schwärze.

Eine Sekunde später flogen die TIEs von der *Stormbird* unversehrt durch die Trümmerwolke hindurch.

Stille breitete sich auf der Brücke der *Firedrake* aus. »Ich habe Ihnen versprochen, dass niemand zu Schaden kommen würde«, sagte Thrawn in dieses Schweigen hinein. »Ich habe nicht versprochen, dass Ihre Jäger unversehrt bleiben.«

Savits Finger krallten sich in Ronans Arm. »Schadensbericht«, grollte er. »Verdammt noch mal, ich will einen *Schadensbericht*!«

»Die TIEs der *Stormbird* zeigen alle Trümmerschäden«, sagte eine zögerliche Stimme. »Kampfeffizienz der Sternjäger nur noch zwischen fünfzehn und vierzig Prozent.«

»Und die TIEs von der *Chimaera*?«

»Keine Schäden, Admiral. Sie waren weit genug entfernt, als die Torpedos explodierten.«

»Weil sie wussten, dass die Explosion kommt«, murmelte Ronan.

Savits Kopf ruckte zu ihm herum, und Ronan schreckte vor dem ungezügelten Hass auf den Zügen des Großadmirals zurück. »Seien Sie verdammt«, zischte er. »Sie alle. Ich werde Sie zur Hölle …«

»Admiral!«, rief Boulag. »Zwei der TIEs von der *Stormbird*

haben sämtliche Energie verloren. Sie sind manövrierunfähig und fliegen mit hoher Geschwindigkeit auf die Hülle der *Chimaera* zu.«

»Zeit bis zum Aufprall?«, fragte Savit.

»Zweiundzwanzig Sekunden«, meldete Boulag. »Ich weiß nicht, ob die *Chimaera* rechtzeitig ausweichen kann – einen Moment. Die TIEs werden langsamer … Sie sind zum Stillstand gekommen.« Erleichtert hob er den Kopf. »Die *Stormbird* hat sie mit ihrem Traktorstrahl erfasst und zieht sie jetzt zurück.«

Savit nickte. »Gut gemacht, Captain Lochry«, rief er. »Ein Lob an Ihre Traktorstrahltechniker.«

»Danke, Admiral«, antwortete Lochry aus dem Komm. Ronan fand, dass er ein wenig verwirrt klang. »Aber das waren wir nicht alleine. Die *Chimaera* hat uns die nötigen Koordinaten geschickt.«

Savit blickte Thrawn an. »Keine Todesopfer«, erinnerte der Chiss ihn.

»Ich weiß«, sagte Savit. Seine Stimme war mit einem Mal ganz ruhig, geradezu sanft – und sie jagte Ronan einen Schauder über den Rücken. »Aber ich kann Ihnen dasselbe leider nicht mehr garantieren.« Er räusperte sich. »Captain Boulag, bringen Sie uns näher heran und machen Sie die Turbolaser gefechtsklar.«

Boulag sah erst Thrawn an, dann Savit und dann wieder Thrawn. »Admiral, ich rate dringend von einem Angriff auf die *Chimaera* ab.«

»Zur Kenntnis genommen, Captain«, erwiderte Savit kalt. »Sie haben Ihre Befehle. Führen Sie sie aus.«

»Jawohl, Sir.« Boulag warf einen letzten Blick in Thrawns Richtung und atmete tief ein. »Steuermann, nehmen Sie Kurs auf die *Chimaera*. Turbolaser … feuerbereit machen!«

Auf den ersten TIE-Angriff könnte ein zweiter folgen, bei dem die Jäger in weiter gefächerter Formation fliegen. Reagieren Sie darauf, indem Sie Ihre TIEs eng gruppieren und auf die Flügel der gegnerischen Maschinen feuern lassen. Ermahnen Sie Ihre Piloten aber, nicht die Cockpits anzuvisieren. Wir wollen keine Verluste.

Wahrscheinlicher ist aber, dass Savit einen Turbolaserangriff von der Firedrake *selbst anordnen wird. Seine erste Salve wird dabei auf die Deflektorgeneratoren der Chimaera abzielen. Bringen Sie in diesem Fall die inaktiven TIEs ins Spiel, die Sie per Katapultmanöver abgesetzt haben …*

»Major Quach, kontaktieren Sie Lieutenant Watkin«, sagte Faro. »Seine Staffel soll sich für den Kampf bereit machen.«

»Verstanden, Commodore«, antwortete Quach. »Signal übermittelt … die TIEs fahren Ihre Systeme hoch.«

Faros Blick wanderte zwischen dem taktischen Display und den Aussichtsfenstern hin und her. Thrawn schien überzeugt zu sein, dass der Großadmiral die vier inaktiven Sternjäger nicht bemerken würde, welche ihm auf ballistischen Vektoren entgegentrieben. Faro hatte da ihre Zweifel.

Vor allem, da dies einer der kritischen Momente in Thrawns Plan war. Falls Savit seine Verteidigungssysteme im Auge behielt, könnte er diese nächste Phase schon im Keim ersticken. Und falls er die Jäger nicht bemerkte … dann wäre das eigentlich ein unverzeihliches Versäumnis für einen Großadmiral. Thrawn hätte die TIEs jedenfalls ganz sicher entdeckt. Hoffentlich war Savit die Art Offizier, die sich auf das große Gesamtbild konzentrierte und sich für die kleinen Details auf seine Leute und Instrumente verließ.

Bislang hatte Thrawn mit seiner Einschätzung des Mannes genau ins Schwarze getroffen. Wie auch immer er es angestellt hatte, er hatte Savits Aktionen Mal um Mal vorhergesagt.

In der Ferne glühten winzige Lichtpunkte auf, als Watkin und seine TIEs ihre Triebwerke zündeten. Spätestens jetzt *musste* Savit sie bemerken, schließlich befanden sie sich genau unter seiner Nase.

Einen Moment später spie die *Firedrake* zwei Salven grünen Turbolaserfeuers in Richtung der *Chimaera*.

Faro zuckte reflexhaft zusammen. Die Lichtblitze schienen direkt auf sie zuzurasen ... aber dann zuckten sie über die Brücke hinweg.

»Steuerbord-Deflektorgenerator getroffen«, meldete Pyrondi. »Leistung runter auf sechzig Prozent.«

Faro nickte. »Watkin, *jetzt.*«

Die TIEs zogen nach oben und rasten auf die Backbordseite der *Firedrake* zu. Die Nahverteidigungskanonen eröffneten das Feuer auf sie, aber die Kanoniere waren zu langsam.

Watkins Jäger wich den Schüssen mühelos aus und zog in einer Spirale zur schmalen Seite des Sternzerstörers nach oben.

Selbst aus der Entfernung konnte Faro das grüne Flackern erkennen, als die TIEs begannen, systematisch die Zielsensoren auf dieser Seite des Schlachtschiffes zu zerstören.

Derweil blitzte vor den Aussichtsfenstern der *Chimaera* die nächste Turbolasersalve vorbei. Faro warf einen Blick auf die Systemanzeige, und mit grimmiger Befriedigung stellte sie fest, dass keiner der Schüsse ihr Schiff getroffen hatte.

Savit vertraut nicht gerne auf menschliche Kanoniere; er zieht computerisierte Sensor- und Zielsysteme vor. Folglich werden seine Kanoniere nicht auf den Stress einer unerwarteten Kampfsituation vorbereitet sein.

»Lieutenant Agral, ein Viertel Schub«, befahl Faro. »Und halten Sie den Bug nach Steuerbord geneigt. Wir wollen möglichst auf der Backbordseite der *Firedrake* bleiben.«

»Ja, Commodore.«

Die *Chimaera* setzte sich in Bewegung. »Ich nehme an, Ihnen ist bewusst, dass die *Firedrake* sich nur um fünfzig Grad drehen muss, um ihre Steuerbordlaser gegen uns einzusetzen«, sagte Hammerly leise.

»Richtig«, nickte Faro. »Und mir ist auch bewusst, dass wir direkt in das Schussfeld der *Stormbird* und der *Misthunter* hineinfliegen. Aber Großadmiral Thrawn glaubt nicht, dass sie auf uns feuern werden.«

»Zumindest nicht, bis Savit es ihnen befiehlt.«

»Wir werden sehen«, sagte Faro. »Halten wir uns fürs Erste einfach an den Plan und sehen, ob er aufgeht.«

»Sie meinen, ob Thrawn einen Feind besiegen kann, ohne dabei auch nur an Bord seines Schiffes zu sein?«

Faro zuckte die Schultern hoch. »Das wäre doch eine tolle Geschichte.«

Doch im Stillen haderte sie mit Thrawns nächsten Befehlen: *Der getarnte Gravitationsfeldgenerator sollte die* Firedrake *zu diesem Zeitpunkt erreicht haben. Manövrieren Sie die* Chimaera *auf Savits Backbordseite. Er wird Ihrer Bewegung folgen und die Turbolasergeschütze auf seiner Steuerbordseite dem Aufprall des Generators aussetzen.*

Bislang hatte sie seine Anweisungen bis ins kleinste Detail befolgt. Vielleicht war dies der Moment, ein wenig Abwechslung ins Spiel zu bringen. »Steuermann: hundert Meter positiv«, befahl sie.

Die *Chimaera* stieg über die bisherige Ebene des Schlachtfelds nach oben. Es war ein Risiko, das wusste Faro; sollte

Savit ihre Bewegung kopieren, wie Thrawn es vermutete, würde die *Firedrake* ebenfalls hochziehen, und der getarnte Generator könnte sein Ziel verfehlen.

Aber ihr war etwas an Savits Aktionen aufgefallen. Der Großadmiral war äußerst effizient, was seine Bewegungen und Manöver anging. Falls sie ihn richtig eingeschätzt hatte …

Ja, hatte sie. Anstatt ebenfalls aufzusteigen, neigte die *Firedrake* lediglich ihren Bug nach oben, während sie sich weiterdrehte, um den Feind im Schussfeld ihrer Turbolaser zu behalten.

»Commodore, Aktivität bei der *Firedrake*«, rief Pyrondi. »Es sieht aus, als würden sie TIEs starten lassen.«

Faro lächelte. »Ja«, sagte sie mit einem letzten Blick auf ihr Notepad. »Es sieht ganz so aus.«

»*Das* ist Faros großer Plan?«, schnaubte Savit. »Sie will sich auf meine schwache Seite schleichen?«

Ronan runzelte die Stirn, während die *Chimaera* auf die Backbordseite der *Firedrake* glitt. Ausnahmsweise musste er Savit recht geben: Das war wirklich ein sinnloses Manöver.

Natürlich hatte Savit nicht bemerkt, dass vier von Faros Jägern bis auf Schlagdistanz herangekommen waren, geschweige denn, dass diese Jäger gerade die Zielsensoren auf seiner Backbordseite dezimierten.

Und jetzt stieg die *Chimaera* auch noch über die Ebene des Schlachtfelds auf. Ein weiterer sinnloser Zug. Die *Firedrake* musste lediglich ihre Nase heben, während sie herumschwenkte, um die *Chimaera* im Schussfeld ihrer Turbolaser zu halten.

Ronan linste seitlich zu Savit hinüber. Die frühere Arroganz war noch immer da, aber die steife Miene und die blitzenden Augen des Großadmirals verrieten auch ein Gefühl wachsender Frustration und Machtlosigkeit. Vielleicht eine Vorstufe von Panik. Zum ersten Mal in seiner Karriere wurde jedes seiner Manöver brutal abgeblockt.

Thrawn hingegen, der nur ein paar Meter entfernt stand, war die Ruhe in Person.

Ronan konnte nicht umhin, den Chiss zu bewundern, während er ihn musterte. Aber Thrawn war noch immer sein politischer Feind, und das hatte er nicht vergessen – die einzige Person, die zwischen Direktor Krennic und den bitter benötigten Mitteln für Stardust stand.

Nicht dass sein Widerstand gegen Krennic irgendeinen Sinn hatte. Die TIE-Defender mochten nützliche Sternjäger abgeben, aber in einer Galaxis, in der der Todesstern das ultimative Machtinstrument darstellte, wären sie schlichtweg überflüssig. Die wachsende Rebellenbewegung würde hinfortgefegt werden; die Piratenbanden würden sich verängstigt auflösen; und selbst die Grysk, vor denen Thrawn solche Angst hatte, würden vor Direktor Krennic und seiner Kampfstation auf die Knie fallen.

Aber ...

»Admiral, hier spricht Hangarmeister Llano«, hallte eine hektische Stimme aus den Brückenlautsprechern der *Firedrake.* »Haben Sie den Start der TIEs angeordnet?«

Savit blinzelte. »Was?«

»Hier fliegen gerade vier Jäger von Staffel eins aus dem Hangar«, erklärte Llano. »Ich habe nach ihrer Starterlaubnis gefragt, aber keine Antwort erhalten.«

»Rufen Sie sie zurück«, schnappte Savit.

»Ich habe es versucht. Sie ignorieren mich einfach.«

Der Großadmiral blickte zu Boulag hinüber. »Captain?«, donnerte er in anklagendem Tonfall.

»Ich habe ihnen keine Befehle gegeben«, protestierte Boulag.

»Das stimmt«, warf Thrawn ein.

»Admiral … Captain«, meldete Llano sich wieder. »Admiral Thrawns Shuttle startet ebenfalls. Haben Sie das angeordnet …«

»Nein!«, tobte Savit. Er ließ Ronans Arm los, stieß den Vizedirektor grob zur Seite und griff nach seinem Blaster. »Was haben Sie getan, Thrawn? *Was haben Sie getan*?«

»Diese vier TIEs werden von Piloten geflogen, die ich auf meinem Shuttle an Bord gebracht habe«, antwortete der Chiss ruhig. »Ich fürchte, die ursprünglichen Piloten wurden kampfunfähig gemacht.«

»Unmöglich«, protestierte Savit. »Es gab keinen Bericht über ein Feuergefecht, und meine Piloten sind alle im Nahkampf ausgebildet.«

»Ich bin sicher, dass Sie sich gegen Piraten oder Rebellen zu verteidigen wissen«, sagte Thrawn nachsichtig. »Aber gegen meine Todestruppen ist diese Art von Ausbildung leider nicht ausreichend.«

Savits Mund klappte auf. »Sie sagten, die Todestruppen wären auf der *Chimaera* geblieben.«

»Ich sagte lediglich, dass ich mich manchmal gerne freier bewege. Der Rest war Ihre Interpretation.«

Savit fluchte ausgiebig. »Lassen Sie Staffel zwei starten«, befahl er. »Sie sollen diese TIEs abfangen und zurückbringen … Halt, nein, wozu die Mühe? Sie sollen sie abfangen und zerstören.«

»Das könnte sich als schwierig erweisen«, erwiderte

Thrawn. »Meine Piloten haben nämlich auch die Halteklammern der TIE-Aufhängungen sabotiert. Sie werden die Maschinen manuell lösen müssen.«

»Dann werden wir das eben tun«, presste Savit hervor. »Hangarmeister Llano, tun Sie, was immer nötig ist, damit diese TIEs starten können ...«

Ohne Vorwarnung erzitterte die *Firedrake*, und ein Donnern tief aus ihren Eingeweiden hallte über die Brücke. »Hangarmeister ...!«, brüllte Savit.

»Einschlag in der Hangarbucht!«, meldete Llanos fassungslose Stimme. »Etwas ... ein großer Zylinder, Admiral. Er ist ... ich habe noch nie etwas Derartiges gesehen. Er ist einfach durch die Hangartore hereingeflogen und in die TIE-Gestelle gedonnert. Keine Ahnung, woher er kam.«

»Thrawn?«, zischte Savit. Seine Knöchel traten weiß hervor, so fest hatte er die Finger um den Blastergriff geschlossen.

»Ein Werkzeug der Grysk«, informierte der Chiss ihn. »Ein getarnter Gravitationsfeldgenerator, der einen begrenzten Bereich gegen feindliche Vorstöße schützt.« Er deutete Richtung Hangar. »Aber wie Sie sehen, kann er auch als Offensivwaffe eingesetzt werden.«

Savit starrte ihn einen Moment lang an. »Boulag, wohin fliegen diese gestohlenen TIE-Jäger?«

»Sie ...« Der Captain zögerte, und Ronan sah, wie er die Hände zu Fäusten ballte. »Sie bewegen sich an der Steuerbordseite der *Firedrake* entlang ... und schießen auf die Zielsensoren für die Turbolaser auf dieser Seite.«

»Aha.« Ein finsteres Lächeln verzerrte Savits Mundwinkel. »Ich bin beeindruckt, Thrawn. Wirklich, das bin ich. Faro hat sich gut geschlagen. Aber ein kleines Detail hat sie leider übersehen.«

»Und was wäre das für ein Detail?«, fragte der Chiss.

»Dass ich hier draußen nicht alleine bin.« Er winkte dem Kommoffizier zu. »Schalten Sie mich zur *Stormbird* und zur *Misthunter* durch.«

»Verbindung steht, Admiral.«

Savit richtete sich ein wenig gerader auf. »Hier spricht Großadmiral Savit«, verkündete er dann. »Großadmiral Thrawn und seine Offiziere haben sich als Verräter am Imperium zu erkennen gegeben. Folglich erteile ich Ihnen den Befehl, mit Ihren Turbolasern das Feuer auf die *Chimaera* zu eröffnen und den Beschuss erst einzustellen, wenn sie sich ergibt oder zerstört ist.«

»Nachricht wurde übertragen, Sir.«

Ronan atmete tief durch. »Admiral, ich bitte Sie, kommen Sie zur Vernunft«, sagte er. »Es gibt bestimmt eine andere Lösung. Wenn Sie, Thrawn und Direktor Krennic sich zusammensetzen, können Sie diese Angelegenheit aus der Welt schaffen, ohne dass jemand davon erfährt – und ohne dass unschuldige Flottenmitglieder sterben müssen.«

»Wer einem Verräter folgt, ist nicht unschuldig«, konterte Savit. »Der Vizedirektor des Projekts Stardust sollte das doch wissen.«

»Admiral, bitte«, wiederholte Ronan. Seine Augen richteten sich auf den winzigen Fleck der *Chimaera* vor den Aussichtsfenstern. Er hatte nicht viel Zeit an Bord des Schiffes verbracht, aber er hatte einige von Thrawns Offizieren kennengelernt: Commodore Faro, Commander Hammerly, Hangarmeisterin Xoxtin, ein paar andere – allesamt loyale Diener des Imperiums. Keiner von ihnen hatte den Tod verdient.

Und erst recht nicht durch Savits Hand.

Denn wenn es hier einen Verräter gab, dann war es Savit. Thrawn hatte die Beweise, und der ältere Admiral hatte es praktisch selbst zugegeben. Und falls es eine Untersuchung gab – und es würde ganz *sicher* eine Untersuchung geben –, würden seine Verbrechen so oder so ans Licht kommen.

Aber dann wären Faro und Hammerly und die *Chimaera* bereits ausgelöscht.

Es sei denn, Ronan unternahm etwas.

Sein Blick huschte zu dem Blaster an Savits Seite. Der Großadmiral hatte nach wie vor die Hand auf der Waffe, aber falls Ronan irgendwie an die Pistole herankam ...

Nein, das ging nicht. Zum einen würde alles, was er tat, negativ auf Direktor Krennic und das Projekt Stardust zurückfallen, und zweitens standen noch immer die beiden Sturmtruppler am Ende des Kommandostegs Wache; sie würden ihn erschießen, bevor er die Waffe in seine Gewalt gebracht hätte.

Damit war es besiegelt. Faro und die *Chimaera* würden untergehen. Sobald die anderen Schiffe erst das Feuer eröffneten ...

Er runzelte die Stirn, und mit einiger Verspätung fiel ihm auf, dass die anderen Schiffe nicht feuerten.

Aber *warum* nicht?

Savit schien sich dieselbe Frage zu stellen. »*Stormbird* und *Misthunter*, ich habe Ihnen einen Befehl erteilt«, rief er. »Warum führen Sie ihn nicht aus?«

Stille. »*Stormbird* und *Misthunter* ...«

»An alle Schiffe der Dritten Flotte«, ertönte Commodore Faros Stimme aus den Lautsprechern. »Wie Sie sehen können, meutern die TIE-Piloten der *Firedrake* gegen Großadmiral Savits ungerechtfertigten Angriff auf die *Chimaera*. Sie zerstörten die Sensoren Ihres eigenen Schiffes, damit er nicht noch mehr tödliche Gewalt anwenden kann.«

»Was?«, stammelte Savit. »N-nein ... das ist eine Lüge. *Thrawns* Piloten ...«

»Ich fordere Sie ein zweites Mal auf, sich ebenfalls Admiral Savits unrechtmäßigen Befehlen zu verweigern und mich in meiner Forderung zu unterstützen, ihn unter Arrest zu stellen und seines Kommandos zu entheben, bis eine offizielle Untersuchung ...«

»Nein!«, grollte Savit. »An alle Schiffe, zerstören Sie die *Chimaera*! *Jetzt sofort!*«

»Ich fürchte, sie können Sie nicht mehr hören«, sagte Thrawn. »Sie waren so auf die TIEs und die Zielsensoren an Ihrer Steuerbordseite konzentriert, dass Ihnen leider vollkommen entgangen ist, wie mein Shuttle vom Hangar aus nach links geflogen ist ...«

»Boulag?«, fragte Savit.

»Ja, Sir«, rief Boulag mit angespannter Stimme. »Überprüfung läuft!«

Ronan starrte auf den Bildschirm, wo die visuellen Aufzeichnungen zu der Stelle zurückgespult wurden, als der Shuttle den Hangar verließ. Es flog nach links, genau wie Thrawn gesagt hatte, unter dem Sternzerstörer hindurch und dann nach oben, an der Backbordwand vorbei zu den Aufbauten, wobei es sich dicht an der Hülle der *Firedrake* hielt. Ein Stück unterhalb und hinter der Brücke verharrte es schließlich.

»Verflucht«, hauchte Boulag.

»Wie Sie sehen können«, erklärte Thrawn, »hat er sich direkt über den Kurzstreckenemittern an die Hülle geheftet, von wo aus er alle ausgehenden Signale blockiert.«

»Also schön«, presste Savit hervor. »Meine TIEs haben ihre eigenen Transmitter. Dann wird eben einer von ihnen meine Befehle an die anderen Sternzerstörer weiterleiten.« Er hob die Stimme. »Hangarmeister Llano?«

Keine Antwort. *»Hangarmeister Llano!«*

»Wie Sie sehen, untersteht auch die Hangarkontrolle nicht länger Ihrem Kommando«, fuhr Thrawn fort. »Ich bin sicher, Commodore Faro wird Ihre Verbündeten in Kürze darauf aufmerksam machen – allerdings wird sie es als weiteren Beweis dafür anführen, dass die Meuterei auf der *Firedrake* um sich greift.« Er hob die Hand. »Falls Sie persönlich in den Hangar hinuntergehen und einen Ihrer TIEs bemannen wollen, um Ihre Nachricht weiterzuleiten, steht Ihnen das natürlich frei.«

»Damit Faro behaupten kann, ich hätte die Brücke verlassen, weil meine Offiziere ebenfalls gegen mich rebellieren?«, schnappte Savit. »Nein, danke. Ich habe andere Mittel, um zu beweisen, dass meine Mannschaft mir noch immer gehorcht. Captain Boulag, setzen Sie den Angriff auf die *Chimaera* fort.«

Ronan sah, dass sich der Captain versteift hatte; ein gequälter Ausdruck lag auf seinem Gesicht. »Es tut mir leid, Admiral«, sagte er. »Aber ich glaube nicht, dass es im Sinne des Imperiums ist, diesen Kampf fortzusetzen.«

»Es ist mir egal, was Sie glauben«, tobte Savit. »Ich bin Ihr Kommandant, und der Kommandant der Dritten Flotte. Sie werden mir gefälligst gehorchen, oder ich lasse Sie wegen Insubordination und Meuterei an Ort und Stelle erschießen!«

»Es tut mir leid, Admiral ...«

»Hier spricht Captain Gilad Pellaeon vom ISZ *Harbinger*«, meldete sich eine neue Stimme aus den Lautsprechern. »Ich habe die Daten analysiert, die wir von der *Chimaera* erhalten haben, und ich bin zu dem Schluss gelangt, dass die Beweislage ausreichend ist, um eine offizielle Untersuchung zu rechtfertigen. Dementsprechend unterstelle ich die *Harbinger* dem Kommando von Commodore Faro und fordere Großadmiral Savit auf, sich unter Arrest stellen zu lassen. Des Weiteren vordere ich die Captains Lochry und Rasdel auf, sich mir anzuschließen ...«

»Schalten Sie das ab!«, donnerte Savit. »*Abschalten* sage ich!«

Die Lautsprecher verstummten.

»Es ist vorbei, Admiral«, erklärte Thrawn leise. »Jetzt, wo die *Chimaera* und die *Harbinger* gegen Sie stehen, können Sie nicht mehr gewinnen.«

»Seien Sie verdammt«, brummte Savit.

Und dann lag plötzlich der Blaster in seiner Hand, die Mündung auf Thrawns Kopf gerichtet. »Genießen Sie Ihren Triumph, solange Sie können, Großadmiral. Wir sehen uns in der Hölle.«

Thrawn war Ronans Feind, daran gab es keinen Zweifel. Er war der politische Feind von Direktor Krennic und der finanzielle Feind von Projekt Stardust. Seine TIE-Defender – und er selbst – würden durch den Ruhm und die Pracht des Todessterns überflüssig werden.

Und dennoch ...

... riss Ronan den Umhang von seiner Schulter und warf ihn in einer einzigen, fließenden Bewegung über Savits Kopf.

Der Blaster spie einen zischenden Partikelstrahl aus, der Thrawn nur um Millimeter verfehlte und sich in den Rand des Kommandostegs brannte. Mit einem Fluch riss Savit den Umhang beiseite und wirbelte zu Ronan herum. Jetzt zielte sein Blaster auf den Vizedirektor ...

Da zuckte der blaue Kreis eines Betäubungsschusses an

Ronans Schulter vorbei. Er hüllte Savits Torso ein, und der Großadmiral fiel der Länge nach auf den Boden.

Ronan drehte sich zitternd um. Die beiden Sturmtruppler, die am Ende des Kommandostegs Wache gehalten hatten, lagen ebenfalls reglos auf dem Deck. Zwischen ihnen stand Dayja, in der einen Hand ein E-11-Blastergewehr, in der anderen eine schwarz schimmernde, goldumrandete ID-Karte.

»Alle Mann, ganz ruhig bleiben«, rief er. »Ich bin Major Dayja Collerand vom Imperialen Sicherheitsbüro. Ich erkläre hiermit, dass Großadmiral Savit bis auf Weiteres seines Postens enthoben ist. Das Kommando über die *Firedrake* hat ab jetzt Captain Boulag.«

»Mit welcher Begründung?«, fragte Boulag, wobei er gleichzeitig empört und erleichtert wirkte.

»Interessante Frage, Captain«, sagte Dayja im Plauderton. Er hielt seine ID-Karte weiter in die Höhe, als er auf die Gruppe zuschritt. »Vielleicht ist es nicht allen Offizieren bekannt, aber es gibt eine Regel, wonach alle Blaster auf der Brücke eines Großkampfschiffes auf Betäubung gestellt sein müssen, es seid denn, es gibt eine vom Oberkommando abgesegnete Ausnahmeregelung.«

»So soll genau das verhindert werden, was hier gerade geschehen wäre«, fügte Thrawn an.

»Unter anderem«, nickte Dayja. »Jedenfalls ist das ein ausreichender Grund, Savit unter Arrest zu stellen – bis seine anderen Verbrechen bewiesen sind. Nettes Ablenkungsmanöver übrigens, Vizedirektor. Captain Boulag, Sie haben fürs Erste das Kommando. Wie lauten Ihre Befehle?«

Boulag blickte auf Savits reglose Gestalt hinab. »Wie genau sieht die Bestrafung für einen Verstoß gegen diese Blaster-Vorschrift aus, Major Collerand?«

»Festnahme und Dienstenthebung bis zur Anhörung.«

»Aber ich fürchte, wir haben gerade dringendere Probleme als eine Anhörung, Captain«, sagte Thrawn. »Genau in diesem Moment findet eine Schlacht statt, deren Ausgang vom Eingreifen der *Chimaera* abhängt.«

»Sie wollen also einfach so verschwinden?«, fragte Dayja.

»Ja«, antwortete der Chiss. »Haben Sie etwas dagegen?«

Der ISB-Agent zuckte mit den Schultern. »Colonel Yularen meinte, ich soll Ihnen vertrauen, und bis jetzt bin ich ganz gut damit gefahren. Irgendwelche Einwände, Captain Boulag?«

»Der Großadmiral hat einen deutlich höheren Rang als ich«, erwiderte Boulag. »Soweit es mich angeht, kann er kommen und gehen, wie es ihm beliebt.«

»Danke.« Thrawn nickte den beiden Männern respektvoll zu. »Was meine Aussage angeht ... Ich bin sicher, Vizedirektor Ronan ist bereit, meinen Platz bei der Anhörung einzunehmen.«

»Sicher«, sagte Ronan. »Aber nicht jetzt.« Er stieg über Savits Körper hinweg zu der Stelle, wo sein Umhang auf dem Boden gelandet war, und hängte ihn sich wieder über die Schultern. »Direktor Krennic hat mich angewiesen, Ihre Aktivitäten zu beobachten, Admiral Thrawn. Und ich habe nicht vor, diese Anweisung noch weiter zu vernachlässigen, als ich es ohnehin schon getan habe.«

»Wie Sie wünschen.« Thrawn holte sein Kommlink hervor. »Ich freue mich über Ihre Gesellschaft.«

Ronan versuchte, keine Grimasse zu schneiden. Dieses eine Mal irrte der Chiss sich.

Denn falls seine Vermutung über das Ziel und das Vorhaben des Großadmirals zutraf, dann würde Thrawn nicht mehr lange erfreut sein, dass Ronan ihn begleitete.

Im Gegenteil, er würde es noch bitter bereuen.

23

Die Grysk-Jäger setzten ihren Tanz fort, während sie darauf warteten, dass die *Steadfast* ihre Munition erschöpfte oder in die Offensive ging. Doch jetzt hatte das Warten ein Ende.

»Steuermann, legen Sie einen Vektor direkt auf den vorderen Kreuzer fest«, befahl Ar'alani. »Die Jäger werden uns mit Lasern und Raketen beharken, um uns von unserem Kurs abzubringen. Ignorieren Sie diese Angriffe.«

»Ja, Admiral«, bestätigte der Steuermann. Seine Stimme war ruhig, aber Eli konnte die Anspannung darin hören. Die *Steadfast* würde diese Schlacht nicht unbeschadet überstehen, und jeder an Bord wusste das.

»Seniorkommandant Cinsar«, rief Ar'alani, »ist unsere kleine Überraschung fertig?«

»Jawohl, Admiral«, bestätigte Cinsar. »Wir konnten den Treibstoff nicht rechtzeitig absaugen, also haben wir Löcher in die Mischkammer gebohrt. So sollte genug davon abfließen.«

»Wir werden es gleich herausfinden. Bereithalten.«

Eli sah, wie Ar'alani sichtlich die Schultern straffte. Sie ging ein großes Risiko ein, und auch das wusste jeder an Bord.

Trotzdem zögerte niemand, weder sie noch der Rest der Brückenmannschaft. Die Offiziere und Techniker der *Steadfast* vertrauten ihrer Kommandantin bedingungslos.

In dieser Hinsicht erinnerten sie Eli an die Mannschaft der *Chimaera*, und einmal mehr fragte er sich, wie lange und wie gut Ar'alani und Thrawn einander schon kannten.

»Steuermann, volle Beschleunigung!«

Kurz überstiegen die Beschleunigungskräfte die Kompensatoren, und Eli hatte das Gefühl, in seinen Sitz gedrückt zu werden. Aber einen Moment später hatten die Kompensatoren und die Bordschwerkraft schon wieder die Oberhand erlangt, und die *Steadfast* bewegte sich ruhig und ebenmäßig auf die fernen Grysk-Kreuzer zu.

Fünf Sekunden nachdem sie ihren Angriffsflug begonnen hatten, eröffneten die Jäger das Feuer.

»Lasersalven«, berichtete Khresh. »Deflektoren werden schwächer ... Deflektoren sind ausgefallen. Sekundäre Deflektoren hochgefahren.«

»Hüllenschäden in den Sektionen drei, sieben, fünfzehn und zwanzig«, meldete eine Stimme aus dem Interkomm. »Brände werden mit Löschschaum erstickt.«

»Sie feuern ihre Raketen ab«, schnappte Khresh. »Ich zähle dreißig.«

»Mit Lasern auf die Raketen feuern«, befahl Ar'alani. »Falls welche durchkommen, schalten Sie sie mit Plasmasphären aus. Brecherraketen bereit machen.«

»Brecherraketen bereit.«

Die *Steadfast* pflügte weiter über das Schlachtfeld, ihre Hülle pulsierte und blitzte unter dem heftigen Laserbeschuss der Jäger. Der Schwarm von Raketen lichtete sich, sobald die Chiss-Laser das Feuer eröffneten, und die Plasmasphären ließen auch die letzten in sicherer Entfernung explodieren.

Aber der Preis war hoch, wie Eli nach einem Blick auf seine Anzeigen erkannte. Der *Steadfast* blieben nur noch fünfundzwanzig Plasmasphären, wohingegen der Feind noch ungefähr vierzig Raketen zur Verfügung hatte.

Ganz zu schweigen von all den Raketen und Sternjägern, die noch in den Hangars des zweiten Schlachtkreuzers warteten. Egal, wie man die Zahlen drehte und wendete, das Schicksal der *Steadfast* schien besiegelt.

»Raketen abfeuern«, befahl Ar'alani.

Ein leichter Ruck ging durch das Deck, als die drei Flugkörper aus ihren Röhren schnellten; zwei normale Brecherraketen und die »kleine Überraschung«, die Cinsars Techniker vorbereitet hatten. Eli betrachtete die Vektoren, auf denen die Flugkörper sich dem vorderen Grysk-Kreuzer näherten.

Die Sternjäger hatten offenbar mit einer derartigen Aktion gerechnet. Sechs von ihnen verlagerten ihr Laserfeuer sofort auf die Brecher und versuchten, sie aus dem All zu blasen, bevor sie ihr Ziel erreichen konnten. Die anderen Maschinen neigten sich den Flugvektoren der Raketen entgegen, um sie abzufangen, sollten ihre Kameraden keinen Erfolg haben.

Ar'alani hatte den perfekten Moment für ihren Angriff gewählt. Dank der zusätzlichen Geschwindigkeit durch den Vorstoß der *Steadfast* rasten die ersten beiden Raketen zwischen den Sternjägern hindurch, bevor sie eine Abwehrlinie bilden konnten. Die anderen Maschinen schossen weiter, und zum ersten Mal eröffnete nun auch der vordere Kreuzer das Feuer. Der Kommandant wollte nicht riskieren, dass die Brecher nahe genug herankamen und ihre Säureladung ernsten Schaden an der Hülle anrichtete.

Unmittelbar nachdem die Laser des Kreuzers aufloderten, verschwand die erste Rakete vom taktischen Display. Die zweite flackerte, als die Jäger sie endlich ins Visier bekamen. Drei oder vier direkte Treffer später platzte auch sie auseinander.

Aber die dritte Rakete, die Cinsar modifiziert hatte …

Sie flog mit nur einem Drittel der Geschwindigkeit einer normalen Brecherrakete, weil sich ihr Triebwerk Sekunden nach dem Start deaktiviert hatte. Dementsprechend folgte sie ihrem ballistischen Vektor so träge, dass die Sternjäger sie mühelos abfangen konnten. Eine Lasersalve, und die Rakete explodierte in einer schwerelosen Säurewolke. Sofort zogen sich die Jäger zu einer engen Formation zusammen, um das Schlachtschiff hinter ihnen abzuschirmen. Sie waren sicher, dass ihre elektrostatischen Barrieren einen Großteil der Säure zerstreuen würden und ihnen keine schweren Schäden drohten – und sie waren bereit, leichte Schäden in Kauf zu nehmen, solange ihr Kreuzer unversehrt blieb.

Die Säurewolke klatschte gegen die Gruppe der Jagdmaschinen und löste sich auf. Nun, da ihre defensive Pflicht getan war, fächerten die Schiffe wieder aus, bereit, ihren Angriff auf die *Steadfast* fortzusetzen.

Doch nach ein paar Dutzend Laserschüssen gaben ihre Waffen und Triebwerke plötzlich den Geist auf.

»Zerstören Sie sie«, sagte Ar'alani leise.

Es war ein Gemetzel. Die Jäger konnten sich weder verteidigen noch ausweichen, und die Geschütze der *Steadfast* machten kurzen Prozess mit ihnen. Sie brauchten ein oder zwei Schüsse, um die Reste der elektrostatischen Barriere zu durchdringen, dann noch mal ein oder zwei Schüsse, um die hilflosen Maschinen zu durchbohren und in ihre Einzelteile zu zerlegen – dann widmeten sich die Kanoniere dem nächsten Ziel und begannen den Prozess von Neuem.

Die Chiss hatten auf diese Weise bereits die Hälfte der Jäger zerstört, als der Grysk-Kommandant endlich reagierte. Der Kreuzer entfesselte gleißende Salven aus Laserfeuer und startete mehrere Wellen Raketen, um die *Steadfast* an einer Fortsetzung des Gemetzels zu hindern.

Leider war das genau die Reaktion, auf die Ar'alani gehofft hatte. Je mehr seiner offensiven Waffen er auf diese große Distanz vergeudete, umso besser.

Aber das hieß nicht, dass der Beschuss keinen wesentlichen Tribut von der *Steadfast* forderte. Und je näher sie ihrem Ziel kam, umso höher wurde der Preis. Die Laser der Grysk bohrten sich tiefer und tiefer in ihre Hülle, und immer mehr Raketen schlüpften durch das leuchtende Netz der Abwehrlaser und Plasmasphären.

Die *Steadfast* hielt mit ihren eigenen Spektrallasern dagegen, und das zerstörerische Hin und Her gleißender Lichtstrahlen zwischen den beiden Schiffen konnte es in seiner Vehemenz mit jedem Solarsturm aufnehmen. Die Lasersalven der Chiss wurden dabei durch die letzten ihrer Plasmasphären und Brecherraketen unterstützt.

Bei jeder Schadensmeldung zog sich Elis Brust weiter zusammen. Inzwischen waren mehrere Sektionen der Außenhülle geschmolzen oder durch Raketeneinschläge zerschmettert. Die Mannschaft tat ihr Bestes, die Schäden einzugrenzen, aber sie musste sich immer tiefer ins Innere des Schiffes zurückziehen, weil mehr Außensektionen und -abteile Feuer und Vakuum anheimfielen.

Der Grysk-Kreuzer blieb aber auch nicht unversehrt. Die Handvoll Brecherraketen, die an der feindlichen Verteidigung vorbeigelangten, überzogen seine Hülle mit Säure, und das zerfressene, geschwärzte Metall an diesen Stellen wurde anfälliger für das Laserfeuer der Chiss. Mehrere Plasmasphären erreichten ebenfalls ihr Ziel, und wo immer sie einschlugen, fielen Lasergeschütze und Raketenrampen aus.

Letztlich war das Grysk-Schiff aber größer und stärker gepanzert und besser bewaffnet als die *Steadfast*. Jeder auf der Brücke wusste, dass sie lange vor dem Kreuzer untergehen würden, falls sie diesen direkten Schlagabtausch fortsetzten.

Und selbst falls die *Steadfast* wie durch ein Wunder doch den Sieg davontrug, wäre da immer noch das zweite Schlachtschiff, das geduldig und unversehrt außerhalb ihrer Reichweite wartete, bereit, den Platz des anderen Kreuzers einzunehmen.

Aber noch hatten die Chiss ein Ass im Ärmel.

»Lieutenant Eli'van'to, sind Ihre Truppen bereit?«, rief Ar'alani.

»Ja, Admiral«, bestätigte er mit einem erleichterten Seufzer. Endlich. Er war noch nie auf einem Chiss-Schlachtschiff gewesen, das im Kampf so schwere Schäden erlitten hatte, und er war nicht sicher, wie viel mehr es aushalten würde. Hoffentlich ging Ar'alani kein zu großes Risiko ein. »Generator in Position. Alle Daten wurden übertragen und bestätigt.« Er lächelte angespannt. »Ich kann außerdem bestätigen, dass der zweite Kreuzer vom exakt selben Baumuster ist wie der erste, einschließlich der Waffen und Verteidigungssysteme.«

»Sehr gut, Lieutenant. Bereithalten ... *jetzt*.«

Eli kreuzte im Geiste die Finger, dann drückte er den Sendeknopf.

Zwei Sekunden vergingen – so lange dauerte es, bis das Signal der *Steadfast* die sechshunderttausend Kilometer zu seinem Ziel zurücklegte –, dann noch einmal zwei Sekunden ... und noch eine ... Einen schrecklichen Moment lang fragte Eli sich, ob die Angriffe der Grysk womöglich ihre Transmitter beschädigt hatten ...

Dann blinkte in der Ferne etwas auf, direkt unterhalb des hinteren Kreuzers: der getarnte Gravitationsfeldgenerator, den die *Steadfast* vor Beginn der Schlacht unbemerkt in Richtung Grysk-Schiffe katapultiert hatte; der Generator, den die Grysk gebaut hatten, um näher kommende Schiffe zu erfassen, sie aus dem Hyperraum zu reißen und dann selbst wieder unsichtbar zu werden. Die Tatsache, dass er nicht länger getarnt war, bedeutete, dass er ein Ziel in seiner Nähe entdeckt hatte und im Begriff war, dessen Reise zu unterbrechen.

Nur war das Ziel in diesem Fall kein hilfloser Frachter, keine nichts ahnende Sternenyacht.

Eli beobachtete erleichtert, wie zwölf kleine Schiffe in Sicht kamen. Ihre Vektoren und ihre Geschwindigkeit – ebenso wie die Geschwindigkeit des Generators – waren so aufeinander abgestimmt, dass sie nur ein paar Hundert Meter hinter dem zweiten, bis dato unversehrten Grysk-Kreuzer in den Normalraum zurückfielen – in optimaler Angriffsdistanz.

Thrawns TIE-Defender.

Der Feind war völlig überrumpelt. Kaum dass die Sternjäger in den Normalraum eingetaucht waren, eröffneten sie auch schon das Feuer und beharkten die Grysk mit Laserfeuer und Raketen.

Aber es war nicht einfach nur ein willkürlicher Angriff. Der Vorstoß der *Steadfast* auf den vorderen Kreuzer – der Vorstoß, für den das Chiss-Schiff so schwere Schäden in Kauf genommen hatte – hatte es Eli ermöglicht, die Position der feindlichen Laserbatterien zu ermitteln, ebenso wie die der Raketenrohre und der Generatoren, aus denen sich die elektrostatische Barriere speiste. Diese Daten hatte er kontinuierlich an die TIEs übertragen, bevor sie ihren kontrollierten Hyperraumsprung angetreten hatten. Und nun nahmen sie systematisch die gleichen Ziele am hinteren Kreuzer ins Visier und legten mit chirurgischer Präzision seine Verteidigung lahm.

»Bereithalten, Lieutenant«, sagte Ar'alani. Sie hatte sich auf ihrem Sessel vorgebeugt und verfolgte den Angriff der Defender.

»Bereit, Admiral«, nickte Eli, anschließend wechselte er zu Basic. »Captain Dobbs?«

»Bereit«, bestätigte der Geschwaderkommandant.

»Beginnen Sie Angriff Beta ... jetzt«, rief Ar'alani.

»Beta-Angriff«, leitete Eli den Befehl weiter.

Drüben bei dem angeschlagenen Grysk-Kreuzer beendeten die Defender ihren Beschuss, um abzudrehen und den Wirkungsbereich des Gravitationsfeldgenerators zu verlassen. Kurz war das Flackern von Pseudobewegung zu sehen, dann verschwanden die Sternjäger im Hyperraum.

Eli zählte die Sekunden mit. Das nächste Manöver ließ sich zeitlich nicht exakt planen. Es war alles eine Frage des Instinkts – genauer gesagt: Ar'alanis Instinkt. Und Eli vertraute ihr vollkommen.

Dort, wo sich die Zwillingshüllen des hinteren Grysk-Kreuzers überlappten, öffnete sich ein Hangartor, und eine Gruppe von Sternjägern schwärmte auf das Schlachtfeld hinaus. »Tanik?«, fragte Ar'alani.

»Dreißig Jäger, Admiral«, meldete Tanik. »Das sollte das gesamte Kontingent des Kreuzers sein.«

Die Maschinen zogen sich im Schatten ihres Trägerschiffes

in enger Formation zusammen, um ihre elektrostatischen Barrieren aufeinander abzustimmen. Eli hielt den Atem an ...

Einen Moment später wurde der Gravitationsfeldgenerator schlagartig sichtbar, und dann tauchten auch die Defender wieder auf.

Nur rasten sie diesmal nicht von hinten auf das Schlachtfeld zu; stattdessen näherten sie sich in Halbkreisformation von unten, sodass ihre Kanonen auf den Hangar und die Grysk-Jäger zielten.

Einmal mehr war der Feind überrumpelt. Die Grysk-Jäger taten ihr Bestes – die Hälfte der Maschinen raste nach außen, um aus der Todeszone zu entkommen; die andere Hälfte eröffnete das Feuer auf die Defender, um die Angreifer zumindest zu dezimieren, bevor die Falle zuschnappte.

Gegen normale Sternjäger wären diese Taktiken effektiv gewesen, aber die Defender verfügten über starke Schilde, Kurzstreckenraketen und schwere Laserkanonen. Die fliehenden Grysk-Maschinen wurden allesamt zerstört, bevor sie aus der imperialen Umklammerung fliehen konnten, und die Jäger, die in der Angriffszone blieben, konnten nur ein paar Schüsse abgeben, bevor auch sie in brodelnden Feuerbällen vergingen. Einmal mehr – genau wie vorhin bei Ar'alanis modifizierter Brecherrakete – zahlten die Grysk den Preis für ihre eng gestaffelte Formation. Sie konnten nicht schnell genug reagieren und machten sich zu einem leichten Ziel, und je mehr Jäger zerstört wurden, desto stärker behinderten ihre Trümmer die verbliebenen Schiffe bei ihren Manövern.

Innerhalb einer Minute war das gesamte Geschwader vernichtet.

»Gamma-Angriff«, wies Ar'alani an.

Eli nickte. »Dobbs, Gamma-Angriff.«

»Ich glaube, wir können Gamma überspringen«, sagte Dobbs. »Machen wir gleich mit Delta weiter.«

»Die Defender wollen zu Delta übergehen, Admiral«, übersetzte Eli auf Cheunh.

»Hm«, machte Ar'alani nachdenklich. »Na schön, warum nicht beides? Eine Hälfte soll mit Gamma weitermachen, die andere mit Delta.«

Eli zögert. »Äh … ja, Admiral.« Angriff Alpha hatte auf den hinteren Grysk-Kreuzer abgezielt, Beta auf die Sternjäger. Gamma würde den zweiten Kreuzer weiter schwächen, wohingegen Delta den Angriff vom hinteren auf das vordere Schlachtschiff verlagern sollte, um diesen Feind in Zusammenarbeit mit der *Steadfast* endgültig auszuschalten.

Er konnte Dobbs' Einschätzung der Lage verstehen; der zweite Kreuzer stellte nicht länger eine Bedrohung dar, außerdem hatten er und die anderen Defender-Piloten ein viel besseres Bild von den Schäden, die sie angerichtet hatten.

Aber auch wenn er recht hatte, war es gefährlich, ein ohnehin schon kleines Geschwader noch weiter aufzuteilen. Insbesondere wenn eine Hälfte der Maschinen ungeschützt von einem feindlichen Schlachtschiff zum anderen fliegen musste und nicht auszuschließen war, dass die Kreuzer noch über intakte Laser oder Raketen verfügten.

»Schicken Sie Ihre Jäger zurück in den Hyperraum«, fuhr Ar'alani fort. »Sechs von ihnen sollen sofort wieder wenden und erneut das hintere Schiff angreifen. Die anderen werden dreißig Sekunden warten, bevor sie ihnen folgen.« Sie zog die Augenbrauen hoch. »Und diesmal sollen sie einen Vektor wählen, der sie näher an die *Steadfast* heranbringt.«

Eli runzelte die Stirn … dann begriff er schlagartig. »Jawohl,

Admiral.« Er wechselte wieder zu Basic, um Dobbs seine Befehle zu geben und Ar'alanis Plan zusammenzufassen. Anschließend verfolgte er auf seinem Bildschirm, wie die Defender im Hyperraum verschwanden.

»Traktorstrahlkontrolle, bereithalten«, rief Ar'alani. »Diesmal muss alles genau sitzen.« Im selben Moment, als der Gravitationsfeldgenerator wieder sichtbar wurde, schnappte sie: »Jetzt!«

»Ja, Admiral«, bestätigte Khresh. Sechs Defender ploppten in den Normalraum zurück und fielen mit blitzenden Kanonen über das hintere Kriegsschiff her. Der Generator verschwand derweil wieder in seinem Tarnfeld.

»Ziehen Sie ihn näher ran«, forderte Ar'alani. »Direkt zwischen uns und den vorderen Kreuzer.«

Auf dem taktischen Display waren weder der Generator noch der Traktorstrahl zu sehen, Eli konnte also nicht sagen, ob es funktionierte. Er zählte langsam von dreißig abwärts – dreißig Sekunden, genau wie Ar'alani festgelegt hatte.

Dann tauchte der Generator wieder auf, dicht unter dem vorderen Grysk-Schiff, während er langsam in Richtung der *Steadfast* gezogen wurde. Einen Moment später, gerade als Eli bei null angelangt war, erschienen auch die sechs übrigen Defender, bereit, die Zerstörungskraft ihrer Laserkanonen und Raketen zu entfesseln. Der Kreuzer gab drei schlecht gezielte Salven auf die Maschinen ab und ein halbes Dutzend ähnlich wirkungsloser Schüsse auf die *Steadfast*, dann verstummten seine Geschütze.

»Bereithalten, Lieutenant.« Ar'alani rutschte auf ihrem Sessel nach vorne. Einmal mehr war ihr Instinkt gefragt. »Jetzt ... rufen Sie sie zurück.«

»Dobbs, zurückziehen«, rief Eli.

»Verstanden. Defender – verschwindet von hier.« Die TIEs drehten ab und sprangen in den Hyperraum.

Einen Augenblick später explodierten die beiden Grysk-Kreuzer.

Eli verzog das Gesicht. Dieselbe Strategie hatte das Grysk-Kriegsschiff bei der Beobachtungsstation angewendet: Selbstzerstörung statt Kapitulation. Er hatte gehofft, dass der Kommandant vielleicht zu lange warten würde und sie zumindest eines der Schiffe erobern könnten, um mehr über ihren Feind zu erfahren.

Jetzt mussten sie sich mit den Trümmern begnügen.

»Traktorstrahl deaktivieren«, befahl Ar'alani. Falls sie über den Verlust ihrer potenziellen Beute enttäuscht war, ließ sie es sich zumindest nicht anmerken. »Und steuern Sie uns vom Vektor des Generators fort – wir wollen schließlich nicht, dass die Defender in uns hineinkrachen, wenn sie zurückkommen.« Anschließend winkte sie Eli zu sich. »Falls Sie einen Moment Zeit haben, Lieutenant.«

»Natürlich, Admiral.« Er schnallte sich los und ging zu ihr hinüber.

»Lassen Sie Kabinen und Erfrischungen für die Defender-Piloten bereitstellen«, sagte sie. »Wir wissen nicht, wann die *Chimaera* eintreffen wird, um sie abzuholen, und Sie sollen sich ein wenig erholen können.«

»Jawohl, Admiral«, bestätigte Eli. Er wollte sich schon abwenden, da hielt sie ihn mit erhobenem Finger zurück.

»Navigatorin Vah'nya«, begann sie, ihre Stimme kaum mehr als ein Flüstern. »Was genau haben Sie ihr versprochen?«

Eli zögerte. Aber er würde wohl nicht um eine Antwort herumkommen. »Sie wollte nicht, dass sie und die anderen Navigatorinnen in Gefangenschaft geraten, falls die Schlacht zu unseren Ungunsten verläuft.«

»Ich weiß. Aber haben Sie versprochen, sie zu töten?«

Das wäre ein Verbrechen, auf das die Todesstrafe stand. Sollte er es leugnen oder die Wahrheit zumindest abschwächen?

Nein, er sprach hier mit Admiral Ar'alani. Sie anzulügen wäre sinnlos. »Ja, Admiral, das habe ich.«

»Wie hätten Sie es getan?«

Eli blickte ihr direkt in die Augen – die rot glühenden Augen einer Chiss ... die Aussichtsfenster ins Herz und die Seele einer Kriegerin. »Ich hätte sie und die anderen zu einer Rettungskapsel geführt«, murmelte er. »Und ich hätte so viel Sprengstoff mitgenommen, wie ich nur finden kann. Dann hätte ich gewartet, bis die Grysk die Kapsel an Bord ihres Schiffes ziehen, und den Sprengstoff gezündet.«

»So hätten Sie Ihr Versprechen Vah'nya gegenüber gehalten und gleichzeitig möglichst viele Feinde in den Tod mitgenommen.«

Die Seele einer Kriegerin ... »Ja, Admiral.«

Einen Moment lang blickte sie ihn stumm an. »Sie möchten eine Kommandoposition«, sagte sie dann. »Sie sind unzufrieden mit der Analysearbeit, die ich Ihnen zugewiesen habe.«

Lügen ist sinnlos. »Ja.«

»Wissen Sie, was Sie eigentlich studieren?«

»Nein, Admiral. Ich nehme an, es hat mit Logistik oder Transferoperationen zu tun.«

»Nein.« Sie nickte zur anderen Seite der Brücke hinüber, wo Vah'nya saß. »Sie studieren *sie*.«

Eli spürte, wie sich seine Augen weiteten. *»Vah'nya?«*

»Vah'nya, Un'hee und die anderen Chiss-Navigatorinnen«,

nickte Ar'alani. »Sie studieren ihre Geschichte, ihre Genetik, ihre Familiengeschichte und alles andere, was sich auf Daten und Zahlen reduzieren lässt. Sie suchen nach einem Muster – und Mitth'raw'nuruodo hat mir versichert, dass sie sehr gut darin sind, Muster zu finden. Das Endziel ist, zukünftige Navigatorinnen schneller zu finden und vielleicht mehr von ihnen auszubilden.«

Ihr Blick verharrte auf Vah'nya. »Und falls wir Glück haben, entschlüsseln Sie vielleicht sogar, wie Navigatorin Vah'nya sich das Dritte Auge so lange bewahren konnte, während es bei den anderen so viel früher verschwindet.«

Sie wandte sich wieder ihm zu. »Finden Sie Ihre Aufgabe jetzt immer noch unbedeutend, Lieutenant Eli'van'to?«

»Nein, Admiral, das tue ich nicht.« Er kam sich vor wie ein Narr. Thrawn würde ihn nicht ohne triftigen Grund zu den Chiss schicken, das hätte ihm klar sein müssen. »Verzeihen Sie bitte. Es war falsch von mir, Ihre Befehle infrage zu stellen.«

»Ja, das war es«, pflichtete Ar'alani ihm bei. »Ich hoffe, Sie werden sich diese Lektion zu Herzen nehmen.«

»Natürlich, Admiral.«

»Gut.« Sie deutete zu den Aussichtsfenstern hinüber. »Die TIE-Defender sind zurückgekehrt. Lotsen Sie sie in den Hangar und kümmern Sie sich um die Piloten.«

»Ja, Admiral.« Eli salutierte. »Danke.«

»Gern geschehen.« Ar'alani legte den Kopf schräg. »Sie dürfen wegtreten ... Subkommandant Eli'van'to.«

24

Als die *Chimaera* das Schlachtfeld erreichte, fand sie eine gewaltige Trümmerwüste vor.

Zu Faros Erleichterung stammten die Trümmer aber nicht von der *Steadfast*.

Was aber nicht heißen sollte, dass das Chiss-Schiff unversehrt geblieben war. Seine Hülle war geschwärzt und von pockennarbigen Einschlägen überzogen, und an einigen Stellen, wo sich zuvor Laserbatterien befunden hatten, klafften tiefe Risse.

Aber das Schiff war intakt und mehr oder weniger einsatzfähig. Und – was vom imperialen Blickwinkel aus noch wichtiger war – alle zwölf TIE-Defender hatten die Schlacht überlebt.

»Leider ließ sich nur wenig Brauchbares aus den Trümmern bergen«, sagte Ar'alani. Sie hatte die Defender mit ihrem Shuttle zur *Chimaera* begleitet; offenbar betrachtete sie es als ihre Pflicht, Thrawn die geliehenen Sternjäger persönlich zurückzubringen.

Faro hatte erwartet, dass Eli Vanto mit ihr kommen würde, und sei es nur um sich ein letztes Mal von seinem früheren

Kommandanten zu verabschieden. Doch abgesehen von dem Shuttlepiloten war Ar'alani allein.

»Ich haben Ihnen aber ein paar Überreste mitgebracht, die Sie interessant finden könnten«, fuhr die Chiss fort. »Mein Pilot wird sie von Bord bringen. Falls Sie wünschen, können Sie auch auf die *Steadfast* kommen und sich den Rest ansehen.«

»Das ist leider nicht möglich«, erwiderte Thrawn. »Aber ich danke Ihnen für diese Fragmente. Ich werde sie bei nächster Gelegenheit in Augenschein nehmen.«

»Es scheint sich dabei um Stücke von Kunstwerken zu handeln«, klärte Ar'alani ihn auf.

Thrawns Augen wurden schmal. »Tatsächlich? Grysk-Kunst?«

»Das wissen wir nicht«, gestand sie. »Vielleicht können Sie ja ihren Ursprung ermitteln.«

»Ich freue mich schon darauf, diese Stücke zu studieren. Selbst falls sie nicht von den Grysk selbst stammen, fand ein Grysk-Krieger sie zumindest stimulierend oder interessant genug, um sie mitzunehmen.«

»Ich hoffe, sie führen Sie zu hilfreichen Erkenntnissen«, sagte Ar'alani. »Um die Grysk zu besiegen, werden wir jeden Vorteil brauchen, den wir bekommen können.«

»Ich werde mein Möglichstes tun«, versprach Thrawn.

Faro versuchte, nicht den Mund zu verziehen. *Mein Möglichstes.* Aber doch hoffentlich nicht, wenn es seinem Eid der Flotte und dem Imperium zuwiderlief.

Der Großadmiral hatte Savit als Verräter enttarnt. Aber falls er nicht aufpasste, dann könnte man ihn wegen seiner Verbindung zu Ar'alani und den Chiss ganz schnell desselben Verbrechens anklagen.

Und dann wäre es Faros Pflicht, ihn seines Kommandos zu

entheben, ganz gleich, wie logisch seine Gründe und Absichten auch waren.

»Was ist mit Lieutenant Vanto?«, fragte Thrawn. »Waren seine Analysen erfolgreich?«

»Noch nicht«, antwortete Ar'alani. »Aber er setzt seine Arbeit pflichtbewusst fort. Falls jemand dieses Problem lösen kann, dann er.« Sie neigte den Kopf. »Sie fragen nicht nach seiner Rolle während der Schlacht?«

»Die sichere Rückkehr meiner TIE-Defender verrät mir, dass er gute Arbeit geleistet hat.«

»Das hat er in der Tat«, bestätigte Ar'alani. »Ich werde Subkommandant Eli'van'to in meinem offiziellen Bericht lobend hervorheben.«

Thrawns Lippen schienen sich kurz zu einem Lächeln zu verziehen, als er von Vantos neuem Rang hörte, aber Faro war nicht ganz sicher. »Ich freue mich, dass mein Vertrauen in ihn begründet war«, sagte er. »Und da wir gerade von Berichten sprechen: Es ist Zeit, dass Vizedirektor Ronan *seinen* Bericht abgibt. Commodore Faro, rufen Sie ihn auf die Brücke?«

»Ja, Sir.« Sie griff nach ihrem Kommlink.

»Dann werde ich jetzt auf mein Schiff zurückkehren, Mitth'raw'nuruodo«, erklärte Ar'alani mit einem Nicken. »Ich wünsche Ihnen eine sichere Reise.«

»Bitte, warten Sie noch einen Moment«, erwiderte Thrawn. »Ich hätte Sie gerne dabei, wenn der Vizedirektor seinen Bericht übermittelt.«

Die Chiss runzelte die Stirn. »Ich habe eigene Pflichten, Admiral.«

»Diese Pflichten könnten bald eine neue Dimension annehmen«, sagte Thrawn. »Commodore? Rufen Sie Vizedirektor Ronan.«

Als Ronan die Brücke betrat, warteten Thrawn und Faro bereits an der hinteren Kommstation.

Zu seiner Überraschung stand Admiral Ar'alani neben ihnen.

»Admiral«, grüßte er Thrawn, gefolgt von einem misstrauischen Blick in Ar'alanis Richtung. »Sie haben mich hergebeten?«

»Die TIE-Defender sind sicher zurückgekehrt«, verkündete Thrawn. »Der Kampfverband der Grysk wurde besiegt, und diese konkrete Bedrohung für das Imperium ist neutralisiert.«

»Das sind gute Neuigkeiten«, sagte Ronan, wobei er seine Stimme neutral hielt. Die Bedrohung mochte neutralisiert sein ... aber um ihr Ziel zu erreichen, hatten sie mit einer fremden Fraktion zusammenarbeiten müssen.

»Sehr gute Neuigkeiten sogar«, erwiderte Thrawn. »Captain Boulag bringt Großadmiral Savit nach Coruscant, damit er verhört werden kann, und Captain Lochry fliegt mit der *Stormbird* nach Aloxor, um gegen die Piraten vorzugehen, die Savit bei seinen Diebstählen geholfen haben.«

Er zog die Brauen hoch. »Da meine Frist beinahe abgelaufen ist, dachte ich mir, dies wäre ein guter Moment für Sie, Direktor Krennic und Großmoff Tarkin Bericht zu erstatten.« Er machte eine einladende Bewegung in Richtung Kommstation.

Ronans Oberlippe zuckte. Er hatte gehofft, dass er mehr Zeit haben würde, um sich zu überlegen, wie er Direktor Krennic diese Sache präsentierte.

Aber Thrawn hatte offenbar andere Pläne.

»Captain Lochry meinte, das HoloNetz würde in diesem System nicht funktionieren«, sagte er, um sich ein paar Sekunden zu verschaffen. »Müssen wir nicht erst zum Transferpunkt zurückfliegen?«

»Captain Lochry hat sich geirrt«, erklärte Thrawn. »Ich habe seine Übertragung erhalten – ich habe nur nicht darauf geantwortet.«

Ronan zog die Brauen zusammen. »Wieso nicht? Er wollte lediglich meine Identität bestätigen.«

»Hätte ich ihm diese Bestätigung gegeben, hätte er Sie womöglich nicht zu Großadmiral Savit gebracht«, antwortete Thrawn. »Und ich wollte, dass Sie bei seinem Geständnis zugegen sind.«

Der Chiss streckte die Hand nach der Kontrolltafel aus. »Sie warten bereits«, erklärte er, bevor er den Knopf drückte.

Zwei Bildschirme leuchteten auf. Einer zeigte Tarkin, der andere Direktor Krennic. »Vizedirektor Ronan«, begann Tarkin in süffisantem Ton. »Großadmiral Thrawn meinte, Sie wären bereit, Ihren Bericht über die gestohlenen Schiffe abzugeben.« Seine Augen bohrten sich in Ronans Gesicht. »Und uns zu verraten, ob Admiral Thrawn seine Aufgabe pflichtgemäß erfüllt hat.«

»Ja«, sagte Ronan. Seine Gedanken glitten hin und her wie ein Insekt auf einem Eiswürfel. Ar'alani musterte ihn durchdringend von der anderen Seite der Konsole, genauso wie Faro, die sich ebenfalls aus dem Erfassungsbereich der Kamera zurückgezogen hatte. Nur Thrawn stand neben ihm und wartete schweigend darauf, dass er über die Zukunft des Defender-Programms entschied.

Thrawn, der mit einer fremden Spezies zusammengearbeitet und imperiale Ressourcen benutzt hatte, um eine fremde Militäroperation zu unterstützen. War das Verrat?

Was die Defender anging: Sie hatten maßgeblich zum Sieg

über eine fremde Bedrohung beigetragen. Machte sie das automatisch zu einem überlebenswichtigen Projekt für das Imperium?

Und was Großadmiral Savit anging? Sein Versuch, Stardust zu sabotieren, war aufgedeckt und durchkreuzt. War das ein definitiver Erfolg für Thrawn?

»Ich muss Ihnen leider mitteilen, dass Großadmiral Thrawn seine Aufgabe nicht erfüllt hat.«

Aus den Augenwinkeln sah er, wie Faro zu einem Protest ansetzte, aber auf eine unmerkliche Handbewegung von Thrawn hin klappte sie den Mund wieder zu. »Er hatte Anweisung, die Grallocs auszuschalten, die unsere Frachter heimsuchen«, fuhr Ronan fort. »Und das hat er nicht getan.«

»Ach?« Tarkin durchbohrte ihn mit einem Blick. »Wie ich das verstanden habe, sind die Probleme mit der Materialversorgung für Stardust nach der Festnahme von Großadmiral Savit gelöst.«

»Das hat nichts mit Admiral Thrawns ursprünglicher Aufgabe zu tun«, beharrte Ronan.

»Und was ist mit Ihren Berichten, wonach Thrawn Kontakt zu fremden Militärkräften unterhält?«, warf Direktor Krennic ein.

Das war die entscheidende Frage. Eine Frage, die verheerende Konsequenzen haben könnte. Aber Ronan wusste auch, dass Krennic sie nur aus einem Reflex heraus stellte, um Tarkin zu ärgern. Ronans Urteil hatte dafür gesorgt, dass Stardust keine Mittel an das Defender-Programm verlieren würde, und das war alles, was den Direktor wirklich interessierte.

»Diese Kontakte haben sich als geringfügig und letztlich bedeutungslos erwiesen«, erklärte er. »Ich werde sie in meinem finalen Bericht detailliert beschreiben.« Und je nachdem, wie sehr er ins Detail ging, könnte das wieder die Frage aufwerfen, ob Thrawn Verrat begangen hatte.

Vorausgesetzt natürlich, sein Bericht wurde überhaupt gelesen. Ronan kannte sich gut genug mit dem bürokratischen Apparat des Imperiums aus, um zu wissen, wie man einen Bericht für alle Zeit in den Akten begrub.

»Ich freue mich schon auf die Lektüre«, sagte Tarkin. Eine weitere automatische Antwort, wie Ronan erkannte, ohne echte Entschlossenheit oder Neugier. Der Gouverneur hatte es nicht geschafft, Direktor Krennic die Kontrolle über Stardust zu entreißen, und er akzeptierte seine Niederlage mit der Eleganz und der falschen Höflichkeit eines Politikers, der bereits seine nächste Intrige schmiedet. »Admiral Thrawn, haben Sie irgendetwas zu entgegnen?«

Thrawn richtete sich auf. »Nein.«

»In dem Fall bleibt mir keine andere Wahl, als zu Direktor Krennics Gunsten zu entscheiden«, erklärte Tarkin. »Aber seien Sie versichert, dass ich mich weiter beim Imperator für Sie einsetzen werde. Lord Vader hat ebenfalls Interesse an den Defendern angemeldet. Ich bin sicher, sobald Stardust abgeschlossen ist und weitere Mittel verfügbar sind, wird man Ihr Programm zur Prioritätssache machen.«

»Danke«, erwiderte Thrawn. »Dürfte ich einen Vorschlag machen, was das Projekt Stardust angeht?«

Direktor Krennics Augen wurden ein wenig schmaler. »Ich höre.«

»Angesichts der Bedeutung dieses Projekts glaube ich, dass es große Aufmerksamkeit erregen wird, wenn es sich der Fertigstellung nähert.«

»Worauf wollen Sie hinaus, Admiral?«, fragte Krennic mit

einem warnenden Unterton. »Meine Angestellten und Offiziere sind dem Imperium gegenüber absolut loyal.«

»Das stelle ich auch nicht infrage«, erwiderte Thrawn ruhig. »Aber ein Feind könnte einen Weg finden, das Projekt zu sabotieren ...«

»Unsere Sicherheitsvorkehrungen ...«

»Was schlagen Sie vor, Admiral?«, fiel Tarkin dem Direktor ins Wort.

»Ich glaube, es gibt eine Person im Imperium, die nicht nur in der Lage wäre, potenzielle Bedrohungen für Stardust zu identifizieren, sondern sie auch postwendend auszuschalten«, fuhr Thrawn fort. »Darum schlage ich vor, dass bis zur Fertigstellung Lord Vader mit der Überwachung von Stardust betraut wird.«

Direktor Krennic schnaubte. »Das ist wohl kaum notwendig.«

»Eine hervorragende Idee«, lobte Tarkin. »Ich werde sie dem Imperator bei nächster Gelegenheit unterbreiten.«

»Danke«, sagte Thrawn. »Falls das dann alles wäre: Ich wurde informiert, dass sich die Lage auf Lothal zugespitzt hat. Ich muss unverzüglich dorthin zurückkehren.«

»Das habe ich auch gehört.« Tarkins Miene verhärtete sich. »Da die Dritte Flotte gegenwärtig ohne offiziellen Kommandanten ist, habe ich angeordnet, dass die *Harbinger* Sie begleitet.« Jetzt schlich sich ein schmales Lächeln auf seine Lippen. »Ich bin sicher, Sie würden die Rebellenaktivitäten auch allein niederschlagen, aber vielleicht erweist sich Captain Pellaeon ja als nützlich für Sie.«

»Nochmals danke«, wiederholte Thrawn. »Direktor Krennic, ich werde Vizedirektor Ronan schnellstmöglich zu Ihnen zurückbringen.«

»Danke, Admiral«, erwiderte Krennic kühl. »Ich freue mich darauf, in Zukunft wieder mit Ihnen zusammenzuarbeiten.« Er hob die Hand, und sein Bild verschwand.

Ronan wusste, dass diese letzte Bemerkung eine Lüge war. Nachdem Thrawn in Tarkins letzter Intrige eine so prominente Rolle gespielt hatte – dass er unfreiwillig hineingezogen wurde, spielte dabei keine Rolle –, würde Direktor Krennic ihm nie wieder vertrauen.

»Ich sollte mich jetzt auch wieder meinen Pflichten widmen«, sagte Tarkin. »Ich freue mich schon auf den Bericht über Ihre Fortschritte bei Lothal.« Tarkin schaltete seinen Kommunikator ab.

Aber kurz bevor der Bildschirm schwarz wurde, glaubte Ronan, ein zufriedenes Lächeln auf den Lippen des Gouverneurs zu sehen.

»Commodore Faro, kehren Sie auf die Brücke zurück und kontaktieren Sie die *Harbinger*«, sagte Thrawn. »Machen Sie mit Captain Pellaeon die Koordinaten für einen Treffpunkt über Lothal aus.«

»Ja, Sir.« Einen langen Moment verharrten Faros Augen auf Ronans Gesicht. Ihr Blick machte deutlich, dass sie ihn am liebsten tot sehen würde, und nicht einfach nur tot, sondern tot nach der schmerzhaftesten, schlimmstmöglichen Folter. Aber schließlich wandte sie sich um und marschierte in den hinteren Teil der Brücke.

»Werden Sie sofort Arrangements für meine Rückkehr zu Stardust treffen?«, fragte Ronan. Er stand noch immer zwischen Thrawn und Ar'alani, und nach dem mordlüsternen Blick von Commodore Faro war ihm plötzlich unwohl dabei, mit zwei Nichtmenschen allein zu sein.

»Ja«, sagte Thrawn. »Falls Sie zurückkehren möchten.«

Ronan runzelte die Stirn. »Warum sollte ich nicht zurückkehren wollen?«

»Sie haben Großmoff Tarkin gehört. Er wird vorschlagen, dass Lord Vader die Überwachung des Projekts Stardust übernimmt. Das bedeutet, dass er eng mit Ihnen zusammenarbeiten wird.«

»Ebenso wie mit Direktor Krennic und Hunderten anderen auch«, entgegnete Ronan. »Worauf wollen Sie hinaus?«

»Darauf«, antwortet Thrawn leise, »dass Sie Ihre Verachtung für den Imperator vielleicht vor Direktor Krennic und diesen anderen Leuten verbergen können – aber nicht vor Lord Vader.«

Es fühlte sich an, als würde sich eine Schlinge um Ronans Herz zusammenziehen. »Ich weiß nicht, wovon Sie reden«, protestierte er reflexartig.

»Und ob Sie es wissen«, entgegnete Thrawn. »Sie haben drei Möglichkeiten: Sie können zu Direktor Krennic zurückkehren und hoffen, dass es Ihnen gelingt, Ihre wahren Gefühle vor Lord Vader geheim zu halten. Oder Sie verlassen Stardust und bringen so viel Distanz wie nur irgend möglich zwischen sich und das Projekt.«

Ronan schnitt eine Grimasse. Das war unmöglich: Falls jemand in seiner Position das Projekt einfach so verließ, würden überall auf Coruscant Alarmsirenen losschrillen. Man würde ihn verhören lassen – vermutlich sogar von Lord Vader persönlich. Und das Endresultat wäre dasselbe. Wie Thrawn zweifelsohne wusste.

»Und meine dritte Option?«, stieß er zwischen zusammengepressten Zähnen hervor.

»Sie begleiten Admiral Ar'alani zur Chiss-Aszendenz.«

Ronans Kinnlade klappte herunter. »*Was?* Warum bei allen Sonnen sollte ich so etwas tun?«

»Weil Sie gesehen haben, welche Gefahr der Galaxis durch die Grysk droht«, erklärte Thrawn. »Weil Sie mit vielen nichtmenschlichen Spezies zusammengearbeitet haben und Ihr Wissen über unterschiedliche Denk- und Handlungsweisen in dem bevorstehenden Konflikt von größter Bedeutung sein könnte.« Seine Augen schienen sich in Ronans Schädel zu bohren. »Und weil Sie früher oder später entlarvt und hingerichtet werden, falls Sie beim Imperium bleiben.«

Ronan blickte zu Ar'alani hinüber. Soweit er wusste, sprach sie kein Basic, aber ihr Gesichtsausdruck verriet ihm, dass sie genau verstand, was hier gerade vor sich ging. »Sie sind verrückt«, wandte er sich wieder an Thrawn. »Ich bin ein loyaler Diener des Imperiums. Jede Befragung würde das bestätigen.«

»Natürlich sind Sie ein loyaler Diener des Imperiums«, erwiderte Thrawn. »Darum weiß ich auch, dass Sie alles tun würden, um die Grysk zu bekämpfen. Weil sie für das Imperium eine ebenso große Bedrohung darstellen wie für die Aszendenz.«

Er schüttelte den Kopf. »Ich kann nicht einfach so verschwinden.«

»Dann werden Sie sterben«, sagte Thrawn tonlos.

Ronan funkelte den Chiss an. Ja, er war loyal. Ja, er war unersetzlich für das Projekt Stardust.

Und ja, er hatte nichts als Verachtung für den Imperator übrig.

»Bedenken Sie außerdem, dass Ihre Entscheidung, die Aszendenz zu unterstützen, nicht endgültig ist«, fuhr Thrawn fort. »Wie Sie gesehen haben, sind die Chiss durchaus in der

Lage, sich unbemerkt in imperiales Territorium zu schleichen. Falls Sie oder Admiral Ar'alani zu dem Entschluss kommen, dass Sie in dem bevorstehenden Krieg keinen nützlichen Beitrag leisten können, wird man Sie zurückbringen.«

»Das Nützlichste, was ich für diesen bevorstehenden Krieg tun könnte, wäre, dafür zu sorgen, dass Stardust rechtzeitig fertiggestellt wird«, konterte Ronan.

»Dann kehren Sie zu Direktor Krennic zurück«, sagte Thrawn. »Und zu Lord Vader.«

Einen langen Moment starrte Ronan den Großadmiral einfach nur an. Der Chiss konnte doch nicht ernsthaft erwarten, dass Ronan dieses wahnwitzige Angebot annahm. Das Imperium zu verlassen und sich einer Zivilisation anzuschließen, die eines Tages selbst zum Feind all dessen werden könnte, woran er glaubte ... nein. So etwas könnte er nie tun. Da kehrte er lieber zu Krennic zurück und versuchte sein Glück mit Darth Vader.

Doch gerade, als er den Mund öffnete, um das zu sagen, huschte eine Erinnerung an seinem geistigen Auge vorbei: Vah'nyas Reaktion auf einen Knall, der erst Sekunden später über die Brücke der *Chimaera* gehallt war.

War das womöglich der Grund für Thrawns Vorschlag? Verfolgten er und der Imperator wirklich einen geheimen Plan, die Jedi unter den Chiss auszurotten, und Ronan sollte ihr Verbündeter sein?

Nein, das war lächerlich. Thrawn hatte zum Zeitpunkt des Zwischenfalls mit dem Rücken zu ihm gestanden. Er konnte unmöglich wissen, dass Ronan Vah'nya gesehen hatte, und erst recht nicht, dass er die richtigen Schlüsse aus ihrem Verhalten ziehen würde.

Andererseits ... Nur, weil Thrawn nicht wusste, dass er ein

potenzieller Verbündeter war, bedeutete das nicht, dass Ronan nicht trotzdem einer sein konnte.

Manchmal waren geheime Verbündete die besten Verbündeten.

»Also gut«, sagte er. »Ich werde gehen. Aber nicht für lange. Und nur wenn Ar'alani mir handfeste Beweise vorlegen kann, dass die Grysk eine Bedrohung für das Imperium darstellen.«

»Sicher«, nickte Thrawn. »Ich werde es ihr sagen.« Er nickte den beiden Todestrupplern zu, die wortlos am Ende des Kommandostegs standen. »Eine meiner Wachen wird Sie zu Admiral Ar'alanis Shuttle begleiten. Lieutenant Commander Vanto wird Sie dort in Empfang nehmen und mit Ihrer Einweisung beginnen. Der Admiral kommt gleich nach. Falls Sie Ihre Meinung ändern, ehe sie den Hangar erreicht, müssen Sie einfach nur den Shuttle verlassen, und man wird Sie mit einem anderen Shuttle zu Projekt Stardust zurückbringen.«

»Gut zu wissen«, sagte Ronan.

Aber ich werde meine Meinung nicht ändern, entschied er grimmig, während er vor dem Todestruppler in die Turboliftkabine trat. *Noch nicht.*

Sollte sich jedoch herausstellen, dass Thrawn nicht im Auftrag des Imperators die Chiss-Jedi ausmerzen wollte ... Sollte sich zeigen, dass er tatsächlich gegen den Imperator arbeitete, dann würde der Großadmiral schon bald feststellen, dass er keine Marionette und keinen geheimen Verbündeten zu seinem Volk geschickt hatte, sondern einen Feind.

Ronan wusste, dass er einen ausgezeichneten Verbündeten abgeben würde; aber er wusste auch, dass er ein sehr, sehr gefährlicher Feind sein konnte.

Ar'alani beobachtet, wie die Türen des Turbolifts zugleiten. Ihre Miene ist nachdenklich, unsicher. »Sie gehen ein schreckliches Risiko ein, Mitth'raw'nuruodo«, sagte sie. *In ihrer Stimme mischen sich ein warnender und ein abfälliger Tonfall.*

»Ich weiß. Das gehört dazu.«

Ar'alani schüttelt den Kopf. Jetzt deuten ihr Gesichtsausdruck und ihre Körperhaltung Sorge an. »Das ist gefährlich«, sagte sie. »Einen vermeintlichen Verräter in seinen Reihen zu haben ist schlimm genug. Aber zu wissen, dass man einen vermeintlichen Verräter in seinen Reihen hat, ist noch viel schlimmer.«

»Da muss ich widersprechen. Man kann einen Verräter gezielt mit all den Informationen füttern, die man dem Feind zukommen lassen will.«

»Ist das Ihr Plan für Ronan?«

»Es war lediglich ein Vorschlag. Er gehört jetzt Ihnen. Sie müssen selbst entscheiden, wie Sie ihn einsetzen.«

Ar'alani schürzt die Lippen. Ihre Haltung verrät einen Anflug dunklen Humors. »Eines Tages, Mitth'raw'nuruodo, werden Sie es mit Ihren Plänen übertreiben, und alles, was Sie aufgebaut haben, wird in sich zusammenfallen. Ich hoffe nur, wenn das geschieht, wird jemand zur Stelle sein, um Ihnen wieder auf die Beine zu helfen.«

»Sie vielleicht?«

Sie schüttelt den Kopf, und Bedauern, vielleicht sogar Schmerz huscht über ihre Züge. »Ich bezweifle, dass wir uns je wiedersehen werden. Das wachsende Chaos in der Aszendenz wird in einem Krieg enden. Falls Sie zu lange hierbleiben, ist vielleicht nichts mehr übrig, zu dem Sie noch zurückkehren könnten.«

»Ich verstehe. Aber bis auf Weiteres *muss* ich hierbleiben.«

»Dann tun Sie, was Sie für richtig halten.« *Ihre Miene ist starr, aber ehrlich, als sie sich verabschiedet.* »Möge das Glück des Kriegers mit Ihnen sein.«

Die kurze Unterhaltung endete. Faro gab vor, ihr Notepad zu studieren, aber aus dem Augenwinkel beobachtete sie, wie Ar'alani – begleitet von dem zweiten Todestruppler – in den Turbolift stieg.

Innerlich kochte sie vor Wut.

Sie hatte sich eine Minute allein mit Vizedirektor Ronan gewünscht. Eine Minute, um ihm in aller Deutlichkeit zu sagen, was sie von seinem kleinlichen Verhalten Thrawn gegenüber hielt. Nicht nur, dass er dem Großadmiral und dem Defender-Projekt in den Rücken gefallen war, nein, er weigerte sich in seiner sturen Dummheit auch, über den Tellerrand des Projekts Stardust hinauszublicken. Ganz zu schweigen von seiner kindischen Launenhaftigkeit und seiner kurzsichtigen Entscheidung, Krennics Spielchen zu spielen, anstatt politische Trivialitäten zu ignorieren und an das Wohl des Imperiums zu denken.

Sie hatte sich sogar eine kleine Ansprache zurechtgelegt, und ihr wäre dabei egal gewesen, ob ihre Worte die Grenze zur Insubordination überschritten. Ronan musste diese Dinge hören, in aller Klarheit, und falls es Faros eigener Karriere schadete, dann war das eben so. Die Zukunft des Imperiums – vielleicht sogar der gesamten Galaxis – könnte davon abhängen, dass Ronan sich bei Krennic und Tarkin und falls möglich sogar beim Imperator für Thrawn einsetzte. Und wenn Faro ihn schon nicht mit bloßen Händen erwürgen durfte, dann wollte sie ihn wenigstens ein letztes Mal auffordern, seine Fehler wiedergutzumachen.

Doch dann hatte Thrawn Ronan völlig überraschend mit einem Todestruppler fortgeschickt, vermutlich in den Hangar, damit er zu Krennic zurückkriechen konnte. Faro würde ihn nie wiedersehen und auch nie Gelegenheit bekommen, ihm ihre verbale Breitseite zu verpassen.

Verflucht.

Thrawn wartete, bis sich der Turbolift geschlossen hatte, dann drehte er sich um und trat auf Faro zu. »Commodore. Haben Sie alles mit Captain Pellaeon abgesprochen?«

Faro straffte die Schultern. *Man darf sich nicht zu lange mit einer Niederlage aufhalten*, hatte Thrawn ihr einst erklärt. *Wenn ein wahrer Krieger scheitert, dann akzeptiert er es, lernt daraus und blickt weiter nach vorne.*

Jetzt fügte Faro dieser Weisheit eine weitere Zeile hinzu: Ein wahrer Krieger sollte sich auch nie über eine Niederlage beschweren. »Ja, Sir«, antwortete sie. »Die *Harbinger* sollte Lothal kurz vor uns erreichen.«

»Gut«, sagte Thrawn. »Sie wirken aufgewühlt. Darf ich nach dem Grund fragen?«

Man sollte sich nie über eine Niederlage beschweren ... »Es ist unwichtig, Sir.«

»Ich nehme an, es hat damit zu tun, dass Vizedirektor Ronan Ihnen sagte, ich hätte Ihre Versetzung zum Einsatzverband 231 blockiert.«

Nach allem, was während der letzten Tage geschehen war, hatte Faro es geschafft, diese nagenden Gedanken in einen dunklen Winkel ihres Bewusstseins zu verbannen. Aber jetzt waren sie plötzlich wieder bloßgelegt – und Thrawn schien sie auch noch zu bestätigen.

»Darf ich frei sprechen, Sir?«, fragte sie.

»Natürlich.«

»Um ganz ehrlich zu sein, Sir, ich war enttäuscht, ja.« Es überraschte sie, wie ruhig ihre Stimme klang. Vielleicht lag es daran, dass solche Kleinigkeiten wie ihre Karriere nach Ronans feigem Verrat an Thrawn plötzlich nicht mehr so wichtig erschienen. »Darf ich fragen, warum Sie es getan haben?«

»Weil Sie Besseres verdient haben«, erwiderte der Großadmiral. »Sie sind eine zu gute Planerin, eine zu gute Taktikerin, eine zu gute Offizierin. Darum habe ich mich gegen Ihre Versetzung zum Einsatzverband 231 ausgesprochen und stattdessen vorgeschlagen, Sie mit dem Kommando über die Elfte Flotte zu betrauen.«

Faro riss die Augen auf. »Die Elfte *Flotte*? Admiral, ich bin nur ein Commodore.«

»Vielleicht ändert sich das ja.«

»Sie machen Scherze, Sir«, beharrte Faro.

»Ich versichere Ihnen, ich scherze nicht. Sie sind eine Kommandantin von außergewöhnlicher Kompetenz, und die imperiale Flotte muss Talente wie Ihres anerkennen und würdigen. Ihre Leistung im Kampf gegen Großadmiral Savit war nur der jüngste Beweis dieser Talente.«

Faro atmete tief ein. »Sir, ich weiß Ihr Vertrauen zu schätzen. Aber wir wissen beide, dass der Schlachtplan von *Ihnen* stammte.«

»Wirklich?«, entgegnete Thrawn. »Verraten Sie mir, warum sind Sie von meinen Anweisungen abgewichen, was den Aufprallpunkt des getarnten Generators betraf?«

Faros Hals fühlte sich trocken an. Sie hatte gehofft, dass er es für ein Versehen oder eine Fehlkalkulation halten würde. Stattdessen hatte er sofort durchschaut, dass Faro absichtlich von seinem Plan abgewichen war. »Bis zu diesem Zeitpunkt hatte die *Firedrake* ihre TIEs noch nicht ins Spiel gebracht«, sagte sie. »Ich erinnerte mich an Ihre Bemerkung, dass Savit anderen Leuten nicht wirklich vertraut, aber ich hatte auch gesehen, dass er die *Stormbird* und die *Misthunter* gegen uns ins Feld schickte, anstatt sich selbst die Hände schmutzig zu machen. Ich wusste, dass ihm früher oder später nichts anderes übrig bleiben würde, als selbst einzugreifen, und ich dachte mir, es wäre besser, in seinem Hangar für ein wenig Chaos zu sorgen, als den Generator in eine der Turbolaserbatterien zu rammen, wie ursprünglich geplant. Außerdem waren Ihre gestohlenen TIEs ja bereits gestartet und dabei, die Zielsensoren auszuschalten.«

»Eine ausgezeichnete Schlussfolgerung«, lobte Thrawn. »Ich hatte die Gefahr durch die Sternjäger bereits minimiert, aber Sie konnten das ja nicht wissen. Sie haben Ihren Feind beobachtet, seine Stärken und Schwächen abgewogen, mehrere Züge vorausgedacht und dann eine entsprechende Strategie entwickelt. Wie ein guter Kommandant es eben tut.«

Er musterte sie nachdenklich. »Davon abgesehen haben Sie ein deutlich besseres Verständnis von imperialer Politik – vor und hinter den Kulissen. Ich nehme an, Sie waren diejenige, die Großmoff Tarkin die anonymen Berichte gesendet hat?«

»Ja, Sir«, gestand Faro. Seltsamerweise hatte sie nicht das Gefühl, sich für *diesen* Teil entschuldigen zu müssen. »Das Regelwerk schreibt vor, dass ein Bericht angefertigt werden muss, wann immer ein Kontakt mit einer unbekannten Spezies hergestellt wird. Da Tarkin der Großmoff dieser Region ist und hier die direkte Kontrolle ausübt, hielt ich es für sinnvoll, die Berichte direkt an ihn zu schicken und nicht nach Coruscant.«

»Mit diesem Argument hätten Sie Ihre Entscheidung logisch verteidigen können, falls jemand danach gefragt hätte.«

»Ja, Sir«, sagte sie. »Dass die Berichte keinen Absender haben, wäre natürlich reiner Zufall gewesen.«

»Und ich nehme an, wären tatsächlich Fragen aufgekommen, hätten Sie behauptet, dass Sie die Berichte in meinem Namen verfasst haben?«

»Ja, Sir«, wiederholte Faro. »Ich wusste, dass Ronan Berichte an Krennic sendet, und es war offensichtlich, dass er sie darin in einem möglichst schlechten Licht darstellt. Also dachte ich mir, jemand sollte einen Ausgleich dazu schaffen.«

»Ich verstehe«, nickte Thrawn. »Wie gesagt, Sie haben ein hervorragendes Verständnis für politische Angelegenheiten.«

»Danke, Sir«, sagte Faro. Sie war nicht sicher, ob das wirklich ein Kompliment sein sollte, aber sie beschloss, es als solches aufzufassen. Außerdem war das Werkzeug der *glaubhaften Bestreitbarkeit* so alt wie das Universum selbst. »Ich danke Ihnen für Ihr Vertrauen in meine Fähigkeiten«, fügte sie an. »Wir werden ja sehen, wie das Oberkommando entscheidet.«

Thrawns Augenbrauen wanderten eine Winzigkeit nach oben. »Sie missverstehen. Ihre Versetzung wurde bereits heute Morgen gebilligt. Sobald wir Lothal erreichen, wird ein Schiff Sie nach Coruscant bringen, damit Sie vor dem Oberkommando vereidigt werden.«

Faro hatte das Gefühl, als würden ihre Augen aus den Höhlen quellen. »Mich verei … *Sir*?«

»Ganz recht.« Diesmal war Thrawns Lächeln nicht zu übersehen. »Meinen Glückwunsch, Commodore Faro. Mögen Sie der Elften Flotte ebenso gute Dienste erweisen wie der Siebten.«

»Danke, Admiral«, brachte sie hervor. »Das … Sir, unter Ihnen dienen zu dürfen war das größte Privileg meines Lebens. Falls meine Offiziere auch nur ein Zehntel des Vertrauens und des Stolzes empfinden, den ich unter Ihrem Kommando genoss, dann wäre das schon mehr, als ich zu hoffen wage.«

»Sie werden Vertrauen und Stolz empfinden«, versicherte Thrawn ihr. »Aber erst habe ich noch einen letzten Befehl für Sie, Commodore: Machen Sie mein Schiff für den Hyperraumsprung bereit.«

EPILOG

Es war ein vertrautes Gesicht, das auf dem privaten Kommdisplay des Imperators erschien: Großadmiral Thrawn.

Nur, war es das Gesicht eines hochrangigen Offiziers? Oder war es das Gesicht eines stillen Verräters? Der Imperator konnte sich nicht länger sicher sein.

Aber er war entschlossen, es herauszufinden.

»Großadmiral Savit ist also ein Verräter«, begann er.

»Es hat ganz den Anschein, Euer Majestät«, antwortet Thrawn.

»Er redete sich ein, er würde dem Imperium dienen«, fuhr der Imperator fort, »obwohl er nur seine eigenen Ziele verfolgte.«

»Ja.«

»Und was ist mit Ihnen, Großadmiral Mitth'raw'nuruodo?«, fragte der Imperator. »Sie und die Chiss – ist das nicht eine ganz ähnliche Situation?«

»Da gibt es keinerlei Ähnlichkeiten«, erklärte Thrawn. Seine Stimme war ruhig, aber die Muskeln um seine Augen und seine Mundwinkel spannten sich. Er bewegte sich auf dünnem Eis, und er wusste es. »Admiral Ar'alani drang ohne mein Wissen und ohne meine Erlaubnis in imperiales Gebiet ein. Und als sie sich zu erkennen gab, tat sie es nur, um uns vor einer unbekannten Bedrohung zu warnen.«

»Ja, Lord Vader hat mir von diesen Grysk berichtet. Er meinte aber, diese Gefahr wäre weit entfernt. Und dass sie in erster Linie eine Bedrohung für die Chiss-Aszendenz darstellt.«

»Lord Vaders Einschätzung ist korrekt«, erwiderte Thrawn. »Aber bei allem gebotenen Respekt, sie ist auch lückenhaft. Die Grysk-Präsenz, die wir im Kurost-Sektor aufgedeckt haben, beweist ihr aktives Interesse am Imperium. Und die Tatsache, dass sich ihr Beobachtungsposten in so unmittelbarer Nähe von Projekt Stardust befand, sollte weiteren Grund zur Sorge geben.«

»Er befand sich nicht in der Nähe von Stardust«, korrigierte der Imperator. »Lediglich in der Nähe einer Versorgungsroute, und von denen hat Krennic viele.«

»Aber selbst die unbedeutendste Versorgungsroute führt irgendwann ins Zentrum«, konterte Thrawn. »Darf ich Euer Majestät außerdem daran erinnern, dass diese Grysk bereits nach Mitteln und Wegen suchten, um imperiale Bürger zu manipulieren. Erwägt die Möglichkeit, dass der Todesstern in feindliche Hände geraten könnte, und ich bin sicher, Ihr werdet meine Sorge verstehen.«

Der Imperator verzog den Mund. Er und Krennic hatten große Anstrengungen unternommen, um den Begriff *Todesstern* aus jeglicher Kommunikation herauszuhalten. Er wurde nur vom leitenden Personal des Projekts verwendet, und nur in Berichten der allerstrengsten Sicherheitsfreigabe. Dass Thrawn den Namen der Kampfstation kannte, war ein Ärgernis. »Außer dem Imperium wird niemand Stardust kontrollieren«, erklärte er tonlos. »Nicht die Grysk. Und ganz sicher nicht die Chiss.«

»Ich habe kein Interesse daran, dass die Chiss Stardust in die Hände bekommen«, versicherte Thrawn ihm. »Tatsächlich würde ich mit all meiner Kraft und all meinen Fähigkeiten kämpfen, um so etwas zu verhindern.«

»Wirklich?«, fragte der Imperator. »Es gibt nämlich Zweifel an Ihrer Loyalität, Großadmiral Mitth'raw'nuruodo.«

»Meine Loyalität ist genauso unerschütterlich wie zuvor«, versicherte Thrawn ihm. »Es gibt keinen Konflikt zwischen meinem Dienst für das Imperium und meiner kurzzeitigen Zusammenarbeit mit den Chiss.«

»Das Gleiche haben Sie auch gegenüber Lord Vader behauptet«, sagte der Imperator. »Vielleicht verliert diese Begründung allmählich an Überzeugungskraft.«

»Falls Ihr mich meines Ranges und meiner Position entheben wollt, ist das natürlich Euer Recht«, erklärte Thrawn, und jetzt erklang in seiner Stimme dieselbe Anspannung, die auch auf seinem Gesicht zu erkennen war. »Aber ich versichere Euch, dass meine Hingabe und Loyalität Euch und dem Imperium gelten.«

Einen langen Moment blickte der Imperator wortlos in diese glühenden roten Augen. Thrawn war ein nützlicher und mächtiger Diener. Ebenso gut könnte er aber auch ein mächtiger Feind werden.

Und ein Diener mit geteilten Loyalitäten war kein wirklicher Diener.

Doch es gab noch eine viel interessantere Frage. Falls die Chiss zu demselben Schluss gelangten, und falls Thrawn tatsächlich treu zum Imperium stand, und nicht zur Aszendenz ... würde seine eigene Spezies ihn dann auch als potenzielle Bedrohung einstufen? Und falls ja, würde sie versuchen, diese Bedrohung zu eliminieren?

Dann waren da natürlich noch die Grysk. Lord Vader hatte sie als eine weit entfernte Gefahr abgetan, die das Imperium fürs Erste unbesorgt ignorieren konnte. Aber *dass* sie eine Gefahr darstellten, hatte nicht einmal er leugnen können.

Womöglich verfolgte Thrawn doch den richtigen Ansatz. Womöglich war ein Bündnis zwischen dem Imperium und der Aszendenz wirklich die Zukunft.

Ein Bündnis mit ihm selbst, dem Imperator, an der Spitze.

Ein verlockender Gedanke. Vielleicht konnte er Thrawn zu einem noch wertvolleren Diener machen.

Falls der Chiss Verrat am Imperium beging, würde er natürlich sterben. Aber falls er loyal zum Imperium stand, könnte er sich womöglich dazu bewegen lassen, Verrat an der *Aszendenz* zu begehen.

Noch ein verlockender Gedanke. Einer, der es wert war, darüber zu meditieren.

Aber zunächst gab es dringendere Angelegenheiten, um die er sich kümmern musste. Die Rebellen auf Lothal ... und den jungen Jedi Ezra Bridger.

»Wir werden diese Unterhaltung zu gegebener Zeit fortsetzen«, erklärte der Imperator. »Ich lasse Ihnen Anweisungen für eine Kammer zukommen, die Sie an Bord der *Chimaera* einrichten werden. Nachdem Sie Lothal erreicht und die Rebellenaktivität dort unterbunden haben, werden Sie Ezra Bridger in diese Kammer bringen.« Er lächelte. »Ich bin sicher, Sie werden einen Weg finden, ihn zur Kooperation zu bewegen.«

»Ich werde mein Bestes tun, Euer Majestät«, versprach Thrawn.

»Dann will ich Sie nicht länger von Ihren Pflichten abhalten«, sagte der Imperator. »Nur eines noch, Großadmiral Mitth'raw'nuruodo?«

»Ja, Euer Majestät?«

»Sobald Ihre Arbeit auf Lothal getan ist«, erklärte er mit leiser Stimme, »kehren Sie nach Coruscant zurück.

Und dann werden wir uns lange und eingehend unterhalten.«

»Du warst ein wirklich guter Schüler, Obi-Wan. Und du bist ein weiserer Mann als ich. Ich spüre, dass du ein mächtiger Jedi werden wirst.«

Qui-Gon Jinn zu Obi-Wan Kenobi

448 Seiten. ISBN 978-3-7341-6223-7

Ein Jedi muss ein furchtloser Krieger sein, ein Hüter der Gerechtigkeit und ein Gelehrter in den Wegen der Macht. Aber die wichtigste Aufgabe eines Jedi ist es, das Erlernte weiterzugeben. Und so ist es für Qui-Gon Jinn, dem Veteran unzähliger Schlachten, auch die größte Angst, bei seinem Schüler Obi-Wan Kenobi zu versagen. Obi-Wan hingegen erfährt, dass sein Meister sich möglicherweise von ihm trennen will, und die einzige Erklärung, die ihm einfällt, ist sein eigenes Versagen. Dann brechen sie zu ihrer möglicherweise letzten gemeinsamen Mission auf – die sie nur erfolgreich bewältigen können, wenn sie einander blind vertrauen ...

Lesen Sie mehr unter: **www.blanvalet.de**